D0804814

COLLECTION « BEST-SELLERS »

DU MÊME AUTEUR

Chez le même éditeur

LA FIRME, 1992
L'AFFAIRE PÉLICAN, 1994
NON COUPABLE, 1994
LE COULOIR DE LA MORT, 1995
L'IDÉALISTE, 1997
LE CLIENT, 1997
LE MAÎTRE DU JEU, 1998
L'ASSOCIÉ, 1999
LA LOI DU PLUS FAIBLE, 1999
LE TESTAMENT, 2000
L'ENGRENAGE, 2001
LA DERNIÈRE RÉCOLTE, 2002
PAS DE NOËL CETTE ANNÉE, 2002
L'HÉRITAGE, 2003
LA TRANSACTION, 2004
LE DERNIER JURÉ, 2005
LE CLANDESTIN, 2006
LE DERNIER MATCH, 2006
L'ACCUSÉ, 2007
LE CONTRAT, 2008
LA REVANCHE, 2008
L'INFILTRÉ, 2009
CHRONIQUES DE FORD COUNTY, 2010

JOHN GRISHAM

LA CONFESSION

roman

traduit de l'anglais (États-Unis)
par Johan-Frédérik Hel Guedj

ROBERT LAFFONT

Titre original : THE CONFESSION
© Belfry Holdings, Inc., 2010
Traduction française : Éditions Robert Laffont, S.A., Paris, 2011

ISBN 978-2-221-12548-9
(édition originale : ISBN 978-0-385-52804-7. Doubleday/Random House Inc.,
New York)

Première partie

Le crime

1.

Le gardien de St Mark venait de racler une dizaine de centimètres de neige des trottoirs quand l'homme à la canne fit son apparition. Le soleil était levé, mais le vent hurlait et le thermomètre restait bloqué au-dessous de zéro. L'homme ne portait qu'une simple salopette en coton, une chemise d'été, des chaussures de randonnée bien râpées et un coupe-vent trop léger qui n'avait guère de chances de résister à ce froid glacial. Mais cela n'avait pas l'air de le gêner, et il n'avait pas non plus l'air si pressé. Il était à pied, il marchait avec une légère claudication, un peu penché sur la gauche, le côté où il s'aidait d'une canne. Il avançait d'un pas traînant sur le trottoir longeant la chapelle et s'arrêta devant une porte latérale marquée du mot « Administration », peint en lettres rouge foncé. Il ne frappa pas, et la porte n'était pas fermée à clef. Il entra à l'instant où une nouvelle rafale de vent le cueillait dans le dos.

La pièce était une salle d'accueil avec cet air poussiéreux et encombré que l'on s'attend à trouver dans une vieille église. Un bureau trônait au centre de la pièce, une plaque annonçant la présence de Charlotte Junger, la jeune femme assise juste derrière cette inscription.

— Bonjour, lui dit-elle avec un sourire.

— Bonjour, répondit l'homme. – Un silence. – Il fait très froid, dehors.

— Très froid, en effet, confirma-t-elle tout en le jaugeant rapidement du regard.

Ce qui posait problème, au premier coup d'œil, c'est qu'il n'avait pas de manteau, pas de gants, et qu'il était tête nue.

— Je suppose que vous êtes Mme Junger, reprit-il, en fixant la plaque à son nom.

— Non, aujourd'hui, Mme Junger est absente. La grippe. Je suis Dana Schroeder, la femme du pasteur, je la remplace. Que pouvons-nous faire pour vous ?

Il y avait une chaise vide et l'homme posa dessus un regard plein d'espoir.

— Puis-je ?

— Bien sûr, lui dit-elle.

Il s'assit, avec précaution, comme si tous ses mouvements requéraient une certaine prévoyance.

— Le pasteur est-il là ? lui demanda-t-il en considérant la grande porte close sur la gauche.

— Oui, mais il est en rendez-vous. Que pouvons-nous faire pour vous ?

Elle était petite, de jolis seins, un pull moulant. Il ne pouvait pas voir le bas de son corps, derrière le bureau. Il avait toujours préféré les femmes de petite taille. Un visage mignon, de grands yeux bleus, les pommettes saillantes, une fille jolie et saine, la parfaite épouse de pasteur.

Cela faisait si longtemps qu'il n'avait plus touché à une femme.

— J'ai besoin de voir le révérend Schroeder, lui répondit-il en croisant les mains dans un geste de prière. J'étais à l'église hier, j'ai écouté son sermon, et, bon, j'ai besoin d'être un peu guidé.

— Aujourd'hui, il est très occupé, lui expliqua-t-elle avec un sourire.

De jolies dents, vraiment.

— Je suis dans une situation relativement urgente.

Dana était mariée à Keith Schroeder depuis assez longtemps pour savoir que, rendez-vous ou pas, personne ne s'était jamais vu refuser l'accès à son bureau. Qui plus est, cette matinée de lundi était glaciale et, en réalité, le révérend n'était pas si occupé que cela. Quelques coups de téléphone, une consultation en cours à l'instant même – un jeune couple dont le mariage se délitait –, et ensuite ses visites habituelles aux hôpitaux. Elle fouilla sur sa table de travail, trouva le questionnaire simplifié qu'elle cherchait.

— Bien, je vais noter quelques renseignements préliminaires et nous allons voir ce qui est possible.

Elle tenait son stylo prêt.

— Je vous remercie, fit-il en s'inclinant imperceptiblement.

— Nom ?

— Travis Boyette. – Instinctivement, il lui épela son nom de famille. – Date de naissance, 10 octobre 1963. Lieu de naissance, Joplin, Missouri. Âge, quarante-quatre ans. Célibataire, divorcé, sans enfants. Pas d'adresse. Pas de lieu de travail. Pas de projets.

Dana intégra ces données, tandis que son stylo cherchait fébrilement les bonnes cases à remplir. La réponse de son interlocuteur suscitait plus de questions que son formulaire succinct n'avait prévu d'en traiter.

— D'accord pour l'adresse, acquiesça-t-elle, sans cesser d'écrire. Et où résidez-vous, à l'heure actuelle ?

— À l'heure actuelle, je suis la propriété de l'administration pénitentiaire du Kansas. Je suis affecté à un foyer de réinsertion sur la Dix-Septième Rue, à quelques pâtés de maisons d'ici. Je suis sur le point d'être libéré. D'être réinséré, comme ils aiment appeler ça. Quelques mois dans ce centre de réadaptation, ici, à Tokepa, et ensuite je suis un homme libre sans rien d'autre à espérer que d'être en liberté conditionnelle jusqu'à la fin de mes jours.

Le stylo s'immobilisa, mais Dana continua à le regarder fixement. La demande de renseignements avait soudain perdu de son intérêt. Elle hésitait à lui poser d'autres questions. Mais comme elle avait entamé son questionnaire, elle se sentait obligée de poursuivre. Qu'étaient-ils censés faire d'autre, en attendant le pasteur ?

— Voulez-vous un petit café ? lui proposa-t-elle, convaincue du caractère inoffensif de cette suggestion.

Il y eut encore un silence, beaucoup trop long, comme s'il était incapable de se décider.

— Oui, merci. Juste un café noir avec un peu de sucre.

Dana sortit de la pièce en trottinant, pour aller lui chercher son café. Il la regarda en détail, remarqua, alors qu'elle s'éclipsait, son joli derrière tout rond dans son pantalon de tous les jours, ses jambes fines, ses épaules athlétiques, et même sa queue-de-cheval. Un mètre soixante, ou peut-être soixante-deux, et cinquante kilos maxi.

Elle prit son temps et, à son retour, Travis Boyette était exactement là où elle l'avait laissé, toujours dans sa posture monacale, le bout des doigts de la main droite tapotant doucement ceux de la main gauche, sa canne en bois noire couchée en travers des cuisses, les yeux dans le vide, fixant le mur d'en face. Il avait la tête complètement rasée, le crâne petit, parfaitement rond et luisant et, quand elle lui tendit sa tasse, elle se posa la question futile de savoir s'il était devenu chauve à un âge précoce ou s'il avait simplement une préférence pour ce look dénudé. Un tatouage sinistre lui rampait sur le côté gauche du cou.

Il accepta son café et l'en remercia. Elle alla reprendre sa place derrière le bureau qui se dressait entre eux deux.

— Êtes-vous luthérien ? s'enquit-elle, de nouveau armée de son stylo.

— Je ne crois pas. En réalité, je ne suis rien. Jamais bien vu la nécessité de l'église.

— Mais vous étiez ici, hier, à l'office. Pourquoi ?

Boyette tenait sa tasse entre ses deux mains, à hauteur du menton, comme une souris grignotant un morceau de fromage. Si une simple question sur le café lui demandait dix bonnes secondes, une autre sur sa fréquentation de l'église risquait de lui réclamer une heure. Il but une gorgée, se passa la langue sur les lèvres.

— D'ici combien de temps pensez-vous que le révérend pourra me recevoir ? lui dit-il enfin.

Jamais assez tôt, songea-t-elle, impatiente désormais de confier ce spécimen à son mari. Elle lança un coup d'œil à la pendule murale.

— D'une minute à l'autre, maintenant.

— Serait-il possible de rester assis ici, et de l'attendre en silence ? suggéra-t-il avec une parfaite politesse.

Dana essuya cette rebuffade et décida sur-le-champ que ce

ne serait pas une mauvaise idée de se taire. Mais sa curiosité ne tarda pas à reprendre le dessus.

— Bien sûr, mais une dernière question. – Elle relisait son formulaire comme s'il en requérait une dernière, en effet. – Combien de temps êtes-vous resté en prison ?

— La moitié de ma vie, lui répondit-il sans hésitation, comme s'il y répondait au bas mot cinq fois par jour.

Dana griffonna quelque chose, puis le clavier de son ordinateur attira son attention. Elle tapa en cadence, avec des gestes amples, comme si elle avait subitement un délai à respecter. Son e-mail à Keith Schroeder était formulé en ces termes : «J'ai ici un détenu, il affirme qu'il doit te voir. Ne partira pas avant. M'a l'air assez sympa. Il prend un café. Accélère un peu les choses de ton côté. »

Cinq minutes plus tard, la porte du pasteur s'ouvrait et une jeune femme en franchissait vite le seuil. Elle s'essuyait les yeux. Elle était suivie par son ex-fiancé, qui réussit à la fois à faire grise mine et à sourire, les deux en même temps. Ni l'un ni l'autre n'adressa la parole à Dana. Et ni l'un ni l'autre ne remarqua Travis Boyette. Ils disparurent.

Quand la porte se fut refermée en claquant, Dana se tourna vers son visiteur.

— Juste une minute.

Elle se précipita dans le bureau de son mari, pour faire rapidement le point.

Le révérend Keith Schroeder avait trente-cinq ans, il était heureux en ménage avec Dana depuis dix ans maintenant, père de trois garçons, nés l'un après l'autre en l'espace de vingt mois. Il était le pasteur principal de St Mark depuis deux ans, et l'avait été d'une église de Kansas City auparavant. Son père était un pasteur luthérien à la retraite, et Keith n'avait jamais rêvé de devenir autre chose. Élevé dans une petite ville à proximité de Saint Louis, Missouri, scolarisé dans des établissements situés non loin de là, il n'était jamais sorti du Middle-West hormis pour un voyage de classe à New York et une lune de miel en Floride. Dans sa congrégation, il était généralement admiré, bien qu'il ait connu certains problèmes. Le plus gros différend avait éclaté quand il avait ouvert le sous-sol de l'église à des sans-abri durant une tempête de neige, l'hiver précédent. Après le redoux, certains de ces sans-abri s'étaient montrés peu enclins à repartir. La ville avait porté plainte pour occupation illégale, et un article assez gênant était paru dans la presse.

Le sujet du sermon qu'il avait prononcé la veille avait tourné autour de la clémence – ce pouvoir irrésistible et infini qu'avait Dieu de nous pardonner nos péchés, si odieux soient-ils. Les péchés de Travis Boyette étaient atroces, incroyables, horribles. Les crimes qu'il avait commis à l'encontre de l'humanité le condamneraient certainement à la souffrance éternelle et à la mort. À ce stade de sa misérable existence, Travis était convaincu qu'il n'obtiendrait jamais aucun pardon. Mais il était quand même curieux.

— Nous avons reçu plusieurs visiteurs qui venaient comme vous du centre de réinsertion, lui expliqua Keith. J'ai même organisé des offices là-bas.

Ils étaient dans un coin de sa pièce de travail, à l'écart du bureau – deux nouveaux amis, assis sur des chaises en toile, penchés l'un vers l'autre, occupés à bavarder. Tout près d'eux, de fausses bûches brûlaient dans une fausse cheminée.

— Pas mal comme endroit, fit Boyette. Carrément mieux que la prison.

L'homme était frêle, avec la peau pâle de celui qui est resté confiné dans des lieux sans lumière. Ses genoux osseux se touchaient, et sa canne noire reposait en travers de ses jambes.

— Et où était-ce, la prison ?

Keith tenait en main un mug de thé fumant.

— Ici ou là. Ces six dernières années, à Lansing.

— Et vous aviez été condamné pour quoi ? poursuivit-il, désireux d'être informé des crimes afin d'en savoir plus sur l'homme.

Violence ? Drogue ? Probable. D'un autre côté, Travis était peut-être coupable de détournement de fonds ou d'évasion fiscale. Il n'avait franchement pas l'allure du type à faire souffrir.

— Pas mal de trucs assez méchants, monsieur le pasteur. Je ne me souviens pas de tout.

14

Il préférait éviter de croiser le regard de l'homme d'église. Le tapis, sous leurs pieds, absorba toute son attention. Keith but une gorgée de thé, observa l'homme attentivement, et remarqua son tic. Toutes les trois ou quatre secondes, sa tête tout entière plongeait légèrement sur sa gauche. C'était un hochement rapide, suivi d'un sursaut plus brutal qui la ramenait en position normale.

Après une plage de silence absolue, Keith reprit la parole.

— De quoi aimeriez-vous parler, Travis ?

— J'ai une tumeur au cerveau, monsieur le pasteur. Maligne, mortelle, pratiquement incurable. Si j'avais de l'argent, je pourrais lutter contre – rayons, chimio, le cirque habituel –, cela pourrait me faire gagner dix mois, un an peut-être. Mais c'est un glioblastome, au stade quatre, et cela signifie que je suis un homme mort. La moitié d'une année, une année complète, en réalité, peu importe. D'ici quelques mois, je serai parti.

Comme par un fait exprès, la tumeur manifesta sa présence. Boyette grimaça, se pencha en avant, se massa les tempes. Il respirait péniblement, difficilement, et tout son corps paraissait douloureux.

— Je suis vraiment désolé, fit Keith, sachant trop combien ses mots pouvaient sembler inadaptés.

— Foutus maux de tête, lâcha l'autre, les yeux toujours clos, paupières serrées.

Il lutta contre la douleur plusieurs minutes, durant lesquelles plus rien ne se dit. Schroeder le regardait, impuissant, en se mordillant la langue, pour s'empêcher de proférer une bêtise du style : « Je peux vous apporter du Tylenol ? » Et puis la douleur s'apaisa, et Boyette se détendit.

— Navré, souffla-t-il.

— Quand vous a-t-on diagnostiqué cela ?

— Je n'en sais rien. Il y a un mois. Les migraines ont commencé à Lansing, l'été dernier. Vous imaginez la qualité des soins, là-bas, donc je n'ai reçu aucune aide. Une fois qu'ils m'ont remis en liberté et expédié ici, ils m'ont conduit à l'hôpital St Francis, j'ai subi des examens, j'ai fait des scanners, ils m'ont trouvé un joli petit œuf au milieu du crâne, juste entre les oreilles, trop profond pour opérer. – Il prit une profonde inspiration, souffla, et réussit à esquisser son premier sourire. Il lui manquait une dent en haut à gauche, et l'interstice était bien visible. Le révérend suspecta la médecine dentaire carcérale de laisser quelque peu à désirer. – Je suppose que vous avez déjà rencontré des gens dans mon style, reprit Boyette. Des gens confrontés à la mort.

— Cela m'arrive. Cela fait partie du métier.

— Et je suppose que ces gars-là ont tendance à prendre Dieu et le ciel et l'enfer et tous ces trucs-là vraiment au sérieux.

— En effet, oui. C'est dans la nature humaine. Quand on est confronté à sa propre nature de mortel, on pense à l'au-delà. Et vous, Travis ? Croyez-vous en Dieu ?

— Certains jours, oui, d'autres, non. Mais même quand j'y crois, je reste encore assez sceptique. Pour vous, c'est facile de croire en Dieu, parce que vous avez eu une vie facile. Pour moi, c'est une autre histoire.

— Vous voulez me la raconter ?

— Pas vraiment.

— Alors pourquoi êtes-vous ici, Boyette ?

Ce tic, de nouveau. Quand sa tête eut retrouvé son immobilité, ses yeux parcoururent la pièce, puis se posèrent sur ceux du pasteur. Ils se dévisagèrent un long moment, sans ciller. Enfin, le visiteur reprit la parole.

— Pasteur, j'ai fait des trucs très moches. J'ai causé du mal à des innocents. Je ne suis pas certain d'avoir envie d'emporter tout cela dans la tombe.

Nous y voilà, songea Keith. Le fardeau du péché inavoué. La honte de la culpabilité enfouie.

— Si vous me parliez de ces mauvaises actions, cela vous aiderait. Le meilleur point de départ, c'est la confession.

— Et ce sera confidentiel ?

— Pour l'essentiel, oui, mais il y a des exceptions.

— Quelles exceptions ?

— Si vous vous confiez à moi, et si j'estime que vous représentez un danger pour vous-même ou pour quelqu'un d'autre, alors la confidentialité est levée. Je peux entreprendre des démarches raisonnables pour vous protéger, vous-même, ou l'autre personne. En d'autres termes, je peux aller me procurer de l'aide.

— Ça paraît compliqué.

— Pas vraiment.

— Écoutez, pasteur, j'ai commis des actes terribles, mais celui-ci me travaille depuis maintenant des années. Il faut que je parle à quelqu'un, et je n'ai nulle part ailleurs où aller. Si je vous parlais d'un crime épouvantable que j'ai commis il y a de ça un paquet d'années, vous vous sentez capable de ne le raconter à personne ?

● Dana se rendit tout droit sur le site internet de l'administration pénitentiaire du Kansas et, en quelques secondes, se retrouva plongée dans la vie misérable de Travis Boyette. Condamné en 2001 à dix ans de détention pour tentative d'agression sexuelle. Situation actuelle : incarcéré.

— Situation actuelle, dans le bureau de mon mari, maugréa-t-elle en continuant de taper sur les touches.

Condamné en 1991 à douze ans pour violences sexuelles aggravées de voies de fait en Oklahoma. Remise en liberté conditionnelle en 1998.

Condamné en 1987 à huit ans pour tentatives de violences sexuelles aggravées de voies de fait dans le Missouri. Remise en liberté conditionnelle en 1990.

Condamné en 1979 à vingt années de détention pour violences sexuelles aggravées de voies de fait dans l'Arkansas. Remise en liberté conditionnelle en 1985.

Boyette avait un casier de criminel sexuel dans le Kansas, le Missouri, l'Arkansas et l'Oklahoma.

«Un monstre», en conclut-elle. La photo de sa fiche était celle d'un homme bien plus costaud et bien plus jeune, aux cheveux noirs et clairsemés. Elle rédigea un rapide résumé de son casier et envoya un e-mail vers l'ordinateur de son mari. Elle ne s'inquiétait pas de sa sécurité, mais elle voulait voir ce triste personnage sortir du bâtiment.

Au bout d'une demi-heure de conversation qui ne faisait guère avancer les choses, le pasteur commença à se lasser de l'entretien. Boyette ne manifestait aucun intérêt envers Dieu, et comme Dieu constituait le domaine de compétence de Keith Schroeder, cela le privait, semblait-il, de toute latitude d'agir. Il n'était pas chirurgien du cerveau. Il n'avait pas d'offre d'emploi à lui proposer.

Un message arriva sur l'ordinateur, et son apparition fut signalée par le tintement feutré d'une sonnette à l'ancienne. Deux carillons signalaient un expéditeur qui pouvait être n'importe qui. Mais trois carillons indiquaient que le message provenait du bureau d'accueil. Il fit mine de l'ignorer.

— Et c'est quoi, cette canne ? remarqua-t-il plaisamment.

— La prison est un endroit assez dur. Je me suis battu une fois de trop. Une blessure à la tête. Qui a probablement provoqué cette tumeur.

Il trouvait ça drôle, et rit de son propre sens de l'humour.

Keith eut l'amabilité d'émettre un petit rire à son tour, puis il se leva et se rendit à son bureau.

— Bon, si vous voulez, je vais vous remettre ma carte de visite. N'hésitez pas à m'appeler quand vous le souhaitez. Ici, vous serez toujours le bienvenu, Travis.

Il attrapa l'une de ses cartes et jeta un œil à son écran. «Quatre, compte-les, quatre condamnations, toutes pour agression sexuelle.» Il revint vers son siège, tendit sa carte à son interlocuteur et s'assit.

— La prison est particulièrement dure pour les violeurs, n'est-ce pas, Travis ?

Dès que vous vous installez dans une nouvelle ville, vous êtes tenu de vous précipiter au poste de police ou au tribunal pour vous faire répertorier comme criminel sexuel. Au bout de vingt années de ce régime, vous partez du principe que tout le monde est au courant. Que tout le monde vous surveille. Boyette ne parut pas surpris.

— Très dure, admit-il. Je ne me souviens même plus du nombre de fois où on m'a agressé.

— Travis, écoutez, je ne tiens pas spécialement à aborder le sujet. J'ai des rendez-vous. Si vous voulez revenir me rendre visite, parfait, mais téléphonez avant. Et je vous recevrai volontiers lors de nos services religieux de ce dimanche.

Il n'était pas sûr de le penser, mais le ton était sincère.

D'une poche de son coupe-vent, l'autre retira une feuille de papier pliée.

— Vous n'avez jamais entendu parler de l'affaire Donté Drumm? lui fit-il en lui tendant le papier.

— Non.

— Un gamin noir, une petite ville de l'est du Texas, condamné pour meurtre en 1999. Disait qu'il avait tué une pom-pom girl du lycée, une fille, une Blanche, le corps n'a jamais été retrouvé.

Keith déplia la feuille de papier. C'était une copie d'un bref article dans le quotidien de Topeka daté du dimanche, la veille. Il le lut rapidement et jeta un œil à la photo de Donté Drumm. Cette histoire n'avait rien de remarquable, une exécution de plus au Texas, encore un de ces prévenus qui clamait son innocence, bref, la routine.

— L'exécution est prévue pour ce jeudi, observa Keith en relevant les yeux.

— Je vais vous expliquer une chose, pasteur. Ils ont chopé le mauvais gars. Ce gamin n'avait rien à voir avec le meurtre de cette fille.

— Et comment le savez-vous?

— Il n'y a pas de preuve. Pas le moindre élément de preuve. Les flics ont décidé que c'était lui, ils lui ont soutiré des aveux en le dérouillant, et maintenant ils vont le tuer. C'est mal, monsieur le pasteur. Très, très mal.

— Comment se fait-il que vous en sachiez autant?

L'ancien détenu se pencha un peu plus près, comme s'il allait murmurer des paroles qu'il n'avait encore jamais proférées. Le pouls de Schroeder accélérait de seconde en seconde. Et pourtant, pas un mot ne fut prononcé. Un autre long silence. Les deux hommes se dévisagèrent.

— Il est écrit ici qu'on n'a jamais retrouvé le corps, reprit Keith.

Le faire parler.

— Exact. Ils ont concocté cette histoire à dormir debout au sujet de ce garçon qui aurait attrapé cette fille, qui l'aurait violée, étranglée, avant de balancer son corps du haut d'un pont dans la rivière Rouge. Totale invention.

— Alors vous savez où est le corps?

L'autre se redressa et croisa les bras. Il eut de nouveau son hochement de tête. Son tic. Une première fois. Et ensuite une autre. Dès qu'il était sous tension, cela devenait plus fréquent.

— C'est vous qui l'avez tuée, Travis? lui lança Schroeder, stupéfait d'avoir pu poser la question.

À peine cinq minutes plus tôt, il se récapitulait mentalement la liste de tous les fidèles de l'église auxquels il devait rendre visite dans les hôpitaux. Il réfléchissait au moyen d'inviter Travis à vider les lieux. Et maintenant, voilà que leur entretien tournait autour d'un meurtre et d'un cadavre dissimulé.

— Je ne sais pas quoi décider, avoua l'autre, assailli d'une nouvelle et violente vague de douleur. – Il se courba en avant, comme s'il allait vomir, puis commença à presser ses deux paumes sur sa tête. – Je suis en train de mourir, d'accord? D'ici quelques mois, je serai mort. Pourquoi faut-il que ce gamin meure lui aussi? Il n'a rien fait.

Il avait les yeux humides, le visage grimaçant.

Keith le regarda, il tremblait. Il lui tendit un Kleenex et Travis s'essuya le visage.

— La tumeur grossit. Tous les jours, elle exerce un peu plus de pression à l'intérieur du crâne.

— Vous avez des médicaments?

— Quelques-uns. Ils ne marchent pas. Il faut que j'y aille.

— Je ne crois pas que nous en ayons terminé.

— Si, on a terminé.

— Où est le corps, Travis?

— Ça ne sert à rien que vous le sachiez.

— Si, ça sert. Nous pourrions peut-être stopper cette exécution.

Ce qui fit rire Boyette.

— Ah, vraiment? Au Texas, ça m'étonnerait. – Il se leva lentement et tapota le tapis du bout de sa canne. – Merci, monsieur le pasteur.

Schroeder ne se leva pas mais regarda Boyette sortir rapidement du bureau de son pas traînant.

Dana avait les yeux fixés sur la porte, décidée à ne pas lui sourire. Elle réussit à prononcer un « Au revoir » sans trop de conviction, après qu'il eut dit «Merci». Et le voilà parti, de retour dans la rue, sans manteau, sans gants, mais franchement, cela lui était égal.

Son mari n'avait pas bougé. Il était encore affaissé dans son siège, hébété, le regard vide fixant le mur, sa copie de l'article de journal en main.

— Est-ce que ça va? lui demanda-t-elle.

Il lui tendit l'article et elle le lut.

— Je ne vois pas le lien, là, fit-elle après avoir achevé sa lecture.

— Travis Boyette sait où est enterré le corps. Il le sait parce que c'est lui qui l'a tuée.

— Il a reconnu l'avoir tuée?

— Presque. Il m'a dit être atteint d'une tumeur cérébrale inopérable et qu'il sera mort dans quelques mois. Il soutient que Donté Drumm n'a rien à voir avec ce meurtre. Il a fortement laissé entendre qu'il savait où était le corps.

Elle se laissa tomber sur le sofa et s'enfonça au milieu des coussins et des plaids.

— Et tu le crois?

— C'est un criminel endurci, Dana, un filou. Il préférerait mentir plutôt que de dire la vérité. On ne peut pas croire un traître mot de ce qu'il raconte.

— Est-ce que tu le crois?

— Je pense, oui.

— Comment peux-tu le croire? Pourquoi?

— Il souffre, Dana. Et pas seulement d'une tumeur. Il sait quelque chose sur ce meurtre, et sur le corps. Il en sait long sur cette affaire, et il est sincèrement perturbé par le fait qu'un innocent risque d'être exécuté.

Pour avoir consacré une bonne partie de son temps à écouter les épineux problèmes des autres et à leur offrir des conseils et un soutien sur lequel ils comptaient, Keith Schroeder avait acquis la réputation d'un observateur sage et perspicace. Et il se trompait rarement. Dana avait la repartie beaucoup plus facile, elle était bien plus encline à critiquer, à juger et à se tromper.

— Alors, monsieur le pasteur, à quoi songes-tu?

— Consacrons l'heure qui vient à mener quelques

recherches. Vérifions quelques éléments. Est-il réellement en liberté conditionnelle ? Si oui, qui est son contrôleur judiciaire ? Est-il traité à St Francis ? A-t-il une tumeur au cerveau ? Si oui, cette tumeur est-elle en phase terminale ?

— Il sera impossible d'accéder à son dossier médical sans son consentement.

— Bien sûr, mais voyons déjà ce que nous pourrions apprendre par nous-mêmes. Appelle le docteur Herzlich... était-il à l'église hier ?

— Oui.

— C'est bien ce qui me semblait. Téléphone-lui et sonde-le un peu. Dans la matinée, il devrait effectuer la tournée de ses patients à St Francis. Contacte le comité de probation des prisonniers en liberté conditionnelle et voyons jusqu'où tu peux creuser de ce côté-là.

— Et toi, qu'es-tu censé faire, pendant que je mets les téléphones en surchauffe ?

— Je vais aller sur Internet, voir ce que je peux récolter sur ce meurtre, le procès, l'accusé, tout ce qui s'est passé au Texas.

Ils se levèrent tous deux, pressés désormais.

— Et si tout cela est vrai, Keith ? Si nous finissons par acquérir la conviction que cette crapule dit la vérité ?

— Alors nous devrons tenter quelque chose.

— Quoi, par exemple ?

— Je n'en ai pas la moindre idée.

2.

Le père de Robbie Flak avait racheté l'ancienne gare du centre-ville de Slone en 1972, quand son fils était encore au lycée et juste avant que la municipalité ne soit sur le point de la démolir. M. Flak père ayant gagné un peu d'argent en attaquant les sociétés de forage pétrolier devant les tribunaux, il fallait bien qu'il en dépense une petite part. Ses associés et lui-même avaient rénové cette gare désaffectée et s'y étaient installés. Pendant les vingt années qui avaient suivi, ils avaient joliment prospéré. Ils n'étaient certes pas riches, en tout cas pas selon les critères du Texas, mais ils avaient réussi leurs carrières d'avocats, et leur modeste cabinet était bien considéré en ville.

Ensuite, Robbie les avait rejoints. Il avait débuté au cabinet à l'adolescence, et il était assez vite devenu évident, aux yeux des autres avocats, qu'il n'était pas comme les autres. Le profit ne l'intéressait pas, mais il ne supportait pas l'injustice sociale. Il pressait son père d'accepter des affaires relatives aux droits civils, aux injustices liées à l'âge et au sexe, à la discrimination au logement, de brutalité policière, le type de travail qui, dans une petite bourgade du sud des États-Unis, peut suffire à vous ostraciser. Aussi brillant qu'insolent, Robbie avait achevé son cursus universitaire dans le Nord, en trois ans, avant d'enchaîner haut la main avec la faculté de droit de l'université du Texas, à Austin. Il ne s'était jamais présenté à aucun entretien d'embauche, n'avait jamais envisagé de travailler ailleurs qu'à la gare du centre-ville de Slone. Il y avait tellement d'individus là-bas qu'il avait envie de traîner en justice, tant de clients maltraités et opprimés qui avaient besoin de lui.

Depuis le premier jour, son père et lui livraient un combat. Les autres avocats se retiraient ou passaient à autre chose. En 1990, à trente-cinq ans, Robbie avait intenté une procédure contre la municipalité de Tyler, au Texas, pour discrimination en matière de logement. Le procès, à Tyler, avait duré un mois et, à un certain stade, quand les menaces de mort étaient devenues trop sérieuses, il avait été contraint d'engager des gardes du corps. Lorsque le jury avait demandé quatre-vingt-dix millions de dommages et intérêts, Robbie Flak était devenu une légende, un homme riche : plus rien ne freinait cet avocat radical qui disposait désormais de l'argent pour semer – dans des proportions qu'il n'avait jamais imaginées – une pagaille énorme. Afin de ne pas le gêner, son père, quant à lui, avait battu en retraite du côté du parcours de golf. La première épouse de Robbie en avait pris sa (petite) part et avait regagné St Paul en vitesse.

Le cabinet juridique Flak devint la destination privilégiée de tous ceux qui s'estimaient un tant soit peu lésés par la société. Les victimes, les accusés, les blessés, tous, ils finissaient par venir solliciter maître Flak. Pour trier ces affaires, il avait engagé des cargaisons de jeunes collaborateurs et d'auxiliaires juridiques. Tous les jours, il remontait les filets, choisissait les bonnes prises et balançait le reste. Le cabinet avait grandi, puis il avait implosé. Et il avait repris sa croissance, avant d'éclater lors d'un autre effondrement. Les avocats allaient et venaient. Il les poursuivait en justice, et ils le poursuivaient à leur tour. L'argent s'évapora, puis Robbie remporta le gros lot pour un autre dossier. Sa carrière haute en couleur toucha le fond quand il cogna à coups d'attaché-case le comptable du cabinet qu'il prit en flagrant délit de détournement de fonds. À la suite de ce délit, il échappa à de graves sanctions en négociant une peine de prison de trente jours. L'incident avait fait les gros titres des journaux, et Slone n'en perdit pas une miette. Robbie qui, sans surprise, avait soif de publicité, fut plus contrarié par cette mauvaise presse que par son incarcération. L'association du barreau de l'État avait prononcé un blâme et suspendu sa licence d'avocat quatre-vingt-dix jours. C'était la troisième fois qu'il avait des problèmes avec le comité d'éthique. Il jura que ce ne serait pas la dernière. Son épouse numéro deux finit par le quitter, avec un joli chèque en poche.

Sa vie, comme sa personnalité, était chaotique, scandaleuse, en conflit permanent avec elle-même et son entourage, mais jamais ennuyeuse. Dans son dos, on parlait souvent de lui en évoquant «Robbie le Fada». Et «Robbie la Flasque» était né lorsque son penchant pour la boisson empira. Mais en dépit de tout ce remue-ménage, des gueules de bois, des femmes cinglées, des querelles d'associés, d'une situation financière incertaine, des causes perdues et du dédain des personnages en place, Robbie Flak arrivait à la gare tous les matins à la première heure, animé d'une détermination farouche, prêt à consacrer sa journée à lutter pour les petites gens. Et il n'attendait pas toujours qu'ils viennent le trouver. Si Robbie avait vent d'une injustice, il lui arrivait souvent de sauter dans sa voiture et de se mettre en chasse. Et c'est ce zèle implacable qui le conduisit à l'affaire la plus retentissante de sa carrière.

En 1998, Slone resta pétrifiée par le crime le plus sensationnel de son histoire. Une élève de terminale du lycée de Slone High, âgée de dix-sept ans, Nicole Yarber, disparut et on ne la revit plus jamais, ni morte ni vivante. Pendant deux semaines, la ville retint son souffle, tandis que des milliers de volontaires passaient au peigne fin les ruelles, les champs, les fossés et les bâtiments abandonnés. Ces recherches furent vaines.

Nicole était une jeune fille très appréciée, bonne élève, membre des clubs habituels, avec la messe du dimanche à la Première Église baptiste où elle chantait parfois dans le chœur des jeunes gens. Toutefois, sa plus importante réussite, c'était son titre de pom-pom girl de Slone High. En terminale, elle était devenue capitaine de la brigade, sans doute le poste le plus envié de tout le lycée, du moins pour les filles. Elle sortait plus ou moins avec un garçon, un footballeur aux rêves immenses mais aux talents limités. La nuit de sa disparition, elle venait d'appeler sa mère avec son téléphone portable en lui promettant d'être rentrée avant minuit. C'était un vendredi, début décembre. Pour les Slone Warriors, le championnat de football était terminé, et la vie était retournée à la normale. Sa mère déclarerait plus tard, et les relevés le confirmaient, que Nicole et elle se parlaient au téléphone au moins six fois par jour. Elles échangeaient aussi en moyenne quatre SMS. Elles étaient donc en contact, et l'idée que Nicole aurait tout simplement fugué sans adresser un mot à sa maman était inconcevable.

Nicole n'avait aucun antécédent de problèmes affectifs, de troubles alimentaires, de comportement erratique, de suivi psychiatrique ou de consommation de drogue. Elle avait simplement disparu. Sans témoins. Sans explications. Sans rien. Des veillées de prière ininterrompues furent organisées dans les églises et les écoles. Un site Internet fut créé pour suivre les recherches et filtrer les rumeurs. Des experts, certains authentiques, d'autres des charlatans, vinrent en ville dispenser leurs avis. Un parapsychologue fit son apparition sans y avoir été invité, mais, après avoir constaté que personne ne lui proposait de le payer, il quitta la ville. Les recherches s'éternisaient, et en ville, où l'on ne parlait de rien d'autre ou presque, la rumeur couvait sans relâche. Une voiture de police était garée vingt-quatre heures sur vingt-quatre devant le domicile de la jeune fille, soi-disant pour rassurer la famille. La seule chaîne de télévision existant à Slone embaucha un journaliste débutant en plus, dans le but d'aller au fond des choses. Des bénévoles remuaient la terre, les recherches s'étant étendues à la campagne environnante. On verrouillait les portes et les fenêtres. Des pères dormaient avec leur fusil contre leur table de chevet. Les petits bambins étaient surveillés de près par leurs parents et leur baby-sitter. Des prédicateurs retravaillaient leurs sermons pour prendre vivement parti contre les forces du mal. La première semaine, la police organisa des réunions d'information journalières, mais quand les policiers constatèrent qu'ils n'avaient rien à dire, ils commencèrent à sauter certains jours. Ils attendaient, ils attendaient, dans l'espoir d'une piste, d'un improbable coup de fil, d'un mouchard qui viserait l'argent de la rançon. Ils priaient pour que les choses évoluent.

Seize jours après la disparition de Nicole, à quatre heures trente-trois du matin, le téléphone sonna enfin chez l'inspecteur Drew Kerber, à deux reprises, avant qu'il ne décroche. Malgré son épuisement, il n'avait pas bien dormi. Mû par un réflexe, il avait actionné un bouton pour enregistrer la conversation. L'enregistrement défila (il fut réécouté des milliers de fois par la suite) :

Kerber : Allô.
La voix : C'est l'inspecteur Kerber ?
Kerber : Soi-même. Qui est à l'appareil ?
La voix : Cela n'a aucune importance. L'important, c'est que je sais qui l'a tuée.
Kerber : Il me faut votre nom.
La voix : Laissez tomber, Kerber. Vous voulez causer de la fille ?
Kerber : Allez-y.
La voix : Elle voyait Donté Drumm. Un grand secret. Elle a essayé de rompre, mais il a refusé de la laisser filer.
Kerber : Qui est Donté Drumm ?
La voix : Allez, inspecteur. Tout le monde connaît Drumm. C'est lui, votre tueur. Il l'a chopée devant le centre commercial, il l'a balancée du haut du pont de la route 244. Elle est au fond de la rivière Rouge.

La communication s'interrompit. L'appel provenait d'une cabine téléphonique dans une épicerie de quartier ouverte toute la nuit, à Slone, comme on le découvrit, et la piste s'arrêtait là.

L'inspecteur Kerber avait entendu circuler des rumeurs au sujet de Nicole qui fréquentait un footballeur noir, mais personne n'avait été en mesure de confirmer ces dires. Son petit ami avait catégoriquement démenti. Il affirmait qu'ils sortaient plus ou moins ensemble depuis un an, mais il était persuadé que Nicole n'avait pas encore de vraie vie sexuelle. Pourtant, comme beaucoup de rumeurs trop salaces pour qu'on les laisse s'éteindre, celle-ci persistait. Elle était si répugnante et potentiellement si explosive que Kerber avait refusé jusqu'à présent d'en discuter avec les parents de la jeune fille.

Il resta les yeux fixés sur le téléphone, puis il retira la cassette. Il prit sa voiture, rejoignit le commissariat de police de Slone, prépara une cafetière pleine, réécouta la bande. Il était aux anges et impatient d'annoncer la nouvelle à son équipe d'enquêteurs. Tout collait maintenant : l'histoire d'amour entre ados, un Noir et une Blanche, toutes choses encore très taboues dans l'est du Texas, la tentative de rupture de la part de Nicole, la mauvaise réaction de son amant éconduit. Tout cela collait parfaitement.

Ils tenaient leur homme.

Deux jours plus tard, Donté Drumm était arrêté et inculpé de l'enlèvement, du viol assorti de violences et du meurtre de Nicole Yarber. Il avait avoué le crime et admis avoir jeté le corps dans la rivière Rouge.

Robbie Flak et l'inspecteur Kerber entretenaient une longue relation qui avait failli devenir violente. Au cours de toutes ces années, ils s'étaient affrontés dans des affaires criminelles, en plusieurs occasions. L'inspecteur détestait cet avocat autant qu'il détestait les autres canailles qui représentaient des criminels. Flak considérait Kerber comme un gangster et un grossier personnage, un flic véreux, un homme dangereux armé d'un insigne et d'un pistolet, qui ferait n'importe quoi pour obtenir une condamnation. Lors d'un échange mémorable, devant un jury, Flak l'avait surpris en flagrant délit de mensonge et, pour souligner l'évidence, il avait beuglé sous le nez du témoin : « Vous n'êtes qu'un bel enfoiré, et un menteur, hein, Kerber ? »

Cela lui avait valu un rappel à l'ordre, il avait été convaincu d'outrage à la cour, obligé de présenter des excuses à Kerber et aux jurés et avait écopé d'une amende de cinq cents dollars. Mais son client avait été déclaré non coupable, et rien d'autre ne comptait à ses yeux. Dans l'histoire de l'association du barreau du comté de Chester, aucun avocat n'avait jamais été aussi fréquemment convaincu d'outrage à la cour que Robbie Flak. C'était un record dont il était assez fier.

Dès qu'il apprit la nouvelle de l'arrestation de Donté Drumm, Robbie se déchaîna au téléphone, avant de partir pour le quartier noir de Slone, un coin qu'il connaissait bien. Il était accompagné par Aaron Rey, un ancien membre d'un gang qui avait purgé une peine de prison pour avoir dealé de la drogue, maintenant rémunéré par le cabinet Flak comme garde du corps, coursier, chauffeur, enquêteur et tout ce qui pouvait être utile à Robbie. Rey portait au moins deux pistolets sur lui et deux autres dans une besace, en toute légalité, car, M. Flak l'ayant rétabli dans ses droits, il pouvait même voter, maintenant. Dans Slone, Robbie Flak avait plus que sa part d'ennemis. Toutefois, tous ces ennemis étaient au courant pour Aaron Rey.

La mère de Drumm travaillait à l'hôpital, et son père était conducteur de poids-lourd pour une scierie dans le sud de la ville. Ils habitaient avec leurs quatre enfants dans une petite maison aux fenêtres entourées de lumières de Noël avec une guirlande à la porte. Leur prêtre arriva peu après Robbie. Ils se parlèrent pendant des heures. Les parents étaient déconcertés, anéantis, furieux et effrayés au-delà du dicible. Ils étaient aussi reconnaissants à M. Flak d'être venus les voir. Ils n'avaient aucune idée de ce qu'ils devaient faire.

— Je peux faire en sorte que l'on m'attribue votre affaire, leur avait-il proposé, et ils avaient accepté.

Neuf ans plus tard, il s'en occupait encore.

Il arriva à la gare tôt, le lundi 5 novembre au matin. Il avait travaillé samedi et dimanche et ne se sentait pas du tout reposé de son week-end. Il était d'humeur maussade, et même massacrante. Les quatre journées suivantes allaient être un foutoir indescriptible, un déluge d'événements, certains parfaitement attendus et d'autres totalement inattendus et, quand tout se serait calmé, jeudi à dix-huit heures, il savait que, selon toute vraisemblance, il se retrouverait dans la salle d'observation exiguë de la prison de Huntsville, tenant la main de Roberta Drumm pendant que l'État du Texas injecterait dans les veines de son fils une dose de substances chimiques suffisante pour tuer un cheval.

Il y était déjà entré, une fois.

Il coupa le moteur de sa BMW, mais ne put détacher sa ceinture de sécurité. Ses mains agrippées au volant, il regardait sans voir à travers le pare-brise.

Il avait lutté pour Donté Drumm pendant huit ans. Il avait guerroyé comme jamais auparavant. Il s'était battu comme un fou, lors de la parodie de procès au terme duquel le jeune homme avait été condamné pour meurtre. Il avait maltraité les cours d'appel en y introduisant ses recours. Il avait jonglé avec les règles éthiques et contourné la loi. Il avait écrit des articles grinçants proclamant l'innocence de son client. Il avait payé des experts pour concocter des théories inédites auxquelles personne n'avait adhéré. Il avait harcelé le gouverneur au point que personne ne répondait plus à ses appels, même pas les fonctionnaires d'échelon inférieur. Il avait exercé des pressions sur des politiciens, des groupes de défense des condamnés innocents, des groupes religieux, des associations du barreau, des militants des droits civiques, l'ACLU (l'Union des libertés civiques américaines), Amnesty International, les abolitionnistes de la peine de mort, tout le monde, tous ceux qui seraient éventuellement susceptibles de tenter quelque chose pour son client. Pourtant, l'horloge ne s'était pas arrêtée. Ses aiguilles continuaient d'avancer, avec un tic-tac de plus en plus assourdissant.

Durant toutes ces années, Robbie Flak avait dépensé tout son argent, brûlé tous ses vaisseaux, s'était aliéné la quasi-totalité de ses amis, et se retrouvait épuisé et déstabilisé. Il avait sonné le clairon depuis si longtemps que plus personne ne l'écoutait. Pour la majorité des observateurs, il n'était qu'un avocat braillard comme un autre, qui criait à l'innocence de son client – pas franchement un spectacle très original.

L'affaire l'avait poussé au-delà de ses limites et, quand ce serait terminé, quand l'État du Texas serait finalement parvenu à ses fins, en exécutant Donté, Robbie doutait sérieusement de pouvoir continuer. Il projetait de déménager, de vendre ses biens immobiliers, de prendre sa retraite, de dire à Slone et au Texas d'aller se faire foutre et de partir vivre quelque part dans les montagnes, sans doute dans le

Vermont, là où les étés sont frais et où l'État ne tue pas les gens.

La lumière s'alluma dans la salle de conférences. Quelqu'un d'autre était déjà là, quelqu'un qui ouvrait l'endroit, qui le préparait pour une semaine d'enfer. Robbie finit par laisser sa voiture et par entrer. Il bavarda avec Carlos, l'un de ses auxiliaires juridiques de longue date, et ils passèrent quelques minutes devant un café. Assez vite, la conversation tourna autour du football.

— Tu as regardé le match des Cowboys? lui demanda Carlos.

— Non, je n'ai pas pu. J'ai entendu que Preston était dans un grand jour.

— Plus de deux cents *yards* de gain. Trois tentatives.

— Je ne suis plus un fan des Cowboys.

— Moi non plus.

Un mois plus tôt, Rahmad Preston se trouvait là, dans cette salle de conférence, à signer des autographes et à poser pour des photos. Rahmad avait un cousin éloigné qui avait été exécuté en Georgie, dix ans auparavant, et il avait pris fait et cause pour Donté Drumm : il avait de grands projets en vue afin d'enrôler les Cowboys et des poids-lourds de la NFL qui apporteraient leur soutien. Il irait rencontrer le gouverneur, le comité de probation des détenus en liberté conditionnelle, les grosses pointures du monde des affaires, des politiques, deux ou trois rappeurs qu'il prétendait bien connaître, et même quelques figures hollywoodiennes. Il prendrait la tête d'un défilé qui donnerait si fort de la voix que l'État serait obligé de battre en retraite. En fait, Rahmad prouva surtout qu'il n'était bon que pour la parlote. Subitement, il devint silencieux, se retira du monde, comme le précisa son agent, qui expliqua également que cette cause perturbait trop le grand *running back* qu'il était. Flairant toujours une conspiration, Robbie soupçonna toute l'organisation des Cowboys et son réseau d'entreprises partenaires d'avoir plus ou moins exercé leurs pressions sur Preston.

À huit heures et demie, le cabinet au complet se rassembla en salle de conférence, et Flak convoqua leur réunion matinale. Pour le moment, il n'avait pas d'associés – le dernier était parti après une querelle qui restait encore engluée dans une procédure judiciaire – mais il conservait deux collaborateurs, deux auxiliaires juridiques, trois secrétaires et Aaron Rey, qui n'était jamais très loin. Après quinze années aux côtés de Flak, Aaron en savait davantage sur le droit que plus d'un auxiliaire juridique chevronné. La réunion se tint aussi en présence d'un avocat d'Amnesty Now, un organisme humanitaire basé à Londres qui avait fait don de milliers d'heures de travail hautement qualifié pour les procédures en appel du procès Drumm. Et un avocat d'Austin, spécialisé également dans ces procédures, y prit part lui aussi, par téléconférence, mandaté par le Texas Capital Defender Group.

Robbie revint sur le programme de la semaine. On définit les devoirs de chacun, on répartit les tâches, on clarifia les responsabilités. Il s'efforça de paraître optimiste, plein d'espoir, confiant dans le miracle qui se profilait.

Et le miracle se cristallisait lentement, à quelque six cents kilomètres de là, plein nord, à Topeka, dans le Kansas.

3.

Ils eurent confirmation de quelques éléments sans trop d'efforts. Dana, téléphonant de l'église luthérienne de St Mark et remplissant ainsi la tâche qui était la sienne – assurer le suivi de ceux qui avaient eu la bonté de se rendre dans leur église –, eut une conversation avec le directeur d'Anchor House, qui lui confirma que Boyette était là depuis trois semaines.

Son « séjour » était programmé pour quatre-vingt-dix jours et, si tout allait bien, il serait alors un homme libre, outre, naturellement, quelques obligations draconiennes liées à sa liberté conditionnelle. Anchor House comptait actuellement vingt-deux résidents de sexe masculin, aucune femme, et l'établissement était géré par l'administration pénitentiaire. Comme les autres, Boyette était supposé sortir tous les matins à huit heures et rentrer tous les soirs à dix-huit heures, à temps pour le dîner. On y encourageait l'emploi, et le directeur maintenait généralement les hommes occupés grâce à des travaux de gardiennage, ainsi que des petits boulots à temps partiel. Notre homme travaillait quatre heures par jours, à sept dollars de l'heure, à surveiller des caméras de sécurité dans le sous-sol d'un immeuble de bureaux du gouvernement. Il était fiable et propre, parlait peu, et n'avait encore provoqué aucun ennui. En règle générale, ces messieurs se comportaient très bien, car la première infraction au règlement, le premier incident pouvait suffire à les renvoyer en prison. Ils avaient la possibilité de voir, de sentir et de jouir de la liberté, et ils n'avaient pas envie de tout foutre en l'air.

S'agissant de la canne, le directeur en savait peu. Boyette s'en servait déjà le jour de son arrivée. Toutefois, au sein d'un groupe de criminels qui s'ennuient, il y a peu d'intimité et des tonnes de ragots, et la rumeur voulait qu'on l'ait sévèrement roué de coups, en prison. Oui, tout le monde savait qu'il avait un casier assez salé, et gardait ses distances. Il était bizarre, restait dans son coin et couchait seul dans une petite pièce derrière la cuisine, alors que le reste des pensionnaires dormaient entassés dans la pièce principale. «Mais nous recevons toutes sortes d'individus, ici, lui expliqua le directeur. Depuis les meurtriers jusqu'aux pickpockets. Nous ne posons pas trop de questions.»

Truquant un peu – ou même peut-être beaucoup – la vérité, Dana, l'air de rien, évoqua un souci médical que l'intéressé avait mentionné sur la fiche de visiteur qu'il avait eu la bonté de remplir. Une demande de prière. Cette fiche n'existait pas, il n'avait rien rempli du tout, et elle demanda l'indulgence, avec une rapide supplique au Tout-Puissant. Elle justifia ce petit mensonge, bien inoffensif au regard de l'enjeu. Oui, lui répondit le directeur et, constatant qu'il n'y avait pas moyen de le faire taire à propos de ses migraines, ils l'avaient traîné à l'hôpital. Ces types-là adoraient les traitements médicaux. À St Francis, on lui avait fait subir toute une batterie d'examens, mais il n'en savait pas davantage. Boyette avait eu des ordonnances, mais cela ne regardait que lui. C'était une affaire médicale, et on ne s'en mêlait pas.

Dana le remercia et lui rappela que St Mark accueillait tout le monde, y compris les hommes d'Anchor House.

Ensuite, elle téléphona au Dr Herzlich, chirurgien du thorax à St Francis, et membre de longue date de St Mark. Elle ne prévoyait pas de s'enquérir de la situation médicale de Travis Boyette, car ce genre de curiosité très déplacée ne mènerait certainement nulle part. Elle laisserait à son mari le soin de discuter avec le médecin, derrière une porte close et, au terme de leur échange, sur un ton voilé et professionnel, ils parviendraient peut-être à trouver un terrain d'entente.

Son appel fut directement dévié vers la boîte vocale, et elle laissa un message à Herzlich, le priant de rappeler son mari.

Pendant qu'elle œuvrait au téléphone, Keith était collé devant son ordinateur, perdu dans l'affaire Donté Drumm. Le site Internet était très prolixe. Pour un résumé des faits, cliquez ici : dix pages. Pour les minutes complètes du procès, cliquez ici : mille huit cent trente pages. Pour le dossier en appel, avec pièces à conviction et déclarations sous serment, cliquez là : mille six cents pages de plus, ou à peu près. Un historique de l'affaire courait sur trois cent quarante pages et incluait les décisions des cours d'appel. Il y avait un onglet pour accéder à une page « La peine de mort au Texas », un autre pour « La galerie photo de Donté », « Donté dans le couloir de la mort », « Le fonds de défense de Donté Drumm », « Comment nous aider », « Coupures de presse et articles de fond », « Condamnation à tort et faux aveux », et le dernier était consacré à « Robbie Flak, avocat ».

Keith commença par le résumé des faits.

La ville de Slone, au Texas, quarante mille habitants, qui acclamait naguère Donté Drumm quand il écumait les terrains de football en valeureux défenseur à son poste de *linebacker*, attend désormais son exécution dans l'anxiété.

Donté Drumm est né à Marshall, Texas, en 1980. Il est le troisième enfant de Roberta et Riley Drumm. Un quatrième enfant est arrivé quatre ans plus tard, peu après l'installation de la famille à Slone, où Riley Drumm a trouvé un poste au sein d'une entreprise d'assainissement. La famille a intégré l'Église méthodiste africaine de Bethel, dont elle reste un membre actif. Donté a été baptisé dans cette église à l'âge de huit ans. Il a été scolarisé dans les établissements publics de Slone et, à douze ans, s'est fait remarquer pour ses qualités athlétiques. Doté d'un bon gabarit et d'une vitesse exceptionnelle, il s'est imposé sur les terrains de football et, à quatorze ans, élève de troisième au lycée, il a entamé sa carrière à un poste de linebacker au sein de l'équipe première de Slone High School. Élève de seconde et de première, il a pu accéder aux championnats, et s'était verbalement engagé à jouer l'année suivante pour l'équipe de North Texas State University avant qu'une grave blessure à la cheville, survenue pendant le premier quart-temps de son premier match en classe terminale, ne mette fin à sa carrière. Il a été opéré avec succès, mais le mal était fait.

L'offre de bourse sportive lui a été retirée. Il n'a pas terminé le lycée, en raison de son incarcération. Son père, Riley, est décédé d'une maladie cardiaque en 2002, alors que Donté était déjà dans le couloir de la mort.

Il avait été arrêté à quinze ans, et accusé d'agression. On prétendait qu'avec deux autres amis noirs, il aurait frappé un autre jeune Noir derrière le gymnase, au lycée. L'affaire avait été traitée par un tribunal des mineurs. Donté avait finalement plaidé coupable, et avait été remis en liberté conditionnelle. À seize ans, il avait été appréhendé pour possession simple de marijuana. À ce moment-là, il avait déjà une solide réputation de linebacker. Par la suite, ces accusations ont été classées sans suite.

Donté avait dix-neuf ans quand il a été condamné pour l'enlèvement, le viol et le meurtre d'une pom-pom girl, une lycéenne, Nicole Yarber. Drumm et Yarber étaient en terminale à Slone High School. Ils étaient amis et ils avaient grandi ensemble dans cette ville de Slone, mais Nicole, ou « Nikki », comme on l'appelait souvent, habitait dans la banlieue résidentielle, tandis que Donté, lui, vivait à Hazel Park, un quartier plus ancien de la ville, principalement occupé par la petite bourgeoisie noire. Slone est au tiers noir, et si les écoles pratiquent l'intégration, les églises, les associations culturelles et les quartiers l'ignorent.

Nicole Yarber, née à Slone en 1981, était l'enfant unique de Reeva et Cliff Yarber, qui ont divorcé quand elle avait deux ans. Reeva s'est remariée, et Nicole a été élevée par sa mère et son beau-père, Wallis Pike. M. et Mme Pike ont eu deux autres enfants. Excepté ce divorce, Nicole a reçu une éducation normale et sans histoires. Elle a fréquenté successivement l'école élémentaire et le premier cycle du secondaire dans des établissements publics et, en 1995, elle a intégré la troisième au lycée de Slone High. (Slone n'a qu'un lycée. Mis à part les écoles maternelles catholiques, la ville n'a pas d'établissements privés.) Nicole était une bonne élève dont le manque de motivation contrariait apparemment ses professeurs. Elle aurait dû être un excellent sujet, selon plusieurs comptes rendus. Elle était appréciée, populaire, très sociable, sans aucun antécédent de mauvaise conduite et sans ennuis avec la loi. Elle était membre actif de la Première Église baptiste de Slone. Elle aimait le yoga, le ski nautique et la country music. Elle avait déposé sa candidature dans deux universités : Baylor à Waco, et Trinity à San Antonio, au Texas.

Après le divorce, son père, Cliff Yarber, a quitté Slone pour s'installer à Dallas, où il a fait fortune dans les galeries marchandes. Père absent, il a tenté, semble-t-il, de compenser avec de coûteux cadeaux. Pour son seizième anniversaire, Nicole a reçu une décapotable BMW rouge, sans nul doute la plus belle de toutes les voitures garées sur le parking du lycée de Slone High. Ces cadeaux ont été une source de friction entre les deux parents divorcés. Le beau-père, Wallis Pike, tenait un magasin d'alimentation et la réussite financière était plutôt au rendez-vous, mais il ne pouvait rivaliser avec Cliff Yarber.

Au cours de l'année précédant sa disparition, Nicole sortait avec un camarade de classe, Joey Gamble, l'un des garçons les plus populaires du lycée. En fait, en première et en terminale, Nicole et Joey avaient été tous deux élus élèves les plus populaires, et ils avaient posé ensemble pour l'annuaire de leur promotion. Joey était l'un des trois capitaines de l'équipe de football. Ultérieurement, il a joué pendant une brève période dans l'équipe universitaire de premier cycle. Il devait devenir un témoin clef lors du procès de Donté Drumm.

Depuis la disparition de la jeune fille, et le procès qui a suivi, les conjectures sont allées bon train concernant la relation entre Nicole Yarber et Donté Drumm. On n'a jamais rien pu savoir, jamais rien pu confirmer à ce propos. Donté a toujours maintenu qu'ils étaient toujours restés de simples connaissances, deux jeunes gens qui avaient grandi dans la même ville, deux élèves d'une promotion de fin d'études secondaires qui en comptait cinq cents. Il avait nié sous serment au procès, et nié sans relâche depuis avoir eu une relation sexuelle avec Nicole. Les amis de la jeune fille l'avaient toujours cru, eux aussi. En revanche, les sceptiques avaient souligné que Donté serait bien sot d'admettre une relation intime avec une femme qu'il était accusé d'avoir tuée. Plusieurs de ses amis auraient affirmé que les deux jeunes adolescents venaient d'entamer une liaison quand elle avait disparu. L'essentiel de ces conjectures tournent autour de Joey Gamble. Ce dernier a déclaré sous serment, lors du procès, qu'il avait vu un van Ford vert s'avancer lentement et de manière « suspecte » sur le parking où était garée la BMW de Nicole à l'heure de sa disparition. Donté Drumm conduisait souvent un van similaire, propriété de ses parents. Lors des débats, le témoignage de Gamble avait été remis en cause et aurait dû être frappé de discrédit. La thèse voulait que Gamble ait été au courant de la liaison de Nicole avec Donté, et que, étant devenu l'homme en trop, cela l'avait mis dans une telle colère qu'il avait aidé la police à monter de toutes pièces cette histoire contre Donté Drumm.

Trois ans après le procès, un expert de l'analyse vocale engagé par les avocats de la défense avait pu déterminer que l'homme qui avait téléphoné à l'inspecteur Kerber sous couvert d'anonymat, en révélant que Donté était le tueur, était, en fait, Joey Gamble. Gamble a nié avec véhémence. Si c'est la vérité, il a joué un rôle non négligeable dans l'arrestation, l'accusation et la condamnation de Donté Drumm.

Une voix le tira en sursaut d'un autre monde.

— Keith, c'est le Dr Herzlich, lui annonça Dana par la ligne interne.

— Merci, lui dit-il, et il prit le temps de se remettre les idées en place.

Ensuite il décrocha. Il commença par les amabilités d'usage, mais sachant que le praticien était un homme occupé, il aborda vite son affaire.

— Écoutez, docteur Herzlich, j'ai besoin que vous me rendiez un petit service, et si c'est trop délicat, vous me le dites. Nous avons eu un visiteur pendant le service religieux d'hier, un ancien détenu qui est en liberté conditionnelle. Il passe quelques mois dans un foyer de réinsertion, et c'est vraiment une âme troublée. Il est venu faire un saut ici ce matin, en fait il vient de partir, et il prétend souffrir de problèmes médicaux assez graves. Il a été suivi à St Francis.

— Quel service, Keith ? lui demanda Herzlich, comme s'il surveillait sa montre.

— Si vous êtes pressé, nous pouvons nous parler plus tard.

— Non, allez-y.

— Bon, il prétend qu'on lui a diagnostiqué une tumeur au cerveau, une tumeur méchante, un glioblastome. Il précise qu'elle est en phase terminale, qu'il sera bientôt mort. Je me demandais dans quelle mesure vous pourriez le vérifier. Je ne vous réclame pas d'information confidentielle, vous me comprenez ? Je sais que ce n'est pas l'un de vos patients, et je ne souhaite aucunement que quelqu'un viole les procédures. Ce n'est pas ce que je demande. Vous me connaissez trop pour le savoir.

— Pourquoi doutez-vous de sa parole ? Pourquoi irait-on raconter que l'on est atteint d'une tumeur cérébrale si en réalité ce n'était pas le cas ?

— C'est un criminel endurci, docteur. Une vie entière derrière les barreaux, tout ça, il ne sait sans doute pas trop où se situe la vérité. Et je n'ai pas dit que je doutais de sa parole. Il a eu deux épisodes de violentes migraines dans mon bureau, pénibles à regarder. J'aimerais juste avoir confirmation de ce qu'il m'a déclaré. C'est tout.

Un temps de silence, comme si son interlocuteur vérifiait l'éventuelle présence d'oreilles indiscrètes.

— Je ne veux pas trop fourrer mon nez dans ce qui ne me regarde pas, Keith. Avez-vous une idée du médecin qui le suivait, ici?

— Non.

— Très bien. Donnez-moi un nom.

— Travis Boyette.

— C'est noté. Laissez-moi deux heures.

— Merci, docteur.

Keith raccrocha aussitôt et repartit au Texas. Il poursuivit sa lecture avec le résumé des faits :

Nicole a disparu le vendredi soir 4 décembre 1998. Elle avait passé cette soirée avec des amies, au cinéma, dans l'unique galerie marchande de Slone. Après le film, les jeunes filles – au nombre de quatre – sont allées manger une pizza dans un restaurant également situé à l'intérieur de cette galerie. À leur entrée dans l'établissement, elles ont brièvement bavardé avec deux garçons, et l'un d'eux était Joey Gamble. Devant leur pizza, elles ont décidé de se retrouver ensuite au domicile d'Ashley Verica, pour aller regarder une émission de télévision de fin de soirée. Au moment où elles quittaient le restaurant, Nicole s'est excusée un instant pour se rendre aux toilettes. Ses trois amies ne l'ont plus jamais revue. Elle a appelé sa mère et lui a promis de revenir à la maison avant minuit, l'heure convenue pour son retour. Après quoi, elle a disparu. Une heure plus tard, ses amies, inquiètes, ont passé quelques coups de fil. Deux heures s'étaient écoulées quand on a retrouvé sa BMW rouge là où elle l'avait laissée, sur le parking de la galerie commerciale. Elle était fermée à clef. Il n'y avait pas trace de lutte, rien d'insolite, aucun signe de Nicole. Sa famille et ses amies ont été prises de panique, et les recherches ont commencé.

Immédiatement, la police a suspecté un acte criminel et a déployé d'énormes efforts pour retrouver Nicole. Des milliers de gens se sont proposés bénévolement et, au cours des journées et des semaines qui ont suivi, la ville et le pays ont été passés au crible comme jamais. On n'a rien trouvé. Rien. Personne n'a vu Nicole quitter la galerie marchande et se rendre à sa voiture. Cliff Yarber a offert une récompense de cent mille dollars en échange de la moindre information et, quand cette somme s'est révélée inefficace, il a porté ce montant à deux cent cinquante mille dollars.

Le premier élément nouveau est survenu le 16 décembre, douze jours après sa disparition. Deux frères pêchaient sur un banc de sable de la rivière Rouge, non loin d'un ponton, un lieudit baptisé Rush Point, quand l'un des deux garçons a marché sur un morceau de plastique. C'était la carte de membre du club de sport de Nicole. Ils ont sondé la vase et le sable, et découvert un autre rectangle de plastique – sa carte d'identité scolaire, émise par le lycée de Slone High. L'un des frères a reconnu le nom, et ils ont immédiatement repris leur voiture pour rejoindre le poste de police de Slone.

Rush Point se situe à une soixantaine de kilomètres au nord de la ville.

Les policiers chargés de l'enquête, sous la conduite de l'inspecteur Drew Kerber, ont pris la décision de ne pas divulguer cette nouvelle concernant la carte d'identité scolaire et celle du club de sport. Selon leur raisonnement, la meilleure stratégie consistait d'abord à retrouver le corps. Ils ont mené des recherches intensives dans la rivière, sur plusieurs kilomètres vers l'est et l'ouest de Rush Point, mais en vain. La police de l'État a assisté les équipes de plongeurs. On n'a rien pu trouver d'autre. Les différentes autorités ont été averties jusqu'à près de deux cents kilomètres en aval et priées de rester en alerte.

Tandis que les recherches le long de la rivière se poursuivaient, l'inspecteur Kerber a reçu un appel de dénonciation anonyme impliquant Donté Drumm. Il n'a guère perdu de temps. Deux jours plus tard, son équipier et lui, l'inspecteur Jim Morrissey, ont abordé le jeune homme alors qu'il quittait son club de remise en forme. Quelques heures après, deux autres inspecteurs ont accosté un autre jeune homme, un dénommé Torrey Pickett, un ami proche de Donté. Pickett a accepté de se rendre au poste et de répondre à quelques questions. Il ignorait tout de la disparition de Nicole et ne se sentait pas concerné, tout en n'étant guère rassuré à l'idée d'aller au poste de police.

— Keith, c'est le commissaire aux comptes. Ligne deux, lui annonça Dana par la ligne intérieure.

Il consulta sa montre – onze heures moins dix –, et secoua la tête. La voix du commissaire aux comptes de l'église était bien la dernière voix qu'il avait envie d'entendre à cet instant.

— L'imprimante est chargée en papier?

— Je ne sais pas, lui fit-elle. Je vais aller vérifier.

— Charge-la, s'il te plaît.

— Oui, chef.

Ce fut à contrecœur qu'il appuya sur le bouton de la ligne deux et qu'il entama une discussion ennuyeuse, mais qui ne se prolongea pas trop, au sujet des finances de la maison depuis le 31 octobre. Et, tout en écoutant les chiffres, il tapota sur son clavier. Il imprima le résumé des faits de dix pages, trente pages d'articles de presse et d'éditoriaux, une notice sur la peine de mort telle qu'elle était appliquée au Texas, le récit de la vie de Donté dans le couloir de la mort et, quand l'imprimante l'informa qu'elle était à court de papier, il se contenta de cliquer sur la galerie photo de Donté et d'examiner les visages. Donté enfant avec ses parents, deux frères aînés, une sœur cadette; Donté petit garçon vêtu d'une robe de choriste à l'église; divers clichés de lui où il pose en linebacker; un cliché d'identité judiciaire, en première page du *Slone Daily News*; Donté menotté, introduit en salle d'audience; d'autres images du procès; et la série de portraits annuels de son dossier pénitentiaire, à commencer par ce regard furieux, arrogant, face à l'objectif, en 1999, qui s'achevait en 2007 sur le visage émacié, vieillissant d'un jeune homme de vingt-sept ans.

Quand le commissaire aux comptes eut terminé, Keith sortit dans le bureau d'accueil et s'assit en face de son épouse. Elle triait les exemplaires qu'il avait imprimés, en les parcourant au fur et à mesure.

— Tu as lu ça? lui demanda-t-elle, en agitant une liasse de feuillets.

— Lu quoi? Il y a des centaines de pages.

— Écoute, fit-elle, et elle débuta la lecture : "Le corps de Nicole Yarber n'a jamais été retrouvé, et si cela peut contrecarrer les poursuites dans certaines juridictions, au Texas, cela ne ralentit pas les choses. En fait, le Texas figure parmi les nombreux États possédant une solide jurisprudence auto-risant des poursuites pour meurtres là où il n'existe aucune preuve concluante qu'un meurtre ait bel et bien été commis. Un cadavre n'y est pas toujours requis."

— Non, je ne suis pas allé aussi loin, admit-il.

— Tu arrives à y croire ?

— Je ne suis pas sûr de ce que je dois croire.

Le téléphone sonna. Dana attrapa le combiné et informa avec brusquerie le correspondant à l'autre bout du fil que le pasteur était indisponible. Elle raccrocha.

— D'accord, monsieur le pasteur. C'est quoi, le plan ?

— Il n'y a pas de plan. La prochaine étape, la seule étape que j'aie en tête pour le moment, c'est d'avoir une autre conversation avec Travis Boyette. S'il admet savoir où est – ou bien où était – le corps, alors je le presse d'avouer ce meurtre.

— Et s'il avoue ? Et ensuite ?

— Je n'en ai aucune idée.

4.

Le détective fila Joey Gamble trois jours avant d'établir le contact. Gamble ne se cachait pas, et il n'était pas non plus difficile à trouver. Il était directeur adjoint d'un énorme entrepôt de pièces détachées automobiles à prix discount, à Mission Bend, dans la périphérie de Houston, son troisième poste depuis ces quatre dernières années. Il avait déjà un divorce à son actif, et un autre était peut-être en préparation. Ils ne vivaient plus ensemble, sa deuxième femme et lui, et chacun s'était retiré dans son coin, en terrain neutre, là où les attendaient les avocats. Ils n'avaient pas grand-chose à se disputer, du moins en matière de patrimoine. Ils n'avaient qu'un seul enfant, un petit garçon atteint d'autisme, et aucun des deux parents ne souhaitait véritablement en avoir la garde. Mais enfin, ils s'affrontaient quand même.

Le dossier sur Gamble était aussi vieux que l'affaire proprement dite, et le policier le connaissait par cœur. Après le lycée, le gamin avait joué un an au football à la fac, avant de laisser tomber. Il avait traîné à Slone quelques années, enchaînant divers emplois et consacrant l'essentiel de ses loisirs à la salle de sport, où il avalait des stéroïdes et s'était bâti un gabarit massif. Il se vanta de pouvoir devenir culturiste professionnel, avant de finir par se lasser. Il avait épousé une fille du coin, il en avait divorcé, il était parti s'installer à Dallas, avant de pousser sa dérive jusqu'à Houston. Selon l'annuaire du lycée, classe 1999, si jamais son affaire avec la NFL tournait court, il prévoyait de s'acheter un ranch, pour y élever du bétail.

L'affaire tourna court, en effet, et l'histoire du ranch aussi, et il tenait en main un bloc-notes en faisant la moue devant un présentoir de balais d'essuie-glace, quand le policier se lança. Le long rayon était désert. Il était presque midi, en ce lundi, et le magasin était pratiquement vide.

— Vous êtes Joey? lui demanda-t-il avec un sourire pincé surmonté d'une épaisse moustache.

Joey baissa les yeux sur l'insigne en plastique épinglé au-dessus de la poche de sa chemise, où son nom était inscrit.

— C'est moi.

Il essaya de sourire en retour. Après tout, on était dans un magasin, et le client devait être l'objet de tous les soins. Pourtant, ce type n'avait pas l'air d'un client.

— Je m'appelle Fred Pryor. – La main droite jaillit comme un direct au foie. – Je suis détective privé. – Joey la lui empoigna, presque dans un réflexe d'autodéfense, et ils se serrèrent la main. Cela dura quelques secondes, avec quelque chose de gênant. – Ravi de vous rencontrer.

— Enchanté, fit Gamble, son radar intérieur en alerte.

M. Pryor devait avoir la cinquantaine, le torse épais, le visage rond et coriace, surmonté d'une tignasse de cheveux gris qui lui donnait sans doute du fil à retordre tous les matins. Il portait un blazer bleu marine classique, un pantalon beige en acrylique trop tendu à la taille et, naturellement, une paire de bottes à bouts pointus impeccablement cirées.

— Quel genre de détective?

— Je ne suis pas flic, Joey. Je suis détective privé, j'ai une licence en règle de l'État du Texas.

— Vous avez une arme?

— Eh ouais. – D'un geste preste, il ouvrit son blazer pour révéler un Glock neuf millimètres sanglé sous son aisselle gauche. – Vous voulez voir le permis?

— Non. Pour qui travaillez-vous?

— Pour l'équipe chargée de la défense de Donté Drumm.

Ses épaules se voûtèrent un peu, il leva les yeux au ciel et laissa échapper un bref soupir d'agacement, comme pour dire « Ça ne va pas recommencer ». Mais Pryor s'y attendait et il prit aussitôt l'initiative.

44

— Je vais vous payer à déjeuner, Joey. On ne peut pas causer ici. Il y a un mexicain au coin. Retrouvez-moi là-bas. Accordez-moi une demi-heure, d'accord ? C'est tout ce que je demande. Vous déjeunez. Moi, j'engrange des heures au compteur. Et ensuite vous ne me reverrez peut-être plus jamais.

La spécialité du lundi, c'étaient des quesadillas, on ne pouvait rien s'offrir d'autre, pour six dollars cinquante. Le docteur lui avait conseillé de perdre un peu de poids, mais il adorait la cuisine mexicaine, surtout dans sa version américaine, en grillade minute, grasse à souhait.

— Que voulez-vous ? lui lança Gamble.

Le privé jeta un œil autour de lui, comme si d'autres les écoutaient.

— Une demi-heure. Écoutez, Joey, je ne suis pas flic. Je n'ai aucune autorité, pas de mandat, aucun droit de vous poser des questions. Mais vous connaissez l'histoire mieux que moi.

Par la suite, Pryor rapporterait à Robbie Flak qu'à ce moment-là, le gamin avait perdu de son arrogance, cessé de sourire, et qu'il gardait les yeux à moitié fermés, avec un air triste et soumis. C'était comme s'il savait que ce jour-là finirait par arriver. Le détective était alors certain qu'ils allaient saisir leur chance.

Joey consulta rapidement sa montre.

— J'y serai dans vingt minutes. Commandez-moi une de leurs margaritas maison.

— Vendu.

Pryor se dit que boire au déjeuner pourrait s'avérer problématique, du moins pour Gamble. Mais enfin, l'alcool, cela pouvait aussi aider.

La margarita maison était servie dans une sorte de pichet transparent en forme de bol qui contenait de quoi désaltérer plusieurs hommes assoiffés. Les minutes passant, de la condensation se forma sur le verre et la glace commença à fondre. Pryor buvait un thé glacé citron à petites gorgées et il envoya un message à Flak.

« Retrouve JG à déjeuner maintenant. À plus. »

Joey arriva à l'heure et réussit à glisser sa carcasse imposante dans le box. Il rapprocha le verre en le faisant glisser sur la table, prit sa paille et aspira une impressionnante gorgée d'alcool. Pryor échangea quelques menus propos, le temps que la serveuse prenne leurs commandes et disparaisse, puis il se rapprocha et alla droit au but.

— Donté va être exécuté jeudi. Vous le saviez ?

L'autre hocha lentement la tête.

— J'ai vu ça dans le journal. En plus, j'ai parlé à ma mère hier soir et elle m'a dit que ça jacasse dans toute la ville.

La mère habitait encore à Slone. Le père travaillait dans l'Oklahoma, ils étaient peut-être séparés. Un frère aîné demeurait également à Slone. Et une sœur cadette s'était installée en Californie.

— Nous essayons d'arrêter l'exécution, Joey, et nous avons besoin de votre aide.

— Qui ça, nous ?

— Je travaille pour Robbie Flak.

Joey en cracha presque.

— Il s'en mêle encore, ce cinglé ?

— Bien sûr que oui. Il s'en mêlera toujours. Il représente Donté depuis le premier jour, et je suis sûr qu'il sera jeudi soir à Huntsville, jusqu'à la dernière minute. C'est-à-dire, si nous ne réussissons pas à empêcher l'exécution.

— Le journal disait que tous les recours en appel étaient épuisés. Il n'y a plus rien à tenter.

— Possible, mais on n'abandonne jamais. Quand la vie d'un homme est en jeu, comment pourrait-on abandonner ?

Joey tira encore sur sa paille. Pryor espéra que le gars faisait partie de ces ivrognes passifs qui certes s'imbibent mais finissent plus ou moins par se fondre dans les meubles, à l'opposé de ces fouteurs de pagaille qui, dès qu'ils ont enquillé deux verres, n'ont plus ensuite qu'une envie, celle de faire le nettoyage du bar par le vide.

Avec un claquement de lèvres, Joey reprit.

— J'imagine que vous êtes convaincu de son innocence, exact ?

— En effet. Je l'ai toujours été.

— Basé sur quoi ?

— Basé sur l'absence totale de preuve matérielle, basé sur

46

le fait qu'il avait un alibi – il était ailleurs –, basé sur le fait que ses aveux sont aussi inexistants qu'un billet de trois dollars, basé sur le fait qu'il a toujours nié toute implication. Et, Joey – on en vient à ce qui m'amène –, basé sur le fait que votre déposition à l'audience était complètement invraisemblable. Vous n'avez pas vu de van vert sur le parking à proximité de la voiture de Nicole. C'était impossible. Vous avez quitté la galerie commerciale par l'entrée du cinéma. Elle était garée côté ouest, à l'autre bout de la galerie. Vous avez fabriqué un faux témoignage pour aider les flics à alpaguer leur suspect.

Il n'y eut aucune éruption, aucune colère. Il prit ça plutôt bien, à peu près comme un gamin attrapé la main dans le sac avec une pièce de monnaie volée, et incapable de proférer un mot.

— Continuez, fit-il.

— Vous voulez tout entendre ?

— J'ai déjà tout entendu.

— Effectivement, c'est vrai. Vous l'avez entendu au procès, il y a huit ans. M. Flak l'a expliqué au jury. Vous étiez dingue de Nicole, mais elle n'était pas dingue de vous. Le drame lycéen typique. Vous êtes un peu sortis ensemble, jamais de sexe, une relation assez orageuse et, à un certain moment, vous l'avez soupçonnée de fréquenter quelqu'un d'autre. Il s'est avéré qu'il s'agissait de Donté Drumm ce qui, évidemment, à Slone comme dans quantité d'autres petites villes, pouvait déboucher sur de réels problèmes. Personne n'en avait la certitude, mais la rumeur circulait, et cette rumeur échappait à tout contrôle. Elle a peut-être voulu rompre avec lui. Il le nie. Il nie tout. Ensuite, elle a disparu, et vous avez vu là une chance de choper ce type. Et pour le choper, vous l'avez chopé. Vous l'avez envoyé dans le couloir de la mort, et maintenant vous êtes sur le point d'être responsable de sa disparition.

— Et donc, toute la faute me revient ?

— Oui, monsieur. Votre déposition l'a placé sur la scène du crime, ou c'est du moins ce qu'a pensé le jury. C'était presque risible, tellement c'était inconsistant, mais les jurés avaient très envie de vous croire. Vous n'avez pas vu de van vert. Vous avez menti. Vous avez inventé. Et vous avez aussi appelé l'inspecteur Kerber pour lui passer ce tuyau bidon, et le reste appartient à l'histoire.

— Je n'ai pas appelé Kerber.

— Bien sûr que si. Nous avons les experts qui le prouvent. Vous n'avez même pas essayé de déguiser votre voix. D'après nos analyses, vous aviez bu, mais vous n'étiez pas soûl. Vous avez eu du mal à articuler certains mots. Vous avez envie de voir le rapport ?

— Non. Il n'a jamais été admis par la cour.

— C'est parce que nous n'avons rien su du coup de téléphone avant la fin des débats, et parce que les flics et les procureurs l'ont dissimulé, et cela aurait pu conduire à l'annulation du jugement, chose qui, naturellement, au Texas, est assez rare.

La serveuse arriva avec un plat de quesadillas encore frémissantes, uniquement pour Joey. Pryor prit sa salade de tacos et redemanda du thé. Après quelques généreuses bouchées, Joey posa sa question.

— Alors, qui l'a tuée ?

— Qui sait ? Il n'y a même pas de preuve qu'elle soit morte.

— Ils ont trouvé ses deux cartes, celle de son club de sport et sa carte d'identité scolaire.

— Oui, oui, mais ils n'ont pas retrouvé son corps. Jusqu'à preuve du contraire, elle pourrait fort bien être en vie.

— Vous n'y croyez pas.

Une gorgée de margarita pour faire glisser.

— Non, je n'y crois pas. Je suis sûr qu'elle est morte. Pour l'heure, peu importe. Le temps joue contre nous, Joey, et nous avons besoin de votre aide.

— Qu'est-ce que je suis censé faire ?

— Vous rétracter, vous rétracter, vous rétracter. Signez une déposition sous serment qui soit la vérité. Dites-nous ce que vous avez réellement vu ce soir-là, à savoir rien.

— J'ai vu un van vert.

— Votre ami n'en a vu aucun, et il est sorti de la galerie commerciale avec vous. Vous n'avez rien mentionné devant lui. En fait, vous n'avez rien raconté à personne pendant plus de deux semaines, ensuite vous avez entendu circuler la rumeur de la carte de sport et de la pièce d'identité retrouvées dans la rivière. C'est là que vous avez monté votre petite histoire, Joey, là que vous avez décidé de coincer Donté. Vous étiez scandalisé qu'elle vous préfère un Noir. Vous avez appelé Kerber pour lui refiler ce tuyau anonyme, et après, tout est parti en vrille. Les flics n'en pouvaient plus, ces crétins, ils mouraient d'envie d'adhérer à votre histoire. Tout a marché à la perfection. Ils le tabassent, lui soutirent des aveux, ça ne leur a pris qu'une quinzaine d'heures, et bingo! Ça fait la une... «Donté Drumm avoue.» Ensuite, votre mémoire fait des miracles. Subitement, vous vous souvenez d'avoir vu ce van suspect de couleur verte, identique à celui de Drumm, qui circulait autour de la galerie marchande, ce soir-là. Quand est-ce que vous avez finalement expliqué aux flics cette histoire du van, Joey, trois semaines après?

— Je l'ai vu, ce fourgon vert.

— C'était un Ford, Joey, ou vous avez juste décidé que c'était Ford parce que c'était le véhicule que possédaient les Drumm? Avez-vous réellement vu un type noir au volant, ou était-ce juste votre imagination?

Pour éviter de répondre, Joey s'enfourna la moitié d'une quesadilla dans la bouche et mâcha lentement. Ce faisant, il surveillait les autres clients attablés, incapables ou peu désireux de croiser son regard. Pryor prit à son tour une bouchée, avant d'insister. Ses trente minutes seraient bientôt écoulées.

— Écoutez, Joey, reprit-il sur un ton beaucoup plus mesuré, on pourrait discuter de l'affaire des heures. Ce n'est pas pour ça que je suis ici. Je suis ici pour parler de Donté. Vous deux, les gars, vous étiez amis, vous avez grandi ensemble, vous avez été dans la même équipe pendant, quoi, cinq ans? Vous avez vécu des heures ensemble sur le terrain de foot. Vous avez gagné ensemble, vous avez perdu ensemble. Bordel, en terminale, vous étiez co-capitaines. Pensez à sa famille, à sa mère, à ses frères, à sa sœur. Pensez à la ville, Joey, pensez combien les choses vont s'envenimer, s'il est exécuté. Faut nous aider, Joey. Donté n'a tué personne. Il s'est fait balader depuis le début.

— Je savais pas que j'avais un tel pouvoir de changer les choses.

— Oh, c'est pas gagné ! Les cours d'appel ne se laissent pas trop impressionner par les témoins qui changent subitement d'avis des années après le procès et quelques heures avant l'exécution. Si vous nous donnez cette déclaration sous serment, nous nous précipitons devant le tribunal pour hurler aussi fort que possible, mais les chances sont contre nous. N'empêche, faut qu'on essaie. Au point où nous en sommes, nous allons tout essayer.

Joey remua sa boisson avec sa paille, puis il but une longue gorgée. Il s'essuya la bouche avec une serviette en papier.

— Vous savez, ce n'est pas la première fois que nous avons cette conversation. Il y a des années, M. Flak m'a appelé, il m'a prié de venir faire un saut à son cabinet. C'était longtemps après le procès. Je crois qu'il travaillait sur la procédure en appel. Il m'a supplié de modifier mon histoire, de déclarer que sa version était la vérité. Je lui ai répondu d'aller se faire foutre.

— Je sais. Cela fait longtemps que je travaille sur l'affaire.

Après avoir englouti la moitié de ses quesadillas, Joey perdit subitement tout intérêt pour son déjeuner. Il repoussa son assiette et rapprocha la boisson qu'il avait devant lui. Il la remua lentement et regarda le liquide tournoyer contre les parois du verre.

— Les choses sont très différentes, cette fois-ci, Joey, fit Pryor à voix basse, en insistant. On est à la fin du quatrième quart-temps, pour Donté, le match est presque terminé.

Le stylo-plume au corps marron et renflé agrafé à la poche intérieure du détective était en fait un micro. Il était complètement visible, et rangé à côté d'un autre stylo à plume, avec sa cartouche d'encre, et un roller pour le cas où il aurait fallu écrire. Un fil minuscule courait de cette poche intérieure à la poche frontale gauche de son pantalon, où il mettait son téléphone portable.

À plus de trois cents kilomètres de là, Robbie écoutait. Il était dans son bureau, porte verrouillée, seul, avec un téléphone main libre qui enregistrait aussi tout.

— Vous l'avez déjà vu jouer au football ? demanda Joey.

— Non, répondit Pryor.

Leurs voix étaient claires.

— C'était quelque chose. Il couvrait le terrain comme l'immense Lawrence Taylor. Rapide, peur de rien, il était capable de démonter une défense à lui tout seul. Nous avons gagné dix matches quand on était en troisième et en seconde, mais on n'a jamais pu battre Marshall.

— Pourquoi les plus grands établissements ne l'ont-ils pas recruté ? s'enquit le privé.

« Fais-le parler », se dit Robbie.

— La taille. Dès la seconde, il a cessé de grandir, et il n'a jamais pu dépasser la barre des cent kilos. Pour les Longhorn de l'université du Texas, ce n'est pas suffisant.

— Vous devriez le voir maintenant, lui rétorqua Pryor du tac au tac. Il en pèse à peu près soixante-dix, les traits tirés, amaigri, il s'est rasé la tête, et il est enfermé dans une cellule minuscule vingt-trois heures par jour. Je crois qu'il a perdu la boule.

— Il m'a écrit deux ou trois lettres, vous le saviez ?

— Non.

Robbie se pencha plus près du poste avec haut-parleur. Il n'avait encore jamais entendu cela.

— Peu de temps après qu'ils l'ont enfermé, je vivais encore à Slone, il m'a écrit. Deux, peut-être trois lettres. Et de longues lettres. Il parlait du couloir de la mort et de l'horreur de tout ça... La nourriture, le bruit, la chaleur, l'isolement et ainsi de suite. Il me jurait qu'il n'avait jamais touché à Nikki, qu'il n'avait jamais eu de liaison avec elle. Il me jurait qu'il n'avait jamais été à proximité de la galerie marchande quand elle avait disparu. Il me suppliait de dire la vérité, de l'aider à gagner son appel et à le sortir de prison. Je ne lui ai jamais répondu.

— Vous les avez encore, ces lettres ?

Il secoua la tête.

— Non, j'ai tellement circulé depuis.

La serveuse refit son apparition et débarrassa leurs assiettes.

— Une autre margarita ? demanda-t-elle, mais Joey la renvoya d'un geste.

Le détective se pencha en avant, calé sur ses deux coudes, jusqu'à ce que leurs visages soient à cinquante centimètres l'un de l'autre. Il commença.

— Vous savez, Joey, je travaille sur cette affaire depuis des années. J'ai consacré des milliers d'heures, non seulement à y travailler, mais à réfléchir, à essayer de comprendre ce qui s'était passé. Voici ma théorie. Vous êtes devenu dingue de Nikki, et d'ailleurs, pourquoi pas ? Elle était mignonne et puis, très populaire, beaucoup de succès, nom de Dieu, le genre de fille qu'on a envie de se mettre dans la poche et de ramener à la maison pour toujours. Mais elle vous a brisé le cœur, et rien n'est plus douloureux, à dix-sept ans. Vous étiez anéanti, détruit. Ensuite, elle disparaît. Toute la ville était sous le choc, mais vous et ceux qui l'aimaient étiez particulièrement horrifiés. Tout le monde voulait la retrouver. Tout le monde voulait aider. Comment avait-elle pu simplement disparaître ? Qui l'avait enlevée ? Qui pouvait faire du mal à Nikki ? Vous avez peut-être cru que Donté était impliqué, mais pas forcément. Bon, émotionnellement, vous étiez une épave, et c'est dans cet état que vous avez décidé de vous impliquer. Vous avez appelé l'inspecteur Kerber en lui filant ce tuyau anonyme, et à partir de là tout a fait boule de neige. À ce moment-là, l'enquête a pris le mauvais virage et personne n'a pu empêcher cela. Quand vous avez appris qu'il avait avoué, vous vous êtes figuré avoir agi comme il fallait. Chopé le bon type. Ensuite, vous avez voulu jouer un petit rôle dans l'enquête. Vous avez concocté cette histoire de van vert, et subitement vous avez été le témoin phare. Vous êtes devenu le héros de tous ces gens merveilleux qui aimaient, qui adoraient Nicole Yarber. Vous êtes venu à la barre, au tribunal, vous avez levé la main droite, vous avez dit quelque chose qui n'était pas toute la vérité, mais peu importait. Vous étiez là, vous veniez en aide à votre Nikki bien-aimée. On a reconduit Donté enchaîné, on l'a conduit directement dans le couloir de la mort. Vous avez peut-être compris qu'un jour il serait exécuté, peut-être pas. Je pense qu'à l'époque, vous étiez encore adolescent, et vous étiez incapable de mesurer la gravité de ce qui se passe à présent.

— Il a avoué.

— Oui, et ses aveux sont à peu près aussi fiables que votre déposition. Pour quantité de raisons, les gens racontent des choses qui ne sont pas vraies, n'est-ce pas, Joey?

Il y eut un long silence dans la conversation, pendant lequel les deux hommes réfléchirent à ce qu'ils allaient dire ensuite. À Slone, Robbie, lui, attendait patiemment, bien qu'il n'ait jamais été réputé pour sa patience ou pour ses capacités de sereine introspection.

Ce fut Joey qui reprit la parole.

— Cette déclaration sous serment, il y a quoi, dedans?

— La vérité. Vous déclarez, sous serment, que votre témoignage au procès n'était pas exact, et ainsi de suite. Notre cabinet va le préparer. Nous pouvons la tenir prête dans moins d'une heure.

— Pas si vite. Alors, en somme, je déclarerais que j'ai menti pendant le procès?

— Nous pouvons habiller le discours, mais pour l'essentiel, c'est la teneur, oui. Nous aimerions aussi régler la question du témoignage anonyme.

— Et cette déclaration sous serment serait déposée au tribunal et aboutirait dans les journaux?

— Bien sûr. La presse suit l'affaire. Les requêtes, les appels de dernière minute feront tous l'objet d'articles.

— Donc, ma mère lira dans le journal que je déclare maintenant avoir menti au procès. Je vais admettre que je suis un menteur, exact?

— Oui, mais qu'est-ce qui est le plus important, ici, Joey? Votre réputation ou la vie de Donté?

— Pourtant, vous disiez que c'était loin d'être gagné, non? Donc, il y a de fortes chances pour que je reconnaisse avoir menti et qu'il se prenne quand même la seringue. Et là, qui est gagnant?

— Sûrement pas lui.

— Je ne pense pas, non. Écoutez, faut que je retourne bosser.

— Allons, Joey.

— Merci pour le déjeuner. Sympa de vous avoir connu.

Et là-dessus, il se glissa hors du box et se dépêcha de sortir du restaurant.

Pryor respira un bon coup et fixa la table d'un regard incrédule. Ils en étaient à parler de cette déclaration sous serment, et puis subitement la conversation avait tourné court. Il sortit lentement son téléphone portable et s'entretint avec son patron.

— Tu as tout capté ?

— Ouais, pas loupé un mot, fit Robbie.

— Des trucs dont on peut se servir ?

— Non. Rien. Ni de près ni de loin, franchement.

— Bien ce que je pensais. Désolé, Robbie. J'ai cru qu'à un certain point il allait craquer.

— Tu as fait tout ton possible, Fred. Joli boulot. Il a ta carte, non ?

— Oui.

— Rappelle-le après le travail, histoire de lui dire bonsoir, rappelle-lui juste que tu es là et que tu es prêt à discuter.

— Je vais essayer de le retrouver pour un verre. Quelque chose me dit qu'il a tendance à abuser de la bouteille. Je pourrais éventuellement le soûler et il finira par nous dire quelque chose.

— Veille simplement à ce que ce soit enregistré.

— Comme si c'était fait.

5.

Au troisième étage du St Francis Hospital, Mme Aurelia Lindmar se remettait d'une opération de la vessie, et se portait bien. Keith passa vingt minutes auprès d'elle, croqua deux chocolats bon marché à la saveur éventée envoyés par une nièce, et réussit à prendre congé avec élégance quand une infirmière fit irruption armée d'une seringue. Au quatrième étage, il s'isola dans le couloir avec Mme Charles Cooper, qui serait bientôt veuve de monsieur, fidèle membre de St Mark dont le cœur malade finissait par flancher. Il y avait là trois autres patients que Keith devait voir, mais leur état demeurait stable et ils vivraient encore jusqu'à demain, quand il aurait plus de temps. Au deuxième étage, il retrouva la trace du Dr Herzlich, qui mangeait un sandwich froid sorti d'un distributeur et lisait un texte dense, assis seul dans une petite cafétéria.

— Vous avez déjeuné? lui demanda poliment Kyle Herzlich en proposant une chaise à son prêtre.

Keith s'assit, considéra le piteux sandwich – du pain blanc avec, entre les deux tartines, une fine tranche d'une espèce de viande reconstituée par des procédés assez brutaux et répondit :

— Merci. J'ai pris un petit déjeuner tard.

— Bien. Écoutez, Keith, je suis arrivé à fouiner un peu, en fait, je suis allé aussi loin que j'ai pu, vous comprenez, j'imagine?

— Bien sûr que je comprends. Et je n'avais pas l'intention de vous obliger à fouiller dans des affaires d'ordre privé.

— Jamais. Pas possible. Mais j'ai posé quelques questions et, bon, il y a toujours moyen de glaner quelques informations parcellaires. Votre homme s'est présenté au moins deux fois ici au cours du mois écoulé pour une batterie d'examens, et cette histoire de tumeur est apparue. Pas joli-joli, comme pronostic.

— Merci, docteur.

Keith n'était pas surpris d'apprendre que Travis Boyette disait la vérité, du moins concernant sa tumeur au cerveau.

— Je ne peux rien dire de plus.

Le docteur réussissait à manger, à lire et à parler en même temps.

— Bien sûr, aucun problème.

— Quel est son crime ?

Vous n'avez aucun intérêt à le savoir, songea Keith.

— Un crime ignoble. Criminel endurci, casier fourni.

— Pourquoi traîne-t-il du côté de St Mark ?

— Nous sommes ouverts au public, docteur. Nous sommes censés servir toutes les créatures de Dieu, même celles qui ont un casier judiciaire criminel.

— J'imagine bien. Des motifs de crainte ?

— Non. Il est inoffensif.

Contentez-vous de planquer les femmes et les jeunes filles – et peut-être les petits garçons.

Keith le remercia encore et le pria de l'excuser.

— À dimanche, fit le docteur, les yeux vissés à son rapport médical.

Anchor House était un édifice carré, l'allure d'une boîte en brique rouge aux fenêtres peintes, le type d'architecture qui pourrait servir à tout et n'importe quoi – ce qui avait probablement été le cas depuis sa construction hâtive, quarante ans plus tôt. Ceux qui l'avaient bâti étaient pressés par le temps et n'avaient pas vu la nécessité de faire appel à des architectes. À sept heures du soir, ce lundi-là, le révérend Schroeder y accéda en empruntant l'entrée donnant sur le trottoir de la Dix-Septième Rue et s'arrêta devant un semblant de réception où un ancien condamné surveillait les allées et venues.

— Oui, monsieur, lui dit-il sans le moindre soupçon de chaleur humaine.

— Je voudrais voir Travis Boyette.

Le cerbère regarda sur sa gauche, vers une vaste salle ouverte où une dizaine d'hommes étaient assis avec plus ou moins de décontraction, en train de regarder une télévision de très grand format très bruyante, tous envoûtés par « La Roue de la fortune ». Ensuite, il regarda sur sa droite, vers une autre salle, aussi vaste, aussi ouverte, où une dizaine d'hommes lisaient des journaux à moitié en lambeaux ou jouaient aux dames et aux échecs.

— Par là, fit l'homme, en désignant les lieux d'un signe de tête. Signez ici.

Keith signa et marcha jusqu'au coin de la pièce. Quand Boyette le vit approcher, il attrapa sa canne et se leva précipitamment.

— Je vous attendais pas, fit-il, manifestement surpris.

— J'étais dans le quartier. Vous avez quelques minutes, que l'on se parle ?

Les autres types remarquèrent vaguement la présence du prêtre. Les parties de dames et d'échecs continuèrent sans s'interrompre.

— Bien sûr, répondit l'autre, en jetant un œil autour de lui. Allons au réfectoire.

Keith le suivit, en observant sa jambe gauche qui marquait un léger temps d'arrêt à chaque pas, ce qui provoquait cette démarche traînante. La canne frappait le sol en cadence avec le claquement de leurs talons. Ce devait être épouvantable, songea-t-il, de vivre chaque minute de son existence avec une tumeur de stade quatre entre les tempes, une tumeur qui grossissait, grossissait jusqu'à ce que votre crâne vous donne l'impression d'éclater. Si lamentable que soit cet individu, il ne pouvait s'empêcher de se sentir désolé pour lui. Un homme mort.

Le réfectoire était une salle de dimensions modestes, avec quatre longues tables et une large ouverture dans le fond qui s'ouvrait sur la cuisine. Le personnel de nettoyage faisait un beau raffut, en balançant des casseroles et des poêles au milieu des rires. De la musique rap sortait d'une radio. C'était la couverture parfaite pour une conversation discrète.

— Nous pouvons discuter ici, fit l'ancien détenu, en désignant une table.

Il restait des miettes de nourriture éparpillées dessus. Une odeur chargée d'huile de cuisine demeurait en suspens dans l'air. Ils s'assirent l'un en face de l'autre. Comme ils n'avaient aucun sujet en commun hormis la météo, Keith décida de ne pas perdre de temps.

— Voulez-vous un café ? lui proposa poliment Boyette.

— Non, merci.

— Sage décision. Le pire café du Kansas. Pire qu'en prison.

— Travis, après votre départ ce matin, je me suis connecté, j'ai trouvé le site Internet consacré à Donté Drumm, et j'ai passé le reste de la journée à m'immerger dans ce monde. C'est captivant, et c'est à vous briser le cœur. Il subsiste des doutes sérieux sur sa culpabilité.

— Sérieux ? fit l'ex-taulard avec un rire. Il peut y en avoir, des doutes, et des sérieux. Ce garçon n'avait rien à voir avec ce qui est arrivé à Nikki.

— Qu'est-il arrivé à Nikki ?

Un regard effarouché, comme celui d'un lapin pris dans les phares d'une voiture. Un silence. Boyette s'enveloppa le crâne des deux mains et se massa le cuir chevelu. Ses épaules se mirent à trembler. Il était à nouveau saisi de ce tic, qui s'en fut, et qui revint. Le révérend le regardait, et il pouvait presque ressentir son atroce souffrance. La musique rap martelait stupidement depuis la cuisine.

Le révérend plongea lentement la main dans la poche de son manteau et en retira une feuille de papier pliée en quatre. Il la déplia et la fit glisser sur la table.

— Cette fille, vous la reconnaissez ?

C'était la photo en noir et blanc imprimée à partir du site Internet, un portrait de Nicole Yarber, qui posait dans sa tenue de pom-pom girl, en souriant avec toute l'innocence d'une charmante adolescente de dix-sept ans.

Au début, Boyette ne réagit pas. Il regarda Nikki comme s'il ne l'avait jamais vue. Il la dévisagea un long moment, et puis des larmes coulèrent, sans avertissement. Pas de hoquets, pas de sanglots, pas d'excuses, rien qu'un flot mouillé qui lui dégoulinait sur les joues et jusqu'au menton. Il ne fit aucun effort pour s'essuyer la figure. Il regarda Keith, et les deux hommes se dévisagèrent, sans que les larmes cessent. La photo était mouillée, maintenant.

Boyette lâcha un grognement, se racla la gorge.

— J'ai vraiment envie de mourir.

Schroeder revint de la cuisine avec deux cafés noirs dans des tasses en plastique, ainsi que des serviettes en papier. Boyette en prit une, s'essuya le visage et le menton.

— Merci, fit-il.

Keith se rassit sur son siège.

— Qu'est-il arrivé à Nikki ?

L'autre eut l'air de compter jusqu'à dix avant de répondre.

— Je la tiens encore.

Le révérend se croyait prêt à toutes les réponses possibles, mais en fait, non. Se pouvait-il qu'elle soit en vie ? Non. Cet homme avait passé six années en prison. Comment pouvait-il la garder enfermée quelque part ? Il est fou.

— Où est-elle ? insista-t-il avec fermeté.

— Enterrée.

— Où ?

— Missouri.

— Écoutez, Travis, ces réponses où il faut vous tirer les mots de la bouche vont nous retenir ici une éternité. Vous vous êtes présenté à mon bureau ce matin pour une raison : vous confesser, enfin. Mais vous n'avez pas su puiser assez de courage en vous, alors me voici. J'écoute.

— Pourquoi ça vous intéresse tant ?

— C'est assez évident, non ? Un innocent est sur le point d'être exécuté pour un acte que vous avez commis. Il est peut-être temps de le sauver.

— J'en doute.

— Avez-vous tué Nicole Yarber ?

— Cette conversation est confidentielle, monsieur le pasteur ?

— Voulez-vous qu'elle le soit ?

— Oui.

— Pourquoi ? Pourquoi ne pas vous confesser, et procéder ensuite à des aveux complets, pour essayer ensuite de venir en aide à Donté Drumm ? C'est ce que vous devriez faire, Travis. D'après ce que vous m'avez dit ce matin, vos jours sont comptés.

— Cela restera confidentiel ou pas ?

Le prêtre respira profondément, puis il commit l'erreur de boire une gorgée de café. Sur ce breuvage, l'ancien détenu avait vu juste.

— Si vous voulez que cela soit confidentiel, Travis, alors ça le sera.

Un sourire, et de nouveau ce tic. Il lança un regard autour de lui, bien que personne n'ait remarqué leur présence. Il eut d'abord un hochement de tête.

— C'est moi qui ai fait ça, pasteur. Je ne sais pas pourquoi. Je ne sais jamais pourquoi.

— Vous l'avez agressée sur le parking ?

La tumeur grossissait, les migraines frappaient comme l'éclair. Il s'empoigna de nouveau la tête et tâcha de dompter l'orage. Il serra les mâchoires, dans un effort résolu pour continuer.

— Je l'ai agressée, je l'ai emmenée. J'avais un pistolet, elle n'a pas beaucoup résisté. On a quitté la ville. Je l'ai gardée quelques jours. On a baisé. On...

— Vous n'avez pas baisé. Vous l'avez violée.

— Oui, et pas qu'une fois, plusieurs. Ensuite j'ai fait la chose, et je l'ai enterrée.

— Vous l'avez tuée ?

— Oui.

— Comment ?

— Je l'ai étranglée avec sa ceinture, serrée autour du cou.

— Et vous l'avez enterrée ?

— Oui.

Boyette regarda la photo, et Keith discerna presque un sourire.

— Où cela ?

— Au sud de Joplin, là où j'ai grandi. C'est plein de collines, de vallées, de cuvettes, de chemins forestiers, de routes culs-de-sac. On ne la retrouvera jamais. Ils s'en sont jamais approchés.

Un long silence, le temps de se faire à cette réalité révoltante. Il y avait une chance pour qu'il mente, bien sûr, mais Keith ne pouvait se résoudre à y croire. Que pouvait-il gagner à mentir, surtout à ce stade de sa vie misérable ?

Les lumières de la cuisine s'éteignirent et on coupa la radio. Trois Noirs costauds se dirigèrent vers la sortie en traversant le réfectoire. Ils adressèrent un signe de tête et quelques propos polis au révérend, mais à peine un coup d'œil à Travis. Ils refermèrent la porte derrière eux.

Keith prit la sortie papier de la photo et la retourna. Il retira le capuchon de son stylo et écrivit quelque chose dessus au dos de la feuille.

— Et si vous me fournissiez un peu de contexte, Boyette ?

— Bien sûr. Je n'ai rien d'autre à faire.

— Pourquoi étiez-vous à Slone, au Texas ?

— Je travaillais pour une compagnie qui s'appelle R. S. McGuire and Sons, dans la périphérie de Fort Smith. Une entreprise de bâtiment. Ils avaient un contrat de construction d'un entrepôt, pour Monsanto, juste à la sortie ouest de Slone. Ils m'ont embauché comme manœuvre, genre fantassin, un boulot de merde, mais c'est tout ce que j'avais pu dégotter. Ils me payaient moins que le salaire minimum, en liquide, au noir, pareil que les Mexicains. Soixante heures par semaine, au forfait, sans assurance sociale, sans compétences requises, sans rien de rien. Pas la peine que vous perdiez votre temps à contrôler avec l'entreprise, parce que officiellement je n'ai jamais été employé. Je louais une chambre dans un vieux motel, à l'ouest de la ville, on l'appelait le Rebel Motor Inn. Il est probablement encore là. Vérifiez. Quarante dollars la semaine. Ce boulot a duré cinq ou six mois. Un vendredi soir, j'ai vu de la lumière, j'ai repéré le terrain derrière le lycée, je me suis acheté un billet, et je me suis assis au milieu de la foule. Je ne connaissais personne, pas un visage familier. Ils regardaient un match de foot. Moi, je regardais les pom-pom girls. Toujours adoré les pom-pom girls. De jolis petits culs, des jupes courtes, des bas noirs dessous. Elles font des bonds et des sauts périlleux, elles gigotent et elles vous en montrent. Elles ont envie d'être vues. C'est là que je suis tombé amoureux de Nicole. Elle était là, rien que pour moi, et elle me montrait tout. Dès le premier instant, j'ai su que ce serait elle.

— Qu'elle serait la prochaine.

— Exact, la prochaine. Un vendredi sur deux, j'allais au match. Je ne m'asseyais jamais deux fois de suite à la même place, je ne portais jamais les mêmes vêtements. Je mettais des casquettes différentes. Ce sont des choses que vous apprenez, quand vous traquez quelqu'un. Elle a fini par remplir tout mon univers, et je sentais ces pulsions devenir de plus en plus fortes. Je savais ce qui était sur le point d'arriver, mais je ne pouvais m'en empêcher. Je n'ai jamais pu m'en empêcher. Jamais.

Il but une gorgée de café et grimaça.

— Avez-vous vu Donté Drumm jouer?

— Peut-être, je me souviens pas. Je ne regardais jamais les matches, je remarquais rien, sauf Nicole. Et puis, subitement, plus de Nicole. La saison était finie. J'étais désespéré. Elle conduisait sa petite BMW rouge si sexy, la seule de la ville, donc elle n'était pas difficile à trouver, si vous saviez où chercher. Elle aimait bien traîner dans les endroits habituels. J'ai vu sa voiture garée devant la galerie marchande, ce soir-là, je m'suis dit qu'elle devait être au cinéma. J'ai attendu, attendu. Je suis très patient quand il faut. Dès que la place de stationnement à côté de sa voiture s'est libérée, je me suis garé dedans, en marche arrière.

— Que conduisiez-vous?

— Un vieux pick-up Chevrolet, volé en Arkansas. Avec des plaques volées au Texas. J'ai reculé sur cette place de parking, donc j'avais ma portière tout près de la sienne. Lorsqu'elle est tombée dans le piège, je lui ai sauté dessus. J'avais un pistolet et un rouleau d'adhésif, et j'ai jamais eu besoin d'autre chose. Sans un bruit.

Il lui débita les détails avec un détachement neutre, comme s'il décrivait une scène de film. Voilà ce qui s'est passé. Voilà comment j'ai procédé. N'attendez pas de moi que je vous explique pourquoi.

Les larmes avaient disparu depuis longtemps.

— Pour Nikki, c'était un sale week-end. Je me sens presque désolé pour elle.

— Je n'ai pas vraiment envie de connaître ces détails, fit Keith en l'interrompant. Combien de temps avez-vous séjourné à Slone après l'avoir tuée ?

— Quelques semaines, je crois. Jusqu'à Noël, début janvier. Je lisais le journal local, je suivais les infos tard le soir. La ville était en plein délire à cause de cette fille. J'ai vu sa maman chialer à la télé. Vraiment triste. Tous les jours, il y avait un nouveau groupe de recherche, avec une équipe de la télé qui les suivait. Les idiots. Nikki était à trois cents kilomètres de là, elle dormait avec les anges.

Ce souvenir lui tira un gloussement.

— Je suis certain que vous ne trouvez pas cela drôle.

— Désolé, pasteur.

— Comment avez-vous appris l'arrestation de Donté Drumm ?

— Il y avait une gargote près du motel, et j'aimais bien aller là-bas boire un café tôt le matin. Je les ai entendus causer, ils racontaient qu'un footballeur avait avoué, un gars noir. J'ai acheté un journal, me suis assis dans ma camionnette, j'ai lu l'histoire, et j'ai réfléchi. Quelle bande d'idiots ! J'en revenais pas. J'arrivais pas à y croire. Il y avait une photo de Drumm, un cliché de la police, le gamin avait l'air sympa, et je me souviens d'avoir observé son visage en me disant qu'il devait lui manquer une case. Sinon, pourquoi il avouerait mon crime ? Ça m'a pas mal foutu en rogne. Fallait qu'il soit dingue, ce gamin. Ensuite, le lendemain, son avocat a piqué une gueulante dans le canard, en disant haut et fort que ces aveux étaient bidons, que les flics avaient piégé le gosse, l'avaient embrouillé et l'avaient fait craquer en le bouclant dans une pièce pendant quinze heures. Pour moi, c'était logique. J'ai jamais croisé un flic à qui je pouvais me fier. La ville était pas loin d'éclater. Les Blancs voulaient lui passer la cravate en plein Main Street. Les Noirs étaient convaincus que le gamin s'était fait balader. Les choses étaient tendues. Pas mal de bagarres au lycée. Ensuite on m'a viré et je suis allé voir ailleurs.

— Pourquoi vous a-t-on viré ?

— Stupide que je suis. J'ai traîné trop longtemps dans un bar, un soir. Les flics m'ont arrêté pour conduite en état d'ivresse, ensuite ils se sont aperçus que le pick-up et les plaques étaient volés. J'ai passé une semaine en prison.

— À Slone.

— Ouais. Vérifiez. Janvier 1999. Accusé de vol qualifié, conduite en état d'ivresse, et tout ce qu'ils ont pu me balancer d'autre.

— Donté était-il dans la même prison ?

— Je l'ai jamais vu, mais ça causait beaucoup. La rumeur, c'était qu'ils l'avaient transféré dans un autre comté, pour des raisons de sécurité. Je n'ai pas pu m'empêcher de rire. Les flics tenaient le vrai tueur, et ils en savaient rien.

Le prêtre prenait des notes, mais il avait du mal à croire à ce qu'il écrivait.

— Comment êtes-vous sorti de là ?

— Ils m'ont assigné un avocat. Il a fait baisser le montant de ma caution. J'ai payé la somme, j'ai filé de la ville, et je suis jamais revenu. J'ai zoné par-ci par-là et ensuite on m'a arrêté, à Wichita.

— Vous vous souvenez du nom de l'avocat ?

— Vous en êtes encore à vérifier mes propos, pasteur ?

— Oui.

— Vous croyez que je mens ?

— Non, mais cela ne fait pas de mal de vérifier la réalité de ces éléments.

— Non, je ne me souviens pas de son nom. J'ai eu un tas d'avocats, dans ma vie. Je leur ai jamais versé un centime.

— Cette arrestation à Wichita, c'était pour tentative de viol, exact ?

— Un truc du genre. Tentative d'agression sexuelle, plus enlèvement. Il n'y avait pas eu de sexe, ça n'était pas allé aussi loin. La fille faisait du karaté. Ça s'est pas déroulé comme prévu. Elle m'a collé un coup de pied dans les couilles et j'ai dégueulé pendant deux jours.

— Je crois que vous avez été condamné à dix ans. Vous en avez purgé six, et maintenant vous êtes ici.

— Joli travail, pasteur. Vous avez bien bossé.

— Avez-vous suivi l'affaire Drumm ?

— Oh, j'y ai plus ou moins pensé pendant quelques années. Je me suis dit que les avocats et les tribunaux allaient finir par s'apercevoir qu'ils ne tenaient pas le bon client. Je veux dire, bordel, même au Texas ils ont des instances supérieures qui examinent les affaires et tout. Forcément, à un moment, quelqu'un allait se réveiller et voir l'évidence. Avec le temps, je pense que j'ai fini par oublier. J'avais mes propres soucis. Quand vous êtes en sécurité maximum, vous consacrez pas trop de temps à vous soucier des autres.

— Et Nikki? Vous consacrez du temps à penser à elle?

Boyette ne répondit pas et, alors que les secondes s'égrenaient lentement, il devenait clair qu'il ne répondrait pas à cette question. Keith continuait de griffonner, de prendre des notes pour savoir quoi faire ensuite. Il n'y avait aucune certitude nulle part.

— Éprouvez-vous la moindre compassion pour la famille?

— J'ai été violé quand j'avais huit ans. Je ne me rappelle pas la moindre parole de compassion de qui que ce soit. En fait, personne n'a levé la main pour empêcher la chose. Et la chose s'est perpétuée. Vous avez vu mon casier, pasteur, j'ai fait plusieurs victimes. Je pouvais pas m'en empêcher. Pas sûr que je puisse m'arrêter, encore aujourd'hui. Alors évidemment, la compassion, je vais pas perdre mon temps à ce genre de truc. – Keith secoua la tête, avec une expression de dégoût. – Comprenez-moi bien, pasteur. J'ai beaucoup de regrets. J'aurais préféré ne jamais commettre tous ces actes terribles. J'aurais préféré un million de fois être quelqu'un de normal. Toute ma vie, j'ai eu envie d'arrêter de causer du mal aux autres, disons, de me ranger, de plus aller en prison, de me trouver un boulot, et tout ça. J'ai pas choisi d'être comme je suis.

Posément, le prêtre plia la feuille de papier et la glissa dans la poche de son manteau. Il revissa le capuchon de son stylo. Il croisa les bras et fixa son interlocuteur du regard.

— J'imagine que votre intention est de rester sans rien faire, de laisser les choses suivre leur cours, au Texas.

— Non, ça me perturbe. Seulement, je sais pas quoi faire, au juste.

— Et s'ils trouvaient le corps ? Dites-moi où elle est enterrée, et je vais essayer de contacter les bons interlocuteurs sur place.

— Vous êtes sûr que vous avez envie de vous impliquer ?

— Non, mais je ne peux pas faire non plus comme si je ne savais rien.

Boyette se pencha en avant et se remit à agiter la tête.

— Personne ne sera capable de la retrouver, à part moi, fit-il, et sa voix se brisa. – Il s'écoula un moment, et la douleur reflua. – Je ne suis pas sûr de pouvoir, maintenant. Ça remonte à si longtemps.

— Cela remonte à neuf ans.

— Pas si loin. Je suis retourné la voir deux trois fois, après sa mort.

Les deux paumes levées dans un geste de défense, le révérend l'interrompit.

— Je ne veux pas entendre ça. Supposons que j'appelle l'avocat de Drumm et que je lui parle du corps. Je ne révélerai pas votre nom, mais comme ça au moins il y aura quelqu'un qui connaît la vérité, là-bas.

— Et après ?

— Je l'ignore. Je ne suis pas avocat. Peut-être pourrai-je convaincre quelqu'un. Je souhaite essayer.

— La seule personne qui puisse éventuellement la trouver, c'est moi, et je ne peux pas quitter l'État du Kansas. Bordel, je peux même pas sortir de ce comté. Si je sors, ils me coffreront pour violation de ma liberté conditionnelle et ils me renverront en taule. Pasteur, je retournerai pas en prison.

— Quelle différence cela fait-il, Travis ? Dans quelques mois, vous serez mort, pour reprendre vos propres termes.

L'autre devint très calme, très silencieux, et se mit à tapoter le bout de ses doigts les uns contre les autres. Il dévisagea le prêtre avec des yeux durs et secs, sans ciller. Il parla à voix basse, mais ferme.

— Pasteur, je peux pas avouer un meurtre.

— Pourquoi pas ? Vous avez eu au moins quatre condamnations pour des crimes divers, tous liés à des agressions sexuelles. Vous avez passé l'essentiel de votre vie d'adulte en prison. Vous êtes atteint d'une tumeur inopérable au cerveau. Ce meurtre, vous l'avez réellement commis. Pourquoi ne pas avoir le courage de l'admettre et de sauver la vie d'un homme innocent ?

— Ma mère est encore en vie.

— Où vit-elle ?

— À Joplin, Missouri.

— Et son nom ?

— Vous allez lui passer un coup de fil, pasteur ?

— Non. Je ne vais pas l'importuner. Quel est son nom ?

— Susan Boyette.

— Et elle habitait dans Trotter Street, exact ?

— Comment vous... ?

— Votre mère est morte il y a trois ans, Travis.

— Comment vous... ?

— Google, ça m'a pris à peu près dix minutes.

— C'est quoi, Google ?

— Un moteur de recherche, sur Internet. Sur quoi d'autre m'avez-vous menti ? Combien de mensonges m'avez-vous inventés aujourd'hui, Travis ?

— Si je mens, alors pourquoi êtes-vous ici ?

— Je n'en sais rien. C'est une excellente question. Vous me racontez une histoire intéressante et vous avez un casier chargé, mais vous ne pouvez rien prouver.

L'autre haussa les épaules comme si cela lui était égal, mais ses joues s'empourprèrent et ses yeux se plissèrent.

— Je n'ai rien à prouver. Je ne suis pas accusé, pour une fois, ça me change.

— Sa carte de salle de sport et sa carte du lycée ont été retrouvées sur un banc de sable au bord de la rivière Rouge. Comment cela cadre-t-il avec votre histoire ?

— Son téléphone était dans son sac à main. Dès que je l'ai chopée, ce foutu machin s'est mis à sonner et ça ne s'arrêtait pas. Finalement, je me suis foutu en pétard, j'ai attrapé son sac, et je l'ai balancé du haut du pont. Mais j'ai gardé la fille. Il me la fallait. Elle me rappelle votre femme, très mignonne.

— Fermez-la, Travis, lâcha Keith, d'instinct, avant d'avoir pu s'en empêcher. – Il respira profondément. – Laissez ma femme en dehors de tout cela, ajouta-t-il, en détachant ses mots.

— Désolé, pasteur. – Il sortit une petite chaînette qui pendait à son cou. – Vous voulez une preuve. Jetez un œil à ça. – Une bague en or, une chevalière aux armes d'un lycée, sertie d'une pierre bleue, était attachée à la chaînette. Il décrocha la chaînette et lui tendit la bague. – Sur un côté, c'est gravé ANY, fit-il avec un sourire. Alicia Nicole Yarber. Sur l'autre, vous avez SHS 1999. Cette bonne vieille Slone High School.

Keith pinça la bague entre son pouce et son index, et la fixa d'un regard incrédule.

— Montrez-la à sa mère et regardez-la pleurer. La seule autre preuve que je possède, pasteur, c'est Nicole elle-même, et plus je pense à elle, plus je suis convaincu qu'on devrait la laisser tranquille.

Le pasteur posa la bague sur la table et l'autre la reprit. Soudain, il rejeta sa chaise en arrière, attrapa sa canne et se leva.

— Je n'aime pas être traité de menteur, pasteur. Rentrez chez vous faire joujou avec votre femme.

— Menteur, violeur, meurtrier, et vous êtes aussi un lâche, Travis. Pourquoi ne commettez-vous pas une bonne action, pour une fois dans votre existence ? Et vite, avant qu'il ne soit trop tard.

— Laissez-moi tranquille, c'est tout.

Boyette ouvrit la porte, et la claqua derrière lui.

6.

L'argumentation de la partie plaignante en faveur de la culpabilité reposait sur le vain espoir qu'un jour, quelqu'un, quelque part, retrouverait le corps de Nicole. Il ne saurait rester immergé à jamais, n'est-ce pas? La rivière Rouge finirait par le restituer, et un pêcheur ou un capitaine de bateau, ou même un gamin barbotant dans un bras mort le découvrirait et appellerait à l'aide. Après l'identification des restes, la dernière pièce du puzzle s'emboîterait à la perfection. Tous les éléments sans réponse trouveraient leur solution. Plus de questions, plus de doutes. Une police et des procureurs sûrs d'eux pourraient tranquillement considérer l'affaire comme classée.

En l'absence d'un corps, la condamnation n'était pas si difficile à obtenir. L'accusation avait mené une attaque en règle contre Donté Drumm et, tout en militant sans relâche pour la tenue d'un procès, elle avait aussi fortement misé sur l'apparition d'un cadavre. Mais neuf années s'étaient écoulées et la rivière ne s'était guère montrée coopérative. Les espoirs et les prières, les rêves pour certains, s'étaient évanouis depuis longtemps. Et bien que cette situation éveillât le doute dans les esprits de certains observateurs, elle n'avait ébranlé en rien les convictions de ceux qui étaient responsables de la sentence de mort qui avait frappé Donté. Après des années d'œillères, et face à un tel enjeu, ils demeuraient convaincus, sans le moindre doute, d'avoir épinglé le tueur de la jeune fille. Ils s'étaient bien trop investis pour remettre en cause les théories et les actes qui étaient les leurs.

Le procureur de district était un dénommé Paul Koffee, un procureur de carrière coriace, élu et réélu sans aucune opposition véritable depuis plus de vingt ans. C'était un ancien marine qui aimait se battre, et qui gagnait généralement. Son pourcentage élevé de condamnations obtenues s'étalait partout sur son site Internet et, lors des élections judiciaires, il les claironnait dans des placards publicitaires tapageurs diffusés par publipostage. Il faisait rarement preuve de compassion pour les accusés. Et, comme pour la plupart des procureurs de district de petites villes, seuls un meurtre ou un viol à sensation venaient rompre la routine laborieuse de son bureau, occupé principalement à chasser les accros à la méthadone et les voleurs de voitures. À sa grande contrariété, qu'il se gardait bien d'afficher, il n'avait instruit que deux meurtres dans sa carrière – un piètre record, au Texas. Celui de Nicole Yarber était le premier et le plus notoire. Trois ans plus tard, en 2002, il avait facilement obtenu un verdict de peine capitale dans une affaire impliquant une grosse transaction de drogue ratée qui avait laissé une route de campagne jonchée de morts.

Et Koffee n'en obtiendrait jamais d'autre que ces deux-là. En raison d'un scandale, il quittait son poste. Il avait promis à l'opinion de ne pas briguer sa réélection dans deux ans. La femme qui était son épouse depuis vingt-deux ans l'avait quitté, une sortie peu discrète et rondement menée. L'exécution de Drumm serait donc son ultime heure de gloire.

Après son travail exemplaire dans l'affaire Drumm, son acolyte, le dénommé Drew Kerber, avait été promu inspecteur chef de la police de Slone, un poste qu'il était encore fier de détenir. Il approchait les quarante-six ans, il était dix ans plus jeune que le procureur, et même s'ils travaillaient souvent étroitement ensemble, ils fréquentaient des cercles différents. Kerber était un flic. Koffee était un juriste. À Slone, comme dans la plupart des petites villes du sud, les lignes de partage étaient clairement tracées.

À plusieurs reprises, chacun des deux hommes avait promis à Donté Drumm qu'il serait là quand il « se prendrait sa piquouse ». Kerber le lui avait promis le premier, lors de l'interrogatoire brutal qui avait engendré ces fameux aveux.

Quand il n'était pas en train de balancer des manchettes en pleine poitrine au jeune homme en le traitant de tous les noms possibles et imaginables, il n'arrêtait pas de lui jurer qu'il l'aurait, «sa piquouse», et que lui, l'inspecteur Kerber, serait là pour assister à la chose.

Pour Koffee, la conversation avait été bien plus brève. Lors d'une pause, pendant le procès, profitant de ce que Robbie Flak n'était pas dans les parages, il avait arrangé une brève rencontre secrète avec Donté Drumm sous une cage d'escalier, juste à l'extérieur de la salle d'audience. Il lui avait proposé un accord – il plaidait coupable, il prenait la perpétuité, sans libération conditionnelle – sans quoi, il écoperait de la mort. Donté avait refusé et réaffirmé son innocence, Koffee l'avait insulté et lui avait promis de venir le regarder mourir. Quelques instants plus tard, Flak l'agressait verbalement, et le procureur niait cette entrevue.

Les deux hommes avaient vécu neuf ans avec l'affaire Yarber et, pour des raisons diverses, ils avaient souvent ressenti le besoin d'«aller rendre visite à Reeva». Ce n'était pas toujours une visite agréable, pas toujours un moment très attendu, mais elle représentait un élément si important de cette affaire qu'il ne fallait jamais la négliger.

Reeva Pike était la mère de Nicole, une femme robuste au tempérament tumultueux, qui avait embrassé son statut de victime avec un empressement qui frisait souvent le ridicule. Son implication dans l'affaire remontait à loin, et demeurait toujours haute en couleur et souvent controversée. À présent que l'histoire entrait dans son dernier acte, ils étaient nombreux, à Slone, à se demander ce qu'elle allait faire d'elle-même une fois que ce serait terminé.

Reeva n'avait pas cessé de harceler Kerber et la police, pendant les deux semaines où ils avaient recherché Nicole. Elle était venue gémir devant les caméras de télévision et publiquement morigéner tous les élus, depuis son conseiller municipal jusqu'au gouverneur, de n'avoir pas pu retrouver sa fille. Après l'arrestation et les prétendus aveux de Donté Drumm, elle s'était rendue volontiers disponible pour d'interminables interviews où elle ne manifestait guère d'égards pour la présomption d'innocence, en réclamant la peine de mort, aussi tôt que possible. Durant de nombreuses années, elle avait enseigné la Bible à un groupe de dames de la Première Église baptiste et, armée des Saintes Écritures, elle était pratiquement capable de prêcher sur le thème de l'approbation divine du châtiment capital parrainé par l'État. Elle se référait régulièrement à Donté comme à « ce garçon », ce qui avait le don d'exaspérer les Noirs de Slone. Elle lui réservait aussi d'autres surnoms, le « monstre » et le « tueur de sang-froid » étant ses deux préférés. Pendant le procès, elle était assise au premier rang avec son mari, Wallis, et leurs deux enfants, juste derrière l'accusation, en compagnie d'autres parents et amis qui les entouraient de près. Deux shérifs adjoints étaient toujours à proximité, séparant Reeva et son clan de la famille et des partisans de Donté Drumm. Des propos tendus furent échangés lors des suspensions d'audience. La violence aurait pu éclater à tout moment. Quand le jury avait annoncé la sentence de mort, Reeva s'était levée d'un bond pour déclarer : « Loué soit le Seigneur ! » Le juge l'avait immédiatement invitée à se rasseoir et menacée de la faire expulser. Alors que l'on remmenait Donté menotté, elle n'avait pu se maîtriser. Elle avait hurlé : « Tu as assassiné mon bébé ! Quand tu rendras ton dernier souffle, je serai là ! »

Au premier anniversaire de la disparition de Nicole, et probablement de sa mort, Reeva avait organisé une veillée très élaborée à Rush Point, sur la rivière Rouge, non loin du banc de sable où l'on avait retrouvé les deux cartes, celle du lycée et celle de la salle de sport. Quelqu'un avait fabriqué une croix blanche et l'avait plantée dans le sol. Des fleurs et de grandes photos de Nikki étaient massées tout autour. Leur prêtre avait conduit un service commémoratif et remercié Dieu pour « ce verdict juste et sincère » qui venait d'être rendu par le jury. On avait allumé des cierges, chanté des psaumes, dit des prières. Cette veillée était devenue un événement annuel, toujours à cette date, et Reeva était chaque fois présente, souvent avec des équipes des médias dans son sillage.

Elle avait rejoint un groupe de parents de victimes et n'avait pas tardé à prendre part à des conférences et à prononcer des discours. Elle avait adressé une longue liste de plaintes visant le système judiciaire, sa principale doléance concernant les «lenteurs interminables et douloureuses» de la justice, et s'était mise à cultiver l'art de plaire à un large public en exposant ses nouvelles théories. Elle écrivait des lettres venimeuses à Robbie Flak et elle avait même essayé d'en envoyer à Donté Drumm.

Elle avait créé un site Internet, WeMissYouNikki.com, où elle avait téléchargé des centaines de photos de la jeune fille. Elle publiait sans relâche des messages sur son blog, au sujet de son enfant et de l'affaire, en tapant souvent jusque tard dans la nuit. À deux reprises, Robbie Flak l'avait menacée de la poursuivre en raison des contenus diffamatoires qu'elle publiait en ligne, mais il savait qu'il était plus sage de la laisser tranquille. Elle assiégeait les amis de Nikki pour qu'ils publient leurs souvenirs, leurs anecdotes préférées, et elle gardait rancune aux jeunes gens qui finissaient par se désintéresser de cette histoire.

Son comportement était souvent bizarre. Périodiquement, elle allait longer la rivière en voiture, de longues heures durant, à la recherche de sa fille. On la voyait souvent sur les ponts, le regard perdu dans l'eau, égarée dans un autre monde. La rivière Rouge bifurque à Shreveport, en Louisiane, cent quatre-vingts kilomètres au sud-est de Slone. Reeva avait fini par faire une fixation sur Shreveport. Elle avait trouvé un hôtel en centre-ville avec vue sur la rivière, et c'était devenu son refuge. Elle avait passé de nombreuses nuits et de nombreuses journées là-bas, à sillonner la ville, à rôder dans les galeries marchandes, les cinémas, et tous les autres endroits où les adolescents aiment se retrouver. Elle savait que c'était irrationnel. Elle le savait, il était inconcevable que Nikki ait pu survivre et soit encore en vie, en se cachant de sa mère. Néanmoins, elle continuait de se rendre en voiture à Shreveport et d'observer les visages. Elle était incapable de lâcher prise. Il fallait qu'elle fasse quelque chose.

À plusieurs reprises, elle avait fait précipitamment le déplacement dans d'autres États où des adolescentes étaient portées disparues. Elle était l'experte, détentrice de tout un savoir qu'elle désirait partager. «Vous avez la capacité de survivre à tout cela», telle était sa devise ; elle déployait des efforts réels pour consoler et réconforter les familles, alors que plus d'un, en ville, se demandait comment elle arrivait elle-même à survivre.

Et maintenant, alors qu'on en était au compte à rebours final, les détails de l'exécution la poussaient à une véritable frénésie. Les journalistes étaient de retour, et elle avait tant de choses à leur dire. Au bout de neuf longues années d'amertume, la justice était finalement à portée de main.

Le lundi en début de soirée, Paul Koffee et Drew Kerber décidèrent donc qu'il était temps d'aller rendre visite à Reeva.

Elle les accueillit à la porte d'entrée, avec un sourire, et il y eut même de brèves étreintes. Ils ne savaient jamais sur quelle Reeva ils allaient tomber. Elle pouvait être charmante, ou se montrer au contraire effrayante. Toutefois, avec la mort de Donté si proche, elle était affable et pleine de vitalité. Ils traversèrent son intérieur confortable tout en demi-niveaux jusqu'à une vaste pièce située derrière le garage, une extension qui, avec les années, était devenue son quartier général. La moitié de cet espace était un bureau meublé d'armoires de rangement, l'autre moitié un sanctuaire dédié à sa fille. Il y avait là d'immenses agrandissements en couleur, des portraits posthumes exécutés par des admirateurs, des trophées, des rubans, des plaques et une décoration de la foire aux sciences de la classe de quatrième. À travers tous ces objets affichés, c'était l'essentiel de la vie de Nikki que l'on pouvait reconstituer.

Wallis, son deuxième mari, le beau-père de Nicole, n'était pas au domicile. Avec les années, on l'avait de moins en moins vu, et le bruit courait qu'il n'arrivait tout simplement plus à supporter le deuil permanent et les récriminations constantes de son épouse. Ils prirent place autour de la table basse, et elle leur servit un thé glacé. Après les quelques politesses d'usage, la conversation tourna vite autour de l'exécution.

— Vous avez cinq places dans la salle des témoins, lui annonça Koffee. Qui souhaite les réserver ?

— Wallis et moi, bien sûr. Chad et Marie sont encore indécis, mais ils seront sans doute là. – On aurait dit à la façon qu'elle avait d'évoquer le demi-frère et la demi-sœur de Nicole qu'ils étaient incapables de décider s'ils iraient ou non au match du dimanche suivant. – La dernière place sera probablement pour frère Ronnie. Il n'a pas très envie de regarder l'exécution, mais il ressent le besoin d'être là, pour nous.

Frère Ronnie était le pasteur de la Première Église baptiste. Il était à Slone depuis à peu près trois ans, n'avait évidemment jamais rencontré Nicole, mais il était convaincu de la culpabilité de Drumm et craignait le courroux de Reeva.

Ils s'entretinrent quelques minutes à propos du protocole du couloir de la mort, des règles concernant les témoins, du déroulement des choses, et ainsi de suite.

— Reeva, pourrions-nous nous parler demain ? s'enquit Paul Koffee.

— Bien sûr.

— Vous organisez toujours cette émission avec Fordyce ?

— Oui. Il est en ville en ce moment, et les prises de vues auront lieu à dix heures demain matin, ici même. Pourquoi me posez-vous la question ?

— Je ne suis pas certain que ce soit une bonne idée, reprit le procureur, et Kerber opina en signe d'assentiment.

— Ah, vraiment ? Et pourquoi pas ?

— C'est un personnage tellement incendiaire, Reeva. Nous sommes très inquiets des éventuelles retombées, jeudi soir. Vous savez à quel point les Noirs sont remontés.

— Nous nous attendons à des troubles, Reeva, ajouta Kerber.

— Si les Noirs provoquent des troubles, alors arrêtez-les, lâcha-t-elle.

— C'est exactement le style de situations sur lesquelles Fordyce adore se précipiter. C'est un agitateur, Reeva. Il n'a qu'une envie, provoquer des troubles dans le seul but d'en tirer parti. Ça fait grimper son taux d'audience.

— Il n'est question que de ça, et de rien d'autre, renchérit Kerber.

— Eh bien, dites-moi, que de nervosité ! fit-elle, sur le ton de la réprimande.

Sean Fordyce était un animateur de talk-show basé à New York qui avait trouvé un créneau sur le câble en transformant les procédures pour meurtre en affaires à sensation. Il était sans état d'âme, systématiquement de droite, toujours en faveur de la dernière exécution en date, du droit de porter des armes, des rafles d'immigrés clandestins, une couche sociale à laquelle il adorait s'attaquer, car c'était une cible tellement plus commode que les autres.

Ce programme n'était guère original, mais Fordyce avait trouvé le bon filon en se mettant à filmer les familles des victimes qui se préparaient à suivre une exécution. Il s'était rendu célèbre quand son équipe technique avait réussi à dissimuler une minuscule caméra dans la monture d'une paire de lunettes que portait le père d'un jeune homme assassiné en Alabama. Pour la première fois, le monde avait vu une exécution, et Sean Fordyce possédait ces images. Il les avait diffusées, rediffusées et, à chaque rediffusion, il les avait assorties d'un commentaire expliquant à quel point c'était simple, paisible et indolore, une mort bien trop confortable pour un tueur coupable de tant de violence.

En Alabama, il s'était retrouvé sous le coup d'une inculpation après des poursuites intentées par la famille du défunt, il avait reçu des menaces de mort et de blâme, mais il avait surmonté le tout. Ces accusations n'avaient pas tenu – on n'avait pu l'épingler au nom d'un délit précis. Les poursuites avaient été abandonnées. Trois ans après ce tour de force, non seulement il était toujours debout, mais il trônait au sommet du monceau d'immondices qu'étaient devenues les chaînes câblées. Et il se trouvait maintenant à Slone, occupé à préparer un nouvel épisode de cette saga. La rumeur voulait qu'il ait versé cinquante mille dollars à Reeva pour prix de l'exclusivité.

— Reeva, je vous en prie, reconsidérez la chose, insista Koffee.

— Non, Paul. La réponse est non. Je le fais pour Nicole,

pour ma famille, et pour les autres victimes. Le monde doit voir ce que ce monstre nous a infligé.

— Quelle est l'utilité de tout cela ? demanda Koffee.

Kerber et lui avaient ignoré les appels téléphoniques de l'équipe de production de Fordyce.

— On parviendra peut-être à faire changer les lois.

— Mais ici les lois fonctionnent pleinement, Reeva. Bien sûr, cela a mis plus de temps que nous ne l'aurions souhaité, mais si l'on considère les choses avec un peu de recul, neuf ans, ce n'est pas si mal.

— Oh, mon Dieu, Paul, je n'arrive pas à croire à ce que vous venez de dire. Vous n'avez pas vécu le cauchemar que nous avons vécu ces neuf dernières années.

— Non, en effet, et je ne prétends pas comprendre tout ce que vous avez enduré. Mais ce cauchemar ne prendra pas fin jeudi soir.

En tout cas, pas si Reeva s'en mêlait.

— Non, Paul, en effet, vous n'avez pas idée. Je n'arrive pas à y croire. La réponse est non. Non, non et non. Je vais donner cette interview et l'émission sera diffusée. Le monde verra à quoi tout cela ressemble.

Ils ne comptaient guère obtenir gain de cause, et ils n'étaient donc pas surpris. Une fois que Reeva Pike avait pris sa décision, il n'était plus question de discuter. Ils changèrent de sujet.

— Soit, dit Koffee. Vous sentez-vous en sécurité, Wallis et vous ?

Elle sourit, elle en rit même presque sous cape.

— Bien sûr, Paul. Nous avons une maison pleine de fusils et les voisins sont en alerte. Toutes les voitures qui s'engagent dans cette rue sont surveillées à travers la lunette d'un fusil. Nous comptons bien ne pas avoir d'ennuis.

— Il y a eu des appels téléphoniques au poste, aujourd'hui, l'avertit le chef de la police. Les trucs anonymes habituels, de vagues menaces, au cas où ce garçon serait exécuté.

— Je suis certaine que vous êtes capable de gérer, les gars, leur répliqua-t-elle sans la moindre inquiétude.

Après avoir mené cette guerre inlassable qui n'appartenait qu'à elle, elle avait oublié ce que c'était que d'avoir peur.

— Je pense que nous devrions poster une voiture de patrouille devant chez vous pour le restant de la semaine, proposa Kerber.

— Faites comme vous voulez. Pour moi, peu importe. Si les Noirs commencent à s'agiter, ils ne le feront pas par ici. Ce qu'ils brûlent en premier, d'habitude, c'est pas leurs propres baraques?

Les deux hommes haussèrent les épaules. En matière d'émeutes, ils ne possédaient aucune expérience. Côté relations entre communautés ethniques, Slone avait un passé sans histoires. Le peu qu'ils en savaient, ils l'avaient appris aux infos télévisées. Oui, apparemment, les émeutes, c'était réservé aux ghettos.

Ils parlèrent encore de tout ceci quelques minutes, et puis il fut l'heure de s'en aller. Ils s'étreignirent encore sur le pas de la porte et promirent de se revoir après l'exécution. Quel grand moment ce serait! Le bout du supplice. La justice, enfin.

Robbie Flak se gara le long du trottoir, en face du domicile des Drumm, et rassembla ses forces, avant cette nouvelle rencontre.

— Combien de fois êtes-vous venu ici? lui demanda sa passagère.

— Je ne sais pas. Des dizaines et des dizaines de fois.

Il ouvrit la portière, descendit, et elle fit de même.

Elle s'appelait Martha Handler. C'était une journaliste d'investigation, une indépendante. Elle ne travaillait pour personne, mais elle était payée à l'occasion par les grands magazines. Elle s'était rendue en visite une première fois à Slone deux ans plus tôt, quand avait éclaté le scandale Paul Koffee, après quoi elle avait développé une véritable fascination pour l'affaire Drumm. Robbie et elle avaient passé des heures ensemble, professionnellement parlant, et les choses entre eux auraient pu dégénérer, si l'avocat n'avait pas été engagé avec sa petite amie du moment, une femme vingt ans plus jeune que lui. Martha, elle, ne croyait plus à la force de l'engagement, et elle lui avait adressé des signaux contradictoires quant à la possibilité d'une ouverture ou non de ce côté-là. Il régnait une tension sexuelle entre eux deux, comme s'ils luttaient l'un et l'autre contre le besoin impérieux de dire oui. Et ils y étaient parvenus, jusqu'à présent.

Au début, elle avait prétendu n'être là que pour écrire un livre sur l'affaire. Ensuite, ce fut un article interminable pour *Vanity Fair*. Ensuite, un autre pour le *New Yorker*. Ensuite, il y avait eu un scénario pour un film qui devait être produit par l'un de ses ex-maris, à Los Angeles. De l'avis de Robbie, Martha était un auteur passable, avec une mémoire des faits exceptionnelle, mais un vrai désastre côté organisation et planification. Quel que soit le produit final, il conservait un pouvoir de veto entier, et si son projet rapportait le moindre sou, la famille Drumm et lui en auraient leur part. Au bout de deux années avec elle, il ne comptait plus sur aucun résultat. Mais enfin, il l'appréciait. Elle était d'une drôlerie malicieuse, irrévérencieuse, une zélatrice sans réserve de leur cause, et elle avait contracté une haine farouche envers presque tous les individus qu'elle avait rencontrés au Texas. De plus, elle était capable de siffler du bourbon et de jouer au poker très au-delà de minuit.

Le petit salon était bondé. Roberta Drumm était assise sur la banquette du piano, sa place habituelle. Deux de ses frères se tenaient debout près de la porte de la cuisine. Son fils Cédric, le frère aîné de Donté, installé dans le sofa, tenait dans ses bras un bambin endormi. Sa fille, Andréa, la sœur cadette de Donté, avait pris un fauteuil. Son prédicateur, le révérend, en avait choisi un autre. Robbie et Martha s'assirent tout près l'un de l'autre dans des chaises pas très solides, un peu branlantes, rapportées de la cuisine. Martha était déjà venue ici à maintes reprises, et elle avait même cuisiné pour Roberta quand celle-ci avait eu la grippe.

Après les bonsoirs, les étreintes et le café instantané habituels, Robbie prit la parole.

— Aujourd'hui, il ne s'est rien passé, ce qui, en soi, n'est pas une bonne nouvelle. À la première heure demain matin, le comité de probation rendra sa décision. Ils ne se réunissent pas, ils se contentent de faire circuler le dossier et tout le monde vote. Nous ne nous attendons pas à une recommandation de clémence. Cela se produit rarement.

Nous nous attendons à un refus, et nous tenterons ensuite de nous adresser au cabinet du gouverneur, pour demander un sursis. Le gouverneur a le droit d'accorder un sursis de trente jours. Il est peu probable que nous en obtenions un, mais il faut prier pour un miracle.

Robbie Flak n'était pas homme de prière, mais dans la *Bible Belt* du Texas – l'Amérique profonde des États sudistes si ardemment religieuse – il n'était pas compliqué de jouer sur la corde sensible. Et il se trouvait dans une pièce pleine de gens qui priaient vingt-quatre heures sur vingt-quatre – à la seule exception de Martha Handler.

— Parmi les choses positives, nous avons pris contact aujourd'hui avec Joey Gamble, nous l'avons retrouvé dans les environs de Houston, une localité qui s'appelle Mission Bend. Notre détective privé a déjeuné avec lui, il l'a confronté à la vérité, il lui a souligné l'urgence de la situation, et ainsi de suite. Il surveille l'affaire et il connaît l'enjeu. Nous avons invité Joey à signer une déclaration sous serment, à revenir sur les mensonges qu'il a racontés au procès, et il a refusé. Cela étant, nous n'allons pas renoncer. Il n'était pas fermement décidé. Il a eu l'air d'hésiter, d'être perturbé par ce qui arrive à Donté.

— Et s'il signe cette déclaration, s'il dit la vérité ? demanda Cédric.

— Eh bien, cela nous met d'un coup en possession de quelques munitions, de quoi aller devant la cour et faire un peu de ramdam. Le problème, en revanche, c'est que, quand des menteurs se mettent à se rétracter et à revenir sur leur témoignage, tout le monde devient très soupçonneux, surtout les juges en appel. Où s'arrête le mensonge ? Est-ce qu'il ment maintenant, ou était-ce avant qu'il mentait ? Franchement, cela se joue sur le fil, mais au stade où nous en sommes, tout se joue sur le fil.

Robbie avait toujours été quelqu'un de brusque, surtout dans ses relations avec les familles de ses clients accusés de crimes. Et, à ce stade de l'affaire Donté, créer l'espoir aurait eu peu de sens.

Roberta était assise, stoïque, les mains jointes entre ses deux genoux serrés. Elle avait cinquante-six ans, mais paraissait bien plus. Depuis la mort de son mari, Riley, cinq ans plus tôt, elle avait cessé de se teindre les cheveux et de se nourrir convenablement. Elle était grisonnante, émaciée, parlait peu, mais enfin, elle n'avait jamais été très loquace. C'était Riley la grande gueule, le vantard, le malabar, avec Roberta dans le rôle de celle qui recollait les morceaux, qui se faufilait dans le dos de son mari pour aplanir tant bien que mal les dissensions qu'il avait suscitées. Ces derniers jours, elle avait lentement accepté la réalité et elle semblait totalement l'écraser. Ni elle ni Riley, ni aucun membre de la famille, n'avaient jamais mis en doute l'innocence de Donté. Certes, il avait jadis pu chercher à faire mal à un quaterback ou au porteur du ballon, et il savait fort bien se défendre quand c'était nécessaire, sur le terrain ou dans la rue. Mais en réalité, c'était un garçon accommodant, un garçon sensible qui ne ferait jamais de mal à un innocent.

— Martha et moi nous allons à Polunsky demain, voir Donté, expliqua Robbie. Je peux lui apporter tout le courrier que vous avez pour lui.

— Demain matin, j'ai un rendez-vous avec le maire à dix heures, annonça le révérend Canty. Plusieurs autres pasteurs vont se joindre à moi. Nous avons l'intention de lui faire part de nos inquiétudes quant à ce qui risque de se produire à Slone au cas où Donté est exécuté.

— Ce sera épouvantable, s'écria un oncle.

— Ça, tu as raison, ajouta Cédric. Dans le coin, les gens sont très remontés.

— L'exécution est toujours fixée jeudi à six heures du soir, exact? s'enquit Andréa.

— Oui, fit Robbie.

— Alors, quand saurez-vous avec certitude qu'ils iront jusqu'au bout? fit-elle.

— En général, ces choses-là restent en suspens jusqu'au dernier moment, surtout parce que les avocats se battent jusqu'à la dernière minute.

Andréa eut un regard inquiet vers Cédric avant de prendre la parole.

— Bon, je vais juste vous dire, Robbie, quand ce sera terminé, pas mal de gens de ce côté-ci de la ville ont l'intention de sortir dans la rue. Il va y avoir du bazar, et je peux comprendre pourquoi. Mais une fois que ces incidents auront commencé, les choses risquent bien d'échapper à tout contrôle.

— La ville entière va devoir se tenir sur ses gardes, renchérit Cédric.

— C'est ce que nous allons expliquer au maire, rappela Canty. Il a tout intérêt à agir.

— Tout ce qu'il peut faire, c'est réagir, lui rappela Flak. Il n'a aucune influence sur le déroulement de l'exécution.

— Il ne peut pas appeler le gouverneur?

— Bien sûr que si, mais ne croyez pas que le maire soit contre cette exécution. S'il arrivait à toucher le gouverneur, il userait sans doute de son influence pour que soit rejetée toute idée de sursis. En bon Texan, le maire a un faible pour la peine de mort.

Dans la pièce, personne n'appréciait énormément le maire, et pas davantage le gouverneur, d'ailleurs. L'avocat orienta la discussion vers d'autres sujets que ces craintes de violences. Il y avait plusieurs détails importants à aborder.

— D'après le règlement de l'administration pénitentiaire, la dernière visite de la famille aura lieu à huit heures du matin, jeudi, au centre Polunsky, avant le transfert de Donté à Huntsville. Je sais, continua-t-il, que vous serez tous impatients de le voir, et il tiendra absolument à vous voir. Mais à votre arrivée là-bas, ne soyez pas surpris. Ce sera une visite comme une autre. Il sera derrière une plaque de plexiglas, et vous serez obligés de rester de l'autre côté. Vous vous parlerez par l'interphone. C'est ridicule, mais bon, voilà, c'est le Texas.

— Pas d'étreinte, pas de baisers? s'étonna Andréa.

— Non. Ils ont leurs règles.

Roberta se mit à pleurer, de discrets reniflements et de grosses larmes.

— Je ne pourrai même pas serrer mon bébé dans mes bras, se désola-t-elle. – L'un de ses frères lui tendit un mouchoir en papier, et lui tapota doucement sur l'épaule. Au bout d'une petite minute, elle se ressaisit. – Je suis désolée.

— Ne soyez pas désolée, Roberta, la rassura Robbie. Vous

êtes sa mère, et votre fils est sur le point d'être exécuté pour un acte qu'il n'a pas commis. Vous avez le droit de pleurer. Moi, à votre place, je braillerais, je crierais, je tirerais dans le tas. Et c'est peut-être bien ce que je vais faire.

— Et l'exécution proprement dite ? demanda Andréa. Qui est censé être présent ?

— La salle des témoins est divisée par un mur qui sépare la famille de la victime de celle du détenu. Tous les témoins sont debout. Il n'y a pas de sièges. Ils disposent de cinq places, vous disposez de cinq places. Le reste est attribué aux avocats, aux fonctionnaires de la prison, aux représentants de la presse et à quelques autres. Je serai là. Roberta, je sais que vous prévoyez d'être parmi les témoins, mais Donté a été catégorique, il ne souhaite pas que vous veniez. Votre nom figure sur la liste de ses témoins, mais il ne veut pas que vous voyiez cela.

— Je suis navrée, Robbie, lui répliqua-t-elle, en s'essuyant le nez. Nous avons déjà eu cette discussion. J'étais là quand il est né et je serai là quand il mourra. Il ne le sait peut-être pas, mais il aura besoin de moi. Je serai parmi les témoins.

Robbie n'allait pas discuter. Il promit de revenir le lendemain soir.

7.

Longtemps après que les garçons se furent endormis, Keith et Dana Schroeder restèrent dans la cuisine de leur modeste presbytère, propriété de l'église, dans le centre de Topeka. Ils étaient assis directement l'un en face de l'autre, chacun avec un ordinateur portable, des carnets de note et une tasse de déca. La table était encombrée d'éléments glanés sur Internet et imprimés dans le bureau de l'église. Le dîner avait été vite expédié, un plat de macaronis au fromage, car les garçons avaient des devoirs et les parents étaient préoccupés.

Même en vérifiant plusieurs sources en ligne, Dana avait été incapable de corroborer l'affirmation de Boyette selon laquelle il avait été arrêté et emprisonné à Slone en janvier 1999. Les anciennes archives du tribunal de la ville n'étaient pas accessibles. Le répertoire du barreau dressait à Slone la liste de cent trente et un avocats. Elle en choisit dix au hasard, les appela, leur indiqua qu'elle travaillait au bureau des mises en liberté conditionnelle du Kansas et qu'elle vérifiait le parcours d'un M. Travis Boyette. Avez-vous représenté un homme de ce nom? Non. Et ensuite, désolée de vous avoir dérangé. Elle n'avait pas le temps d'appeler l'ensemble des avocats, et de toute manière cela paraissait vain. Elle avait prévu d'appeler le greffe du tribunal de la ville dès le mardi matin à la première heure.

Après avoir tenu entre ses doigts la bague de collégienne de Nicole, Schroeder n'avait plus guère de doute sur le fait que Boyette lui avait raconté la vérité. Et si cette bague avait été volée avant sa disparition? suggéra Dana. Et fourguée à un prêteur sur gages? Pourquoi pas? Mais ne semblait-il pas peu probable que Boyette ait acheté une telle bague au mont-de-piété? Et ainsi de suite pendant des heures, chacun remettant en cause l'argument que l'autre venait d'énoncer.

L'essentiel des papiers disséminés sur la table provenait de deux sites Internet, WeMissYouNikki.com et FreeDonteDrumm.com. Le site de Donté, alimenté par le cabinet juridique de Robbie Flak, se révélait bien plus complet, très actif et de facture très professionnelle. Le site web de Nikki était géré par sa mère. Aucun des deux ne faisait le moindre effort de neutralité.

Dans celui de Donté, sous l'onglet «Historique de l'affaire», il fit défiler la page jusqu'au cœur du dossier de l'accusation, «Les aveux». Le texte commençait par expliquer que ce récit reposait sur deux comptes rendus différents des événements. L'interrogatoire, qui avait eu lieu sur un laps de temps de quinze heures et douze minutes, s'était déroulé avec peu d'interruptions. Donté avait été autorisé à se rendre trois fois aux toilettes, et on l'avait escorté à deux reprises dans une autre salle, au bout du couloir, pour subir des examens au détecteur de mensonge. Sinon, il n'avait jamais quitté la pièce, qui portait un surnom maison, la «salle du Chœur». Tôt ou tard, aimaient à répéter les flics, les suspects se mettaient à chanter.

La première version se fondait sur le rapport officiel de police. Il consistait en notes prises tout au long de l'interrogatoire par l'inspecteur Jim Morrissey. Pendant que Morrissey s'accordait une sieste sur un lit de camp dans le vestiaire, ces notes avaient été mises en forme par un inspecteur, Nick Needham, en l'espace de trois heures. Elles étaient dactylographiées en un rapport soigné de quatorze pages, et les inspecteurs Kerber, Morrissey et Needham juraient qu'il contenait la vérité, toute la vérité, et rien d'autre. Pas un seul mot du rapport ne suggérait le recours à des menaces, à des mensonges, à la ruse, à l'intimidation, aux sévices physiques ou à des violations des droits constitutionnels. C'était là autant de dérives dont les trois inspecteurs s'étaient maintes fois défendus devant la cour.

La seconde version contrastait fortement avec la première. Le lendemain de son arrestation, alors que Donté était seul en cellule, inculpé d'enlèvement, de viol avec voies de fait et de meurtre qualifié, et alors qu'il récupérait lentement du traumatisme psychologique de l'interrogatoire, il revint sur ses aveux. Il expliqua à son avocat, Robbie Flak, ce qui s'était passé. Sous les directives de ce dernier, Drumm commença à rédiger un compte rendu de cet interrogatoire. Deux jours plus tard, quand ce fut terminé, l'une des secrétaires juridiques de Flak avait tapé ce texte. Sa version était longue de quarante-trois pages.

Voici donc un résumé mélangeant les deux comptes rendus, augmenté de quelques analyses.

LES AVEUX

Le 2 décembre 1998, dix-huit jours après la disparition de Nicole Yarber, les inspecteurs Drew Kerber et Jim Morrissey, des services de la police de Slone, se sont rendus en voiture au South Side Health Club, pour y trouver Donté. Le club est fréquenté par les athlètes les plus assidus de ce quartier. Presque tous les après-midi, après les cours, Donté s'y livrait à des exercices. Il soulevait des poids et rééduquait sa cheville. Il était en superbe condition physique et prévoyait d'intégrer l'université d'État Sam Houston l'année suivante, afin qu'on le prenne ensuite à l'essai dans l'équipe de football, à un poste d'attente.

Vers approximativement dix-sept heures, alors qu'il repartait seul du club, il a été abordé par Kerber et Morrissey, qui se sont présentés de manière cordiale en demandant au jeune homme s'il voulait bien leur parler de Nicole Yarber. Il a accepté, et Kerber a suggéré qu'ils se retrouvent au poste de police, où ils pourraient se détendre et seraient plus tranquilles. C'est une proposition qui ne mettait pas Donté très à l'aise, mais il souhaitait aussi pleinement coopérer. Il connaissait Nicole – il avait participé aux recherches –, mais il ne savait rien sur sa disparition, et il était persuadé que ce rendez-vous à la police durerait juste quelques minutes. Il s'y est rendu au volant du véhicule familial, un van Ford vert assez usagé, et s'est garé sur une place de parking réservée aux visiteurs. En entrant dans le poste de police, il ignorait totalement qu'il effectuait là ses derniers pas d'homme libre. Il avait dix-huit ans, n'avait jamais eu de graves ennuis, et n'avait jamais été soumis à un interrogatoire de police prolongé.

On l'a accueilli à la réception. Son téléphone portable, son portefeuille et ses clefs de voiture lui ont été retirés et rangés dans un tiroir de placard pour « raisons de sécurité ».

Les inspecteurs l'ont conduit dans une salle d'interrogatoire située au sous-sol du bâtiment. D'autres officiers de police y étaient. L'un d'eux, un Noir en tenue, a reconnu le jeune homme et ils ont échangé deux mots autour du football. Une fois à l'intérieur de la salle d'interrogatoire, Morrissey lui a proposé quelque chose à boire. Donté a refusé. Il y avait une petite table rectangulaire au centre de la salle. Donté était assis d'un côté, les deux inspecteurs de l'autre. Le local était bien éclairé, sans fenêtres. Dans un coin, une caméra vidéo était montée sur un trépied, mais d'après ce que Donté pouvait en voir, elle n'était pas dirigée sur lui et ne paraissait pas allumée.

Morrissey a sorti une feuille de papier et il a expliqué au jeune homme qu'il devait avoir connaissance de ses droits, en application de « l'arrêt Miranda ». Donté leur a demandé s'il était témoin ou suspect. L'inspecteur a répliqué que, dans leurs procédures, toutes les personnes interrogées devaient être informées de leurs droits. Pas de quoi fouetter un chat. Juste une formalité.

Donté a commencé à se sentir mal à l'aise. Il a lu tous les mots écrits sur cette feuille et, comme il n'avait rien à cacher, il a signé de son nom, renonçant à son droit de garder le silence et d'être assisté par un avocat. C'était là une décision fatidique, tragique.

Lors d'un interrogatoire, les innocents sont ainsi les plus susceptibles de renoncer à leurs droits. Ils se savent innocents, et ils veulent coopérer avec la police afin de prouver leur innocence. Les suspects coupables sont plus enclins à refuser toute collaboration. Quant aux criminels endurcis, ils rient au nez de la police et la bouclent.

Morrissey a pris des notes, en commençant par inscrire l'heure à laquelle le suspect était entré dans la salle : dix-sept heures vingt-cinq.

C'était Kerber qui menait les débats. La discussion a débuté par un long résumé de la saison footballistique, les victoires, les défaites, ce qui avait mal tourné lors des matches de qualification. Le bruit qui circulait le plus, c'était un changement d'entraîneur. Kerber avait l'air de sincèrement se préoccuper de l'avenir du jeune joueur et il espérait que sa cheville pourrait guérir, qu'il puisse intégrer l'équipe, à la fac. À cet égard, Donté s'était dit confiant.

Kerber avait l'air spécialement intéressé par le programme de travail aux poids de Donté, et il lui a posé des questions précises sur ce dont il était capable au développé-couché, au squat, au curl et au soulevé de terre partiel.

Ils avaient pas mal de questions sur lui et sa famille, ses progrès universitaires, son expérience professionnelle, son petit accroc avec la loi dans cette histoire de marijuana, quand il avait seize ans et, au bout de ce qui lui avait paru durer une heure, ils avaient fini par aborder l'histoire de Nicole. Le ton avait changé. Les sourires s'étaient effacés. Les questions étaient devenues plus lourdes de sous-entendus. Depuis combien de temps la connaissait-il? Combien de classes avaient-ils fréquentées ensemble? Avaient-ils des amis communs? Avec qui sortait-il? Qui étaient ses petites copines? Et elle, avec qui sortait-elle? Était-il sorti avec Nicole? Non. Avait-il essayé de sortir avec elle? Non. Avait-il envie de sortir avec elle? Il avait envie de sortir avec un tas de filles. Des Blanches? Bien sûr, il en avait envie, mais il ne l'avait pas fait. Jamais sorti avec une fille blanche? Non. D'après la rumeur, Nicole et toi, vous vous êtes vus, en tâchant de rester discrets. Nan. Jamais rencontré cette fille en privé. Jamais touché à cette fille. Mais tu admets que tu avais envie de sortir avec elle? J'ai dit que j'avais envie de sortir avec un tas de filles, des Blanches et des Noires, et même une ou deux Hispaniques. Alors, tu aimes toutes les filles? J'aime pas mal de filles, oui, mais pas toutes.

Kerber a demandé s'il avait pris part aux recherches pour retrouver Nicole. Oui, Donté et toute sa classe de terminale avaient consacré des heures à sa recherche.

Ils ont parlé de Joey Gamble et de quelques autres garçons avec qui Nicole était sortie, des garçons qu'elle connaissait à travers le lycée. Kerber lui a plusieurs fois demandé s'il sortait avec elle, ou s'il la fréquentait en douce. Ses questions résonnaient plus comme des accusations, et le jeune homme a commencé à s'inquiéter.

Roberta Drumm servait le dîner tous les soirs à dix-neuf heures et si, pour une raison ou une autre, son fils n'était pas là, il était censé téléphoner. À dix-neuf heures, il a demandé à l'inspecteur s'il pouvait s'en aller. Juste encore quelques questions, lui a répondu ce dernier. Donté a alors demandé s'il avait le droit de téléphoner à sa mère. Non, les téléphones portables n'étaient pas permis dans l'enceinte du poste de police.

Au bout de deux heures dans cette pièce, Kerber a fini par lâcher une bombe. Il a informé Donté qu'ils avaient un témoin prêt à déclarer sous serment que Nicole avait confié à ses amies proches qu'elle voyait Donté et qu'il y avait pas mal de sexe à la clef. Mais qu'elle était obligée de garder cela secret. Ses parents n'approuveraient jamais. Son père, un homme fortuné, qui habitait à Dallas, cesserait de l'entretenir et la déshériterait. Son Église la traiterait avec le plus grand mépris. Et ainsi de suite. Ce témoin-là n'existait pas, mais au cours d'un interrogatoire, la police est autorisée à mentir.

Drumm a énergiquement nié toute liaison avec Nicole.

Et Kerber, lui, a continué sa fable, ce témoin leur avait révélé que Nicole était de plus en plus angoissée avec cette histoire. Elle avait envie d'y mettre un terme, mais lui, Donté, il refusait de la laisser tranquille. Elle disait qu'elle se sentait traquée. Elle pensait que Donté l'avait dans la peau.

Il a nié tout cela avec véhémence. Il a exigé de connaître l'identité de ce témoin, mais l'inspecteur lui a répondu que c'était confidentiel. Votre témoin ment, n'a cessé de répéter le jeune homme.

Comme dans tous les interrogatoires, les inspecteurs savaient sur quoi débouchaient leurs questions. Donté, lui, n'en savait rien. Brusquement, Kerber a changé de sujet et lui a demandé s'il s'était rendu à la galerie marchande dans la soirée du 4 décembre, un vendredi, la nuit où Nicole avait disparu.

Non. Le soir de cette disparition, il était chez lui avec sa sœur cadette. Ses parents étaient partis à Dallas pour un week-end de communion avec leur Église. Lui, il faisait en quelque sorte office de baby-sitter. Ils avaient mangé une pizza sortie du congélateur et regardé la télévision dans le coin salon, une chose que sa mère leur permettait, en général. Le van vert était garé dans l'allée. Pour aller à Dallas, ses parents avaient pris la Buick familiale. Des voisins ont témoigné ensuite que le Ford était là où il l'avait dit. Personne ne l'avait vu sortir de la soirée. Sa sœur avait témoigné sous serment qu'il était resté avec elle, et qu'il n'était pas parti.

Donté a fini par poser la question aux inspecteurs : était-il suspect ? « Pensez-vous que j'aie enlevé Nicole ? » leur répétait-il sans relâche. Quand il est devenu évident qu'ils le pensaient effectivement, il a commencé à s'agiter de plus en plus. Et il était terrorisé à l'idée d'être suspecté.

Vers vingt et une heures, Roberta Drumm était inquiète. Il manquait rarement le dîner, et il conservait généralement son portable dans sa poche. Et pourtant, ses appels tombaient directement sur le répondeur de son fils. Elle s'est mise à envoyer des e-mails à des amis, mais aucun d'eux n'était au courant de l'endroit où il se trouvait.

Kerber a questionné Donté sans détour : avait-il tué Nicole et s'était-il débarrassé de son corps ? Il a nié avec colère, contesté toute implication. L'inspecteur lui a rétorqué qu'il ne le croyait pas. Les échanges entre les deux interlocuteurs sont devenus tendus et le ton s'est dégradé. Accusations, dénégations, accusations, dénégations. À vingt et une heures quarante-cinq, Kerber a balancé sa chaise derrière lui et est sorti en trombe de la pièce. Morrissey a posé alors son stylo et s'est excusé du comportement de son collègue. Il a expliqué à Donté que ce dernier était très stressé parce qu'il était l'inspecteur en charge de l'affaire et que tout le monde avait envie de savoir ce qui était arrivé à Nicole. Il y avait une chance pour qu'elle soit encore en vie. De plus, Kerber avait le sang chaud et pouvait se montrer autoritaire.

C'était le numéro classique du bon et du mauvais flic, et Donté savait exactement à quoi s'en tenir. Mais comme Morrissey se montrait poli, il a accepté de bavarder avec lui. Ils n'ont pas discuté de l'affaire. Il lui a demandé une boisson et quelque chose à manger, et Morrissey est sorti lui chercher ça.

Drumm avait un bon ami, du nom de Torrey Pickett. Ils jouaient ensemble au football depuis la cinquième, mais lors de l'été précédant son entrée en première, son copain avait eu quelques petits démêlés avec la justice Il s'était fait prendre dans une arnaque de vente de crack, et s'était retrouvé derrière les barreaux. Il n'avait pas continué le lycée et travaillait désormais dans une épicerie de Slone. La police savait que Torrey quittait le travail tous les soirs de semaine à vingt-deux heures, l'horaire de fermeture de cette boutique. Deux officiers de police en tenue l'attendaient. Ils lui ont demandé s'il voulait bien les suivre au poste et répondre à quelques questions concernant l'affaire Nicole Yarber. Il a hésité, ce qui a éveillé les soupçons des policiers. Ils ont expliqué à Torrey que son copain était déjà tombé et qu'il avait besoin d'aide. Torrey a décidé d'aller se rendre compte par lui-même. Il est monté à l'arrière de la voiture de police. Au poste, on l'a installé dans une pièce située deux portes plus loin que celle de son copain. Cette pièce était équipée d'une large fenêtre, un miroir sans tain, de sorte que les policiers avaient la possibilité de surveiller le suspect sans que ce dernier les voie. La pièce était aussi munie de micros, permettant de suivre l'interrogatoire au moyen d'un haut-parleur situé dans le couloir. L'inspecteur Needham, opérant seul, a posé les questions générales habituelles, des questions peu agressives. Torrey a vite renoncé à ses droits Miranda. Needham a rapidement abordé le sujet des filles, et de qui sortait avec qui, et de qui chassait sur des terres où il ne fallait pas mettre les pieds. Le jeune homme a déclaré qu'il connaissait à peine Nicole, qu'il ne l'avait pas revue depuis des années. L'idée que son copain sorte avec cette fille le faisait bien rigoler. Au bout de trente minutes de questions, Needham est sorti de la pièce. Le garçon est resté assis à la table, et il a patienté.

Entre-temps, dans la salle du Chœur, Donté était soumis à un nouveau choc. Kerber l'informait qu'ils disposaient d'un témoin qui voulait bien attester que Torrey Pickett et lui avaient attrapé la fille, qu'ils l'avaient violée dans le fond du Ford vert, avant de balancer son corps du haut d'un pont, au milieu de la rivière Rouge. En fait, en entendant ces élucubrations, Drumm a éclaté de rire, et son rire est resté en travers de la gorge de l'inspecteur Kerber. Le suspect lui a alors expliqué que ce n'était pas la fille morte qui provoquait son rire, mais l'imagination dont faisait preuve l'inspecteur. Si Kerber tenait réellement un témoin, alors il était bien bête de croire ce mythomane, ce crétin. Les deux hommes se sont traités de menteurs, entre autres amabilités. C'est alors qu'une situation déjà épineuse s'est encore envenimée.

Subitement, Needham a ouvert la porte et informé Kerber et Morrissey qu'ils avaient Torrey Pickett « en garde à vue ». C'était là une nouvelle si passionnante que Kerber s'est levé d'un bond pour sortir à nouveau de la pièce.

Quelques instants plus tard, il était de retour. Il a repris la même série de questions et accusé Drumm de meurtre. Comme l'intéressé niait tout, il l'a accusé de mensonge. Il a prétendu savoir de source sûre que Pickett et lui avaient violé et tué cette jeune fille, et si Donté voulait prouver son innocence, alors ils allaient le soumettre au polygraphe. Un test au détecteur de mensonge. C'était une preuve infaillible, admise par les tribunaux, et ainsi de suite. Immédiatement, ce test a éveillé les soupçons de Drumm, mais en même temps il s'est dit que ce serait une bonne idée, un moyen rapide de mettre un terme à cette folie. Il se savait innocent. Il savait qu'il passerait l'épreuve et, ce faisant, il réussirait à se débarrasser de Kerber avant que la situation n'empire. Il a accepté de s'y soumettre.

Exposés au stress d'un interrogatoire policier, les innocents sont bien plus enclins à accepter pareil examen. Ils n'ont rien à cacher, et ils sont très désireux de le prouver. Les suspects coupables y consentent rarement, pour des raisons évidentes.

On l'a conduit dans une autre salle, où on lui a présenté l'inspecteur Ferguson, qui, une heure plus tôt, dormait encore à son domicile quand l'inspecteur Needham l'avait convoqué. Ferguson était l'expert en polygraphie du service, et il a insisté pour que Kerber, Morrissey et Needham quittent la pièce. Il faisait preuve d'une extrême politesse, il s'exprimait d'une voix égale, s'excusait même de devoir infliger ce traitement à son interlocuteur. Il lui a tout exposé, lui a fait remplir les papiers, il a installé l'appareil et s'est mis à interroger le jeune homme sur son implication dans l'affaire Nicole Yarber. Au total, l'opération a duré à peu près une heure.

Quand Ferguson a eu terminé, il a expliqué qu'il lui faudrait quelques minutes pour mesurer les résultats. On a reconduit Drumm dans la salle du Chœur.

Ces résultats démontraient clairement que Donté disait la vérité. Toutefois, la loi, ainsi que l'a décidé la Cour suprême des États-Unis, autorise la police à se livrer, lors des interrogatoires, à toute une série de pratiques mensongères. Les officiers de police ont l'entière latitude de mentir.

À son retour dans la salle du Chœur, Kerber tenait en main le graphique du test. Il l'a jeté à la figure de son accusé, en le traitant de « sale enfoiré, sale menteur ! ». Maintenant ils avaient la preuve qu'il mentait ! Ils possédaient la preuve évidente qu'il avait enlevé son ancienne amoureuse, qu'il l'avait violée, tuée dans une crise de rage, et jetée du haut d'un pont. Il brandissait le graphe, l'agitait sous le nez de Drumm, en lui promettant que, lorsque le jury verrait les résultats, il le déclarerait coupable et le condamnerait à mort. C'est la seringue qui t'attend, lui répétait-il sans relâche.

Encore un mensonge. Le polygraphe est si connu pour son manque de fiabilité que ces tests ne sont jamais reconnus par un tribunal.

Drumm était abasourdi. Il se sentait pris de vertige. Il était désorienté, il avait du mal à trouver ses mots. Kerber s'est calmé, et a repris place à la table, en face de lui. Il a ajouté que dans beaucoup d'affaires concernant des crimes odieux, en particulier ceux commis par des individus corrects, des gens bien – pas des criminels –, le tueur efface inconsciemment son geste de sa mémoire. Il le « refoule », tout simplement. C'est très courant et lui, l'inspecteur Kerber, en raison de sa formation approfondie et de sa vaste expérience, il avait déjà vu cela en maintes occasions. Il s'imaginait bien que Drumm était très entiché, peut-être même amoureux de Nicole, et qu'il n'avait eu aucune intention de lui faire du mal. Les choses lui avaient échappé. Elle était morte avant qu'il ait pu comprendre quoi que ce soit. Après quoi, il était resté sous le choc, face à ce qu'il avait fait, et la culpabilité était écrasante. Alors il avait tenté de refouler le tout.

Drumm continuait de nier en bloc. Il était épuisé, et il a posé sa tête sur la table. Kerber a violemment frappé cette table du plat de la main, faisant sursauter le suspect. Il l'a de nouveau accusé de ce crime, répétant que lui, Kerber, il avait des témoins et une preuve, et que Donté serait mort avant cinq ans. Les procureurs s'y entendaient pour rationaliser le système, afin que les exécutions ne subissent pas de retard.

Il lui a suggéré de simplement imaginer sa mère, assise en salle des témoins, lui faisant un dernier signe de la main, les yeux débordant de larmes, quand ils le sangleraient avant de doser les produits chimiques. Tu es un homme mort, lui a-t-il répété à plusieurs reprises. Son seul recours, c'était qu'il se mette à table, qu'il leur raconte ce qui s'était passé, qu'il fasse des aveux complets. Kerber lui garantirait alors que l'État ne requerrait pas la peine de mort. Drumm écoperait de la perpétuité sans libération conditionnelle, ce qui ne serait pas du gâteau, mais au moins il pourrait écrire des lettres à sa maman et la voir deux fois par mois.

De telles menaces de mort et ces promesses de clémence sont contraires à la Constitution, et la police le sait. Kerber et Morrissey ont nié avoir employé pareilles tactiques. Sans surprise, les notes de ce dernier ne font aucune allusion à des menaces ou des promesses. Et ils n'ont consigné nulle part l'heure exacte et la chronologie des événements. Drumm n'a pu obtenir ni stylo ni papier et, au bout de cinq heures d'interrogatoire, il a perdu la notion du temps.

Vers minuit, l'inspecteur Needham a ouvert la porte et annoncé : « Pickett parle. » Kerber a eu un sourire à l'intention de Morrissey, avant de faire encore une de ses sorties théâtrales.

Pickett était seul dans sa pièce fermée à clef, fulminant parce qu'on l'avait oublié. Il n'avait plus vu personne, plus adressé la parole à quiconque depuis plus d'une heure.

Riley Drumm a finalement aperçu son van Ford de couleur verte garé devant la prison de la ville. Il avait roulé dans les rues et il était soulagé de trouver enfin sa voiture. Il était aussi inquiet pour son fils et ignorait dans quel genre de pétrin il s'était fourré. La prison de Slone City se trouve à une porte des services de police, dans un bâtiment contigu. Riley s'y est d'abord rendu et, après un moment de confusion, s'est entendu répondre que son fils n'était pas derrière les barreaux. Il n'avait pas été traduit en justice. Il y avait soixante-deux prisonniers là-dedans, et aucun ne répondait au nom de Donté Drumm. Le geôlier, un jeune officier de police blanc, avait reconnu le nom de Donté et s'était montré aussi serviable que possible. Il a suggéré que M. Drumm aille vérifier à la porte d'à côté, à la police. Ce qu'il a fait, et ce qui s'est révélé tout aussi confus et peu concluant. Il était une heure moins vingt, et la porte d'entrée était fermée à clef. Riley a téléphoné à son épouse pour la tenir au courant, puis il a réfléchi au moyen de pénétrer dans le bâtiment. Au bout de quelques minutes, une voiture de patrouille s'est garée à proximité et deux officiers en tenue en sont sortis. Ils se sont entretenus avec Riley Drumm, qui leur a expliqué pourquoi il était là. Il les a suivis à l'intérieur et s'est assis dans le hall d'accueil. Les deux officiers de police se sont mis en quête de son fils. Une demi-heure s'est écoulée avant qu'ils ne fassent leur réapparition et ne lui apprennent que Donté était interrogé. À quel sujet ? Les officiers n'en savaient rien. Riley a alors patienté. Au moins, son garçon était en sécurité.

La première faille est survenue quand Kerber a exhibé une photo couleur de Nicole au format treize dix-huit. Fatigué, seul, effrayé, désemparé, noyé, Donté a jeté un coup d'œil à ce joli visage et il a fondu en larmes. Kerber et Morrissey ont échangé des sourires pleins d'assurance.

Il a pleuré plusieurs minutes, avant de demander à se rendre aux toilettes. Ils l'ont escorté au bout du couloir, se sont arrêtés devant la vitre, qu'il puisse voir Torrey Pickett assis à table, stylo en main, en train d'écrire sur un bloc-notes officiel de la police. Il a observé la scène, interdit, en secouant même la tête avec incrédulité et en marmonnant quelque chose.

Son ami rédigeait là un résumé d'une page où il niait savoir quoi que ce soit sur la disparition de Nicole Yarber. Ce résumé a été égaré par les services de police de Slone, et n'a jamais été retrouvé.

Dans la salle du Chœur, Kerber a informé Drumm que son pote Pickett avait signé une déposition dans laquelle il jurait, sous serment, que Donté sortait avec Nicole, qu'il était dingue d'elle, mais que, redoutant les conséquences, elle avait essayé de rompre. Au désespoir, il s'était mis à traquer cette fille. Torrey craignait qu'il ne lui fasse du mal.

En proférant cette dernière litanie de mensonges, le policier lisait une feuille de papier, comme s'il s'agissait de la déposition écrite de Torrey Pickett. Drumm a fermé les yeux, secoué la tête et tâché de comprendre ce qui lui arrivait. Mais à ce stade il pensait beaucoup plus lentement, son temps de réaction était émoussé par la fatigue et la peur.

Il a demandé s'il pouvait s'en aller, et Kerber lui a hurlé dessus. L'inspecteur l'a injurié, lui a signifié que non, il ne pouvait pas partir, parce qu'il était le principal suspect. C'était leur homme. Ils en avaient la preuve. Donté a demandé s'il lui fallait un avocat, et Kerber lui a répondu que non, évidemment pas. Un avocat ne peut rien changer aux faits. Un avocat ne peut pas ramener Nicole à la vie. Un avocat ne peut pas sauver ta peau, Donté, mais nous, si.

Les notes de Morrissey ne comportaient aucune mention de cette discussion au sujet des avocats.

À deux heures vingt, ils ont autorisé Torrey Pickett à s'en aller. L'inspecteur Needham l'a reconduit par une porte latérale, afin qu'il ne tombe pas sur M. Drumm, à la réception. On était venu avertir les inspecteurs, au sous-sol, que le père de l'accusé était là dans le bâtiment, et qu'il voulait le voir. Cette version a été plusieurs fois démentie, sous serment, à l'audience.

Morrissey commençant à fatiguer, Needham l'a remplacé. Au cours des trois heures suivantes, pendant que Morrissey s'accordait un petit somme, Needham a pris des notes. Kerber ne montrait aucun signe de ralentissement. Plus il tapait sur son suspect, plus il avait l'air d'y puiser de l'énergie. Il était sur le point de le faire craquer, de résoudre l'affaire et d'en devenir le héros. Il lui a proposé un autre tour de polygraphe, cette fois limité à la question de l'endroit où il se trouvait ce vendredi 4 décembre vers approximativement vingt-deux heures. La première réaction de Donté a été de dire non, de se méfier de cet appareil, mais le désir de sortir de cette pièce l'a emporté sur son réflexe initial de sagesse. Surtout s'éloigner de Kerber. N'importe quoi pour ne plus avoir ce cinglé en face de lui.

L'inspecteur Ferguson l'a de nouveau branché à la machine et lui a posé quelques questions. Le polygraphe a émis ses grésillements, le papier millimétré s'est lentement déroulé. Drumm a fixé ce rouleau de papier, le regard vide, mais il a eu le pressentiment que les résultats ne seraient pas bons.

Là encore, les résultats ont prouvé qu'il disait la vérité. Il était à la maison, ce vendredi soir, il gardait sa sœur, et il n'était jamais sorti.

Mais la vérité n'avait aucune importance. En l'absence de Drumm,

Kerber avait déplacé sa chaise dans un coin, aussi loin de la porte que possible. À son retour, Donté a repris sa place et l'inspecteur a rapproché sa chaise, si près que leurs genoux se touchaient quasiment. Il s'est remis à l'insulter, en lui racontant que non seulement il avait été recalé à ce deuxième test, mais qu'il était « recalé grave ». Pour la première fois, Kerber a posé la main sur lui, en lui pointant l'index sur la poitrine. D'un geste brusque, le jeune homme a écarté cette main et il était prêt à se battre, quand Needham s'est avancé, armé d'un Taser. L'inspecteur avait visiblement très envie de s'en servir, mais s'en est abstenu. Les deux flics se sont bornés à l'insulter et à le menacer.

Ils ont continué à le pointer du doigt, tout en l'abreuvant d'un flot d'accusations et de menaces. Donté comprenait que les flics ne le laisseraient pas sortir tant qu'ils n'auraient pas ce qu'ils voulaient. Et peut-être avaient-ils raison, après tout. Ils paraissaient si certains de ce qui était arrivé. Ils étaient convaincus sans l'ombre d'un doute qu'il était impliqué. Son propre copain soutenait que Nicole et lui avaient une liaison. Et les tests du polygraphe – que penserait le jury, quand il apprendrait qu'il avait menti ? Il doutait de lui-même et de sa mémoire. Et s'il avait perdu connaissance, s'il avait effacé cet acte terrible ? Et il n'avait vraiment pas envie de mourir, pas tout de suite, pas plus que dans cinq ou dix ans.

À quatre heures du matin, Riley Drumm a quitté le poste de police pour rentrer chez lui. Il a essayé de dormir, sans y parvenir. Roberta a préparé le café, et ils se sont rongé les sangs en attendant le lever du soleil, comme si, à partir de ce moment-là, les choses allaient s'éclaircir.

Kerber et Needham se sont accordé une pause, à quatre heures et demie. Pendant qu'ils étaient seuls dans le couloir, Kerber a décrété : « Il est mûr. »

Quelques minutes plus tard, Needham a ouvert silencieusement la porte et risqué un œil. Drumm gisait sur le sol, en sanglots.

Ils lui ont apporté un beignet et un soda, et ils ont repris l'interrogatoire. Une idée s'est lentement fait jour dans l'esprit du jeune homme. Puisqu'il ne pouvait pas partir tant qu'il ne leur aurait pas livré l'histoire qu'ils escomptaient, et comme, à cet instant, il aurait pu avouer le meurtre de sa propre mère, pourquoi ne pas jouer leur jeu ? Nicole finirait par réapparaître bien assez tôt, morte ou vivante, et cela résoudrait le mystère. Les policiers auraient l'air d'idiots, pour lui avoir soutiré des aveux au prix de tous ces mauvais traitements. Un fermier ou un chasseur tomberait sur les restes de la jeune fille, et ces clowns seraient démasqués. Il serait vengé, et tout le monde se sentirait désolé pour lui.

Douze heures après le début de l'interrogatoire, il a regardé Kerber.

— Laissez-moi cinq minutes, et je vais tout vous dire.

Après la pause, l'inspecteur l'a aidé à remplir les cases vides. Il s'était faufilé hors de la maison après que sa sœur s'était endormie. Il mourait d'envie de voir Nicole parce qu'elle le repoussait, elle essayait de rompre. Il savait qu'elle était au cinéma avec des amies. Il s'y était rendu, seul, il avait pris le Ford vert. Il s'était retrouvé face à elle au parking, près de sa voiture. Elle avait accepté de monter. Ils avaient roulé dans Slone, et ensuite dans la campagne. Il avait envie de sexe, et elle avait dit non. Entre eux, c'était fini. Il avait essayé de la prendre de force et elle avait résisté. Il l'avait forcée à avoir un rapport sexuel, mais c'était sans plaisir. Elle l'avait griffé, l'avait même fait saigner. L'agression avait mal tourné. Il avait été saisi de rage, il avait commencé à l'étrangler, et il n'avait pas pu se retenir, il ne s'était plus arrêté, jusqu'à ce qu'il ait été trop tard. Ensuite, il avait paniqué. Il fallait qu'il fasse quelque chose de son corps. Il lui avait hurlé dessus, à l'arrière du van, mais elle n'avait plus réagi. Il avait perdu toute notion de l'heure, avant de se rendre compte que l'aube approchait. Il fallait qu'il rentre chez lui. Il fallait qu'il se débarrasse de son corps. Sur le pont de la route 244, qui enjambait la rivière Rouge, vers six heures du matin, le dimanche 5 décembre, il avait arrêté son van. Il faisait encore nuit, elle était bel et bien morte. Il l'avait balancée par-dessus le parapet et il avait attendu d'entendre le bruit de l'impact avec l'eau, en contrebas, de quoi vous donner la nausée. Il avait pleuré sur toute la route du retour à Slone.

Pendant trois heures, Kerber l'a accompagné, houspillé, corrigé, insulté, lui a rappelé la nécessité de dire la vérité. Il fallait que ce soit parfait, jusque dans les détails, ne cessait-il de rabâcher. À huit heures vingt et une, ils avaient enfin allumé la caméra vidéo. Donté Drumm, vidé, le visage impassible, était assis à une table avec un soda bien frais et un beignet tout neuf placés devant lui, bien visibles, que leur sens de l'hospitalité soit clairement établi.

Cette vidéo, dix-sept minutes ininterrompues, allait l'envoyer dans le couloir de la mort.

Il a été inculpé d'enlèvement, de viol avec voies de fait et de meurtre qualifié. On l'a conduit en cellule, où il s'est aussitôt endormi.

À neuf heures, le chef de la police, ainsi que le procureur de district, M. Paul Koffee, tenaient une conférence de presse pour annoncer que l'affaire Nicole Yarber était résolue. Hélas, l'une des figures du football de Slone de ces dernières années, Donté Drumm, avait avoué le meurtre. D'autres témoins avaient confirmé son implication. Leurs sentiments de compassion allaient à la famille.

Ces aveux ont tout de suite été remis en cause. Drumm s'est rétracté et son avocat, Robbie Flak, s'est exprimé publiquement en condamnant de façon cinglante la police et ses méthodes. Quelques mois plus tard, les avocats de la défense ont déposé des requêtes en annulation de ces aveux, et l'audience d'examen de cette requête a duré une semaine.

Kerber, Morrissey et Needham ont effectué de longues dépositions, et leurs témoignages ont été vivement contestés par la défense. Ils ont nié, avec la dernière énergie, avoir eu recours à des menaces, à des promesses, ou à de l'intimidation. En particulier, ils ont nié avoir usé de la peine de mort comme moyen pour effrayer Donté et pour l'amener à coopérer. Ils ont nié avoir malmené verbalement le suspect ou l'avoir poussé jusqu'à l'épuisement, jusqu'à l'effondrement. Ils ont nié l'avoir jamais entendu mentionner un avocat, ou manifesté sa volonté de mettre fin à l'interrogatoire et de rentrer chez lui. Ils ont nié avoir eu connaissance de la présence de son père au poste de police et de son désir de voir son fils. Ils ont nié le fait que leurs tests polygraphiques avaient clairement démontré la véracité des propos de Drumm, et ils ont déclaré au contraire que les résultats n'étaient « pas concluants », selon eux. Ils ont nié toute supercherie relative à la prétendue déclaration de Torrey Pickett. Ce dernier avait témoigné en faveur de son ami et nié avoir révélé quoi que ce soit à la police concernant une liaison entre lui et Nicole.

Au procès, la juge a exprimé de sérieuses réserves sur ces aveux, mais pas assez graves pour qu'ils soient exclus des actes de la procédure. Elle a refusé de les annuler, et ils ont été ensuite présentés au jury. Drumm a observé tout cela comme s'il s'agissait de quelqu'un d'autre que lui. Personne n'a sérieusement remis en doute le fait que cette attitude de détachement scellait sa condamnation.

Ces aveux ont été de nouveau remis en cause en appel, mais la cour criminelle d'appel du Texas a confirmé la condamnation et la sentence de mort, à l'unanimité.

Quand Keith eut achevé sa lecture, il se leva de table et se rendit à la salle de bains. Il avait la sensation que l'on venait de l'interroger. Minuit était passé depuis longtemps. Dormir serait impossible.

8.

À sept heures en ce mardi matin, le cabinet Flak débordait d'une énergie frénétique et nerveuse, assez normale somme toute chez des gens luttant, à la fois contre la montre et contre des probabilités très défavorables, pour sauver la vie d'un homme. La tension était palpable. Il n'y avait pas de sourires, aucune de ces remarques sarcastiques habituelles de la part d'individus travaillant ensemble tous les jours et ayant tous l'absolue liberté de tout se dire, tout le temps. La plupart des personnes présentes étaient déjà là six ans plus tôt quand Lamar Billups avait reçu une injection mortelle à Huntsville, et l'irrévocabilité de sa mort avait été un choc. Et Lamar Billups était un personnage odieux. Son passe-temps favori consistait à dégommer les gens dans les bars, en se bagarrant de préférence à coups de queue de billard et de tesson de bouteille, et l'État du Texas en avait finalement eu assez de le garder. Sur son lit de mort, ses dernières paroles avaient été «Rendez-vous en enfer», et il était parti. Il était coupable, et n'avait jamais véritablement prétendu le contraire. Le meurtre avait eu lieu dans une petite ville à près de cent kilomètres de là, et cela avait totalement échappé aux citoyens de Slone. Il n'avait pas de famille, personne que le cabinet aurait pu prévenir. Robbie éprouvait envers lui une immense aversion, mais il s'était fermement cramponné à la conviction que l'État n'avait pas le droit de le tuer.

L'État du Texas contre Donté Drumm, c'était une tout

autre affaire. Cette fois-ci, ils se battaient pour un innocent, et sa famille était aussi la leur.

La longue table de la salle de conférences principale constituait l'épicentre de l'ouragan. Fred Pryor, qui se trouvait encore à Houston, était sur haut-parleur et les tint brièvement au courant de ses efforts pour retourner Joey Gamble. Ces deux-là s'étaient parlé le lundi en fin de soirée, et Gamble s'était montré encore moins coopératif.

— Il n'a pas arrêté de poser des questions sur le risque d'un éventuel faux témoignage et sur la gravité de ce crime, leur expliqua-t-il, la voix amplifiée à plein volume.

— Koffee doit le menacer, observa Robbie, comme s'il le savait de source sûre. Tu lui as demandé s'il causait avec le procureur de district ?

— Non, mais j'y ai pensé, lui répondit l'autre. Je me suis abstenu, parce que je me suis dit qu'il ne nous divulguerait rien à ce propos.

— Koffee sait qu'il a menti au procès, et il a prévenu le gamin qu'on tenterait de le soumettre à un forcing de dernière minute, reprit Robbie. S'il modifie son histoire maintenant, il l'a menacé de le poursuivre pour faux témoignage. Tu veux parier là-dessus, Fred ?

— Non. Ça me paraît tomber sous le sens.

— Précise à Joey que pour le faux témoignage, il y a prescription. Koffee ne peut plus l'atteindre.

— Touché.

On coupa le haut-parleur. Un plat de pâtisseries arriva sur la table et tout le monde se rua dessus. Les deux collaboratrices de Robbie, toutes deux des femmes, relisaient une requête de sursis adressée au gouverneur. Martha Handler était assise à une extrémité de la table, perdue dans un autre monde, celui des minutes du procès. Aaron Rey, col déboutonné et ses deux pistolets bien visibles dans leur baudrier sanglé par-dessus sa chemise, buvait un café à petites gorgées dans une tasse en carton tout en parcourant le journal du matin. Bonnie, une auxiliaire juridique, travaillait sur un ordinateur portable.

— Supposons que Gamble accouche, fit Robbie à sa principale collaboratrice, une dame à l'allure guindée, d'un âge indéterminé. – Flak avait attaqué le premier chirurgien esthétique de cette femme en justice, vingt ans plus tôt, quand un lifting avait produit un résultat assez peu enviable. Mais elle n'avait pas renoncé aux travaux de chirurgie réparatrice pour autant. Elle avait simplement changé de chirurgien. Elle s'appelait Samantha Thomas, ou Sammie et, quand elle ne travaillait pas sur les affaires de Robbie, elle poursuivait des médecins en justice pour faute professionnelle et des employeurs pour discriminations liées à l'âge ou à l'origine ethnique. – Tiens la requête prête, à tout hasard.

— J'ai presque terminé, lui répondit Sammie.

La réceptionniste, Fanta, une grande Noire longiligne qui avait brillé dans l'équipe de basket de Slone High et qui, en d'autres circonstances, aurait décroché son diplôme avec Nicole Yarber et Donté Drumm, entra dans la pièce avec une liasse de messages téléphoniques à la main.

— Un journaliste du *Washington Post* a appelé, il voudrait parler à quelqu'un, annonça-t-elle à Flak, qui se concentra aussitôt sur les jambes de la jeune femme.

— C'est quelqu'un qu'on connaît ?

— Jamais vu son nom.

— Alors oublie.

— Un journaliste du *Houston Chronicle* a laissé un message hier soir à dix heures et demie.

— Ce n'est pas Spinney, non ?

— Si.

— Dis-lui d'aller se faire foutre.

— Je n'emploie pas ce langage.

— Alors oublie.

— Greta a appelé trois fois.

— Elle est encore en Allemagne ?

— Oui, elle n'a pas les moyens de se payer un billet d'avion. Elle veut savoir s'ils ne pourraient pas se marier par Internet, Donté et elle ?

— Et que lui as-tu répondu ?

— J'ai répondu non, ce n'est pas possible.

— Lui as-tu expliqué qu'il est devenu l'un des célibataires les plus courtisés de la planète, un excellent parti ? Qu'il a reçu au moins cinq demandes en mariage la semaine dernière, toutes émanant d'Europe? Toutes sortes de femmes, des jeunes, des vieilles, des grosses, des maigres, et le seul trait qu'elles ont en commun, c'est qu'elles sont moches? Et stupides? Lui as-tu expliqué que Donté était devenu assez difficile quant au choix de sa future épouse et qu'il prend donc son temps?

— Je ne lui ai pas parlé. Elle a laissé un message dans la boîte vocale.

— Bon. Oublie.

— Le dernier émane d'un pasteur d'une église luthérienne à Topeka, Kansas. Il a téléphoné il y a dix minutes. Il affirme qu'il pourrait avoir une information concernant l'homme qui a tué Nicole, mais il n'en est pas sûr.

— Super, encore un cinglé. Combien on en a eu, de ceux-là, la semaine dernière?

— Je ne les compte plus.

— Oublie. C'est sidérant le nombre de timbrés qui débarquent à la dernière minute.

Elle ajouta ces derniers messages au tas de paperasses qui jonchait la table devant Robbie, et quitta la pièce. Il la regarda sortir, sans rien louper de ses longues jambes, mais sans rester bouche bée, comme c'était son habitude.

— Moi, les timbrés, cela ne me gêne pas de les rappeler, proposa Martha Handler.

— Toi, tu te contentes de rechercher des pièces, riposta-t-il. Les rappeler serait perdre un temps précieux.

— Les infos du matin, s'exclama Carlos, l'auxiliaire juridique, d'une voix forte, et il attrapa la télécommande.

Il la braqua sur une télévision à écran large suspendu dans un coin, et les bavardages s'interrompirent. Le journaliste se tenait devant le tribunal du comté de Chester, comme si un événement dramatique risquait de se produire d'une minute à l'autre. Le ton était quelque peu exubérant.

— *Les responsables de la ville ne soufflent pas mot de leurs intentions face à des troubles éventuels ici, à Slone, à la veille de l'exécution de Donté Drumm. Comme vous le savez, Drumm a été condamné en 1999 pour le viol avec violence et le meurtre de Nicole*

103

Yarber et, sauf report ou sursis de dernière minute, il sera exécuté à la prison de Huntsville à dix-huit heures jeudi soir. Drumm n'a pas cessé de proclamer son innocence, et ils sont nombreux ici, à Slone, à ne pas le croire coupable. Dès le début, l'affaire a eu des connotations raciales, et dire que la ville est divisée relève de l'euphémisme. Je suis ici avec le chef de la police, Joe Radford. – La caméra fit un zoom arrière pour dévoiler la silhouette rondouillarde du chef de la police, en uniforme. – *Chef, à quoi peut-on s'attendre si l'exécution est menée à son terme ?*

— *Eh bien, on peut s'attendre à ce que justice soit faite, j'imagine.*

— *Vous prévoyez des troubles ?*

— *Absolument pas. Les gens doivent comprendre que c'est le système judiciaire qui est à l'œuvre et que le verdict du jury doit être appliqué.*

— *Vous n'anticipez donc pas de problèmes jeudi soir ?*

— *Non, mais tous nos effectifs seront présents. Nous nous tiendrons prêts.*

— *Merci de nous avoir accordé un peu de votre temps.* – La caméra refit un zoom avant, effaçant le chef Radford du cadre. – *Des militants associatifs appellent à une manifestation demain à midi, ici même, devant le tribunal. Certaines sources confirment qu'un rassemblement public a été autorisé par l'hôtel de ville. Nous y reviendrons plus tard.*

Le journaliste rendit l'antenne et l'auxiliaire juridique appuya sur le bouton de coupure du son. Aucun commentaire de la part de Flak, et tout le monde se remit au travail.

Le comité des grâces et des mises en liberté conditionnelles du Texas compte sept membres, tous nommés par le gouverneur. Un détenu souhaitant la clémence doit déposer sa requête de mise en liberté devant le comité. Cette requête peut avoir la simplicité d'un formulaire d'une page, ou l'ampleur d'un dossier volumineux avec ses pièces, ses dépositions sous serment et des lettres émanant du monde entier. Celui que déposa Robbie Flak au nom de Donté Drumm était l'un des plus complets de l'histoire du comité. La clémence est rarement accordée. Si elle est refusée, on peut faire appel auprès du gouverneur, qui ne peut accorder la clémence de sa propre initiative, mais a le droit d'édicter un sursis de trente jours. Dans les rares occasions où le comité accorde la clémence, le gouverneur a aussi le droit de l'annuler, et l'État procède alors à l'exécution.

Pour un prisonnier confronté à une peine de mort imminente, le comité prend généralement sa décision deux jours avant l'exécution. Il ne se réunit pas en personne pour procéder à un vote, mais fait circuler un bulletin par télécopie. La « mort par fax », c'est ainsi qu'on l'appelle.

Pour Donté Drumm, la nouvelle de sa mort par fax arriva le mardi matin, à huit heures et quart. Flak lut la décision à son équipe à voix haute. Personne ne fut surpris, loin s'en faut. Ils avaient concédé tellement de rounds, à ce stade, qu'ils ne s'attendaient plus guère à une victoire.

— Alors on n'a plus qu'à demander une grâce au gouverneur, fit Robbie avec un sourire. Je suis sûr qu'il sera content de recevoir encore une fois de nos nouvelles.

De la cargaison de requêtes, de pétitions et de demandes que son cabinet avait déposées ce dernier mois, et qu'il allait fournir encore jusqu'à la mort de son client, une demande de grâce au gouverneur du Texas constituait sans nul doute le plus gros gâchis de papier qui soit. À deux reprises au cours de l'année écoulée, le gouverneur avait annulé des décisions de clémence accordées par son comité des grâces, et il avait autorisé l'exécution. Il aimait la peine de mort, surtout quand il devait aller chercher les voix des électeurs. L'une de ses campagnes avait mis en avant un slogan – « Justice tenace au Texas » – et une promesse – « Vider le couloir de la mort ». Et ce n'était pas de libération anticipée qu'il parlait.

— Allons voir Donté, proposa Robbie.

Le trajet de Slone au centre Polunsky, près de Livingston, Texas, était une vraie corvée : trois heures pénibles sur une route à deux voies. Robbie Flak l'avait fait cent fois. Quelques années plus tôt, quand il avait trois clients dans le couloir de la mort – Donté, Lamar Billups et un dénommé

Cole Taylor –, il s'était lassé des contraventions pour excès de vitesse, des péquenots au volant et des collisions évitées de justesse parce qu'il était au téléphone. Il s'était acheté un grand camping-car, un véhicule très long et très lourd avec plein de place, et il l'avait confié à un établissement haut de gamme de Fort Worth, qui lui avait fait du sur mesure, lui avait installé des téléphones, des télévisions et tous les gadgets du marché, ainsi qu'une moquette moelleuse, de beaux fauteuils directoriaux en cuir qui pivotaient et s'inclinaient, un sofa dans le fond s'il avait besoin de faire une sieste et un bar s'il avait soif. Aaron Rey avait été nommé chauffeur attitré. Bonnie, l'autre auxiliaire juridique, s'installait généralement dans le siège passager, prête à bondir au moindre aboiement de son patron. Ces périples devinrent beaucoup plus productifs, car il travaillait au téléphone, sur son ordinateur portable ou à lire des dossiers à l'aller et au retour de Polunsky, en voyageant confortablement dans son bureau mobile.

Son fauteuil était juste derrière celui du conducteur. À côté de lui, il avait Martha Handler. Devant, Aaron, avec Bonnie. Ils quittèrent Slone à huit heures et demie du matin, et s'engagèrent assez vite sur cette route sinueuse dans les collines de l'est du Texas.

Le cinquième membre de l'équipe était une nouvelle venue. Elle s'appelait Kristina Hinze, ou Kristi, comme on l'appelait au cabinet Flak, où personne n'avait la présomption de porter un titre et où l'on abrégeait la plupart des prénoms. Elle était la dernière d'une série d'experts qui avait coûté à Robbie – tout à ses efforts pour sauver Donté – une fortune. Elle était psychiatre clinicienne, elle étudiait les prisonniers et la condition carcérale, et elle avait écrit un livre où elle soutenait, entre autres choses, que le confinement en cellule d'isolement était la pire forme de torture. Pour dix mille dollars, elle était censée rencontrer Donté, l'évaluer, et ensuite préparer (en vitesse) un rapport où elle décrirait la détérioration de son état mental et déclarerait que (1) huit années de solitude l'avaient rendu fou et (2) qu'un tel confinement constituait un châtiment d'une cruauté peu commune.

En 1986, la Cour suprême des États-Unis avait interdit l'exécution des individus aliénés mentaux. L'ultime botte secrète de Robbie constituerait à dresser le portrait d'un Donté psychotique schizoïde qui ne comprenait plus rien à rien.

Cette argumentation était risquée. Kristi Hinze n'avait que trente-deux ans, elle n'était pas sortie de la salle de classe depuis bien longtemps, avec un curriculum qui n'attestait aucune expérience des tribunaux. Flak n'était pas inquiet. Il espérait simplement qu'elle ait l'occasion de déposer sous serment lors d'une audience consacrée à l'examen de la santé mentale du détenu, d'ici quelques mois. Elle occupait le sofa du fond, avec des papiers étalés partout, plongée dans son travail comme les autres.

Dès qu'il eut fini son coup de fil, ce fut Martha Handler qui lui adressa la parole.

— On peut se parler ?

C'était devenu son préambule obligé quand elle avait des questions.

— Bien sûr, dit-il.

Elle appuya sur le bouton d'un de ses nombreux dictaphones et le fit glisser devant lui.

— En ce qui concerne ta rémunération, tu as été engagé par le juge pour représenter Donté, qui remplissait les conditions pour être considéré comme un prévenu indigent, mais...

— Eh oui, le Texas n'a pas à proprement parler de système d'aide juridictionnelle, l'interrompit-il. – Après des mois ensemble, elle avait appris à ne jamais espérer terminer une phrase. – Par conséquent les juges locaux nomment leurs potes ou enrôlent un pauvre taré quand l'affaire est tellement nulle que personne n'en veut. Moi, je suis allé voir la juge et je me suis porté volontaire. Elle était trop contente de me la confier. Aucun autre avocat de la ville n'avait envie de s'en approcher.

— Mais les Drumm ne sont pas précisément pauvres. Ils sont tous les deux...

— Bien sûr, mais voilà comment ça fonctionne. Seul un individu riche a les moyens de payer un avocat pour le défendre dans une affaire de meurtre qualifié, et il n'y a pas de riches dans le couloir de la mort. J'aurais pu soutirer cinq ou dix mille dollars à la famille, je leur aurais imposé d'hypothéquer à nouveau leur maison, quelque chose dans ce genre. Mais pourquoi se donner ce mal ? Les braves gens du comté de Chester paieraient. C'est l'une des grandes ironies de la peine capitale. Les gens veulent la peine de mort – ils représentent quelque chose comme une majorité de soixante-dix pour cent, dans cet État – et pourtant, ils n'ont aucune idée des sommes qu'ils doivent verser pour cela.

— Combien ont-ils versé ? lui demanda-t-elle, en glissant adroitement cette question avant qu'il ne puisse poursuivre.

— Oh, je n'en sais rien. Pas mal. Bonnie, combien avons-nous été payés, jusqu'à présent ?

Sans aucune hésitation, et en lui jetant à peine un regard par-dessus son épaule, Bonnie répondit.

— Pas loin de quatre cent mille dollars.

Il continua, presque sans ciller.

— Cela inclut les honoraires d'avocat, au taux horaire de cent vingt-cinq dollars de l'heure, plus les frais, surtout pour les détectives privés, et ensuite une belle part réservée aux témoins experts.

— Cela fait beaucoup d'argent, admit Martha.

— Oui et non. Quand un cabinet d'avocat travaille à cent vingt-cinq dollars de l'heure, il perd pas mal d'argent. Je ne le referai jamais. Je ne peux pas me le permettre. Et les contribuables non plus, mais au moins, moi, je sais que j'y perds un max. Les contribuables, non. Demandez au pékin moyen dans la grande rue de Slone ce qu'ils doivent débourser pour financer ces poursuites contre Donté Drumm, lui et ses concitoyens, et vous savez ce qu'il répondra ?

— Comment serais-je censée le...

— Il dira qu'il n'en a pas la moindre idée. Avez-vous entendu parler des Tooley, ces deux gars, dans l'ouest du Texas ? C'est une affaire fameuse.

— Je suis désolé, cela a dû m'échap...

— Ces deux frères, les Tooley, un tandem d'idiots, quelque part dans l'ouest du Texas. Quel comté, déjà, Bonnie ?

— Mingo.

— Le comté de Mingo. Très rural. Une super histoire, écoutez. Ces deux voyous dévalisent des épiceries de quartier et des stations-service ouvertes jour et nuit. Du grand art. Un soir, quelque chose tourne mal, et une jeune employée se fait abattre. Fusil à canon scié, un truc vraiment méchant. Ils attrapent les frères Tooley, parce que nos deux garçons avaient oublié la présence de caméras vidéo. La ville est scandalisée. La police se pavane. Le procureur promet une justice rapide. Tout le monde veut un procès et une exécution rondement menés. Il n'y a pas beaucoup de crimes, dans le comté de Mingo, et aucun jury n'y a jamais envoyé un homme dans le couloir de la mort. C'est vrai qu'il y a quantité de façons de se sentir laissé pour compte, au Texas, mais vivre au sein d'une communauté qui est restée à l'écart de la grande affaire de la peine capitale, c'est carrément gênant. Qu'est-ce qu'ils doivent penser, les gars de Houston ? Ces gens de Mingo y voient une occasion, rien que pour eux. Ils veulent du sang. Les deux frères refusent de négocier pour revoir à la baisse les chefs d'inculpation, puisque le procureur s'en tient à la peine de mort. Pourquoi négocier dans ces conditions ? Ils les traduisent donc en justice, tous les deux. Condamnations éclairs et, au bout du compte, la mort. En appel, la cour découvre des erreurs de toute nature. Le procureur avait vraiment salopé l'affaire. Les condamnations ont été cassées. L'affaire est renvoyée, en deux procès séparés. Deux procédures, et plus seulement une. Vous prenez des notes ?

— Non, je cherche le lien.

— C'est une super histoire.

— C'est ça qui compte.

— Une année s'écoule, ou à peu près. Les garçons sont jugés séparément. Deux nouveaux verdicts de culpabilité, deux nouveaux voyages jusque dans le couloir de la mort. La cour d'appel relève encore des vices de procédure. Je veux dire des vices flagrants. Le procureur était un crétin.

Annulations, renvoi pour deux nouveaux procès. La troisième fois, un jury condamne celui qui a tiré, et il écope de la perpétuité. L'autre jury condamne celui qui ne s'est pas servi de l'arme du crime et il écope de la peine de mort. Allez comprendre. C'est le Texas. Un frère purge une peine de perpétuité. Et l'autre a rejoint le couloir de la mort, où il s'est suicidé quelques mois plus tard. Il s'est débrouillé pour se procurer un rasoir et s'est tailladé les veines.

— Et où voulez-vous en venir ?

— Je veux en venir à ce qui suit. Du début à la fin, cette affaire a coûté au comté de Mingo trois millions de dollars. Les élus locaux ont été obligés de procéder à plusieurs augmentations des taxes foncières, ce qui a conduit à une révolte. Il y a eu des coupes budgétaires draconiennes dans les écoles, l'entretien des routes et les services de santé. Ils ont fermé leur unique bibliothèque. Pendant des années, le comté est resté au bord de la faillite. Et tout cela aurait pu être évité si le procureur avait laissé ces deux gars plaider coupable et écoper d'une perpétuité sans possibilité de remise de peine. J'ai entendu dire que la peine de mort n'était plus si en vogue, dans le comté de Mingo, depuis lors.

— Je m'intéressais plus à...

— À la fin des fins, le meurtre légal d'un homme, au Texas, revient à environ deux millions. Comparez cela avec les trente mille dollars annuels que coûte la détention du même homme dans le couloir de la mort.

— J'ai déjà entendu cette histoire, fit Martha, et en effet, ce n'était pas la première fois que son collègue racontait cette affaire. Il ne fallait jamais trop prier Robbie Flak pour qu'il enfourche son cheval de bataille, surtout quand il était question de la peine de mort, l'un de ses nombreux thèmes favoris.

— Mais bon, et puis zut. On a de l'argent à ne plus savoir qu'en faire, au Texas.

— Pouvons-nous parler du dossier Donté Drumm ?

— Oh, pourquoi pas ?

— Le fond de la défense. Vous...

— Instauré il y a quelques années, un organisme agréé à but non lucratif régi par toutes les sections applicables du code des impôts, établi par les services fiscaux. Administré conjointement par mon cabinet et Andréa Bolton, la sœur cadette de notre client. Total des factures à ce jour, combien, Bonnie ?

— Quatre-vingt-quinze mille dollars.

— Quatre-vingt-quinze mille dollars. Et combien de disponible ?

— Zéro.

— C'est bien ce que je pensais. Voulez-vous un décompte de là où l'argent est allé ?

— Peut-être. Où est-il allé ?

— Frais de procédure, frais du cabinet, honoraires des témoins experts, quelques dollars à la famille pour ses trajets aller-retour quand elle va voir Donté. Pas précisément le plus puissant des organismes à but non lucratif. Toutes ces sommes ont été recueillies par le biais d'Internet. Franchement, nous n'avions pas le temps ou la main-d'œuvre pour organiser des collectes de fonds.

— Qui sont les donateurs ?

— Surtout des Britanniques et des Européens. La donation moyenne tourne autour de vingt dollars.

— Dix-huit cinquante, précisa Bonnie.

— C'est très compliqué de collecter de l'argent pour un meurtrier condamné, quelle que soit son histoire.

— Et de combien en êtes-vous de votre poche ? lui demanda Martha.

Il n'y eut pas de réponse immédiate. Sur son siège, à l'avant, Bonnie haussa discrètement les épaules : on lui posait une colle.

— Je n'en sais rien, admit Flak. Si je devais estimer le total, ce serait au moins cinquante mille dollars, une centaine à la rigueur. J'aurais peut-être dû dépenser plus.

Les téléphones sonnaient dans tout le van. Sammie, au cabinet, avait une question pour le patron. Kristi Hinze discutait avec un autre psychiatre. Aaron écoutait quelqu'un lui parler tout en conduisant.

La petite troupe commença tôt, avec des biscuits à la patate douce tout droit sortis du four de Reeva. Elle adorait les préparer, les cuire et les déguster, et quand Sean Fordyce admit n'y avoir jamais goûté, elle feignit l'incrédulité. Quand il était arrivé, avec sa coiffeuse, sa maquilleuse, sa secrétaire qui prenait ses rendez-vous, sa chargée de relations publiques, tout ce petit monde qui s'agitait autour de lui, la maison de Reeva et de Wallis Pike était bourrée à craquer de voisins et d'amis. L'odeur forte du jambon de pays poêlé flottait par bouffées depuis la porte d'entrée. Deux longs camions s'étaient garés à reculons dans l'allée, et même les membres de l'équipe croquaient des biscuits.

En bonne tête de pioche d'Irlandais originaire de Long Island qu'il était, Fordyce s'irrita quelque peu de voir toute cette cohue, mais il fit bonne figure et signa des autographes. Lui, c'était la star. Eux, c'étaient ses fans. Ils achetaient ses livres, ils regardaient son émission, et c'étaient eux qui lui valaient ces taux d'audience. Il posa pour quelques photos, mangea un de ces biscuits avec du jambon, et il eut l'air d'apprécier. Il était grassouillet, le visage rondelet, pas exactement le look traditionnel de la star, mais cela n'avait plus d'importance. Il portait des costumes sombres et des lunettes tendance qui le faisaient paraître bien plus intelligent que le personnage qu'il jouait.

Le décor, c'était le sanctuaire de Reeva, cette grande annexe ajoutée à l'arrière de la maison comme une excroissance cancéreuse. Reeva et Wallis étaient postés sur le canapé, avec des agrandissements couleur de Nicole à l'arrière-plan. Wallis portait une cravate, l'air de celui à qui l'on vient d'ordonner de sortir de sa chambre, ce qui était le cas. Reeva arborait un maquillage chargé, le cheveu permanenté, avec une couleur toute récente, et elle portait sa plus belle robe noire. Fordyce prit un siège près d'eux. Son personnel s'occupait de lui, lui vaporisait de la laque et lui poudrait le front. L'équipe s'affairait au réglage de la lumière. On procédait à des essais de son. On réglait des moniteurs. Les voisins étaient massés en rangs serrés derrière les caméras, avec pour instructions strictes de ne faire aucun bruit.

— Silence ! Ça tourne ! s'exclama le producteur.

Gros plan sur Fordyce qui accueillit son auditoire pour un nouvel épisode de sa série. Il expliqua où il se trouvait, qui il allait interviewer, les éléments de base du crime, des aveux et de la condamnation.

— Si tout se déroule comme prévu, conclut-il, avec gravité, M. Drumm sera exécuté après-demain.

Il présenta la mère et le beau-père et, bien sûr, leur adressa ses condoléances pour cette tragédie. Il les remercia de lui avoir ouvert leur maison pour que le monde, à travers ses caméras, puisse être témoin de leur souffrance. Il commença par Nicole.

— Parlez-nous d'elle, l'implora-t-il presque.

Wallis ne se donna pas la peine d'intervenir, et cela durant tout l'entretien. C'était Reeva qui faisait le spectacle, pas lui. Elle était surexcitée, à bout de nerfs et, dès les premiers mots, se mit à pleurer. Mais elle pleurait en public depuis si longtemps qu'elle était désormais capable de continuer de bavarder alors que les larmes coulaient à flot. Et elle s'épancha sur sa fille, inlassablement.

— Vous manque-t-elle? lui demanda-t-il, l'une de ces questions insensées dont il s'était fait une spécialité, conçues pour susciter un surcroît d'émotion.

Reeva le lui accorda, ce surcroît d'émotion. Il lui tendit un mouchoir blanc, sorti de la poche de sa veste. En lin. Cet homme dégoulinait de compassion.

Puis il finit par aborder l'exécution, l'événement capital de son émission.

— Prévoyez-vous toujours d'y assister? s'enquit-il, certain de la réponse.

— Oh oui! s'écria-t-elle, et Wallis réussit à opiner du chef.

— Pourquoi? Qu'est-ce que cela signifiera, pour vous?

— Cela signifie tant de choses, dit-elle. – La seule pensée de la vengeance sécha ses larmes. – Cet animal a ôté la vie à ma fille. Il mérite de mourir et je veux être là, le regarder droit dans les yeux quand il rendra son dernier souffle.

— Pensez-vous qu'il vous regardera?

— J'en doute. C'est un lâche. Je doute que l'être humain

113

capable de faire ce qu'il a fait à ma petite fille, mon trésor, ait assez de courage pour soutenir mon regard.

— Et ses dernières paroles? Voulez-vous entendre des excuses?

— Oui, mais je n'en attends aucune. Il n'a jamais assumé la responsabilité de ses actes.

— Il a avoué.

— Oui, mais ensuite il a changé d'avis et depuis lors il a nié. Je m'attends à ce qu'il continue de nier quand ils le sangleront, et jusqu'à la minute où il dira au revoir.

— Vivez la chose par anticipation pour nous, Reeva. Dites-nous ce que vous pensez ressentir quand il sera déclaré mort.

Cette seule pensée la fit sourire, mais elle se reprit aussitôt.

— Du soulagement, de la tristesse, je ne sais pas. Cela conclura un autre chapitre d'une longue et triste histoire. Mais ce ne sera pas la fin.

Entendant cela, Wallis fronça légèrement le sourcil.

— Quel sera le dernier chapitre, alors, Reeva?

— Quand vous perdez un enfant, Sean, surtout quand on vous l'a retiré de manière aussi violente, il n'y a pas de fin.

— Il n'y a pas de fin, répéta-t-il sombrement, puis il se tourna vers l'objectif et, en s'efforçant de dramatiser au maximum, il répéta ces mots : Il n'y a pas de fin.

Ils marquèrent une courte pause, déplacèrent certaines caméras, et on ajouta un peu de laque à la coiffure de Fordyce. Dès qu'ils reprirent l'enregistrement, il réussit à arracher quelques borborygmes à Wallis, des trucs qui ne totaliseraient pas dix secondes au montage.

L'enregistrement fut terminé en moins d'une heure. Fordyce s'éclipsa aussitôt – il travaillait également sur une autre exécution, en Floride. Il veilla à ce que tout le monde sache bien qu'un jet l'attendait pour l'y conduire. L'une de ses équipes caméra traînerait encore ces deux prochains jours à Slone, à l'affût d'un peu de violences.

Fordyce, lui, serait à Huntsville le jeudi soir, en quête d'un peu de drame, priant pour que l'exécution ne soit pas reportée. La partie préférée de son émission, c'était l'interview qui venait conclure l'exécution, avec les membres de la famille de la victime tout juste sortis de la prison. En règle générale, ils étaient émotionnellement anéantis, mais il le savait, Reeva, elle, crèverait l'écran.

9.

Il fallut à Dana presque deux journées de coups de fil répétés à déployer des trésors de persuasion pour trouver le bon greffier suppléant qui accepte de creuser dans les registres de fichiers idoines afin de confirmer qu'en effet, un Travis Boyette avait été arrêté pour conduite en état d'ivresse à Slone, Texas, le 6 janvier 1999. Après son incarcération, d'autres charges plus lourdes étaient venues s'ajouter. Il avait déposé sa caution, puis il avait filé de la ville. Les charges contre lui avaient été abandonnées et le dossier clos quand M. Boyette avait été arrêté et condamné à dix années de prison au Kansas. Le greffier lui signala qu'à Slone, la procédure consistait à clore les affaires pour lesquelles l'on ne voudrait pas ou l'on ne pourrait pas intenter des poursuites. Il ne subsistait pas de mandat à exécuter à l'encontre de Boyette, du moins pas à Slone ou dans le comté de Chester.

Incapable de trouver le sommeil, Keith s'était préparé sa première cafetière à trois heures et demie du matin, et il appela le bureau de maître Flak très tôt, à sept heures et demie. Il n'était pas entièrement certain de ce qu'il allait dire à cet avocat s'il l'avait au téléphone, mais Dana et lui avaient décidé qu'ils ne pouvaient rester les bras croisés sans rien tenter. Quand il se fit recevoir sèchement par la réceptionniste du cabinet, il s'adressa à un autre juriste.

Matthew Burns était assistant du procureur et membre actif de St Mark. Le révérend Schroeder et lui étaient du même âge, et ils avaient entraîné leurs fils respectifs dans l'équipe de T-Ball ensemble. Par chance, en ce mardi matin,

Burns n'était pas en audience, mais il était encore assez occupé au tribunal avec des premières comparutions et d'autres questions de routine. Keith trouva la bonne salle d'audience, parmi toutes celles que comptait le palais et, depuis un siège dans le fond, il observa le cours de la justice. Au bout d'une heure, Keith montra des signes d'impatience et il était prêt à s'en aller mais ne savait pas où se rendre. Burns acheva la dernière comparution de la matinée devant le juge, fourra ses papiers dans sa serviette et se dirigea vers la porte. Il eut un signe de tête vers Keith, qui le suivit. Dans ces couloirs débordant d'animation, ils trouvèrent un endroit tranquille, un banc au bois patiné, non loin d'une cage d'escalier.

— Tu as une mine épouvantable, commença Burns en guise de plaisanterie.

— Merci. Je ne suis pas sûr que ce soit une manière très agréable d'accueillir son prêtre. Je n'ai pas trouvé le sommeil la nuit dernière, Matthew. Pas une seconde. Tu as consulté le site Internet ?

— Oui, une dizaine de minutes, au bureau. Je n'avais jamais entendu parler de Drumm, mais enfin, ces affaires ont tendance à se bousculer, maintenant. C'est quasiment la routine, au Texas.

— Drumm est innocent, Matthew, affirma Schroeder avec une certitude qui surprit son ami.

— Eh bien, c'est ce que prétend ce site. Mais il n'est pas le premier tueur à clamer son innocence.

Les deux hommes avaient rarement discuté de justice ou de questions liées à la peine de mort. Keith partait du principe qu'en sa qualité de procureur, Matthew devait être favorable à la peine capitale, lui aussi.

— Le tueur est ici, à Topeka, Matthew. Il était à l'église dimanche matin, probablement sur un banc pas très éloigné du tien et de ta famille.

— Je suis tout ouïe.

— Il vient d'être libéré sous condition, il a passé quatre-vingt-dix jours dans un centre de réinsertion, et il est en train de mourir d'une tumeur au cerveau. Il a fait un saut au bureau hier, pour recevoir mon conseil. Il a de lourds antécédents d'agressions sexuelles. Je lui ai parlé, à deux reprises, et il a reconnu, en toute confidentialité naturellement, avoir violé et tué cette jeune fille. Il sait où est enseveli le corps. Il ne veut pas que Drumm soit exécuté, mais il ne veut pas non plus se dénoncer. C'est une épave, Matthew, un vrai malade psychopathe, qui sera lui-même mort d'ici quelques mois.

Burns respira et secoua la tête comme s'il venait de recevoir une gifle.

— Puis-je te demander pourquoi tu te retrouves au milieu de tout cela?

— Je n'en sais rien. Je suis dedans, c'est tout. Je connais la vérité. La question est : comment procède-t-on pour faire suspendre une exécution?

— Bon dieu, Keith.

— Oui, je lui ai parlé, à Lui aussi, et j'attends encore Son avis. Mais en attendant qu'il me parvienne, j'ai besoin du tien. J'ai appelé le cabinet de l'avocat de la défense, au Texas, mais cela n'a mené nulle part.

— Tu n'es pas tenu de respecter la confidentialité, dans ce contexte?

— Si. Et je vais m'y tenir. Mais si le meurtrier décide de soulager sa conscience, de dire la vérité, d'essayer de sauver cet homme de l'exécution? Et ensuite? Comment nous y prendrons-nous?

— Nous? Pas si vite, mon vieux.

— Aide-moi, sur ce sujet, Matthew. Je ne comprends rien au droit. J'ai lu ce site jusqu'à avoir les yeux qui se croisent, et plus j'en lis, plus je suis perdu. Comment condamne-t-on un homme pour meurtre quand il n'y a pas de cadavre? Comment ajouter foi à des aveux qui ont été extorqués par la police, et de manière si évidente? Comment un inculpé noir peut-il se voir assigner un jury entièrement blanc? Comment les jurés peuvent-ils être aussi aveugles? Où sont passées les cours d'appel? J'ai une longue liste de questions.

— Et je suis incapable de répondre à toutes, Keith. Il semble toutefois que la seule à être vraiment importante soit la première... Comment empêcher cette exécution?

— Je te le demande, mon vieux, c'est toi, le juriste.

— D'accord, d'accord. Laisse-moi réfléchir une minute. Tu vas vouloir un café, non ?

— Oh oui ! Je n'en ai bu qu'un jerrycan.

Ils descendirent une volée de marches vers une petite buvette où ils trouvèrent une table dans un coin. Keith paya le café et, quand il se fut assis, ce fut Matthew qui prit la parole.

— Il faut qu'il y ait un corps. Si ton homme est en mesure de fournir le corps, alors les avocats de Drumm pourraient sans doute obtenir un sursis des tribunaux. Sinon, le gouverneur risque de juste reporter l'exécution. Je ne suis pas certain de connaître les mécanismes précis, au Texas. Chaque État est différent. Toutefois, sans le corps, ton homme donnera l'impression d'être un de ces mythos qui veulent attirer l'attention sur eux. Garde bien à l'esprit, Keith, qu'il y aura les habituels dépôts de recours de dernière minute. Ces avocats spécialisés dans la peine de mort savent manier le système, et beaucoup d'exécutions sont retardées. Tu as même peut-être davantage de temps que tu ne le crois.

— Le Texas est assez efficace.

— Pas faux, ça.

— Il y a deux ans, Drumm était à une semaine de son exécution. Quelque chose a coincé dans une formalité d'un tribunal fédéral, ne me demande pas quoi. J'ai lu ça la nuit dernière et j'en suis encore assez retourné. De toute manière, selon ce site, un miracle de dernière minute est peu vraisemblable, maintenant. Drumm a eu son miracle. Pour lui, la chance a tourné.

— Trouver le corps, c'est l'essentiel. C'est la seule preuve indubitable que ton homme dit la vérité. Sais-tu où est ce corps ? Si tu le sais, ne me le dis pas. Dis-moi juste si tu le sais.

— Non. Il m'a mentionné l'État, la ville la plus proche, plus ou moins l'endroit, mais il m'a aussi prévenu qu'il l'avait si bien caché que lui-même aurait du mal à le retrouver.

— C'est au Texas ?

— Missouri.

Matthew secoua la tête. Il but une longue gorgée.

— Et si ce type n'est qu'un taulard mythomane comme un autre, Keith ? J'en vois dix par jour. Ils mentent sur tout. Ils mentent par habitude. Ils mentent quand la vérité serait d'une bien plus grande aide pour tout le monde. Ils mentent à la barre des témoins et ils mentent à leurs propres avocats. Et plus longtemps ils restent en prison, plus ils mentent.

— Il a sa bague du lycée, Matthew. Il la porte autour de son cou, au bout d'une petite chaînette à deux sous. Il a traqué cette jeune fille, elle l'obsédait. Il m'a montré cette bague. Je l'ai eue en main et je l'ai examinée.

— Tu es sûre qu'elle est authentique ?

— Si tu l'avais vue, tu dirais qu'elle est authentique. – Une autre longue gorgée. Matthew consulta sa montre. – Tu dois y aller ?

— Dans cinq minutes. Ce type est-il prêt à descendre au Texas et à déclarer la vérité ?

— Je n'en sais rien. Il dit que s'il quitte cette juridiction, il est en infraction avec sa liberté conditionnelle.

— Là-dessus, il ne ment pas. Mais s'il est mourant, qu'est-ce que cela peut lui faire ?

— Je lui ai posé la question. Sa réponse était vague. En plus, ce type n'a pas d'argent, aucun moyen de descendre jusque là-bas. Il possède zéro crédibilité. Personne ne lui adresserait même la parole.

— Pourquoi as-tu appelé l'avocat ?

— Parce que je suis désespéré, Matthew. Je crois ce type, et je crois Drumm innocent. Son avocat saura peut-être quoi faire. Moi, je ne sais pas.

Leur conversation s'interrompit temporairement. Matthew salua deux autres juristes à la table voisine, ils échangèrent quelques propos. Il jeta de nouveau un coup d'œil à sa montre.

— Une dernière question, reprit Keith. Purement hypothétique. Et si je convainquais cet individu de foncer au Texas, dès que possible, et de se mettre à raconter son histoire ?

— Tu viens de dire qu'il ne peut pas y aller.

— Oui, mais si je l'emmène ?

— Non, bon sang, Keith, non. Tu contribuerais à la violation de son engagement de liberté conditionnelle. C'est exclu.

— C'est très grave, ça ?

— Je l'ignore, au juste, mais cela pourrait te placer en situation délicate, qui sait, te valoir de perdre ton statut de prêtre. Je doute que tu hérites d'une peine d'emprisonnement, mais ce serait tout de même assez pénible.

— Comment est-il censé se rendre là-bas ?

— Je croyais t'avoir entendu dire qu'il avait décidé de ne pas y aller.

— Mais s'il y va ?

— Prends les choses une par une, Keith. – Un troisième coup d'œil à sa montre. – Écoute, je dois filer. Retrouvons-nous quelque part pour déjeuner en vitesse et terminer cette conversation.

— Bonne idée.

— Il y a un restau plus loin dans la rue, à l'angle de la Septième Rue. On peut se prendre un box dans le fond et bavarder tranquilles.

— Je connais l'endroit.

— Je te revois à midi.

Le même ancien détenu à la perpétuelle mine renfrognée se chargeait de l'accueil à l'Anchor House. Il était assez occupé avec une grille de mots croisés et n'apprécia guère d'être interrompu. Boyette n'était pas là, dit-il sèchement. Keith insista aimablement.

— Il est au travail ?

— Il est à l'hôpital. Ils l'ont emmené hier soir.

— Qu'est-il arrivé ?

— Des crises, une attaque, c'est tout ce que je sais. Il était vraiment mal barré, le mec, et pas qu'un peu.

— Quel hôpital ?

— C'était pas moi qui conduisais l'ambulance.

Et là-dessus, il retourna à sa grille de mots croisés : la conversation était terminée.

Le révérend Schroeder trouva son patient au troisième étage de l'hôpital St Francis, à côté de la fenêtre, dans une chambre à deux lits séparés par un vague rideau. En sa qualité de prêtre effectuant sa tournée, et avec son visage familier, il expliqua à l'infirmière que M. Boyette était venu lui rendre visite à son église et qu'il avait besoin de le voir. Il n'en fallait pas davantage.

Boyette était réveillé et il avait une perfusion fixée par un adhésif au poignet gauche. En voyant Keith, il sourit et lui serra brièvement et mollement la main.

— Merci d'être venu, pasteur, fit-il d'une voix éraillée, affaiblie.

— Comment vous sentez-vous, Travis ?

Cinq secondes s'écoulèrent. Il leva légèrement la main gauche.

— Des médocs... pas trop mauvais. Je me sens mieux.

— Que s'est-il passé ? lui demanda-t-il, mais il croyait savoir.

Boyette regarda par la fenêtre, mais il ne vit rien d'autre qu'un ciel gris. Dix secondes s'écoulèrent.

— Après votre départ, pasteur, j'étais vraiment retourné. Les migraines ont tapé méchamment et ne voulaient pas se calmer. Ensuite, je suis tombé dans le cirage, et ils m'ont amené ici. M'ont dit que je tremblais et que j'étais secoué de partout.

— Je suis désolé, Travis.

— C'était largement votre faute, pasteur. C'est vous qui m'avez provoqué ça. Vous m'avez vachement stressé.

— Je suis vraiment navré, mais n'oubliez pas s'il vous plaît que c'est vous cependant qui êtes venu me voir, Travis. Vous vouliez mon aide. Vous m'avez parlé de Donté Drumm et Nicole Yarber, deux personnes dont je ne savais rien. Vous m'avez dit ce que vous m'avez dit. Ce n'est pas moi qui ai provoqué la prise de contact.

— Exact.

Boyette ferma les yeux. Sa respiration était chargée, pénible.

Il y eut un long silence. Le révérend se pencha vers lui, presque dans un chuchotement.

— Êtes-vous là, Travis ?

— Oui.

— Alors écoutez-moi. J'ai un plan. Vous voulez l'entendre ?

— Bien sûr.

122

— D'abord, nous filmons une vidéo de vous racontant votre histoire. Vous reconnaissez ce que vous avez fait à Nicole. Vous expliquez que Donté n'a rien à voir avec son enlèvement et sa mort. Vous racontez tout, Travis. Et vous indiquez où elle est enterrée. Vous nous fournissez autant de renseignements que possible afin qu'avec un peu de chance, ils soient en mesure de la retrouver. Cette vidéo, nous la réalisons tout de suite. Ici, à l'hôpital. Et une fois que je l'ai, je l'expédie à toute vitesse au Texas, aux avocats de ce garçon, au procureur, au juge, à la police, à la cour d'appel, au gouverneur, et à tous les journaux et toutes les chaînes de télévision de l'État, pour qu'ils sachent. Que tout le monde sache. Je procède par voie électronique, de sorte qu'ils auront ça dans les quelques minutes qui suivront. Ensuite, pour la deuxième partie de mon plan, vous me donnez la bague. Je la photographie et j'envoie les photos à tous les gens que je viens de mentionner, et aussi par Internet. Je l'expédie par courrier spécial livré du jour au lendemain à ses avocats, et ils détiendront la preuve matérielle. Qu'en pensez-vous, Travis ? Vous pouvez me raconter votre histoire sans jamais sortir de ce lit d'hôpital.

Les yeux ne se rouvrirent pas.

— Vous êtes là, Travis ?

Un grognement.

— Oui-ou...

— Ça va marcher, Travis. On ne peut plus perdre encore de temps.

— C'est une perte de temps.

— Qu'y a-t-il à perdre ? Rien que la vie d'un innocent.

— Vous m'avez traité de menteur, hier soir.

— C'est parce que vous avez menti.

— Vous avez trouvé mon dossier d'arrestation, à Slone ?

— Nous l'avons trouvé.

— Donc je ne mentais pas.

— Là-dessus, non. Et vous ne mentez pas au sujet de Donté Drumm.

— Merci. Je vais dormir, maintenant.

— Allons, Travis. Cela prendra moins d'un quart d'heure de réaliser cette vidéo. Je peux même la filmer maintenant avec mon téléphone portable, si vous voulez.

— Vous me faites de nouveau mal à la tête, pasteur. Je sens l'attaque qui monte. Il faut me laisser maintenant, et s'il vous plaît, ne revenez pas.

Le révérend se redressa, très droit, et respira à fond. Pour s'assurer que les choses soient claires, Boyette répéta ce qu'il venait de dire, mais bien plus fort.

— Il faut partir, pasteur. Et s'il vous plaît, ne revenez pas.

Chez Eppie, dans le fond de la salle, les deux hommes s'installèrent devant deux grands bols de ragoût de bœuf. Matthew, qui avait sorti quelques notes d'une poche, parlait la bouche pleine.

— Il n'y a aucun article du code qui évoque directement le sujet, mais tu serais probablement accusé d'obstruction à la marche de la justice. Ne songe pas une seconde à emmener ce type au Texas.

— Je viens de discuter avec notre homme. Il est...

— Notre homme ? Je n'avais pas compris que j'avais été réquisitionné.

— Il est à l'hôpital. Il a eu des crises toute la nuit. La tumeur est en train de le tuer, et vite. Il a perdu tout désir de nous soutenir dans cette cause. C'est un sale type, un psychopathe, sans doute déjà cinglé avant que la tumeur ne lui ait envahi le cerveau.

— Pourquoi est-il venu à l'église ?

— Probablement pour sortir quelques heures de son foyer de réinsertion. Non, je ne devrais pas dire cela. J'ai perçu une réelle émotion chez ce type, une véritable culpabilité, et un vague désir de bien agir. Dana a retrouvé l'un de ses anciens contrôleurs judiciaires, en Arkansas. Ce fonctionnaire s'est un peu confié et a dit qu'en prison, notre homme était membre d'un gang suprématiste blanc. Donté Drumm, naturellement, est noir, et donc je m'interroge sur le degré de compassion qu'il éprouve.

— Tu ne manges rien, observa Matthew, en prenant encore une bouchée de son plat.

— Je n'ai pas faim. J'ai une autre idée.

— Tu n'iras pas au Texas. Je te parie qu'ils seraient fichus de t'abattre, là-bas.

— D'accord, d'accord. Voici mon idée. Et si tu l'appelais, toi, l'avocat de Drumm ? Moi, je ne franchis pas le barrage de la réceptionniste. Je suis juste un humble serviteur du Seigneur, mais toi, tu es juriste, procureur, et tu t'exprimes dans leur langue.

— Et que pourrais-je lui raconter ?

— Tu pourrais lui raconter que tu as des raisons de croire que le vrai tueur est ici, à Topeka.

Matthew mâcha sa bouchée, et il attendit.

— C'est tout ? fit-il. Rien que ça. Cet avocat reçoit de ma part un coup de fil bizarre. Je lui raconte ce que j'ai à lui raconter, c'est-à-dire pas grand-chose, et c'est censé fournir à cet avocat de nouvelles munitions pour déposer une requête devant un tribunal et arrêter l'exécution ? Je ne m'égare pas, là, hein, Keith ?

— Je sais que tu peux te montrer plus persuasif que cela.

— Envisage un peu cet autre scénario. Ce salaud serait un menteur pathologique comme les autres, et il est à l'article de la mort... le pauvre. Et il a envie de ménager sa sortie en frappant un grand coup, il décide de s'offrir une dernière vengeance contre un système qui l'a bousillé. Il découvre cette affaire au Texas, il effectue quelques recherches, il comprend que le corps n'a jamais été retrouvé et le tour est joué, il tient son histoire. Il trouve le site Internet et s'informe à fond sur les faits, et maintenant il te manipule. Peux-tu imaginer toute l'attention qu'il attirerait sur sa personne ? Mais sa santé le lâchera avant. Laisse-le tomber, Keith. C'est probablement un imposteur.

— Comment aurait-il appris l'existence de cette affaire ?

— C'est paru dans les journaux.

— Comment aurait-il trouvé ce site ?

— Tu n'as jamais entendu parler de Google ?

— Il n'a pas accès à des ordinateurs. Il a vécu ces six dernières années à Lansing. Les prisonniers n'ont pas accès à Internet. Tu devrais le savoir. Sinon, peux-tu imaginer ce qui se passerait ? Un accès Internet, plus tout ce temps libre.

Aucun logiciel au monde ne serait plus en sécurité. Il n'a pas non plus accès à un ordinateur dans ce centre de réinsertion. Ce type a quarante-quatre ans, Matthew, et il a passé l'essentiel de sa vie d'adulte en prison. Il est probable que les ordinateurs le terrorisent.

— Et les aveux de Drumm? Cela ne te tracasse pas?

— Bien sûr que si, mais d'après son site...

— Keith, allons. Ce site est géré par ses avocats. Dans le genre partisan...! Il est tellement partial qu'il en perd toute crédibilité.

— Et la bague?

— C'est une bague de lycée, une parmi des milliards. Pas franchement sorcier à fabriquer ou à dupliquer.

Le révérend se voûta, ses épaules s'affaissèrent, il se sentit subitement pris d'une grosse fatigue. L'énergie de poursuivre la discussion lui manquait.

— Tu as besoin d'un peu de sommeil, mon vieux, lui suggéra Burns. Et tu dois oublier cette affaire.

— Il se peut que tu aies raison.

— Je pense que oui. Et si l'exécution a lieu jeudi, ne culpabilise pas trop. Il y a de très fortes chances pour qu'ils tiennent le bon.

— Voilà qui est parlé en vrai procureur.

— Qui se trouve être justement ton ami.

10.

Le 29 octobre 1999, deux semaines après sa condamnation, Donté Drumm arrivait dans le couloir de la mort du quartier Ellis, dans la prison de Huntsville, une ville de trente-cinq mille habitants, à un peu moins de cent cinquante kilomètres de Houston. On procéda à la mise sous écrou, on lui remit sa garde-robe réglementaire, deux ensembles, chemise et pantalon blancs, deux combinaisons blanches, quatre caleçons, deux T-shirts blancs, une paire de chaussons de douche en caoutchouc, une fine couverture et un petit oreiller. On lui donna aussi une brosse à dents, un tube de dentifrice, un peigne en plastique et un rouleau de papier toilette. On lui assigna une petite cellule avec une couchette en béton, une lunette de toilette et un évier en acier inoxydable. Il devint l'un des quatre cent cinquante-deux détenus de sexe masculin du couloir de la mort. Il y avait aussi vingt-deux femmes condamnées à mort, logées dans une autre prison, près de Gatesville, au Texas.

En l'absence de tout antécédent de mauvaise conduite en milieu carcéral, il fut classé niveau I. En tant que tel, il se vit accorder quelques privilèges supplémentaires. Il pouvait travailler jusqu'à quatre heures par jour dans la fabrique de vêtements du couloir de la mort. Il pouvait passer son heure d'exercice dans la cour avec quelques autres détenus. Il avait le droit de se doucher une fois par jour, seul, sans surveillance. Il pouvait prendre part aux services religieux, aux ateliers d'artisanat et aux programmes de formation. Il pouvait aussi recevoir jusqu'à soixante-quinze dollars par mois de l'extérieur, au maximum. Il avait toute latitude de s'acheter une télévision, une radio, du matériel d'écriture, et un peu de provisions à l'intendance. Et il avait droit à des visiteurs, deux fois par semaine. Ceux qui enfreignaient les règles étaient rétrogradés au niveau II, où les privilèges étaient réduits. Les mauvais sujets étaient confinés au niveau III, où ils étaient privés de toutes ces faveurs.

Il avait beau avoir séjourné dans une prison du comté depuis un an, le choc du couloir de la mort avait été écrasant. Le bruit était incessant – le vacarme des radios et des télévisions, les blagues des autres détenus à jet continu, les hurlements des gardiens, les sifflements et les gargouillements des vieilles tuyauteries et le claquement des portes de cellule qui s'ouvraient et se refermaient. Dans une lettre à sa mère, il écrivait : « Le raffut ne s'arrête jamais. Jamais. J'essaie de ne pas en tenir compte, et pendant une heure ou presque j'y arrive, mais ensuite quelqu'un pousse un cri ou se met à chanter faux et un gardien beugle, et tout le monde rigole. Et c'est comme ça à toute heure. L'extinction des radios et des télévisions est fixée à dix heures du soir, et c'est là que les grandes gueules commencent avec leurs bêtises. Vivre comme un animal en cage, c'est déjà assez pénible, mais le bruit me rend dingue. »

Il n'allait pourtant pas tarder à découvrir qu'il était capable d'endurer ce confinement et ces rituels. Il n'était pas certain, toutefois, de réussir à vivre sans sa famille et ses amis. Ses frères et sœurs, son père et sa mère lui manquaient, mais l'idée d'être à jamais séparé de sa mère suffisait à le faire pleurer. Il pleurait des heures d'affilée, toujours le visage baissé, dans le noir, et en silence.

Pour les tueurs en série et les assassins qui tuent leur victime à coups de hache, le couloir de la mort est un cauchemar. Pour un homme innocent, c'est une vie entière de torture mentale que l'esprit humain n'est pas prêt à endurer.

Sa sentence de mort revêtit une signification nouvelle, le 16 novembre, le jour où Desmond Jennings fut exécuté pour avoir tué deux personnes lors d'une transaction liée à la drogue qui avait mal tourné. Le lendemain, John Lamb fut exécuté pour le meurtre d'un voyageur de commerce, perpétré un jour après avoir été libéré sous condition. Le lendemain, le 18 novembre, Jose Gutierrez fut exécuté pour un vol à main armée et un meurtre commis avec son frère. Le frère avait été mis à mort cinq ans plus tôt. Jennings était dans le couloir des condamnés à la peine capitale depuis quatre ans, Lamb depuis seize, Gutierrez dix. Un gardien avait expliqué à Donté que le séjour moyen dans ce couloir avant exécution était de dix ans ce qui, avait-il ajouté fièrement, était le délai le plus court de tous les États-Unis. Là encore, le Texas était numéro un. « Mais ne t'inquiète pas, avait-il précisé, ce seront les dix années les plus longues de ta vie, et les dernières, bien sûr. » Ha-ha.

Trois semaines plus tard, le 8 décembre, David Long était exécuté pour le massacre à la hachette de trois femmes dans une banlieue de Dallas. Durant son procès, Long avait raconté au jury que si on ne lui accordait pas la peine de mort, il tuerait encore. Le jury avait accédé à ses désirs. Le 9 décembre, James Beathard était exécuté pour un autre triple homicide. Cinq jours plus tard, Robert Atworth l'était à son tour, après trois années seulement dans le couloir de la mort. Le lendemain, c'était Sammie Felder, après vingt-trois ans d'attente.

Après le décès de ce dernier, Drumm écrivit à Robbie Flak une lettre dans laquelle il lui disait : « Hé, mon vieux, ces mecs, ici, prennent le truc très au sérieux. Sept mises à mort en quatre semaines. Sammie était le numéro cent quatre-vingt-dix-neuf depuis qu'ils ont eu le feu vert, il y a quelques années. Et c'était aussi le numéro trente-cinq pour cette année, et ils en ont programmé cinquante l'an prochain. Faut faire quelque chose, mon pote. »

Les conditions de vie allaient de mal en pis. Les administrateurs du Texas Department of Criminal Justice (TDCJ) s'occupaient alors du transfert du couloir de la mort de Huntsville au centre Polunsky, près de la petite ville de Livingston, distante de soixante kilomètres. Sans qu'aucun motif officiel n'ait été avancé, cette initiative intervenait après l'évasion manquée de cinq prisonniers. Quatre d'entre eux avaient été capturés dans l'enceinte de la maison d'arrêt. Le cinquième avait été retrouvé flottant dans une rivière, cause de la mort inconnue. Peu de temps après, la décision avait été prise de renforcer la sécurité et de transférer ces hommes au centre de détention Polunsky. Au bout de quatre mois à Huntsville, Donté s'était retrouvé les fers aux pieds et embarqué dans un bus avec vingt autres détenus.

Dans cette nouvelle enceinte, on lui avait attribué une cellule qui mesurait un mètre quatre-vingts par trois mètres. Il n'y avait pas de fenêtres. La porte était en métal massif, avec un petit judas carré afin que les gardiens puissent jeter un œil. Sous ce judas, il y avait une fente étroite laissant un passage au plateau repas. La cellule était hermétique, pas de barreaux par où regarder, aucun moyen d'entrevoir un autre être humain. C'était un bunker exigu de béton et d'acier.

Les responsables de l'établissement pénitentiaire décidèrent qu'un enfermement de vingt-trois heures sur vingt-quatre constituait le moyen le plus approprié de s'assurer le contrôle des détenus et de prévenir toute évasion et toute violence. On avait éliminé la quasi-totalité des contacts entre prisonniers. Pas de programmes de travail, pas de services religieux, pas de groupes récréatifs, rien qui favoriserait les relations humaines. Les télévisions étaient proscrites. Durant une heure quotidienne, on conduisait Donté dans une «salle de jour», un petit espace fermé pas beaucoup plus grand que sa cellule. Là, seul et sous la surveillance d'un gardien, il était supposé profiter de toute distraction qu'il était capable de s'inventer dans sa tête. Deux fois par semaine, si le temps le permettait, on le conduisait dehors, dans un petit périmètre à moitié couvert d'herbe, que l'on appelait le «chenil». Pendant une heure, il pouvait regarder le ciel.

Fait remarquable, il ne tarda pas à s'apercevoir qu'il regrettait le bruit incessant qu'il avait tant décrié à Huntsville.

Au bout d'un mois au centre Polunsky, dans une lettre à Robbie Flak, il écrivait : «Je suis enfermé dans ce placard, vingt-trois heures par jour. La seule fois où j'adresse la parole à une autre personne, c'est quand les gardiens m'apportent à manger, ou ce qu'ils appellent à manger, par ici. Donc tout ce que je vois, c'est des gardiens, pas le style de gens que j'ai choisi. Je suis entouré de meurtriers, de vrais meurtriers, et je préférerais encore leur parler que de parler aux gardiens. Ici, tout est conçu pour rendre la vie aussi pénible que possible. Prends l'heure des repas. Ils nous servent le petit déjeuner à trois heures du matin. Pourquoi? Personne n'en sait rien, et personne ne pose la question. Ils nous réveillent pour nous refiler de la merde qui ferait fuir à peu près tous les chiens. Le déjeuner, c'est à trois heures de l'après-midi. Le dîner à dix heures du soir. Des œufs froids et du pain blanc au petit déjeuner, quelquefois des crêpes avec de la compote de pommes. Des sandwiches au beurre de cacahuète pour le déjeuner. Parfois des sandwiches à base de mortadelle, mais une mortadelle dégueulasse. Un poulet caoutchouteux et de la purée mousseline au dîner. Un juge, je ne sais trop où, a décrété que nous avions droit à deux mille deux cents calories par jour – je suis sûr que tu es au courant – et s'ils se rendent compte qu'ils sont un peu courts, ils nous empilent encore du pain blanc. Il est tout le temps rassis. Hier, au déjeuner, j'ai eu cinq tranches de pain blanc, du porc froid et des fayots, et un morceau de cheddar moisi. On peut les attaquer sur la nourriture? Sûrement déjà été tenté. Mais je suis capable de supporter cette bouffe. Je suis capable de supporter les fouilles à toute heure. Je pense pouvoir tout encaisser, Robbie, mais le confinement solitaire, je ne suis pas sûr. Je t'en prie, fais quelque chose. »

Il était de plus en plus déprimé, découragé, et il dormait douze heures par jour. Pour combattre l'ennui, il se repassait dans sa tête tous les matches de football de sa carrière au lycée. Il jouait les commentateurs sportifs, décrivait les actions de jeu, et il enjolivait, et le grand Donté Drumm était toujours la star. Il récitait les noms de ses équipiers, tous sauf Joey Gamble, et il affublait ses adversaires de noms fictifs. Douze matches pour sa saison de seconde, treize pour celle de première et, alors que Marshall avait battu Slone les deux années en matches de qualification, Donté, en prison, n'évoquait pas cela. Les Slone Warriors remportaient les douze rencontres, et poursuivaient leur progression jusqu'à ce qu'ils aient massacré Odessa Permian en match de championnat, dans le Cowboys Stadium, devant soixante-quinze mille fans. Il était le meilleur joueur de l'année. M. Football du Texas, les deux saisons, un résultat encore jamais atteint.

Après ces rencontres, après avoir rendu l'antenne du direct, il écrivait des lettres. Chaque jour, son objectif était d'en écrire au moins cinq. Il lisait sa bible pendant des heures et mémorisait des versets des écritures. Quand Robbie déposa un autre volumineux dossier de procédure devant un autre tribunal, il en lut chaque mot. Et, pour le lui prouver, il écrivit à son avocat de longues lettres de reconnaissance.

Mais au bout d'une année d'isolement, il commença de craindre de perdre la mémoire. Les scores de ses anciens matches lui échappaient. Il oubliait les noms de ses équipiers. Il était incapable de réciter les vingt-sept livres du Nouveau Testament. Il se sentait léthargique et incapable de lutter contre la dépression. Son esprit était en voie de désintégration. Il dormait seize heures par jour et absorbait la moitié de la nourriture qu'on lui apportait.

Le 14 mars 2001, deux événements le firent craquer. Le premier fut une lettre de sa mère. Elle était longue de trois pages, de l'écriture manuscrite qu'il aimait tant et, après avoir lu la première page, il s'interrompit. Il fut incapable d'en achever la lecture. Il en avait envie et savait qu'il le devait, mais ses yeux refusaient d'accommoder et son esprit n'arrivait pas à intégrer les mots de sa mère. Deux heures plus tard, la cour d'appel criminelle du Texas confirmait sa condamnation. Il pleura longuement, puis il s'allongea sur sa couchette et fixa le plafond, dans un brouillard à moitié catatonique. Durant des heures, il ne bougea pas. Il refusa de déjeuner.

Au cours de son dernier match en classe de première, lors des rencontres de qualification contre Marshall, un plaqueur de plus de cent trente kilos lui avait marché sur la main gauche. Il avait eu trois doigts écrasés et fracturés. La douleur avait été instantanée et si intense qu'il s'était presque évanoui. Un entraîneur lui avait réuni les doigts en les lui bandant et, au cours de la phase de jeu suivante, il était de nouveau dans le match. Pendant la quasi-totalité de la deuxième mi-temps, il avait joué comme un forcené. La douleur le rendait fou. Entre les actions, il restait stoïque, immobile, à observer le regroupement offensif, sans jamais secouer la main, sans jamais la toucher, sans jamais réagir à cette douleur qui lui faisait monter les larmes aux yeux. Il avait trouvé en lui la volonté de fer et l'incroyable ténacité de terminer la rencontre.

Même s'il avait aussi oublié le score de ce match, il se jura alors de puiser à nouveau en lui, puiser dans les profondeurs de ses entrailles et des couches subconscientes de son cerveau qui lui faisait faux bond, pour trouver la volonté d'enrayer sa glissade dans la folie. Il réussit à s'extraire de sa couchette. Il tomba sur le sol et enchaîna vingt pompes. Ensuite, il multiplia les redressements assis, à en avoir mal aux abdominaux. Il fit des courses sur place jusqu'à ne plus pouvoir lever les pieds. Des squats, des levers de jambes, encore des pompes et des redressements assis. Une fois en nage, il s'assit et il arrêta un programme. À cinq heures tous les matins, il entamait une série d'exercices précis et continuait soixante minutes sans interruption. À six heures et demie, il écrivait deux lettres. À sept heures, il mémorisait un nouveau verset des Écritures. Et ainsi de suite. Son but était de totaliser mille pompes et redressements par jour. Il allait écrire dix lettres, et pas seulement à sa famille et à ses amis proches. Il allait trouver de nouveaux copains. Il lirait au moins un livre par jour. Il allait réduire son temps de sommeil de moitié. Il allait entamer un journal.

Ces objectifs, il les avait intitulés «EMPLOI DU TEMPS», en lettres capitales, une inscription collée au mur près de son miroir en métal. Il s'était découvert assez d'enthousiasme pour s'en tenir à ce régime. Il attaquait tous les matins. Au bout d'un mois, il effectuait mille deux cents pompes et redressements assis par jour, et ses muscles endurcis lui faisaient du bien. Ces exercices lui irriguaient de nouveau le cerveau. La lecture et l'écriture lui ouvraient de nouveaux horizons. Une jeune fille, en Nouvelle-Zélande, lui avait écrit une lettre, et il lui en avait immédiatement envoyé une en retour. Elle s'appelait Millie. Elle avait quinze ans, et ses parents approuvaient cette correspondance, mais surveillaient ses lettres. Quand elle lui avait adressé une petite photo d'elle, il était tombé amoureux. Il n'avait pas tardé à atteindre les deux mille pompes et redressements assis, aiguillonné par son rêve de rencontrer un jour Millie. Son journal était rempli de scènes explicites, érotiques, du couple voyageant de par le monde. Elle lui écrivait une fois par mois et, pour chaque lettre qu'elle lui envoyait par courrier, elle en recevait au moins trois de sa part.

Roberta Drumm prit la décision de ne pas annoncer à Donté que son père se mourait d'une maladie cardiaque. Et quand, lors d'une de ses nombreuses visites routinières, elle lui apprit sa mort, le monde fragile du jeune homme se fissura de nouveau. La nouvelle de la disparition de son père avant qu'il ne puisse sortir de prison complètement disculpé était de trop. Il se laissa aller à rompre l'ordonnancement rigide de ses activités journalières. Il sauta un jour, et puis un deuxième. Il ne pouvait s'empêcher de pleurer et de trembler.

Et puis Millie le laissa tomber. Ses lettres arrivaient autour du quinze de chaque mois, tous les mois depuis plus de deux ans, sans compter les cartes pour son anniversaire et Noël. Pour une raison qu'il ne saurait jamais, elles cessèrent de lui parvenir. Il lui envoya missive sur missive, sans rien recevoir en retour. Il accusa les gardiens de la prison de mettre le nez dans son courrier et convainquit même Robbie Flak de proférer quelques menaces. Cependant, peu à peu, il accepta le fait qu'elle ait disparu. Il sombra dans une longue dépression, se désintéressant de son emploi du temps. Il débuta une grève de la faim, et n'avala rien pendant dix jours, mais il y renonça, car personne ne semblait s'en soucier. Il s'écoulait des semaines sans aucun exercice, aucune lecture, aucune entrée de journal, et ses seules lettres étaient adressées à sa mère et à Robbie. Assez vite, les scores de ses anciens matches de football furent à nouveau oubliés et il ne réussissait à se remémorer que de rares versets des Écritures, parmi les plus connus. Il regardait fixement le plafond pendant des heures, en marmonnant sans relâche : « Seigneur, je perds la tête. »

Au centre Polunsky, la salle des visites forme un vaste espace d'un seul tenant avec quantité de tables et de chaises, et des distributeurs le long des murs. Au centre, il y a une longue rangée de box, tous divisés par des parois vitrées. Les détenus s'asseyent d'un côté, leurs visiteurs de l'autre, et toutes les conversations se font par téléphone. Derrière les détenus, des gardiens sont toujours là, menaçants, à surveiller. Sur un côté, trois box sont aussi réservés aux visites des avocats. Également séparés par une cloison de verre, et toutes les consultations s'effectuant aussi par téléphone.

Les premières années, Donté était électrisé par la vision de Robbie Flak assis à l'étroit comptoir, derrière la cloison vitrée. Il était son avocat, son ami, son farouche défenseur et l'homme qui le laverait de cette incroyable injustice. Il luttait haut et fort et menaçait des feux de l'enfer tous ceux qui maltraitaient son client. Il y avait tant de condamnés qui, à l'extérieur, avaient de mauvais avocats ou pas d'avocats du tout. Leur appel avait eu lieu, le système en avait terminé avec eux. Personne ne plaidait plus en leur nom. Mais Donté, lui, avait M. Robbie Flak, et il savait qu'à un certain moment, tous les jours, son avocat pensait à lui et concoctait un nouveau moyen de le sortir de là.

Mais au bout de huit années dans le couloir de la mort, il avait perdu espoir. Il n'avait pas perdu sa foi en Robbie, il avait simplement compris que le système, au Texas, était beaucoup plus puissant qu'un avocat tout seul. Sauf miracle, ce préjudice qu'on lui avait causé irait à son terme. Flak lui avait expliqué qu'ils déposeraient des requêtes jusqu'à l'extrême fin, mais il était aussi réaliste.

Ils se parlèrent à travers le téléphone, heureux de se voir. Robbie lui transmit les salutations de toute la famille Drumm. Il leur avait rendu visite à leur domicile la veille au soir, et lui rapporta tous les détails. Donté l'écouta avec un sourire, mais parla peu. Ses talents en matière de conversation s'étaient détériorés avec tout le reste. Physiquement, il était amaigri, voûté, c'était un homme vieillissant de vingt-sept ans. Et mentalement, c'était une épave. Il était incapable de mesurer l'écoulement du temps, ne savait jamais si c'était le jour ou la nuit, sautait souvent des repas, des douches et son heure de récréation quotidienne. Il refusait de dire un mot aux gardiens et avait souvent du mal à obéir à leurs ordres les plus élémentaires. Sachant qu'il ne constituait pas une menace, ils se montraient quelque peu compréhensifs. Il dormait parfois dix-huit à vingt heures par jour et, quand il n'était pas endormi, il était incapable de rien. Il n'avait plus fait d'exercice depuis des années. Il ne lisait jamais et réussissait à écrire une ou deux lettres chaque semaine, mais seulement à sa famille et à Robbie Flak. Les lettres étaient brèves, souvent incohérentes, truffées de fautes d'orthographe et d'erreurs grammaticales grossières. L'écriture était si négligée que c'en était décourageant. Une lettre de Donté n'était pas une missive agréable à ouvrir.

Le Dr Kristi Hinze avait lu et analysé des centaines de lettres qu'il avait écrites durant ses huit années dans le couloir de la mort. Elle était déjà d'avis que le confinement solitaire lui avait grandement fait perdre pied avec la réalité. Il était déprimé, léthargique, délirant, paranoïde, schizophrène et suicidaire. Il entendait des voix, celles de son défunt père et de son entraîneur de football au lycée. En termes profanes, son cerveau avait cessé de fonctionner. Il était aliéné.

Après lui avoir résumé la situation en quelques minutes, notamment leurs recours de dernière minute, et après avoir couvert les événements programmés pour les deux prochains jours, Flak lui présenta le Dr Hinze. Elle prit le siège et le téléphone, et lui dit bonjour. Robbie se tenait tout près, derrière elle, avec un bloc et un stylo. Pendant plus d'une heure, elle lui posa des questions sur son emploi du temps quotidien, ses habitudes, ses rêves, ses pensées, ses désirs et ses sentiments au sujet de la mort. Il la surprit en lui disant que, depuis qu'il était détenu dans le couloir de la mort, deux cent treize hommes avaient été exécutés. L'avocat confirma l'exactitude de ce chiffre. Mais il n'y eut pas d'autres surprises, et pas davantage de détails. Elle le questionna longuement sur les raisons de sa présence dans cette prison, et sur celles de son exécution. Il n'en savait rien, ne comprenait pas pourquoi on allait lui infliger cela. Oui, il était convaincu qu'on allait l'exécuter. Regardez pour les deux cent treize autres.

Une heure fut suffisante au Dr Hinze. Elle rendit le combiné à l'avocat, qui se rassit et aborda le déroulement de la

journée de jeudi. Il lui expliqua que sa mère était déterminée à assister à l'exécution, ce qui le perturba. Il fondit en
larmes et dut finalement poser le combiné pour s'essuyer la
figure. Il refusa de le reprendre et, quand il eut fini de pleurer, il croisa les bras et fixa le sol. Finalement, il se leva et se
dirigea vers la porte derrière lui.

Le reste de l'équipe attendait dehors dans la camionnette
avec un gardien à proximité qui les surveillait avec noncha-
lance. Quand Robbie et le Dr Hinze regagnèrent le véhicule,
Aaron salua le gardien d'un geste de la main et ils démarrèrent. Ils s'arrêtèrent à une pizzeria à l'entrée de la ville et
déjeunèrent en vitesse. Ils venaient de remonter à bord et
sortaient de Livingston quand le téléphone sonna. C'était
Fred Pryor. Joey Gamble avait rappelé et voulait le revoir
autour d'un verre, après le travail.

11.

En semaine normale, le révérend Schroeder passait l'essentiel de son mardi après-midi enfermé dans son bureau, les téléphones sur répondeur, et il réfléchissait au thème de son prochain sermon. Il se penchait sur les événements du moment, songeait aux besoins de ses ouailles, priait beaucoup et, si aucun déclic ne se produisait, il reprenait ses fichiers et consultait d'anciens sermons. Quand une idée lui venait enfin, il rédigeait un rapide canevas, puis entamait la rédaction du texte complet. À ce stade, il se sentait déjà moins tendu, et il pouvait s'exercer et répéter son texte jusqu'au dimanche. Il n'y avait pas pire toutefois, pour lui, que de se réveiller le mercredi matin sans la moindre idée de ce qu'il dirait le dimanche.

Mais avec Travis Boyette qui lui occupait l'esprit, il était inapte à se concentrer sur rien d'autre. Mardi après le déjeuner, il s'accorda une longue sieste et, quand il se réveilla, il se sentit la tête lourde, presque groggy. Dana était sortie du bureau pour s'occuper des enfants et il s'affaira dans l'église, incapable d'être constructif. Il finit par s'en aller. Il avait envie de prendre sa voiture, de se rendre à l'hôpital, de revoir Boyette, avec l'espoir éventuel que la tumeur se soit déplacée et que le personnage ait changé d'avis. Mais c'était peu probable.

Pendant que Dana préparait le dîner, et que les garçons terminaient leurs devoirs, il trouva un peu de solitude dans le garage. Son tout dernier projet consistait à le ranger, à le peindre et ensuite à le garder impeccablement ordonné, pour toujours. D'ordinaire, il aimait ne pas se poser de questions en faisant du nettoyage, mais Boyette réussit à lui gâcher même cela. Au bout d'une demi-heure, il renonça, emporta son ordinateur portable dans leur chambre et ferma la porte à clef. Le site de Drumm était comme un aimant, comme un épais roman bien croustillant dont il lui restait encore tant de pages à lire.

LE SCANDALE KOFFEE-GRALE

L'accusation de Donté Drumm a été conduite par Paul Koffee, procureur de district de la ville de Slone et du comté de Chester. Le président de la cour était la juge Vivian Grale. Koffee et Grale étaient tous deux des magistrats élus. À l'époque du procès, Koffee était en poste depuis treize ans. Grale siégeait au banc des juges depuis cinq ans. Koffee avait une épouse, Sara, et ils avaient, et ont encore, trois enfants. Grale était mariée elle aussi, à un certain Frank, et ils avaient, et ont encore, deux enfants.

Les Koffee sont maintenant divorcés, tout comme les Grale.

De toutes les requêtes significatives déposées par la défense, la seule qui ait été jugée recevable par la magistrate concernait un changement de juridiction pour la tenue du procès. Étant donné son caractère sensationnel et l'ampleur de sa couverture médiatique, un procès équitable aurait été impossible à Slone. Les avocats de Donté voulaient le déplacer le plus loin possible, et ils avaient suggéré Amarillo ou Lubbock, deux villes situées à plus de huit cents kilomètres de Slone. La juge Grale avait accédé à cette requête – les experts s'étaient accordés à penser qu'elle n'avait guère le choix ; la tenue des débats à Slone aurait créé une situation de révocabilité –, et elle décida de tenir le procès à Paris, Texas. Le tribunal de Paris se trouve à exactement soixante-dix-neuf kilomètres de Slone. Après la condamnation de Drumm, ses avocats avaient protesté avec véhémence, en soulignant qu'un procès à Paris n'était pas différent d'un procès à Slone. En fait, lors de la sélection du jury, plus de la moitié des jurés putatifs avaient admis avoir entendu parler de l'affaire.

À part le changement de juridiction, la juge Grale n'avait guère fait preuve de tolérance envers la défense. Sa décision la plus importante avait consisté à admettre les aveux forcés de Donté. Sans cela, le dossier de l'accusation était vide, aucune preuve, rien. Le dossier reposait sur ces aveux.

Mais d'autres décisions avaient été presque aussi préjudiciables. La police et les procureurs avaient eu recours à leur tactique préférée en citant à comparaître un mouchard, un détenu dénommé Ricky Stone. Emprisonné pour trafic de drogue, il avait accepté de coopérer avec l'inspecteur Kerber et la police de Slone. On l'avait placé quatre jours en détention avec l'accusé, avant de le changer de cellule. Drumm ne l'avait plus jamais revu avant le procès. Stone avait témoigné sous serment que l'accusé lui avait parlé ouvertement du viol et du meurtre de Nicole et lui avait avoué être devenu fou après leur rupture. Ils sortaient secrètement ensemble depuis plusieurs mois, ils étaient amoureux, mais elle avait fini par prendre peur et craignait que son père, si fortuné, ne lui coupe tout subside s'il apprenait qu'elle sortait avec un Noir. Dans sa déposition sous serment, Stone avait prétendu n'avoir reçu aucune offre du procureur en échange de son témoignage. Deux mois après la condamnation de Donté, le mouchard avait plaidé coupable dans un délit mineur, et il était sorti de prison, libre.

Stone avait un casier judiciaire criminel chargé, et une crédibilité nulle. C'était l'archétype du taulard mouchard, concoctant un faux témoignage en échange d'un allègement de peine. La juge Grale l'avait autorisé à témoigner.

Par la suite, il s'était rétracté, en avouant que Kerber et Paul Koffee avaient exercé des pressions sur lui, afin qu'il mente.

La juge avait aussi validé un type de témoignage tombé en discrédit depuis de nombreuses années dans d'autres juridictions. Lors des recherches pour retrouver Nicole, la police s'était servie de chiens policiers pour flairer des indices. On leur avait fait renifler une trace odorante du véhicule de la jeune fille et certains objets qui s'y trouvaient, avant de les lâcher. La piste n'avait mené nulle part, en tout cas pas avant l'arrestation de Donté. La police avait alors laissé les chiens renifler le Ford vert que possédait la famille Drumm. D'après le maître-chien, les chiens étaient surexcités, agités et, à en croire tous les signes visibles, ils avaient repéré l'odeur de Nicole dans le véhicule. Ce témoignage peu fiable avait d'abord été invoqué lors d'une audience préliminaire. Les avocats de Donté étaient incrédules et ils exigèrent de savoir comment ils allaient bien pouvoir soumettre les chiens à un examen contradictoire. L'avocat Robbie Flak était si scandalisé qu'il traita l'une des bêtes, baptisé Yogi, de « sale fils de pute ».

La juge Grale le condamna pour outrage, avec une amende de cent dollars à la clef. Chose remarquable, le principal maître-chien ayant encore été autorisé à faire une déposition à l'audience, se déclara « absolument sûr » que Yogi avait flairé la piste de Nicole dans ce van vert. Lors du contre-interrogatoire, Robbie Flak le mit proprement en pièces. À un certain moment, il exigea de faire venir le chien devant la cour, de lui faire prêter serment et de le placer dans le siège des témoins.

La juge Grale manifestait son animosité envers les avocats de la défense, surtout envers Robbie Flak. Elle était bien plus aimable avec Paul Koffee.

Et non sans raison. Six ans après le procès, on apprit que le juge et le procureur vivaient une idylle clandestine de longue date. Leur liaison fut dévoilée au grand jour quand une ancienne secrétaire mécontente de Koffee déposa une plainte pour harcèlement sexuel et communiqua des e-mails, des relevés de lignes téléphoniques et même des enregistrements de conversations téléphoniques révélant la relation de son ex-patron avec la juge Grale. Des procès s'ensuivirent, et des divorces.

La juge, déshonorée, démissionna de la magistrature et quitta Slone en instance de divorce. Paul Koffee fut réélu sans opposition en 2006, mais seulement après avoir promis d'abandonner ses fonctions, au terme de son mandat.

Les avocats de Donté réclamèrent le dépôt d'une requête en réparation du préjudice, en raison de l'évident conflit d'intérêt entre la juge et le procureur. La cour criminelle d'appel du Texas considéra qu'en dépit de cette circonstance « malheureuse » qui « pouvait éventuellement laisser penser qu'il y avait eu irrégularité », elle ne comportait pas de violation des droits du prévenu à un procès équitable. Au niveau des cours fédérales, cette requête en réparation du préjudice demeura tout aussi inaccessible.

En 2005, Paul Koffee intenta une action en diffamation contre Robbie Flak, pour certaines déclarations de ce dernier dans le cadre d'une interview concernant la relation intime du procureur avec l'ancienne juge. Flak engagea des poursuites en retour contre le procureur, l'accusant d'une multitude de délits. La procédure est encore en cours.

Bien des heures plus tard, alors que les lumières étaient éteintes et que la maison était silencieuse, Keith et Dana, le regard perdu vers le plafond, discutaient de savoir s'ils ne devraient pas aller chercher les somnifères. Ils étaient tous les deux épuisés, mais incapables de trouver le sommeil. Ils étaient fatigués de lire des choses sur cette affaire, d'en discuter, de s'inquiéter pour un jeune Noir détenu dans le couloir de la mort dont ils n'avaient jamais entendu parler l'avant-veille, et ils étaient surtout très contrariés par le dernier personnage qui venait d'entrer dans leurs existences, un certain Travis Boyette. Le révérend était convaincu qu'il disait la vérité. Dana avait aussi tendance à aller dans ce sens, mais elle demeurait sceptique en raison de son casier judiciaire à vous faire froid dans le dos. Ils étaient fatigués de se disputer à ce sujet.

Si Boyette disait la vérité, était-il possible qu'ils soient les seules personnes au monde à savoir de façon certaine que le Texas était sur le point d'exécuter le mauvais coupable ? Si oui, que pouvaient-ils faire ? Et comment tenter quoi que ce soit si Boyette refusait de reconnaître la vérité ? Et s'il changeait d'avis et décidait d'admettre cette vérité, qu'étaient-ils censés faire ? Slone était à six cents kilomètres de là, et ils n'y connaissaient personne. Comment auraient-ils pu y connaître quelqu'un ? Deux jours plus tôt, ils n'avaient jamais entendu parler de cet endroit.

Les questions firent rage tout au long de la soirée, et ils n'avaient pas les réponses. Ils décidèrent de surveiller l'heure jusqu'à minuit sur l'horloge numérique et, s'ils étaient encore réveillés à cette heure-là, d'aller chercher les somnifères.

À vingt-trois heures quatre, le téléphone sonna et les fit sursauter. Dana alluma le cadran. L'identité de l'appelant indiquait « St Fran. Hospital ».

— C'est lui, fit-elle.

Le révérend décrocha.

— Allô.

— Désolé de vous appeler si tard, pasteur, commença Boyette d'une voix feutrée, épuisée.

— C'est bon, Travis. Nous ne dormions pas.

— Comment va votre mignonne petite femme ?

— Bien. Écoutez, Travis, je suis certain que vous appelez pour une raison précise.

— Oui, désolé, pasteur. J'ai vraiment envie de revoir cette fille, vous voyez ce que je veux dire ?

Keith tint le combiné de manière à ce que Dana puisse trouver une petite place pour son oreille gauche. Il n'avait pas envie de tout devoir répéter après coup.

— Je ne suis pas certain de saisir ce que vous voulez dire, Travis.

— La fille, Nicole, ma petite Nikki. Je n'en ai plus pour longtemps sur cette terre, pasteur. Je suis encore à l'hôpital, une perfusion dans le bras, toutes sortes de médocs dans le sang, et les docteurs me préviennent que ce ne sera pas long. Je suis à moitié mort, pasteur, maintenant, et je n'aime pas l'idée de casser ma pipe sans une dernière visite à Nikki.

— Elle est morte depuis neuf ans.

— Sans déconner. J'étais là, vous vous souvenez. C'était épouvantable, ce que je lui ai fait, tout bonnement épouvantable, et je me suis déjà excusé, plusieurs fois, face à face avec elle. Mais faut que j'y retourne, lui dire une dernière fois combien je suis désolé de ce qui s'est passé. Vous voyez ce que je veux dire, pasteur ?

— Non, Travis. Je n'ai aucune idée de ce que vous voulez dire.

— Elle est encore là-bas, d'accord ? Elle est là où je l'ai laissée.

— Vous disiez que vous ne seriez sans doute plus capable de la retrouver.

Il y eut un long silence, où Travis eut l'air de se remémorer ce propos.

— Je sais où elle est, répéta-t-il.

— Parfait, Travis. Alors, allez la chercher. Allez l'exhumer et regarder ses ossements, et dites-lui que vous êtes désolé. Et après ? Vous vous sentirez mieux ? Entre-temps, un innocent se verra infliger le supplice de la seringue, pour votre crime. J'ai une idée, Travis. Quand vous aurez une dernière fois dit à Nicole que vous êtes désolé pour votre acte, pourquoi n'allez-vous pas à Slone : vous vous arrêtez au cimetière, vous trouvez la tombe de Donté Drumm, et vous lui dites que vous êtes désolé, à lui aussi ?

Dana tourna la tête, fronça le sourcil vers son mari. Travis observa encore un temps de silence.

— Je n'ai aucune envie que ce gamin meure, pasteur.

— C'est vraiment difficile à croire, Travis. Vous êtes resté neuf ans silencieux, alors qu'il était accusé, persécuté. Vous avez laissé filer la journée d'hier, et celle d'aujourd'hui, et si vous continuez de tergiverser, il ne sera plus temps de faire quoi que ce soit et il sera mort.

— Je ne peux rien empêcher.

— Vous pouvez essayer. Rien ne vous interdit d'aller à Slone déclarer aux autorités où le corps est enterré. Rien ne vous empêche de reconnaître la vérité, de leur montrer la bague, de vous faire entendre. Je suis sûr que les journalistes et les caméras vont vous adorer. Qui sait, peut-être que cela attirera l'attention d'un juge ou du gouverneur. Je n'ai pas beaucoup d'expérience en la matière, Travis, mais il me semble qu'ils risquent d'avoir du mal à exécuter Donté Drumm alors que vous êtes à la télévision en train de proclamer que vous avez tué Nicole et que vous avez agi seul.

— Je n'ai pas de voiture.

— Louez-en une.

— Je n'ai plus de permis de conduire depuis dix ans.

— Prenez un autocar.

— Je n'ai pas de quoi payer un billet de car, pasteur.

— Je vous prêterai la somme. Non, je vais vous donner l'argent nécessaire pour acheter un aller simple jusqu'à Slone.

— Et si j'ai une attaque dans le car, si j'ai un trou de mémoire ? Bordel, et ils seraient capables de me foutre dehors à Podunk, dans l'Oklahoma ?

— Vous êtes en train de me faire du cinéma, Travis.

— Faut m'emmener, révérend. Rien que vous et moi. Si vous me conduisez là-bas, je dirai la vérité sur ce qui s'est réellement passé. Je les mènerai jusqu'au corps. On peut arrêter l'exécution, mais faut venir avec moi.

— Pourquoi moi ?

— J'ai personne d'autre sous la main pour le moment, pasteur.

— J'ai une meilleure idée. Demain matin, nous allons dans le centre au bureau du procureur. J'ai un ami là-bas. Vous lui racontez l'histoire. Nous réussirons peut-être à le convaincre d'appeler le procureur de Slone, ainsi que le chef de la police et l'avocat de la défense et, je ne sais pas, peut-être même un juge, quelque part. Ils seront bien plus prompts à l'écouter qu'ils n'écouteraient un pasteur luthérien qui ignore tout du système pénal. Nous pouvons enregistrer votre déclaration en vidéo, l'envoyer immédiatement aux autorités du Texas, et aux journaux. Qu'en pensez-vous, Travis ? Vous n'enfreindrez pas votre conditionnelle. Et je n'encourrai aucune sanction en vous venant en aide.

Dana hocha la tête, en signe d'approbation. Cinq secondes. Dix secondes. Et enfin, Travis lui répondit.

— Ça marchera peut-être, pasteur. Nous arriverons peut-être à stopper l'exécution, mais il est impossible qu'ils la trouvent. Pour ça, faut que je sois là.

— Concentrons-nous sur l'exécution.

— L'hôpital me libère demain matin à neuf heures.

— J'y serai, Travis. Le bureau du procureur n'est pas loin de là.

Cinq secondes. Dix secondes.

— Ça me plaît, pasteur. C'est parti.

À une heure du matin, Dana aller chercher le flacon de somnifères, des comprimés en vente libre, mais une heure plus tard ils étaient encore éveillés. Ce voyage au Texas les préoccupait. Ils en avaient déjà discuté brièvement, une fois, mais cela leur faisait si peur qu'ils n'avaient pas approfondi. L'idée était grotesque – Keith à Slone avec un violeur en série à la crédibilité douteuse, tâchant d'obtenir que quelqu'un écoute un récit bizarre pendant que la ville décomptait les heures ultimes de la vie de Donté Drumm. Ce tandem invraisemblable serait tourné en ridicule, ou se ferait même peut-être tirer dessus. Et, à son retour au

Kansas, le révérend Keith Schroeder risquait de se retrouver accusé d'un crime contre lequel il n'aurait aucun moyen de se défendre. Son métier, sa carrière risquaient d'être remis en cause. Tout cela à cause d'un voyou comme ce Travis Boyette.

12.

Mercredi matin. Six heures après avoir quitté son bureau, juste après minuit, Robbie Flak était de retour en salle de réunion, occupé à préparer une nouvelle journée de folie. La nuit ne s'était pas bien déroulée. La séance d'alcoolisation entre Fred Pryor et Joey Gamble n'avait rien donné, excepté l'aveu par Gamble que Koffee l'avait bel et bien appelé afin de lui rappeler les peines encourues en cas de faux témoignage. Robbie avait écouté la séance en son entier. Pryor qui, avec les années, était passé maître dans le maniement de ses appareils enregistreurs, s'était servi du même micro stylo pour retransmettre leur conversation via un téléphone portable. La qualité sonore était remarquable. L'avocat avait ainsi pris quelques verres en leur compagnie, dans son bureau, avec Martha Handler sirotant un bourbon et Carlos, l'auxiliaire juridique, buvant de la bière en surveillant le haut-parleur. Pendant ces deux heures, ils avaient tous savouré leur petit remontant, Joey et Fred dans un faux saloon quelque part dans la périphérie de Houston, et le cabinet Flak au travail, dans le bureau de l'ancienne gare. Et pourtant, au bout de ces deux heures, Joey en avait eu assez – même des bières – et les avait prévenus qu'il était fatigué de toutes ces pressions. Il ne se résolvait pas à intégrer le fait qu'une déclaration sous serment de dernière minute suffirait à récuser sa déposition lors du procès. Il n'avait aucune envie de s'entendre traiter de menteur, même s'il n'avait pas été loin d'avouer ce mensonge.

« Donté n'aurait pas dû passer aux aveux », avait-il répété à plusieurs reprises, comme si proférer de faux aveux devait justifier une condamnation à mort.

Mais Pryor allait le suivre comme son ombre toute la journée de mercredi et de jeudi, si nécessaire. Il croyait qu'il subsistait encore une chance infime, et qui allait croissant à mesure que les heures s'écoulaient.

À sept heures du matin, le cabinet se réunit en salle de conférence pour son ordre du jour quotidien. Tout le monde était présent, les yeux larmoyants de fatigue, prêt à donner un dernier coup de rein. Le Dr Kristi Hinze avait travaillé toute la nuit et terminé son rapport. Elle le résuma brièvement pendant que son auditoire avalait quelques viennoiseries en buvant goulûment un café. Son rapport était long de quarante-cinq pages, plus que ce que la cour aurait envie d'en lire, mais peut-être suffisant pour attirer l'attention de quelqu'un. Ses découvertes ne surprirent personne, du moins au sein du cabinet juridique. Elle décrivait son examen du détenu. Elle avait étudié ses antécédents médicaux et psychologiques, depuis son incarcération. Elle avait lu deux cent soixante lettres qu'il avait écrites depuis ces huit années dans le couloir de la mort. Il était schizophrène, psychotique, délirant et déprimé, et il ne comprenait pas ce qui lui arrivait. Elle continua en condamnant le confinement solitaire comme méthode d'incarcération, le cataloguant de nouveau comme une forme cruelle de torture.

Robbie donna pour instruction à Sammie de déposer leur requête en réparation du préjudice auprès de leur avocat correspondant à Austin, toujours au Texas, en y joignant le rapport intégral du Dr Hinze. Tout au long de la procédure d'appel, durant la totalité de ces huit années, le cabinet de Robbie avait été secondé par Texas Capital Defender Group, plus communément appelé le Defender Group, une association juridique à but non lucratif qui représentait à peu près le quart des détenus du couloir de la mort. Le Defender Group ne traitait que les appels des condamnés à la peine capitale, et le faisait avec compétence et diligence. Sammie enverrait la requête et le rapport par voie électronique et, à neuf heures ce matin-là, Texas Capital déposerait la version papier devant la cour d'appel criminel.

Avec une exécution imminente, la cour était en alerte, prête à traiter les dépôts de dernière minute. S'ils essuyaient un refus, ce qui était habituellement le cas, Robbie et le Texas Capital Defender Group auraient ensuite la latitude de s'adresser à une cour fédérale et de se battre envers et contre tout, jusqu'au sommet, en espérant qu'un miracle se produise, à un moment ou à un autre.

Il débattit de ces stratégies et s'assura que chacun savait bien ce qu'il convenait de faire. Le lendemain, Carlos prendrait en charge la famille Drumm, même s'il restait à Slone. Il devait s'assurer qu'ils arrivent au centre Polunsky à l'heure pour leur dernière visite. Robbie serait présent pour s'avancer une ultime fois aux côtés de son client et assister à l'exécution. Sammie Thomas et son autre collaborateur demeureraient au bureau et coordonneraient les dépôts avec le Defender Group. Bonnie, l'auxiliaire juridique, resterait en contact avec les cabinets du gouverneur et du ministre de la justice de l'État.

La demande de grâce avait été déposée devant le cabinet du gouverneur, et on attendait son refus. La requête de Kristi Hinze était prête à partir. Tant que Joey Gamble n'avait pas changé d'avis, à supposer que cela arrive un jour, rien ne permettait de susciter de nouvelle protestation. Plus la réunion se prolongeait, plus il devenait évident qu'il restait peu d'éléments substantiels sur lesquels miser. La conversation s'étiolait. La frénésie refluait. Tout le monde était fatigué, subitement. L'attente avait commencé.

Lors de son élection au banc des juges, en 1994, Vivian Grale avait centré sa campagne sur la rigueur des valeurs morales, sur sa volonté de placer les lois divines avant toute chose, d'enfermer les criminels en prison pour des peines encore plus longues et, naturellement, pour assurer un meilleur rendement à la salle d'exécution de Huntsville. Elle l'avait emporté par trente voix de majorité. Elle avait défait un juge, un homme de sagesse et d'expérience, Elias Henry, et elle y était parvenue en montant en épingle plusieurs affaires criminelles dans lesquelles ce magistrat avait osé montrer de la compassion envers l'accusé. Elle avait étalé ces jugements dans des tracts électoraux donnant l'impression qu'il choyait les pédophiles.

Après la révélation de sa liaison avec Paul Koffee, son divorce, sa démission et son départ de Slone dans le déshonneur, les électeurs s'étaient repentis et ils s'étaient de nouveau tournés vers le juge Henry. Il avait été réélu sans opposition. Il était désormais âgé de quatre-vingt-un ans et de santé déclinante. La rumeur courait selon laquelle il serait incapable d'achever son mandat.

Le juge Henry était un ami intime du père de Robbie, décédé en 2001. En raison de son amitié, il était l'un des juges de l'est du Texas dont la tension artérielle n'augmentait pas chaque fois que Robbie Flak entrait dans une salle d'audience. Et Elias Henry était à peu près le seul magistrat en qui Robbie avait confiance. Sur l'invitation du juge, il accepta un entretien dans son cabinet privé, à neuf heures, le mercredi matin. L'objet de cet entretien ne fut pas évoqué au téléphone.

— Cette affaire me perturbe grandement, commença le juge Henry après qu'ils se furent acquittés des quelques politesses d'usage.

Ils étaient seuls, dans un vieux bureau qui avait peu changé depuis quarante ans que Robbie s'y rendait. La salle d'audience était derrière la porte, et déserte.

— Comme il se doit.

Ils avaient l'un et l'autre une bouteille d'eau encore scellée devant eux, sur une table de travail. Comme toujours, le juge portait un costume sombre avec une cravate orange. Il était dans un jour avec, le regard d'une intensité farouche. Il n'y eut pas de sourires échangés.

— J'ai lu les minutes, Robbie, commença-t-il. J'ai commencé la semaine dernière et je les ai lues en entier, ainsi que la quasi-totalité des conclusions en appel. Considéré du point de vue de la cour, je n'arrive pas à croire que la juge Gale ait admis ces aveux à titre de preuve. Ils ont été forcés et sont d'une inconstitutionnalité flagrante.

— En effet, monsieur le juge, en effet. Je ne la défendrai pas, mais elle n'avait guère le choix. Il n'y avait aucune preuve crédible. Si elle écartait ces aveux, alors Koffee n'avait plus aucune issue possible. Pas de condamnation, pas d'inculpé, pas de suspect, pas de corps. Donté serait sorti de prison, ce qui aurait donné des gros titres peu flatteurs. Comme vous le savez fort bien, la juge Grale devait faire face aux électeurs, et dans l'est du Texas, s'ils maintiennent la loi au-dessus de la politique, les juges ne sont pas réélus.

— Ne m'en parlez pas.

— Dès qu'il a su que ces aveux seraient présentés au jury, Koffee a été en mesure de monter d'autres éléments de preuve. Il s'est levé, il a marché à grands pas de long en large et il a convaincu les jurés que Donté était bien le tueur. Il l'a pointé du doigt, et ensuite, à chaque mention du nom de Nicole, il a versé une larme. Un sacré numéro. Que dit le proverbe, juge? «Plus le dossier est vide, plus il faut brailler.» Et il a beaucoup braillé. Le jury était plus que désireux de le croire. Il a gagné.

— Vous vous êtes battu comme un diable, Robbie.

— J'aurais dû me battre encore plus.

— Et vous êtes convaincu de son innocence? Aucun doute dans votre esprit?

— Pourquoi avons-nous cette conversation, monsieur le juge? À ce stade, cela me semble assez oiseux.

— Parce que je vais appeler le gouverneur et demander un sursis. Peut-être qu'il m'écoutera, je n'en sais rien. Je n'étais pas le magistrat en charge de ce procès. Comme nous le savons, à l'époque, j'avais dû me retirer. Mais j'ai un cousin à Texarkana qui a versé un paquet d'argent au gouverneur. C'est un peu risqué, mais qu'avons-nous à perdre? Quel mal y aurait-il à reporter les choses de trente jours supplémentaires?

— Aucun. Vous avez des doutes sur sa culpabilité, monsieur le juge?

— Des doutes graves. Jamais je n'aurais admis ces aveux. J'aurais jeté le mouchard en prison pour avoir menti. J'aurais exclu le témoignage de ce bouffon avec ses chiens. Et ce garçon, quel est son nom...

— Joey Gamble.

— Exact, le petit ami blanc. Son témoignage aurait probablement été soumis au jury, mais il était trop incohérent pour conserver un poids véritable. Vous le disiez fort bien dans l'une de vos conclusions, Robbie. Cette condamnation se fonde sur des aveux factices, sur un chien nommé Yogi, sur un mouchard qui par la suite s'est rétracté et sur un amant éconduit qui voulait se venger. Nous ne pouvons pas condamner les gens avec de telles foutaises. La juge Grale était partiale... Je crois que nous savons pourquoi. Paul Koffee était aveuglé par ses propres œillères et par la peur de se tromper. C'est une affaire terrible, Robbie.

— Je vous remercie, monsieur le juge. Je l'ai vécue pendant neuf ans.

— Et une affaire dangereuse. J'ai reçu deux avocats noirs hier, de braves types, vous les connaissez. Ils sont en colère contre le système, mais ils craignent aussi le retour de flamme. Si Drumm est exécuté, ils s'attendent à des troubles.

— C'est ce que j'ai entendu.

— Que peut-on faire, Robbie ? Y a-t-il un moyen d'arrêter ça ? Je ne suis pas avocat pénaliste spécialisé dans la peine capitale, et j'ignore où en sont vos recours en appel.

— Le réservoir est presque vide, monsieur le juge. En ce moment même, nous déposons une requête pour aliénation mentale.

— Et vos chances ?

— Minces. Jusqu'ici, il n'a jamais été mentionné que Donté souffrait de maladie mentale. Nous partons du principe que huit années dans le couloir de la mort l'ont poussé à la folie. Comme vous le savez, les cours d'appel voient en général d'un assez mauvais œil les théories bâclées à la dernière minute.

— Ce garçon est-il fou ?

— Il a de graves problèmes, mais je pense qu'il sait ce qui lui arrive.

— Donc vous n'êtes guère optimiste.

— Je suis avocat pénaliste, monsieur le juge. L'optimisme n'est pas inscrit dans mon ADN.

Le juge Henry finit par dévisser le bouchon de sa bouteille d'eau et en but une gorgée. Il ne quitta pas une seconde son interlocuteur du regard.

— Très bien, je vais téléphoner au gouverneur, fit-il, comme si son appel suffirait à sauver la mise.

Il ne sauverait rien. À l'heure qu'il était, le gouverneur recevait quantité d'appels. Et Robbie, avec son équipe, était à l'origine de bon nombre d'entre eux.

— Merci, juge, mais n'en attendez pas grand-chose. Ce gouverneur n'a jamais arrêté une exécution. En fait, il souhaiterait plutôt les accélérer. Il a l'œil rivé sur un siège du sénat et, avant de choisir quoi manger au petit déjeuner, il compte déjà les voix. C'est une crapule, un hypocrite, un égorgeur, bête à bouffer du foin, et en plus c'est un lèche-cul qui n'a pas de couilles. Il a donc un brillant avenir politique devant lui.

— J'en conclus que vous n'avez pas voté pour lui ?

— Certainement pas. Mais je vous en prie, passez-lui un coup de fil.

— Je vais l'appeler. Je rencontre Paul Koffee dans une demi-heure pour aborder le sujet avec lui. Je n'ai pas envie de le prendre en traître. Je vais aussi discuter avec ce type, au journal. Je veux qu'il soit officiellement fait mention de mon opposition à cette exécution.

— Merci, mais pourquoi maintenant ? Nous aurions pu avoir cette conversation un an plus tôt, ou cinq. Il est extrêmement tard pour s'engager.

— Il y a un an, peu de gens pensaient à Donté Drumm. L'exécution n'était pas imminente. Il y avait une chance qu'il obtienne un recours auprès d'une cour fédérale. Une annulation, pourquoi pas, un nouveau procès. Je ne sais pas, Robbie. J'aurais peut-être dû m'impliquer davantage, mais ce n'est pas mon affaire. J'étais occupé par mes propres dossiers.

— Je comprends.

Ils se serrèrent la main et prirent congé. Flak sortit par l'escalier de derrière, afin de ne pas tomber sur un avocat ou un greffier qui aurait eu envie de discuter. En pressant le pas dans le couloir désert, il essaya de penser à un autre haut fonctionnaire élu à Slone ou au comté de Chester qui avait exprimé publiquement son soutien à Donté Drumm. Un seul lui vint à l'esprit, le seul conseiller municipal noir de Slone.

Pendant neuf ans, il avait mené un long combat solitaire. Et il était sur le point de le perdre. Un coup de téléphone du cousin d'un gros donateur politique ne suffirait jamais à empêcher une exécution, pas au Texas. La machinerie était trop bien huilée, trop efficace. Elle était en mouvement, et il n'y avait aucun moyen de l'arrêter.

Sur la pelouse, devant le palais de justice, des ouvriers municipaux montaient un podium de fortune. Quelques policiers faisaient les cent pas et bavardaient, l'air tendu, en regardant le premier bus de l'église décharger ses passagers. Une dizaine de Noirs en descendirent et traversèrent la pelouse devant le mémorial de la guerre. Ils choisirent leur emplacement, déplièrent leurs chaises et entamèrent leur attente. Le meeting, ou la manifestation, quel qu'en soit le nom, était programmé pour midi.

On avait prié Flak de prendre la parole, mais il avait refusé. Il ne voyait pas quels propos tenir qui ne seraient pas de nature incendiaire, et il n'avait pas envie d'être accusé d'échauffer les esprits. Il y aurait assez de fauteurs de troubles comme cela.

Selon Carlos, qui était chargé de la surveillance du site Internet, des pages de commentaires et des blogs, la fréquentation connaissait une hausse exponentielle. Des manifestations de protestation étaient prévues le jeudi à Austin, à Huntsville et à Slone, et sur les campus d'au moins deux des universités noires du Texas.

Faites-leur vivre un enfer, songea-t-il en démarrant.

13.

Arrivé tôt à l'hôpital, Keith Schroeder entama sa tournée. L'église luthérienne St Mark y comptait à ce moment-là une demi-douzaine de ses membres à des stades divers de traitement ou de convalescence. Il dit bonjour à tous les six, échangea quelques rapides paroles de réconfort, serra leurs mains entre les siennes jointes, puis s'en fut chercher M. Boyette pour ce qui promettait d'être une journée fertile en événements.

Fertile, elle le fut, et de manière inattendue. M. Boyette était déjà parti. D'après une infirmière, quand ils étaient venus le voir à six heures, ils avaient trouvé son lit vide et impeccablement bordé, sa blouse d'hôpital pliée à côté de son oreiller et la perfusion soigneusement enroulée autour de la potence près de son lit. Une heure plus tard, quelqu'un avait appelé d'Anchor House avec un message signalant que Travis Boyette était de retour chez lui, et il souhaitait avertir son médecin que tout allait bien. Le révérend se rendit en voiture à Anchor House, mais Travis n'y était pas. D'après un surveillant, il n'était pas prévu qu'il travaille le mercredi. Personne n'avait la moindre idée de l'endroit où il était et de quand il serait de retour. En regagnant St Mark, il se dit de ne pas s'inquiéter, de ne pas paniquer, Boyette allait se montrer. Ensuite, il se traita d'idiot d'avoir pu faire confiance, ne serait-ce qu'une seconde, à un meurtrier avéré, un violeur en série et un menteur compulsif. Comme il essayait toujours de voir le bien dans chaque personne qu'il connaissait ou qu'il rencontrait, il se rendait compte, tout en commençant à être pris de panique, qu'il avait été bien trop gentil avec ce Boyette. Il avait trop voulu être compréhensif, et même compatissant. Bon sang, cet homme avait assassiné une jeune fille de dix-sept ans à seule fin de satisfaire sa soif de luxure, et s'accommodait apparemment maintenant à l'idée de regarder un autre homme mourir pour ce crime. Dieu seul savait combien de femmes il avait violées.

À son entrée dans l'église, Keith était en colère. Charlotte Junger, rétablie de sa grippe, le salua avec un joyeux « Bonjour, pasteur », mais il fut à peine poli.

— Je m'enferme dans mon bureau, d'accord ? Pas d'appels, sauf celui d'un homme, un nommé Travis Boyette.

— Oui, monsieur.

Il ferma sa porte, ôta vivement son manteau et appela Dana pour lui livrer les dernières nouvelles.

— Il circule librement dans les rues ? s'étonna-t-elle.

— Enfin, oui, il est en cours de mise en liberté sous condition. Il a purgé sa peine, et il est sur le point de redevenir un homme libre. J'imagine que l'on peut dire qu'il circule librement.

— Merci, mon Dieu, pour cette tumeur.

— Je n'arrive pas à croire que tu puisses dire une chose pareille.

— Désolée. Moi non plus. C'est quoi, le programme ?

— Il n'y a rien d'autre à faire qu'à attendre. Il va peut-être se pointer.

— Tiens-moi informée.

Il téléphona ensuite à Matthew Burns, au bureau du procureur, et lui fit part de ce contretemps. Son ami n'était pas très chaud de prime abord à l'idée de rencontrer Boyette et d'enregistrer sa déclaration en vidéo, mais il avait fini par s'y rallier. Il avait accepté de passer un ou deux coups de fil au Texas après avoir entendu le récit de l'ancien détenu – s'il croyait à ce qu'il entendait. Il fut déçu d'apprendre que l'homme avait disparu.

Keith consulta le site dédié à Donté Drumm pour se mettre à jour, opération qu'il avait répétée toutes les heures depuis le lundi matin – sauf quand il dormait. Il se rendit à l'armoire de classements et en sortit des dossiers de vieux sermons. Il rappela Dana, mais elle prenait le café avec les filles.

À très exactement dix heures et demie, il appela le cabinet juridique Flak. La jeune dame qui répondit au téléphone lui expliqua que M. Flak était indisponible. Il lui répondit qu'il comprenait et ajouta qu'il avait appelé la veille, mardi, laissé ses numéros, mais n'avait eu de nouvelles de personne.

— J'ai des informations sur le meurtre de Nicole Yarber, précisa-t-il.

— Quel type d'information ?

— J'ai besoin de parler à M. Flak, répliqua-t-il fermement.

— Je vais lui transmettre le message, lui rétorqua-t-elle, tout aussi fermement.

— S'il vous plaît, je ne suis pas un quelconque cinglé. C'est très important.

— Oui, monsieur. Je vous remercie.

Il décida de violer son serment de confidentialité. Il y aurait deux conséquences possibles. La première, Boyette risquait de le poursuivre en dommages et intérêts, mais cela, il ne s'en souciait guère. La tumeur au cerveau remédierait à toute procédure future. Et si, pour une raison ou une autre, le personnage survivait, il serait obligé de prouver que cette rupture de la confiance, de la part du prêtre, lui avait porté préjudice. Keith avait beau ne pas savoir grand-chose des lois, il avait du mal à croire qu'un juge ou un jury, où que ce soit, manifeste de la sympathie pour un individu aussi misérable.

La seconde conséquence était celle d'une éventuelle action disciplinaire intentée par l'Église. Mais à la lumière des faits, et surtout à la lumière des tendances libérales du synode, il ne s'imaginait rien de plus qu'une petite réprimande.

Et la barbe, se dit-il. Je vais parler.

Il tapa un e-mail à l'intention de Robbie Flak. Il se présenta, laissa au passage tous les numéros de téléphone et toutes les adresses possibles. Il évoqua sa rencontre avec un homme en liberté conditionnelle qui avait vécu jadis à Slone, et ce à l'époque de la disparition de Nicole. Cet homme avait un casier judiciaire fourni, des antécédents de violence, et il avait été arrêté et emprisonné à Slone. Il avait vérifié ce point. Cet homme avait avoué le viol et le meurtre de Nicole Yarber et communiqué quantité de détails. Le corps de la jeune fille était enterré quelque part dans les collines situées au sud de Joplin, Missouri, où cet ancien détenu avait grandi. La seule personne capable de retrouver le corps, c'était lui. S'il vous plaît, téléphonez-moi. Keith Schroeder.

Une heure plus tard, il quittait son bureau et retournait en voiture à Anchor House. Personne n'avait vu Boyette. Il repartit vers le centre-ville, et déjeuna de nouveau en vitesse avec Matthew Burns. Après avoir un peu discuté, puis s'être laissé convaincre en douceur, Matthew sortit son téléphone portable et appela le bureau de Flak.

— Oui, bonjour, je m'appelle Matthew Burns, l'entendit-il dire, et je suis procureur à Topeka, dans le Kansas. J'aimerais parler à M. Robbie Flak. – M. Flak était indisponible. – Je dispose de certaines informations concernant l'affaire Donté Drumm, en particulier l'identité du vrai tueur.

M. Flak était toujours indisponible. Burns communiqua ses numéros de téléphone, portable et bureau, et invita la réceptionniste à consulter le site Internet de la ville de Topeka, bureau du procureur de la ville, afin de vérifier la légitimité de son identité.

Elle n'y manquerait pas, lui assura-t-elle.

— Je ne suis pas un cinglé, d'accord ? Faites en sorte que M. Flak me rappelle dès que possible. Merci.

Ils finirent de déjeuner et s'accordèrent pour s'avertir mutuellement si un appel téléphonique venait du Texas. Regagnant son bureau au volant de sa voiture, le révérend Schroeder était soulagé d'avoir un ami, et un procureur, en outre, qui veuille bien lui prêter main forte.

À midi, les rues du centre de Slone étaient barrées, barricadées et le trafic normal dévié. Des dizaines de cars et de minibus de congrégations étaient garés en double file tout autour du tribunal, mais la police ne dressait pas de procès-verbal. Elle avait pour instructions de maintenir une présence, de préserver l'ordre public et surtout de ne rien faire qui soit de nature à provoquer qui que ce soit. La situation était tendue. La plupart des commerçants avaient fermé leur boutique, et la majorité des citoyens blancs s'étaient éclipsés.

La foule, entièrement noire, continuait de grossir. Des centaines d'élèves du lycée de Slone High avaient séché les cours et arrivaient par grappes, déjà chahuteurs et désireux de se faire entendre. Des ouvriers avaient apporté leur panier repas et mangeaient tout en allant et venant sur la pelouse du palais de justice. Des journalistes prenaient des photos et griffonnaient des notes. Des équipes de tournage de Slone et de Tyler s'étaient massées en rangs serrés près du podium, sur les marches du palais. À midi et quart, M. Oscar Betts, président de la section locale de l'Association nationale pour l'avancement des gens de couleur, la NAACP, s'avança vers les micros, remercia tout le monde d'être venu, et passa rapidement aux choses sérieuses. Il proclama l'innocence de Donté Drumm et déclara que son exécution n'était rien d'autre qu'un lynchage légal. Il fustigea la police dans une condamnation cinglante, la taxa de « raciste », la jugeant « déterminée à tuer un innocent ». Il ridiculisa le système judiciaire qui autorisait un jury entièrement blanc à juger un homme noir innocent. Incapable de résister, il demanda à la foule : « Comment êtes-vous censé obtenir un procès équitable quand le procureur couche avec la juge ? » « Et les cours d'appel n'y ont rien trouvé à redire ? » « Il n'y a qu'au Texas qu'on voit ça ! » Il dénonça la honte qu'était la peine de mort – un outil de vengeance obsolète, ni juste ni dissuasif, que tous les pays civilisés avaient aboli. Chacune de ses phrases ou presque était saluée par des applaudissements et des cris. La foule devenait de plus en plus bruyante. Il en appela aux tribunaux pour que cesse cette folie. Il tourna en dérision la Commission des remises de peine et de mise en liberté surveillée du Texas. Il traita le gouverneur de lâche, pour ne pas avoir stoppé cette exécution. Il mit en garde contre des troubles à

Slone et dans l'est du Texas, et peut-être même dans les États-Unis tout entiers si l'État menait à son terme cette exécution d'un Noir innocent.

Oscar Betts œuvra de main de maître pour susciter l'émotion et la tension. Quand il approcha de la fin de son discours, il changea de registre et demanda à la foule de rester digne, de ne pas descendre dans la rue, ni ce soir-là ni le lendemain soir. «Nous n'avons rien à gagner à la violence», plaida-t-il. Quand il eut terminé, il présenta le révérend Johnny Canty, pasteur de l'Église méthodiste africaine de Bethel, où la famille Drumm avait fait ses dévotions depuis plus de vingt ans. Le révérend Canty commença par un message de la famille. Elle remerciait tout le monde de son soutien. Elle restait forte dans sa foi et priait pour un miracle. Roberta Drumm tenait le coup aussi bien qu'on pouvait l'espérer. La famille prévoyait d'effectuer le trajet jusqu'au couloir de la mort, le lendemain, et d'y être jusqu'à la fin. Le révérend Canty invita ensuite au silence et entama une longue prière éloquente qui débuta par un appel à la compassion pour la famille de Nicole Yarber, une famille qui avait enduré le cauchemar de la mort d'un enfant innocent. Tout comme la famille Drumm. Il remercia le Tout-Puissant du don de la vie et de sa promesse de l'éternité pour tout un chacun. Il remercia Dieu pour Ses lois – les plus fondamentales et les plus importantes étant les dix commandements – qui comprenaient cet interdit : «Tu ne tueras point.» Il pria pour ces «autres chrétiens» qui se servent de la même Bible pour la pervertir et en user comme d'une arme pour tuer autrui. «Pardonne-les, Notre Père, car ils ne savent pas ce qu'ils font.»

Canty avait travaillé sur sa prière un long moment, et il la prononça avec lenteur, avec un phrasé parfait, et sans lire de notes. La foule fredonnait, se balançant et l'accompagnant de chaleureux «Amen», et lui, il allait son chemin posément, sans que l'on en voie la fin. C'était bien plus un discours qu'une prière, et il savourait ce moment. Après avoir prié pour la justice, il pria pour la paix, non pas celle qui évite la violence, mais la paix qui reste à trouver dans une société où de jeunes hommes noirs sont incarcérés plus souvent que ceux d'autres ethnies, où les crimes commis par les Noirs sont réputés plus odieux que les mêmes crimes commis par des Blancs. Il pria pour la miséricorde, pour le pardon, pour la force. Comme la plupart des ministres du culte, il prêchait trop longuement et perdait son auditoire, quand subitement il le retrouva. Il se mit à prier pour Donté, « notre frère persécuté », un jeune homme arraché à sa famille depuis neuf ans et jeté dans un « trou infernal » d'où aucun homme ne ressortait vivant. Neuf années sans sa famille et ses amis, neuf années enfermé comme un animal en cage. Neuf années à purger une peine pour un crime commis par un autre.

Par la fenêtre d'une petite bibliothèque juridique au troisième étage, le juge Elias Henry regardait et écoutait. La foule était sous contrôle tant que le révérend priait, mais le magistrat craignait les manifestations de mécontentement.

Ces dernières décennies, Slone avait connu peu de désordres ethniques, et il s'en attribuait l'essentiel du mérite, mais seulement quand il se parlait à lui-même. Cinquante ans plus tôt, quand il était un jeune avocat qui avait du mal à payer ses factures, il avait été, à temps partiel, rédacteur de reportages et d'éditoriaux pour le *Slone Daily News*, un hebdomadaire prospère à l'époque, que tout le monde lisait. À présent, c'était devenu un quotidien qui tirait le diable par la queue, avec un lectorat plus limité. Au début des années 1960, ce journal était l'un des rares, dans l'est du Texas, à reconnaître le fait qu'une part non négligeable de la population de cet État était noire. Elias Henry écrivait à l'occasion des articles sur les équipes sportives noires et l'histoire des Noirs et, sans être bien reçus, ces papiers n'étaient pas non plus ouvertement condamnés. Ses éditoriaux, en revanche, réussissaient à irriter les Blancs. Il expliqua en termes profanes la véritable signification de l'arrêt *Brown v. Board of Education*, qui mit fin, en Arkansas, à la discrimination scolaire, et critiqua les écoles de Slone et du comté de Chester, encore soumises à cette ségrégation. Du fait de l'influence grandissante d'Elias et de la santé déclinante de son propriétaire, le journal prit des positions audacieuses en faveur du droit de vote des Noirs, d'une rémunération et d'un accès au logement qui soient équitables. Ses arguments étaient persuasifs, son raisonnement sensé et la plupart de ceux qui lurent ses articles d'opinion comprirent qu'il était bien plus intelligent qu'eux. En 1966, il racheta le journal et en resta propriétaire dix ans. Il devint aussi un juriste et un politique avisé, et une figure marquante de ce monde local. Beaucoup de Blancs étaient en désaccord avec Elias Henry, mais rares étaient ceux qui le contestaient publiquement. Quand les écoles avaient enfin été affranchies de toute ségrégation, sous la menace des fusils des forces fédérales, la résistance blanche, à Slone, s'était radoucie grâce à des années d'habiles interventions d'Elias Henry.

À la suite de son élection au poste de juge, il avait revendu le journal et accédé à un poste plus élevé. Depuis cette position éminente, il contrôla discrètement, mais fermement, un système judiciaire réputé pour être dur envers les individus violents, strict envers ceux qui réclamaient d'être guidés, et compatissant vis-à-vis de ceux qui avaient besoin d'une seconde chance. Sa défaite face à Vivian Grale avait précipité Henry dans la dépression nerveuse.

Sous son autorité, la condamnation de Donté Drumm n'aurait jamais eu lieu. Il aurait été tenu au courant peu de temps après l'arrestation. Il aurait étudié ces aveux et les circonstances les entourant, et il aurait convoqué Paul Koffee pour une entrevue officieuse, rien qu'eux deux, à huis clos, destinée à informer le procureur de district que cette affaire sentait mauvais. Ces aveux étaient absolument inconstitutionnels. Ils ne seraient pas présentés au jury. Continuez de chercher, Koffee, parce que votre tueur court toujours.

Le juge Henry considérait la foule massée en rangs serrés devant toute la façade du palais de justice. Pas un visage blanc, nulle part, sauf ceux des journalistes. C'était une foule noire en colère. Les Blancs se cachaient, et ne compatissaient pas. Sa ville était scindée en deux, une fracture à laquelle il aurait cru ne jamais assister.

— Dieu nous vienne en aide, marmonna-t-il à mi-voix.

L'orateur suivant, Palomar Reed, était élève de terminale au lycée et vice-président de l'association étudiante. Il commença par la condamnation de rigueur de la peine de mort et se lança dans une diatribe à la fois ronflante et très technique contre la peine capitale, en s'appesantissant fortement sur sa variante texane. La foule le suivit, même s'il ne possédait pas le sens dramatique d'autres orateurs plus expérimentés. Et pourtant, Palomar Reed ne tarda pas à démontrer qu'il avait un sens incroyable du théâtre. Lisant une feuille de papier, il appela par leurs noms les joueurs noirs de l'équipe de football du lycée de Slone High. Un par un, ils montèrent très vite sur le podium et formèrent une ligne sur la marche supérieure. Chacun d'eux portait le maillot bleu roi des Slone Warriors. Quand les vingt-huit joueurs furent tous alignés, épaule contre épaule, Palomar fit une annonce choc :

— Ces joueurs sont ici réunis avec leur frère Donté Drumm. Un guerrier des Slone Warriors. Un guerrier africain. Si les responsables de cette ville, de ce comté, de cet État parviennent à leurs fins dans leur tentative illégale et inconstitutionnelle de tuer Donté Drumm demain soir, ces guerriers ne joueront pas le match de vendredi contre Longview.

La foule poussa une acclamation gigantesque qui fit vibrer les fenêtres du palais de justice. Palomar se tourna vers les joueurs et, sur un signal, d'un geste vif, les vingt-huit garçons retirèrent leur maillot en le faisant passer par-dessus leur tête. Ils les jetèrent à leurs pieds. Sous ce maillot, chaque joueur portait un T-shirt blanc identique avec une reproduction du visage très reconnaissable de leur équipier. Dessous, en lettres capitales, était inscrit le mot « INNOCENT ». Les joueurs bombèrent le torse et brandirent le poing en bandant leurs biceps, et la foule les noya sous des torrents d'admiration.

— Demain, nous boycotterons les cours ! hurla Palomar dans le micro. Et vendredi aussi !

« Et il n'y aura pas de match de football vendredi soir !

Cette manifestation était diffusée en direct sur la chaîne locale, et la majorité de la population blanche de Slone était vissée devant son téléviseur. Dans les banques, les écoles, les foyers et les bureaux, on entendait les mêmes réflexions à mi-voix.

— Ils pourraient, non ?

— Bien sûr qu'ils peuvent. Comment veux-tu les arrêter ?

— Ils sont allés trop loin.

— Non, c'est nous qui sommes allés trop loin.

— Alors tu crois qu'il est innocent ?

— Je n'en ai pas la certitude. Personne n'en a la certitude. C'est le problème. Seulement, il subsiste trop de doutes.

— Il a avoué.

— Ils n'ont jamais retrouvé le corps.

— Pourquoi ils ne suspendent pas les choses quelques jours, tu sais, un sursis ou un truc dans ce style ?

— Pourquoi ?

— Attendre la fin de la saison de football.

— Je préférerais ne pas avoir d'émeute.

— S'ils déclenchent une émeute, ils seront poursuivis.

— Ne mise pas trop là-dessus.

— Ça va être une explosion, par ici.

— Éjectons-les de l'équipe.

— Pour qui se prennent-ils, à annuler le match ?

— On a quarante gamins blancs qui peuvent jouer.

— Un peu qu'on les a.

— L'entraîneur devrait les virer de l'équipe.

— Et s'ils sèchent les cours, ils devraient les arrêter.

— Génial. Ça va jeter de l'huile sur le feu.

Au lycée, l'entraîneur suivait cette manifestation depuis le bureau du directeur. L'entraîneur était un Blanc, le directeur un Noir. Ils regardaient fixement la télévision, sans rien dire.

Dans les locaux des forces de l'ordre, à trois rues du

palais de justice, sur Main Street, le chef de la police, Joe Radford, regardait lui aussi la télévision avec son adjoint. Le service comptait quarante-huit officiers de police judiciaire en tenue et, en cet instant, une trentaine d'entre eux, plutôt tendus, observaient la scène, en lisière de ce rassemblement.

— L'exécution aura-t-elle lieu ? demanda l'adjoint.

— Pour autant que je sache, lui répondit Radford, j'ai causé avec Paul Koffee il y a une heure, et je crois qu'on y va tout droit.

— On risque d'avoir besoin de renforts.

— Nan. Ils vont balancer quelques caillasses, et puis ça va se calmer.

Paul Koffee, lui, suivait ce spectacle seul à sa table de travail, avec un sandwich et un paquet de chips. Son bureau était deux rues derrière le tribunal, et il pouvait entendre la foule gronder. Pour lui, dans un pays qui accordait un tel prix à la Déclaration des droits de l'homme, de telles démonstrations étaient un mal nécessaire. Les gens pouvaient se rassembler en toute légalité, avec une autorisation, naturellement, et exprimer leurs sentiments. Les mêmes lois qui protégeaient ce droit régissaient aussi le cours bien réglé de la justice. Son métier consistait à poursuivre les criminels et à mettre les coupables sous les verrous. Et quand un crime était assez grave, les lois de son État lui imposaient d'exercer un droit de vengeance et de viser la peine de mort. C'était ce qu'il avait fait dans l'affaire Drumm. Il n'avait pas de regrets, pas de doutes, pas la moindre gêne quant à sa décision, sa tactique au procès ou sur la culpabilité du prévenu. Son travail avait été ratifié par des juges de cour d'appel chevronnés, et à plusieurs reprises. Ces juristes éminents avaient examiné les minutes du procès Drumm jusqu'au dernier mot et confirmé sa condamnation. Koffee était en paix avec lui-même. Il regrettait sa liaison avec la juge Vivian Grale, et la douleur, le malaise qu'elle avait provoqués, mais il n'avait jamais douté de la justesse de ses décisions.

Elle lui manquait. Leur idylle s'était brisée sous la contrainte de toutes les réactions négatives qu'elle avait suscitées. La juge avait pris la fuite et refusait tout contact. Sa carrière de procureur serait bientôt terminée, et il détestait devoir admettre qu'il allait quitter ses fonctions en disgrâce. L'exécution de Drumm en resterait toutefois le summum, sa revanche, un moment lumineux que la population de Slone, ou du moins sa part blanche, saurait apprécier.

Demain serait le plus beau jour de sa vie.

Le cabinet Flak suivait la manifestation sur l'écran large de la salle de réunion principale et, quand ce fut enfin fini, Robbie se retira dans son bureau avec une moitié de sandwich et un Coca light. La réceptionniste avait soigneusement disposé une dizaine de carrés de papier – les messages téléphoniques – au centre de sa table. Ceux de Topeka attirèrent son attention. Ils lui rappelaient quelque chose. Oubliant son sandwich, il décrocha le téléphone et tapa le numéro d'un portable, celui du révérend Schroeder.

— Keith Schroeder, je vous prie, fit-il dès qu'on lui répondit.

— Lui-même.

— C'est Robbie Flak, avocat, à Slone, Texas. J'ai votre message sous les yeux, et je crois avoir vu un e-mail il y a quelques heures.

— Oui, je vous remercie, monsieur Flak.

— Je me prénomme Robbie.

— D'accord, Robbie. C'est Keith à l'appareil.

— Bien, Keith. Où est le corps ?

— Dans le Missouri.

— Je n'ai pas de temps à perdre, révérend, et quelque chose me dit que ce coup de fil n'est qu'une pure perte de temps.

— Peut-être, mais accordez-moi cinq minutes.

— Parlez vite.

Keith récapitula les faits – ses rencontres avec un détenu anonyme en liberté conditionnelle, ses recherches sur son pedigree, le casier criminel de cet homme, son terrible état de santé, tout ce qu'il put faire tenir en cinq minutes de parole ininterrompue.

— Manifestement, en l'occurrence, vous ne craignez pas de rompre votre serment de confidentialité, observa l'avocat.

— Cette idée me perturbe, mais l'enjeu est trop important. Et je ne vous ai pas dit son nom.

— Où est-il, en ce moment ?

— Il a passé la nuit dernière à l'hôpital, et il en est ressorti ce matin. Depuis, je n'ai plus de nouvelles de lui. Il doit rentrer à son foyer de réinsertion pour dix-huit heures précises. J'y serai pour le voir.

— Et il a eu quatre condamnations pour crimes sexuels ?

— Au moins.

— Pasteur, cela signifie que cet homme a une crédibilité nulle. Je ne peux rien en tirer. Il n'y a rien, là-dedans. Il faut comprendre, Keith, que ces exécutions attirent toujours des demeurés. Nous avons eu deux autres timbrés qui ont rappliqué la semaine dernière. L'un des deux prétendait connaître l'endroit où vit Nicole aujourd'hui, et elle serait devenue strip-teaseuse, et l'autre a prétendu l'avoir tuée lors d'un rituel satanique. Localisation du corps inconnue. Le premier désirait de l'argent, le deuxième voulait sortir de sa prison, en Arizona. Les tribunaux méprisent totalement ces inventions de dernière minute.

— Il affirme que le corps est enterré vers les collines au sud de Joplin, dans le Missouri. C'est là qu'il a grandi.

— Il peut trouver le corps sous quel délai ?

— Je suis incapable de répondre.

— Allons, Keith. Donnez-moi quelque chose dont je puisse me servir.

— Il possède sa bague de lycéenne. Je l'ai vue, je l'ai eue en main, je l'ai examinée. SHS 1999, avec ses initiales ANY. Pierre bleue, d'à peu près six carats.

— Ça, c'est bien, ça me plaît. Et où est-elle cette bague, à la minute présente ?

— Je suppose qu'elle est autour de son cou.

— Et lui, vous ne savez pas où il est ?

— Euh, exact, à l'instant, je ne sais pas où il est.

— Qui est Matthew Burns ?

— Un ami à moi, il est procureur.

— Écoutez, Keith, je suis sensible à votre sollicitude. Vous avez appelé deux fois, envoyé un e-mail, vous avez fait téléphoner par un de vos amis. Merci beaucoup. Mais à l'heure qu'il est, je suis un homme très occupé, alors laissez-moi tranquille, je vous prie.

Robbie raccrocha, et reprit son sandwich.

14.

Gill Newton était gouverneur du Texas depuis cinq ans, et même si les sondages montraient qu'il jouissait d'une cote de popularité enviable auprès de l'électorat, ce n'était pourtant rien comparé à la haute idée qu'il se faisait lui-même de sa popularité. Il était originaire de Laredo, très loin dans le sud du Texas, où il avait été élevé dans un ranch qui était la propriété de son grand-père, un ancien shérif. Après un parcours laborieux à l'université et en faculté de droit, aucun cabinet n'acceptant de l'engager, il était devenu procureur adjoint à El Paso. À l'âge de vingt-neuf ans, il avait été élu procureur de district, au terme de la première campagne réussie d'une longue série. Il n'en avait jamais perdu aucune. À quarante ans, il avait envoyé cinq hommes dans le couloir de la mort. Devenu gouverneur, il en avait regardé deux mourir, expliquant que c'était son devoir, puisqu'il les avait fait poursuivre en justice. Les archives avaient beau être lacunaires, Newton était généralement considéré comme étant le seul gouverneur du Texas à avoir assisté à une exécution dans l'exercice de ses fonctions. C'était certainement le seul depuis le début du XXᵉ siècle. Dans des interviews, il avait affirmé que regarder ces hommes mourir lui avait donné le sentiment de tourner enfin la page. «Je n'oublie pas les victimes, disait-il. Je ne cessais de penser aux victimes. C'étaient des crimes horribles.»

Newton laissait rarement passer une chance d'être interviewé. Outrecuidant, fort en gueule, vulgaire (en privé), il était extrêmement populaire en raison de sa rhétorique antigouvernementale, de ses convictions inébranlables, de ses commentaires scandaleux jamais suivis d'excuses, de son amour du Texas et de l'histoire de cet État farouchement indépendant. La vaste majorité des électeurs partageait aussi son engouement pour la peine de mort.

Assuré d'accomplir un second et dernier mandat, il portait déjà le regard au-delà des frontières du Texas, et envisageait un plus vaste théâtre, une entreprise de plus grande ampleur. Il était devenu indispensable.

En cette fin d'après-midi de mercredi, il se réunit avec ses deux plus proches conseillers, deux vieux amis de la faculté de droit qui l'avaient aidé dans chacun de ses choix essentiels, mais aussi dans la plupart de ses décisions secondaires. Wayne Wallcott était le juriste, ou le conseiller juridique principal, comme l'indiquait son papier à en-tête, et Barry Ringfield était le porte-parole, ou son directeur de la communication. Par une journée ordinaire, à Austin, les trois hommes se retrouvèrent dans le bureau du gouverneur, à cinq heures et quart précisément. Ils tombèrent la veste, congédièrent les secrétaires, fermèrent la porte à clef et, à cinq heures et demie, se servirent un bourbon. Ensuite, ils se mirent au travail.

— Cette histoire Drumm, demain, pourrait se compliquer, prévint Barry Ringfield. Les Noirs ont les nerfs, et ils ont programmé des manifestations demain dans tout l'État.

— Où ça ? s'enquit le gouverneur.

— Eh bien, ici, pour commencer. Sur la pelouse sud du Capitole. Le bruit court que le très révérend Jeremiah Mays arrive par avion dans son luxueux jet personnel pour agiter les esprits locaux.

— J'adore, s'amusa Newton.

— La demande de sursis a été déposée et dûment enregistrée, précisa Wayne Wallcott, en consultant ses documents.

Il but une gorgée de nectar. Ce bourbon, du Knob Creek, était à chaque fois servi dans un verre d'un épais cristal Waterford orné du sceau de l'État.

— On constate nettement plus d'intérêt pour cette demande-ci, observa Barry. Beaucoup d'appels, de lettres, d'e-mails.

— Des appels de qui ? demanda le gouverneur.

— Le chœur habituel. Le pape. Le président français. Deux députés du parlement des Pays-Bas. Le premier ministre du Kenya, Jimmy Carter, Amnesty International, cette grande gueule de Californie qui est à la tête du Collectif de l'électorat noir à Washington. Pas mal de gens.

— Des gens qui comptent ?

— Pas vraiment. Le juge de circuit du comté de Chester, Elias Henry, a téléphoné deux fois et envoyé un e-mail. Il est favorable à un sursis, il dit avoir des doutes sérieux quant au verdict du jury. Cela étant, pour l'essentiel, la rumeur qui nous parvient de Slone est à fond en faveur de l'exécution. Ils pensent que ce gamin est coupable. Le maire a téléphoné, lui aussi, et il a exprimé quelques inquiétudes concernant certains troubles qui pourraient éclater à Slone demain soir, il a prévenu qu'il risquait d'avoir à réclamer de l'aide.

— La garde nationale ? fit Newton.

— J'imagine.

— J'adore.

Ils burent tous trois une gorgée. Le gouverneur se tourna vers Ringfield, qui n'était pas seulement son porte-parole, mais qui était aussi le plus retors de ses conseillers et celui en qui il avait le plus confiance.

— Vous avez un plan ?

Barry avait toujours un plan.

— Bien sûr, mais cela reste évolutif. La manifestation de demain me plaît assez, avec un peu de chance nous aurons le révérend Jeremiah qui attisera les flammes. Beaucoup de monde. Des tonnes d'Afros. Une situation vraiment tendue. Et vous montez sur l'estrade, vous balayez la foule du regard, vous évoquez le déroulement rigoureux de la justice dans cet État, le baratin habituel, et ensuite, là, sur les marches, devant les caméras qui tournent et la foule qui vous conspue et qui vous siffle, qui vous lance peut-être même des pierres, vous refusez la requête de sursis. La foule s'embrase, et vous faites votre sortie. Ça exige des couilles, mais cela n'a pas de prix.

— Terrible, lâcha Newton.

Ce qui fit même rire Wayne.

Barry continua.

— Trois heures plus tard, ils l'atomisent à la seringue, mais la première page des journaux se bornera à fustiger la foule de ces Noirs en colère. Pour mémoire, gouverneur, vous avez quatre pour cent du vote noir. Quatre pour cent. – Un silence, une gorgée, mais il n'en avait pas terminé. – J'aime assez le côté garde nationale aussi. Plus tard dans l'après-midi, mais avant l'exécution, vous tenez une brève conférence de presse et vous annoncez que vous envoyez la garde pour contenir le soulèvement à Slone.

— Les chiffres, dans le comté de Chester ?

— Vous avez obtenu soixante et onze pour cent, Gill. Ils vous aiment, là-bas. En envoyant la garde, vous les protégez.

— Mais la garde est-elle nécessaire ? voulut savoir Wayne. Si nous en faisons trop, ça pourrait se retourner contre nous ?

— Ça se passe plutôt bien pour l'instant. Surveillons l'évolution de la situation et décidons plus tard.

— Oui, faisons cela, trancha le gouverneur, et la décision était prise. Un risque de voir une cour rendre un arrêt de report à la dernière minute ?

Wayne jeta quelques documents sur le bureau du gouverneur.

— J'en doute. Les avocats de Donté Drumm ont déposé un appel ce matin en prétendant que ce garçon était devenu fou et qu'il ne mesure pas la gravité de ce qui se prépare. C'est des conneries. Je me suis entretenu avec Baker, au bureau du ministre de la Justice, il y a une heure, et il n'y a rien de concret en cours. Tous les voyants sont au vert.

— Ça devrait être amusant, conclut Newton.

Reeva suggéra – ou plutôt insista pour – que la réunion de prière du mercredi soir à la Première Église baptiste fût annulée. Cela n'était arrivé qu'en trois occasions dans l'histoire de l'église, une fois à cause d'une tempête de pluie verglaçante, une autre pour une tornade, et la troisième suite à une panne de courant. Frère Ronnie ne put se résoudre à employer le mot « annulé », aussi la réunion fut-elle simplement rebaptisée « veillée » et « déplacée » sur un autre site. Le temps était de la partie. Le ciel était dégagé, et il faisait presque vingt et un degrés.

Ils se retrouvèrent au coucher du soleil, sous un pavillon réservé dans le Rush Point State Park, au bord de la rivière Rouge, aussi proche de Nicole que possible. La tente était dressée sur un petit promontoire, la rivière en contrebas et, à une centaine de mètres environ, il y avait ce banc de sable qui apparaissait ou disparaissait en fonction du niveau des eaux. C'était là qu'on avait retrouvé sa carte de lycéenne et celle de son club de sport. Dans l'esprit de ceux qui l'aimaient, cet endroit avait longtemps été la dernière demeure de Nicole.

Lors de ses nombreuses visites à Rush Point, Reeva avait toujours alerté les médias de Slone qu'elle avait été capable de mobiliser. Les années passant, toutefois, elle avait perdu de son intérêt pour les journalistes locaux. Elle venait souvent seule, en traînant parfois Wallis derrière elle, le jour de l'anniversaire de sa fille, immanquablement, et en général le 4 décembre, le jour de sa disparition. Mais cette veillée-ci était très différente. Il y avait quelque chose à fêter. L'équipe de «Fordyce – Frappe Fort!» était représentée par un tandem de deux hommes avec une petite caméra, celle qui suivait déjà depuis deux jours Reeva et un Wallis un peu las. Il y avait là des équipes de deux chaînes d'information et une demi-douzaine de journalistes de la presse écrite. Tant d'attention inspirait les fidèles, et frère Ronnie était ravi de constater la présence d'une telle assistance. À soixante kilomètres de leur domicile!

Ils chantèrent quelques psaumes tandis que le soleil disparaissait, puis allumèrent de petites chandelles qu'ils firent circuler. Reeva était assise au premier rang et sanglotait sans répit. Frère Ronnie ne put résister à cette occasion de prêcher, et ses ouailles n'étaient pas pressées de s'en aller. Il s'étendit sur le thème de la justice et invoqua une avalanche d'Écritures qui venaient étayer les commandements divins qui nous imposent de vivre en citoyens respectueux des lois.

Il y eut les prières des diacres et les témoignages d'amis de Nicole, et même celui de Wallis qui, après un petit coup de coude dans les côtes, réussit à se lever et à prononcer quelques mots. Frère Ronnie acheva les choses sur un appel interminable à la compassion, la miséricorde et la force. Il demanda à Dieu de franchir le dernier pas pour se rapprocher de Reeva, de Wallis et de leur famille, à l'instant où ils allaient connaître le supplice de cette exécution.

Ils quittèrent la tente et s'avancèrent en procession solennelle vers l'autel de fortune, plus près de la rive. Ils déposèrent des fleurs au pied d'une croix blanche. Certains s'agenouillèrent et prièrent encore. Tout le monde pleura un bon coup.

À dix-huit heures, ce mercredi-là, Keith Schroeder franchissait la porte d'entrée d'Anchor House avec la ferme intention d'alpaguer Travis Boyette et d'avoir avec lui une véritable confrontation. L'exécution allait avoir lieu dans exactement vingt-quatre heures, et il était déterminé à tenter tout son possible pour l'empêcher. Cette mission semblait totalement irréalisable, mais il fallait au moins essayer. Un prêtre assistant s'occupait de l'office du mercredi soir à St Mark.

Boyette se moquait du monde, ou alors il était mort. Il n'était pas allé travailler, ne s'était pas présenté à son contrôleur judiciaire, et on ne l'avait pas vu de la journée à Anchor House. Rien n'était obligatoire dans tout cela, mais le fait qu'il semblât avoir disparu était en soi troublant. En revanche, il était obligatoire qu'il se présente à dix-huit heures à Anchor House pour la nuit, et ne pouvait ressortir avant le lendemain matin huit heures, sauf autorisation. À dix-huit heures, il n'était pas là. Keith patienta une heure, mais il n'y avait aucun signe de Boyette. Un ancien taulard, un dénommé Rudy, chargé de l'accueil, lui marmonna quelques mots.

— Vous feriez bien de le retrouver, ce connard.

— Je ne sais pas par où commencer, avoua-t-il.

Il lui laissa son numéro de portable et commença par les hôpitaux. Il roula lentement de l'un à l'autre, tuant le temps, espérant un appel de Rudy, guettant dans les rues, en quête d'un signe émanant d'un cinglé, un Blanc, la quarantaine, qui claudiquait avec une canne. Aucun des hôpitaux du centre-ville n'avait admis de Travis Boyette. Il ne rôdait pas aux alentours de la gare routière, et il ne partageait pas de litron avec les ivrognes des berges de la rivière. À vingt et une heures, le révérend retourna à Anchor House et s'assit sur une chaise, à l'accueil.

— Il est pas là, fit Rudy.

— Et après, il se passe quoi ?

— S'il rentre plus tard dans la soirée, ils vont l'engueuler, mais ils laisseront pisser, sauf s'il est bourré ou drogué, parce que là, ça péterait. On vous accorde de foirer une fois, une seule. Mais s'il rentre pas de la nuit, ils vont sans doute annuler sa conditionnelle et le renvoyer au trou. Ces gars-là, ils plaisantent pas trop. Qu'est-ce qu'il fricote, là, Boyette ?

— C'est difficile à dire. Il a un problème avec la vérité.

— J'ai su ça. J'ai votre numéro. S'il se pointe, je vous passe un coup de fil.

— Merci.

Keith resta encore une demi-heure, puis il retourna chez lui. Dana réchauffa des lasagnes, et ils dînèrent avec un plateau télé, dans le petit coin salon. Les garçons dormaient déjà. Le son de la télévision était coupé. Ils ne se dirent pas grand-chose. Ces trois derniers jours ou presque, Travis Boyette avait consumé leur existence, et ils étaient fatigués de cet homme.

Après la tombée de la nuit, il était clair que personne n'avait envie de quitter l'ancienne gare. Il restait peu de travail juridique à faire et, à cette heure tardive, on ne pourrait plus rien élaborer qui soit de nature à aider Donté Drumm. La cour criminelle d'appel du Texas n'avait pas rendu son arrêt sur la requête pour aliénation mentale. Fred Pryor rôdait encore dans la périphérie de Houston, caressant l'espoir d'un verre ou deux de plus avec Joey Gamble, mais cela paraissait douteux. Cette nuit pourrait fort bien être la dernière de Donté Drumm. Et chaque membre de l'équipe juridique avait besoin du réconfort des autres.

On envoya Carlos chercher des pizzas et des bières et, à son retour, la longue table de la salle de conférence servit à accueillir le dîner. Un peu plus tard, quand Ollie arriva, une partie de poker débuta. Ollie Tufton était l'un des rares avocats noirs de Slone, et un ami intime de Robbie. Il était taillé comme une boule de bowling et prétendait peser autour de cent quatre-vingts kilos, ce dont il tenait à s'attribuer le mérite, sans que l'on sache trop pourquoi. Le bonhomme était tapageur, hilarant, et possédait d'énormes appétits – pour la bonne chère, le whisky, le poker et, malheureusement, la cocaïne. À deux reprises, Robbie l'avait sauvé d'une quasi-radiation du barreau. Il gagnait quelques dollars de temps à autre dans des affaires d'accidents de voiture, mais l'argent lui brûlait aussitôt les doigts. Quand Ollie était présent dans une pièce, on n'entendait guère que lui. Il prit la direction de la partie de poker, nomma Carlos au poste de donneur, instaura les règles et raconta ses dernières blagues salaces, le tout en sirotant une bière et en terminant une pizza froide. Les joueurs étaient Martha Handler, qui généralement gagnait, Bonnie, l'autre auxiliaire juridique, Kristi Hinze, à qui ce jeu faisait encore peur et qu'Ollie terrorisait encore plus, et un coursier, enquêteur à temps partiel, Ben Shoots.

Shoots avait un pistolet dans sa veste accrochée à une patère. Robbie conservait deux fusils dans son bureau – chargés. Aaron Rey était tout le temps armé, et il sillonnait la gare en silence, en surveillant les fenêtres et le parking. Dans le courant de la journée, le cabinet avait reçu plusieurs appels téléphoniques de menaces et ils étaient en alerte.

Flak emporta une bière dans son bureau, laissa sa porte grande ouverte, et téléphona à DeeDee, sa compagne. Elle était au yoga, parfaitement indifférente à cette exécution imminente. Ils étaient ensemble depuis trois ans, et leur chance, il en était presque convaincu, tenait au fait qu'elle ne manifestait quasiment aucun intérêt pour ce qu'il fabriquait au bureau. Et cela leur était bénéfique. Sa quête du parfait amour était parsemée de femmes qui n'avaient pu accepter que la vie avec Robbie penchât aussi fortement en sa faveur. Sa petite amie actuelle traçait sa voie bien à elle, et ils se retrouvaient au lit. Elle avait vingt ans de moins que lui, et il était encore épris.

Il appela un journaliste à Austin, sans rien lui déclarer que l'autre puisse citer. Il téléphona au juge Elias Henry et le

176

remercia d'avoir contacté le gouverneur. Ils échangèrent quelques encouragements, sachant que les prochaines vingt-quatre heures resteraient gravées longtemps dans les mémoires. L'horloge murale paraissait bloquée à neuf heures dix. Il se souviendrait toujours qu'il était neuf heures dix quand Aaron Rey entra dans son bureau.

— La Première Église baptiste est en feu.

La bataille de Slone avait commencé.

15.

Si Keith s'était endormi, il ne s'en était pas rendu compte. Ces trois derniers jours, il avait si peu trouvé le sommeil, et à de tels horaires, qu'il était déphasé, tant dans ses habitudes que dans ses rythmes. Quand le téléphone sonna, il aurait juré qu'il avait les yeux grands ouverts. Or, ce fut Dana qui l'entendit la première et qui dut un petit peu secouer son mari. Au bout de la quatrième sonnerie, il finit par attraper le combiné.

— Allô, fit-il, dans un brouillard, et sa femme alluma une lampe.

Il était minuit moins vingt. Ils s'étaient mis au lit moins d'une heure plus tôt.

— Salut, pasteur, c'est moi, Travis, fit la voix.

— Bonjour, Travis, lui répondit-il, et Dana se dépêcha d'aller enfiler sa robe de chambre. Où êtes-vous ?

— Ici, à Topeka, dans un restau quelque part en centre-ville, pas loin d'Anchor House.

L'élocution était lente, la langue pâteuse. Après un moment (et même deux moments) de réflexion, il se dit que Boyette avait bu.

— Pourquoi n'êtes-vous pas à Anchor House ?

— Peu importe. Écoutez, pasteur, j'ai vraiment la dalle, rien avalé depuis ce matin, et je suis assis là devant une tasse de café parce que j'ai pas d'argent. Je meurs de faim, pasteur. Vous avez pas une idée ?

— Avez-vous bu, Travis ?

— Deux bières. C'est bon, ça va.

178

— Vous avez dépensé de l'argent en bières, mais pas pour vous nourrir ?

— J'appelle pas pour me bagarrer avec vous, pasteur. Vous pouvez m'aider à me procurer quelque chose à manger ?

— Bien sûr, Travis, mais il faut que vous rentriez à Anchor House. Ils vous attendent. J'ai parlé à Rudy, et il m'a dit que vous auriez un blâme, mais rien de grave. Allons manger quelque chose, et après je vous ramènerai dans vos pénates.

— Je vais pas retourner là-bas, pasteur, oubliez. Je compte aller au Texas, d'accord ? Je veux dire, tout de suite. J'ai vraiment envie d'y aller. Je vais dire la vérité à tout le monde, leur raconter où est le corps, tout. Faut que nous sauvions ce garçon.

— Nous ?

— Qui d'autre, pasteur ? Nous, on la connaît, la vérité. Si on descend jusque là-bas, vous et moi, on peut arrêter cette exécution.

— Vous voulez que je vous emmène au Texas, tout de suite ? s'étonna Schroeder, en plantant son regard dans celui de sa femme.

Elle commença par secouer la tête.

— Il y a personne d'autre, pasteur. J'ai un frère dans l'Illinois, mais on se parle pas. Je suppose que je pourrais m'adresser à mon contrôleur judiciaire, mais je doute qu'il voie un quelconque intérêt à se traîner le cul jusqu'au Texas. Je connais quelques mecs du côté du foyer, mais ils ont pas de bagnole. Quand on passe sa vie en prison, pasteur, on n'a pas beaucoup d'amis à l'extérieur.

— Où êtes-vous, Travis ?

— Je vous l'ai dit. Je suis dans un petit restau. Et j'ai faim.

— Lequel ?

— Le Blue Moon. Vous connaissez ?

— Oui. Commandez-vous quelque chose. J'arrive dans un quart d'heure.

— Merci, pasteur.

Schroeder raccrocha et s'assit au bord du lit, à côté de son épouse. Ni l'un ni l'autre ne prononça un mot pendant quelques minutes. Ni l'un ni l'autre n'avait envie de se disputer.

— Il est ivre ? lui demanda-t-elle finalement.

— Je ne crois pas. Il a bu quelques coups, mais il ne m'a pas eu l'air d'être soûl. Je n'en sais rien.

— Que vas-tu faire, Keith ?

— Je vais aller lui payer à dîner, ou un petit déjeuner, enfin, peu importe. Je vais attendre qu'il change à nouveau d'avis. S'il prend la chose au sérieux, alors je n'ai pas d'autre choix que de le conduire au Texas.

— Tu as le choix, Keith. Tu n'es pas obligé de conduire ce pervers au Texas.

— Et ce jeune homme dans le couloir de la mort, Dana ? Pense à la mère de Donté Drumm, en ce moment même. Ce sera le dernier jour où elle verra son fils.

— Boyette te fait marcher, Keith. C'est un menteur.

— Peut-être, et peut-être pas. Mais considère un peu l'enjeu.

— L'enjeu ? C'est ton boulot qui peut être en jeu. Ta réputation, ta carrière, et tout ce qui pourrait représenter un enjeu. Nous avons trois petits garçons à qui nous devons penser.

— Je ne vais pas compromettre ma carrière, Dana, ou ma famille. Je risque une petite réprimande, et c'est tout. Je sais ce que je fais.

— Tu en es sûr ?

— Non.

Il se dépêcha de retirer son pyjama et enfila un jean, des baskets, une chemise et une casquette de base-ball rouge à l'emblème des Cardinals. Elle le regarda s'habiller sans ajouter un mot. Il l'embrassa sur le front et quitta la maison.

Boyette contemplait une assiette impressionnante quand le révérend prit place en face de lui. Le restaurant était à moitié plein, plusieurs tables étaient occupées par des policiers en tenue, tous en train de manger de la tourte à la viande, et affichant tous un poids moyen de cent dix kilos. Il commanda un café et perçut toute l'ironie de la chose, un meurtrier jamais condamné pour son meurtre, enfreignant sa liberté conditionnelle, engouffrant un solide repas à moins de dix mètres d'une petite escouade de police.

— Où avez-vous été toute la journée? lui demanda le révérend.

Le tic. Une énorme bouchée d'œufs brouillés. Il lui répondit en mâchant.

— En réalité, je m'en souviens pas.

— Nous avons perdu une journée entière, Travis. Notre plan, c'était de réaliser cette vidéo, de l'envoyer aux autorités et à la presse, au Texas, et d'espérer un miracle. En disparaissant, vous avez mis ce plan par terre.

— La journée est derrière nous, pasteur, alors laissez-la où elle est. Vous m'emmenez au Texas ou pas?

— Et vous faites faux bond à votre contrôle judiciaire?

À nouveau son tic, une gorgée de café, la main tremblante. Tout, depuis sa voix jusqu'à ses doigts et ses yeux, semblait saisi d'un tremblement régulier.

— Mon contrôle judiciaire, pour le moment, c'est le cadet de mes soucis, pasteur. C'est de mourir qui occupe presque tout mon temps. Et c'est ce garçon, au Texas, qui me préoccupe. J'ai essayé de l'oublier, mais je peux pas. Et la fille. J'ai besoin de la voir avant de mourir.

— Pourquoi?

— J'ai besoin de lui dire que je suis désolé. J'ai causé du mal à un tas de gens, pasteur, mais j'ai tué qu'une fois. – Il lança un regard aux policiers, et puis il continua, à voix un peu plus basse. – Et je sais pas pourquoi. C'était ma préférée. J'avais envie de la garder pour toujours, et quand j'ai compris que je pourrais pas, eh ben, j'ai...

— J'ai saisi, Travis. Parlons un peu organisation. Slone, Texas, est à six cents kilomètres, en ligne droite, à vol d'oiseau, mais en voiture c'est plutôt neuf cents, avec pas mal de routes à deux voies. Il est minuit. Si nous partons dans l'heure et en roulant comme des malades, nous pourrions y être à midi. Soit six heures avant l'exécution. Vous avez une idée de ce que nous allons faire, une fois là-bas?

L'autre mâcha un morceau de saucisse et réfléchit à la question, absolument pas affecté par l'urgence de la situation. Schroeder remarqua qu'il ne prenait que de très petites bouchées, qu'il mastiquait longuement, posait sa fourchette et buvait une gorgée d'eau ou de café. Il n'avait pas l'air excessivement affamé. Se nourrir n'était pas si important.

Après avoir bu encore un peu de café, il reprit la parole.

— Je pensais qu'on irait à la chaîne de télé locale et que je passerais en direct, pour raconter mon histoire, endosser toute la responsabilité, dire à ces idiots là-bas qu'ils tiennent pas le bon type pour ce meurtre, et qu'ils arrêtent tout.

— Et c'est aussi simple que ça ?

— J'en sais rien, pasteur. J'ai jamais rien fait de ce genre. Et vous ? C'est quoi, votre plan ?

— À ce stade, trouver le corps compte plus que vos aveux. Franchement, Travis, au vu de votre casier chargé et du caractère répugnant des crimes que vous avez commis, votre crédibilité va être mise en doute. J'ai effectué quelques recherches depuis notre première entrevue de lundi dernier, et je suis tombé sur deux ou trois anecdotes concernant les cinglés qui gravitent autour des exécutions et font toutes sortes de déclarations.

— Vous me traitez de cinglé ?

— Non, pas du tout. Mais je suis convaincu qu'à Slone, Texas, les gens vont vous traiter de tous les noms. Ils ne vous croiront pas.

— Vous me croyez, vous, pasteur ?

— Je vous crois.

— Vous voulez un peu d'œufs au bacon ? C'est vous qui payez, alors...

— Non, merci.

Le tic. Encore un coup d'œil vers les policiers. Il se prit les tempes entre les deux index et les massa en tout petits cercles, en grimaçant comme s'il allait pousser un cri. La douleur finit par refluer. Keith consulta sa montre.

Boyette secoua légèrement la tête.

— De retrouver le corps, ça prendra plus de temps, pasteur. Peut pas se faire dans la journée. – Le révérend n'ayant aucune expérience en la matière, il se contenta de hausser les épaules, sans rien répondre. – Soit on descend au Texas, soit je retourne au foyer et je me fais gueuler dessus. À vous de choisir, pasteur.

— Je ne suis pas certain de comprendre pourquoi ce serait à moi de choisir.

— C'est très simple. C'est vous qui avez la voiture, l'essence, le permis. Moi, je n'ai rien. Que la vérité.

La voiture était une Subaru, quatre roues motrices, pas loin de trois cent mille kilomètres au compteur, et au moins dix-neuf mille depuis la dernière vidange. Dana s'en servait pour véhiculer leurs trois garçons un peu partout dans Topeka, et la Subaru présentait tous les signes d'usure de cette existence urbaine. Leur seconde voiture était une Honda Accord avec un témoin d'huile qui refusait de s'éteindre et un train de pneus arrière trop lisses.

— Désolé pour la saleté, s'excusa le révérend, presque gêné, quand ils se glissèrent tant bien que mal à l'intérieur de la voiture et refermèrent les portières.

Boyette ne répondit rien dans un premier temps. Il cala sa canne entre ses jambes.

— Les ceintures de sécurité sont devenues obligatoires, maintenant, le prévint Keith en bouclant la sienne.

L'autre ne bougea pas. Il y eut un moment de silence où Schroeder se rendit compte que leur périple venait de commencer. Cet homme était dans sa voiture, il était là, avec lui, pour un trajet qui allait leur prendre plusieurs heures et peut-être même des jours entiers, et ni l'un ni l'autre ne savait où ce petit voyage risquait de les conduire.

Lentement, l'ancien détenu s'attacha, et le véhicule s'ébranla. Entre leurs deux coudes, il n'y avait que quelques centimètres. Keith sentit un premier relent de bière éventée.

— Alors, Travis, c'est quoi votre parcours, avec l'alcool ?

L'autre respira profondément, comme rasséréné par le sentiment de sécurité que lui inspirait ce véhicule avec ses portières verrouillées. Comme à son habitude, il attendit au moins cinq secondes avant de répondre.

— Jamais pensé à ça comme un parcours. Je suis pas gros buveur. J'ai quarante-quatre ans, pasteur, et je viens d'en passer vingt-trois enfermé dans différents établissements, et aucun d'eux n'avait de saloon, de bar, de boîte en bordure de route, de club de strip-tease, de drive-in ouvert toute la nuit. On peut pas se payer un verre, en prison.

— Vous avez bu, aujourd'hui.

— J'avais quelques biftons en poche, je suis allé au bar d'un hôtel, et j'ai pris une ou deux bières. Il y avait la télé, dans ce bar. J'ai vu un reportage sur l'exécution de Drumm, au Texas. Y avait une photo de ce garçon. Je l'ai pris en pleine poire, pasteur, je dois vous le dire. Je me sentais assez relaxe, vous voyez, enfin, du genre un peu sentimental, et quand j'ai vu le visage de ce garçon, j'ai failli m'étouffer. J'ai bu encore un peu, j'ai regardé l'horloge qui avançait de plus en plus vers les six heures du soir. J'ai pris la décision de sauter mon contrôle judiciaire, d'aller au Texas, de faire ce qu'il fallait.

Keith avait son téléphone portable en main.

— Je dois appeler ma femme.

— Comment elle va?

— Bien. Je vous remercie.

— Elle est si mignonne.

— Il va falloir l'oublier. – Le révérend marmonna quelques phrases assez gauches dans son téléphone, avant de le refermer. Il roulait vite dans les rues désertes du centre de Topeka. – Alors, Travis, nous prévoyons donc de faire ce long voyage jusqu'au Texas, où vous serez confronté aux autorités, où vous direz la vérité et tenterez d'arrêter cette exécution. Et j'imagine qu'à un certain moment, très prochainement, on attendra de vous que vous conduisiez ces autorités jusqu'au corps de Nicole. Tout ceci, évidemment, débouchera sur votre arrestation et votre emprisonnement, au Texas. Vous serez inculpé de toutes sortes de crimes et vous ne ressortirez jamais. C'est bien ça, notre plan, Travis? Nous sommes sur la même longueur d'onde?

Le tic. Un temps.

— Oui, pasteur, nous sommes sur la même longueur d'onde. Peu importe. Avant d'être véritablement inculpé par un jury de mise en accusation, je serai mort.

— Je ne voulais pas dire cela.

— Vous n'avez pas besoin de le dire. Nous le savons, mais pour ma tumeur, je préfère que personne ne sache, au

Texas. Ce n'est pas plus mal qu'ils aient la satisfaction de me poursuivre. Je le mérite. Je suis en paix, pasteur.

— En paix avec qui ?

— Avec moi-même. Après avoir revu Nicole, et lui avoir dit que je suis désolé, alors je serai prêt à tout, y compris la mort.

Le révérend roula en silence. Il était confronté à la perspective d'un voyage marathon avec ce type, pour ainsi dire à se toucher, pendant ces dix, peut-être ces douze prochaines heures, et il espéra, en arrivant à Slone, ne pas être devenu aussi fou que Boyette.

Il se gara dans l'allée, derrière la Honda.

— Travis, je suppose que vous n'avez pas d'argent, pas de vêtements, rien.

Cela semblait d'une pénible évidence.

L'autre eut un petit gloussement, leva les mains.

— Me voici, pasteur, avec tous mes biens matériels.

— C'est ce que je pensais. Attendez ici. Je suis de retour dans cinq minutes.

Il laissa le moteur tourner et s'engouffra chez lui.

Dana était dans la cuisine, elle rassemblait des sandwiches, des chips, des fruits, et un peu tout ce qu'elle pouvait trouver.

— Où est-il ? lui lança-t-elle dès qu'il eut franchi la porte.

— Dans la voiture. Il n'entre pas.

— Keith, tu ne parlais pas sérieusement, pour ce voyage.

— Avons-nous d'autres choix, Dana ? – Il avait arrêté sa décision, si perturbante soit-elle. Il était prêt à une âpre dispute avec son épouse, et disposé à prendre les risques que comporterait ce voyage. – Nous ne pouvons pas rester assis là sans rien tenter, alors que nous connaissons le vrai tueur. Il est là, dehors, dans la voiture.

Elle lui enveloppa un sandwich et le fourra dans un petit Tupperware. Il sortit un sac de l'épicerie plié et rangé dans le placard de la cuisine et passa dans leur chambre. Pour son nouveau copain Travis, il réunit un vieux pantalon kaki, deux T-shirts, des chaussettes, un slip et un sweatshirt siglé de l'équipe des Packers que personne n'avait jamais porté. Il changea de chemise, mit son col d'ecclésiastique et enfila un caban, puis rassembla quelques affaires dans un sac de sport. Trois minutes plus tard, il était de retour dans la cuisine où Dana, appuyée contre le rebord de l'évier, les bras croisés, le toisait d'un air de défi.

— C'est une énorme erreur, décréta-t-elle.

— Possible. Ce n'est pas moi qui me suis porté volontaire. C'est Boyette qui nous a choisis.

— Nous ?

— D'accord, qui m'a choisi, moi. Il n'a aucun autre moyen de rejoindre le Texas, c'est du moins ce qu'il affirme. Je le crois.

Elle leva les yeux au ciel. Il jeta un œil à l'horloge digitale du micro-ondes. Il était impatient de décoller, mais il avait conscience que sa femme avait droit à quelques paroles d'adieu.

— Comment peux-tu croire un traître mot de ce qu'il raconte ?

— Nous avons déjà eu cette conversation, Dana.

— Et si tu te fais arrêter, sur place ?

— Pour quel motif ? Pour avoir tenté d'empêcher une exécution ? Je doute que ce soit un crime, même au Texas.

— Tu es en train d'aider un homme à se soustraire à son contrôle judiciaire, non ?

— Exact, au Kansas. Ils ne peuvent pas m'arrêter pour ça au Texas.

— Mais tu n'en es pas sûr.

— Écoute, Dana, personne ne m'arrêtera, au Texas. Je te le promets. Ce que je risque, c'est qu'on me tire dessus, mais pas que l'on m'arrête.

— Tu essaies de faire de l'esprit ?

— Non. Personne ne fait de l'esprit. Allons, Dana, prends un peu de recul. Je pense que Boyette a tué cette jeune fille, en 1999. Je pense qu'il a caché son corps et qu'il sait où il se trouve. Et je pense qu'il subsiste une chance d'assister à un miracle, si nous réussissons à arriver jusque là-bas.

— Et moi, je pense que tu es dingue.

— Peut-être, mais je préfère courir ce risque.

— Considère un peu le danger, Keith.

Il s'était un peu rapproché, il posa les mains sur ses épaules. Elle ne broncha pas, les bras toujours croisés.

— Écoute, Dana, je n'ai jamais couru aucun risque, dans ma vie.

— Je sais. Alors c'est ton heure de gloire, c'est ça?

— Non, il ne s'agit pas de moi. Une fois là-bas, je resterai dans l'ombre, je garderai profil bas...

— Pour esquiver les balles.

— Si tu veux. Je serai en coulisse. Le spectacle, ce sera Travis Boyette. Moi, je suis juste son chauffeur.

— Son chauffeur? Tu es un prêtre, avec une famille.

— Et je serai de retour samedi. Dimanche, j'ai un sermon, et l'après-midi nous irons pique-niquer. Promis.

Dana relâcha les épaules, les bras le long du corps. Il la serra fort, l'embrassa.

— Je t'en prie, essaie de comprendre.

Elle hocha bravement la tête.

— D'accord.

— Je t'aime.

— Je t'aime. S'il te plaît, sois prudent.

Pour Robbie, les douze coups de minuit sonnèrent à minuit et demie. Il était au lit avec DeeDee depuis moins d'une heure quand le téléphone retentit. DeeDee, qui s'était endormie sans le secours de l'alcool, sursauta la première.

— Allô.

Et puis elle tendit le combiné à son compagnon encore embrumé qui s'efforça d'ouvrir les yeux.

— Qui est-ce? grommela-t-il.

— Réveille-toi, Robbie, c'est Fred. J'ai un truc intéressant à te dire, là.

Robbie réussit à retrouver ses esprits, du moins en partie.

— Qu'est-ce qu'il y a, Fred?

DeeDee se retournait déjà dans le lit. La vision de son joli derrière sous les draps de satin le fit sourire.

— J'ai encore pris un verre avec Joey. J'l'ai emmené dans un club de strip-tease. La deuxième nuit de suite, tu sais. Pas sûr que mon foie supporte encore longtemps cette affaire. Et je suis certain que le sien n'y arrivera pas. En tout cas, je l'ai soûlé comme une bourrique, et il a fini par tout avouer. Il a menti sur le Ford vert, il a menti sur le Noir qui aurait été au volant de cette saleté de van, il a menti sur tout. Il a reconnu que c'était lui qui avait téléphoné à Kerber avec ce faux tuyau concernant Donté et la fille. C'était superbe. Il pleurait et il ne s'arrêtait plus, c'était plus qu'un gros garçon qui chialait comme un veau en s'enfilant des bières et en balançant des insanités aux strip-teaseuses. Il m'a dit que Donté et lui étaient potes, en troisième et en seconde, quand ils étaient des vedettes de foot. Il m'a dit qu'il avait toujours cru que les procureurs et les juges finiraient par piger. Peut pas croire qu'on en soit arrivé là. Il a toujours cru que l'exécution n'aurait jamais lieu, qu'un jour son ancien copain sortirait de prison. Et maintenant qu'il est finalement convaincu qu'ils vont le tuer, il en est tout retourné. Il pense que c'est sa faute. Je lui ai confirmé que c'était sa faute. Qu'il aura ce sang-là sur les mains. Je l'ai vraiment travaillé au corps. C'était génial.

Robbie était dans la cuisine, il cherchait de l'eau.

— C'est super, Fred, fit-il.

— Oui et non. Il refuse de signer une déclaration sous serment.

— Quoi !

— Il le fera pas. On est partis du club et on est allés dans un café. Je l'ai supplié de signer cette déclaration, mais c'est comme de causer à un mur.

— Et pourquoi ?

— Sa manman, Robbie, sa manman et sa famille. Il arrive pas à digérer l'idée qu'il a menti tout au long de cette épreuve. Il a un tas d'amis à Slone, et tout le reste. J'ai fait tout mon possible, mais ce gaillard n'accepte pas de signer.

Robbie engloutit un verre d'eau du robinet et s'essuya la bouche d'un revers de manche.

— Tu l'as enregistré ?

— Bien sûr. J'ai écouté la cassette, une fois, je suis sur le point de la réécouter. Il y a pas mal de bruit de fond... t'es jamais allé dans un club de strip-tease ?

— Ça ne te regarde pas.

— De la musique archifort, pas mal de bazar du style rap et des trucs dans ce genre. Mais sa voix est bien présente. On comprend tout à fait ce qu'il raconte. Il faut nettoyer la bande.

— On n'a pas le temps.

— D'accord. C'est quoi, le programme?

— Tu es à combien d'ici, en voiture?

— Bon, à cette heure merveilleuse de la journée, il n'y a pas de circulation. Je peux être à Slone dans cinq heures.

— Alors bouge ton cul et prends la route.

— Et comment, patron.

Une heure plus tard, Robbie était au lit, allongé sur le dos, et la noirceur du plafond avait une étrange influence sur le cours de ses pensées. DeeDee ronronnait comme un chaton, abstraite du monde. Il l'écouta respirer profondément et se demanda comment elle pouvait ne pas être troublée par tout ce qui le troublait, lui. Il l'enviait. Quand elle se réveillerait, quelques heures plus tard, sa première priorité, ce serait une heure de hot yoga avec quelques-unes de ses amies, des filles redoutables. Et lui, il serait au cabinet, occupé à brailler au téléphone.

Et donc tout se résumait à cela : un Joey Gamble ivre confessant ses péchés et mettant son âme à nu dans un club de strip-tease, devant un homme armé d'un micro dissimulé obtenant un enregistrement au son crachotant dont aucun tribunal du monde civilisé ne tiendrait compte.

La vie fragile de Donté Drumm dépendait du repentir de dernière minute d'un témoin dénué de toute crédibilité.

Deuxième partie

Le châtiment

16.

Dans l'affolement du départ, il avait oublié de se préoccuper du problème de l'argent. Après avoir payé les six dollars du festin de Boyette au Blue Moon, Schroeder s'était aperçu qu'il était à court d'espèces. Et puis cela lui était sorti de la tête. Cela lui revint une fois sur la route, quand il fallut prendre de l'essence. Ils s'arrêtèrent à un relais routier sur l'interstate 335 à une heure et quart du matin. On était le jeudi 8 novembre.

Pendant qu'il faisait le plein, il avait bien conscience que l'on sanglerait Donté Drumm sur la civière matelassée de la prison de Huntsville d'ici à peu près dix-sept heures. Et il avait encore plus conscience du fait que l'homme qui devrait endurer le supplice de ces heures ultimes était en réalité tranquillement assis à quelques pas de là, douillettement installé dans sa voiture, son crâne pâle et luisant réfléchissant les néons de la station. Ils étaient juste au sud de Topeka. Le Texas était à un million de kilomètres de là. Il paya avec une carte de crédit et compta trente-trois dollars de monnaie dans la poche gauche de son caban. Il se maudit de ne pas avoir fait main basse sur la cagnotte qu'ils conservaient, Dana et lui, dans un placard de la cuisine.

Une heure de route après Topeka, la vitesse limite passait à cent dix, et il poussa la vieille Subaru à cent vingt. Jusqu'à présent, Boyette était resté silencieux, se satisfaisant apparemment de rester tassé dans son siège, les mains jointes sur les genoux, et de fixer le néant à travers la vitre côté passager. Schroeder préférait l'ignorer. Il préférait le silence.

Dans des circonstances normales, rester assis à côté d'un inconnu pendant douze heures d'affilée représentait déjà un pensum. Se retrouver à côtoyer un individu aussi bizarre et violent qu'un Boyette suffisait à rendre l'atmosphère tendue et le voyage pénible.

Au moment où il commençait à s'installer dans le confort de son propre mutisme, il se sentit subitement gagné par une vague de somnolence. D'un coup, ses paupières se fermaient, pour se rouvrir aussitôt quand il secouait brusquement la tête. Sa vision se troublait, se brouillait. La Subaru obliqua vers l'accotement, sur sa droite, et il la redressa vers la gauche. Il se pinça les joues. Il cligna des yeux, en y mettant autant d'énergie que possible. S'il avait été seul, il se serait giflé. Travis ne remarqua rien.

— Et si on mettait un peu de musique ? suggéra Keith. N'importe quoi, histoire de se secouer les neurones.

Travis se contenta d'opiner du chef, en signe d'approbation.

— Un truc particulier ?

— On est dans votre voiture.

En effet. Sa station favorite, c'étaient des classiques du rock. Il monta le volume et se mit assez vite à tambouriner sur le volant en tapant du pied gauche et en marmonnant les paroles. Ces sonorités lui éclaircirent la tête, mais il était encore stupéfait de la rapidité avec laquelle il avait failli sombrer.

Plus que onze heures devant eux. Il songea à Charles Lindbergh et à son vol en solitaire jusqu'à Paris. Trente-trois heures et demie d'affilée, sans avoir dormi la nuit précédant son décollage de New York. Lindbergh avait écrit plus tard qu'il était resté éveillé soixante heures de suite. Le frère de Keith était pilote et adorait raconter ces histoires.

Il pensa à ce frère, à sa sœur et à ses parents, et dès qu'il se remit à piquer du nez, il parla.

— Combien de frères et sœurs avez-vous, Travis ?

Parlez-moi, Travis. N'importe quoi, qui me tienne éveillé. Vous ne pouvez pas m'aider en prenant le volant, parce que vous n'avez pas de permis. Vous n'avez pas d'assurance. Vous ne toucherez pas à ce volant, alors allez-y, Travis, aidez-moi, avant qu'on ait un accident.

— Je n'en sais rien, lui dit-il, après son temps de réflexion obligatoire.

Cette réponse fut plus efficace pour dissiper le brouillard que n'importe quel morceau de Bruce Springsteen ou Bob Dylan.

— Vous n'en savez rien ? Qu'entendez-vous par là ?

Un très léger tic. Le regard venait de passer de la vitre côté droit au pare-brise.

— Eh ben, reprit-il, avant un nouveau silence. Peu après ma naissance, mon père a quitté ma mère. Je l'ai jamais revu. Ma mère s'est collée avec un type, il s'appelait Darrell, et comme c'est le premier homme dont je garde un souvenir, j'ai cru que c'était mon père. Ma mère me racontait que c'était mon père. Je l'appelais papa. J'avais un frère aîné, et il l'appelait papa. Darrell était correct, il m'a jamais frappé, rien, mais il avait un frangin qui a abusé de moi. La première fois que j'ai comparu au tribunal – je devais avoir douze ans –, j'ai compris que Darrell n'était pas mon vrai père. Ça fait vraiment mal. J'étais anéanti. Et puis Darrell a disparu.

La réponse, comme tant d'autres réponses de Boyette, réservait plus de mystères qu'elle n'en résolvait. Elle servit aussi à activer la matière grise de Keith. Tout à coup, il se sentit pleinement éveillé. Et il était résolu à démêler l'identité de ce psychopathe. Qu'avait-il d'autre à faire, pendant les douze heures à venir ? Ils étaient dans sa voiture. Il pouvait lui poser toutes les questions qu'il voulait.

— Alors, vous avez un frère.

— Ça ne s'arrête pas là. Mon père, le vrai, s'est carapaté en Floride et s'est collé avec une autre femme. Ils ont eu une flopée de gamins, alors j'imagine que j'ai d'autres frères et sœurs de ce côté-là. Et il y a toujours eu une rumeur comme quoi ma mère avait mis au monde un autre enfant avant d'épouser mon père. Vous m'avez demandé combien j'ai de frères et sœurs. Dites un chiffre au hasard, pasteur.

— Combien d'entre eux sont restés en contact avec vous ?

— J'appellerais pas ça un contact, mais j'ai écrit quelques lettres à mon frère. Il est dans l'Illinois. En prison.

En prison, étonnant !

— Et pourquoi est-il en prison ?

— Drogues et alcool. Il lui fallait du cash, pour satisfaire ses besoins, alors il a cambriolé une baraque, et c'était pas la bonne, il a fini par dérouiller un type.

— Il vous répond ?

— Parfois. Il sortira plus jamais.

— A-t-il subi des sévices, lui aussi ?

— Non, il était plus âgé, et mon oncle lui a fichu la paix, à ce que je sais. On n'en a jamais parlé.

— C'était le frère de Darrell.

— Oui.

— Donc, ce n'était pas vraiment votre oncle ?

— J'y ai cru, que c'était mon oncle. Pourquoi vous posez tant de questions, pasteur ?

— J'essaie de tuer le temps, Travis, et j'essaie de rester éveillé. Depuis que je vous ai rencontré, lundi matin, j'ai très peu dormi. Je suis épuisé, et nous avons une longue route devant nous.

— J'aime pas toutes ces questions.

— Eh bien, d'après vous, qu'est-ce que vous allez entendre, au Texas ? On débarque, vous prétendez être le véritable meurtrier, et ensuite vous annoncez que vous n'ai-mez vraiment pas qu'on vous pose des questions. Allons, Boyette.

Plusieurs kilomètres défilèrent sans un mot. L'autre regar-dait sur sa droite, rien d'autre que l'obscurité, et il tapotait légèrement sa canne du bout des doigts. Il n'avait plus mon-tré aucun signe de violente migraine depuis au moins une heure. Schroeder jeta un œil au compteur et s'aperçut qu'il roulait à cent trente, dix kilomètres au-dessus de la vitesse autorisée, assez pour prendre un PV, n'importe où au Kansas. Il ralentit et, pour continuer de faire travailler sa tête, il s'inventa une scène dans laquelle un policier de la route le forçait à se ranger, contrôlait son identité, celle de Boyette, puis appelait du renfort. Un criminel en fuite. Un pasteur luthérien indiscipliné qui aidait ce criminel à s'en-fuir. Des gyrophares partout sur la route. Les menottes. Une nuit en prison, peut-être dans la même cellule que son petit camarade, un homme qu'une autre nuit derrière les barreaux ne tracasserait pas le moins du monde. Que dirait Keith à ses trois garçons ?

Il se remit à piquer du nez. Il fallait qu'il passe un coup de fil, et de toute façon aucune heure ne serait appropriée pour le passer. Cet appel lui permettrait de faire suffisamment marcher sa tête pour chasser momentanément le sommeil. Il sortit son portable de sa poche et tapa la numérotation abrégée pour joindre Matthew Burns. Il était presque deux heures du matin. À l'évidence, son ami avait le sommeil lourd. Il lui fallut huit sonneries pour le réveiller.

— Il y a intérêt à ce que ce soit une bonne nouvelle, grogna-t-il.

— Bonjour, Matthew. Bien dormi ?

— Bien, mon père. Pourquoi tu m'appelles, bordel ?

— Surveille ton langage, mon fils. Écoute, je suis sur la route du Texas, je voyage avec un dénommé Travis Boyette, un charmant gentleman qui m'a rendu visite à l'église dimanche dernier. Tu as pu le croiser. Il marche avec une canne. En tout cas, Travis ici présent a des aveux à faire aux autorités du Texas, dans une petite ville qui s'appelle Slone, et nous fonçons pour empêcher une exécution.

La voix de Matthew se fit instantanément plus limpide.

— Tu as perdu la tête, Keith ? Tu as ce type dans ta voiture ?

— Oh oui, on a quitté Topeka il y a environ une heure. La raison de mon appel, Matt, c'est que je voudrais te demander ton aide.

— Je vais t'en donner de l'aide, Keith. Un conseil gratuit. Fais demi-tour, avec ta foutue bagnole, et reviens ici.

— Merci, Matt, mais écoute, dans quelques heures, je vais avoir besoin que tu passes deux ou trois coups de fil à Slone, au Texas.

— Que dit Dana de tout cela ?

— Que du bien, que du bien. Je vais avoir besoin que tu appelles la police, le procureur et peut-être un avocat spécialisé. Je les appellerais bien, moi aussi, Matt, mais comme tu es procureur, toi, ils risquent de t'écouter.

— Tu es encore au Kansas ?

— Oui, sur l'interstate 35.

— Ne franchis pas la frontière de l'État, Keith. S'il te plaît.

— Bon, si je t'obéis, cela risque de singulièrement compliquer mon entrée au Texas, tu ne crois pas ?

— Ne traverse pas cette frontière d'État !

— Va dormir un peu. Je te rappelle vers six heures, et on commencera à faire marcher le téléphone, d'accord ?

Il referma son téléphone, enclencha la messagerie, et attendit. Dix secondes plus tard, il vibra. C'était Matthew qui le rappelait.

Ils traversèrent Emporia et continuèrent au sud, vers Wichita.

Rien ne suscita le récit qui suivit. Peut-être Boyette commençait-il à avoir sommeil à son tour, ou alors il s'ennuyait, tout simplement. Mais plus il parlait, plus le pasteur Schroeder se rendait compte que ce qu'il écoutait là, c'était l'autobiographie tordue d'un mourant, d'un homme qui savait que son existence n'avait aucun sens, mais qui avait envie d'essayer quand même de lui en trouver un.

— Le frère de Darrell, on l'appelait oncle Chett, il m'emmenait pêcher, c'était ce qu'il racontait à mes parents. Jamais pris le moindre poisson, jamais mouillé le moindre hameçon. On se rendait dans sa petite baraque, en pleine cambrousse, il y avait un étang, pas loin, et c'était là que tout le poisson était censé être. Jamais été jusque là-bas. Il me filait une cibiche, il me laissait goûter de sa bière. Au début, je pigeais pas ce qu'il fricotait. J'en avais aucune idée. J'étais juste un gamin, j'avais huit ans. J'étais trop effrayé pour bouger, pour résister. Je me souviens que ça faisait mal. Il avait toutes sortes de trucs pornos avec des enfants, des magazines, des films, des trucs de malade qu'il avait la générosité de partager avec moi. Quand vous fourrez tout ce merdier dans la tête d'un petit garçon, assez vite, il accepte le tout, en quelque sorte. Je me disais, bon, c'est peut-être ça que font tous les gamins. Et peut-être que tous les adultes font pareil avec les gamins. Ça paraissait légitime, et normal. Il était pas méchant avec moi. En fait, il m'achetait des glaces et des pizzas... tout ce que je voulais. Après chacune de nos sorties de pêche, il me reconduisait à la maison et, juste avant qu'on arrive chez moi, il devenait très sérieux, du genre méchant et menaçant. Il me disait que l'important, c'était qu'on garde notre petit secret. Certaines choses sont confidentielles. Il avait une arme dans son pick-up, un pistolet tout luisant. Plus tard, il m'a montré comment on s'en servait. Mais au début, il le sortait et il le posait juste sur le siège, ensuite il m'expliquait qu'il aimait ses secrets, et si jamais ils finissaient par être dévoilés, alors il serait forcé de faire du mal à quelqu'un. Même à moi. Si j'en parlais, il serait forcé de me tuer, et ensuite il tuerait celui à qui j'en aurais parlé, et ça concernait même Darrell et ma mère. C'était très efficace. Je n'en ai jamais parlé à personne.

« On a continué d'aller à la pêche, je pense que ma mère savait, mais elle avait ses propres soucis, surtout avec la bouteille. Elle était presque tout le temps soûle, elle n'a dessoûlé que bien après, mais pour moi, il était déjà trop tard. Quand j'avais à peu près dix ans, mon oncle m'a filé de l'herbe, et on s'est mis à fumer ensemble. Et ensuite on a pris des cachets. Y avait parfois du bon dans tout ça. Je trouvais ça plutôt cool. Un jeune voyou qui fume des cigarettes et de l'herbe, qui boit de la bière et qui regarde du porno. L'autre facette des choses n'était jamais très plaisante, mais ça n'a pas duré longtemps. Nous habitions à Springfield à l'époque, et un jour ma mère m'a annoncé que nous devions déménager. Mon papa, son mari, enfin, quel que soit son satané nom, il avait trouvé un boulot près de Joplin, dans le Missouri, là où j'étais né. On a remballé en vitesse, tout chargé dans un camion qu'on a loué chez U-Haul, et on s'est débiné au milieu de la nuit. Je suis sûr qu'il devait y avoir une histoire de loyer impayé. Et probablement beaucoup plus que ça – des factures, des procédures, des mandats d'arrestation, des inculpations, qui sait. En tout cas, le lendemain matin, je me suis réveillé dans une caravane extra-large, une belle caravane. Oncle Chett, on l'a laissé derrière nous. Je suis sûr que ça lui a brisé le cœur. Il a fini par nous retrouver et par se montrer, un mois plus tard, il m'a demandé si je voulais aller pêcher. J'ai dit non. Il n'avait aucun endroit où m'emmener, alors il s'est incrusté à la maison, il pouvait plus me lâcher du regard. Ils buvaient, les adultes, et ça n'a pas traîné, ils se sont disputés à cause de l'argent. Oncle Chett s'est mis à vociférer, à insulter tout le monde. Je l'ai jamais revu. Mais le mal était fait. Si je le revoyais maintenant, je prendrais une batte de base-ball et je lui éclaterais la cervelle, je la lui ferais gicler sur vingt hectares. J'ai été un petit garçon qui se faisait troncher. Et je crois que je m'en suis jamais remis. Je peux fumer ?

— Non.

— Alors on peut s'arrêter une minute, que je puisse en griller une ?

— Bien sûr.

Quelques kilomètres plus loin, sur la route, ils s'arrêtèrent sur une aire de repos et s'accordèrent une pause. Encore un appel manqué de Matthew Burns. Boyette s'éloigna, et la dernière vision que Keith en eut fut celle d'un homme qui, d'une démarche traînante, s'enfonçait dans un sous-bois, derrière les toilettes, en laissant un nuage de fumée dans son sillage. Schroeder traversa le parking deux fois dans les deux sens pour tâcher de s'activer la circulation, tout en gardant un œil sur son passager. Quand Boyette fut hors de vue, disparu dans l'obscurité, le pasteur se demanda s'il ne s'était pas esquivé pour de bon. Keith était déjà fatigué de ce voyage, et s'il y avait une échappatoire, à ce stade, qui s'en soucierait ? Il reprendrait la route de son domicile, merveilleusement seul dans sa voiture, il braverait la tempête avec sa femme, se ferait remonter les bretelles par Matthew. Avec un peu de chance, personne ne saurait jamais rien de sa mission avortée. Boyette ferait ce qu'il avait toujours fait – partir à la dérive, à gauche ou à droite, jusqu'à ce qu'il meure ou se fasse arrêter de nouveau.

Mais s'il causait encore du mal à quelqu'un ? Lui, un prêtre, partagerait-il cette responsabilité criminelle ?

Les minutes s'écoulèrent, sans aucun mouvement du côté du sous-bois. Une dizaine de semi-remorques étaient garés ensemble à une extrémité du parking, leurs générateurs vrombissant, et leurs chauffeurs en train de dormir.

Keith s'appuya contre sa voiture et attendit. Il avait perdu tout courage, et il avait envie de rentrer chez lui. Il avait envie que Boyette y reste, dans ce sous-bois, qu'il s'y enfonce jusqu'au point de non-retour, pour simplement disparaître. Ensuite, il pensa à Donté Drumm.

Un nuage de fumée flotta depuis les arbres. Son passager ne s'était pas enfui.

Des kilomètres défilèrent sans un mot. Boyette ne demandait apparemment pas mieux que d'oublier son passé, alors que, quelques minutes auparavant, il se répandait encore en détails. Au premier signe d'engourdissement, Keith creusa de nouveau le sujet.

— Vous étiez à Joplin. Oncle Chett est arrivé, et puis il est reparti.

Le tic, cinq, dix secondes. Et puis :

— Oui, euh, nous vivions dans une caravane en dehors de la ville, un quartier pauvre. Nous étions toujours dans le quartier pauvre, mais je me souviens que j'étais fier, parce que nous avions une jolie caravane. Une location, mais à l'époque je ne le savais pas. À côté du village de mobil-homes, une petite route goudronnée sillonnait les collines au sud de Joplin sur des kilomètres, dans le comté de Newton. Il y avait des ruisseaux, des vallons et des chemins de terre. C'était le paradis, pour un gosse. On roulait à vélo pendant des heures sur les chemins et personne ne réussissait jamais à nous trouver. Parfois, on volait de la bière et de l'alcool dans notre caravane, ou même dans une épicerie, et on filait vers les collines faire une petite fête. Un jour, un gamin qui s'appelait Damian avait un sachet d'herbe qu'il avait volé à son grand frère, et on s'est tellement défoncé qu'on n'arrivait plus à tenir sur nos bécanes.

— Et c'est là que Nicole est enterrée ?

Keith put compter jusqu'à onze, avant d'entendre la réponse de Boyette.

— Je suppose. C'est quelque part par là. Pas sûr d'arriver à m'en souvenir, pour vous dire la vérité. J'étais assez soûl, pasteur. J'ai essayé de me souvenir, j'ai même essayé de dessiner un plan, l'autre jour, mais ce sera difficile. Si on arrive jusque-là.

— Pourquoi l'avez-vous enterrée là-bas ?

— Je voulais que personne la trouve. Ça a marché.

— Comment savez-vous que ça a marché? Comment savez-vous si son corps n'a pas été retrouvé? Vous l'avez ensevelie il y a neuf ans. Vous avez été en prison ces six dernières années, privé de toute information.

— Pasteur, je vous assure qu'on ne l'a pas retrouvée.

Schroeder se sentait rassuré. Il croyait Boyette, et le fait même de croire tant de choses, chez ce criminel endurci, était en soi contrariant. Ils s'approchaient de Wichita, et il était tout à fait éveillé. Son passager s'était retiré dans sa triste petite coquille. De temps à autre, il se massait les tempes.

— Vous êtes passé en jugement quand vous aviez douze ans? reprit le révérend.

Le tic.

— Quelque chose dans ce goût-là. Oui, j'avais douze ans. Je me souviens du juge formulant un commentaire à mon sujet, sur le fait que j'étais trop jeune pour débuter une nouvelle carrière en tant que criminel. S'il avait su.

— Quel était votre crime?

— On avait fracturé la porte d'une épicerie et on avait embarqué tous les trucs qu'on avait pu emporter. Bière, cigarettes, bonbons, corned-beef, chips. On s'est tapé un festin dans les règles au milieu des bois, on s'est pinté. Aucun souci, jusqu'à ce que quelqu'un visionne la vidéo de surveillance du magasin. C'était mon premier délit, alors j'ai obtenu une mise à l'épreuve. Mon co-accusé, c'était Eddie Stuart. Il avait quatorze ans, et ce n'était pas son premier délit. Ils l'ont envoyé en maison de redressement, et je ne l'ai plus jamais revu. C'était un quartier dur, et ça ne manquait pas de mauvais garçons. Soit on causait des ennuis, soit on s'attirait des ennuis. Darrell me gueulait dessus, mais il arrêtait pas d'arriver et de repartir. Ma mère faisait de son mieux, mais elle ne pouvait pas s'empêcher de boire. Mon frère s'est retrouvé en maison de redressement à quinze ans. Moi, j'en avais treize. Vous êtes déjà entré dans une maison de redressement, pasteur?

— Non.

— Je pensais bien. C'est les gosses dont personne ne veut.

La plupart sont pas de mauvais gosses, à leur arrivée là-bas. Seulement, ils ont pas eu leur chance. Mon premier séjour, c'était un endroit, vers St Louis, et comme toutes les maisons de redressement, c'était rien d'autre qu'un pénitencier pour mômes. J'avais la couchette du haut dans une longue chambre bourrée de mômes, tous sortis des rues de St Louis. La violence, là-bas, c'était brutal. Il n'y avait jamais assez de gardiens ou de surveillants. On allait en classe, mais l'éducation, c'était de la blague. Pour survivre, il fallait rejoindre un gang. Quelqu'un a regardé dans mon dossier et a vu le passage mentionnant que j'avais été abusé sexuellement, ce qui a fait que je suis devenu une cible facile pour les gardiens. Après deux années d'enfer, on m'a libéré. Maintenant, pasteur, qu'est-ce qu'un gamin de quinze ans est supposé faire, quand il est de retour dans la rue après deux années de torture ?

Il se tourna vers Keith, comme s'il attendait vraiment une réponse.

Ce dernier continua de regarder droit devant lui et haussa les épaules.

— Le système pénal pour les délinquants juvéniles ne fait rien d'autre que de façonner des criminels de carrière. La société veut nous enfermer et jeter la clef, mais la société est trop stupide pour comprendre que nous finirons par sortir. Et quand on sort, c'est pas joli. Tenez, regardez-moi. J'aimerais penser que je n'étais pas un cas désespéré quand je suis entré là-bas, à treize ans. Mais donnez-moi deux années avec rien d'autre que de la violence, de la haine, des raclées, des abus sexuels, et à ma sortie, à quinze ans, la société a forcément eu un souci. Les prisons, c'est des usines à haine, pasteur, et la société en veut toujours plus. Ça ne marche pas comme ça.

— Vous rendez les autres responsables de ce qui est arrivé à Nicole ?

Boyette souffla et détourna le regard. C'était une question si accablante qu'il s'affaissa sous son poids. Il répondit enfin.

— Il y a tout un truc que vous avez pas saisi, pasteur. Ce que j'ai fait, c'était mal, mais je pouvais pas m'en empêcher. Pourquoi je pouvais pas m'en empêcher ? À cause de ce que je suis. Je suis pas né comme ça. Je suis devenu un homme avec un tas de problèmes, pas à cause de mon ADN, mais à cause des exigences de la société. Enfermez-les. Punissez-les, à mort. Et si vous fabriquez quelques monstres au passage, tant pis.

— Et l'autre moitié ?

— L'autre moitié ? C'est qui, ceux-là ?

— La moitié de tous les détenus libérés sur parole se tire d'affaire et ne se fait plus jamais arrêter.

Cette statistique ne plut guère à son passager. Il changea de nouveau de position et se fixa sur le rétroviseur extérieur droit. Il se replia sur lui-même et cessa de parler. Quand ils arrivèrent au sud de Wichita, il s'endormit.

À trois heures et demie, le téléphone portable sonna de nouveau. C'était Matthew Burns.

— Où es-tu, Keith ?

— Va dormir, Matthew. Désolé de t'avoir embêté.

— J'ai du mal à trouver le sommeil. Où es-tu ?

— À une cinquantaine de kilomètres de la frontière de l'Oklahoma.

— Tu as encore ton copain avec toi ?

— Oh oui ! Il dort maintenant. Moi, j'alterne entre la sieste et la route.

— J'ai parlé à Dana. Elle est assez retournée, Keith. Et je m'inquiète, moi aussi. Nous pensons que tu as perdu la tête.

— Probablement. Cela me touche. Relax, Matt. Je fais ce qui est juste, et quoi qu'il arrive je survivrai. Pour l'heure, mes pensées vont à Donté Drumm.

— Ne franchis pas cette frontière d'État.

— Je t'ai déjà entendu, la première fois.

— Bon. Je voulais juste qu'il soit clairement établi que je t'aurais mis en garde, et plus d'une fois.

— C'est noté.

— D'accord, bon, maintenant, Keith, écoute-moi. Nous n'avons aucune idée de ce qui peut se produire une fois que vous arriverez à Slone et que ton pote là-bas va commencer à déblatérer. Je suppose qu'il va attirer les caméras comme les cadavres d'animaux attirent les busards. Reste hors champ,

Keith. Fais profil bas. Ne parle pas aux journalistes. Il va forcément se produire l'une de ces deux choses. Première hypothèse, l'exécution aura lieu comme prévu. Si c'est le cas, tu auras agi de ton mieux, et il sera grand temps de te dépêcher de rentrer au bercail. Boyette, lui, a le choix entre rester là-bas ou essayer de se faire ramener. Pour toi, en réalité, peu importe. Toi, tu rentres, et c'est tout. Il y a de bonnes chances pour que personne ne sache rien de ta petite escapade au Texas. Le deuxième scénario, c'est que l'exécution soit reportée. Si c'est le cas, tu as gagné, mais tu t'abstiens de fêter la chose. Pendant que les autorités mettent la main sur Boyette, toi, tu sors de la ville en douce et tu rentres. De toute manière, tu évites de te montrer. Suis-je clair ?

— Je crois. Voici la question : à notre arrivée à Slone, où allons-nous ? Chez le procureur, à la police, devant la presse, chez l'avocat de Drumm ?

— Robbie Flak. C'est le seul qui risque d'écouter. La police et le procureur n'ont aucune raison d'écouter Boyette. Ils tiennent leur homme. Ils se bornent à attendre l'exécution. Flak est le seul qui soit susceptible de te croire, et il paraît certainement capable de faire pas mal de bruit. Si Boyette réussit à raconter une histoire qui tienne la route, Flak se chargera de la presse.

— C'est ce que je pensais. Je prévois d'appeler ce Flak à six heures. Je doute qu'il dorme beaucoup.

— Avant de commencer la tournée, on se parle.

— Tu as tout compris.

— Et Keith... je considère toujours que tu es cinglé.

— Je n'en doute pas, Matthew.

Il rangea le téléphone dans sa poche et, quelques minutes plus tard, la Subaru sortait du Kansas et entrait en Oklahoma. Il roula une heure à cent trente. Il avait aussi mis son col d'ecclésiastique, et il se convainquit que tout policier de la route un tant soit peu correct ne poserait pas trop de questions à un homme de Dieu dont le seul crime se limitait à un léger excès de vitesse.

17.

La famille Drumm passa la nuit dans un motel bon marché aux abords de Livingston, à moins de six kilomètres en voiture de l'établissement pénitentiaire Allan B. Polunsky, où Donté était enfermé depuis plus de sept ans. Ce motel faisait de modestes affaires grâce aux familles de détenus, notamment avec ce rituel assez bizarre des épouses du couloir de la mort, des femmes venues de l'étranger. On dénombrait en permanence une vingtaine de condamnés à la peine capitale se mariant à des Européennes qu'ils ne pourraient en réalité jamais toucher. Ces mariages n'étaient pas officiellement approuvés par l'État, mais ces couples se considéraient néanmoins comme mariés et entretenaient une relation, dans toute la mesure du possible. Les épouses correspondaient entre elles et effectuaient souvent ensemble le voyage jusqu'au Texas pour aller voir leur homme. Et elles descendaient dans le même motel.

Quatre d'entre elles avaient dîné à une table voisine de celle des Drumm, tard la veille au soir. En règle générale, elles étaient repérables à leur fort accent étranger et à leur tenue suggestive. Elles aimaient se faire remarquer. Dans leur pays, elles étaient des célébrités de faible envergure.

Donté avait dit non à toutes celles qui avaient voulu se marier avec lui. Au cours des derniers jours, il avait refusé les offres de livres, les demandes d'interviews, les propositions de mariage, et une occasion de faire une apparition dans «Fordyce – Frappe Fort!». Il avait refusé de rencontrer l'aumônier de la prison et son propre pasteur, le révérend

Johnny Canty. Il avait renoncé à la religion. Il ne voulait plus rien partager avec ce Dieu vénéré avec tant de zèle par des chrétiens fervents qui tenaient à tout prix à le tuer.

Roberta Drumm ouvrit les yeux dans l'obscurité de la chambre 109. Elle avait si peu dormi ce dernier mois que sa fatigue la tenait désormais éveillée. Le docteur lui avait donné des cachets, mais ils avaient eu l'effet inverse et la mettaient à cran. Il faisait chaud dans la chambre et elle rabattit les draps. Sa fille, Andréa, était dans l'autre lit jumeau, à quelques pas d'elle, et semblait endormie. Ses fils Cédric et Marvin étaient dans la chambre voisine. Le règlement de la prison les autorisait à rendre visite à Donté de huit heures à midi, en cette journée, sa toute dernière. Après leur ultime adieu, on le transférerait dans la salle des exécutions de la prison de Huntsville.

Huit heures du matin, ce n'était pas avant plusieurs heures.

Le programme était fixé, toutes les allées et venues dictées par un système réputé pour son efficacité. À dix-sept heures, cet après-midi-là, la famille se présenterait à la prison de Huntsville, avant d'effectuer un court trajet à bord d'un monospace jusqu'au pavillon des exécutions, où on les guiderait vers une salle des témoins exiguë, quelques poignées de secondes avant que ne lui soient administrés ces produits mortels. Ils le verraient, sur le lit matelassé, les perfusions déjà plantées dans les deux bras, ils entendraient ses dernières paroles, ils attendraient une dizaine de minutes la déclaration officielle de la mort, puis ils s'en iraient sans s'attarder. De là, ils rejoindraient un salon funéraire local pour récupérer le corps et le ramener chez eux.

Se pourrait-il que ce soit un rêve, un cauchemar ? Était-elle réellement là, éveillée dans l'obscurité, songeant aux heures ultimes de la vie de son fils ? Bien sûr. Ce cauchemar, elle le vivait depuis neuf années maintenant, depuis le jour où on ne lui avait pas seulement annoncé que l'on avait arrêté Donté, mais aussi qu'il avait avoué. Ce cauchemar comptait autant de pages que sa Bible, à chaque chapitre c'était une tragédie de plus, et chaque paragraphe était plein de chagrin et d'incrédulité.

Andréa se tournait d'un côté, de l'autre, et son mauvais lit grinçait et claquait. Ensuite, elle demeura immobile, en respirant âprement.

Pour Roberta, une horreur avait succédé à l'autre : le choc de voir pour la première fois son garçon en prison, en combinaison orange, les yeux égarés, effarés, un choc qui l'avait laissée abasourdie ; la douleur au creux de son ventre de mère quand elle pensait à lui, emprisonné, enfermé, loin de sa famille et entouré de criminels ; l'espoir d'un procès équitable, qui n'avait fait que lui réserver un autre choc, quand elle avait compris que ce procès serait tout sauf équitable ; ses sanglots sonores, irrépressibles à l'annonce de la peine de mort ; la dernière image de son fils sortant de la salle d'audience encadré par deux adjoints du shérif, deux solides gaillards tellement suffisants dans l'accomplissement de leur besogne ; ces appels interminables et l'espérance qui refluait peu à peu ; les innombrables visites au couloir de la mort, où elle avait assisté à la lente décrépitude d'un jeune homme fort et en bonne santé. Elle avait perdu quelques amis en chemin mais franchement cela lui était égal. Ses protestations d'innocence en laissaient certains sceptiques. D'autres s'étaient lassés de toutes ces discussions autour de son fils. Mais elle s'était consumée peu à peu, et n'avait plus grand-chose d'autre à dire. Comment ces gens pourraient-ils savoir ce qu'endurait une mère ?

Et le cauchemar ne s'achèverait jamais. Ni aujourd'hui, alors que le Texas allait finalement l'exécuter. Ni la semaine prochaine, quand elle l'enterrerait. Ni dans le futur, quand on connaîtrait enfin la vérité, si on finissait jamais par la connaître.

L'horreur s'ajoutait à l'horreur, et il y avait eu plus d'un jour où Roberta Drumm avait cru ne plus réussir à trouver en elle la force de sortir de son lit. Elle était si fatiguée de faire semblant d'être forte.

— Tu es réveillée, maman ? lui demanda Andréa d'une voix douce.

— Tu le sais bien, mon chou.

— Tu as dormi un peu ?

— Non, je ne crois pas.

Andréa rejeta ses draps, étira les jambes. La chambre était très sombre, et aucune lumière ne filtrait de l'extérieur.

— Il est quatre heures et demie, maman.

— Je ne vois rien.

— Ma montre est lumineuse dans le noir.

Andréa était la seule des enfants Drumm titulaire d'un diplôme universitaire. Elle était institutrice de maternelle, dans une petite ville non loin de Slone. Elle avait un mari et elle n'avait qu'une envie, être chez elle, dans son lit, loin de Livingston, Texas. Elle ferma les yeux, pour tenter de trouver le sommeil, mais quelques secondes seulement s'écoulèrent avant qu'elle ne fixe à nouveau le plafond du regard.

— Maman, il faut que je te dise quelque chose.

— Qu'est-ce que c'est, mon chou ?

— Je n'en ai jamais parlé à personne, et jamais je n'en parlerai à quelqu'un d'autre que toi. C'est un fardeau que j'ai porté depuis très, très longtemps, et je veux que tu saches, avant qu'ils n'emmènent Donté.

— Je t'écoute.

— Il y a eu une période, après le procès, quand ils l'ont enfermé, où je me suis mise à douter de son histoire. Je crois que je cherchais une raison de douter de lui. Ce qu'ils racontaient à son sujet se tenait plus ou moins. Je voyais bien Donté ayant une liaison avec cette fille, craignant de se faire surprendre, et je la voyais bien essayant de rompre et lui ne voulant pas. Il avait pu sortir de la maison en douce pendant que je dormais. Et quand j'ai entendu ses aveux, au tribunal, je dois admettre que ça m'a mise mal à l'aise. Ils n'ont jamais retrouvé son corps, et s'il l'a jetée dans la rivière, alors cela pourrait expliquer pourquoi ils n'ont jamais pu le recupérer. J'avais envie de croire que le système n'était pas complètement détraqué. Et donc je me suis laissé convaincre, il était coupable, probablement, et ils tenaient le bon type, sans doute. J'ai continué de lui écrire, de venir ici le voir et tout, mais j'étais persuadée de sa culpabilité. Pendant un temps, cela m'a rassurée, c'était étrange. J'ai conservé ce sentiment des mois, une année peut-être.

— Qu'est-ce qui t'a fait changer d'avis ?

— Robbie. Tu te souviens du jour où nous sommes allés à Austin, en audience de premier appel ?

— Et comment.

— C'était environ un an après le procès.

— J'étais là, ma chérie.

— Nous étions assis dans cette grande salle d'audience, à regarder ces neuf juges, tous blancs, tous avec leur allure si importante dans leur robe noire, le visage dur, leurs grands airs, et de l'autre côté de la salle il y avait la famille de Nicole et sa grande gueule de mère, et Robbie s'est levé pour nous défendre. Il a été tellement fort. Il est revenu sur les étapes du procès et il a relevé à quel point les preuves étaient peu solides. Il s'est moqué de la juge et du procureur. Et, pour la première fois, il a évoqué le fait que la police ne lui avait rien dit du correspondant anonyme qui avait dénoncé Donté au téléphone. Cela m'a choquée. Comment la police et le procureur s'étaient-ils permis de dissimuler ces preuves-là ? Et pourtant, ça n'a pas gêné la cour. Je me souviens d'avoir regardé Robbie argumenter avec une telle passion, et l'idée m'est venue que lui, l'avocat, le type blanc des quartiers riches de la ville, il n'avait pas le moindre doute sur l'innocence de mon frère. Et je l'ai cru, tout de suite. Je me sentais tellement honteuse d'avoir douté.

— Cela ne fait rien, mon cœur.

— Je t'en prie, ne le dis à personne.

— Jamais. Tu peux te fier à ta mère, tu le sais.

Elles se redressèrent et, chacune au bord de son lit, elles se rapprochèrent, se tinrent la main, front contre front. Andréa reprit.

— Tu as envie de pleurer ou tu as envie de prier ?

— Nous pourrons toujours prier plus tard, mais pleurer plus tard, c'est impossible.

— C'est juste. Pleurons un bon coup, alors.

Le jour pointait et, à mesure qu'ils approchaient d'Oklahoma City, le trafic gagnait en densité. Boyette avait le front appuyé contre la vitre côté passager, la bouche ouverte, un filet de salive pathétique aux lèvres. Il entamait sa deuxième heure de sieste, et Schroeder n'était pas mécontent de cette solitude. À proximité de la frontière entre les deux États, il s'arrêterait pour s'acheter une tasse de café à emporter, un épouvantable breuvage sorti d'une machine, qu'en temps normal il aurait jeté dans un fossé. Mais l'arôme qui ferait défaut serait amplement compensé par la caféine, et il fonçait, les oreilles bourdonnantes, la tête dans les nuages, l'aiguille du compteur calée exactement dix kilomètres heures au-dessus de la limite autorisé.

Au dernier arrêt, son passager avait réclamé une bière. Il avait refusé et lui avait acheté une bouteille d'eau. À la sortie d'Edmond, il avait déniché une station de radio de musique bluegrass, qu'il écoutait à faible volume. À cinq heures et demie, il appela Dana, mais elle avait peu de chose à lui dire. Au sud d'Oklahoma City, Travis se réveilla en sursaut de son sommeil pesant.

— Je crois que j'ai piqué un somme.

— En effet.

— Pasteur, ces pilules me portent vraiment sur la vessie. On peut se faire un arrêt au stand?

— Bien sûr.

Que pouvait-il lui répondre d'autre? Il gardait un œil sur la pendule. Ils quitteraient la voie express quelque part au nord de Denton, dans le Texas, et se dirigeraient vers l'est par des routes à deux voies. Il n'avait aucune idée du temps que cela prendrait. Au mieux, il estimait qu'ils devraient arriver à Slone entre midi et treize heures. Et les arrêts pipi n'arrangeraient rien, naturellement.

Ils s'arrêtèrent à Norman, où il paya encore un café et de l'eau pour tous les deux. Son passager réussit à griller deux cigarettes, en suçant sur le filtre et en recrachant aussitôt la fumée comme si c'était sa dernière, pendant que le révérend faisait en vitesse le plein. Un quart d'heure plus tard, ils reprenaient l'interstate 35, à tombeau ouvert en direction du sud, à travers le plat pays de l'Oklahoma.

En homme de Dieu, il se sentait tout de même obligé d'au moins explorer le sujet de la foi. Il commença, non sans quelques hésitations.

— Vous m'avez parlé de votre enfance, Travis, et nous n'avons pas besoin d'y revenir. Je suis juste curieux de savoir, quand même, si vous avez été au contact d'une église ou d'un prêtre, quand vous étiez gosse?

Le retour du tic. Et de la minute de réflexion, l'air prostré.

— Non, admit-il et, l'espace d'un instant, il sembla s'arrêter là. – Ensuite, il continua. – À ma connaissance, ma mère n'est jamais allée à l'église. Elle n'avait pas beaucoup de famille. Je crois qu'ils avaient honte d'elle, donc ils gardaient leurs distances. Darrell n'était franchement pas du genre à aller à l'église. Oncle Chett, il lui fallait sa dose de religion, mais je suis sûr qu'à l'heure qu'il est, il doit se trouver en enfer.

Le prêtre vit aussitôt l'ouverture.

— Alors vous croyez à l'enfer?

— Je suppose. Je crois que nous finissons tous quelque part après notre mort, et je ne nous imagine pas nous retrouvant au même endroit, vous et moi. Et vous, pasteur? Je veux dire, regardez, j'ai passé la quasi-totalité de ma vie en prison et, croyez-moi, il y a bel et bien une espèce d'humanité qui n'est pas humaine. Ces gens sont nés méchants. C'est des vicieux, des cinglés, des hommes sans âme, et on ne peut rien pour les aider. Quand ils meurent, il faut bien qu'ils se retrouvent dans un endroit de merde.

L'ironie de la chose frôlait le comique. Un meurtrier et un violeur en série déclaré, condamnant à son tour la violence des hommes.

— Y avait-il une bible dans la maison? insista le pasteur, qui préférait ne pas s'étendre sur le sujet des crimes odieux.

— Jamais vu une seule. Jamais vu beaucoup de livres. J'ai été élevé au porno, pasteur, du matos fourni par mon oncle Chett et planqué sous le lit de Darrell. C'était à cela que se résumaient mes lectures d'enfance.

— Croyez-vous en Dieu?

— Écoutez, pasteur, je refuse de parler de Dieu et de Jésus et du salut et de tout ça. J'ai entendu que ça, en prison. Il y a des tas de types, dès qu'on les enferme, ces sujets-là, ça les branche vraiment, et ils se mettent à vous débiter la Bible à toutes les sauces. J'imagine que chez certains, c'est du sérieux, mais c'est surtout pour faire bon effet au moment des audiences de libération conditionnelle. Moi, j'ai jamais mordu au truc, c'est tout.

— Êtes-vous prêt à mourir, Travis ?

Un silence.

— Écoutez, monsieur le pasteur, j'ai quarante-quatre ans, et ma vie n'a été qu'une longue dégringolade. Je suis fatigué de vivre en prison. Je suis fatigué de vivre avec la culpabilité de ce que j'ai fait. Je suis fatigué d'entendre la voix pitoyable des gens à qui j'ai causé du mal. Je suis fatigué de tout ce merdier, pasteur, d'accord ? Désolé de ce langage, mais je suis fatigué d'être un dégénéré qui vit en marge de la société. Je suis tout simplement fatigué de tout. Ma tumeur, j'en suis fier, vous voyez ? Difficile à croire, mais quand elle ne me pète pas le crâne en deux, elle me plairait plutôt, cette saleté. Elle me signale ce qui m'attend. Mes jours sont comptés, et cela ne me gêne pas. Je ne causerai plus de mal à personne. Je vais manquer à personne, pasteur. Si je n'avais pas de tumeur, je me procurerais un flacon de pilules et une bouteille de vodka et j'irai flotter très loin pour toujours. Et je pourrais encore le faire.

Et cette discussion pénétrante sur le sujet de la foi n'alla pas plus loin. Une vingtaine de kilomètres défilèrent.

— De quoi aimeriez-vous parler, Travis ? lui demanda-t-il finalement.

— De rien. J'ai juste envie de rester assis à ma place et de regarder la route et de ne penser à rien.

— Moi, ça me va. Vous avez faim ?

— Non, merci.

Robbie quitta son domicile à cinq heures du matin et, pour se rendre à son bureau, emprunta un itinéraire plein de détours. Il garda sa vitre ouverte, car il voulait sentir l'odeur de fumée. Le feu était éteint depuis longtemps, mais l'odeur du bois carbonisé demeurait en suspens comme un épais nuage au-dessus de Slone. Il n'y avait pas de vent. Dans le centre-ville, des flics visiblement sur les nerfs barraient les rues et détournaient le flot de circulation de la Première Église baptiste. Il entraperçut les ruines fumantes, illuminées par les lumières clignotantes des véhicules de secours et d'incendie. Il prit par des rues de traverse et, quand il descendit de voiture, une fois parqué devant l'ancienne gare, l'odeur était encore âcre et prenante. À son réveil, tout Slone allait pouvoir jouir des émanations sinistres d'un incendie suspect. Et une question évidente se poserait : y en aurait-il d'autres ?

Les membres de son équipe arrivèrent les uns après les autres, une cohorte de somnambules, privés de sommeil et désireux de savoir si un coup de théâtre n'allait pas venir dévier le cours inévitable de cette journée. Ils se réunirent en salle de conférence, autour de la longue table toujours encombrée des restes de la veille. Carlos rassembla les emballages de pizza et les bouteilles de bière vides, pendant que Samantha Thomas servait le café et les bagels. Robbie Flak, qui s'efforçait de paraître optimiste, résuma pour sa petite troupe sa conversation avec Fred Pryor concernant cet enregistrement clandestin du club de strip-tease. Fred Pryor lui-même n'était pas encore là.

Le téléphone se mit à sonner. Personne n'avait envie de répondre. La réceptionniste n'était pas encore à son poste.

— Quelqu'un peut appuyer sur la touche « Silence », beugla le patron, et le téléphone cessa de sonner.

Aaron Rey passait de pièce en pièce, en regardant par les fenêtres. La télévision était allumée, le son coupé.

Bonnie entra dans la salle.

— Robbie, je viens de relever les messages téléphoniques des six dernières heures. Rien d'important. Juste deux ou trois menaces de mort, et deux ou trois bouseux contents que ce soit enfin le grand jour.

— Aucun appel du gouverneur ?

— Pas encore.

— Quelle surprise ! Je suis sûr qu'il en a perdu le sommeil, comme nous tous.

Le révérend Schroeder finirait par l'encadrer, cette contravention pour excès de vitesse, et grâce à elle il conserverait toujours le souvenir exact de ce qu'il faisait à cinq heures cinquante du matin, en ce jeudi 8 novembre 2008. Impossible de situer précisément la scène, parce qu'il n'y avait pas de ville en vue. Rien qu'un long tronçon désert de l'interstate 35, quelque part au nord d'Ardmore, Oklahoma.

Le policier de la route était caché derrière des arbres, sur le terre-plein central et, dès que Keith le vit, il jeta un œil à son compteur de vitesse et comprit qu'il avait un souci. Il appuya sur la pédale de frein, ralentit considérablement et attendit quelques secondes. Quand le gyrophare bleu s'alluma, ce fut Boyette qui se lamenta.

— Oh, merde.

— Surveillez votre langage.

Il freina fort et se dépêcha de se ranger sur le bas-côté.

— Mon langage, c'est pas votre principal problème. Vous allez lui raconter quoi?

— Que je suis désolé.

— Et s'il vous demande ce que vous fabriquez?

— On roulait, peut-être un peu trop vite, mais on n'a rien fait de mal.

— Je crois que je vais lui raconter que j'ai pas respecté ma conditionnelle et que vous êtes le type qui m'a aidé à fuir.

— Bouclez-la, Travis.

La vérité, c'était que son passager avait exactement l'air du genre de personnage à ne pas respecter sa conditionnelle, une caricature. Schroeder s'arrêta, coupa le contact, redressa son col d'ecclésiastique, faisant en sorte qu'il soit le plus visible possible.

— Ne dites pas un mot, Travis. Laissez-moi parler.

En attendant que s'approche un policier de la route à l'allure très posée et très déterminée, Keith réussit à s'amuser de la situation en songeant qu'il était là, garé en bordure de route, s'adonnant non pas à une, mais à deux activités criminelles, et que, pour une raison qui lui échappait, il avait choisi pour partenaire de ses crimes un violeur en série et un meurtrier. Il jeta un regard à son passager.

— Vous pourriez me couvrir ce tatouage?

Il était bien visible, dans le cou, côté gauche, un motif en torsade, une création que seul un esprit déviant serait capable de comprendre et d'arborer avec fierté.

— Et s'il aime ça, les tatouages? fit l'autre, sans esquisser le moindre geste vers le col de sa chemise.

Le policier s'approcha d'un pas prudent, armé d'une longue lampe torche. Dès qu'il eut l'assurance que la situation était apparemment sans danger, il s'adressa à eux d'un ton bourru.

— Bonjour.

— Bonjour, répondit Keith, en levant brièvement les yeux vers lui.

Il lui tendit son permis de conduire, son certificat d'immatriculation et sa carte d'assurance.

— Vous êtes prêtre?

La question ressemblait davantage à une accusation. Keith doutait qu'il y ait beaucoup de catholiques dans le sud de l'Oklahoma.

— Je suis pasteur luthérien, rectifia-t-il avec un sourire chaleureux. L'image parfaite de la paix et de la civilité.

— Luthérien? grommela le policier, comme si cela pouvait être encore pire que catholique.

— Oui, monsieur l'agent.

Il braqua sa lampe sur son permis.

— Eh bien, révérend Schroeder, vous rouliez à cent quarante kilomètres à l'heure.

— Oui, monsieur l'agent. Je suis désolé.

— La limite de vitesse, par ici, est à cent vingt. Vous êtes pressé?

— Pas vraiment pressé, non. C'est juste que je n'ai pas fait attention.

— Vous allez où?

Il eut envie de lui rétorquer : «Pourquoi, monsieur l'agent? En quoi est-ce que ça vous regarde?», mais il lui répondit très vite :

— Dallas.

— J'ai un garçon à Dallas, reprit le policier, comme si ce fait avait un quelconque rapport.

Il regagna son véhicule de patrouille, monta dedans, claqua la portière et commença à remplir sa paperasse. Ses gyrophares bleus lançaient des éclairs dans l'obscurité qui se dissipait peu à peu.

Le pic d'adrénaline étant passé et Keith se lassant de patienter, il décida de mettre ce moment à profit. Il téléphona à Matthew Burns, qui était apparemment cramponné à son portable. Il lui expliqua où il était et ce qui lui arrivait à cette minute, et il eut du mal à le convaincre que ce n'était rien d'autre qu'un PV pour excès de vitesse. Une fois surmontée la réaction excessive du jeune procureur adjoint, ils s'accordèrent pour essayer d'appeler le cabinet Flak, immédiatement.

Le policier était enfin de retour. Le conducteur interpellé signa son PV, récupéra ses papiers, s'excusa encore et, au bout de vingt-huit minutes d'arrêt, ils reprirent la route. La présence de Boyette n'avait pas été évoquée.

18.

À un certain moment de son passé aux contours désormais flous, Donté avait su le nombre précis de jours qu'il avait passés dans la cellule numéro 22F du couloir de la mort, au centre Polunsky. La plupart des détenus tenaient ce type de décompte. Mais lui, il avait perdu le fil, pour la même raison qu'il avait cessé de s'intéresser à la lecture, à l'écriture, à l'exercice, à la nourriture, cesser de se brosser les dents, de se raser, de se doucher, d'essayer de communiquer avec les autres prisonniers et d'obéir aux geôliers. Il était encore capable de dormir, de rêver et de s'asseoir sur la lunette des toilettes quand c'était nécessaire ; à part cela, il ne pouvait pas ou ne voulait pas essayer de faire grand-chose d'autre.

— C'est le grand jour, Donté, lui lança le gardien quand il fit coulisser son plateau dans la cellule. Des crêpes et de la compote de pommes, encore.

Le gardien, c'était Mouse, un Noir minuscule, l'un des plus gentils. Mouse s'avança, laissa le temps à Donté de regarder fixement son plateau de nourriture. Il n'y toucha pas. Une heure plus tard, Mouse était de retour.

— Allez, Donté, faut manger.

— Pas faim.

— Et alors, et ton dernier repas ? Tu y as pensé ? Dans quelques heures, va falloir faire ta commande.

— À quoi ça sert ?

— Je suis pas sûr qu'un dernier repas soit vraiment une bonne chose, mais on m'a dit que la majorité des types dévorent comme des loups. Steak, patates, poisson-chat, crevettes, pizza, tout ce que tu veux.

— Et pourquoi pas des nouilles froides et du cuir bouilli, comme les autres jours ?

— Tout ce que tu voudras, Donté. – Il se pencha un peu plus près, et baissa la voix. – Donté, je vais penser à toi, tu m'entends ?

— Merci, Mouse.

— Tu vas me manquer, Donté. T'es un bon gars.

L'idée qu'il allait manquer à quelqu'un dans le couloir de la mort l'amusa. Il ne réagit pas, et le gardien s'éloigna.

Il resta un long moment assis au bord de sa couchette, le regard rivé sur la boîte en carton qui lui avait été remise la veille. Dedans, il avait soigneusement rangé ses affaires – une dizaine de livres de poche (il n'en avait pas lu un depuis des années), deux ardoises, des enveloppes, un dictionnaire, une bible, un calendrier de l'année 2007, une pochette à fermeture Éclair dans laquelle il conservait son argent – dix-huit dollars quarante cents –, deux boîtes de sardines et un paquet de petits biscuits salés rassis de la cantine, un poste de radio qui ne captait qu'une station chrétienne de Livingston et une de country music de Huntsville. Il prit l'une des deux ardoises et un feutre et se livra à un petit calcul. Il lui fallut un peu de temps, mais il parvint à un total qu'il estimait assez exact.

Sept ans, sept mois, et trois jours, dans la cellule numéro 22F – deux mille sept cent soixante et onze jours. Avant cela, il avait passé environ quatre mois dans l'ancien couloir de la mort, à Ellis. On l'avait arrêté le 22 décembre 1998, et depuis, il était sous surveillance.

Presque neuf ans derrière les barreaux. Cela représentait une éternité, mais pas un chiffre si impressionnant. Quatre portes plus loin, Oliver Tyree, âgé de soixante-quatre ans, était dans sa trente et unième année de couloir de la mort, sans date d'exécution inscrite au calendrier. Il y avait là plusieurs vétérans du couloir, détenus depuis vingt ans. Mais enfin, les temps changeaient. Les derniers arrivants étaient soumis à des règles différentes. Leurs appels étaient soumis à des délais plus stricts. Pour les détenus condamnés après

1990, l'attente moyenne avant une exécution était de dix ans. Le délai le plus court de tous les États-Unis.

Durant ses premières années dans la 22F, il avait attendu, attendu des nouvelles des tribunaux. Ils avançaient à une allure d'escargot. Ensuite, ç'avait été terminé, plus de requêtes à déposer et, pour Robbie, plus de magistrats et de juges à la Cour suprême à attaquer. En y repensant, ces appels donnaient l'impression d'avoir filé à toute vitesse. Il s'allongea sur sa couchette et il essaya de dormir.

Vous comptez les jours et vous regardez les années s'écouler. Vous vous dites que vous aimeriez mieux mourir, et vous y croyez. Vous préféreriez regarder la mort en face, bravement, et vous dire que vous êtes prêt car ce qui vous attend de l'autre côté doit forcément être préférable que de vieillir dans une cage de trois mètres par un mètre quatre-vingts sans personne à qui parler. Au mieux, vous vous considérez comme à moitié mort. Alors, pour ce qui est de l'autre moitié, messieurs, ne vous gênez pas, elle est à vous.

Vous en avez vu des dizaines d'autres partir et ne plus jamais revenir, et vous acceptez le fait qu'un jour ils viendront vous chercher, à votre tour. Vous n'êtes rien d'autre qu'un rat de laboratoire, un corps jetable qui servira à prouver que leur expérience fonctionne. Œil pour œil, dent pour dent, chacun de ces meurtres doit être vengé. Ils tuent, et ils sont convaincus que c'est bien, de tuer.

Vous comptez les jours, jusqu'à ce qu'il n'en reste plus un seul. Et quand votre dernier matin est arrivé, vous vous demandez si vous êtes réellement prêt. Vous rassemblez tout ce qui vous reste de courage, mais votre bravoure décline.

Quand on touche à la fin, personne n'a vraiment envie de mourir.

C'était un grand jour pour Reeva aussi et, comme elle avait envie de montrer au monde qu'elle souffrait, elle invita de nouveau «Fordyce – Frappe Fort!» sous son toit, pour le petit déjeuner. Dans son tailleur-pantalon le plus chic, elle avait préparé des œufs au bacon et s'était assise à table avec Wallis et leurs deux enfants, Chad et Marie, deux grands adolescents. Personne n'avait envie d'un copieux petit déjeuner, un repas qu'ils auraient même dû complètement sauter. Mais les caméras tournaient et, tout en mangeant, la famille discutait de l'incendie qui avait détruit leur église bien-aimée, un feu qui couvait encore. Ils étaient stupéfaits, et en colère. Convaincus qu'il s'agissait d'un incendie criminel, ils réussirent à modérer leurs ardeurs et à éviter les allusions envers qui que ce soit – tout au moins devant l'objectif. Hors caméra, ils savaient que ce feu avait été allumé par des Noirs, des voyous, et c'était tout. Reeva était membre de cette église depuis plus de quarante ans. Elle avait épousé ses deux maris là-bas. Chad, Marie et Nicole y avaient été baptisés. Wallis en était l'un des diacres. C'était une tragédie. De fil en aiguille, ils finirent par aborder des questions plus graves. Ils s'accordèrent tous à penser que c'était une triste journée, de bien tristes circonstances. Tristes, mais ô combien nécessaires. Depuis neuf ans ou presque, ils avaient attendu ce jour, que leur famille obtienne enfin réparation et, oui, tout Slone avec elle.

Sean Fordyce était encore retenu par une exécution qui s'avérait compliquée, en Floride, mais il avait clairement fait part de ses intentions. Il arriverait en jet privé à l'aéroport de Huntsville plus tard dans l'après-midi, pour une rapide interview de Reeva, avant qu'elle n'assiste à la mise à mort. Naturellement, quand tout serait terminé, il serait présent.

Sans l'animateur vedette, le tournage du petit déjeuner s'étira en longueur. Posté hors champ, un assistant de production relançait la famille avec ses questions, des perles comme celle-ci : « Pensez-vous que la mort par injection soit trop humaine ? » Reeva était certainement de cet avis. Wallis se contenta de grommeler. Chad mâchait son bacon. Marie, un vrai moulin à paroles, comme sa mère, répondit entre deux bouchées que Drumm devrait mourir en endurant d'intenses douleurs physiques, tout comme Nicole.

— Pensez-vous qu'il faudrait rendre les exécutions publiques ?

Réactions mitigées autour de la table.

— Le condamné a droit à une dernière déclaration. Si vous pouviez vous exprimer à sa place, que diriez-vous ?

Tout en mâchant, Reeva éclata en sanglots et se masqua les yeux.

— Pourquoi, oh, pourquoi ? se lamenta-t-elle. Pourquoi m'avez-vous pris mon bébé ?

— Sean va adorer, murmura l'assistant de production au cameraman.

Ils réprimèrent tous les deux un sourire.

Reeva se ressaisit et la famille continua tant bien que mal d'avaler son petit déjeuner. À un certain moment, elle aboya sur son mari, qui n'avait presque rien dit.

— Wallis ! Qu'est-ce que tu en penses, toi ?

Il haussa les épaules, comme s'il ne pensait rien du tout.

Comme par coïncidence, frère Ronnie arriva juste à l'instant où s'achevait le petit déjeuner. Il était resté debout toute la nuit à regarder son église brûler, et il manquait de sommeil. Mais Reeva et les siens avaient besoin de lui, eux aussi. Ils le questionnèrent sur l'incendie. Il paraissait assez accablé. Ils se retirèrent vers le fond de la maison, dans l'annexe de Reeva, où ils s'assirent autour d'une table basse en se serrant les uns contre les autres. Ils se tenaient par la main, et frère Ronnie les guida dans leur prière. Dramatisant à souhait, avec l'objectif à soixante centimètres de sa tête, il pria pour que la famille ait la force et le courage d'affronter ce qui l'attendait en cette journée difficile. Il remercia le Seigneur pour sa justice. Il pria pour leur église et ses membres.

Il ne mentionna pas Donté Drumm ou sa famille.

Après une dizaine de détours par la messagerie vocale, une personne en chair et en os finit par répondre.

— Cabinet juridique Flak, fit-elle, l'air pressé.

— Robbie Flak, je vous prie, lui dit Keith, qui reprenait du poil de la bête.

— M. Flak est en réunion.

— Je n'en doute pas. Écoutez, c'est très important. Je m'appelle Keith Schroeder. Je suis pasteur luthérien, à Topeka, dans le Kansas. J'ai eu M. Flak hier au bout du fil. Au moment où je vous parle, je suis sur la route de Slone, et j'ai ici, avec moi, dans ma voiture, un homme du nom de

Travis Boyette. M. Boyette a violé et tué Nicole Yarber, et il sait où est enterré le corps. Je le conduis à Slone pour qu'il puisse raconter son histoire. Il est impératif que je m'entretienne avec Robbie Flak. Tout de suite.

— Euh, bien sûr. Puis-je vous mettre en attente ?

— S'il le faut, je ne peux pas vous en empêcher.

— Juste un instant.

— Pressez-vous, s'il vous plaît.

Et elle le mit en attente. Elle sortit de son bureau situé près de la porte d'entrée et traversa l'ancienne gare avec précipitation, en rassemblant l'équipe. Robbie était dans son bureau avec Fred Pryor.

— Robbie, il faut que tu écoutes ça, fit-elle, et son visage, sa voix ne laissaient aucune place à la discussion.

Ils s'enfermèrent dans la salle de conférence, où ils se regroupèrent autour d'un téléphone muni d'un haut-parleur. Robbie appuya sur une touche.

— Ici Robbie Flak.

— Monsieur Flak, c'est Keith Schroeder. Nous nous sommes parlé hier après-midi.

— Oui, c'est le révérend Schroeder, exact ?

— Oui, mais là, appelez-moi simplement Keith.

— Vous êtes sur haut-parleur. Ça vous va ? Tout mon cabinet est là, plus quelques autres interlocuteurs. Dix personnes au total. Ça ne vous pose de problème ?

— Non, bien sûr, comme vous voudrez.

— Et on enregistre, pas d'objection ?

— Oui, parfait. Rien d'autre ? Écoutez, nous avons roulé toute la nuit, et nous devrions être à Slone vers midi. J'ai avec moi Travis Boyette, et il est prêt à vous raconter toute l'histoire.

— Parlez-nous de Travis, lui répondit Robbie.

Autour de la table, il n'y eut pas un mouvement, et on retenait son souffle.

— Il a quarante-quatre ans, né à Joplin, Missouri, criminel de carrière, répertorié comme délinquant sexuel dans au moins quatre États. – Il lança un coup d'œil à son passager, qui regardait par la fenêtre, comme s'il était ailleurs. – Sa dernière étape, c'était dans une prison à Lansing, au Kansas, et il est maintenant en liberté conditionnelle. Il vivait à Slone à l'époque de la disparition de Nicole Yarber, il résidait au Rebel Motor Inn. Je suis certain que vous savez où ça se trouve. Il a été arrêté pour conduite en état d'ivresse, à Slone, en janvier 1999. Il existe une copie du procès-verbal de l'arrestation.

Carlos et Bonnie martelaient les touches de leurs ordinateurs portables, surfaient sur Internet, creusant tous les éléments possibles sur Keith Schroeder, Travis Boyette, cette arrestation à Slone.

Keith continua.

— En fait, il était en prison à Slone pendant que Donté Drumm était lui-même en état d'arrestation. Boyette a versé sa caution, il est sorti, et ensuite il a pris la poudre d'escampette. Il a traîné dans le Kansas et, suite à une autre tentative de viol, il s'est fait prendre, et il achève à peine sa condamnation.

Des regards tendus s'échangèrent autour de la table. Tout le monde respira un bon coup.

— Pourquoi s'exprime-t-il maintenant ? demanda Robbie, en se penchant plus près du micro.

— Il est mourant, lâcha Schroeder sans détour. – Au point où on en était, il était inutile d'édulcorer la réalité. – Il souffre d'une tumeur au cerveau, un glioblastome, au stade quatre, inopérable. Il affirme que, d'après les médecins, il lui resterait moins d'un an à vivre. Il souhaite agir de la manière la plus juste. Tant qu'il était en prison, il avait perdu la trace de l'affaire Drumm, et il estimait que les autorités du Texas comprendraient un jour qu'elles tenaient le mauvais client.

— Ce type, il est dans la voiture avec vous ?

— Oui.

— Il peut entendre ce que je dis ?

Le révérend conduisait de la main gauche et tenait son téléphone portable dans la droite.

— Non.

— Quand l'avez-vous rencontré, Keith ?

— Lundi.

— Vous le croyez ? Si c'est réellement un violeur en série et un criminel de carrière, alors il préférera mentir plutôt que dire la vérité. Comment savez-vous qu'il a une tumeur au cerveau ?

— J'ai vérifié. C'est vrai. – Il jeta un coup d'œil à son voisin, qui fixait toujours le néant à travers la vitre. – Je pense que tout est vrai.

— Que veut-il ?

— Jusqu'à présent, rien.

— Où êtes-vous, maintenant ?

— Sur l'interstate 35, pas loin de la frontière du Texas. Comment ça se passe, Robbie ? Y a-t-il une chance d'interrompre l'exécution ?

— Il y a une chance, fit l'avocat en regardant Samantha Thomas droit dans les yeux.

Elle haussa les épaules, opina, avec un « peut-être » d'une voix faible.

Flak se frotta les paumes.

— Bien, Keith, voilà ce que nous allons faire. Il faut que nous rencontrions Boyette, que nous lui posions toute une série de questions et, si tout se passe bien, nous préparerons ensuite une déclaration sous serment pour qu'il la signe, et nous la joindrons à la requête. Nous avons du temps devant nous, mais pas trop.

Carlos tendit à Samantha une photo de Boyette qu'il venait d'imprimer à partir d'un site internet de l'administration pénitentiaire du Kansas. Elle pointa le doigt sur ce visage.

— Prends-le au téléphone, lui chuchota-t-elle.

Il acquiesça.

— Keith, j'aimerais parler à Boyette. Vous pourriez me le passer ?

Schroeder abaissa son portable.

— Travis, c'est l'avocat. Il veut vous parler.

— Je n'ai pas envie.

— Pourquoi pas ? C'est pour voir cet homme que nous descendons au Texas, et il est là.

— Nan. Je lui parlerai quand on sera sur place.

La voix de Boyette était clairement perceptible, à travers le haut-parleur. L'avocat et le reste du cabinet furent soulagés de savoir que Schroeder avait véritablement quelqu'un d'autre avec lui dans sa voiture. Il ne s'agissait peut-être pas d'un cinglé qui se prêtait à un petit jeu malsain de la dernière minute.

Il insista.

— Si nous avions la possibilité de lui parler tout de suite, cela nous permettrait de commencer à travailler sur cette déclaration. Cela nous fera gagner du temps, et nous n'en avons pas énormément.

Keith transmit ces propos à son passager, dont la réaction fut surprenante. Tout le haut de son corps piqua violemment du nez vers l'avant et il se saisit la tête des deux mains. Il tâcha de réprimer un cri, mais ce fut un «Arhhhh!» très sonore qui lui échappa, suivi de haut-le-cœur et de hoquets. On eût dit qu'il agonisait dans d'horribles souffrances.

— Qu'est-ce que c'était? demanda Flak.

Keith, qui conduisait tout en parlant au téléphone, fut subitement cueilli à froid par une nouvelle crise.

— Je vous rappelle, fit-il, et il posa son portable.

— J'ai la gerbe, geignit Boyette en s'agrippant à la poignée de sa portière.

Schroeder freina et dirigea la Subaru vers l'accotement. Juste derrière lui, un semi-remorque l'évita avec une embardée et klaxonna. Ils finirent par s'arrêter et Travis empoigna la boucle de sa ceinture de sécurité. Une fois libéré, il se pencha par la portière entrouverte et se mit à vomir. Le pasteur sortit, se rendit à l'arrière de la voiture, et décida de ne pas regarder. L'autre dégueula un long moment et, quand il eut enfin terminé, Schroeder lui tendit une bouteille d'eau.

— Faut que je m'allonge, soupira-t-il, et il rampa sur la banquette arrière.

— Bougez pas la voiture, ordonna-t-il. J'ai encore mal au cœur.

Le révérend s'éloigna de quelques pas et rappela sa femme.

Après une autre crise assez peu discrète, une succession de hoquets et de vomissements, l'ancien taulard eut l'air de se calmer. Il retourna sur la banquette arrière, avec la portière ouverte du côté droit, les pieds pendant au dehors.

— Il faut que l'on avance, Travis. Il y a encore un bout de chemin, jusqu'à Slone.

— Juste une minute, d'accord ? Je suis pas prêt à bouger.

Il se massait les tempes, et son crâne luisant paraissait sur le point de se fendre. Keith l'observa une minute, mais se sentit mal à l'aise de rester ainsi à contempler pareille souffrance. Il contourna la flaque de vomissures et s'adossa contre le capot de sa voiture.

Son téléphone sonna. C'était Flak.

— Que s'est-il passé ?

L'avocat était assis, à présent, toujours en salle de conférence, avec presque toute son équipe autour de lui. Carlos s'attelait déjà à la déclaration. Bonnie avait retrouvé le dossier de l'arrestation de l'ancien taulard à Slone et tentait de déterminer quel avocat l'avait représenté. Kristi Hinze arriva vers sept heures et demie et ne tarda pas à comprendre à quel point cette atmosphère de surexcitation lui manquait. Martha Handler tapa avec une énergie frénétique un nouvel épisode de sa chronique de cette exécution, un récit en constante évolution. Aaron Rey et Fred Pryor rôdaient dans l'ancienne gare, en buvant à petites gorgées tasse de café sur tasse de café et en surveillant les portes et les fenêtres d'un œil anxieux. Heureusement, le soleil était désormais levé et ils ne s'attendaient plus vraiment à des troubles. En tout cas, pas au cabinet.

— Il a eu une de ses crises, expliqua le révérend au moment où un semi-remorque passait dans un grondement, et le déplacement d'air lui ébouriffa les cheveux. Je crois que c'est la tumeur, quand ça lui tombe dessus, c'est assez terrifiant. Cela fait vingt minutes qu'il vomit.

— Est-ce que vous roulez, là, Keith ?

— Non. On redémarre dans un instant.

— Les minutes nous filent entre les doigts. Vous comprenez, n'est-ce pas ? À six heures ce soir, ils exécutent Donté.

— J'ai saisi. Si vous vous rappelez, j'ai essayé de vous parler, hier, et vous m'avez répondu d'aller me faire voir.

Flak, qui s'attira les regards de toute la table, respira profondément.

— Il peut m'entendre, là ?

— Non. Il est allongé sur la banquette arrière, il se masse la tête, il a peur de bouger. Moi, je suis adossé au capot, et je tâche d'éviter les semi-remorques.

— Dites-nous pourquoi vous croyez les affirmations de ce type.

— Eh bien, voyons, par où commencer? Il en sait beaucoup sur ce crime. Il était à Slone quand c'est arrivé. Il est manifestement capable de commettre pareil acte de violence. Il est mourant. Contre Donté Drumm, il n'y a aucune preuve, hormis ces aveux. Et Boyette a cette bague de classe terminale pendue à une chaîne autour de son cou. C'est tout ce que je peux vous dire, Robbie. Et, je l'admets, il y a un petit risque que tout cela ne soit qu'un gros mensonge.

— Mais vous l'aidez à se soustraire à son contrôle judiciaire. Vous commettez un délit.

— Ne me le rappelez pas, d'accord? Je viens de parler avec ma femme et il se trouve qu'elle a évoqué cet aspect.

— À quelle heure seriez-vous là, au plus tôt?

— Je l'ignore. Trois heures, peut-être. Nous nous sommes arrêtés deux fois pour boire un café parce que je n'ai pas dormi depuis trois nuits. Je me suis payé une contravention, dressée par le policier le plus lambin de tout l'Oklahoma. Et maintenant Boyette vomit tous ses boyaux, et je préférerais qu'il fasse ça dans un fossé plutôt que dans ma voiture. Je ne sais pas, Robbie. On fait de notre mieux.

— Pressez-vous.

19.

Au lever du soleil, dans une ville inquiète revenant lentement à la vie, la police de Slone était en alerte, étuis de pistolet dégrafés, radios sur haut-parleur, voitures de patrouille fonçant dans les rues, tous les officiers de police guettant le moindre signe de troubles. On en redoutait du côté du lycée et, par mesure de prudence, le chef de la police y avait envoyé une demi-douzaine d'hommes, tôt en ce jeudi matin. Quand les élèves arrivèrent pour les cours, ils découvrirent des véhicules de patrouille garés devant l'entrée principale, une vision de mauvais augure.

Tout Slone savait que les footballeurs noirs de l'équipe avaient boycotté l'entraînement le mercredi et s'étaient juré de ne pas jouer le vendredi. Il ne pouvait y avoir de plus grande insulte pour une localité qui aimait son football. Les supporters, si ardents et si fidèles moins d'une semaine plus tôt, se sentaient désormais trahis. Les sentiments étaient exacerbés ; partout dans Slone, l'émotion était vive. Dans les quartiers blancs de la ville, l'amertume était due à cette histoire de football et également à l'incendie de l'église. Dans les quartiers noirs, seule l'exécution en était la cause.

Comme dans la plupart des conflits soudains et violents, on ne savait jamais précisément de quelle manière les émeutes éclateraient. Dans le récit inlassable que l'on ferait plus tard de ces événements, deux aspects s'imposeraient avec évidence : les élèves noirs en voulaient aux élèves blancs, et les blancs aux noirs. La question de l'horaire, en revanche, serait plus claire. Quelques secondes après la première cloche de huit heures et quart, plusieurs choses se produisirent en même temps. Quelqu'un alluma des fumigènes dans les toilettes des garçons, au premier et au deuxième étage. On balança des gros pétards dans le couloir principal, où ils explosèrent comme des obusiers sous les casiers métalliques. Un cordon de pétards crépita dans la cage d'escalier centrale, et la panique s'empara de l'établissement. La majorité des collégiens noirs sortit de classe et se rassembla dans les couloirs. Une bagarre éclata dans une salle de première quand un lycéen noir et un lycéen blanc plus exaltés que les autres échangèrent des insultes et se mirent à jouer des poings. D'autres furent prompts à choisir leur camp et à s'en mêler. Le professeur sortit précipitamment de la salle en appelant à l'aide. Une bagarre en provoqua dix autres. Peu après, les élèves s'enfuyaient du bâtiment et couraient se mettre à l'abri. Certains hurlaient «Au feu! Au feu!», alors que pas l'ombre d'une flamme n'était visible. Des pétards éclataient un peu partout aux deux étages. La fumée était de plus en plus épaisse, et le tumulte allait grandissant. Près du hall d'entrée du gymnase, des gamins noirs saccageaient les vitrines de trophées, quand une bande de jeunes Blancs les surprit. Une autre bagarre s'ensuivit, qui déborda sur le parking attenant au gymnase. Le directeur resta dans son bureau sans cesser de brailler des ordres dans les haut-parleurs du système de sonorisation. Ses avertissements furent ignorés et ne firent qu'ajouter à la confusion. À huit heures et demie, il annonça que les cours étaient annulés pour cette journée et la suivante. Moyennant des renforts, la police réussit à calmer les esprits et à évacuer Slone High School. Il n'y eut pas d'incendies, rien que de la fumée et l'odeur âcre de petits explosifs de pacotille. Il y eut quelques bris de vitre, des toilettes obstruées, des casiers renversés, des sacs scolaires volés et un distributeur de boissons vandalisé. Trois élèves – deux Blancs et un Noir – furent conduits à l'hôpital et soignés pour des coupures. Il y eut pas mal d'autres estafilades et de contusions qui ne furent pas signalées. Aspect typique de ce genre d'échauffourée, où tant de gens sont impliqués, il fut impossible de déterminer qui avait provoqué ces désordres et qui avait tenté de fuir, aussi ne procéda-t-on à aucune arrestation sur les lieux.

Beaucoup de garçons plus âgés, des Noirs et des Blancs, rentrèrent chez eux pour aller chercher leurs armes à feu.

Roberta, Andréa, Cédric et Marvin furent admis au contrôle de sécurité du bâtiment d'accès au centre Polunsky et conduits par un surveillant à la salle des visites, une procédure et un trajet auxquels ils s'étaient maintes fois soumis au cours des sept dernières années. Et même s'ils avaient toujours détesté la prison et tout ce qui l'entourait, ils comprenaient qu'elle ferait bientôt partie de leur passé. Faute de rien signifier d'autre, Polunsky était l'endroit où vivait Donté. Ce qui changerait radicalement, d'ici quelques heures.

Il existe dans l'espace des visites deux pièces d'accès restreint, utilisées par les avocats. Elles sont un peu plus vastes que les autres box réservés aux visiteurs et complètement fermées, de sorte qu'aucun geôlier, aucun fonctionnaire de la prison, aucun autre détenu ou avocat ne peut écouter aux portes. Pour sa dernière journée, un homme condamné est autorisé à voir sa famille et ses amis dans l'une de ces salles réservées aux avocats. La cloison de plexiglas est toujours là, et toutes les conversations s'effectuent à travers des téléphones installés de part et d'autre. Aucun contact physique.

Le week-end, la salle des visiteurs est un endroit sonore et animé mais, les jours de semaine, il y a peu d'allées et venues. Le mercredi est la «journée médias» attitrée, et l'homme qui «connaît sa date» est généralement interviewé par deux ou trois journalistes de la ville où le meurtre a eu lieu. Donté avait refusé toutes les demandes d'interviews.

Quand la famille entra dans l'espace des visites, à huit heures, la seule autre personne présente était une gardienne, une dénommée Ruth. Ils se connaissaient bien. C'était une âme attentionnée qui appréciait le prisonnier. Elle les accueillit et leur signifia combien elle était désolée.

Il était déjà dans le box des avocats quand Roberta et Cédric y pénétrèrent. Un gardien était visible à travers la vitre d'une porte, derrière lui. Comme toujours, il posa la paume de la main gauche à plat contre le plexiglas, et Roberta fit de même de l'autre côté. Même si ce contact n'allait jamais plus loin, ce fut une étreinte des esprits, longue et chaleureuse. Il n'avait plus touché sa mère depuis le dernier jour de son procès, en octobre 1999, quand un gardien les avait laissés brièvement s'étreindre, alors qu'on le conduisait hors de la salle d'audience.

Il tenait le combiné de la main droite et lui adressa la parole avec un sourire.

— Salut, maman. Merci d'être venue. Je t'aime.

Leurs mains étaient immobiles, appuyées contre la vitre.

— Et moi je t'aime tout autant, Donté. Comment ça va, aujourd'hui ?

— Pareil. J'ai déjà pris ma douche et je me suis rasé. Tout le monde est vraiment gentil avec moi. J'ai enfilé des vêtements propres, un nouveau caleçon. C'est un endroit charmant. Ils deviennent vraiment agréables, par ici, juste avant de vous tuer.

— Tu as l'air superbe, Donté.

— Et toi aussi, maman. Tu es toujours aussi belle.

Lors de leurs premières visites, Roberta avait pleuré, elle était incapable de se retenir. Après, il lui avait écrit et lui avait expliqué combien c'était perturbant de la voir à ce point anéantie. Dans la solitude de sa cellule, il avait pleuré des heures, mais il ne pouvait supporter de regarder sa mère en faire autant. Il avait envie qu'elle lui rende visite chaque fois que c'était possible, mais les larmes faisaient plus de mal que de bien. Il n'y avait plus eu de larmes, plus de la part de Roberta, Andréa, Cédric, Marvin ou d'autres parents ou amis. Roberta avait clairement formulé cette exigence, à chacune de leurs visites. Si vous n'êtes pas capable de vous maîtriser, vous sortez de la salle.

— J'ai parlé à Robbie ce matin, lui annonça-t-elle. Il a encore quelques idées pour les dernières requêtes en appel, et puis le gouverneur n'a pas rendu sa décision sur ta demande de sursis. Donc il reste toujours un espoir, Donté.

— Il n'y a aucun espoir, maman, alors ne te fais pas d'illusions.

— Nous ne pouvons pas renoncer, Donté.

— Ah, et pourquoi pas ? Il n'y a plus rien de possible. Quand le Texas veut tuer quelqu'un, il le fait. Ils en ont tué un la semaine dernière. Ils en ont un autre programmé pour le mois prochain. Ça fonctionne à la chaîne, ici, et personne peut l'empêcher. Tu peux avoir de la chance et obtenir un répit parfois – ça m'est arrivé il y a deux ans – mais tôt ou tard ton heure est venue. La culpabilité, l'innocence, ils s'en moquent, maman, tout ce qui compte, c'est de montrer au monde à quel point ils sont durs. Le Texas, ça rigole pas. Faut pas déconner avec le Texas. Jamais entendu ça ?

Elle lui répondit à voix basse.

— Je n'ai pas envie que tu sois en colère, Donté.

— Je suis désolée, maman, je vais mourir en colère. Je peux pas m'en empêcher. Certains de ces types s'en vont en paix, ils chantent des psaumes, ils récitent les Écritures, ils supplient qu'on les pardonne. Un mec, la semaine dernière, a déclaré : « Seigneur, je vous confie mon âme. » Certains ne disent pas un mot, ils ferment juste les yeux et ils attendent le poison. Il y en a certains qui partent en se débattant à coups de pied. Todd Willingham est mort il y a trois ans, il a toujours affirmé qu'il était innocent. Ils l'accusaient d'avoir mis le feu à sa maison, où ses trois petites filles sont mortes brûlées. Et pourtant, il était dans la maison et il en a eu des brûlures, lui aussi. C'était un lutteur. Il les a maudits, jusqu'à ses toutes dernières déclarations.

— Ne fais pas ça, Donté.

— Je ne sais pas ce que je vais faire, maman. Peut-être rien. Peut-être que je vais juste rester allongé, les yeux fermés, et me mettre à compter, et quand je serai arrivé à cent, je vais partir à la dérive, et ce sera tout. Mais, maman, toi, tu ne seras pas là.

— Nous avons déjà eu cette conversation, Donté.

— Eh bien, nous l'avons de nouveau. Je ne veux pas que tu assistes à ça.

— Je n'en ai aucune envie non plus, crois-moi. Mais je serai là.

— Je vais parler à Robbie.

— Je lui ai déjà parlé, Donté. Il sait ce que je ressens.

Il retira lentement sa main gauche de la vitre, et Roberta

fit de même. Elle posa le combiné sur la tablette et sortit une feuille de papier de sa poche. Une fois franchi l'accueil, les sacs n'étaient pas autorisés. Elle déplia cette feuille, reprit le combiné.

— Donté, c'est une liste des gens qui ont appelé ou qui sont passés pour demander de tes nouvelles. Je leur ai promis de te transmettre leurs pensées.

Il hocha la tête et essaya de sourire. Elle cita ces noms – des voisins, de vieux amis du bout de la rue, des camarades de classe, des membres très appréciés de l'église, et quelques parents éloignés. Il écouta sans un mot, mais semblait ailleurs. Elle continua, sans s'arrêter et, à chaque nom, elle ajoutait un bref commentaire ou une anecdote sur la personne.

Ensuite, ce fut le tour d'Andréa. Ils eurent leur geste de contact rituel. Elle lui relata l'incendie de l'église baptiste, la tension qui régnait à Slone, les craintes que les choses n'empirent. Cela eut l'air de lui plaire – l'idée de son peuple rendant coup pour coup.

La famille avait appris bien des années plus tôt qu'il était important d'arriver à la salle des visites les poches pleines de pièces de monnaie. Des distributeurs automatiques étaient alignés le long des murs et, pendant les visites, les geôliers acceptaient d'apporter cette nourriture et ces boissons aux détenus. Donté avait perdu beaucoup de poids en prison, mais il mourait d'envie d'un petit pain à la cannelle nappé d'une couche épaisse de sucre glace. Pendant que Roberta et Andréa se chargeaient de la première partie de la visite, Marvin alla lui acheter deux de ces petits pains, avec une boisson sucrée, et Ruth les apporta à Donté. Manger ces cochonneries le mit de meilleure humeur.

À proximité de la salle réservée aux avocats, Cédric lisait un journal quand le directeur fit irruption pour un bonjour amical. Il voulait s'assurer que tout allait bien, que tout dans sa prison se déroulait sans accrocs.

— Y a-t-il quoi que ce soit que je puisse faire pour vous ? vint-il s'enquérir comme s'il faisait campagne pour le poste.

Il se donnait le plus grand mal pour prendre un air compatissant.

Cédric se leva, eut une seconde d'hésitation puis céda à la colère.

— Vous vous moquez de moi? Vous êtes sur le point de mettre mon frère à mort pour un acte qu'il n'a pas commis, et vous vous pointez ici en nous proposant votre aide à la con?

— Nous nous contentons de faire notre métier, monsieur, dit Ruth qui s'approchait.

— Non, absolument pas, à moins que votre métier ne vous autorise à tuer des innocents. Si vous voulez nous aider, arrêtez cette foutue exécution.

Marvin s'interposa.

— Calmons-nous, là.

Le directeur s'éloigna et dit un mot à Ruth. Ils eurent une conversation visiblement assez sérieuse, tandis que le directeur gagnait la sortie. Il ne tarda pas à repartir.

La cour criminelle d'appel du Texas (TCCA) n'a d'autorité que sur les affaires de peine capitale, et c'est, dans le cadre de l'État du Texas, la juridiction de dernière instance avant que le sort du détenu ne soit déféré à l'échelon judiciaire fédéral. Elle compte neuf membres, tous élus, tous requis de statuer dans l'ensemble de l'État. En 2007, cette cour s'en tenait encore à la règle archaïque imposant de déposer toutes les conclusions, les requêtes, les appels, les documents et autres au format papier. Rien en ligne. De l'encre noire sur papier blanc. Du papier à la tonne. Chaque dossier devait comprendre douze copies, une par juge, et une pour le greffier, une pour la secrétaire et une destinée au dossier officiel.

C'était une procédure singulièrement lourde. La cour fédérale pour le district ouest du Texas, sise à quelques rues de la TCCA, avait adopté le dépôt électronique au milieu des années 1990. Au tournant du siècle, avec les avancées de la technologie, les dépôts papier étaient vite devenus obsolètes. En matière de justice, tant au tribunal que dans l'administration, le fichier électronique fut vite largement plus répandu que le fichier papier.

À neuf heures ce jeudi matin-là, le cabinet Flak et les avocats du Defender Group reçurent notification du rejet de la requête en aliénation mentale par la TCCA. La cour ne croyait pas que Donté soit mentalement malade. C'était attendu. Quelques minutes après la réception de ce refus, une requête identique fut déposée par voie électronique auprès de la cour fédérale du district du Texas est, à Tyler.

À neuf heures et demie, une avocate du Defender Group, Cicely Avis, entrait dans le bureau du greffier de la TCCA avec la dernière requête des avocats de Donté Drumm. C'était une déclaration de complète innocence fondée sur les déclarations de Joey Gamble, secrètement enregistrées. L'avocate se présentait régulièrement avec de tels dépôts, et ils se connaissaient bien, le greffier et elle.

— Autre chose à venir? lui demanda-t-il en enregistrant la requête.

— Je suis sûre qu'il va y avoir quelque chose, fit Cicely Avis.

— Comme souvent.

Le greffier acheva de remplir les documents, lui en remit une copie tamponnée, et lui souhaita une bonne journée. En raison de l'évidente urgence de l'affaire, il alla déposer un exemplaire de la requête au bureau de chacun des neuf juges. En l'occurrence, trois d'entre eux se trouvaient à Austin. Les six autres étaient disséminés un peu partout dans l'État. Le président de la cour, un dénommé Milton Prudlowe, membre de l'institution de longue date, habitait presque toute l'année à Lubbock, mais conservait un petit appartement à Austin.

Prudlowe et son assistant juridique lurent la requête en prêtant une attention particulière à la transcription de huit pages de l'enregistrement de Joey Gamble crachant le morceau dans un club de strip-tease de Houston, la nuit précédente. Si ces propos étaient divertissants, ils étaient loin de constituer un témoignage sous serment, et il faisait peu de doute qu'il nierait cette déclaration s'il était confronté à ses propres propos. L'enregistrement n'avait fait l'objet d'aucun consentement. Tout cela sentait le sordide et la subornation. Ce jeune homme avait manifestement bu. Et, si ses déclarations pouvaient être rendues publiques, s'il avait en effet menti au procès, qu'est-ce que cela prouvait ? Presque rien, de l'avis de Prudlowe. Donté Drumm avait avoué, purement et simplement. L'affaire Drumm n'avait jamais beaucoup préoccupé Milton Prudlowe.

Sept ans plus tôt, ses collègues et lui s'étaient penchés sur le premier appel de l'intéressé. Ils s'en souvenaient bien, non à cause des aveux, mais à cause de l'absence de cadavre. Cependant, sa conviction était arrêtée, et l'opinion de la cour avait été unanime. Sur la question d'un procès pour meurtre sans preuve manifeste de ce meurtre, la loi du Texas avait tranché depuis longtemps. Certains des éléments ordinairement requis n'étaient tout simplement pas indispensables.

Prudlowe et son assistant juridique s'accordèrent à considérer que cette ultime requête était dénuée de fondement. L'assistant juridique sonda ensuite les assistants des autres juges et, en moins d'une heure, une décision préalable de refus circulait déjà.

Boyette demeurait sur la banquette arrière, où il était depuis presque deux heures. Il avait pris un comprimé, et à l'évidence cela fonctionnait à merveille. Il ne bougeait plus, ne faisait pas un bruit, mais la dernière fois que Keith avait vérifié, il semblait encore respirer.

Pour se réveiller, et pour entretenir son état de nervosité, Schroeder avait appelé Dana, deux fois. Ils avaient eu des mots, n'avaient battu en retraite ni l'un ni l'autre, et ne s'étaient excusés ni l'un ni l'autre d'en avoir trop dit. Après chacune de ces conversations, il s'était senti pleinement éveillé, et furibond. Il appela Matthew Burns, qui était à son bureau, dans le centre-ville de Topeka, très désireux de l'aider. Et pourtant, il ne pouvait pas tenter grand-chose.

Quand la Subaru se rapprocha dangereusement de l'accotement droit d'une route à deux voies, quelque part non loin de Sherman, au Texas, il se sentit subitement tout à fait réveillé. Et hors de lui. Il s'arrêta au drugstore le plus proche et but une grande tasse de café. Il y versa trois sachets de sucre et fit cinq fois le tour de l'endroit. De retour dans sa voiture, il constata que Boyette n'avait pas bougé. Il engloutit le reste de son café chaud et démarra en trombe. Son télé-phone portable sonna, et il l'attrapa sur le siège passager.

C'était Robbie Flak.

— Où êtes-vous ?

— Je n'en sais rien. Sur la nationale 82, en direction de l'ouest, juste à la sortie de Sherman.

— Qu'est-ce qui vous prend autant de temps ?

— Je fais de mon mieux.

— Quelles sont les chances que j'aurais de parler à Boyette, là, tout de suite, au téléphone ?

— Minces. Pour l'heure, il dort comme une masse sur la banquette arrière, toujours très malade. Et il m'a répété qu'il ne parlerait pas tant qu'il ne serait pas sur place.

— Je ne peux rien tenter avant d'avoir parlé à ce type, d'accord ? Je dois savoir ce qu'il est prêt à déclarer. Va-t-il admettre qu'il a tué Nicole Yarber ? Pouvez-vous répondre à cette question ?

— Eh bien, Robbie, j'aimerais. Nous avons quitté Topeka au milieu de la nuit. Nous roulons comme des fous pour arri-ver à votre bureau, et quand nous sommes partis de Topeka, son seul but, selon lui, c'était de tout déballer, d'admettre le viol et le meurtre, et d'essayer de sauver Donté Drumm. C'est ce qu'il m'a dit. Mais avec ce type, rien n'est prévisible. À la minute, pour ce que j'en sais, il se peut aussi bien qu'il soit dans le coma.

— Faut-il que vous lui preniez le pouls ?

— Non. Il n'aime pas qu'on le touche.

— Alors dépêchez-vous, un point c'est tout, bordel.

— Surveillez votre langage, je vous prie. Je suis ministre du culte, et je n'apprécie pas ces termes.

— Désolé. Pressez-vous, je vous en prie.

20.

Une rumeur discrète courait à propos de cette marche depuis le lundi, mais les détails n'étaient pas encore arrêtés. Au début de la semaine, quelques jours avant l'exécution, il subsistait un fervent espoir au sein de la communauté noire qu'un juge, quelque part, se réveille et arrête tout. Mais les journées avaient passé et les hautes autorités ne sortaient guère de leur torpeur. Et maintenant, l'heure approchait, et les Noirs de Slone, surtout les plus jeunes, n'étaient pas disposés à rester les bras croisés. La fermeture du lycée les avait galvanisés et laissés libres de rechercher le meilleur moyen de créer du tapage. Vers dix heures du matin, une foule commença de se réunir à Washington Park, à l'angle de la Dixième Rue et de Martin Luther King Boulevard. En s'aidant des téléphones portables et d'Internet, la foule finit par se multiplier et, en peu de temps, un millier de jeunes Noirs s'agitaient en tous sens, certains que quelque chose était sur le point de se produire, sans savoir exactement quoi. Deux véhicules de police arrivèrent et se garèrent un peu plus bas dans la rue, à distance de sécurité de la foule.

Trey Glover était le *tailback* titulaire de l'équipe, son grand milieu offensif, et il roulait dans un 4 × 4 aux vitres teintées, pneus surdimensionnés, enjoliveurs chromés étincelants et système audio d'une puissance à rompre le verre. Il le gara dans la rue, ouvrit les quatre portières et lança « White Man's Justice », un rap furieux de T.P. Slik. Le morceau électrisa la foule. D'autres jeunes arrivaient à flots, pour la plupart des élèves du lycée, mais ce rassemblement attirait aussi les chômeurs, quelques mères de famille et autres retraités. Un ensemble de percussions fit son apparition, quatre membres des Marching Warriors, qui arrivèrent avec deux grosses caisses et deux tambours à timbre. Ils entamèrent une mélopée – «Libérez Donté Drumm» – qui se répercuta à travers le quartier. Dans le lointain, à distance du parc, quelqu'un alluma des pétards et, l'espace d'une fraction de seconde, tout le monde crut qu'il s'agissait de coups de feu. On alluma des fumigènes et, les minutes passant, la tension monta.

La brique ne fut pas lancée de Washington Park. Elle jaillit derrière les véhicules de police, depuis la palissade voisine d'une maison, propriété de M. Ernie Shylock, qui était assis sous sa véranda à regarder le spectacle. Il affirma ignorer l'identité de celui qui l'avait jetée. Elle vint s'écraser contre la lunette arrière d'une des voitures de patrouille, fit sursauter deux policiers presque pris de panique, et provoqua une vague sourde d'acclamations parmi les manifestants. La police courut quelques secondes en tous sens, pistolets dégainés, prête à tirer sur tout ce qui bougeait, M. Shylock leur offrant une première cible éventuelle. Il leva les mains en l'air et hurla.

— Ne tirez pas. Ce n'est pas moi.

Un flic fonça derrière la maison comme s'il pourchassait l'agresseur, mais au bout d'une quarantaine de mètres, il était à bout de souffle et renonça. En quelques minutes, des renforts les rejoignirent, ses collègues et lui, et la vision de ces véhicules supplémentaires excita la foule.

La marche débuta enfin quand les percussionnistes empruntèrent Martin Luther King Boulevard et se dirigèrent vers le nord, grosso modo vers le centre-ville. Ils furent suivis par Trey Glover et son 4 × 4, vitres baissées, rap à plein volume. Derrière lui venaient les autres, une longue file de manifestants, beaucoup brandissant des pancartes qui réclamaient justice, que soit suspendue cette mise à mort, et la liberté pour Donté. Des enfants à vélo se joignirent à la fête. Des Noirs assis nonchalamment sur leur perron se levèrent et entamèrent cette marche avec tous les autres. Le défilé grossissait en progressant lentement, apparemment sans destination véritable.

Personne ne s'était soucié de demander une autorisation de manifester comme le stipulait le règlement municipal de Slone. Les protestations de la veille devant le palais de justice s'étaient déroulées dans des termes réglementaires, mais pas cette marche. Toutefois, les forces de l'ordre gardèrent la tête froide. Laissons-les protester. Laissons-les brailler. Ce soir, avec un peu de chance, ce sera fini. Barrer la route au défilé, essayer de disperser la foule ou même d'en arrêter quelques-uns, ne ferait que les motiver davantage et qu'aggraver les choses. Elles décidèrent donc de rester en retrait, certains policiers suivant à distance tandis que d'autres décrivaient des cercles devant le cortège, dégageant la voie ou détournant la circulation.

Un officier noir monté sur une moto s'arrêta à hauteur du 4 × 4.

— Où tu vas, Trey ? hurla-t-il.

Trey, apparemment intronisé meneur officieux de l'événement, lui répondit.

— On retourne au tribunal.

— Que ça reste pacifique et il n'y aura pas d'ennuis.

— Je vais essayer, répondit-il avec un geste désabusé.

Cet officier et lui savaient que les ennuis pouvaient surgir à tout moment.

Le défilé tourna dans Phillips Street et poursuivit sa progression à pas lents, assemblage disparate de citoyens concernés, épris de liberté d'expression, et qui se réjouissaient aussi à l'idée d'attirer un peu l'attention. Toujours impressionnants, les percussionnistes reproduisaient à l'infini leurs cadences précises. Le rap faisait vibrer le sol sous le poids de ses paroles abrutissantes. Les lycéens se trémoussaient et tournoyaient en rythme tout en entonnant divers cris de bataille. L'humeur était à la fois à la fête et à la colère. Les gamins étaient fiers d'être de plus en plus nombreux, mais ils n'avaient pas envie de s'en tenir là. Devant eux, la police barrait Main Street et transmettait aux commerçants du centre-ville la nouvelle d'une marche qui s'acheminait dans leur direction.

L'appel au 911 fut enregistré à onze heures vingt-sept. L'église de Dieu dans le Christ du Mont-Sinaï, non loin de Washington Park, était en flammes. Selon cet appel, un fourgon blanc frappé d'un logo et de numéros de téléphone était garé derrière l'église, et deux hommes blancs en uniforme, des plombiers ou des électriciens, s'étaient précipités hors du bâtiment pour y monter et déguerpir. Quelques minutes plus tard, il y avait eu de la fumée. Les sirènes se déclenchèrent au moment où les premières alarmes réagirent. Des camions de pompiers sortirent en trombe de deux des trois casernes de Slone.

À l'angle de Phillips Street et Main Street, la marche s'immobilisa. Les percussionnistes firent silence. On coupa le rap. Tous, ils regardèrent les camions des secours se ruer à vers le quartier de la ville qui était le leur. Le même officier noir sur sa moto s'arrêta à hauteur du 4 × 4 et informa Trey qu'une de leurs églises brûlait.

— Dispersons cette petite marche, Trey, suggéra-t-il.

— Sûrement pas.

— Alors on va au-devant des ennuis.

— On en a déjà.

— Va falloir se disperser avant que cette affaire ne nous échappe.

— Non, il va falloir nous dégager le passage.

À une quinzaine de kilomètres de Slone, il y avait un magasin et un restaurant de campagne qui s'appelait le Trading Post. C'était la propriété d'un grand gaillard volubile, Jesse Hicks, un petit cousin germain de Reeva. Le père de Jesse avait ouvert le Trading Post cinquante ans plus tôt, et son fils n'avait jamais travaillé ailleurs. Le Post, comme on l'appelait, était un endroit où l'on se retrouvait pour déjeuner et échanger des ragots, et il avait même accueilli quelques barbecues de politiciens en campagne. En ce jeudi, il y avait plus de va-et-vient que d'ordinaire, plus de gens qui s'arrêtaient pour entendre les dernières nouvelles de l'exécution. Jesse conservait une photo de sa nièce préférée, Nicole Yarber, accrochée au mur derrière le comptoir, à côté des cigarettes, et il discutait de l'affaire avec tous ceux qui voulaient bien l'écouter. Dans les faits, Nicole était sa cousine au troisième degré, mais depuis qu'elle était devenue une célébrité, il l'appelait sa nièce. Pour Jesse, cet horaire-là, dix-huit heures, en ce jeudi 8 novembre, n'arriverait jamais assez tôt.

Le magasin se trouvait à l'avant du bâtiment et la petite salle à manger sur l'arrière : une demi-douzaine de rocking-chairs étaient disposés autour d'un vieux poêle ventru, tous occupés, car on n'était pas loin du déjeuner. Jesse s'activait à la caisse enregistreuse, il vendait de l'essence et de la bière, et il s'adressait sans relâche à son petit monde. Avec l'émeute du lycée qui n'était vieille que de quelques heures, la Première Église baptiste qui achevait de se consumer et, bien sûr, l'exécution imminente, les potins allaient bon train et les hommes survoltés discutaient d'une voix forte. « Les Africains marchent encore dans le centre-ville. Il y en a un qui a balancé une brique à travers le carreau d'une voiture de police. »

Cette nouvelle, venue se surajouter à toutes les autres, généra un trop-plein d'informations qui se devait d'être débattu, analysé et remis en perspective, et vite. Shorty prit la parole quelques minutes, mais il fut vite éclipsé par Jesse, qui dominait toujours les conversations. On avança des opinions diverses sur ce que la police devrait tenter, et personne ne remit en cause le fait qu'elle gérait les choses convenablement.

Depuis des années, Jesse s'était vanté de vouloir assister à l'exécution de Donté Drumm, il était impatient de voir ça, et pousserait lui-même sur la seringue si on lui en donnait l'occasion. Il avait maintes fois répété que sa chère Reeva insistait pour qu'il y soit, étant donné sa tendresse et sa proximité avec Nicole, sa nièce bien-aimée. Tous les hommes qui étaient venus se balancer dans ces rocking-chairs l'avaient vu s'étrangler de chagrin et s'essuyer les yeux en parlant de Nicole. Et maintenant, un imbroglio bureaucratique de dernière minute le retenait loin de Huntsville. Il y avait tant de journalistes et de fonctionnaires de la prison et d'autres grosses pointures qui tenaient à assister au spectacle que Jesse s'était fait éjecter. C'était l'événement après lequel tout le monde courait, et lui, il avait beau avoir figuré sur la liste homologuée, il en avait été écarté.

Un homme, un certain Rusty, fit irruption et annonça :

— Une autre église est en feu ! C'est celle des pentecôtistes noirs.

— Où ça ?

— À Slone, près de Washington Park.

De prime abord, l'idée d'incendier une église en guise de représailles leur paraissait inconcevable. Jesse était lui-même abasourdi. Pourtant, plus ils en parlaient, plus ils analysaient la chose, plus cette idée leur plaisait. Et pourquoi pas, après tout ? Œil pour œil, dent pour dent. S'ils voulaient la guerre, ils l'auraient. De l'avis général, Slone était une poudrière et la nuit serait longue. Une perspective troublante, mais aussi stimulante. Chacun de ces hommes assis autour du poêle avait au moins deux fusils dans son pick-up et encore d'autres armes chez lui.

Deux inconnus firent leur entrée dans le Trading Post : l'un, un homme d'Église en caban, avec son col d'ecclésiastique, et l'autre, un infirme au crâne lisse qui s'avançait d'un pas traînant, en s'aidant d'une canne. L'homme d'Église se rendit à un présentoir et en sortit deux bouteilles d'eau. L'autre passa aux toilettes.

Keith posa les deux bouteilles sur le comptoir.

— Bonjour, fit-il à Jesse.

Derrière lui, les experts dans leurs rocking-chairs parlaient tous en même temps et il ne comprit pas un traître mot de leurs propos.

— Vous êtes d'ici ? fit Hicks en tapant les bouteilles d'eau sur sa caisse-enregistreuse.

— Non, nous sommes juste de passage.

Son élocution était nette, précise, sans le moindre accent. Un Yankee.

— Vous êtes prêtre ?

— Oui. Je suis pasteur luthérien, répondit-il, au moment où un arôme d'oignons égouttés de leur bain d'huile chaude venait le cueillir aux narines.

Une faim de loup le saisit et lui coupa les jambes. Il était affamé, épuisé, mais ce n'était pas l'heure de manger.

Boyette le rejoignit de son pas traînant. Il lui tendit une bouteille, remercia Jesse puis se tourna vers la porte. Boyette
salua Hicks d'un signe de tête, et ce dernier leur lança :

— Une bonne journée, les gars.

Et ce fut ainsi que Jesse Hicks échangea deux mots avec
l'homme qui avait assassiné sa nièce.

Sur le parking, une Audi s'était arrêtée brusquement à
côté de la Subaru, et deux hommes – Aaron Rey et Fred
Pryor – s'en extrayaient. Il y eut de rapides présentations.
Aaron et Fred examinèrent attentivement Boyette, le toi-
sèrent de la tête aux pieds, se demandant si le bonhomme
était bien réel. Dès qu'ils seraient remontés dans leur voiture
et qu'ils appelleraient Robbie, ce dernier voudrait savoir.

— Nous sommes à une quinzaine de minutes du bureau,
les prévint Aaron, nous allons devoir éviter le centre-ville et
faire un détour. Il y a pas mal d'agitation. Vous nous suivez,
d'accord ?

— Allons-y, fit Keith impatient d'achever cette route interminable.

Ils démarrèrent, la Subaru collée au pare-choc de l'Audi.
Boyette paraissait calme, et même détaché. La canne posée
entre ses jambes, il en tapotait le pommeau du bout des
doigts, à peu près le même geste que ces dix dernières
heures. Quand ils dépassèrent le panneau indiquant l'entrée
de la commune de Slone, il ouvrit la bouche.

— Je n'aurais jamais cru revoir cet endroit.

— Vous reconnaissez ?

Le tic, le silence.

— Pas vraiment. J'ai vu pas mal d'autres endroits, pasteur,
des petits patelins, j'ai été un peu partout. Au bout d'un
moment, on a tendance à tous les confondre.

— Rien de particulier, à Slone ?

— Nicole. Je l'ai tuée.

— Et c'est la seule que vous avez tuée ?

— J'ai pas dit ça, pasteur.

— Alors il y en a eu d'autres ?

— J'ai pas dit ça non plus. Parlons d'autre chose.

— Et de quoi aimeriez-vous parler, Travis ?

— Comment avez-vous rencontré votre femme ?

— Je vous l'ai déjà dit, Travis, laissez-la en dehors de cela. Vous vous intéressez beaucoup trop à ma femme.

— Elle est tellement mignonne.

À la table de conférence, Robbie appuya sur une touche du téléphone main libre.

— Raconte-moi, Fred.

— On les a retrouvés. Ils sont derrière nous, ça m'a l'air d'être un vrai prêtre, et son copain me paraît sacrément bar-jot.

— Décris-moi, Boyette.

— C'est un Blanc, on aurait du mal à le trouver beau gosse. Un mètre soixante-quinze, un petit soixante-dix kilos, le crâne rasé avec un vilain tatouage dans le cou, côté gauche, et plusieurs autres qui lui recouvrent les bras. Il a l'air d'un chiot malade qui aurait passé sa vie enfermé. Des yeux verts et fuyants qui ne clignent jamais. Après lui avoir serré la main, j'avais envie de me les laver. La poigne molle, une vraie lavette.

Robbie respira profondément.

— Alors comme ça, ils sont là.

— Pour de bon. On arrive d'ici quelques minutes.

— Dépêche. – Il coupa le haut-parleur et considéra les membres de son équipe, aux quatre coins de la table, et qui tous le dévisageaient. – Ça risque d'être un peu intimidant, pour notre invité, d'arriver ici, dans cette salle, sous les regards de dix personnes. Considérons que c'est une journée comme une autre, et comportons-nous en conséquence. Je le conduis dans mon bureau et je lui pose les premières questions.

Leur dossier sur Boyette épaississait à vue d'œil. Ils avaient exhumé des procès-verbaux de ses condamnations dans quatre États, quelques renseignements sur ses incarcérations successives, et ils avaient localisé l'avocat de Slone qui l'avait brièvement représenté après son arrestation. Ils avaient recueilli une déclaration sous serment du propriétaire du Rebel Motor Inn, une certaine Inez Gaffney, qui n'avait aucun souvenir du personnage, mais qui avait bel et bien retrouvé son nom dans un vieux registre de 1998. Ils détenaient aussi les pièces d'archives relatives à la construction de l'entrepôt Monsanto où il aurait travaillé à la fin de l'automne de cette année-là.

Carlos nettoya la table de conférence et attendit.

Quand Schroeder s'immobilisa devant l'ancienne gare et ouvrit sa portière, il entendit des sirènes au loin. Il sentit l'odeur de la fumée. Il sentit l'odeur des troubles.

— La Première Église baptiste a brûlé la nuit dernière, lui expliqua Rey tandis qu'ils montaient les marches vers la vielle plate-forme de chargement. Et maintenant il y a un incendie à l'église noire, par là-bas.

Il eut un signe de tête vers sa gauche, comme si son visiteur était censé savoir se repérer dans la ville.

— Ils brûlent les églises ?

— Eh ouais.

Boyette peina pour gravir les marches, en s'appuyant sur sa canne, et ils accédèrent à la réception. Fanta, qui fit mine d'être très occupée avec son traitement de texte, leva à peine les yeux.

— Où est Robbie ? fit Fred Pryor, et la jeune réceptionniste lui désigna le fond.

Flak les reçut en salle de conférence. On expédia les présentations, non sans un certain malaise. Boyette ne manifestait aucune envie de parler ou de serrer des mains. Brusquement, il s'adressa à l'avocat.

— Je me souviens de vous. Je vous ai vu à la télévision, après l'arrestation du garçon. Vous étiez bouleversé, vous hurliez presque devant la caméra.

— C'est bien moi. Et vous, où étiez-vous ?

— J'étais par ici, monsieur Flak, j'ai tout suivi, je pouvais pas croire qu'ils aient arrêté le mauvais client.

— En effet, c'est exact, ils n'ont pas arrêté le bon.

Pour un individu aussi sanguin et prompt à s'emporter que Robbie Flak, il n'était guère facile de garder son calme. Il avait envie de gifler Boyette, d'empoigner sa canne et de le frapper jusqu'à ce qu'il en perde connaissance, et de le maudire pour sa longue liste de péchés. Il avait envie de le tuer de ses propres mains. Au lieu de quoi, il fit semblant d'être calme et indifférent. Un flot d'invectives n'aiderait Donté en rien.

Ils sortirent de la salle de conférence et s'enfermèrent dans le bureau. Aaron et Fred Pryor restèrent à l'extérieur, prêts à enchaîner sur la suite des événements, quelle qu'en soit la teneur. Robbie dirigea le prêtre et le meurtrier vers une petite table dans le coin, et tous trois s'assirent.

— Voulez-vous un café ou quelque chose d'autre à boire ? leur proposa-t-il, presque aimablement.

Il dévisagea Boyette, qui lui rendit son regard sans broncher, sans ciller.

Schroeder s'éclaircit la gorge.

— Écoutez, monsieur Flak, j'ai horreur de solliciter des faveurs, mais nous n'avons rien avalé depuis un bon moment. Nous mourons de faim.

Robbie décrocha le téléphone, appela Carlos et commanda un plateau de sandwiches et des boissons.

— Cela ne sert à rien de tergiverser, Boyette. Écoutons ce que vous avez à nous dire.

Le tic, le silence. Travis changea de position, se tortilla, subitement incapable de croiser leurs regards.

— Bon, la première chose que je voudrais savoir, c'est si vous mettez de l'argent sur la table, une récompense.

— Oh mon Dieu ! dit Schroeder en baissant la tête.

— Vous ne parlez pas sérieusement, si ? lui lança l'avocat.

— Je pense qu'à partir de maintenant, tout est très sérieux, monsieur Flak. Vous n'êtes pas d'accord ?

— C'est la première fois que vous évoquez une somme d'argent, protesta le pasteur, exaspéré.

— J'ai des besoins. J'ai pas un sou et aucune perspective d'en trouver. Simple curiosité, c'est tout.

— C'est tout ? répéta Robbie. L'exécution est dans moins de six heures et nos chances de suspension sont très minces. Le Texas est sur le point d'exécuter un innocent, et moi je suis assis ici, en face du vrai tueur, qui subitement veut être rémunéré pour l'acte qu'il a commis.

— Qui vous dit que je suis le vrai tueur ?

— Vous, bredouilla Keith. Vous m'avez affirmé que vous l'aviez tué et que vous saviez où était le corps, parce que c'est vous qui l'avez enterré. Arrêtez de vous moquer du monde, Travis.

— Si ma mémoire est bonne, son père a mis un paquet de fric dans la balance, à l'époque où ils ont essayé de la retrouver. Quelque chose dans les deux cent mille dollars. J'ai pas raison, monsieur Flak ?

— C'était il y a neuf ans. Si vous croyez pouvoir vous mettre sur les rangs pour encaisser une récompense, vous vous trompez lourdement.

Le ton de l'avocat restait mesuré, mais l'explosion était imminente.

— Pourquoi voulez-vous cet argent ? fit le révérend. Selon vos propres paroles, d'ici quelques mois, vous serez mort. La tumeur, vous vous souvenez ?

— Merci de me le rappeler, pasteur.

Robbie lança un regard noir à Boyette, d'une haine sans partage. La vérité, c'était qu'à cette minute, il était prêt à signer le transfert de n'importe quelle somme qu'il aurait été capable de réunir en échange d'une belle et bien épaisse déclaration sous serment attestant la vérité, susceptible de sauver son client. Il y eut une longue plage de silence. Les trois hommes réfléchissaient à la suite des événements. L'ancien taulard grimaça, puis il passa sa main sur son crâne lisse. Il se plaça les deux paumes contre les tempes et appuya aussi fort que possible, comme si cette pression du monde extérieur allait soulager la pression intérieure.

— Vous avez une crise ? lui demanda le pasteur, mais il n'y eut pas de réponse. Il a parfois de ces crises, précisa-t-il à Robbie, comme si une explication arrangeait les choses. La caféine lui fait du bien.

L'avocat se leva d'un bond et sortit de la pièce. Une fois à l'extérieur de son bureau, il s'adressa à Aaron et Pryor.

— Ce fils de pute veut de l'argent.

Il fila en cuisine, attrapa une cafetière avec un reste de café éventé, trouva deux tasses en carton et regagna son bureau. Il en servit une à Boyette, qui était plié en deux, les coudes posés sur les genoux, la tête entre les mains, et qui geignait.

— Voilà déjà un peu de café.

Silence.

Boyette finit par lui répondre.

— Je vais vomir. J'ai besoin de m'allonger.

— Prenez le canapé, lui proposa-t-il, en le montrant du doigt à l'autre bout de la pièce.

L'ancien détenu se leva avec difficulté, et, avec l'aide de Keith, réussit à marcher jusqu'au sofa, où il se blottit la tête au creux des bras avant de ramener ses genoux contre la poitrine.

— Vous pouvez éteindre la lumière? D'ici une minute, ça ira mieux.

— On n'a pas le temps! rétorqua Flak, au bord de hurler.

— Je vous en prie, juste une minute, l'implora l'autre, sur un ton pathétique, tout le corps tremblant, le souffle court.

Keith et Robbie quittèrent le bureau et entrèrent en salle de conférence. Aussitôt, tout le monde s'y réunit, et l'avocat présenta le révérend au reste du groupe. Ils reçurent livraison de la nourriture et se restaurèrent rapidement.

21.

Ils vinrent chercher Donté à midi. Pas une minute avant, pas une minute après. Tout était précis et dûment répété. Il y eut un coup frappé à la porte métallique, dans son dos. Trois heurtements sonores. Il était en train de parler à Cédric, mais quand il comprit que l'heure était venue, il demanda à voir sa mère. Roberta se tenait debout derrière Cédric, avec Andréa et Marvin à ses côtés, et ils se serrèrent tous les quatre dans cette pièce minuscule, tous les quatre en pleurs, sans faire le moindre effort pour retenir leurs larmes. Quatre heures durant, ils avaient surveillé la pendule, et il ne restait rien à ajouter. Cédric échangea sa place avec Roberta, qui prit le téléphone et plaqua la paume contre le plexiglas. Son fils, de l'autre côté, eut le même geste. Ses trois frères et sœurs s'étreignirent derrière sa mère, tous quatre blottis ensemble, en contact étroit, et Andréa était au milieu, sur le point de s'effondrer.

— Je t'aime, maman, fit Donté. Et je suis désolé de tout cela.

— Je t'aime, moi aussi, mon bébé, et tu n'as pas à dire que tu es désolé. Tu n'as rien fait de mal.

Il s'essuya la joue avec sa manche.

— J'ai toujours voulu sortir d'ici avant la mort de papa. Je désirais tant qu'il me revoie en homme libre. Je souhaitais qu'il sache que je n'avais rien fait de mal.

— Il le savait, Donté. Ton papa n'a jamais douté de toi. Quand il est mort, il était convaincu de ton innocence. Elle s'essuya la figure avec un mouchoir en papier. Et je n'ai jamais douté de toi non plus, mon bébé.

— Je sais. Je crois que je vais bientôt revoir papa.

Elle hocha la tête, mais fut incapable de répondre. La porte s'ouvrit derrière lui, un gardien massif apparut. Donté raccrocha le téléphone, se leva et posa les deux paumes à plat contre la vitre. Sa famille l'imita. Un dernier signe, et il s'en fut.

Toujours menotté, on le reconduisit hors de l'aile réservée aux visiteurs, à travers une succession de portes métalliques qui s'ouvrirent et se refermèrent dans des cliquètements : ils sortirent du bâtiment, sur une pelouse quadrillée de trottoirs et jusque dans une autre aile où on le ramena une dernière fois en cellule. Tout, à présent, avait lieu pour la dernière fois et, quand il s'assit sur sa couchette et fixa la boîte contenant ses quelques possessions, il se convainquit presque que ce serait un soulagement de s'en aller.

Sa famille se vit accorder quelques minutes, le temps de se ressaisir. Ruth les conduisit tous hors de la salle, et les serra dans ses bras. Elle leur dit combien elle était désolée, et ils la remercièrent de sa gentillesse. Ils franchirent une autre porte métallique.

— Vous allez à Huntsville, vous autres ? leur fit-elle encore.

Oui, bien sûr, qu'ils y allaient.

— Vous auriez intérêt à partir en avance. Apparemment, il risque d'y avoir du désordre sur les routes.

Ils acquiescèrent, mais n'étaient pas trop sûrs de savoir quoi répondre. Ils se présentèrent au contrôle de sécurité, au bâtiment de l'entrée, récupérèrent permis de conduire et sacs à main, et sortirent du centre Polunsky à pied, pour la dernière fois.

Le «désordre sur les routes» mentionné par Ruth renvoyait à une action collective organisée clandestinement sur Facebook, inspirée par deux étudiants noirs de l'université d'État Sam Houston, à Huntsville. Elle avait pour nom de code Détour, et ce plan était si simple et si intelligent qu'il avait séduit des dizaines de volontaires.

En 2000, peu après l'arrivée de Drumm dans le couloir de la mort, l'administration avait transféré les détenus de Huntsville au centre Polunsky. Les détenus, pas le pavillon des exécutions. Depuis sept ans et pour deux cents exécutions capitales, il avait été nécessaire de convoyer ces hommes condamnés de Polunsky à Huntsville. On avait élaboré et appliqué des itinéraires compliqués, mais après quelques dizaines de transferts sans aucune embuscade, sans aucune tentative héroïque pour venir au secours des condamnés, sans la moindre espèce d'anicroche, les autorités avaient compris que personne ne surveillait ces opérations. Personne ne s'en souciait vraiment. On avait renoncé à ces itinéraires compliqués, et on empruntait à chaque fois la même route. Le convoi quittait la prison à treize heures, tournait à gauche sur la route 350, tournait encore une fois sur la gauche pour prendre la 190, une route à quatre voies toujours chargée et, une heure plus tard, le trajet était terminé.

Les détenus étaient placés à l'arrière d'un monospace banalisé, entourés d'un volume de muscle et d'une quantité d'armes qui auraient suffi à protéger le président des États-Unis en personne, monospace escorté, pour faire bonne mesure, par un deuxième fourgon identique renfermant une autre escouade de gardiens blasés espérant un peu de divertissement.

La dernière exécution avait eu lieu le 25 septembre, quand Michael Richard avait reçu son injection. Dix étudiants, tous membres de l'opération Détour, s'étaient déployés à bord de cinq véhicules avec une batterie de téléphones portables pour pister les mouvements des deux vans blancs de Polunsky à Huntsville. Ils n'avaient pas été détectés. Ils n'avaient éveillé les soupçons de personne. Personne n'était venu les chercher. Début novembre, leur plan était au point et l'envie de provoquer quelques troubles démangeait les participants.

À douze heures cinquante, un geôlier, un Noir bien disposé envers Drumm, renseigna un membre de l'équipe Détour. On était en train de charger les deux monospaces blancs, et le transfert avait débuté. À treize heures, les vans quittèrent la prison pour s'engager sur une voie d'accès proche du quartier de très haute sécurité. Le convoi s'engagea sur la route 350 et se dirigea vers Livingston. Il y avait peu de circulation. À trois kilomètres de la prison, le trafic devint plus dense, de moins en moins fluide, jusqu'à se bloquer complètement. Devant eux, une voiture était à l'arrêt sur la voie de droite. Bizarrement, une autre s'était immobilisée sur la voie de gauche, et une troisième sur l'accotement. Les trois véhicules barraient entièrement le passage. Leurs conducteurs en étaient descendus, ils avaient relevé leurs capots. Ensuite, devant ces trois voitures, il y en avait trois autres, bien rangées à l'arrêt sur toute la largeur de la chaussée. Les fourgons ne bougèrent pas, et leurs chauffeurs ne semblaient pas pressés. Derrière eux, sur la voie de droite, une autre voiture s'arrêta. Sa conductrice, une jeune femme noire, actionna l'ouverture du capot, descendit, et simula l'exaspération devant sa Nissan qui venait de la lâcher. Une Coccinelle Volkswagen freina à sa hauteur sur la voie de gauche, victime elle aussi d'une panne mécanique et, comme obéissant à un signal, son capot se releva. D'autres véhicules surgirent de nulle part et se massèrent derrière la première vague, bloquant totalement la route, les accotements, toutes les bretelles d'entrée et de sorties. En cinq petites minutes, un embouteillage d'au moins vingt berlines s'était formé. Les vans blancs étaient cernés de berlines et de 4 × 4 tous atteints d'avaries, tous le capot levé, et les conducteurs s'affairaient autour, discutaient, rigolaient, bavardaient dans leurs téléphones portables. Plusieurs étudiants, tous de jeunes messieurs, allaient d'une voiture à l'autre, les mettant toutes en panne en déconnectant les câbles de leur tête de delco.

La police locale et celle de l'État furent sur les lieux en l'espace de quelques minutes, des dizaines de véhicules de patrouille, sirènes hurlantes. Ils étaient suivis par une brigade de dépanneuses, toutes réquisitionnées à Livingston en urgence. L'opération Détour avait bien donné ses instructions aux volontaires. Chaque conducteur affirmait catégoriquement que son automobile l'avait lâché ce qui, aux termes de la loi texane, ne constituait pas un crime. Il y aurait sûrement des procès-verbaux pour entrave à la circulation, mais le groupe Détour avait trouvé un avocat qui saurait s'y opposer devant la cour. Les officiers de police n'avaient aucun droit de confisquer les clefs et de contrôler les moteurs eux-mêmes. Et s'ils s'y essayaient, ces moteurs étaient bel et bien en panne. Les étudiants avaient été avertis de refuser toute tentative de fouille de leur véhicule, de résister pacifiquement à toute tentative d'arrestation, et s'ils étaient confrontés à de telles pratiques, de menacer d'actions juridiques; s'ils étaient appréhendés, ils devaient considérer la chose comme un honneur, une marque de courage dans la lutte contre l'injustice. Détour avait d'autres avocats qui traiteraient leur affaire. Les étudiants se réjouissaient à l'idée d'être enfermés – un acte de défi, dans leur esprit. Un geste qu'ils pourraient encore évoquer dans plusieurs années.

Tandis que les véhicules de patrouille et les dépanneuses se garaient dans le désordre à proximité de l'embouteillage et que les premiers policiers de la route s'approchaient de ces jeunes perturbateurs, la deuxième phase du plan se mit en place, superbement réglée. Une autre vague d'étudiants s'engagea en voiture sur la route 350 en provenance de Livingston et ne tarda pas à s'approcher de la mêlée. Elles se garèrent à trois de front et sur trois rangs de profondeur derrière les dépanneuses. Tous les capots s'ouvrirent d'un coup – encore une série de pannes en bordure de route. Comme ils s'attendaient à ce que les chauffeurs des dépanneuses réagissent avec colère, et peut-être avec violence, de se trouver ainsi coincés, la deuxième vague resta dans les voitures, fenêtres fermées et portières verrouillées. La majorité de ces véhicules était pleine d'étudiants, et nombre d'entre eux étaient des jeunes gens en pleine santé qui sauraient se défendre. Une bagarre ne les dérangerait nullement. Ils étaient assez en colère pour cela.

Un chauffeur de dépanneuse s'approcha de la première voiture à l'arrêt derrière lui, s'aperçut qu'elle était remplie de jeunes Noirs, et se mit à jurer et à proférer des menaces. Un officier de police de l'État l'invectiva et lui ordonna de la boucler. Le policier, le sergent Inman, prit en charge une situation véritablement unique, qui impliquait – jusque-là – huit voitures de police, sept dépanneuses, au moins une trentaine de voitures « en panne » et deux fourgons de la prison, dont l'un acheminait un homme vers sa mort. Pour aggraver encore les choses, les gens de la région, qui utilisaient quotidiennement la route 350, venaient augmenter le bouchon, sans se rendre compte qu'ils avaient choisi la mauvaise heure pour se rendre d'un endroit à un autre. La route était complètement obstruée.

Inman était calme et professionnel, et il savait une chose que les étudiants ignoraient. En s'avançant à pied au milieu de l'embouteillage, dans la direction des vans de la prison, il salua poliment les étudiants d'un signe de tête, en leur demandant s'ils passaient une bonne journée. L'escorte de sécurité de Donté se déversa hors des monospaces, des hommes costauds en uniforme bleu de type SWAT, armes automatiques au poing. La majorité des étudiants se faufila vers les vans. L'un d'eux semblait mener la bande. Inman s'approcha de lui, main tendue.

— Je suis le sergent Inman, lui fit-il poliment. Puis-je vous demander votre nom ?

— Quincy Mooney.

Et il serra la main du policier, à contrecœur.

— Monsieur Mooney, je suis désolé que votre véhicule soit tombé en panne.

— Ne m'en parlez pas.

Le sergent Inman regarda autour de lui, sourit aux autres étudiants.

— Tous ces jeunes gens sont vos amis ?

— Je ne les avais encore jamais vus.

Ce qui fit sourire le sergent.

— Écoutez, monsieur Mooney, il faut que nous dégagions ces véhicules de la chaussée. Les files s'allongent. Tout est bloqué.

— J'imagine qu'il va falloir appeler des mécaniciens.

— Non, nous allons juste les remorquer, Quincy. À moins, bien sûr, que vous ne préfériez éviter d'avoir à débourser cent dollars et que vous redémarriez. Si vous choisissiez cette solution, nous ne serions pas obligés de dresser un paquet de contraventions. Autrement dit, encore une centaine de dollars de PV par voiture.

— Alors comme ça, c'est illégal de tomber en panne ?

— Non, monsieur, pas du tout. Mais vous et moi, nous savons pourquoi vous êtes ici. Et le juge le saura, lui aussi.

— Moi, je sais pourquoi je suis ici. Et vous, pourquoi êtes-vous là ?

— Je fais mon travail, Quincy. Je contrôle la circulation et je maintiens l'ordre public. Venez avec moi, fit-il avec un signe de tête.

Quincy le suivit jusqu'au premier van. Les portières à double battant étaient ouvertes. Le monospace était vide. Ils marchèrent jusqu'au deuxième. Ils se penchèrent tous deux à l'intérieur. Il était également vide. Les vigiles ricanèrent. Ils entendirent le fouettement cadencé des pales d'un hélicoptère.

— Où est Donté Drumm ? demanda Quincy, abasourdi.

— Il n'est pas là, n'est-ce pas ? lui répondit le policier avec un sourire narquois.

Quincy regarda fixement les fenêtres teintées du van vide. Ils retournèrent à l'avant du premier. Inman leva les yeux vers le ciel, dans la direction du centre Polunsky. Tout le monde attendit, attendit, et quelques secondes plus tard un hélicoptère les survola en rugissant.

Inman pointa l'appareil du doigt.

— Et voilà Donté.

Quincy en resta bouche bée, les épaules voûtées. La nouvelle se répandit parmi les étudiants, et il y eut des échanges de regards atterrés, incrédules. Une opération en tous points parfaite venait d'être compromise. Donté Drumm arriverait en avance au pavillon des exécutions.

— Trop de bavardages sur Internet, fit Inman. Voilà ma proposition, Quincy. Vous tous, les gars, vous avez un quart d'heure pour dégager cette route et filer d'ici. Dans un quart d'heure, nous commencerons à distribuer des PV et à vous remorquer. Et, juste pour que vous le sachiez, il n'y aura pas d'arrestations, alors ne nous provoquez pas. Pigé ?

Quincy s'éloigna, on ne peut plus abattu.

Après un sandwich et trois tasses de café, Boyette se sentait mieux. Il était à la table, lumières allumées, stores relevés. Flak et Schroeder le dévisageaient, et personne ne souriait. À l'évidence, Boyette avait mis de côté la question de l'argent, du moins pour le moment.

— Alors, si je vous raconte ce qui est arrivé à Nicole, qu'est-ce qui m'arrive, à moi ? demanda-t-il, en scrutant l'avocat.

— Rien, en tout cas rien avant un bon bout de temps. Les flics et le procureur tiennent leur homme. S'il est mis à mort ce soir, jamais ils n'envisageront de poursuivre quelqu'un d'autre. Si Donté obtient un report, je ne suis pas sûr de ce qu'ils feront, mais il s'écoulera un long moment avant qu'ils n'admettent que quelqu'un d'autre que Donté l'a tuée. Ils se sont beaucoup trop investis dans leur condamnation à tort.

— Donc, on ne m'arrêtera pas, ni aujourd'hui, ni demain ou le jour d'après ?

— Je ne peux pas m'exprimer à la place de ces clowns, monsieur Boyette. Je ne sais pas ce qu'ils vont décider. En règle générale, les flics d'ici sont stupides, et l'inspecteur Kerber est un crétin. Mais vous arrêter, ce serait admettre qu'ils se sont trompés sur le compte de Donté, et cela n'arrivera pas. Si vous entriez au poste de police à la minute présente, si vous juriez sur la Bible et si vous leur livriez tous les détails de l'enlèvement, du viol et du meurtre, ils vous éconduiraient comme un complet cinglé. Ils n'ont aucune envie de vous croire, monsieur Boyette. Vos aveux réduisent ceux qu'ils ont extorqués à néant. – Le tic, le silence. Flak se pencha en avant et le fusilla du regard. – Il est temps, monsieur Boyette. Je veux vous entendre. Dites-moi la vérité. Je veux l'entendre. Avez-vous tué cette fille ?

— Oui, comme je l'ai expliqué à Keith, ici. Je l'ai empoignée, je l'ai violée, pendant deux jours, ensuite je l'ai étranglée et j'ai caché son corps.

— Où est le corps ? Trouver ce cadavre suffirait à stopper l'exécution, je vous le garantis. Où est-il ?

— Dans les collines au sud de Joplin, Missouri. Très loin dans les collines.

— Joplin, Missouri, c'est au moins à cinq heures d'ici.

— Plus que ça. On a roulé jusque là-bas, Nicole et moi.

— Donc elle était en vie quand vous avez quitté le Texas.

258

Le tic, le silence.

— Oui, fit-il enfin. Je l'ai tuée dans le Missouri. Et d'ici à là-bas, je l'ai violée.

— Il est possible d'appeler les autorités de Joplin et de leur indiquer comment trouver le corps ?

Boyette réussit à rire de tant de sottise.

— Vous me croyez stupide ? Pourquoi je serais allé l'enterrer là où quelqu'un irait la dénicher ? Je suis même pas certain de pouvoir la retrouver, après toutes ces années.

Robbie s'attendait à cette réponse et ne se laissa pas décontenancer.

— Alors nous avons besoin de recueillir votre déclaration, en vidéo, et vite.

— D'accord. Je suis prêt.

Ils passèrent en salle de conférence, où Carlos les attendait avec une caméra et un greffier. On fit signe à Boyette de s'installer sur un siège face à l'objectif. Le journaliste était assis à sa droite, Flak à sa gauche. Carlos opérait à la caméra. Les autres membres du cabinet firent soudain irruption – l'avocat les voulait pour témoins – et ils se tinrent debout, à trois mètres du révérend. Boyette les regarda, l'air subitement nerveux. Il donnait l'impression d'un homme confronté à sa propre exécution – un événement très couru. Le greffier le pria de lever la main droite et de jurer de dire la vérité. Ce qu'il fit, et Flak entama sa séance de questions. Nom, lieu de naissance, adresse, emploi, statut actuel de détenu en liberté conditionnelle, et casier judiciaire. Il lui demanda s'il effectuait cette déclaration de son plein gré. Rien ne lui avait été promis. Vivait-il à Slone en décembre 1998 ? Pourquoi ? Combien de temps était-il resté ?

Les questions de l'avocat étaient mesurées, mais efficaces. Boyette gardait l'œil rivé sur la caméra, sans broncher, sans ciller, et paraissait prendre goût à cette corvée. Bizarrement, le tic disparut.

— Parlez-nous de Nicole.

L'autre réfléchit une seconde, puis il se lança dans son récit. Les matches de football, sa fascination envers Nicole, cette obsession, la traque, et finalement l'enlèvement à l'extérieur de la galerie marchande, sans aucun témoin. Sur le plancher du pick-up, il lui avait braqué un pistolet sur la tête et l'avait menacée de la tuer si elle proférait un son, ensuite il lui avait entravé les poignets et les chevilles avec de l'adhésif. Il l'avait bâillonnée avec le même adhésif. Il avait roulé dans la campagne, sans trop savoir où et, après l'avoir violée une première fois, il avait failli la balancer dans un fossé, blessée, mais pas morte, mais il avait envie de la violer encore. Ils avaient quitté Slone. Le téléphone portable dans son sac à main n'arrêtait pas de sonner, de sonner, et il s'était finalement arrêté au milieu d'un pont sur la rivière Rouge. Il lui avait pris son argent, sa carte de crédit et son permis de conduire, et puis il avait jeté le sac du haut du pont. Ils avaient continué leur dérive dans le sud de l'Oklahoma. Juste avant le lever du soleil, près de Fort Smith, il avait vu un motel pas cher où il était déjà descendu seul. Il avait payé une chambre en espèces et, le pistolet braqué sur sa tête, il l'avait introduite dans cette chambre sans être vu. Il lui avait de nouveau scotché les chevilles, les poignets et la bouche et lui avait ordonné de dormir. Il avait dormi quelques heures, sans savoir si elle en avait fait autant. Ils s'étaient attardés une longue journée au motel. Il l'avait persuadée que si elle voulait bien coopérer, lui donner ce qu'il voulait, il la relâcherait. Mais il savait ce qu'il en serait. La nuit tombée, ils étaient repartis, s'étaient dirigés vers le nord. Au point du jour, le dimanche, ils s'étaient retrouvés au sud de Joplin, dans un coin reculé, très boisé. Elle l'avait supplié, mais il l'avait quand même tuée. Ce n'était pas facile, elle s'était salement débattue, elle l'avait griffé, au sang. Il avait fourré son corps dans un grand coffre à outils et l'avait enterrée. Personne ne la retrouverait jamais. Il était retourné à Slone et s'était soûlé.

Flak prenait des notes. Le greffier tapait sur les touches de sa sténotype. Personne d'autre ne bougeait. Personne ne paraissait plus respirer.

Son histoire achevée, il demeura silencieux. Ce récit détaché et sa maîtrise des détails étaient glaçants. Martha Handler écrirait plus tard : « Regarder les yeux et le visage de Boyette alors qu'il évoquait ses crimes ne laissait aucun doute : nous étions en présence d'un tueur impitoyable. L'histoire que nous ne connaîtrons jamais, et que peut-être nous préférons ne pas connaître, c'est celle de la souffrance que cette pauvre fille a endurée tout au long de son supplice. »

Calme, mais aussi pressé d'en finir avec ce témoignage, Flak se fit insistant.

— Vers quelle heure, le dimanche, l'avez-vous tuée ?

— Le soleil était à peine levé. J'ai attendu d'être capable d'y voir, de vérifier où j'étais, et de repérer le meilleur endroit pour la cacher.

— Et c'était le dimanche 6 décembre 1998 ?

— Si vous le dites. Oui.

— Alors le soleil se serait levé vers six heures et demie ?

— Cela semble assez exact.

— Et vous êtes rentré à Slone. Pour aller où ?

— Je suis allé dans ma chambre du Rebel Motor Inn, après m'être acheté une caisse de bière avec le blé que j'avais pris à Nicole.

— Vous vous êtes soûlé au Rebel Motor Inn ?

— Oui.

— Combien de temps avez-vous vécu à Slone, après le meurtre ?

— Je ne sais pas, peut-être un mois et demi. On m'a arrêté ici en janvier, vous avez les dossiers. Après ma sortie de taule, j'ai filé.

— Après l'avoir tuée, quand avez-vous appris que Donté avait été arrêté ?

— Je ne sais pas au juste. J'ai vu ça à la télévision. Je vous ai vu vociférer devant les caméras.

— Qu'avez-vous pensé, quand ils l'ont arrêté ?

Il secoua la tête.

— Je me suis dit, quelle bande d'idiots. Ce gosse, il a rien à faire avec ça. C'est pas le bon type.

C'était une chute parfaite.

— Ce sera tout, fit Flak.

Carlos tendit le bras vers la caméra.

— Combien de temps avant d'avoir une transcription ? demanda Robbie au greffier.

— Dix minutes.

— Bien. Dépêchez-vous.

Il réunit son équipe autour de la table de conférence et tout le monde prit la parole en même temps. On oublia un moment Boyette, mais Pryor gardait un œil sur lui. Il lui demanda de l'eau, et Fred lui tendit une bouteille. Keith sortit appeler Dana et Matthew Burns, et respirer un peu d'air frais. Mais l'air n'était pas rafraîchissant. Il était chargé de fumée et de tension.

Il y eut un coup sourd, suivi d'un cri perçant. C'était Boyette qui tombait de sa chaise et heurtait le sol. Il se prit la tête à deux mains, ramena les genoux contre sa poitrine et se mit à trembler, anéanti par une nouvelle attaque. Fred Pryor et Aaron Rey s'agenouillèrent devant lui, sans savoir quoi faire. Robbie et les autres se massèrent autour, figés d'horreur devant une attaque si violente que le vieux parquet paraissait en trembler. En réalité, ils se sentaient désolés pour cet homme. Entendant ce remue-ménage, le pasteur se joignit aux autres.

— Il lui faut un docteur, fit Sammie Thomas.

— Il a des médocs, non, Keith? demanda Robbie à voix basse.

— Oui.

— Vous aviez déjà vu ça?

Travis était encore secoué de convulsions, il gémissait pitoyablement. Cet homme était sûrement en train de mourir. Fred Pryor lui tapota doucement le bras.

— Oui, fit Schroeder. Il y a de ça quatre heures environ, quelque part dans l'Oklahoma. Il a vomi pendant je ne sais combien de temps et ensuite il s'est évanoui.

— Ne devrions-nous pas l'emmener à l'hôpital? Je veux dire, Keith, il ne risque pas de claquer, là, sous nos yeux?

— Je ne sais pas, je ne suis pas médecin. Qu'attendez-vous de lui, ensuite?

— Il me faut sa signature au bas de cette déclaration sous serment. – Il recula et fit signe au révérend de le suivre. Ils se parlèrent sur un ton feutré. – Et ensuite il y a le problème de la découverte du corps. Même avec sa déclaration sous serment, il n'y a aucune garantie que la cour suspendra l'exécution. Le gouverneur ne fera rien. De toute manière, il faut trouver le corps, et vite.

— Allongeons-le sur le canapé de votre bureau, éteignons la lumière. Je vais lui donner une pilule. Il n'est peut-être pas en train de mourir.

— Bonne idée.

Il était treize heures vingt.

22.

Son premier vol en hélicoptère était voué à être le dernier. Grâce au département de la Sécurité publique du Texas, il voyageait dans les airs à cent cinquante kilomètres à l'heure, mille mètres au-dessus de ces collines vallonnées, et ne voyait rien au-dessous. Il était coincé entre deux gardiens, de jeunes hommes robustes qui regardaient par les hublots, la mine renfrognée, comme si l'opération Détour avait pu aligner un ou deux missiles sol-air dans son arsenal. Devant, il y avait les deux pilotes, deux garçons au visage fermé, tout excités par leur mission. Cette expédition bruyante et pleine de secousses le rendit nauséeux, et il ferma les yeux, appuya la tête en arrière contre le plastique dur, et essaya de penser à quelque chose d'agréable. Il n'y arriva pas.

Il répétait sa dernière déclaration, articulant les mots sans émettre de son, même si, avec le vacarme de l'hélico, il aurait pu hurler sans que personne les entende. Il pensa aux autres détenus – certains étaient des amis, d'autres des ennemis, presque tous coupables, mais quelques-uns proclamaient leur innocence – et à leur façon d'affronter leur mort.

Le vol dura vingt minutes et, quand l'engin atterrit sur l'ancien terrain de rodéo à l'intérieur de la prison de Huntsville, une petite armée attendait le prisonnier. Lesté de chaînes et d'entraves, il fut pratiquement porté par ses gardiens jusqu'à un van. Quelques minutes plus tard, ce van s'arrêta dans une impasse bordée d'une clôture grillagée recouverte d'une épaisse cloison de verre et surmontée de barbelés acérés et scintillants. Donté fut escorté depuis le van, par un portail, le long d'un court trottoir vers un petit bâtiment à toit plat en brique rouge, où le Texas procédait à ses meurtres.

À l'intérieur, il cligna des yeux et tâcha de discerner son nouveau décor. Il y avait là huit cellules sur sa droite qui donnaient chacune sur un petit couloir. Sur une table, il y avait plusieurs bibles, dont une en espagnol. Une dizaine de gardiens allaient et venaient, certains parlaient du temps qu'il faisait, comme si cela avait la moindre importance, en cet instant. On le plaça devant l'objectif d'un appareil photo et on le photographia. On lui retira ses menottes, et un technicien l'informa qu'on allait relever ses empreintes digitales.

— Pourquoi? voulut-il savoir.

— La routine, lui répondit-on.

L'autre lui prit un doigt et le fit rouler sur le tampon encreur.

— Je ne comprends pas pourquoi vous avez besoin de l'empreinte digitale d'un homme avant de le tuer. – Le technicien ne répondit pas. – J'ai pigé, vous voulez être sûr d'avoir le bon type, c'est ça? – Le technicien fit rouler un autre doigt. – Eh bien, pour cette fois-ci, vous ne tenez pas le bon, ça, je peux vous l'assurer.

Dès que le relevé des empreintes fut terminé, on le conduisit dans l'une des huit cellules de détention. Les sept autres n'étaient pas occupées. Il s'assit au bord de la couchette. Il remarqua combien le sol était luisant, comme les draps étaient propres, et la température agréable. De l'autre côté des barreaux, dans le couloir, il y avait plusieurs responsables de la prison. L'un d'eux s'avança vers les barreaux.

— Donté, je suis Ben Jeter, le directeur de l'établissement, ici, à Huntsville. – Donté hocha la tête, sans se lever. Il fixa le sol. – Notre aumônier s'appelle Tommy Powell. Il est ici, et il restera tout l'après-midi.

Sans lever les yeux, Drumm répondit.

— Je n'ai pas besoin d'aumônier.

— C'est votre choix. Maintenant, écoutez-moi, parce que je vais vous expliquer comment les choses vont se dérouler ici.

— Je crois savoir ce qui va se passer.

— Eh bien, je vais quand même vous l'expliquer.

Après une série de discours, tous plus enflammés les uns que les autres, la manifestation s'essouffla. Une foule de Noirs considérable se massa autour de la façade du palais de justice et déborda même dans Main Street, qui avait été fermée. Personne d'autre ne prenant le mégaphone, la phalange des percussionnistes se remit en marche, et la foule suivit la musique dans la rue principale de la ville, en direction de l'ouest, en scandant des slogans, en agitant des banderoles, en chantant «We Shall Overcome». Trey Glover assumait son rôle de maître de parade et manœuvrait son 4 × 4 devant les percussionnistes. Le rap soufflait sur les boutiques et les cafés du centre-ville où les patrons, les employés et les clients se tenaient aux fenêtres et aux portes. Pourquoi les Noirs étaient-ils si remontés? Le garçon avait avoué. Il avait tué Nicole; il l'avait dit, qu'il l'avait tuée. Œil pour œil, dent pour dent.

Il n'y eut pas de désordres, mais la ville semblait prête à s'embraser.

Quand Trey et les percussionnistes pénétrèrent dans Sisk Avenue, ils tournèrent à droite, pas à gauche. Tourner à gauche aurait dérouté le défilé vers le sud, qui était en gros la direction d'où ils venaient. Un virage à droite signifiait qu'ils continuaient vers le quartier blanc. Pourtant, personne n'avait rien lancé. Aucune menace n'avait été proférée. Quelques voitures de police suivaient très en retrait, alors que d'autres escortaient le cortège depuis les rues parallèles. Deux rues plus au nord, ils se retrouveraient dans le vieux quartier résidentiel. Le bruit amena les gens sur leur perron, et ce qu'ils virent les renvoya à l'intérieur, à leurs fusils. Ils allaient aussi au téléphone pour appeler le maire et le chef de la police. Tout ceci trouble l'ordre public, non? Qu'est-ce qui dérange tant ces jeunes gens? Ce garçon a avoué. Faites quelque chose.

Civitan Park était un complexe de terrains de base-ball et de softball pour les jeunes dans Sisk Avenue, cinq rues plus au nord par rapport à Main Street, et Trey Glover décida qu'ils avaient assez marché. On rangea les tambours, et le défilé s'acheva. Il se changea en rassemblement, un mélange volatil de jeunesse, de colère et d'un sentiment de ne rien avoir de mieux à faire de l'après-midi et de la soirée. Un capitaine de police estima la foule à mille deux cents personnes, presque toutes âgées de moins de trente ans. La plupart de leurs aînés noirs avaient déclaré forfait et ils étaient rentrés chez eux. On se confirmait les indications sur les téléphones portables, et des voitures pleines d'autres jeunes Noirs se dirigèrent vers Civitan Park.

À l'autre bout de la ville, une foule de Noirs en colère regardait les équipes de pompiers sauver ce qui restait de l'église de Dieu dans le Christ du Mont-Sinaï. Grâce à un appel rapide au 911, et à une réaction non moins rapide, les dégâts n'étaient pas aussi considérables que ceux infligés à la Première Église baptiste, mais le sanctuaire était assez ravagé. Les flammes étaient éteintes, mais de la fumée se déversait encore par les fenêtres. Sans vent, elle stagnait au-dessus de la ville, ajoutant encore à la tension.

Le départ de Reeva pour Huntsville fut filmé, comme il se devait. Elle invita quelques membres de la famille et des amis à une nouvelle séance de mélodrame à fendre l'âme, et tout le monde pleura un bon coup pour les caméras. À cet instant, Sean Fordyce était à bord de son jet, fonçant depuis la Floride, et ils allaient se retrouver à Huntsville pour l'interview précédant l'exécution.

Avec Wallis, ses deux autres enfants, et frère Ronnie, son groupe comptait cinq personnes et les trois heures de trajet risquaient d'être inconfortables. Aussi convainquit-elle son pasteur d'emprunter l'une des camionnettes de l'église, et elle suggéra même qu'il prenne le volant. Frère Ronnie était épuisé d'avoir regardé son église brûler toute la nuit, et émotionnellement effondré, mais il n'était pas en position de discuter avec elle, pas en cet instant, pas « le jour le plus important de sa vie ». Ils montèrent tous et démarrèrent, frère Ronnie au volant d'un monospace de dix places avec la mention « Première Église baptiste de Slone, Texas » peinte en capitales sur les deux flancs. Ils firent tous les cinq un signe de la main aux amis et aux sympathisants. Tout le monde fit signe à la caméra.

Avant même qu'ils n'atteignent la périphérie de la ville, Reeva était en larmes.

Au bout d'un quart d'heure dans la pénombre silencieuse du bureau de Robbie Flak, Boyette revint à lui. Il resta sur le canapé, l'esprit engourdi par la douleur, les pieds et les mains encore tremblants. Schroeder jeta un œil par la porte.

— Je suis là, pasteur. Toujours en vie.

Le prêtre s'approcha de lui.

— Comment allez-vous, Travis ?

— Beaucoup mieux, pasteur.

— Puis-je vous apporter quelque chose ?

— Un peu de café. Apparemment, ça calme la douleur.

Il sortit et ferma la porte. Il trouva Robbie et l'informa que leur homme était encore vivant. En ce moment même, le greffier transcrivait sa déposition. Sammie Thomas et les deux auxiliaires juridiques, Carlos et Bonnie, s'activaient frénétiquement à monter un dossier de requête déjà intitulé « la requête Boyette ».

Le juge Elias Henry entra dans le cabinet, passa devant la réceptionniste et entra en salle de conférence.

— Par ici, s'écria Robbie, et il conduisit le magistrat dans une petite bibliothèque.

Il referma la porte, attrapa une télécommande.

— Il faut que vous regardiez ça, fit-il.

— Qu'est-ce que c'est ? lui demanda Henry en se laissant tomber dans un siège.

— Attendez un peu. – Il pointa la télécommande sur l'écran mural, où Boyette fit son apparition. – C'est l'homme qui a tué Nicole Yarber. Nous venons d'enregistrer ça.

La vidéo durait quatorze minutes. Ils la regardèrent sans un mot.

— Où est-il ? fit le juge quand l'écran s'éteignit.

— Dans mon bureau, sur le canapé. Il souffre d'une tumeur maligne au cerveau, du moins c'est ce qu'il dit, et il est mourant. Il s'est présenté à la permanence d'un pasteur luthérien de Topeka, dans le Kansas, lundi matin, et lui a tout déballé. Il a un peu baladé le pasteur, qui a finalement pu le mettre dans une voiture. Ils sont arrivés à Slone il y a deux heures.

— C'est le pasteur qui l'a conduit jusqu'ici ?

— Eh oui. Attendez. – Il ouvrit la porte et appela Keith pour qu'il les rejoigne. Il le présenta au juge Henry. – Voici l'homme, fit Flak en tapant sur l'épaule de Schroeder. Asseyez-vous. Le juge Henry est notre juge de tribunal de circuit. S'il avait présidé aux débats du procès Donté Drumm, nous ne serions pas ici à l'heure qu'il est.

— Ravi de vous rencontrer, lui dit Schroeder.

— Il semblerait que vous ayez vécu une sacrée aventure.

Le révérend rit de bon cœur.

— Je ne sais ni où je suis ni ce que je fabrique.

— Alors vous vous êtes adressé au bon cabinet juridique, lui assura le magistrat.

Ils rirent ensemble, un rire bref, et puis leur humour s'en fut aussi vite.

— Qu'en pensez-vous ? demanda Robbie au juge.

Ce dernier se gratta la joue, réfléchit intensément pendant un moment, avant de lui répondre.

— La question, c'est de savoir ce qu'en pensera la cour d'appel. On ne peut jamais prévoir. Ils détestent ces témoins surprise qui surgissent à la dernière minute et viennent modifier des vérités vieilles de plus de dix ans. En outre, un homme qui a fait carrière dans le viol avec violence a peu de chances d'être pris au sérieux. Je vous accorderais une possibilité infime d'obtenir un report.

— C'est bien plus que ce que nous avions il y a deux heures.

— Quand déposez-vous votre requête ? Il est presque deux heures.

— Dans l'heure. Voici ma question. Parlons-nous de lui à la presse ? J'envoie la vidéo au tribunal et au gouverneur. Je peux aussi la remettre à la chaîne de télévision locale, ou à toutes les chaînes du Texas. Ou, mieux encore, organiser une conférence de presse ici ou au palais de justice et laisser tout le monde entendre son histoire.

— Quel intérêt ?

— J'ai peut-être envie que tout le monde sache que le Texas est sur le point d'exécuter le mauvais coupable. Le tueur, le voici, écoutez-le.

— Mais tout le monde ne peut pas empêcher cette exécution. Seuls les tribunaux et le gouverneur en ont la capacité. Je serais prudent sur ce coup-là, Robbie. Ça sent déjà la poudre, et si les gens voient Boyette à la télévision endosser la responsabilité de ce meurtre, on risque l'explosion, par ici.

— Ça explose déjà, de toute manière.

— Vous voulez une guerre ethnique ?

— S'ils tuent Donté, oui. Une guerre ethnique ne me gênerait pas. Une petite guéguerre.

— Allons, Robbie. Vous jouez avec de la dynamite, là. Pensez stratégie, et pas émotions. Et gardez à l'esprit que ce type pourrait mentir. Ce ne serait pas la première exécution où un imposteur prétend endosser toute la responsabilité. La presse est incapable de résister à cela. Ce cinglé passe à la télé et tout le monde a l'air idiot.

Flak allait et venait, quatre pas dans un sens, quatre pas dans l'autre. Il était agité, dans tous ses états, mais toujours lucide. Il ressentait une grande admiration pour le juge Elias Henry, et il était assez intelligent pour savoir qu'en cet instant, il avait besoin d'un conseil.

La salle était silencieuse. Derrière la porte, les voix étaient tendues, les téléphones sonnaient.

— Je suppose qu'il est impossible de se lancer dans une recherche du corps, fit le magistrat.

Flak secoua la tête et se tourna vers Keith, qui répondit.

— Pas dans l'immédiat. Il y a deux jours, mardi, je crois que c'était encore faisable, je n'en suis pas sûr – je me sens comme si je vivais avec ce type depuis un an – mais enfin, mardi, j'ai suggéré que le meilleur moyen d'empêcher cette exécution serait de trouver le cadavre. Il m'a soutenu que ce serait compliqué. Il l'a enterrée il y a neuf ans dans un endroit reculé, une zone très boisée. Il a aussi précisé qu'il était plusieurs fois retourné lui rendre visite... Je ne suis pas sûr de ce que cela signifiait, et je n'ai pas eu vraiment envie d'approfondir. Ensuite, j'ai perdu le contact avec lui, je l'ai cherché, cherché, et j'étais déterminé à réussir par un moyen ou un autre à l'embarquer et à insister auprès de lui pour que l'on avertisse les autorités, ici et dans le Missouri, si c'est en fait là-bas qu'elle est enterrée, mais il n'a jamais voulu. Ensuite, nous avons de nouveau perdu le contact. C'est un type étrange, très étrange. Il m'a appelé vers minuit, la nuit dernière. J'étais déjà au lit, profondément endormi, et il m'a dit qu'il voulait venir ici, raconter son histoire, arrêter l'exécution. J'ai estimé que je n'avais pas le choix. Je n'avais jamais rien fait de pareil, je peux vous le promettre. Je sais que c'est mal d'aider un condamné à ne pas respecter sa liberté conditionnelle, mais tant pis. Quoi qu'il en soit, nous avons quitté Topeka vers une heure du matin, et là encore j'ai suggéré d'avertir les autorités et de lancer au moins les recherches, afin de localiser le corps. Il ne voulait pas en entendre parler.

— Cela n'aurait pas marché, Keith, lui assura Robbie Flak. Les autorités, ici, sont inaccessibles. Elles vous auraient ri au nez. Elles tiennent leur homme, l'affaire est résolue. Quasi classée, dirais-je. Dans le Missouri, personne ne lèvera le petit doigt, parce qu'il ne s'agit pas d'une enquête en cours. Vous ne pouvez pas vous contenter d'appeler un shérif et de suggérer qu'il sorte avec ses gars dans les bois pour aller creuser quelque part au fond d'un ravin, au bord d'un ruisseau. Cela ne marche pas comme ça.

— Alors qui va rechercher le corps?

— Je pense que ce sera nous.

— Je rentre chez moi, monsieur Flak. Ma femme crie après moi. Mon ami juriste me prévient que je suis dingue. Et je crois que je suis dingue, en effet. J'ai fait de mon mieux. Boyette est à vous. Je suis fatigué de ce type.

— Relax, Keith. Pour le moment, j'ai besoin de vous.

— Pourquoi?

— Restez, d'accord? Notre homme se fie à vous. De plus, quand était-ce, la dernière fois que vous avez assisté à une émeute raciale en premières loges?

— Ce n'est pas drôle.

— Cette vidéo doit rester confidentielle, Robbie, conseilla le juge. Montrez-la au tribunal et au gouverneur, mais ne la rendez pas publique.

— Je peux garder le contrôle sur cette vidéo, mais pas sur Boyette. S'il veut parler à la presse, je ne peux pas l'en empêcher. Dieu sait qu'il n'est pas mon client.

À deux heures et demie, le jeudi après-midi, toutes les églises de Slone, noires et blanches, étaient gardées par des prêtres, des diacres et des responsables de l'école du dimanche, tous des hommes, tous fortement armés et bien visibles. Ils étaient assis sur les marches et bavardaient, l'air tendu, le fusil couché sur les genoux. Ils étaient assis à l'ombre des arbres non loin de la rue, faisaient signe aux voitures qui passaient, qui souvent klaxonnaient pour manifester leur solidarité. Ils patrouillaient à l'arrière de l'église, surveillant les portes et le terrain situé derrière, attentifs au moindre mouvement, en fumant, et mâchant du chewing-gum. Il n'y aurait plus d'églises incendiées à Slone.

L'ancienne égreneuse de coton avait été abandonnée depuis vingt ans, quand une autre, plus moderne, l'avait remplacée à l'est de la ville. C'était un véritable chancre, un vieux bâtiment décrépit et, en des circonstances normales, un bon incendie aurait été le bienvenu. L'appel au 911 fut enregistré à quatorze heures quarante-quatre. Une adolescente qui passait par là en voiture vit une épaisse fumée et téléphona de son portable. Les pompiers déjà assiégés se ruèrent vers la vieille égreneuse et, le temps qu'ils arrivent, les flammes ronflaient à travers le toit. Comme il s'agissait d'un édifice vide, désaffecté, et que ce n'était de toute façon pas une grande perte, ils prirent leur temps.

La fumée noire montait dans le ciel à gros bouillons. Le maire pouvait l'apercevoir depuis son bureau du deuxième étage, non loin du palais de justice et, après avoir consulté le chef de la police, il avait appelé le cabinet du gouverneur. La situation à Slone ne risquait guère de s'améliorer. Les citoyens étaient en danger. Ils avaient besoin de la garde nationale.

23.

La rédaction de la requête fut achevée juste avant quinze heures et, déclaration sous serment de Boyette incluse, elle comptait trente pages. Il avait prêté serment en écrivant qu'il disait la vérité, et Sammie Thomas avait expédié les pièces par e-mail au bureau du Defender Group, à Austin. Sur place, l'équipe attendait le document. Ils l'imprimèrent, le dupliquèrent en douze exemplaires et le remirent à Cicely Avis, qui se précipita hors du bureau, sauta dans sa voiture et fonça à travers la ville vers les locaux de la cour d'appel criminelle du Texas. La consignation de la requête eut lieu à quinze heures trente-cinq.

— Qu'est-ce que c'est? demanda le fonctionnaire, en tenant le DVD en main.

— C'est la vidéo des aveux du véritable meurtrier, lui répondit Cicely.

— Intéressant. Je suppose que vous souhaitez que les juges voient ça assez vite.

— Tout de suite, s'il vous plaît.

— Je m'en charge.

Ils discutèrent quelques secondes, et Cicely ressortit des locaux. Le greffier déposa immédiatement la requête dans les bureaux des neuf juges. Au cabinet du président de la cour, il s'entretint avec l'assistant juridique.

— Vous devriez peut-être visionner la vidéo en premier. Un type vient d'avouer le meurtre.

— Et où est-il, ce type?

— Selon l'avocat du Defender Group, il serait au cabinet de l'avocat de Donté Drumm, à Slone.

— Donc Robbie Flak lui a trouvé un nouveau témoin ?

— Ça y ressemble.

En quittant les locaux de la TCCA, Cicely Avis fit un détour sur deux rues et passa devant le Capitole. Le « Rassemblement pour Donté » attirait déjà une foule conséquente sur la pelouse sud. La police était partout. Une autorisation avait été accordée, et la liberté d'expression, telle que prévue par le Premier amendement, paraissait opérer.

Une marée humaine déferlait, composée en grande majorité de Noirs. L'autorisation était valable trois heures, de quinze heures à dix-huit heures, horaire de l'exécution, mais à l'évidence les choses prenaient du retard – à Austin, mais certainement pas à Huntsville.

Le gouverneur était en réunion, une réunion importante, sans aucun rapport avec Donté Drumm. À quinze heures onze, la vidéo parvint à une assistante qui traitait les demandes de sursis, et elle visionna la totalité des quatorze minutes avant d'être en mesure de décider ce qu'elle allait faire. Elle eut beau juger Boyette assez crédible et assez glaçant, elle demeura sceptique, à cause du passé du personnage et de son désir soudain de lâcher le morceau. Elle alla voir Wayne Wallcott, le conseiller juridique et ami proche du gouverneur, et lui résuma le contenu de ces images.

Il l'écouta attentivement, puis ferma la porte de son bureau et la pria de s'asseoir.

— Qui a vu cette vidéo ? demanda-t-il.

— Uniquement moi, lui répondit-elle. Le cabinet de M. Flak me l'a envoyée par e-mail, avec un mot de passe. Je l'ai tout de suite regardée, et me voici.

— Et ce sont des aveux complets ?

— Oh oui, avec beaucoup de détails.

— Et vous avez cru ce type ?

— Je n'ai pas dit ça. J'ai dit qu'il me paraît savoir de quoi il parle. C'est un violeur en série, et il était à Slone quand la jeune fille a disparu. Ce sont des aveux complets.

— Il mentionne Drumm ?

— Pourquoi ne regardez-vous pas cette vidéo?

— Je ne vous ai pas demandé de conseils, n'est-ce pas? lui rétorqua-t-il. Répondez à mes questions, c'est tout.

— Désolée. – L'assistante prit une profonde inspiration. Elle se sentait soudain tendue, mal à l'aise. Wallcott l'écoutait, mais il était déjà en train de combiner les choses. – Il n'a mentionné Drumm que pour dire qu'il ne l'a jamais rencontré et qu'il n'avait rien à voir avec ce crime.

— Il ment, c'est évident. Je ne vais pas embêter le gouverneur avec ça, et je veux que vous gardiez cette vidéo pour vous. Je n'ai pas le temps de la regarder. Et le gouverneur non plus. Vous comprenez?

Elle ne comprenait pas, mais elle hocha quand même la tête.

Il plissa les yeux, se rembrunit.

— Vous comprenez, n'est-ce pas? répéta-t-il avec gravité. Cette vidéo reste dans votre ordinateur.

— Oui, monsieur.

Dès qu'elle fut sortie, Wallcott courut pratiquement vers le bureau de Barry Ringfield, le principal porte-parole du gouverneur, et son meilleur ami. Le bureau grouillait de personnel et de stagiaires, et ils sortirent faire quelques pas dans le couloir.

Après avoir débattu quelques minutes des choix qui s'offraient à eux, ils s'accordèrent à penser que le gouverneur ne devait pas voir ces images. Si Boyette mentait, elles n'auraient aucun poids et le bon coupable serait exécuté. Mais s'il disait la vérité, ce dont ils doutaient fortement, et si on n'exécutait pas le bon individu, les retombées risquaient d'être délicates. Le seul moyen de protéger le gouverneur Gill Newton, c'était que l'un d'eux, ou peut-être l'assistante, accepte de porter le chapeau en reconnaissant qu'ils avaient tenu cette vidéo secrète, ou qu'ils l'avaient même perdue. Gill Newton n'avait jamais accordé de sursis dans une affaire de meurtre et les passions que suscitait l'affaire Drumm ne suffiraient pas à le faire reculer. Même s'il visionnait ce document, et s'il croyait Boyette, il ne battrait pas en retraite.

Wayne et Barry se rendirent au cabinet du gouverneur. Ils comptaient y être à seize heures précises, deux heures avant l'exécution, et ils ne lui parleraient pas de ce témoignage.

À trois heures et demie, le cabinet Flak se réunit une fois encore autour de la table de la salle de conférence. Tout le monde était présent et l'on n'avait oublié personne, Keith inclus : alors qu'il luttait contre la pire fatigue de son existence, celui-ci avait du mal à croire qu'il ait pu obtenir un ticket d'entrée pour ce cirque. Le juge Elias Henry et lui étaient assis à l'écart de la table, adossés à un mur. À l'autre bout de la salle, Aaron Rey et Fred Pryor lisaient les journaux. Travis Boyette était encore en vie, il se reposait dans la pénombre, allongé sur le canapé de Robbie Flak.

Pour ce dernier, il était plus que temps de partir pour Huntsville, et son état de tension était visible. Mais il ne pouvait pas y aller, pas tout de suite. La requête Boyette avait galvanisé l'équipe et lui avait redonné de l'espoir.

Il repassait tout en revue. Un bloc-notes jaune, comme toujours. Sammie Thomas et Bonnie suivaient le parcours de la requête devant la cour d'appel, et continueraient aussi d'insister sur un sursis auprès du cabinet du gouverneur. Gill Newton devait encore l'accorder ou le refuser, et il attendait généralement le dernier moment. Il aimait créer le drame, attirer l'attention. Carlos suivrait la requête pour aliénation mentale, qui était encore en cours d'examen devant la cour d'appel fédérale du Cinquième circuit, à la Nouvelle-Orléans. Fred Pryor resterait au cabinet et veillerait sur Boyette. Personne ne savait quoi faire de lui, mais il n'avait pas l'air de vouloir repartir. Comme toujours, Aaron Rey accompagnerait son patron à Huntsville. Martha Handler irait aussi, pour observer et noter. Robbie aboyait des ordres, répondait à des questions, arbitrait des conflits, et subitement il regarda le pasteur.

— Keith, voulez-vous venir à Huntsville avec nous ?

L'espace de quelques secondes, le révérend fut incapable de parler.

— Pourquoi, Robbie ? réussit-il à lui demander.

— Donté pourrait avoir besoin de vous.

Le pasteur en resta bouche bée, mais aucun mot ne franchit ses lèvres. La salle était silencieuse, tous les regards étaient sur lui. Flak insista.

— Il a été élevé dans la religion d'une église, mais il a maintenant une vision plutôt sombre de la foi. Son jury comptait cinq baptistes, deux pentecôtistes, un membre de l'Église du Christ, et les autres devaient être des brebis égarées. Ces dernières années, il a fini par considérer que les chrétiens blancs étaient la cause de sa présence dans le couloir de la mort. Il ne veut rien avoir à faire avec Dieu, et je ne m'attends pas à ce qu'il change d'opinion d'une minute à l'autre. Et pourtant, à la toute fin, il pourrait apprécier d'avoir quelqu'un avec qui prier.

Ce que Schroeder voulait, c'était un bon lit dans un motel bien propre, et douze heures de sommeil. Toutefois, en homme de Dieu, il ne pouvait pas refuser. Il hocha lentement la tête.

— Bien sûr.

— Bon. Nous partons dans cinq minutes.

Le révérend ferma les yeux et se massa les tempes. « Seigneur, se dit-il, qu'est-ce que je fais ici ? Viens-moi en aide. »

Subitement, Fred Pryor sursauta dans son siège. Il tenait son portable à bout de bras, comme si l'appareil était chauffé à blanc.

— Eh, mince ! C'est Joey Gamble, s'exclama-t-il. Il veut signer sa déclaration sous serment et revenir sur sa déposition.

— Il est au téléphone ? s'enquit Flak.

— Non. C'est un texto. Je dois le rappeler ?

— Bien sûr ! lui jeta son patron.

Pryor s'avança vers le milieu de la table et tapa sur les touches du téléphone main libre. La ligne sonna, sonna, personne ne réagit. Il y eut finalement un timide « allô ».

— Joey, Fred Pryor ici, à Slone je viens de recevoir votre message, qu'est-ce qui se passe, nom de Dieu ?

— Euh, je voudrais vous aider, monsieur Pryor. Tout ça me secoue vraiment.

— Vous vous sentez secoué. Et Donté, alors ? Il lui reste

deux heures et demie à vivre, et maintenant vous finissez par vous réveiller et vous voulez nous aider.

— Je suis tellement paumé.

Flak se pencha en avant pour prendre l'appel.

— Joey, ici Robbie Flak. Vous vous souvenez ?

— Bien sûr.

— Où êtes-vous ?

— À Mission Bend, dans mon appart.

— Voulez-vous signer une déposition sous serment admettant que vous avez menti au procès de Donté ?

Il répondit sans aucune hésitation.

— Oui.

L'avocat ferma les yeux et laissa retomber la tête. Autour de la table, on brandit des poings victorieux, sans un bruit, il y eut aussi de courtes prières de remerciements, et beaucoup de sourires las.

— Très bien, voici mon plan. Il y a une avocate à Houston, elle s'appelle Agnès Tanner. Son cabinet se situe dans le centre, à Clay Street. Vous connaissez la ville ?

— Je crois.

— Êtes-vous capable de repérer des bureaux en centre-ville ?

— Je ne sais pas. Je ne sais pas si je dois conduire.

— Vous êtes ivre ?

— Pas ivre, mais j'ai bu.

Mû par un réflexe, Flak consulta sa montre. Il n'était pas encore seize heures, et le garçon avait déjà la langue pâteuse.

— Joey, appelez un taxi. Je vous rembourserai plus tard. Il est vital que vous arriviez au cabinet Tanner aussi vite que possible. Nous transmettrons votre déposition par e-mail, vous la signez, et nous nous chargeons de son dépôt à Austin. Pouvez-vous faire ça, Joey ?

— Je vais tâcher.

— C'est le moins que vous puissiez faire, Joey. Pour le moment, Donté se trouve en cellule de détention, à Huntsville, à dix mètres de la petite salle où ils mettent les gens à mort, et ce sont vos mensonges qui ont contribué à l'envoyer là.

— Je suis tellement désolé, sa voix se brisa.

— Le cabinet est au 118 Clay Street, vous avez saisi, Joey?

— Je pense, oui.

— Vous vous y rendez, Joey. Les papiers vous attendront. Chaque minute est capitale, Joey, vous comprenez?

— D'accord, d'accord.

— Rappelez-nous dans dix minutes.

— Entendu.

Après avoir raccroché, Robbie hurla de nouveaux ordres et tout le monde se précipita. Il se dirigea vers son bureau.

— Allons-y, Keith.

Ils sautèrent dans le camping-car, avec Martha Handler qui pressa le pas pour suivre le rythme, et Aaron Rey démarra en trombe. Flak appela Agnès Tanner à Houston et lui confirma d'urgence les éléments.

Schroeder se pencha en avant et s'adressa à Aaron, en le regardant dans le rétroviseur.

— Quelqu'un m'a expliqué qu'il y avait trois heures de route pour Huntsville.

— En effet, lui répondit l'autre. Mais nous ne prenons pas la route.

L'aéroport municipal de Slone était à trois kilomètres à l'est de la ville. Il comptait une seule piste, orientée ouest-est, quatre petits hangars, la série habituelle de vieux Cessna alignés sur le tarmac, et un bâtiment métallique et carré en guise de terminal. Ils se garèrent, traversèrent la minuscule zone d'accueil au pas de course, un signe de tête à un employé derrière son bureau, et ils sortirent sur le tarmac, où un rutilant bimoteur King Air les attendait. Il appartenait à un avocat fortuné, un ami de Flak qui était un pilote chevronné. Il les fit embarquer à bord, verrouilla la porte, les pria d'attacher leurs ceintures, se sangla lui-même et manipula les commandes.

Schroeder n'avait plus parlé à sa femme depuis plusieurs heures, et les événements s'enchaînaient si vite qu'il ne savait plus trop par où commencer. Dana répondit avant la fin de la première tonalité, comme si elle surveillait son téléphone portable du regard. Les moteurs se mirent en route, et la cabine fut soudain bruyante et toute tremblante.

— Où es-tu ?

— Dans un avion, nous quittons Slone, nous volons vers Huntsville pour retrouver Donté Drumm.

— Je t'entends à peine. L'avion de qui ?

— Un ami de Robbie Flak. Écoute, Dana, je ne t'entends plus non plus. Je te rappelle quand on aura atterri à Huntsville.

— Je t'en prie, Keith, sois prudent.

— Je t'aime.

Il était assis dans le sens de la marche, ses genoux touchant presque ceux de Martha Handler. Il regarda le pilote effectuer sa check-list tandis qu'ils roulaient vers la piste d'envol. Robbie, Martha et Aaron étaient tous les trois au téléphone, et il se demanda comment ils pouvaient mener une conversation au milieu de tout ce raffut. Au bout de la piste, le King Air vira à cent quatre-vingts degrés, vers l'ouest. Le pilote fit monter en régime les propulseurs, l'avion trembla plus fort, comme s'il était sur le point d'exploser, le pilote hurla : « Tenez-vous », et il lâcha les freins. Ils s'ébranlèrent brusquement, et les quatre passagers fermèrent les yeux. En quelques secondes, ils furent en l'air. Le train d'atterrissage se rétracta avec un cognement sourd, mais Keith ignorait ce que c'était que ce bruit. Dans la confusion du moment, il se souvint qu'il n'avait jamais volé dans un petit avion.

Et qu'il n'était jamais allé au Texas, qu'il n'avait jamais servi de chauffeur à un violeur en série et un meurtrier, n'avait jamais écouté d'aveux aussi glaçants, jamais assisté au désordre d'un cabinet juridique s'efforçant de sauver un innocent, jamais vécu pratiquement quatre jours sans dormir, jamais reçu de contravention pour excès de vitesse en Oklahoma, et jamais accepté une invitation à prier avec un homme quelques minutes avant sa mort.

Ils survolèrent Slone à un peu moins de sept cents mètres d'altitude et ils montaient. L'ancienne égreneuse de coton brûlait encore, d'épaisses volutes de fumée formaient un nuage.

Il referma les yeux et tenta de se convaincre qu'il était bien là où il était, et qu'il faisait bien ce qu'il était en train de faire. Il n'en était pas persuadé. Il pria et supplia Dieu de le prendre par la main et de le guider, à présent, car il n'avait aucune idée de ce qu'il devait faire. Il le remercia de cette situation assez inhabituelle et reconnut que seule une intervention divine pouvait en être responsable. À plus de mille cinq cents mètres, son menton vint se poser contre sa poitrine, la fatigue finissant par peser de tout son poids.

Leur bourbon était en général du Knob Creek, mais dans les occasions très spéciales, on sortait le meilleur nectar du tiroir. Un godet chacun de Pappy Van Winkle, et ils firent tous trois claquer leur langue. Ils commençaient un peu tôt, mais le gouverneur leur avait annoncé qu'il avait besoin d'un truc plutôt raide. Barry et Wayne ne disaient jamais non. Ils avaient tombé la veste, remonté leurs manches, relâché leur nœud de cravate, trois hommes affairés avec quantité de choses en tête. Ils se tenaient près de la desserte, dans un angle, buvaient à petites gorgées en suivant la manifestation sur le petit écran de télévision. S'ils avaient ouvert une fenêtre, ils auraient pu percevoir le vacarme, au dehors. Les orateurs se succédaient, tous plus intarissables, lançant des attaques cinglantes contre la peine de mort, le racisme et le système judiciaire texan. La formule «lynchage judiciaire» fut abondamment employée. Jusqu'à présent, tous les orateurs avaient exigé du gouverneur qu'il suspende l'exécution. La sécurité du Capitole estimait la foule à dix mille personnes.

Dans le dos du gouverneur, Barry Wallcott et Wayne Ringfield échangeaient des regards inquiets. Si la foule avait pu voir cette vidéo, une émeute éclaterait. Devaient-ils lui en parler? Non, peut-être plus tard.

— Gill, pour la garde nationale, il faut prendre une décision, fit Barry.

— Que se passe-t-il, à Slone?

— Jusqu'il y a une demi-heure, ils ont brûlé deux églises, une blanche et une noire. Et maintenant un bâtiment désaffecté est en flammes. Ce matin, des bagarres ont éclaté au lycée, et ils ont annulé les cours. Les Noirs ont organisé une marche et ils rôdent dans les rues, ils cherchent les ennuis.

Quelqu'un a lancé une brique dans la lunette arrière d'un véhicule de police, mais jusqu'à présent il n'y a pas eu d'autres violences. Le maire a peur et croit que la ville pourrait exploser, après l'exécution.

— Qui est disponible ?

— L'unité de Tyler se prépare et peut être déployée dans l'heure. Six cents hommes de la garde. Cela devrait suffire.

— Allez-y, et publiez un communiqué de presse.

Barry fila hors du bureau. Wayne avala encore une gorgée.

— Gill, fit-il, en hésitant, on ne devrait pas évoquer au moins un report de trente jours ? Le temps de laisser les choses se calmer un peu.

— Bon sang, non. Il est hors de question de reculer uniquement parce que les Noirs sont en colère. Si nous faisons preuve de faiblesse maintenant, alors la prochaine fois ils crieront plus fort. Si nous attendons trente jours, ils vont recommencer ce foutoir. Je ne flancherai pas. Vous me connaissez trop bien.

— D'accord, d'accord. Je voulais juste vous en toucher un mot.

— Ne le mentionnez plus.

— Je me le tiens pour dit.

— Tenez, le voici, fit le gouverneur, et il se rapprocha de la télévision d'un pas.

La foule lâcha une clameur : le révérend Jeremiah Mays montait sur le podium. Mays était à l'heure actuelle la plus forte de toutes les voix noires radicales qui sillonnaient le pays, et il n'avait pas son pareil pour se glisser dans tous les conflits ou épisodes qui tournaient autour du débat racial. Il leva les mains, appela au silence et se lança dans une prière fleurie où il implorait le Tout-Puissant de se pencher sur les pauvres âmes égarées qui dirigeaient l'État du Texas, de leur ouvrir les yeux, de leur accorder la sagesse, de toucher leur cœur afin que soit mis un terme à cette grave injustice. Il invoqua la main de Dieu, un miracle, le sauvetage de leur frère Donté.

À son retour, Barry remplit de nouveau leurs verres, la main visiblement tremblante.

— Assez de ces sottises, trancha le gouverneur, et il appuya sur le bouton de coupure du son. Messieurs, je voudrais revoir la chose encore une fois.

« La chose », ils l'avaient visionnée plusieurs fois, et chaque fois tous les doutes qui subsistaient en eux s'effaçaient. Ils se rendirent dans l'autre partie du bureau, devant une autre télévision, et Barry prit la télécommande.

Donté Drumm, 23 décembre 1998. Il était face à la caméra, une canette de Coca et un beignet intact sur la table devant lui. Personne d'autre n'était visible. Il était abattu, fatigué, effrayé, il s'exprimait lentement, d'une voix monocorde, et ses yeux ne regardaient jamais l'objectif directement.

Hors caméra, l'inspecteur Drew Kerber commençait :
— On vous a lu vos droits Miranda, exact ?
— Oui.
— Et vous effectuez cette déposition de votre plein gré, sans menaces, sans avoir reçu de promesses d'aucune sorte, exact ?
— C'est exact.
— Bien, expliquez-nous ce qui s'est passé vendredi soir 4 décembre, il y a dix-neuf jours.
Donté se pencha en avant, en s'appuyant sur ses coudes, et il avait l'air sur le point de perdre connaissance. Il choisit un point précis sur la table, le fixa du regard, et s'adressa à ce point.
— Eh bien, Nicole et moi, on traînait ensemble en cachette, on faisait l'amour, on se marrait.
— Et cela durait depuis combien de temps ?
— Trois ou quatre mois. Je l'aimais bien, elle m'aimait bien, les choses sont devenues sérieuses, et elle a eu peur parce qu'elle craignait que les gens ne l'apprennent. On a commencé à se disputer un peu, elle voulait rompre, moi, je ne voulais pas. Je crois que j'étais amoureux d'elle. Ensuite, elle a refusé de me voir, et ça m'a rendu dingue. Je ne pouvais plus m'empêcher de penser à elle, elle était si super. Je la désirais plus que tout au monde. J'étais obsédé. J'étais dingue, je pouvais pas supporter de penser qu'elle risquait d'être à quelqu'un d'autre. Alors ce vendredi soir, je suis allé la chercher. Je savais où elle aimait bien traîner. J'ai vu sa voiture à la galerie marchande, du côté est de la galerie.

— *Excusez-moi, Donté, mais je croyais vous avoir entendu dire précédemment que sa voiture était garée du côté ouest de la galerie.*

— *C'est juste, côté ouest. Alors je l'ai attendue, attendue.*

— *Et vous rouliez dans un van Ford de couleur verte, qui appartient à vos parents ?*

— *C'est exact. Et je crois que j'étais là-bas vers dix heures vendredi soir, et...*

— *Excusez-moi, fit de nouveau Kerber, mais vous disiez tout à l'heure qu'il était plus près de onze heures.*

— *C'est juste, onze heures.*

— *Allez-y, vous cherchiez Nicole, et vous avez vu sa voiture.*

— *C'est cela, j'avais vraiment envie de la voir, et donc on a pas mal tourné, à la recherche de sa voiture, et...*

— *Excusez-moi, Donté, mais vous venez de dire « on a pas mal tourné », mais tout à l'heure vous disiez...*

— *Ouais, moi et Torrey Pickett on a...*

— *Mais vous disiez auparavant que vous étiez seul, que vous aviez déposé Torrey au domicile de sa mère.*

— *C'est juste, désolé. Au domicile de sa mère, exact. Et donc j'étais tout seul à la galerie marchande et je me suis garé et j'ai attendu. Quand elle est sortie, elle était seule. Nous avons discuté une minute, et elle a accepté de monter dans le van. Nous nous en étions servis quelquefois, pour sortir, quand on se baladait en cachette. Et donc j'ai roulé et on a parlé. On était tous les deux à cran. Elle était décidée à rompre, et moi j'étais déterminé à ce qu'on reste ensemble. On a parlé de s'enfuir ensemble, de sortir du Texas, d'aller en Californie, où personne ne nous embêterait, vous savez. Mais elle ne voulait pas m'écouter. Elle s'est mise à pleurer, et ça m'a fait pleurer. On s'est garé derrière l'église Shiloh, sur Travis Road, un de nos endroits, et je lui ai dit que je voulais faire l'amour une dernière fois. Et là elle s'est défilée, elle m'a dit d'arrêter, m'a dit non, qu'elle voulait rentrer car ses amis allaient la chercher, mais moi, je ne pouvais plus m'arrêter. Elle a commencé à me repousser et ça m'a mis en rage, vraiment en rage, tout d'un coup je me suis mis à la haïr parce qu'elle me repoussait, parce que je ne pouvais pas l'avoir. Si j'avais été blanc, alors j'aurais pu l'avoir, mais comme je ne le suis pas, alors je ne suis pas assez bien, vous voyez. On a commencé à se battre, et à un moment, elle a compris que je n'allais pas m'arrê-*

285

ter. Elle n'a pas résisté, mais elle n'a pas cédé non plus. Quand on a fini, elle s'est mise en colère, vraiment en colère. Elle m'a giflé et m'a dit que je l'avais violée. Et après, il s'est produit quelque chose, j'ai craqué ou alors, je sais pas, je suis vraiment devenu fou. Elle était encore sous moi, et moi, euh, enfin... je l'ai frappée, et je l'ai frappée encore, et je n'arrivais pas à croire que je frappais ce beau visage, mais si je ne pouvais pas l'avoir, alors personne d'autre ne l'aurait non plus. Je suis simplement entré dans une crise de rage, comme une espèce de sauvage, et avant de comprendre ce que je faisais, j'avais les mains autour de son cou. Je l'ai secouée, secouée, et ensuite elle bougeait plus. Rien ne bougeait plus. Quand j'ai repris mes esprits, je l'ai regardée et, à un certain moment, je me suis aperçu qu'elle ne respirait plus. [Donté but la première gorgée, et la seule, de sa canette de Coca.] J'ai roulé. Je n'avais aucune idée de là où j'allais. J'attendais encore qu'elle se réveille, mais elle ne s'est pas réveillée. Je l'appelais, mais elle ne répondait pas. Je pense que j'ai paniqué. Je ne savais pas quelle heure il était. J'ai roulé au nord, et quand je me suis aperçu que le soleil se levait, j'ai encore paniqué. J'ai vu un panneau qui indiquait la rivière Rouge. J'étais sur la route 344 et...

— Excusez-moi, Donté, mais vous disiez précédemment que c'était la route 244.

— C'est exact : 244. J'ai pris le pont, il faisait encore nuit, il n'y avait pas d'autres phares de voiture, pas un bruit, et je l'ai sortie par l'arrière du van, et je l'ai balancée dans la rivière. Quand je l'ai entendu heurter la surface de l'eau, ça m'a rendu malade. Je me souviens d'avoir pleuré sur toute la route du retour.

Le gouverneur s'avança et appuya sur le bouton « off ».

— Jeunes gens, je n'ai pas besoin d'en voir davantage. Allons-y.

Ils rajustèrent tous trois leur cravate, boutonnèrent leurs manchettes, enfilèrent leur veste et sortirent du bureau. Dans le couloir, ils furent accueillis par un détachement de sécurité, renforcé pour l'occasion. Ils descendirent par l'escalier jusqu'au niveau de la rue et quittèrent en vitesse le Capitole. Ils attendirent, sans se faire voir de la foule, que le révérend Jeremiah Mays ait achevé ses commentaires incendiaires. Lorsqu'il conclut, en faisant serment de revanche, la foule rugit. Quand subitement leur gouverneur fit son apparition sur le podium, l'humeur changea du tout au tout. L'espace d'un instant, nombre de personnes présentes furent désorientées, mais quand elles entendirent ces mots – «Je suis Gill Newton, le gouverneur du grand État du Texas» –, elles le noyèrent sous une avalanche de huées.

Il leur répliqua en haussant le ton.

— Merci d'être venus ici et d'avoir exercé votre droit de rassemblement, tel que le garantit le Premier amendement. Dieu bénisse l'Amérique. – D'autres huées, plus énergiques. – Notre pays est grand parce que nous aimons la démocratie, le plus grand système politique du monde. – Une clameur virulente conspua cette démocratie. – Nous sommes réunis ici aujourd'hui parce que vous pensez que Donté Drumm est innocent. Eh bien, je suis ici pour vous dire qu'il ne l'est pas. Il a été condamné au terme d'un procès équitable. Il avait un bon avocat. Il a avoué ce crime. – Les huées, les sifflets et les hurlements de colère étaient à présent ininterrompus, et Newton fut contraint de crier très fort dans le micro. – Son cas a été examiné par des dizaines de juges, siégeant dans cinq cours différentes, des cours d'États et des cours fédérales, et toutes les décisions prises à son encontre l'ont été à l'unanimité.

Quand la clameur se fit trop puissante pour qu'il puisse continuer, il resta debout à regarder la foule d'un sourire satisfait, le sourire d'un homme de pouvoir faisant face à ceux qui n'en possédaient aucun. Il hocha la tête, manière de reconnaître leur haine à son égard. Quand le vacarme diminua un peu, il se pencha plus près du micro et, prenant un air aussi tragique que possible, sachant très bien que ce qu'il allait dire serait repris par tous les journaux télévisés de la soirée et de la nuit, au Texas, il ajouta :

— Je refuse d'accorder un sursis à Donté Drumm. C'est un monstre. Cet homme est coupable !

La foule rugit à nouveau et eut un mouvement en avant. Le gouverneur leur adressa un signe de la main et salua, pour les caméras, puis il s'éloigna. Il fut aussitôt entouré de son escouade de protection, qui le mit en sécurité en le déro-

bant aux regards. Barry Wallcott et Wayne Ringfield le suivirent, incapables de réprimer un sourire. Leur homme
venait juste d'accomplir un nouveau tour de force qui, à
compter de ce jour, lui vaudrait sans aucun doute de remporter toutes les élections.

24.

Le dernier repas, la dernière promenade, la dernière déclaration. Donté n'avait jamais compris la signification de ces ultimes détails. Pourquoi cette fascination pour ce qu'un homme avait consommé juste avant de mourir ? Ce n'était pas comme si la nourriture devait apporter le réconfort, renforcer ce corps ou repousser l'inévitable. Cette nourriture, ainsi que ces organes, seraient bientôt purgés et incinérés. Quel bien lui ferait-elle ? Après avoir nourri un homme de gruau pendant des décennies, pourquoi le choyer en lui servant ce qui lui plaisait, juste avant de le tuer ?

Il se remémorait vaguement ses premières journées dans le couloir de la mort et son horreur de ce qu'on pensait lui faire ingurgiter. Il avait été élevé par une femme qui appréciait et aimait la cuisine, et si Roberta utilisait trop l'huile et la farine, elle faisait aussi pousser ses propres légumes et se méfiait des ingrédients industriels. Elle adorait se servir d'herbes, d'épices et de poivre, ses poulets et ses viandes étaient fortement relevés. La première viande que l'on avait servie à Donté dans le couloir de la mort était censée être une tranche de porc, complètement dépourvue de goût. Dès la première semaine, il avait perdu l'appétit, et ne l'avait jamais retrouvé depuis.

Et maintenant, à l'extrême fin, on attendait de lui qu'il commande un festin et qu'il manifeste de la gratitude pour cette ultime faveur. Si stupide que ce soit, pratiquement tous les condamnés pensaient à ce dernier repas. Ils avaient tellement peu d'autres choses auxquelles penser. Il avait décidé plusieurs jours auparavant qu'il refuserait de se voir servir quoi que ce soit qui ressemblerait de près ou de loin aux plats que sa mère lui préparait jadis. Il commanda donc une pizza au pepperoni et un verre de racinette. Le tout arriva à seize heures, sur un petit plateau à roulettes poussé dans sa cellule par deux gardiens. Il avait plus ou moins somnolé tout l'après-midi, en attendant sa pizza, en attendant son avocat. En attendant un miracle, mais à seize heures, il avait renoncé.

Dans le couloir, juste derrière les barreaux, son public regardait sans un mot. Un gardien, un fonctionnaire de la prison et l'aumônier qui avait essayé à deux reprises de lui adresser la parole. Par deux fois, Donté avait rejeté ces offres de soutien spirituel. Il ne comprenait pas trop pourquoi ils l'observaient si attentivement, mais il supposait que ce devait être pour empêcher un suicide. Comment s'y prendrait-il pour se tuer, ce n'était pas clair, surtout dans cette cellule de détention. S'il avait pu commettre un suicide, il l'aurait commis des mois plus tôt. Et maintenant il regrettait de ne pas l'avoir fait. Il serait déjà parti, et sa mère ne pourrait pas le regarder mourir.

Pour un palais insensibilisé à force de pain blanc insipide, de compote de pommes fadasse et d'un défilé sans fin de «viandes mystère», cette pizza fut étonnamment délicieuse. Il la mangea lentement.

Ben Jeter s'approcha des barreaux.

— Comment est-elle, cette pizza, Donté?

Il ne regarda pas le directeur.

— Elle est bonne, fit-il à voix basse.

— Besoin de quelque chose?

Il secoua la tête, pour dire non. J'ai besoin d'un tas de choses, mon pote, et tu ne peux m'en fournir aucune. Et si tu pouvais, tu ne voudrais pas. Alors laisse-moi tranquille.

— Je crois que ton avocat est en route.

Donté hocha la tête et prit une autre part de pizza.

À seize heures vingt et une, la cour d'appel du Cinquième circuit de la Nouvelle-Orléans refusa tout clémence à Donté eu égard à sa requête en aliénation mentale. Le cabinet Flak déposa aussitôt devant la Cour suprême des États-Unis un mandat de *certiorari,* autrement dit un «cert», comme on l'appelait dans le jargon, une requête par laquelle la cour statue sur l'appel et examine le bien-fondé de la requête. Si le «cert» est accordé, l'exécution est suspendue, et un certain temps s'écoule pendant lequel les esprits se calment et des conclusions sont déposées. Si le «cert» est rejeté, c'est la fin de la requête – et du demandeur, selon toute vraisemblance. Il n'y avait aucune autre instance d'appel.

Au siège de la Cour suprême fédérale, à Washington, le «greffier de la peine de mort» recevait la requête en certiorari par voie électronique et la distribuait dans les bureaux des neufs juges.

Il n'y avait aucune nouvelle de la requête Boyette en instance devant la cour d'appel criminelle du Texas.

Lorsque le King Air atterrit à Huntsville, Robbie Flak téléphona au cabinet et fut informé de la décision négative de la cour du Cinquième Circuit. Joey Gamble n'avait pas encore trouvé le chemin du cabinet d'Agnès Tanner à Houston. Le gouverneur avait refusé tout sursis, et il l'avait fait de façon spectaculaire. Il n'y avait pour l'heure pas de nouveaux incendies à Slone, mais la garde nationale était en route. Un coup de fil déprimant, mais Flak ne s'était pas attendu à grand-chose d'autre.

Avec Aaron, Martha et Keith, ils sautèrent dans un minibus conduit par un détective auquel Flak avait déjà eu recours auparavant, et ils foncèrent. La prison était à un quart d'heure. Le révérend téléphona à Dana et tenta de lui exposer les derniers événements de son existence, mais l'explication devint compliquée, et puis les autres écoutaient. Elle était plus que déroutée, et convaincue qu'il commettait une bêtise. Il promit de rappeler quelques instants plus tard. Aaron téléphona au cabinet et conversa avec Fred Pryor. Boyette était levé et se déplaçait, quoique lentement. Il se plaignait de ne pas avoir pu parler aux journalistes. Il s'attendait à pouvoir raconter sa version de l'histoire à tout le monde, et apparemment personne ne voulait l'entendre. Robbie essayait désespérément de joindre Joey Gamble, sans succès. Martha Handler remplissait les pages de ses notes habituelles.

À quatre heures et demie, le président de la cour, Milton Prudlowe, réunit la cour d'appel criminelle du Texas par téléconférence pour examiner la requête Boyette dans l'affaire Donté Drumm. La cour n'avait guère été impressionnée par le personnage. Selon le sentiment général, il devait être en mal de publicité, et de sérieux doutes pesaient sur sa crédibilité. Après une brève discussion, Prudlowe appela au vote. Le scrutin fut unanime : pas un juge ne vota pour accorder un sursis à Donté Drumm. Le greffier de la cour envoya la décision par e-mail au bureau du procureur général de l'État, aux juristes qui s'opposaient aux appels introduits en faveur de Donté, à Wayne Wallcott, au conseil juridique du gouverneur et au cabinet juridique de Flak.

Le van était presque à la prison quand Robbie reçut le coup de fil de Carlos. Il avait eu beau se répéter tout l'après-midi que le sursis était peu probable, il accusa tout de même le choc.

— Les fils de pute ! éructa-t-il. Pas cru Boyette. Refus, refus, refus, tous les neuf. Les fils de pute.

— Et ensuite, que se passe-t-il ? lui demanda Schroeder.

— On défère à la Cour suprême fédérale. Qu'ils voient la vidéo de Boyette. Prions pour un miracle. On est à court de solutions.

— Ils ont fourni un motif ? s'enquit Martha.

— Nan, rien ne les y oblige. Le problème, c'est que nous avons une envie terrible de croire Boyette, et eux, ces neuf élus, ils n'ont aucun intérêt à le croire. Ajouter foi aux propos de Boyette, ce serait bouleverser le système. Excusez-moi. Il faut que j'appelle Agnès Tanner. Gamble est sans doute dans un club de strip-tease à se torcher pendant qu'une danseuse le travaille assise sur ses genoux.

Il n'y avait pas eu de strip-teaseuses, pas d'arrêts ou de détours, rien que deux ou trois virages mal négociés. Joey entra dans le cabinet d'Agnès Tanner à cinq heures moins vingt, et elle l'attendait à la porte. Mme Tanner était une avocate intraitable, spécialisée dans les divorces qui, lorsqu'elle s'ennuyait, se portait à l'occasion volontaire dans des affaires de meurtre, où elle assumait le rôle de la défense. Elle connaissait bien Robbie, même s'ils ne s'étaient pas parlé depuis plus d'un an.

Elle tenait le texte de la déclaration en main et, après un « Ravi de faire votre connaissance » assez sec, elle le conduisit dans une petite salle de réunion. Elle avait envie de lui demander où il était, pourquoi il avait mis tant de temps, s'il était ivre, s'il comprenait qu'ils manquaient de temps, et pourquoi il avait menti pendant neuf ans en restant le cul sur sa chaise sans rien faire depuis lors. Elle avait envie de le mettre une heure sur le grill, mais il fallait agir vite, sachant, qui plus est, que le personnage était lunatique et imprévisible, d'après Robbie.

— Vous pouvez lire ceci, ou je vais vous dire ce que cela raconte, fit-elle, en agitant la déclaration.

Il s'assit, s'enfouit la figure dans les mains.

— Dites-moi, c'est tout.

— Le document mentionne votre nom, votre adresse, tout le baratin. Il indique que vous avez témoigné au procès de Donté Drumm à telle et telle date en octobre 1999, que vous avez livré un témoignage crucial en faveur de l'accusation, et que, dans le cadre de cette déposition, vous avez déclaré au jury que le soir de la disparition de Nicole, à peu près vers la même heure, vous auriez vu un van Ford vert suspect entrer sur le parking où sa voiture était garée : le conducteur semblait être un homme noir, et ce van était très similaire à celui que possédait Donté Drumm. Ces pages contiennent quantité d'autres renseignements, mais nous n'avons pas de temps à perdre avec les détails. Vous me suivez, Joey ?

— Oui.

Il se cachait toujours les yeux, et il avait l'air de pleurer.

— Vous vous rétractez maintenant quant à ce témoignage et vous déclarez sous serment que ce n'était pas la vérité. Vous précisez que vous avez menti lors du procès. Jusque-là, vous me suivez, Joey ?

Il hocha la tête, manière de confirmer.

— Et le document poursuit en attestant que c'est vous qui

avez passé ce coup de fil anonyme à l'inspecteur Drew Kerber pour l'informer que Donté Drumm était le tueur. Là encore, beaucoup de détails, mais je vous les épargnerai. Je pense que vous comprenez tout ceci, Joey, n'est-ce pas ?

Il se découvrit le visage, essuya ses larmes.

— J'ai vécu avec ça depuis si longtemps.

— Alors réparez, Joey. – Elle plaqua la déclaration sur la table et lui fourra un stylo sous le nez. – Page cinq, en bas à droite. Vite.

Il signa la déposition et, après avoir été certifiée conforme, elle fut numérisée et transmise par e-mail au bureau du Defender Group à Austin. Agnès Tanner attendit une confirmation, mais le mail lui fut retourné avec un message d'erreur. Elle contacta un avocat au Defender Group : le document ne leur était pas parvenu. Ils avaient eu des problèmes avec leur serveur. Agnès le renvoya, et de nouveau, aucune réception. Elle hurla à un auxiliaire juridique de faxer les cinq pages.

Se sentant subitement négligé, Joey s'éclipsa du cabinet sans se faire remarquer. Il s'était attendu à ce que quelqu'un le remercie.

La prison de Huntsville s'appelle le « Quartier des Murs ». C'est la plus vieille du Texas, construite à l'ancienne, avec de hauts murs de briques épais, d'où son nom. Son histoire officielle comprend plusieurs incarcérations de hors-la-loi et autres flingueurs jadis célèbres. Sa salle d'exécution a servi à exécuter plus d'hommes et de femmes que dans tout autre État. Le Quartier des Murs est fier de cette histoire. Un bloc de cellules parmi les plus anciennes a été préservé, offrant comme une rétrospective. On peut y organiser des visites.

Flak y était déjà venu à deux reprises, toujours pressé, toujours surchargé, et fort peu intéressé par l'historique du Quartier des Murs. Quand Schroeder et lui franchirent la porte d'entrée, ils furent accueillis par Ben Jeter, qui réussit à ébaucher un sourire.

— Bonjour, monsieur Flak.

— Bonjour, directeur, fit sombrement l'avocat, en sortant

son portefeuille. Voici le conseiller spirituel de Donté, le révérend Keith Schroeder.

Le directeur serra la main de ce dernier, avec prudence.

— J'ignorais qu'il avait un conseiller spirituel.

— Eh bien, maintenant il en a un.

— D'accord. Il me faudrait des pièces d'identité.

Ils lui tendirent leurs permis de conduire, que le directeur remit à un gardien derrière un comptoir d'accueil.

— Suivez-moi, dit-il.

Jeter était le responsable du Quartier des Murs depuis onze ans, et chaque exécution lui incombait. C'était un devoir qu'il assumait sans l'avoir réclamé ; cela faisait simplement partie de son métier. Il était réputé pour son détachement et son professionnalisme. Tous ses mouvements étaient précis, tous les détails de la procédure respectés sans la moindre variation. Le Texas était si efficace dans son œuvre de mort que d'autres États y envoyaient des fonctionnaires carcéraux en consultation. Ben Jeter était capable de précisément leur montrer comment il fallait procéder.

Il avait demandé à deux cent quatre-vingt-dix-huit hommes et trois femmes s'ils avaient d'éventuelles dernières paroles à prononcer. Un quart d'heure plus tard, il les avait tous déclarés morts.

— Et qu'en est-il des recours en appel ? s'enquit-il, en précédant l'avocat d'un pas, et de deux pas le révérend qui n'avait toujours pas recouvré ses esprits. Ils gagnèrent sans tarder le bout du couloir, aux murs tapissés de portraits en noir et blanc défraîchis d'anciens directeurs et de gouverneurs décédés.

— Ça ne se présente pas bien, fit Robbie. Deux ou trois conneries qui traînent, mais pas grand-chose d'autre.

— Alors vous pensez qu'à six heures, on pourra y aller ?

— Je ne sais pas, admit l'avocat, peu désireux d'en ajouter davantage.

« À six heures on pourra y aller », se répéta le pasteur à lui-même. Comme s'ils attrapaient un avion, comme s'ils attendaient le coup d'envoi d'un match.

Ils s'arrêtèrent à une porte et Jeter agita une carte magnétique. Elle ouvrit cette porte et ils entrèrent, marchèrent encore six ou sept mètres, pénétrèrent dans le pavillon des exécutions. Keith Schroeder avait le cœur qui cognait, et la tête qui tournait tellement qu'il lui fallut s'asseoir. À l'intérieur, il vit des barreaux, des rangées de barreaux dans un alignement de cellules faiblement éclairées. Il y avait des gardiens sur le passage, deux hommes dans des costards bon marché, le directeur, et tous avaient le regard tourné vers la cellule de détention.

— Donté, ton avocat est là, lui annonça Jeter, comme s'il lui apportait un cadeau.

Le condamné se leva et sourit. Un claquement de métal, la porte coulissa, et il s'avança d'un pas. Robbie le prit dans ses bras, l'étreignit, lui chuchota quelque chose à l'oreille. Le jeune homme serra son avocat contre lui, le premier contact humain véritable depuis dix ans. Quand leurs corps se séparèrent, ils étaient tous deux en larmes.

À côté de la cellule de détention, il y avait celle des visites, un espace identique, excepté un mur vitré, derrière les barreaux, qui autorisait un peu d'intimité quand l'avocat rencontrait son client pour la dernière fois. Le règlement prévoyait une visite d'une heure. La plupart des condamnés épargnaient quelques minutes pour la dernière prière avec l'aumônier de la prison. Le règlement stipulait que l'heure de visite devait se situer entre seize et dix-sept heures, laissant ainsi le détenu seul, à la fin. Bien qu'à cheval sur les consignes, Jeter savait aussi faire une entorse au règlement. Il n'ignorait pas que Donté Drumm avait été un prisonnier modèle, à l'inverse de beaucoup d'autres, ce qui, dans son métier, revêtait vraiment beaucoup de sens.

Jeter tapota le cadran de sa montre.

— Il est cinq heures moins le quart, monsieur Flak, vous avez soixante minutes.

— Merci.

Donté entra dans la cellule des visites et s'assit au bord de la couchette. Robbie le suivit et s'assit sur un tabouret. Un gardien ferma la porte vitrée, et fit coulisser les barreaux en place.

Ils étaient seuls, leurs genoux se touchaient, Robbie posa une main sur l'épaule du jeune homme et s'efforça de garder une contenance. Il s'était rongé les sangs pour savoir s'il devait évoquer Boyette. D'un côté, Donté avait probablement accepté l'inévitable et, avec l'heure qui lui restait, il était prêt à endurer tout ce qui l'attendait. Il paraissait apaisé. Pourquoi le bouleverser avec cette nouvelle histoire? D'un autre côté, il pourrait apprécier de savoir que l'on saurait finalement la vérité. Son nom serait lavé de tout soupçon, fût-ce à titre posthume. La vérité, toutefois, était loin d'être certaine, et il décida de ne pas évoquer Travis Boyette.

— Merci d'être venu, Robbie, fit-il dans un chuchotement.

— J'ai promis d'être ici jusqu'à la fin. Je suis désolé de n'avoir pas pu empêcher ça, Donté, vraiment désolé.

— Allez, Robbie, vous avez fait de votre mieux. Vous vous battez encore, non?

— Oh oui. Nous avons encore un recours en attente, un appel de dernière minute, donc il reste une chance.

— Une chance de quoi, Robbie?

— Une chance. Joey Gamble a admis qu'il avait menti au procès. Il était soûl hier soir, dans un club de strip-tease, et il a tout avoué. Nous l'avons secrètement enregistré, et nous avons déposé une requête ce matin. La cour l'a écartée. Et puis vers trois heures et demie cet après-midi, il nous a contactés et nous a dit qu'il voulait tout avouer.

La seule réaction de Drumm fut de secouer lentement la tête, d'incrédulité.

— Nous tentons d'introduire une dernière requête, qui inclut sa déclaration sous serment, et cela nous laisse une chance.

Ils étaient tous deux voûtés, leurs têtes se touchaient presque, ils se parlaient en chuchotant. Il y avait tant à dire, et si peu. Robbie était plein d'amertume envers le système, en colère au point d'être violent, accablé par son incapacité à défendre Donté, mais surtout, en cet instant, il était triste.

Pour le jeune homme, ce bref séjour dans cette cellule de détention était source de confusion. Devant lui, à moins de dix mètres, il y avait une porte qui menait à la fin, une porte qu'il préférait ne pas ouvrir. Derrière lui, c'était le couloir de la mort et l'existence exaspérante dans l'isolement, à l'intérieur d'une cellule qu'il préférait ne jamais revoir. Il s'était cru prêt à franchir la porte, mais il ne l'était pas. Et il ne voulait pas non plus revoir le centre Polunsky.

— Ne vous culpabilisez pas, Robbie. Ça va aller.

Le révérend Schroeder fut autorisé à sortir et tenta de respirer. Il avait neigé le lundi matin sur Topeka, et là, au Texas, il faisait vingt-six. Il s'adossa contre un grillage et regarda fixement les barbelés au-dessus de sa tête.

Il appela Dana et lui dit où il était, ce qu'il faisait, à quoi il pensait. Elle semblait aussi stupéfaite que lui.

L'affaire Drumm étant réglée, le président de la cour, Milton Prudlowe, quitta son bureau et se dépêcha de gagner le Rolling Creek Country Club, dans la partie centrale d'Austin, vers l'ouest. À dix-sept heures, il avait un match de tennis avec un très important contributeur financier de ses dernières campagnes – et des prochaines. Au milieu de la circulation, son téléphone portable sonna. Le greffier de la cour lui apprit qu'ils avaient reçu un appel du Defender Group, et qu'une autre requête était en cours de dépôt.

— Quelle heure avez-vous? lui demanda-t-il.

— Seize heures quarante-neuf.

— Je suis franchement fatigué de toutes ces manœuvres. Nous fermons à cinq heures, et tout le monde le sait.

— Oui, monsieur, fit le greffier.

Le greffier savait fort bien que le président Prudlowe traitait par le plus grand mépris ces recours en appels désespérés, lancés à la dernière minute par des avocats de la défense aux abois. Les affaires se prolongeaient des années sans guère d'activité et, ensuite, dans les heures ultimes, les avocats passaient soudain à la vitesse supérieure.

— Une idée de ce qu'ils déposent? demanda-t-il.

— Je crois que c'est la même chose que ce matin... un témoin oculaire qui se rétracte. Ils ont un souci avec leurs ordinateurs.

— Mince, comme c'est original. Nous fermons à cinq heures, et à cinq heures je veux que la porte soit fermée, et pas une minute de plus. Compris?

298

— Oui, monsieur.

À cinq heures moins le quart, Cicely Avis et deux auxiliaires juridiques quittaient les locaux du Defender Group avec une requête et la déclaration sous serment de Gamble. La totalité des douze exemplaires. Ils fonçaient au milieu du trafic, et Cicely appela le greffe pour informer de leur arrivée. Le greffier lui signala que le bureau serait fermé à dix-sept heures, l'horaire habituel, cinq jours par semaine.

— Mais nous avons une requête qui comprend une déclaration sous serment du seul témoin oculaire du procès, insista-t-elle.

— Je crois que nous l'avons déjà vue, lui rétorqua le greffier.

— Vous ne l'avez pas vue ! C'est une déclaration sous serment.

— Je viens de m'entretenir avec le président de la cour. Nous fermons à dix-sept heures.

— Mais nous aurons cinq minutes de retard !

— Nous fermons à dix-sept heures.

Travis Boyette était assis près d'une fenêtre de la salle de conférence, sa canne couchée sur les genoux, et il observait le désordre de tous ces gens qui s'invectivaient, pris de frénésie. Fred Pryor était tout près, et il observait, lui aussi.

Incapable de comprendre ce qui se passait, Boyette se leva et s'approcha de la table.

— Quelqu'un peut m'expliquer ce qui se passe ?

— Ouais. On est en train de perdre, lui rétorqua sèchement Carlos.

— Et ma déclaration ? Quelqu'un m'écoute, moi ?

— La réponse est non. Cela n'a guère impressionné la cour.

— Ils croient que je mens.

— Oui, Travis, ils croient que vous mentez. Je suis désolé. Nous vous croyons, mais notre voix ne compte pas.

— Je veux m'adresser aux journalistes.

— Je pense qu'ils sont occupés à couvrir les incendies.

Sammie Thomas jeta un œil à son ordinateur portable, griffonna quelque chose et tendit le papier à Boyette.

— C'est le numéro de portable d'un de nos crétins des télés locales. – Elle désigna une table près de la télévision. – C'est un téléphone. Libre à vous d'agir comme vous le souhaitez, monsieur Boyette.

Il se rendit au téléphone de son pas traînant, tapa le numéro, et attendit. Sammie, Carlos, Bonnie et Fred Pryor le surveillaient.

Il tenait le combiné en main, les yeux rivés au sol. Puis il tressaillit.

— Euh, oui, c'est Garrett? Bon, écoutez, je m'appelle Travis Boyette, et je suis au cabinet juridique de Robbie Flak. Je suis impliqué dans le meurtre de Nicole Yarber, et je voudrais passer à l'antenne et faire des aveux. – Un silence. Le tic. – Je veux avouer le meurtre de la fille. Donté Drumm n'avait rien à voir là-dedans. – Un silence. Le tic. – Oui, je veux le déclarer à l'antenne, et j'ai aussi pas mal d'autres choses à déclarer.

Les autres entendaient presque la voix suraiguë, survoltée, de Garrett. Quelle exclusivité!

— D'accord, fit Boyette, et il raccrocha. – Il regarda autour de lui dans la salle de conférence. – Il sera là dans dix minutes.

— Fred, pourquoi ne le conduis-tu pas devant l'immeuble, quelque part près de l'entrée, pour choisir un bon emplacement?

— Si je veux, je peux partir, non? Je ne suis pas forcé de rester ici?

— En ce qui me concerne, vous êtes un homme libre, lui confirma Sammie. Faites ce que vous voulez. Vraiment, cela m'est égal.

Boyette et Pryor sortirent de la salle et attendirent devant l'ancienne gare.

Carlos prit l'appel de Cicely Avis. Elle lui expliqua qu'ils étaient arrivés à la cour d'appel à dix-sept heures sept, les portes étaient closes, les bureaux fermés. Elle avait appelé le greffier au téléphone. Le greffier lui avait répondu qu'il n'était plus là, en fait, il était en route pour son domicile.

L'ultime requête de Donté ne serait pas enregistrée.

D'après le registre du club, le président Milton Prudlowe et son invité jouèrent une heure sur le court numéro 8, dès dix-sept heures.

25.

Le bungalow de Paul Koffee se trouvait au bord d'un petit lac, à une quinzaine de kilomètres au sud de Slone. Il le possédait depuis des années et il lui servait de lieu d'évasion, de repaire, de coin de pêche. Il lui avait aussi servi de nid d'amour du temps de ses ébats avec la juge Vivian Grale, un épisode malheureux qui avait débouché sur un vilain divorce où il avait failli perdre ce refuge. À la place, son ancienne épouse avait obtenu leur maison.

Après déjeuner, le jeudi, il avait quitté son bureau et pris la route du lac. La ville était en pleine débâcle, cela finissait par devenir dangereux, le téléphone sonnait sans arrêt et, à son bureau, personne n'essayait même de faire semblant de travailler. Il avait fui cette frénésie et n'avait pas tardé à se retrouver dans une campagne paisible, où il avait entamé les préparatifs d'une fête qu'il avait improvisée une semaine plus tôt. Il avait mis de la bière à rafraîchir, garni le bar, bricolé autour du bungalow, et attendu ses invités. Ils commencèrent d'arriver avant cinq heures – la plupart avaient quitté leur bureau tôt – et tout le monde avait besoin d'un verre. Ils se réunirent sur un ponton près du bord de l'eau – avocats à la retraite, avocats en activité, deux procureurs assistants du bureau de Koffee, un détective et d'autres amis divers, qui presque tous avaient un lien avec la justice ou le droit.

Drew Kerber et un autre inspecteur de police étaient là, eux aussi. Tout le monde avait envie de parler avec le flic qui avait résolu l'affaire. Sans son habile interrogatoire de Donté Drumm, il n'y aurait pas eu de condamnation. C'était lui qui s'était procuré les chiens qui avaient repéré l'odeur de Nicole dans le van Ford vert. Il avait adroitement manipulé un mouchard pour obtenir un autre aveu de leur suspect. Du bon, du solide travail de police. L'affaire Drumm représentait le couronnement de la carrière de Kerber, et il avait l'intention de la savourer jusqu'à la dernière minute.

Paul Koffee n'était pas en reste et forçait aussi l'attention. Il prendrait sa retraite dans quelques années et, dans son grand âge, il aurait un motif de se vanter. Contre la défense féroce montée par Robbie Flak et son équipe, Koffee et ses collaborateurs avaient lutté, lutté pour la justice, lutté pour Nicole. Le fait qu'il ait récolté ce verdict de mort tant convoité, en l'absence même d'un cadavre, était une raison supplémentaire de jubiler.

L'alcool relâcha la tension. Ils hurlèrent de rire à l'histoire de leur bien-aimé gouverneur faisant taire une foule de Noirs et traitant Drumm de monstre. Les réactions furent un peu moins démonstratives quand Koffee évoqua la requête, déposée à peine deux heures plus tôt, dans laquelle un cinglé prétendait être le tueur. Mais n'ayez crainte, les assura-t-il, la cour d'appel avait déjà rejeté le recours. Seul un autre appel était encore en cours d'examen, un appel bidon – « hé, bidon, ils le sont tous » –, mais la démarche était quasi mort-née devant la Cour suprême. Koffee eut le plaisir d'annoncer à ses invités que la justice était sur le point de l'emporter.

Ils échangèrent des histoires sur les églises incendiées, l'égreneuse qui avait brûlé, la foule de plus en plus dense à Civitan Park, et l'arrivée de la cavalerie. On attendait la garde nationale pour six heures, et tout le monde y allait de son avis sur la nécessité qu'elle intervienne ou pas.

Koffee faisait griller des poulets au barbecue, des blancs et des cuisses, roulés dans une sauce épaisse. Mais le régal de la nuit, annonça-t-il, ce seraient les *Drummsticks* – les pilons, en bon anglais. On rit en chœur, et l'écho de ces rires se répercuta sur le lac.

Huntsville est aussi la ville de l'université Sam Houston. L'établissement compte six mille étudiants – quatre-vingt-un pour cent de Blancs, douze pour cent de Noirs, six pour cent d'Hispaniques et un pour cent d'origines diverses.

Le jeudi en fin d'après-midi, nombre de ces étudiants noirs se laissèrent entraîner vers la prison, à huit rues du centre de Huntsville. L'opération Détour avait certes échoué dans sa tentative de barrer les routes, mais elle n'échouerait pas dans ses efforts pour semer un peu la pagaille. Aux abords de la prison, les accès étaient bouclés par la police de l'État du Texas et par celle de Huntsville. Les autorités s'attendaient à des troubles, et la sécurité autour du Quartier des Murs était stricte.

Les étudiants noirs se rassemblèrent à trois rues de la prison et se mirent à provoquer un grand tapage. Quand Robbie sortit du bâtiment des exécutions pour passer un coup de téléphone, il entendit des milliers de voix scander « Donté ! Donté ! », en cadence. Il ne voyait rien d'autre que l'enceinte extérieure du bâtiment et sa clôture grillagée, mais il sentait bien que la foule était proche.

Quelle différence cela faisait-il ? Il était trop tard pour les protestations et les marches. Il écouta une seconde, puis il appela le cabinet. Sammie Thomas lui répondit en bredouillant.

— Ils ne nous ont pas laissé déposer la requête Gamble. Ils ont fermé les portes à cinq heures, Robbie, et nous sommes arrivés sur place sept minutes trop tard. Et pourtant, ils savaient que nous arrivions.

Sa première tentation fut de flanquer son portable contre le mur de briques le plus proche et le regarder se fracasser en mille morceaux, mais il était trop abasourdi pour bouger. Elle continua.

— Le Defender Group a appelé le greffier quelques minutes avant cinq heures. Ils étaient dans leur voiture, ils fonçaient pour aller la déposer. Le greffier leur a répondu que c'était dommage, qu'il venait de parler avec Prudlowe et que le bureau fermait à dix-sept heures. Tu es là, Robbie ?

— Oui, non. Vas-y.

— Il ne reste plus que les requêtes en certiorari devant la Cour suprême. Aucune nouvelle pour l'instant.

Flak était adossé au grillage, il essayait de se ressaisir. Une crise de rage ne servirait à rien. Il pouvait toujours jeter des objets et proférer des jurons, et même, pourquoi pas, déposer des plaintes dès le lendemain, mais il avait besoin de réfléchir.

— Je n'attends aucune aide de la Cour suprême, et toi? fit-il.

— Non, pas vraiment.

— Eh bien, alors, c'est presque fini.

— Oui, Robbie, c'est le sentiment par ici.

— Tu sais, Sammie, tout ce qu'il nous fallait, c'était vingt-quatre heures. Si Travis Boyette et Joey Gamble nous avaient accordé vingt-quatre heures, nous aurions pu empêcher cette saleté, et il y aurait eu de bonnes chances pour que Donté sorte un jour d'ici. Vingt-quatre heures.

— Je suis d'accord et, en parlant de Boyette, il est dehors, il parle à une équipe de télévision. C'est lui qui les a appelés, pas nous, mais c'est moi qui lui ai communiqué le numéro. Il veut parler.

— Qu'il parle, bordel. Au point où nous en sommes, qu'il parle au monde. Je m'en moque. Carlos est prêt à balancer sa vidéo?

— Je crois.

— Alors donne-lui le feu vert. Je veux que tous les grands journaux et toutes les chaînes du Texas la reçoivent, tout de suite. Faisons le plus de bruit possible. Quitte à aller au tapis, autant qu'on y aille en foutant le feu.

— C'est comme si c'était fait, chef.

Pendant un instant, il écouta les slogans au loin, en restant le regard figé sur son téléphone portable. Qui pouvait-il appeler? Y avait-il quelqu'un au monde susceptible de leur venir en aide?

Lorsque les barreaux métalliques se refermèrent sur Keith Schroeder, il sursauta. Ce n'était pas sa première visite dans une prison, mais c'était la première fois qu'il était enfermé dans une cellule. Il respirait difficilement, il avait l'intestin noué, mais il avait prié pour avoir assez de force. C'était une prière brève. Dieu, donne-moi du courage et de la sagesse. Et ensuite, sors-moi de là, je t'en prie.

À l'entrée du révérend dans la cellule des visiteurs, Donté ne se leva pas, mais il sourit et lui tendit la main. Le prêtre la lui serra, une poignée de main molle et passive.

— Je m'appelle Keith Schroeder, fit-il en s'asseyant sur le tabouret, dos au mur, ses souliers à quelques centimètres de ceux du condamné.

— Robbie m'a expliqué que vous étiez un type bien, lui dit Drumm.

Il eut l'air de se concentrer sur le col du pasteur, comme pour avoir confirmation qu'il soit bien ministre du culte.

Keith réfléchit à ce qu'il allait répondre, mais sa voix se figea. Lui demander «Comment allez-vous?», avec une certaine gravité, paraissait grotesque. Que disait-on à un jeune homme qui allait mourir dans moins d'une heure, dont la mort était certaine, et que l'on aurait pu éviter?

On lui parlait de la mort.

— Robbie me dit que vous n'avez pas souhaité dialoguer avec l'aumônier de la prison, lui dit-il.

— Il travaille pour le système. Le système m'a persécuté depuis neuf ans, et bientôt il aura ce qu'il veut. Donc, moi, je ne veux rien lui concéder.

C'est d'une logique parfaite, songea le révérend. Donté se redressa, les bras croisés, comme s'il acceptait volontiers de débattre de la religion, de la foi, de Dieu, du ciel, de l'enfer, ou de tout ce que le prêtre voudrait aborder.

— Vous n'êtes pas du Texas, hein? reprit Donté.

— Du Kansas.

— L'accent. Vous croyez que l'État a le droit de tuer les gens?

— Non.

— Vous pensez que Jésus approuverait le meurtre des détenus en guise de châtiment?

— Bien sûr que non.

— Est-ce que «Tu ne tueras point» s'applique à tout le monde, ou Moïse a-t-il oublié de l'interdire aux gouvernements des États?

— Le gouvernement appartient au peuple. Ce commandement s'applique à tout le monde.

Donté sourit et se détendit un peu.

— D'accord, vous êtes reçu. On peut se parler. Qu'avez-vous en tête?

Le pasteur respirait un peu plus facilement, il était content de s'en être bien sorti pour l'examen d'entrée. Il s'attendait plus ou moins à rencontrer un jeune homme dépourvu de toutes ses capacités intellectuelles, et il se trompait. En affirmant à grand bruit que Donté avait fini par perdre la raison à cause du couloir de la mort, Robbie semblait s'être fourvoyé.

Il se lança.

— M. Flak me dit que vous avez été élevé dans l'Église, baptisé dès votre plus jeune âge, que vous aviez une foi puissante, élevé par des parents qui étaient des chrétiens fidèles.

— Tout cela est vrai. J'étais proche de Dieu, monsieur Schroeder, jusqu'à ce que Dieu m'abandonne.

— Appelez-moi Keith, je vous en prie. J'ai lu un article sur un homme qui était détenu ici, dans cette cellule, il s'appelait Darrell Clark, un jeune garçon de Midland, dans l'ouest du Texas. Il avait tué des gens, lors d'une guerre de la drogue, il avait été condamné et envoyé dans le couloir de la mort, l'ancien quartier, à Ellis. Pendant son séjour là-bas, quelqu'un lui a remis une bible, et quelqu'un d'autre a partagé avec lui sa foi chrétienne. Clark s'est converti au christianisme et il s'est grandement rapproché du Seigneur. Il a épuisé tous ses recours en appel, et la date de son exécution a été fixée. Il a accepté la fin. Il attendait la mort car il savait le moment exact où il entrerait au royaume des cieux. Je ne saurais songer à une histoire plus édifiante que celle de Darrell Clark.

— Qu'entendez-vous par là?

— Ce que j'entends par là, c'est que vous êtes sur le point de mourir, et vous savez quand cela va se produire. Très peu de gens savent cela. Les soldats sur le champ de bataille peuvent se sentir comme des hommes morts, mais ils ont toujours une chance de survivre. Je suppose que certaines victimes de crimes horribles se savent proches de la fin, mais elles sont averties à si brève échéance. Vous, en revanche, vous connaissez cette date depuis des mois. Et maintenant que l'heure est venue, le moment n'est pas mal choisi pour faire amende honorable auprès du Seigneur.

— Je connais la légende de Darrell Clark. Ses dernières paroles ont été «Seigneur, je vous confie mon âme», Luc XXIII, 46, les dernières paroles de Jésus avant de mourir sur la croix, en tout cas selon saint Luc. Mais quelque chose vous échappe, là, Keith. Clark a tué trois personnes, une exécution en règle, après cela ils l'ont condamné, et il n'a jamais invoqué son innocence. Il était coupable. Pas moi. Clark méritait d'être puni, pas d'être tué, mais emprisonné à vie. Moi, je suis innocent.

— Exact, mais la mort est la mort et, à la fin, rien d'autre ne compte, sauf votre relation avec Dieu.

— Donc vous essayez de me convaincre qu'ici, à la dernière minute, je devrais me précipiter pour retourner vers Dieu, et en quelque sorte tout simplement oublier ces neuf dernières années.

— Vous rendez Dieu responsable de ces neuf dernières années?

— Oui, en effet. Ce qui m'est arrivé, Keith, c'est que j'avais dix-huit ans, j'étais chrétien depuis longtemps, toujours pratiquant, mais je faisais aussi les bêtises que commettent la plupart des adolescents, rien de méchant, mais, merde, quand vous grandissez dans un foyer aussi strict que le mien, vous vous rebellez un peu. J'étais bon élève, mon affaire de football était un peu dans les choux, mais je ne trafiquais pas de drogue et je ne frappais pas les gens. Je restais à l'écart de la rue. J'étais impatient d'entrer en fac. Et ensuite, pour une raison que je ne comprendrai sans doute jamais, un éclair me frappe en pleine tête. Je me retrouve menotté. Je suis en prison. Ma photo paraît en première page. Je suis déclaré coupable longtemps avant mon procès. Mon sort est tranché par douze personnes, des Blancs, et la moitié de ces gens étaient de bons, de braves baptistes. Le procureur était méthodiste, le juge était presbytérien, ou du moins leurs noms figuraient quelque part dans les registres de l'Église. Et puis ils baisaient ensemble, mais je suppose que nous avons tous nos petites faiblesses avec la chair. Enfin, une majorité d'entre nous, en tout cas. Ils baisent entre eux, et ils prétendent me réserver un procès équitable. Le jury était une bande de péquenauds. Je me souviens d'être resté assis dans cette salle d'audience, à observer leurs visages alors qu'ils me condamnaient à mort – durs, impitoyables. Des visages de chrétiens – et je me suis dit : « On ne vénère pas le même Dieu. » Et non, en effet. Comment Dieu peut-il permettre à Son peuple de tuer si souvent ? Répondez à cela, s'il vous plaît.

— Le peuple de Dieu se trompe fréquemment, Donté, mais Dieu, Lui, ne se trompe jamais. Vous ne pouvez pas Le tenir pour responsable.

Il perdait de sa combativité. Ce moment lui pesait à nouveau, de tout son poids. Donté se pencha en avant, les coudes calés sur les genoux, et il laissa retomber la tête.

— J'ai été un loyal serviteur de Dieu, Keith, et regardez ce que j'ai obtenu.

Robbie revint de l'extérieur, entra dans le bâtiment et alla se poster devant la cellule des visiteurs. Le pasteur n'avait plus guère de temps devant lui.

— Voulez-vous prier avec moi, Donté ?

— Pourquoi ? J'ai prié les trois premières années où j'étais en prison, et les choses n'ont fait qu'empirer. J'aurais pu prier dix fois par jour, et je serais quand même assis ici, à causer avec vous.

— Très bien, cela vous gêne si je prie ?

— Allez-y, faites.

Le révérend ferma les yeux. Il avait du mal à prier en pareilles circonstances – avec Donté qui le dévisageait, Robbie qui attendait, anxieux, la pendule qui égrenait les secondes de plus en plus fort. Il demanda à Dieu de prêter à Donté force et courage, et d'avoir pitié de son âme. Amen.

Quand il eut terminé, il se leva, avec une petite tape sur l'épaule du jeune homme, qui ne croyait toujours pas qu'il serait mort dans moins d'une heure.

— Merci d'être venu, fit-il.

— J'ai été honoré de vous rencontrer, Donté.

Ils se serrèrent de nouveau la main. Ensuite, il y eut un fracas métallique et les portes s'ouvrirent. Schroeder sortit, Flak entra. La pendule murale, la seule qui comptait, en vérité, indiquait dix-sept heures trente-quatre.

L'exécution imminente d'un homme proclamant son innocence ne suscitait nullement l'intérêt des médias nationaux. Ces épisodes-là étaient devenus monnaie courante. Toutefois, ces églises incendiées en signe de représailles à la veille de l'exécution réveillèrent quelques producteurs d'émissions, car cela leur apportait un nouvel éclairage. Les échauffourées du lycée attisèrent la tension. Mais la possibilité d'une émeute raciale – ça, c'était trop bon pour être ignoré. Additionnez à ce drame un zeste de garde nationale et, en fin d'après-midi, se bousculaient à Slone les fourgons décorés de couleurs vives des télévisions de Dallas, Houston et d'autres villes, presque tous reliés en direct avec les chaînes câblées et celles du réseau national. Quand la rumeur se propagea qu'un homme prétendant être le vrai tueur voulait passer aux aveux face à la caméra, l'ancienne gare se transforma instantanément en véritable aimant pour les médias. Avec Fred Pryor gérant la chose, ou tentant du moins de préserver un semblant d'ordre, Travis Boyette se tenait sur la première marche du quai, tourné vers les journalistes et les caméras. Les micros étaient pointés sur lui comme des baïonnettes. Fred se mit à sa droite, et refoula même certains journalistes.

— Silence ! leur hurla-t-il. – Puis, avec un signe de tête, il s'adressa à Travis. – Allez-y.

L'ancien taulard était aussi raide et pétrifié qu'un lapin pris dans le faisceau des phares d'une voiture, mais il réussit à déglutir et finit par se lancer.

— Je m'appelle Travis Boyette, et j'ai tué Nicole Yarber. Donté Drumm n'avait rien à voir avec ce meurtre. J'ai agi seul. Je l'ai enlevée, violée plusieurs fois, et puis je l'ai étranglée jusqu'à ce qu'elle meure. Je me suis débarrassé du corps, et ce n'était pas dans la rivière Rouge.

— Où est-il ?

— Il est dans le Missouri, où je l'ai laissé.

— Pourquoi avez-vous fait ça ?

— Parce que je ne peux pas m'en empêcher. J'ai violé

d'autres femmes, beaucoup d'autres femmes, parfois je me suis fait prendre, parfois non.

Cette réponse stupéfia les journalistes, et quelques secondes s'écoulèrent avant la question suivante.

— Donc vous avez déjà été condamné pour viol ?

— Oh oui. J'ai eu quatre ou cinq condamnations.

— Êtes-vous de Slone ?

— Non, mais je vivais ici quand j'ai tué Nicole.

— La connaissiez-vous ?

Depuis ces deux dernières heures, Dana Schroeder était clouée devant la télévision, dans le petit coin salon, incapable de détacher les yeux des images de CNN, en attente d'autres nouvelles en provenance de Slone. Il y avait eu deux bulletins, de brefs aperçus concernant les troubles et la garde nationale. Elle avait vu le gouverneur se couvrir de ridicule. L'épisode gagnait en importance. Quand elle découvrit le visage de Travis Boyette, elle s'exclama :

— Le voilà.

Son mari était au bout du couloir de la mort occupé à réconforter un homme condamné pour meurtre, et elle avait devant les yeux celui qui avait réellement commis ce crime.

Joey Gamble était dans un bar, le premier qu'il avait trouvé en sortant du cabinet d'Agnès Tanner. Il était ivre, mais encore conscient de la tournure des événements. Il y avait deux télévisions accrochées au plafond, sur les deux murs opposés du bar, l'une était réglée sur SportsCenter, l'autre sur CNN. Quand il vit le reportage sur Slone, il s'approcha. Il écouta Boyette parler du meurtre de Nicole.

— Espèce de fils de pute, grommela-t-il, et le barman lui lança un regard interrogateur.

Mais ensuite il se sentit rasséréné. Il avait finalement dit la vérité, et maintenant le vrai tueur s'était dénoncé. Donté serait épargné. Il se commanda une autre bière.

Le juge Elias Henry était assis avec son épouse dans le salon de leur maison, non loin de Civitan Park. Les portes étaient fermées à double tour ; ses fusils de chasse étaient chargés et prêts. Une voiture de police patrouillait devant chez eux toutes les dix minutes. Un hélicoptère surveillait d'en haut. L'odeur de fumée emplissait l'air – fumée des pétards, dans le parc, et des bâtiments ravagés. On pouvait entendre la foule. Ses tambours, son rap tonitruant, ses litanies stridentes n'avaient fait que gagner en intensité, tout au long de l'après-midi. Le juge et Mme Henry avaient envisagé de partir pour la nuit. Ils avaient un fils à Tyler, à une heure de route, et il les avait encouragés à fuir, ne fût-ce que quelques heures. Mais ils avaient décidé de rester, surtout parce que leurs voisins restaient, et le nombre faisait la force. Le juge avait bavardé avec le chef de la police, qui lui avait assuré, non sans nervosité, que la situation demeurait maîtrisée.

La télévision était allumée, encore une information exclusive en provenance de Slone. Le magistrat attrapa la télécommande et monta le volume, et puis il y eut cet homme qu'il avait vu sur cette vidéo, moins de trois heures auparavant. Travis Boyette parlait, livrait des détails, en fixant une forêt de micros.

— Connaissiez-vous cette fille ? lui demandait un journaliste.

— Je ne l'avais jamais rencontrée, mais je l'avais suivie. Je savais qui elle était, je savais qu'elle était pom-pom girl. Je l'avais repérée.

— Comment l'avez-vous enlevée ?

— J'ai trouvé sa voiture, je me suis garé à côté, j'ai attendu qu'elle sorte de la galerie marchande. Je me suis servi d'un pistolet, elle n'a pas discuté. J'avais déjà fait ça.

— Aviez-vous déjà été condamné, au Texas ?

— Non. Missouri, Kansas, Oklahoma, Arkansas. Vous pouvez vérifier les casiers judiciaires. Je dis la vérité, et la vérité, c'est que j'ai commis ce crime. Et pas Donté Drumm.

— Pourquoi vous dénoncez-vous maintenant, et pas il y a un an ?

— J'aurais dû, mais je me suis dit que les tribunaux, dans le coin, finiraient par comprendre qu'ils tenaient le mauvais gars. Je venais de sortir de prison, au Kansas il y a quelques jours quand j'ai vu dans le journal qu'ils se préparaient à exécuter Drumm. Ça m'a surpris. Alors me voici.

— Pour le moment, seul le gouverneur peut stopper l'exécution. Que lui diriez-vous ?

— Je lui dirais : vous êtes sur le point de tuer un innocent. Accordez-moi vingt-quatre heures, et je vous montrerai où est le corps de Nicole Yarber. Juste vingt-quatre heures, monsieur le gouverneur.

Le juge Henry se gratta le menton de ses phalanges repliées.

— Une sombre soirée, qui maintenant s'annonce encore plus noire.

Barry Wallcott et Wayne Ringfield se trouvaient dans le bureau du gouverneur, en train de regarder Boyette sur CNN. Leur gouverneur était au bout du couloir, et accordait une interview pour la cinquième ou la sixième fois depuis sa réaction courageuse face à la foule en colère.

— On ferait mieux d'aller le chercher, suggéra Wayne.

— Ouais. J'y vais. Ouvre l'œil là-dessus.

Cinq minutes plus tard, Gill Newton regardait une rediffusion de l'intervention de Boyette.

— C'est manifestement un cinglé, décréta-t-il au bout de quelques secondes. Où est le bourbon ?

On remplit trois verres, et on dégusta le bourbon à petites gorgées, tout en écoutant Boyette parler du corps de la jeune fille assassinée.

— Comment avez-vous tué Nicole ?

— Étranglée avec sa ceinture, en cuir noir avec une boucle ronde en métal argenté, restée autour du cou de la jeune fille. – Boyette glissa la main sous sa chemise et en sortit une bague. Il la tendit devant les objectifs. – C'est à Nicole. Je la porte depuis cette nuit où je lui ai prise, il y a ses initiales et tout.

— Comment vous êtes-vous débarrassé du corps ?

— Disons juste qu'il est sous la terre.

— C'est loin d'ici ?

— Je ne sais pas, cinq ou six heures. Encore une fois, si le gouverneur voulait nous accorder vingt-quatre heures, nous pourrions le trouver. Cela prouverait que je dis vrai.

— Qui est ce type ? demanda Newton.

— Un violeur en série, un casier long d'un kilomètre.

— C'est sidérant comme ils se débrouillent toujours pour pointer leur nez juste avant une exécution, lâcha-t-il. Probablement payé par Flak.

Ils réussirent tous les trois à en rire, d'un rire nerveux.

Au bord du lac, les rires s'interrompirent quand un invité passa devant une télévision, à l'intérieur du bungalow, et vit ce qui se passait. Toute la petite fête s'y engouffra vite, et trente personnes se massèrent autour du petit écran. Personne ne dit un mot ; personne ne semblait plus respirer, alors que Boyette continuait, continuait, parfaitement disposé à répondre à toutes les questions en y apportant ses réponses abruptes.

— T'avais entendu parler de ce type, Paul ? demanda l'un des avocats à la retraite.

Paul secoua la tête, en guise de réponse négative.

— Il est au cabinet Flak, à l'ancienne gare.

— C'est Robbie qui nous sort encore un de ses vieux tours.

Pas un sourire, pas un visage ne se fendit d'une oreille à l'autre, pas même un gloussement un peu forcé. Quand Boyette sortit la bague, et l'exhiba sans retenue aucune devant les caméras, la peur balaya le bungalow, et Paul Koffee se fraya un passage jusqu'à un fauteuil.

Cette nouvelle fracassante ne parvint pas à tout le monde. À la prison, Reeva et sa troupe s'étaient regroupés dans un petit bureau où ils attendaient qu'on les achemine en minibus jusqu'au pavillon des exécutions. Non loin de là, la famille de Donté attendait elle aussi. Pendant l'heure suivante, les deux groupes de témoins seraient dans une étroite proximité l'un de l'autre, mais soigneusement séparés. À six heures moins vingt, la famille de la victime fut embarquée à bord d'un fourgon blanc banalisé de la prison et emmenée au pavillon, un trajet qui dura moins de dix minutes. Une fois là-bas, on les conduisit par une porte sans indication à une petite salle carrée, longue de quatre mètres et large de quatre. Il n'y avait pas de chaises, pas de bancs, et on les avait avertis que, de l'autre côté du rideau, c'était la véritable salle d'exécution. À six heures moins le quart, la famille Drumm effectuait le même trajet et pénétrait dans la salle des témoins par une autre porte. Les deux salles des témoins étaient situées côte à côte. Si quelqu'un toussait fort dans l'une, il était audible dans l'autre.

Ils attendirent.

26.

À six heures moins vingt, la Cour suprême des États-Unis refusa de statuer sur la requête en aliénation mentale de Donté, par cinq voix contre quatre. Dix minutes plus tard, la Cour, de nouveau par cinq voix contre quatre, rejetait la requête Boyette en certiorari. Robbie Flak prenait les appels à l'extérieur de la cellule de détention. Il ferma son portable, entra à l'intérieur du bâtiment, aborda le directeur Jeter.

— C'est fini. Plus d'appels, lui murmura-t-il.

Jeter hocha la tête, la mine sombre.

— Vous avez deux minutes.

— Merci.

Flak retourna en cellule de détention et apprit la nouvelle à Donté. Il n'y avait plus rien à tenter, le combat était terminé. Le jeune homme ferma les yeux, respira profondément. La réalité s'imposait. Jusqu'à cette minute, il y avait toujours eu un espoir, si lointain soit-il, si impalpable et improbable soit-il.

Puis il ravala sa salive, réussit à sourire, et se rapprocha un petit peu de Robbie. Leurs genoux s'effleuraient, leurs têtes n'étaient qu'à quelques centimètres l'une de l'autre.

— Dites, Robbie, vous croyez qu'ils l'attraperont un jour, le mec qui a tué Nicole?

Là encore, l'avocat eut envie de lui parler de Boyette, mais l'histoire était tout sauf close. La vérité était tout sauf certaine.

— Je n'en sais rien, Donté. Je ne peux rien prédire. Pourquoi?

316

— Voilà ce que vous allez faire, Robbie. S'ils ne chopent jamais ce type, alors les gens croiront toujours que c'est moi. Mais s'ils le trouvent, alors il faut me promettre que vous me disculperez. Vous voulez bien me le promettre, Robbie ? Je me moque de savoir combien de temps cela prendra, mais il faut me disculper.

— J'y veillerai, Donté.

— J'ai cette vision qu'un jour ma maman et mes frères et sœurs se tiendront devant ma tombe et fêteront ça, parce que j'aurai été innocenté. Ce ne sera pas génial, Robbie ?

— J'y serai aussi, Donté.

— Organisez une grande fête, là, dans le cimetière. Invitez tous mes amis, créez un boucan démentiel, faites savoir au monde que Donté est innocent. Vous ferez ça pour moi, Robbie ?

— Vous avez ma parole.

— Ce sera super.

Flak prit lentement les deux mains du jeune homme et les serra dans les siennes.

— Faut que j'y aille, mon grand. Je ne sais pas quoi dire, si ce n'est que c'était un honneur que d'être ton avocat. Je t'ai cru depuis le début, et je te crois encore plus aujourd'hui. J'ai toujours su que tu étais innocent, et je hais ces enfoirés qui rendent tout cela possible. Je vais continuer de me battre, Donté. Je te le promets.

Leurs fronts se touchèrent.

— Merci, Robbie, pour tout. Ça va aller.

— Je ne t'oublierai jamais.

— Prends soin de maman, d'accord, Robbie ?

— Tu sais que je n'y manquerai pas.

Ils se levèrent, s'étreignirent, une longue étreinte douloureuse que ni l'un ni l'autre ne voulait voir s'achever. Ben Jeter était à la porte, il attendait. Flak finit par quitter la cellule de détention et se rendit au bout du petit couloir où Schroeder, assis sur une chaise pliante, priait avec ferveur. Robbie s'assit à côté de lui et fondit en larmes.

Ben Jeter demanda une dernière fois à Donté s'il voulait voir l'aumônier de la prison. Il ne voulait pas. Le couloir commença de se remplir de gardiens en uniforme, de grands gaillards en pleine santé, au visage sévère, aux biceps épais. Les renforts étaient là, juste au cas où le détenu se serait finalement ravisé et n'avait aucune intention d'entrer paisiblement dans la salle d'exécution. L'endroit s'anima tout à coup d'une activité débordante, et se remplit de monde.

Jeter s'approcha de l'avocat.

— Allons-y.

Ce dernier se leva lentement et s'avança d'un pas, avant de s'arrêter et de regarder le révérend resté assis.

— Venez, Keith, fit-il.

Schroeder redressa la tête, le regard vide, ne sachant pas trop où il était, certain que son petit cauchemar allait bientôt prendre fin, et qu'il allait se réveiller dans son lit, avec Dana.

— Quoi ?

Flak le prit par le bras et le secoua non sans brusquerie.

— Allez. Il est temps d'assister à l'exécution.

— Mais...

— Le directeur a donné son accord. – Encore un geste brusque. – Vous êtes le conseiller spirituel du condamné, par conséquent, cela vous donne qualité de témoin.

— Je ne pense pas, Robbie. Non, écoutez, je vais juste attendre...

Plusieurs gardiens s'amusèrent de cette dispute. Keith avait conscience de leurs sourires narquois, mais cela lui était égal.

— Allons, insista Flak, en entraînant le pasteur. Faites-le pour Donté. Bon dieu, faites-le pour moi. Vous vivez au Kansas, un État qui applique la peine de mort. Venez observer un petit peu de démocratie en pleine action.

Le révérend suivit le mouvement, et tout se brouilla. Ils longèrent les deux colonnes de gardiens, dépassèrent la cellule de détention où l'on menottait à nouveau Donté, les yeux baissés, jusqu'à une porte étroite et anonyme que le prêtre n'avait pas encore remarquée. Elle s'ouvrit et se referma derrière eux. Ils se retrouvèrent dans une petite salle, comme un box, aux lumières tamisées. Flak finit par le lâcher pour aller au-devant de la famille Drumm, qu'il serra dans ses bras.

— Plus de recours, leur dit-il à voix basse. Il n'y a plus rien à faire.

Ce seraient les dix plus longues minutes de la très longue carrière publique de Gill Newton. De six heures moins dix à six heures, il hésita comme jamais. D'un côté, Wayne Wallcott le poussait de plus en plus rudement à accorder un sursis de trente jours. Son argument, c'était que l'exécution pouvait être retardée de trente jours, et de trente jours seulement, le temps que les esprits se soient calmés et que l'on puisse ouvrir une enquête sur les affirmations de Boyette. S'il disait la vérité, et si on pouvait retrouver le corps, alors le gouverneur serait un héros. S'il se révélait être un imposteur, comme ils le soupçonnaient fortement, alors Drumm vivrait trente jours de plus et ensuite il recevrait son injection. Politiquement, et sur le long terme, ce serait inoffensif. Les seuls dégâts irréparables surviendraient s'ils ignoraient Boyette, s'ils exécutaient Drumm, pour ensuite découvrir le corps exactement à l'endroit où Boyette les conduirait. Ce serait fatal, et pas seulement pour Drumm.

L'atmosphère était si tendue qu'ils en oublièrent le bourbon.

De l'autre côté, Barry Ringfield soulignait que toute forme de retraite ne serait rien d'autre qu'une manifestation de faiblesse, surtout à la lumière du tour de force du gouverneur devant la foule, moins de trois heures plus tôt. Les exécutions attirent toutes sortes d'individus en quête d'attention, surtout quand elles sont très controversées, et ce Boyette en était l'illustration parfaite. À l'évidence, il cherchait à attirer sur lui les feux de l'actualité, à se ménager son quart d'heure de célébrité et, lui permettre de faire avorter une exécution en bonne et due forme serait une erreur d'un point de vue judiciaire et, pire encore, du point de vue politique. Drumm avait avoué ce meurtre, répétait Ringfield sans relâche. Ne laissons pas un pervers obscurcir la vérité. C'était un procès équitable ! Les cours d'appel, dans leur totalité, ont confirmé la condamnation !

Jouez la sécurité, riposta Wallcott. Rien que trente jours, et peut-être apprendrons-nous quelque chose de nouveau sur l'affaire.

Mais cela fait neuf ans, répliqua Ringfield. La coupe est pleine.

— Y a-t-il des journalistes dehors ? demanda Newton.

— Bien sûr, lui dit Barry. Ils ont fait le pied de grue toute la journée.

— Rassemblez-les.

La marche finale fut brève, une dizaine de mètres, de la cellule de détention jusqu'à la salle d'exécution, et des gardiens étaient alignés sur tout le parcours, certains d'entre eux regardant du coin de l'œil pour voir le visage de cet homme mort, d'autres fixant le sol comme s'ils étaient des sentinelles montant la garde à une porte isolée. De la part d'un condamné à mort, on pouvait s'attendre à trois visages. Le plus courant, c'était une mine sombre, les yeux grands ouverts, une expression de peur et d'incrédulité. Le deuxième, également très courant, c'était une capitulation passive, les yeux mi-clos, comme si les produits chimiques étaient déjà à l'œuvre. Le troisième et le moins courant, c'était le visage en colère d'un homme qui, s'il avait eu une arme, aurait tué tous les gardiens visibles dans les parages. Donté Drumm ne résista pas ; cela se produisait rarement. Avec un gardien de part et d'autre le tenant par le coude, il marchait, le visage calme, les yeux au sol. Il ne permit pas à ses geôliers de voir la peur qu'il ressentait, et il ignora jusqu'à leur présence.

Pour un lieu aussi tristement célèbre, la salle d'exécution du Texas est remarquablement petite, une boîte presque carrée, de quatre mètres de côté, basse de plafond, équipée de façon permanente d'un lit en métal en son centre, habillé de draps blancs et propres pour chaque occasion. Ce lit remplit la pièce.

Donté fut étonné de tant d'exiguïté. Il s'assit au bord du lit, et quatre gardiens prirent promptement le relais. Ils lui firent pivoter les jambes, les étendirent, et lui immobilisèrent ensuite le corps, méthodiquement, au moyen de cinq épaisses sangles de cuir, une autour de la poitrine, une autour de l'abdomen, une à la taille, une aux cuisses et la dernière aux chevilles. Ses bras furent placés sur deux attelles orientées à quarante-cinq degrés par rapport à son corps et attachés avec d'autres sangles en cuir. Alors qu'ils le préparaient, il ferma les yeux, écouta et sentit toute cette activité fébrile autour de lui. Il y eut quelques borborygmes, quelques mots, mais ces hommes connaissaient leur besogne. C'était la dernière étape dans la chaîne du système, et les opérateurs étaient expérimentés.

Quand toutes les sangles eurent été serrées, les gardiens se retirèrent. Un technicien médical qui sentait l'antiseptique s'affaira autour de lui.

— Je vais chercher une veine, au bras gauche d'abord, et au droit ensuite. Vous me comprenez ?

— Je vous en prie, faites donc, lui répondit-il, et il ouvrit les yeux.

Le technicien lui frictionna le bras avec de l'alcool. Pour éviter l'infection ? Comme c'est attentionné. Derrière lui, deux tuyaux menaçants sortaient d'une ouverture sous une vitre opaque et couraient vers le lit. Le directeur était à sa droite, il surveillait le tout attentivement, l'air très responsable. Derrière le directeur, deux fenêtres identiques – les salles des témoins – étaient masquées par des rideaux. S'il en avait eu l'envie, et s'il n'y avait eu ces fichues sangles, il aurait pu tendre le bras et toucher la fenêtre la plus proche.

Les tuyaux étaient en place, un dans chaque bras, mais on n'en utiliserait qu'un seul. Le deuxième était là en dépannage, au cas où.

À six heures moins dix, le gouverneur Gill Newton sortit promptement se placer devant trois caméras, à l'extérieur de son bureau, et déclara, sans notes :

— Je maintiens mon refus d'un sursis. Donté Drumm a avoué ce crime atroce et doit en payer le prix ultime. Il a bénéficié d'un procès équitable il y a huit ans, il a été jugé par un jury composé de ses semblables, et son affaire a été examinée par cinq cours différentes, par des dizaines de juges, et tous ont confirmé sa condamnation. Sa protestation d'innocence n'est pas crédible, pas plus que cette tentative sensationnelle de dernière minute, venant de ses avocats, d'exhiber un nouveau tueur. Le système judiciaire du Texas ne saurait se laisser détourner par un criminel cherchant à attirer l'attention et par un avocat aux abois prêt à déclarer n'importe quoi. Dieu bénisse le Texas.

Il refusa de répondre aux questions et regagna son bureau.

Quand on ouvrit soudain les rideaux, Roberta Drumm faillit s'évanouir à la vue de son fils cadet étroitement sanglé sur le lit avec ces tuyaux sortant de ses deux bras. Elle en eut le souffle coupé, se couvrit la bouche des deux mains, et si Cédric et Marvin ne l'avaient pas soutenue, elle se serait effondrée. Ils furent tous sous le choc. Ils se serrèrent les uns contre les autres, et Flak se joignit à eux, pour leur apporter son soutien.

Keith Schroeder était trop hébété pour bouger. Il resta debout, à quelques pas. Des inconnus étaient derrière lui, des témoins, entrés à un certain moment, il ne savait pas trop quand. Ils s'avancèrent un peu, pour tâcher de mieux voir. C'était le deuxième jeudi de novembre et, à cette minute, le groupe d'étude de la Bible pour les dames se réunissait dans la sacristie de l'église luthérienne St Mark pour continuer son étude de l'Évangile selon saint Luc, qui serait suivie d'un dîner de pasta dans la cuisine. Keith, Dana et les garçons étaient toujours invités à ce dîner, et ils y prenaient part, en général. Son église lui manquait vraiment, et sa famille, et il ne comprenait pas trop pourquoi il avait de telles pensées en regardant fixement le crâne très sombre de Donté Drumm. Il offrait un contraste marqué avec la chemise blanche qu'il portait et les draps blancs comme neige qui l'entouraient. Les sangles de cuir étaient marron clair. Roberta sanglotait bruyamment, Robbie marmonna quelque chose, les témoins inconnus, derrière lui, insistaient encore pour mieux voir, et le pasteur avait envie de crier. Il était fatigué de prier, et ses prières étaient vaines, de toute manière.

Il se demanda s'il réagirait différemment si Donté était coupable. Il ne le pensait pas. La culpabilité le priverait certainement d'une part de sa compassion envers ce garçon, mais en suivant le déroulement des préparatifs, il fut frappé par la froideur, l'impitoyable efficacité, la belle ordonnance aseptisée de tout ceci. C'était la même chose que de tuer un vieux chien, un cheval boiteux ou un rat de laboratoire. Qui, au juste, nous confère le droit de tuer? S'il est mal de tuer, alors pourquoi sommes-nous autorisés à tuer? Tandis qu'il fixait Donté du regard, il savait que cette image ne s'effacerait jamais. Et il savait qu'il ne serait plus jamais le même.

Robbie Flak observait fixement Donté lui aussi, le côté droit de son visage, et songea à tout ce qu'il aurait pu faire autrement. Dans tout procès, l'avocat prend des dizaines de décisions instantanées, et il les avait toutes revécues. Il aurait engagé un autre expert, cité d'autres témoins, baissé d'un ton vis-à-vis du juge, il aurait été plus aimable avec le jury. Il s'en voudrait toujours bien que personne ne lui adresse de reproche. Il n'était pas arrivé à sauver un innocent, et ce fardeau-là était trop lourd. Un grand pan de son existence était aussi sur le point de périr, et il doutait d'être jamais plus le même.

À une porte de là, Reeva sanglotait à la vue du tueur de sa fille allongé sur le dos, impuissant, désespéré, attendant de respirer une dernière fois avant de s'en aller en enfer. Sa mort – rapide et assez agréable – n'était rien comparée à celle de Nicole, et Reeva aurait bien aimé assister à davantage de souffrance et de douleur. Wallis lui remonta le moral, un bras autour de son épaule. Elle était soutenue par ses deux enfants. Le père biologique de Nicole n'était pas là, et elle ne lui permettrait jamais de l'oublier.

Donté se retourna brutalement sur la droite, et l'image de sa mère devint plus nette. Il sourit, pointa un pouce en l'air, puis il se retourna et ferma les yeux.

À six heures une, le directeur Jeter s'avança vers une table et prit un téléphone, un numéro d'accès direct au bureau du procureur général, à Austin. On l'informa de ce que tous les recours étaient clos; il n'y avait aucune raison d'interrompre l'exécution. Il reposa le combiné, puis il en décrocha un autre, identique au premier. C'était une liaison directe avec le cabinet du gouverneur. Le message était le même, feu vert sur toute la ligne. À six heures six, il s'avança vers le lit.

— Monsieur Drumm, voulez-vous faire une dernière déclaration ?

— Oui, répondit-il.

Le directeur tendit la main vers le plafond et attrapa un petit micro, qu'il abaissa à moins d'une trentaine de centimètres du visage du condamné.

— Allez-y, fit-il.

Des fils le reliaient à un petit haut-parleur dans chaque salle des témoins.

Il s'éclaircit la gorge, fixa le micro du regard.

— J'aime ma mère et mon père et je suis tellement triste que mon papa soit mort avant que j'aie pu lui dire au revoir. L'État du Texas n'a pas voulu que j'assiste à son enterrement. À Cédric, Marvin et Andréa, je vous aime tous les trois et je vous reverrai plus tard. Je suis désolé de vous avoir fait subir tout cela, mais ce n'était pas ma faute. À Robbie, je t'aime, mon vieux. Tu es le plus grand. À la famille de Nicole, je suis désolé de ce qui lui est arrivé. C'était une fille délicieuse, et j'espère qu'un jour ils trouveront l'homme qui l'a tuée. Ensuite, j'imagine, vous serez tous forcés de revenir ici et de tout recommencer. – Il s'interrompit, ferma les yeux, puis il hurla : – Je suis un homme innocent ! J'ai été persécuté pendant neuf ans par l'État du Texas pour un crime que je n'ai pas commis ! Je n'ai jamais touché Nicole Yarber et je ne sais pas qui l'a tuée. – Il respira, ouvrit les yeux, et poursuivit. – À l'inspecteur Drew Kerber, à Paul Koffee, à la juge Grale, à tous ces racistes du jury, tous ces rats aveugles des cours d'appel, et au gouverneur Newton, le jour de votre jugement viendra. Quand on trouvera le vrai tueur, je serai là pour vous hanter.

Il se tourna et regarda sa mère.

— Au revoir, maman. Je t'aime.

Après quelques secondes de silence, Ben Jeter repoussa le micro vers le plafond. Il recula d'un pas et adressa un signe de tête au chimiste sans visage qui se cachait derrière la vitre noire, à gauche du lit. L'injection commença – trois doses différentes, administrées en succession rapide. Chacune des trois était suffisamment mortelle employée isolément. La première était du thiopental sodique, un puissant sédatif.

Donté ferma les yeux, et ne les rouvrit jamais plus. Deux minutes plus tard, une dose de bromure de pancuronium, un relaxant musculaire, interrompit sa respiration. La troisième, du chlorure de potassium, arrêta le cœur.

Avec toutes ces sangles de cuir, il était difficile de dire quand il cessa de respirer. Mais son souffle s'était bel et bien arrêté. À six heures dix-neuf, le technicien médical fit son apparition et ausculta le corps avec un stéthoscope. Il hocha la tête vers le directeur, qui, à six heures vingt et une, annonça que Donté Drumm était mort.

27.

Les rideaux se refermèrent ; la salle d'exécution échappa aux regards.

Reeva serra Wallis et Wallis serra Reeva, et ils serrèrent leurs enfants dans leurs bras. La porte de leur salle des témoins se rouvrit, et un fonctionnaire de la prison les guida rapidement vers la sortie. Deux minutes après l'annonce de la mort, Reeva et sa famille étaient de retour dans le van, escamotés avec une efficacité sidérante. Après leur départ, la famille Drumm fut escortée vers une autre porte, mais ses membres empruntèrent le même parcours.

Robbie et Keith restèrent seuls quelques secondes dans la salle des témoins. Robbie avait les yeux humides, le visage pâle. Il était profondément défait, vidé, mais en même temps il cherchait quelqu'un contre qui se battre.

— Vous êtes content d'avoir regardé ?

— Non, pas du tout.

— Moi non plus.

À l'ancienne gare, la nouvelle de la mort de Donté fut accueillie sans un seul commentaire. Ils étaient tous trop abasourdis pour parler. En salle de conférence, les yeux rivés à l'écran de télévision, ils entendirent prononcer ces mots, mais ils n'arrivaient toujours pas à croire que le miracle leur ait en un sens filé entre les doigts. Trois petites heures plus tôt, ils travaillaient avec l'énergie du désespoir sur les requêtes Boyette et Gamble, deux cadeaux tombés du ciel à la dernière minute qui paraissaient tellement porteurs d'espoir. Mais la TCCA avait rejeté la première et littéralement claqué la porte devant la seconde.

Et maintenant, Donté était mort.

Sammie Thomas pleurait en silence dans un coin. Carlos et Bonnie restaient l'œil fixé sur l'écran, comme si cette histoire pouvait encore changer et s'achever sur une fin plus heureuse. Travis Boyette était assis, les épaules voûtées, se massant le crâne, et Fred Pryor l'observait. Ils s'inquiétaient pour Robbie.

Subitement, l'ancien taulard se leva.

— Je ne comprends pas. Que s'est-il passé? Ces gens ne m'ont pas écouté. Je dis la vérité.

— Vous êtes en retard, Boyette, lui jeta Carlos.

— En retard de neuf ans, fit Sammie. Vous êtes resté assis sur votre cul pendant neuf ans, parfaitement disposé à laisser un autre purger votre peine, et ensuite vous débarquez dans les cinq dernières heures et vous espérez que tout le monde va vous écouter.

Carlos se dirigea vers lui, le doigt pointé.

— Tout ce qu'il nous fallait, c'était vingt-quatre heures, Boyette. Si vous vous étiez montré hier, nous aurions pu rechercher le corps. Si nous l'avions trouvé, il n'y avait pas d'exécution. Il n'y avait pas d'exécution parce qu'ils tenaient un faux coupable. Ils tenaient un faux coupable parce qu'ils sont stupides, mais aussi parce que vous étiez trop lâche pour vous dénoncer. Donté est mort, Boyette, à cause de vous.

Le visage de l'autre vira au cramoisi, et il chercha à attraper sa canne. Fred Pryor fut plus rapide. Il lui prit la main, eut un regard vers Carlos.

— On se calme. Tout le monde garde la tête froide.

Le téléphone de Sammie sonna. Elle y jeta un œil.

— C'est Robbie.

Carlos se détourna de Boyette, qui se rassit, avec Pryor tout près de lui. Sammie écouta quelques minutes, avant de reposer son portable. Elle essuya une larme.

— Pour une fois, la presse ne s'est pas trompée. Il est mort. Il m'a expliqué que Donté a été fort jusqu'à la fin, il a proclamé son innocence, il l'a fait de manière très convaincante. Robbie quitte la prison à l'instant. Ils vont rentrer en avion et seront là vers vingt heures. Il aimerait que nous l'attendions.

Elle se tut, fit de nouveau disparaître une larme qui coulait sur son visage.

Dès l'annonce de l'exécution de Donté, les gardes nationaux se déployèrent dans les rues autour de Civitan Park, dans le quartier blanc, et de Washington Park, dans le quartier noir. À Civitan Park, la foule n'avait cessé de grossir tout au long de l'après-midi, et elle s'avança aussitôt vers les gardes. Elle railla les soldats, les injuria, les insulta, quelques cailloux furent lancés, mais la violence, qui affleurait en surface, fut contenue. Il faisait presque noir, et, sans aucun doute, la situation allait se détériorer avec la nuit. À Washington Park, la foule était plus âgée et surtout composée de riverains. Les plus jeunes, qui étaient aussi ceux qui cherchaient le plus la bagarre, se dirigèrent vers l'autre côté de la ville, où les troubles avaient le plus de chances d'avoir lieu.

On ferma les portes des maisons à double tour, des veillées débutèrent sur les perrons et les vérandas, et les armes furent mises à portée de main. Devant toutes les églises de Slone, les hommes en sentinelle doublèrent les patrouilles.

À une quinzaine de kilomètres plus au sud, l'humeur, au bungalow, était bien plus joyeuse. Regroupés autour de la télévision, un verre de nouveau plein à la main, à l'annonce de la confirmation de l'exécution, tout le monde eut un sourire satisfait. Paul Koffee leva son verre en l'honneur de Drew Kerber, qui en fit de même à son intention. Les verres s'entrechoquèrent. L'hésitation gênante qu'ils avaient ressentie devant l'épisode Boyette était oubliée. Du moins pour le moment.

La justice avait fini par l'emporter.

Le directeur Jeter raccompagna Flak et Schroeder à l'entrée de la prison, leur serra la main, leur dit au revoir. L'avocat le remercia de sa prévenance. Le révérend ne savait pas au juste s'il avait envie de le remercier ou de l'insulter – son accord, à la dernière seconde, pour accepter la présence de Keith en tant que témoin l'avait amené à vivre une expérience horrible –, mais, fidèle à sa nature, il fit tout de même preuve d'élégance. Quand ils sortirent par la porte d'accès principale, ils purent constater d'où provenait le vacarme. Sur la droite, à trois rues de là, et derrière un mur de policiers municipaux et de l'État, des étudiants hurlaient et agitaient des pancartes et des banderoles de fortune. Ils étaient regroupés en rangs serrés au milieu d'une rue qui avait été fermée par un cordon de sécurité. Au-delà, la circulation était détournée. Une vague de véhicules avait tenté d'atteindre la prison et, après avoir été bloqués, leurs conducteurs en étaient simplement sortis pour se joindre à la foule. L'opération Détour avait prévu que les gens et les voitures obstruent les abords du pénitencier, et ce plan fonctionnait. Leur premier objectif, empêcher l'exécution, n'avait pas été atteint, mais les partisans de Donté s'étaient au moins mobilisés, et s'étaient fait entendre.

Aaron Rey attendait sur le trottoir, et il fit signe à Keith et Robbie d'approcher.

— Nous avons repéré un itinéraire pour filer d'ici. On est au bord de l'explosion.

Ils se dépêchèrent de regagner le minibus et démarrèrent. Le chauffeur fonça par des rues secondaires, évitant des voitures en stationnement et des étudiants en colère. Martha Handler étudiait le visage de Flak, mais pas une fois elle ne croisa son regard.

— On peut se parler ? lui demanda-t-elle.

Il secoua la tête, en signe de refus. Schroeder fit de même. Ils fermèrent tous deux les yeux.

Un salon funéraire de Huntsville détenait le contrat. L'un de ses corbillards de couleur noire était garé à l'intérieur du Quartier des Murs, à l'abri des regards, et quand le dernier des témoins et des officiels eut quitté le bâtiment de l'exécution, il recula par le portail qu'avaient emprunté les monospaces pour arriver et repartir. Un brancard pliable en fut extrait, monté et on le roula à l'intérieur de la salle d'exécution où on le cala bord à bord avec le lit où gisait Donté, immobile, libéré de ses entraves. On avait retiré les tuyaux, on les avait enroulés dans la salle sombre où le chimiste, toujours invisible, remplissait les papiers officiels. Après avoir compté jusqu'à trois, un quatuor de gardiens souleva doucement le cadavre et le déposa sur le brancard, où il fut aussitôt sanglé, mais pas aussi fermement, cette fois. On le masqua d'une couverture, propriété du salon funéraire et, quand tout fut en place, on roula le brancard jusqu'au corbillard. Vingt minutes après la déclaration de décès, le cadavre quittait le Quartier des Murs, par une autre route, afin d'éviter les manifestants et les caméras.

Au salon funéraire, le corps fut transféré dans une salle de soins mortuaires. M. Hubert Lamb et son fils Alvin, propriétaires de Lamb & Son Funeral Home, à Slone, Texas, attendaient. Ils allaient embaumer le corps en leurs locaux de Slone, sur la même table où ils avaient préparé celui de Riley Drumm, cinq ans plus tôt. Mais quand il était décédé, Riley était un vieil homme de cinquante-cinq ans, au corps flétri, diminué. Sa mort était prévisible et explicable. Pas celle de son fils. En tant qu'hommes constamment au contact de la mort, constamment occupés à manipuler des corps, les Lamb se figuraient avoir tout vu. Mais la vision de Donté gisant en paix sur ce brancard, le visage rasséréné, le corps intact, un jeune homme de vingt-sept ans, les laissa interloqués. Ils le connaissaient depuis qu'il était petit garçon. Ils l'avaient acclamé sur le terrain de football et, comme tous, à Slone, ils avaient espéré qu'il fasse une carrière longue et glorieuse. Ils avaient chuchoté, échangé des rumeurs avec le reste de la ville, après son arrestation. Ses aveux les avaient stupéfiés et, quand il s'était immédiatement rétracté, ils avaient été prompts à le croire. De leur côté de la ville, la police de Slone, et l'inspecteur Kerber en particulier, n'inspiraient guère confiance. Le garçon s'était fait piéger ; ils lui avaient soutiré ces aveux par la manière forte, comme au bon vieux temps. Ils avaient suivi son procès et sa condamnation par un jury blanc avec exaspération, s'étaient à moitié attendus à ce que ressurgisse le corps de la disparue, ou la jeune fille elle-même.

Avec l'aide de deux autres employés, ils soulevèrent Donté, et le placèrent délicatement dans un beau cercueil en chêne choisi par sa mère le lundi. Roberta avait versé un modeste acompte – elle avait une assurance qui couvrait les frais d'inhumation – et les Lamb avaient aussitôt accepté d'intégralement la rembourser si le cercueil devait se révéler inutile. Ils auraient été heureux de renoncer à l'utiliser. Ils avaient prié pour ne pas être là où ils étaient en cet instant – à récupérer ce corps, puis à le convoyer jusqu'à sa ville natale, avant de le préparer pour une veillée douloureuse, une cérémonie et un enterrement.

Les quatre hommes hissèrent le cercueil dans le corbillard de Lamb & Son et, à dix-neuf heures deux, Donté quitta Huntsville et emprunta la route du retour.

Le plateau de l'émission « Fordyce – Frappe Fort ! » était installé dans la petite « salle de bal » d'un motel bon marché appartenant à une chaîne, aux abords de Huntsville. Juchés sur des fauteuils pliants de metteur en scène, Reeva et Wallis étaient au maquillage pour le passage à l'antenne pendant que Sean Fordyce trépignait à sa manière habituelle, toujours aussi survolté. Il venait d'arriver en jet de cette autre exécution en Floride, avait failli ne pas rallier Huntsville dans les temps, mais il était content d'y être arrivé, car Nicole Yarber était devenue l'une de ses affaires les plus juteuses. Au cours de leur petit bavardage préliminaire, alors que les techniciens travaillaient comme des forcenés sur le son, la lumière, le maquillage, le script, Fordyce s'aperçut que Reeva n'avait pas encore entendu parler de l'intervention de Travis Boyette. Elle était à l'intérieur de la prison, elle se préparait à ce grand événement, quand la nouvelle avait éclaté. D'instinct, il avait décidé de ne rien lui révéler. Il gardait cela pour plus tard.

L'interview postérieure à l'exécution constituait la partie la plus dramatique de l'émission. Vous attrapez vos clients à peine quelques minutes après qu'ils ont vu mourir ce salopard, et ils sont capables de raconter n'importe quoi. Il cloua le bec à un technicien, insulta un cameraman, gueula qu'il était prêt à tourner. Un dernier raccord de poudre sur le front et, dès qu'il regarda l'objectif, ce fut un changement d'humeur immédiat, il fut tout sourire et se mua en homme compatissant. Ça tournait, et il expliqua où il était, restitua la chronologie, la gravité de l'heure et du moment, puis il s'approcha de Reeva.

— Reeva, c'est fini. Dites-nous ce que vous avez vu.

Un Kleenex dans chaque main – elle en avait consommé une boîte depuis le déjeuner –, elle se tamponna les yeux.

— Je l'ai vu, pour la première fois en huit ans, j'ai vu l'homme qui a tué mon bébé. Je l'ai regardé dans les yeux, mais il a refusé de me regarder.

Sa voix restait forte, ne se brisait pas encore.

— Qu'a-t-il déclaré ?

— Il a déclaré qu'il était désolé, et ça, j'y suis sensible.

Fordyce se pencha plus près, fronçant le sourcil.

— A-t-il dit qu'il était désolé d'avoir tué Nicole ?

— Quelque chose comme ça, fit-elle, mais Wallis secoua la tête et lança un regard à sa femme.

— Vous n'êtes pas d'accord, monsieur Pike ?

— Il a déclaré qu'il était désolé de ce qui s'était passé, mais pas de ce qu'il avait fait, grommela Wallis.

— Tu es sûr ? lança Reeva à son époux.

— Je suis sûr.

— Ce n'est pas ce que j'ai entendu.

— Parlez-nous de l'exécution, de la mort, fit Fordyce, sur un ton implorant.

Encore en rogne contre Wallis, elle secoua la tête et s'essuya le nez avec un Kleenex.

— Ça s'est déroulé bien trop tranquillement. Il s'est juste endormi. Quand ils ont ouvert les rideaux, il était déjà sur le petit lit, là-dedans, tout sanglé, l'air très en paix. Il a fait sa dernière petite déclaration, et après il a fermé les yeux. Nous n'avons rien pu voir, rien, aucun signe que le produit lui était administré, rien. Il s'est juste endormi.

— Et vous avez pensé à Nicole et à la mort horrible qu'elle a dû endurer ?

— Oh, mon Dieu, oui, exactement, mon pauvre bébé. Elle a tellement souffert. C'est terrible...

Sa voix s'étrangla et la caméra zooma en un plan encore plus serré.

332

— Vous auriez voulu qu'il souffre ? lui demanda l'animateur.

Il incitait. Il provoquait.

Elle hocha la tête avec vigueur, les yeux fermés. Fordyce questionna Wallis.

— Qu'est-ce qui va changer, maintenant, monsieur Pike ? Qu'est-ce que cela signifie pour votre famille ?

Il réfléchit une seconde et, pendant qu'il réfléchissait, Reeva lâcha :

— Ça signifie beaucoup, de savoir qu'il est mort, de savoir qu'il a été puni. Je pense que je dormirai mieux, la nuit.

— A-t-il prétendu être innocent ?

— Oh, oui, fit-elle, et les larmes disparurent un instant. Cette même vieille rengaine qu'on a entendue pendant des années. «Je suis innocent !» Eh bien, maintenant, il est mort, c'est tout ce que je peux affirmer.

— Avez-vous jamais pensé qu'il puisse être innocent, que quelqu'un d'autre aurait pu tuer Nicole ?

— Non, pas une minute. Le monstre a avoué.

Fordyce recula un peu.

— Avez-vous entendu parler d'un homme, Travis Boyette ?

Une expression de vide.

— Qui ?

— Travis Boyette. À cinq heures et demie, cet après-midi, il est intervenu à la télévision, à Slone, et il a prétendu être le tueur.

— Grotesque.

— Voici les images, continua le producteur, en désignant un écran de vingt pouces sur la droite.

Sur un signal, la vidéo de Travis Boyette défila. Le volume était réglé très fort; le reste du plateau était parfaitement immobile. Cet homme parlait, et Reeva l'observa attentivement, le front plissé, presque avec un sourire narquois, et puis elle secoua la tête. Un imbécile, un imposteur. Elle savait qui était le tueur. Mais quand Boyette sortit la bague du lycée, la brandit devant les caméras, et annonça qu'il l'avait conservée sur lui depuis neuf ans, Reeva blêmit, elle en resta bouche bée, et ses épaules s'affaissèrent.

Sean Fordyce avait beau être un partisan déclaré de la

peine de mort, comme la majorité des braillards des chaînes câblées, face à un sujet brûlant, il ne s'encombrait jamais d'idéologie. La possibilité que ce ne soit pas la bonne personne qui ait été exécutée porterait indubitablement un coup à la peine capitale, mais il s'en moquait comme d'une guigne. Il était en plein cœur de l'affaire la plus brûlante de l'heure – il figurait en deuxième position sur la page d'accueil de CNN – et il comptait en tirer le maximum.

Et il ne voyait rien de mal à tendre une embuscade à son invitée. Ce n'était pas la première fois et, si cela devait générer davantage de tension dramatique, il n'hésiterait pas à recommencer.

Boyette disparut de l'écran.

— Avez-vous vu cette bague, Reeva? fit-il d'une voix retentissante.

On eût dit qu'elle venait de voir un spectre. Puis elle se ressaisit et se souvint que tout était filmé.

— Oui, réussit-elle à répondre.

— Et c'est celle de Nicole?

— Oh, il n'y a aucun moyen de l'affirmer. Qui est ce type et d'où la tient-il?

— C'est un violeur en série avec un casier long comme ça, voilà qui c'est.

— Ah, d'accord. Et qui va le croire?

— Donc vous ne le croyez pas, Reeva?

— Bien sûr que non. – Mais les larmes s'étaient effacées, et avec elles son aplomb. Elle paraissait confuse, désorientée et très fatiguée. Il allait enchaîner sur une autre question. – Sean, la journée a été longue, fit-elle. Nous rentrons à la maison.

— Oui, bien sûr, Reeva, juste encore une question. Maintenant que vous avez assisté à une exécution, pensez-vous qu'il faudrait les diffuser à la télévision?

D'un geste sec, elle dégrafa le micro de sa veste et se leva d'un bond.

— Allons-y, Wallis. Je suis fatiguée.

L'interview était terminée. Reeva, Wallis et leurs deux enfants sortirent du motel avec frère Ronnie dans leur

sillage. Ils s'entassèrent dans le minibus de l'église et se dirigèrent vers Slone.

À l'aéroport, le révérend Schroeder appela Dana pour la
tenir au courant des dernières péripéties de son petit
périple. Il se sentait en chute libre, à présent, ignorant absolument où il allait, et n'étant pas sûr de savoir d'où il venait.
Quand il lui expliqua, avec douceur, qu'il venait d'assister à
une exécution, elle resta sans voix. Et lui aussi. La conversation fut brève. Elle voulait savoir si tout allait bien, et il fut
forcé de lui répondre que non, franchement pas.

Le King Air décolla à sept heures cinq et fut vite englouti
par d'épais nuages. L'appareil enchaînait les plongeons et
les embardées, tout à fait comme un vieux camion sur une
route accidentée. « Turbulences modérées », avait annoncé le
pilote à l'embarquement. Avec le grondement des moteurs,
la sensation d'être secouée en tous sens et le brouillard hallu-
cinant des images de ces deux dernières heures, Keith trouva
plus simple de fermer les yeux et de battre en retraite dans
son petit cocon bien à lui.

Flak avait lui aussi battu en retraite. Il était assis, le buste
penché vers l'avant, les coudes sur les genoux, le menton
dans la main, les yeux clos, perdu dans ses pensées et ses souvenirs douloureux. Martha Handler avait envie de parler, de
prendre des notes, de s'imprégner de la plénitude de ce
moment, mais il n'y avait personne à interviewer. Aaron Rey
fixait le vide par le hublot, le visage tendu, comme s'il s'attendait à ce qu'une aile se brise.

À un peu plus de mille cinq cents mètres, le vol se fit un
peu plus calme et le bruit dans la cabine reflua. Robbie s'in-
clina dans son siège et sourit à Martha.

— Quelles ont été ses dernières paroles ? lui demanda-
t-elle.

— Qu'il aime sa maman et qu'il est innocent.

— C'est tout ?

— Cela suffit. Il y a un site Internet consacré au couloir de
la mort du Texas, un site officiel, où ils mettent en ligne les
dernières déclarations des condamnés. Donté y figurera
demain avant midi. Il les a tous nommés, les tristes sires...

Kerber, Koffee, la juge Grale, le gouverneur. Superbe, tout bonnement superbe.

— Donc il est parti en combattant ?

— Il n'était pas en mesure de combattre, mais il n'a pas lâché d'un pouce.

La voiture était une vieille Buick, propriété d'une vieille veuve, Mme Nadine Snyderwine, et elle était garée à proximité de sa modeste maison sur un terre-plein bétonné, sous un chêne à feuilles de saule. Sa propriétaire prenait le volant trois fois par semaine, au maximum, et, avec sa vue déclinante, elle savait que ses jours de conductrice étaient comptés. Mme Snyderwine n'avait jamais travaillé en dehors de chez elle, jamais rencontré beaucoup de monde, et certainement jamais provoqué personne. On avait choisi son véhicule parce qu'il était accessible et, surtout, parce qu'il était garé dans une rue sombre et tranquille, dans l'un des quartiers blancs de la ville. La Buick n'était pas fermée – mais une serrure n'aurait pas changé grand-chose. La portière côté conducteur fut ouverte, on alluma un cocktail Molotov que l'on jeta à l'intérieur, et les pyromanes disparurent dans la nuit sans laisser de trace. Un voisin vit des flammes, l'appel au 911 fut enregistré à sept heures vingt-huit.

S'il y avait eu la moindre chance pour que la vieille Buick ait déclenché un court-circuit, que la vieille berline ait d'une manière ou d'une autre pris feu toute seule, de telles conjectures furent balayées lorsque le second appel parvint au 911 à sept heures trente-six. Une autre voiture était en feu, un break Volvo garé dans une rue située à mi-chemin entre le palais de justice et Civitan Park. Cinq camions de pompiers sillonnèrent la ville sirènes hurlantes, des escortes de police leur dégageant le passage. Autour du parc, une foule houleuse applaudit les sirènes, une foule qui grossissait à mesure que la nuit s'avançait. Pourtant, à part quelques mineurs ivres ou détenteurs d'herbe, aucun délit n'avait été commis. Pas encore. Excepté quelques troubles à la tranquillité publique, mais au vu de la tension du moment, la police n'était guère encline à pénétrer dans le parc et à gâcher la fête. La foule était d'une humeur belliqueuse, alimentée par la nouvelle de la mort de Donté, les déclarations de Travis Boyette, un rap déchaîné que déversaient à pleins tubes les sonos des véhicules, et un peu de drogue et d'alcool.

La police surveillait et évaluait les choix qui s'offraient à elle. Ses chefs se réunirent en petit comité avec la garde nationale et élaborèrent une stratégie. La moindre initiative déplacée risquait de provoquer une réaction imprévisible, surtout parce qu'à cet instant-là, cette masse de gens n'avait pas de véritable chef et aucune idée de ce que serait la suite de cette nuit. À peu près toutes les demi-heures, un imbécile allumait une guirlande de pétards et, l'espace d'une fraction de seconde, les policiers et les soldats de la garde se figeaient en tentant de démêler si ces crépitements n'étaient pas ceux d'une fusillade. Jusqu'à présent, il ne s'agissait que de pétards.

Le troisième appel fut enregistré à huit heures moins vingt, et c'était le plus inquiétant de tous jusque-là. En fait, quand le chef de la police reçut tous les détails, il envisagea de quitter lui-même la ville. Dans le bastringue de Big Louie, à l'ouest de Slone, le parking gravillonné était bondé, comme d'habitude le jeudi, la soirée qui marquait officieusement la fin de la semaine. Pour donner le coup d'envoi, Big Louie offrait tout un assortiment de boissons spéciales, toutes à prix réduit, ce qui avait le don d'emballer les beaufs. Parmi tous les véhicules garés devant ce bâtiment métallique un peu miteux, la quasi-totalité était des pick-up, Ford ou Chevrolet, moitié-moitié. Les pyromanes en choisirent un de chaque, fracassèrent les vitres, balancèrent leurs cocktails Molotov et disparurent dans l'obscurité. Un retardataire, dans son pick-up, crut voir «une pair'd'gars, des Noirs» détaler pliés en deux, l'air très suspect. Mais il n'était pas assez près et n'avait pas vu leurs visages. En fait, il n'était même pas certain qu'ils aient été noirs.

Quand les beaufs se ruèrent au-dehors et virent les flammes ronflantes s'échapper des camionnettes, ils se carapatèrent dans un sauve-qui-peut général. Il s'ensuivit un véritable chaos, une course au carambolage, tout le monde tentant d'échapper à l'incendie. Un bon nombre réussirent à déguerpir, n'ayant manifestement plus soif, impatients de rentrer au bercail, de fermer leurs portes à double tour, de charger les fusils. Tous les pick-up garés chez Big Louie avaient au moins un pistolet sous le siège ou dans la boîte à gants. Beaucoup avaient un fusil de chasse accroché sous la lunette arrière.

Ce n'était pas le meilleur public avec lequel déclencher une bagarre. Si vous brûliez le pick-up d'un homme, il était prêt à vous faire la guerre.

28.

À huit heures du soir, il ne restait plus un seul pilon, trop d'alcool avait été consommé, et la majorité des invités de Koffee furent impatients de rentrer et de constater l'étendue des dégâts, en ville. Les équipes de télévision se précipitaient d'un bout de Slone à l'autre, tâchant de suivre les incendiaires à la trace, et ces incendies mirent effectivement un terme aux festivités du lac. Drew Kerber traîna un peu, temporisant en attendant que tout le monde s'en aille. Il ouvrit une autre bière et dit à Paul Koffee :

— Il faut qu'on parle.

Ils se rendirent au bord de l'étroit ponton, aussi loin du bungalow que possible, bien qu'il n'y ait plus personne. Koffee avait une bouteille de bière, lui aussi. Ils s'adossèrent à la rambarde et regardèrent l'eau en contrebas.

Kerber cracha, avala une gorgée de bière.

— Ce type, Boyette, il t'inquiète ?

Koffee parut prendre un air surpris, ou du moins essaya-t-il.

— Non, mais toi, oui, visiblement.

Une longue et lente lampée de bière, et l'inspecteur reprit.

— J'ai grandi à Denton, et il y en avait, des Boyette, dans le quartier. Ted Boyette était un bon ami, on a fini le lycée ensemble, ensuite il est entré dans l'armée et il a disparu. J'ai entendu dire qu'il s'était créé des ennuis, mais j'ai déménagé, j'ai abouti ici, et je l'ai plus ou moins oublié. Tu sais comment c'est, les amis d'enfance, tu ne les oublies jamais,

mais tu ne les revois jamais non plus. En tout cas, en janvier 1999, et je me souviens du mois parce qu'on avait déjà bouclé Drumm, j'étais à la gare et il y avait d'autres gars de la brigade qui rigolaient à cause d'un voyou qu'ils avaient chopé dans un pick-up volé. Ils avaient consulté son fichier. Le type avait trois condamnations pour agression sexuelle. Un délinquant sexuel identifié dans trois États, et il avait dans les trente-cinq ans seulement. Les collègues se demandaient : c'est quoi, le record ? Lequel de tous ces pervers est fiché dans le plus grand nombre d'États ? Quelqu'un a demandé son nom. Quelqu'un d'autre a répondu « T. Boyette ». Je n'ai pas pipé mot, mais j'étais curieux de savoir si ça ne pouvait pas être le gars de notre quartier. J'ai vérifié son dossier, j'ai vu qu'il s'appelait Travis, mais j'étais quand même curieux. Deux jours plus tard, on le conduisait au tribunal pour une comparution éclair devant le juge. Je n'avais pas envie qu'il me voie, parce que c'était mon ancien copain, je n'avais pas envie de le gêner. La salle d'audience était très animée, c'était facile de ne pas se faire remarquer. Mais ce n'était pas lui. C'était Travis Boyette, le même type qui est en ville à l'heure qu'il est. Je l'ai reconnu à la seconde où je l'ai vu à la télévision... le même crâne ras, le même tatouage dans le cou, du côté gauche. Il était ici, Paul, à Slone, en prison, à peu près au moment où la fille a disparu.

Koffee réfléchit ferme quelques secondes.

— D'accord, fit-il, supposons qu'il ait été là. Cela ne signifie pas qu'il ait dit la vérité sur le fait qu'il l'aurait tuée.

— Et s'il dit la vérité ?

— Tu ne parles pas sérieusement.

— Fais-moi plaisir, Paul. Et si c'était le cas ? Et si Boyette disait la vérité ? Et si Boyette avait vraiment la bague de cette fille ? Et si Boyette les conduit au cadavre ? Et si, Paul, et si... ? Aide-moi, là. C'est toi le juriste.

— Je n'y crois pas.

— On risque une inculpation ?

— Pour quel motif ?

— Un meurtre, par exemple ?

— Tu es ivre, Kerber ?

— J'ai ma dose.

— Alors dors ici, ne prends pas le volant. Pourquoi n'es-tu pas en ville avec tes collègues ?

— Je suis inspecteur, pas agent de police. Et j'aimerais bien conserver mon poste, Paul. Juste une hypothèse, qu'arrivera-t-il si ce Boyette dit la vérité ?

Koffee vida sa bouteille, puis il la balança dans le lac. Il alluma une cigarette, et relâcha un long panache de fumée.

— Il n'arrivera rien. On est à l'abri. Je contrôle le jury de mise en accusation, par conséquent c'est moi qui décide qui est accusé, et de quoi. Il n'a jamais existé de cas où un inspecteur de police ou un procureur aient été confrontés à une inculpation suite à une condamnation par erreur. Le système, c'est nous, Kerber. On pourrait être poursuivis devant un tribunal civil, mais il y a peu de risques. En plus, on est assurés par la ville. Donc, là, arrête de t'inquiéter. On est blindés. Du Teflon.

— Je risque de me faire virer ?

— Non, parce que dans le cadre d'une procédure civile, cela vous créerait du tort, à toi et à la ville. Mais ils t'offriront sans doute une retraite anticipée. La ville prendra soin de toi.

— Alors on va s'en sortir ?

— Oui, et je t'en prie, arrête avec ça, tu veux ?

Kerber sourit, respira à fond, et but une autre longue gorgée.

— Juste curieux, fit-il. C'est tout. En réalité, je suis pas vraiment inquiet.

— J'aurais juré le contraire.

Ils regardèrent fixement l'eau pendant un moment, tous deux perdus dans leurs pensées, mais réfléchissant tous les deux à la même chose. Finalement, ce fut Koffee qui reprit la parole.

— Boyette était en prison ici, et il sortait de conditionnelle dans un autre État, exact ?

— Exact. Je crois que c'était l'Oklahoma, peut-être l'Arkansas.

— Alors comment a-t-il pu se tirer ?

— Je ne me souviens pas de tout, mais je vérifierai son fichier dans la matinée. Il semblerait qu'il ait déposé sa caution, et qu'ensuite il ait disparu. Je n'avais rien à voir avec cette affaire, et dès que j'ai compris que c'était un autre Boyette que le mien, je l'ai oublié. Jusqu'à ce jour.

Un autre temps mort dans la conversation.

— Détends-toi, Kerber, insista Koffee. Tu as monté un bon dossier, il a eu un procès équitable, et sa culpabilité a été confirmée par tous les tribunaux. Que peut-on espérer d'autre? Le système a fonctionné. Bordel, Drew, ce garçon a avoué.

— Bien sûr qu'il a avoué. Je me suis souvent demandé, quand même, ce qui serait arrivé sans ses aveux.

— Tu ne te fais pas du souci pour ces aveux, n'est-ce pas?

— Oh non, j'ai agi dans les règles.

— Oublie, Drew. Écoute, c'est terminé, vraiment terminé. Il est trop tard pour revenir sur ce que nous avons fait. Ce garçon est sur le chemin du retour. Dans une boîte.

L'aéroport de Slone était fermé. Le pilote déclencha l'allumage des balises par signal radio, depuis ses commandes, et l'approche et l'atterrissage s'effectuèrent en douceur. Ils roulèrent jusqu'à la modeste aérogare et, dès que les hélices se furent immobilisées, ils se dépêchèrent de sortir du petit bimoteur. Flak remercia le pilote et promit de l'appeler plus tard. Ce dernier lui transmit ses condoléances. Le temps d'arriver au camping-car, Aaron avait déjà parlé avec Carlos et reçu un rapport complet.

— Des incendies dans toute la ville, fit-il. Ils brûlent des voitures. Carlos m'apprend qu'il y a trois équipes de télévision sur le parking du bureau. Ils veulent te parler, Robbie, et ils veulent revoir Boyette.

— Pourquoi ils ne brûlent pas les camions des chaînes de télé? lança l'avocat.

— Tu vas leur parler?

— Je n'en sais rien. Fais-les patienter. Que fabrique-t-il, Boyette?

— Il regarde la télévision. Carlos me dit qu'il est en rogne parce que personne ne l'a écouté, et il refuse de raconter quoi que ce soit d'autre aux journalistes.

— Si je l'attaque à la batte de base-ball, tu veux bien m'empêcher de le tuer ?

— Non, lâcha Aaron.

À peine franchies les limites de la ville, ils s'efforcèrent de repérer les signes de ces troubles. Aaron se cantonna aux rues secondaires, à l'écart du centre et, quelques minutes plus tard, ils arrivèrent à l'ancienne gare. Toutes les lumières étaient allumées. Le parking était plein, et il y avait en effet trois camions de télévision en faction. Le temps que Flak descende, les journalistes l'attendaient. Il leur demanda poliment d'où ils venaient et ce qu'ils voulaient. Une équipe était de Slone, l'autre d'une chaîne de Dallas, et la troisième de Tyler. Il y avait aussi plusieurs journalistes de la presse écrite, notamment un de Houston. Robbie leur proposa un accord : s'il organisait une petite conférence de presse, dehors, sur le quai, et s'il répondait à leurs questions, s'en iraient-ils, ensuite, sans revenir à la charge ? Il leur rappela qu'ils se trouvaient dans un endroit qui était sa propriété privée et qu'il avait le droit de les prier de partir à tout moment. Ils acceptèrent ce marché ; c'était merveilleux.

— Qu'en est-il de Travis Boyette ? demanda un journaliste.

— Je n'ai pas la responsabilité de M. Boyette. J'ai cru comprendre qu'il était encore à l'intérieur et qu'il ne souhaitait rien ajouter. Je vais lui parler, voir ce qu'il compte faire.

— Merci, monsieur Flak.

— Je suis de retour dans une demi-heure, précisa-t-il, et il monta les marches.

Schroeder, Aaron et Martha le suivirent. Quand ils entrèrent en salle de conférence et virent Carlos, Sammie Thomas, Kristi Hinze, Fanta et Fred Pryor, ils succombèrent à l'émotion. Il y eut des étreintes, des condoléances et des larmes.

— Où est Boyette ? demanda Robbie.

Fred Pryor lui désigna la porte fermée d'un petit bureau.

— Bon, garde-le moi là-dedans. On se réunit autour de la table de conférence. J'aimerais vous décrire la chose, tant que cela reste frais dans mon esprit. Le révérend Schroeder pourra m'aider, parce qu'il était là, lui aussi. Il a passé un moment avec Donté, et il l'a regardé mourir.

Keith était déjà dans un siège contre le mur, vidé, exténué, lessivé. Ils le regardèrent avec incrédulité. Il hocha la tête sans un sourire.

Flak retira sa veste et dénoua sa cravate. Bonnie apporta un plateau de sandwiches et le déposa devant lui. Aaron en attrapa un, Martha également. Le pasteur les repoussa d'un geste : il avait perdu l'appétit. Quand ils furent installés, Robbie prit la parole.

— Il a été très courageux, mais il espérait un miracle de dernière minute. Je crois qu'ils l'espéraient tous.

Comme un enseignant de cours élémentaire à l'heure du cours d'histoire, il leur fit vivre la dernière heure de l'existence de Donté et, quand il eut fini, ils étaient de nouveau tous en larmes.

Les pierres commencèrent à voler, certaines jetées par des adolescents, de jeunes casseurs qui prenaient soin de se dissimuler derrière d'autres groupes d'adolescents, et d'autres par des individus que personne ne vit. Une pluie de pierres qui s'abattit dans Walter Street, où la police et les gardes nationaux maintenaient une ligne de défense temporaire. Le premier blessé fut un officier de police de Slone qui reçut un caillou dans les dents et s'abattit violemment au sol, au grand ravissement de la foule. La vision d'un flic à terre provoqua d'autres jets de pierre, et Civitan Park finit par exploser. Un sergent de police prit la décision de faire évacuer la foule et, armé d'un mégaphone, il ordonna à tout le monde de se disperser immédiatement, sous peine d'arrestation. Cet ultimatum provoqua une réaction de colère, et d'autres pierres, d'autres débris volèrent. La foule conspua la police et la garde, proféra des insanités et des menaces et ne manifesta aucune intention d'obéir aux ordres. Les policiers et les soldats, casqués et protégés par des boucliers, s'avancèrent en formation triangulaire, traversèrent la rue et pénétrèrent dans le parc. Plusieurs étudiants, parmi lesquels Trey Glover, le tailback titulaire, et meneur initial de ces manifestations, s'avancèrent à leur tour en tendant les mains, afin qu'on les

344

arrête. Tandis que l'on menottait Glover, un caillou ricocha sur le casque de l'officier de police qui l'appréhendait. Ce dernier hurla et lâcha un juron, puis il oublia Trey et pourchassa le gamin qui venait de lui lancer cette pierre. Une petite partie des manifestants s'égailla en courant dans les rues, mais la plupart d'entre eux tinrent bon, en lançant tout ce qu'ils pouvaient ramasser. Les abris des joueurs d'un des terrains de base-ball étaient en parpaings, une réserve de projectiles idéale, une fois cassés en morceaux, pour être balancés sur ces hommes et ces femmes en uniforme. Un étudiant entortilla un cordon de pétards autour d'un bâton, alluma la mèche et balança l'engin improvisé dans le triangle formé par les flics. Les explosions forcèrent les policiers et les soldats à rompre les rangs et à courir se mettre à couvert. La foule hurla de triomphe. Quelque part derrière la formation des forces de l'ordre, un cocktail Molotov tomba du ciel et atterrit sur le toit d'un véhicule de police banalisé et inoccupé, garé au bord de Walter Street. L'essence dégoulina sur la carrosserie, et les flammes se propagèrent rapidement. Ce spectacle déchaîna une vague d'acclamations et de hurlements survoltés parmi la foule. Un van de télévision arriva au moment où la situation dégénérait. La journaliste, une blonde à l'allure sérieuse qui aurait dû se borner à présenter la météo, accourut micro en main et fut accueillie par un policier furibond qui exigea qu'elle regagne son fourgon et dégage de là vite fait. Le fourgon, peint en blanc avec un lettrage en capitales rouges et jaunes, constituait une cible commode et, quelques secondes après s'être brutalement arrêté, il fut bombardé de cailloux et de débris. Soudain, un morceau de parpaing frappa la journaliste derrière la tête, où il provoqua une belle entaille, et elle perdit connaissance. Regain d'acclamations et d'obscénités. Beaucoup de sang. Son cameraman la traîna pour la mettre en sécurité, et la police appela une ambulance. Pour ajouter encore à la fête et à la frénésie, une pluie de bombes fumigènes se déversa sur la police et la garde qui prirent à ce moment-là la décision de riposter avec des gaz lacrymogènes. Dès les premières grenades, la panique s'empara de la foule. Elle commença de se disperser, des gens détalèrent, s'éparpillèrent dans le quartier. Dans les rues autour de Civitan Park, des hommes étaient sur le pas de leur porte, écoutant ces désordres tout proches, guettant le moindre signe de mouvement ou de troubles. Les femmes et les enfants étaient en sûreté, à l'intérieur, et eux, ils montaient la garde avec leurs fusils et leurs carabines, n'attendant qu'une chose, l'apparition d'un visage noir. Quand Herman Gist, au 1485 Benton Street, vit trois jeunes de couleur arriver dans sa direction en marchant au milieu de la chaussée, il tira deux coups de feu en l'air depuis son perron et hurla aux jeunes de retourner dans leur quartier. Les gamins s'enfuirent. Les coups de feu percèrent la nuit, c'était le signal que les partisans de l'autodéfense venaient d'entrer dans la mêlée – un signal grave. Toutefois, fort heureusement, Herman Gist ne tira plus d'autres coups de feu.

La foule continuait de se débander. Quelques étudiants lançaient des pierres en battant en retraite. À neuf heures, le parc avait été bouclé, et les forces de l'ordre marchèrent sur un lit de détritus – bouteilles et boîtes vides, barquettes de fast-food, mégots, emballages de pétards, assez de déchets pour remplir une décharge. Les deux abris de base-ball avaient disparu, il n'en restait plus rien que des bancs en ferraille. La guérite aux pop-corns et aux sandwiches avait été fracturée, mais elle ne contenait rien qui puisse intéresser les voleurs. Suite au tir de lacrymogènes, plusieurs véhicules avaient été abandonnés, dont le 4 × 4 de Trey Glover. Il était déjà sous les verrous, avec une dizaine de manifestants. Quatre d'entre eux s'étaient constitués prisonniers, les autres avaient été capturés. Plusieurs étudiants avaient dû être conduits à l'hôpital, sous l'effet des gaz. Trois policiers avaient été blessés, ainsi que la journaliste.

L'odeur âcre des lacrymogènes se répandait dans le parc. Un nuage gris de bombes fumigènes restait en suspens à proximité des terrains de base-ball. L'endroit ressemblait à un champ de batailles – sans les morts.

L'interruption de la fête se traduisit par le fait qu'un bon millier de jeunes Noirs en colère se retrouvèrent à errer dans Slone sans aucune intention de rentrer chez eux – et leurs projets du moment n'avaient rien de très constructif.

L'emploi des gaz les avait rendus furieux. Ils avaient été élevés avec la vision de ces images en noir et blanc des jets d'eau des lances à incendie braquées sur les étudiants noirs de Birmingham en 1963, des grenades lacrymogènes lors des émeutes du Watts à Los Angeles ou des chiens lâchés sur les manifestants des marches de défense des droits civils à Selma, en 1965. Ce combat épique faisait partie de leur héritage, de leur ADN, c'était un chapitre glorieux de leur histoire, et subitement ils étaient là, dans les rues, à protester, à se battre, et à se faire gazer, tout comme leurs aînés. Ils n'avaient aucune intention de cesser le combat. Si les flics voulaient leur jouer des coups tordus, ils l'auraient cherché.

Le maire, Harris Rooney, suivait la dégradation de la situation dans sa petite ville depuis les locaux des services de police, transformés en centre de commandement. Avec le chef des forces de l'ordre, Joe Radford, ils avaient pris la décision de disperser la foule à Civitan Park et de mettre un terme à ces manifestations, et ils s'étaient mis d'accord pour faire usage des gaz. Et ils recevaient désormais un torrent d'informations, par radio et par téléphone portable, leur signalant des jeunes qui rôdaient en groupes, fracassaient des fenêtres, hurlaient des menaces aux automobilistes au passage, lançaient des pierres et toutes sortes de détritus, un comportement de hooligans.

À neuf heures et quart, le maire appela le révérend Johnny Canty, pasteur de l'Église méthodiste africaine de Bethel. Les deux hommes s'étaient rencontrés le mardi, quand le révérend avait supplié le maire d'intervenir auprès du gouverneur en faveur d'un report de l'exécution. Le maire avait refusé. Il ne connaissait pas Gill Newton, n'avait aucune influence sur lui et, qui plus est, toute personne réclamant au gouverneur un sursis perdait son temps. Canty avait prévenu Rooney d'un risque de troubles si l'exécution de Donté avait lieu. Le maire avait été sceptique.

Tout son scepticisme avait maintenant cédé la place à la peur.

Mme Canty répondit au téléphone et expliqua que son mari n'était pas à la maison. Il se trouvait au salon funéraire, où il attendait le retour de la famille Drumm. Elle lui communiqua un numéro de portable, et il eut enfin le révérend au bout du fil.

— Eh bien, bonsoir, monsieur le maire, fit-il à voix basse, de sa voix chaude de prédicateur. Comment vont les choses, ce soir ?

— La situation est assez dramatique, révérend. Comment allez-vous ?

— J'ai connu des jours meilleurs. Nous sommes ici au salon funéraire, où nous attendons le retour de la famille avec le corps ; aussi, à l'heure qu'il est, je ne vais pas très bien. Que puis-je pour vous ?

— Vous aviez raison pour les troubles, révérend. Je ne vous ai pas cru, et je suis désolé. J'aurais dû vous écouter, et je ne l'ai pas fait. Mais les choses semblent aller de mal en pis. Nous avons huit incendies, je crois, une dizaine d'arrestations, une demi-douzaine de blessés, et il n'y a aucune raison de croire que le bilan ne va pas s'alourdir. La foule à Civitan Park a été dispersée, mais celle de Washington Park grossit de minute en minute. Je ne serais pas surpris que quelqu'un se fasse tuer très bientôt.

— Il y a déjà eu mort d'homme, monsieur le maire. J'attends le corps.

— Je suis navré.

— Quel est l'objet de cet appel, monsieur le maire ?

— Vous êtes une figure très estimée de notre collectivité. Vous êtes le pasteur de Drumm. Je vous demande de vous rendre à Washington Park et d'appeler au calme. Ils vous écouteront. Cette violence et ces désordres ne servent à rien.

— J'ai une question, monsieur le maire. La police s'est-elle servie de gaz lacrymogènes contre ces jeunes gens de Civitan Park ? Je l'ai entendu dire, il y a quelques minutes à peine.

— Eh bien, oui. Nous avons jugé que c'était nécessaire.

— Non, ce n'était pas nécessaire, et c'était une erreur monumentale. En gazant nos enfants, la police n'a fait qu'aggraver les choses. N'attendez pas de moi que je me précipite pour réparer les dégâts. Bonsoir.

Et il coupa la communication.

Robbie Flak, flanqué d'Aaron Rey et Fred Pryor, répondait aux questions face aux micros et aux caméras. Il expliqua que Travis Boyette était encore dans les locaux et qu'il ne souhaitait parler à personne. Un journaliste lui demanda s'il pouvait entrer l'interviewer. Uniquement si vous avez envie de vous faire arrêter, et pourquoi pas même de vous faire tirer dessus, lui répliqua-t-il vivement. Restez à l'écart du bâtiment.

Ils voulaient savoir ce qu'avait été le dernier repas du condamné, sa dernière visite, ses dernières paroles, et ainsi de suite. Qui étaient les témoins ? Des contacts avec la famille de la victime ? Autant de questions qui ne valaient rien, de l'avis de Robbie, mais enfin, à l'heure qu'il était, le monde entier lui paraissait dénué de valeur.

Au bout de vingt minutes, il les remercia. Et ils le remercièrent à leur tour. Il les pria de s'en aller et de ne pas revenir. Dans l'éventualité où Boyette changerait d'avis et souhaiterait s'exprimer, il lui prêterait un téléphone et lui donnerait un numéro.

Keith Schroeder suivit cette conférence de presse depuis un recoin sombre du quai, à l'extérieur des bureaux, mais sous la véranda. Il était en ligne avec Dana, il lui rapportait les événements de la journée, il s'efforçait de rester éveillé, quand subitement elle lui annonça que Robbie Flak était à l'écran. Elle regardait les infos sur le câble et il était là, en direct de Slone, Texas.

— Je suis à une quinzaine de mètres derrière lui, dans la pénombre, lui dit-il, en baissant la voix.

— Il a l'air fatigué, remarqua-t-elle. Fatigué et peut-être un peu dingue.

— Les deux. La fatigue, ça va, ça vient, mais je le soupçonne d'être aussi toujours un peu dingue.

— Il a l'air assez extravagant.

— Je confirme, mais derrière les apparences, il y a un être attachant.

— Où est Boyette ?

— Dans une salle, à l'intérieur, avec une télévision et de quoi manger. Il préfère ne pas sortir, et c'est une bonne

349

chose. Ces gens connaissaient Donté, et ils l'aimaient. Boyette n'a pas d'amis, par ici.

— Il y a quelques minutes, ils ont montré des incendies et ils ont mentionné le maire. Il m'a l'air un peu à cran. Tu es en sécurité, Keith ?

— Bien sûr. J'entends des sirènes au loin, mais rien d'autre.

— Je t'en prie, sois prudent.

— Ne t'inquiète pas. Je vais bien.

— Tu ne vas pas bien. Tu es crevé. Je le sens. Dors un peu. Quand rentres-tu à la maison ?

— Je prévois de partir d'ici dans la matinée.

— Et Boyette ? Il rentre ?

— Nous n'avons pas abordé le sujet.

29.

Slone comptait trois salons funéraires, deux pour les Blancs (de statut supérieur ou inférieur) et un pour les Noirs. On avait certes réalisé l'intégration dans des domaines importants de la vie – les écoles, la politique, l'emploi et l'activité commerciale. Mais dans d'autres, on n'y parviendrait jamais car aucune des deux communautés, ni les Blancs ni les Noirs, n'en voulait. Quelques Noirs fréquentaient les grandes églises blanches, en ville, et ils étaient les bienvenus. Quelques Blancs, encore plus rares, étaient parfois visibles dans les églises noires, où ils étaient traités comme tout le monde. Mais la vaste majorité demeurait avec ses congénères, et ce n'était guère par sectarisme ou racisme. C'était plus une question de tradition ou de préférence. Les Blancs appréciaient davantage le rituel ordonné, plus maîtrisé, du dimanche matin. Prière d'ouverture à onze heures, suivie d'un peu de très belle musique, et ensuite un joli sermon, concis, épuré, sortie à midi et certainement pas plus tard que midi dix, car à cette heure-là, ils mouraient tous de faim. Dans les églises noires, le temps ne comptait pas. Les esprits étaient plus libres, et cela engendrait un style de culte plus spontané. Les douze coups de midi passaient inaperçus. Le déjeuner se déroulait souvent sur les lieux, un peu à n'importe quelle heure, et personne n'était pressé de partir.

Et la mort était si différente, elle aussi. On n'était jamais pressé d'enterrer un défunt noir, alors que les Blancs voulaient en général que ce soit terminé dans les trois jours, au maximum. Le salon funéraire noir était plus animé, avec plus de visiteurs, des veillées plus longues, des adieux plus prolongés. Dans ce quartier de la ville, Lamb & Son fournissait un service très digne, depuis des décennies. À l'arrivée du corbillard, quelques minutes après vingt-deux heures, une foule solennelle attendait sur la pelouse devant la petite chapelle. Les amis du défunt gardèrent le silence, tête baissée, le visage sombre. Ils regardèrent Hubert et Alvin ouvrir la portière arrière du corbillard, puis donner des instructions aux porteurs du cercueil – huit amis de Donté qui, pour la plupart, avaient joué au football pour les Slone Warriors. Ils le portèrent, sur quelques pas, en suivant Hubert Lamb, puis disparurent par une porte latérale. Le salon funéraire était fermé et n'ouvrirait pas avant le lendemain matin, quand Donté aurait été dûment préparé et serait prêt à être livré aux regards.

Des sirènes hululaient au loin. L'atmosphère était lourde, chargée de peur et de fumée. Ceux qui ne provoquaient pas encore de troubles comptaient bien ne pas être en reste.

Une voiture s'arrêta sur le parking et se gara à côté du corbillard. Roberta Drumm en descendit, avec Marvin, Cédric et Andréa, et ils se dirigèrent lentement vers l'entrée, où ils furent accueillis par leurs amis. Il y eut des étreintes, des murmures et des larmes. La famille finit par entrer, mais les amis ne s'en furent pas. Une autre voiture s'engagea sur le parking et vint s'immobiliser tout près du fourgon mortuaire. C'était Robbie, avec Aaron Rey ; ils se glissèrent devant la petite foule rassemblée et entrèrent par la porte latérale. Dans le premier salon, l'avocat retrouva la famille. Ils s'assirent ensemble, s'embrassèrent, pleurèrent comme s'ils ne s'étaient pas vus depuis des mois. À peine quelques heures plus tôt, ils avaient regardé Donté mourir, mais ce moment et ce lieu leur paraissaient si lointains désormais.

Sur la route du retour de Huntsville, la famille Drumm avait écouté la radio et parlé au téléphone. Ils avaient questionné Robbie Flak sur ce personnage, ce Boyette, et il leur avait communiqué tous les renseignements dont il disposait. Ils savaient que la situation était sombre, à Slone, et s'attendaient à ce qu'elle empire, et Roberta répéta plusieurs fois qu'elle voulait voir cesser cette violence. Ce n'est pas en votre pouvoir, lui assura Robbie. Cela échappe à tout contrôle.

Hubert Lamb entra dans le salon.

— Roberta, Donté est prêt.

Elle pénétra dans la salle de soins mortuaires, seule, ferma la porte derrière elle, tourna la clef dans la serrure. Son beau garçon gisait sur une table étroite, recouverte de draps blancs pour la circonstance. Il était habillé des vêtements dans lesquels ils l'avaient tué – une chemise blanche de piètre qualité, un pantalon kaki usagé, des chaussures de deuxième main –, cadeau de l'État du Texas. Elle lui toucha délicatement les joues et l'embrassa sur le visage – le front, les lèvres, le nez, le menton –, elle l'embrassa, l'embrassa, et ses larmes roulèrent comme de grosses gouttes de pluie. Elle ne l'avait plus touché depuis huit ans, leur dernière étreinte avait été un bref baiser volé alors qu'on le conduisait hors de la salle d'audience, le jour de sa condamnation à mort, et maintenant, elle sanglotait, et elle se souvenait de cette souffrance indicible qu'elle avait ressentie à le voir entraîné au loin, dans le fracas des chaînes qui lui entravaient les pieds, ces gros adjoints du shérif qui l'encerclaient comme s'il avait pu tuer quelqu'un d'autre, les visages suffisants des procureurs, des jurés, du juge, fiers de leur œuvre.

« Je t'aime, maman », lui avait-il lancé par-dessus son épaule, et ils l'avaient poussé vers une porte, et il avait disparu.

Sa peau n'était pas froide, et pas chaude non plus. Elle toucha la petite cicatrice qu'il avait sous le menton, petit prix de consolation après une bagarre de voisinage, à coups de cailloux, quand il avait huit ans. D'autres bagarres de ce type avaient suivi. Enfant, c'était une petite teigne, endurci par Cédric, son frère aîné, qui le taquinait constamment. Une petite teigne, mais un garçon délicieux. Elle lui toucha le lobe de l'oreille droite, le petit trou, à peine visible. Il s'était acheté une boucle d'oreille, un petit diamant factice, il avait quinze ans, et il le portait quand il sortait avec des amis. Il le cachait à son père, quand même. Riley l'aurait réprimandé.

Son beau garçon gisait là si paisible, et si sain. Mort, sans l'atteinte de la maladie. Mort, sans blessure. Mort, sans mutilation. Elle lui examina les bras et ne put y trouver trace des piqûres d'aiguille laissées par les injections. Il n'y avait aucun signe de la mise à mort, rien de visible extérieurement. Il paraissait reposer et attendre qu'on lui administre la substance suivante, qui allait doucement le réveiller et lui permettre de rentrer chez lui avec sa mère.

Il avait les jambes étendues, les bras le long du corps. Hubert Lamb l'avait prévenue, la raideur allait bientôt s'installer, et il fallait donc qu'elle s'active. De son sac à main, elle sortit un mouchoir en papier pour s'essuyer les joues et une paire de ciseaux pour découper cette tenue pénitentiaire. Elle aurait pu déboutonner la chemise, mais à la place elle en découpa le devant, puis descendit le long des manches, retirant les morceaux les uns après les autres, qu'elle laissa tomber sur le sol. Des larmes lui coulaient encore sur les joues, mais elle fredonnait à présent, un vieux gospel. « Take My Hand, Precious Lord. » Elle se tut pour passer la main sur son ventre bien plat, sa poitrine et ses épaules à la peau douce, et elle s'étonna de constater à quel point il avait dépéri en prison. L'athlète farouche avait disparu, remplacé par un prisonnier brisé. Il était lentement mort, en prison.

Elle déboucla la ceinture en toile bon marché et, pour faire bonne mesure, la tailla en deux et la laissa tomber sur le tas de morceaux de tissu. Demain, quand elle serait seule, elle avait prévu de brûler ces fragments de la prison dans son jardin, lors d'une cérémonie intime à laquelle elle serait la seule à assister. Elle délaça ces chaussures épouvantables, les retira, et fit glisser les chaussettes en coton blanc. Elle effleura les cicatrices de sa cheville gauche, rappels indélébiles de la blessure qui avait mis fin à sa carrière de footballeur. Elle découpa son pantalon, en suivant soigneusement les coutures intérieures et délicatement l'entrejambe. De ses trois garçons, c'était Cédric le minet, le mannequin qui cumulait deux boulots à mi-temps pour pouvoir s'acheter des vêtements des meilleures marques. Donté préférait les jeans et les pullovers, et un rien l'habillait. Un rien, sauf ces combinaisons qu'il portait en prison. Elle taillait et lâchait les pièces de pantalon sur le tas de tissus. De temps à autre, elle s'interrompait pour s'essuyer les joues du dos de la main, mais il fallait qu'elle se dépêche. Le corps se raidissait. Elle se rendit à un évier et ouvrit le robinet.

Le caleçon était blanc et trop grand. Elle lui fit un sort en quelques petits coups de ciseau et le lui retira. Le tas était complet. Il était nu, il quittait le monde tel qu'il y était entré. Elle versa du savon liquide dans l'évier, fit couler l'eau qui l'éclaboussa, régla la température, puis ferma le robinet. Elle trempa un linge et entama la toilette de son fils. Elle frotta les jambes, puis les sécha rapidement avec une petite serviette. Elle lui lava les parties génitales, et se demanda combien de petits-enfants il lui aurait donnés. Il aimait les filles, et elles l'aimaient. Elle lui lava délicatement la poitrine et les bras, le cou et la figure, le sécha tout en continuant.

Quand le bain fut fini, elle passa à la dernière partie de ces préparatifs, la plus difficile. Avant le départ de la famille pour Huntsville, Cédric s'était arrêté au salon funéraire avec un nouveau costume que Roberta avait acheté et modifié. Il pendait à un mur, avec une chemise blanche et neuve et une élégante cravate mordorée. Le plus difficile, supposait-elle, ce serait la chemise et la veste ; le pantalon et les chaussures seraient moins compliqués. Et elle ne se trompait pas. Les bras de Donté refusaient de se plier, à présent, et elle enfila la chemise au bras droit, avec précaution, puis bascula doucement son fils sur le flanc gauche. Elle lui passa la chemise autour du torse, le rallongea sur le dos, fit entrer difficilement le bras gauche, et la lui boutonna rapidement. Elle fit de même avec la veste, en laine mélangée gris foncé et, quand elle la lui passa autour du torse, elle s'arrêta une seconde pour l'embrasser à la tempe. Il avait les jambes raides. Centimètre par centimètre, elle fit remonter un caleçon en coton noir, une grande taille, trop large. Elle aurait dû acheter une taille moyenne. Le pantalon lui prit un peu de temps. Elle tira doucement dessus, d'un côté, de l'autre, souleva Donté par la taille, non sans mal, pour achever la besogne. Une fois le pantalon en place, elle y glissa les pans de la chemise, remonta la fermeture Éclair, puis attrapa une ceinture par la boucle et l'attacha. Il avait les pieds raides, ses chevilles refusaient de se plier, et elle eut plus de mal avec les chaussettes qu'elle ne l'aurait cru. Les chaussures étaient à lacets, en cuir noir, c'étaient celles qu'il avait portées à l'église, adolescent.

Elles les avaient sorties de son placard, celui qu'il partageait avec Marvin quand ils étaient jeunes garçons. Donté en était devenu seul propriétaire quand son frère s'était marié et, depuis neuf ans maintenant, elles étaient restées pratiquement intactes. Roberta les avait nettoyées, avait épousseté la doublure, tué les insectes, arrangé plus ou moins les choses. Quelques heures plus tôt, quand elle les avait retirées du placard, elle s'était immobilisée devant la porte ouverte de cette armoire, un long moment, en se demandant : et maintenant ?

Pendant des années, après son incarcération, elle avait vécu avec la fervente conviction que Donté serait un jour libre. Un jour magnifique, leur cauchemar s'achèverait, et il serait de retour à la maison. Il dormirait dans son lit, mangerait la cuisine de sa mère, ferait la sieste dans le canapé et il aurait besoin des affaires de son placard. Un jour, un juge ou un avocat ou quelqu'un qui œuvrait dans ce labyrinthe impénétrable du système judiciaire découvrirait la vérité. Le coup de téléphone du ciel arriverait et ils fêteraient cela. Mais les recours en appel avaient suivi leur cours, aucun miracle n'était survenu, les années s'étaient étirées, et son espoir, et l'espoir de bien d'autres s'étaient lentement effacés. Les chemises, les jeans, les pulls et les chaussures dans le placard ne serviraient plus jamais, et elle se demandait quoi en faire.

Roberta se dit qu'elle s'en soucierait plus tard.

Elle lui laça ses souliers, ajusta les chaussettes, abaissa les ourlets de son pantalon. Maintenant qu'il était habillé, elle pouvait se détendre. Cédric lui avait fait un nœud de cravate impeccable, et elle en passa la boucle par-dessus la tête de son fils et réussit à la lui ajuster sous son col. Elle resserra le nœud et manipula sa cravate jusqu'à ce qu'elle soit parfaite. Elle mit une dernière note ici ou là, lissa quelques plis du pantalon, puis recula d'un pas et admira son travail. Quel beau jeune homme. Costume gris, chemise blanche, cravate mordorée ; elle avait bien choisi.

Elle se pencha et l'embrassa encore. Lève-toi, Donté, et

allons à l'église. Tu y trouveras une épouse et tu auras dix enfants. Dépêche-toi, maintenant, il y a tellement de choses que tu as manquées. S'il te plaît. Allons te montrer dans ta belle tenue toute neuve. Pressons maintenant.

Elle avait connaissance des aspects plus macabres de la mort, l'embaumement, les fluides et le reste, et elle savait que dans quelques heures, M. Lamb et son fils réchaufferaient le corps, lui retireraient ses vêtements et se livreraient à ces tâches indicibles. C'est pourquoi elle voulait avoir ces quelques précieux moments avec son fils, tant qu'il était encore entier et intact.

Demain, elle organiserait l'enterrement et veillerait aux autres détails. Elle serait forte et courageuse. Maintenant, toutefois, elle voulait être seule avec son enfant, s'adonner au chagrin, avoir mal, pleurer sans retenue, comme le ferait toute mère.

Troisième partie

La disculpation

30.

Le vendredi, avant le lever du soleil, un petit convoi quitta la ville et se dirigea vers l'est. Le véhicule de tête était le van aménagé de Flak, avec Aaron Rey au volant et Carlos à ses côtés. Installé dans son fauteuil préféré, Robbie buvait un café en parcourant les journaux, sans tenir vraiment compte de la présence de Martha Handler, qui rédigeait des notes en engloutissant café sur café pour tâcher de rester éveillée. Derrière eux, il y avait la Subaru que conduisait le révérend, avec Boyette agrippé à sa canne, le regard perdu dans l'obscurité. Derrière la Subaru suivait un pick-up, sept cent cinquante kilos de charge utile, avec Fred Pryor aux commandes. Il avait deux passagers, des vigiles d'une société de sécurité privée employés ces derniers jours à protéger le cabinet Flak et le domicile de l'avocat. Le pick-up appartenait à Fred, et il transportait des pelles, des lampes torches et d'autres équipements. Derrière ce pick-up, c'était encore un van, de couleur blanche, sans aucun signe distinctif, propriété de la chaîne de télévision de Slone, conduit par un directeur de l'information, Bryan Day, surnommé Brushing Day, pour des raisons évidentes. Il était accompagné de Buck, un cameraman.

Les quatre véhicules s'étaient retrouvés dans la longue allée de la maison de Robbie à cinq heures du matin, et ils avaient pu se faufiler par de petites rues et des routes secondaires pour effectuer une sortie discrète. Le cabinet avait reçu suffisamment de coups de fil et d'e-mails pour convaincre Flak que certaines personnes étaient curieuses de savoir où il pourrait bien se rendre ce vendredi-là.

Il avait dormi cinq heures, et encore, il avait dû prendre un cachet pour y arriver. Il était au-delà de l'épuisement, mais il restait tant à faire. Après avoir quitté Lamb & Son et brièvement vu le corps, il avait réuni son équipe chez lui, où DeeDee avait réussi à cuisiner assez de choses pour nourrir tout le monde. Schroeder et Boyette dormaient sur des canapés au sous-sol pendant qu'une femme de ménage lavait et repassait leurs vêtements.

Tout le monde était exténué, mais personne n'eut de mal à sauter de son lit.

Carlos était sur son téléphone portable, il écoutait plus qu'il ne parlait et, quand la conversation fut terminée, il annonça :

— C'était mon contact à la station de radio. Une quarantaine d'arrestations, une vingtaine de blessés, mais pas de morts, ce qui relève du miracle. Ils ont bouclé la quasi-totalité du centre-ville et la tension est un peu retombée, pour le moment. Pas mal d'incendies, trop nombreux pour les compter tous. Des camions de pompiers venus de Paris, de Tyler et d'ailleurs. Au moins trois véhicules de police atteints par des cocktails Molotov, qui sont devenus l'arme de prédilection. Ils ont cramé le stand de la presse sur le terrain de football, qui brûle encore. La plupart des feux concernent des bâtiments vides. Pas de maisons incendiées, pas encore. Le bruit court que le gouverneur enverrait des renforts de la garde nationale. Mais bon, rien de confirmé.

— Et si nous retrouvons le corps, que se passera-t-il ? demanda Martha.

Robbie secoua la tête, réfléchit une seconde.

— La nuit dernière fera alors figure de jeu d'enfants.

Ils avaient débattu des diverses dispositions et autres arrangements, pour le trajet. Afin de s'assurer que Boyette ne prenne pas la fuite, Flak tenait au départ à ce qu'il soit en sécurité, dans son camping-car, sous l'œil vigilant d'Aaron Rey et de Fred Pryor. Mais il fut incapable de se faire à l'idée de se retrouver confiné plusieurs heures dans un intérieur relativement exigu avec ce triste sire. Le révérend fut catégorique, il suivrait dans sa Subaru, essentiellement parce qu'il entendait regagner Topeka en fin d'après-midi, avec ou sans

Boyette. Comme l'avocat, il n'avait aucune envie de s'asseoir à côté du meurtrier, mais comme cela lui était déjà arrivé une fois, il assura Robbie que ce serait de l'ordre du faisable.

Fred Pryor avait suggéré qu'ils installent l'ancien taulard sur la banquette arrière de la cabine de son pick-up, en gardant une arme braquée sur lui. Au sein de l'équipe de l'avocat, certains aspiraient à lui infliger un châtiment et, si Boyette les conduisait bel et bien au cadavre, Fred Pryor et Aaron Rey se laisseraient aisément convaincre d'emmener ce sale type quelque part derrière un arbre et d'abréger son supplice. Le pasteur le sentait bien, et ils respectaient sa présence. Il n'y aurait pas de violence.

Convier Bryan Day à venir avec eux avait été compliqué. Robbie ne se fiait à aucun journaliste. Point à la ligne. Toutefois, s'ils découvraient ce qu'ils recherchaient, il faudrait que la scène soit dûment filmée, et par quelqu'un d'extérieur. Naturellement, M. Day était très désireux de se joindre à eux, mais il avait été contraint d'accepter toute une liste de clauses qui, en résumé, lui interdisaient de diffuser la moindre information avant d'y avoir été invité par Robbie Flak. S'il s'y risquait, Buck le cameraman et lui-même se feraient rosser, ou même abattre, ou les deux. Day et Buck avaient compris l'importance de l'enjeu et ces règles seraient respectées. Le premier étant le directeur de l'information de la chaîne, il était en mesure de s'éclipser sans laisser d'indications à sa hiérarchie.

— On peut se parler ? fit Martha.

Ils étaient sur la route depuis une demi-heure, et le ciel devant eux commençait à se teinter de reflets orangés.

— Non, répliqua Robbie.

— Cela fait presque douze heures qu'il est mort. À quoi penses-tu ?

— Je suis claqué, Martha. Ma cervelle ne fonctionne plus. Je ne pense plus.

— Quand tu as vu son corps, à quoi as-tu pensé ?

— C'est un monde malade, celui où l'on se met à tuer des gens sous prétexte qu'on a le droit de les tuer. Je trouvais qu'il avait l'air superbe, ce beau jeune homme couché là, sans blessures apparentes, sans aucun signe de lutte. Abattu comme un vieux chien par ces gens, des racistes et des imbéciles, trop paresseux pour comprendre le sens de leurs actes. Tu sais à quoi je pense, en réalité, Martha ?

— Dis-moi.

— Je vais te le dire. Je pense au Vermont, aux étés frais, sans humidité, sans exécutions. Une région civilisée. Un bungalow au bord du lac. Je pourrais apprendre à manier la pelle pour déblayer la neige. Si je vends tout, si je ferme mon cabinet, j'en tirerai peut-être un million. Je me retire dans le Vermont et j'écris un livre.

— Sur quoi ?

— Je n'en ai aucune idée.

— Tu ne feras croire ça à personne, Robbie. Tu ne partiras jamais. Tu pourrais prendre un peu de congés, histoire de reprendre ton souffle, mais d'ici peu, tu dénicheras une autre affaire, tu te mettras en colère, tu introduiras une procédure, ou même dix. Et tu continueras jusqu'à tes quatre-vingts ans, et ils t'évacueront de cette ancienne gare dans une civière.

— Je n'irai jamais jusqu'à quatre-vingts ans. J'en ai cinquante-deux et je me sens comme un vieux schnock.

— À quatre-vingts ans, tu poursuivras encore du monde en justice.

— Je n'en sais rien.

— Moi, si. Je sais ce qui te tient à cœur.

— Pour l'heure, mon cœur est en miettes, et je suis prêt à tout plaquer. N'importe quel avocat foireux aurait pu le sauver.

— Et qu'est-ce que cet avocat foireux aurait pu faire de mieux ?

Il l'arrêta, les deux paumes levées, dans un geste de défense.

— Pas maintenant, Martha, je t'en prie.

Dans la voiture derrière eux, les premiers mots que prononça Boyette furent ceux-ci :

— Vous avez vraiment regardé l'exécution ?

Schroeder but une gorgée de café et attendit un moment.

— Oui, j'ai tout regardé. Ce n'était pas prévu, cela s'est décidé à la dernière minute. Je n'avais aucune envie d'y assister.

— Vous regrettez ?

— C'est une très bonne question, Travis.

— Merci.

— D'un côté, je regrette d'avoir vu un homme mourir, surtout un homme qui clame son innocence.

— Il est innocent. Enfin, il l'était.

— J'ai essayé de prier avec lui, mais il a refusé. Il m'a expliqué qu'il ne croyait pas en Dieu, même s'il y avait cru jadis. En tant que ministre du culte, il est très difficile de se trouver en présence de quelqu'un qui est confronté à la mort et qui ne croit ni en Dieu ni au Christ ni au ciel. J'ai été au chevet de lits d'hôpital, assister des membres de ma paroisse dans la mort, et il est toujours réconfortant de savoir que leur âme est destinée à rejoindre la lumière de l'au-delà. Avec Donté, rien de tel.

— Et avec moi non plus.

— D'un autre côté, j'ai vu dans cette salle d'exécution quelque chose que tout le monde devrait voir. Pourquoi ne pas montrer ce que nous faisons là ?

— Alors vous assisteriez à une autre exécution ?

— Je n'ai pas dit cela, Travis.

C'était une question à laquelle il était incapable de répondre. Étant encore aux prises avec sa toute première exécution, il se sentait incapable d'imaginer la prochaine. Quelques heures plus tôt, quelques secondes avant de s'endormir enfin, l'image de Donté sanglé sur son lit de mort lui était revenue avec netteté, et il se la repassait dans la tête au ralenti. Il se souvenait d'avoir fixé le regard sur la poitrine du jeune homme qui se soulevait lentement, avant de retomber. Se soulevait, retombait. Un mouvement à peine perceptible. Et puis qui cessa. Il venait de regarder un homme rendre son dernier soupir. Il savait que cette image ne s'effacerait jamais.

Le ciel était plus clair, à l'est. Ils pénétrèrent en Oklahoma.

— Je pense que c'est mon dernier voyage au Texas, dit Boyette.

Schroeder ne sut quoi répondre.

L'hélicoptère du gouverneur se posa à neuf heures. Les médias ayant été prévenus très à l'avance, ils attendaient avec impatience, et Newton, Wallcott et Ringfield avaient longuement mis au point les détails de l'atterrissage. Pendant le vol, ils avaient finalement opté pour le parking situé à proximité du terrain de football. Les médias en furent informés et se précipitèrent au lycée de Slone High School pour ce dernier développement tardif. La tribune de presse, fortement endommagée, carbonisée, achevait de se consumer. Les pompiers étaient encore sur les lieux, occupés à déblayer. Quand le gouverneur émergea de son hélicoptère, il fut accueilli par la police de l'État, les colonels de la garde nationale et quelques pompiers fatigués, triés sur le volet. Il leur serra chaleureusement la main, comme s'il s'agissait de marines de retour d'une zone de combat. Barry et Wayne prirent rapidement leurs repères dans le site et organisèrent une conférence de presse de sorte que le terrain de football, et surtout la tribune calcinée, en constituent l'arrière-plan. Gill Newton était en jeans, bottes de cow-boy aux pieds, sans cravate, avec un blouson coupe-vent – l'image du travailleur.

Le visage préoccupé, mais dans un état d'esprit énergique, il fit face aux caméras et aux journalistes. Il condamna la violence et l'agitation. Il promit de protéger les citoyens de Slone. Il annonça qu'il appelait d'autres gardes nationaux en renfort et mobiliserait toute la garde nationale du Texas, si nécessaire. Il parla de justice, dans le style texan. Il enchaîna sur un appel du pied aux dirigeants de la communauté noire pour que les hooligans se tiennent à carreau, une allusion discriminatoire à peine voilée. Il n'eut aucun propos de cet ordre concernant les trublions à la peau blanche. Il tempêta, il fulmina, et quand ce fut terminé, il s'éloigna des micros sans répondre aux questions. Ni lui, ni Wallcott et Ringfield ne souhaitèrent aborder l'affaire Boyette.

Pendant une heure, Newton sillonna Slone en véhicule de patrouille, s'arrêtant boire un café avec des soldats et des policiers, bavarder avec des citoyens et, la mine sombre et chagrinée, inspecter les ruines de la Première Église baptiste. Pendant tout ce temps, les caméras tournaient, enregistraient la scène pour glorifier ce moment, mais aussi en vue de campagnes futures.

Au bout de cinq heures, le convoi s'arrêta enfin devant une sorte de relais en rase campagne, au nord de Neosho, dans le Missouri, à environ trente-cinq kilomètres au sud de Joplin. Après un arrêt pipi et un café de plus, ils se dirigèrent vers le nord, la Subaru en tête, cette fois, suivie de près par les autres.

Boyette était visiblement sur les nerfs, le tic était plus prononcé, il tapotait le pommeau de sa canne du bout des doigts.

— On approche de l'embranchement, dit-il. C'est sur la gauche.

Ils roulaient sur la nationale 59, une route à deux voies très fréquentée du comté de Newton. Ils prirent à gauche en bas d'une colline, près d'une station-service. Ça me paraît bon, répétait-il chaque fois, manifestement anxieux à l'idée de l'endroit où il les menait. Cette route du comté qu'ils empruntaient était ponctuée de ponts enjambant de petits cours d'eau, une succession de virages serrés et de collines escarpées.

— Ça me paraît bon, fit-il encore.

— Et vous avez vécu par ici, Travis ?

— Ouais, là-haut. – Il eut un signe de tête et, ce faisant, il se mit à se masser les tempes. Je vous en prie, songea Keith, pas de crise. Pas maintenant. Ils s'arrêtèrent à un croisement au milieu d'un hameau. – Continuez tout droit. – Ils dépassèrent un centre commercial, avec une épicerie, un salon de beauté, un vidéoclub. Le parking était gravillonné. – Ça me paraît bon.

Schroeder avait des questions, mais il parlait peu. Nicole était-elle encore vivante, Travis, quand vous l'avez emmenée jusqu'ici ? Ou lui aviez-vous déjà ôté la vie ? À quoi pensiez-vous, Travis, quand vous avez traversé ce trou perdu, il y a neuf ans, avec cette pauvre jeune fille ligotée, bâillonnée, meurtrie, traumatisée après un long week-end de sévices sexuels ?

Ils tournèrent à gauche, sur une autre route asphaltée, mais plus étroite, et continuèrent encore presque deux kilomètres avant de passer devant une habitation.

— Le vieux Deweese avait un magasin, là-haut, fit Travis. Je parie qu'il a disparu, depuis. Quand j'étais gosse, il avait déjà quatre-vingt-dix ans. – Ils s'arrêtèrent à un panneau stop devant le Deweese Country Market. – Un jour, je l'ai cambriolé. Je devais pas avoir plus de dix ans. J'ai rampé par une fenêtre. Ce vieux salopard, je le détestais. Continuez tout droit. – Schroeder obéit sans commenter. – La dernière fois que je suis venu, c'était un chemin de cailloux, reprit l'autre, comme s'il se remémorait un souvenir d'enfance agréable.

— Et quand était-ce ?

— J'en sais rien, pasteur. Ma dernière visite par ici, c'était pour voir Nicole.

Espèce de malade, songea Schroeder. La route enchaînait les épingles à cheveux, des virages si serrés qu'il se demandait parfois s'ils n'allaient pas revenir sur leurs pas et se retrouver nez à nez avec eux-mêmes. Les deux vans et le pick-up les collaient de près.

— Faut guetter un petit ruisseau avec un pont en bois. Ça me paraît bon. – Cent mètres après le pont, il l'avertit : – Ralentissez, maintenant.

— On avance à quinze à l'heure, Travis.

Boyette regardait sur leur gauche, où la route était bordée d'un épais sous-bois et de mauvaises herbes.

— Il y a un chemin caillouteux, quelque part. Moins vite.

Le convoi était presque pare-chocs contre pare-chocs.

Dans le van, Robbie s'impatientait.

— Allez, Travis, espèce de sale fouine. Ne fais pas de nous des menteurs.

Schroeder obliqua vers la gauche sur un sentier gravillonné, sous un enchevêtrement de basses branches de chênes et d'érables. Le chemin était étroit et aussi sombre qu'un tunnel.

— C'est ça, souffla Boyette, soulagé. Pour le moment. Ce chemin suit plus ou moins le ruisseau pendant un bout. Il y a un terrain de camping ici sur la droite, ou en tout cas il y en avait un.

Keith vérifia son compteur kilométrique. Ils s'enfoncèrent de deux kilomètres dans une quasi-obscurité, et le ruisseau était quelquefois visible. Il n'y avait pas de circulation, pas de place pour se croiser, et aucun signe de vie nulle part aux alentours. L'aire de camping n'était qu'un terrain vague avec de la place pour quelques tentes et quelques voitures, et l'endroit était apparemment à l'abandon. Elle était envahie de mauvaises herbes jusqu'à hauteur des genoux. Deux tables de pique-nique brisées étaient couchées sur le flanc.

— On venait camper ici quand j'étais gosse. – Le pasteur se sentait presque désolé pour lui. On le sentait qui s'efforçait de retrouver un souvenir un tant soit peu agréable, un tant soit peu normal de son enfance ravagée. – Je crois qu'on devrait s'arrêter ici. Je vais leur expliquer.

Les quatre véhicules s'immobilisèrent et tout le monde se rassembla devant la Subaru. Boyette usa de sa canne comme d'une baguette.

— Il y a un sentier qui monte cette colline. Vous ne pouvez pas le voir d'ici, mais il est là, en tout cas il y était. Il y a que le pick-up qui peut monter là-haut. Les autres véhicules doivent rester ici.

— Il faut monter jusqu'où?

— J'ai pas surveillé le compteur, mais je dirais quatre cents mètres.

— Et qu'allons-nous trouver, une fois là-haut? s'enquit l'avocat.

Boyette s'appuya sur sa canne, scruta les mauvaises herbes à ses pieds.

— C'est là qu'est la tombe, monsieur Flak. C'est là que vous déterrerez Nicole.

— Décrivez-nous cette tombe, insista Robbie.

— Elle est enfermée dans une malle métallique, un grand coffre à outils. Je l'avais récupéré sur le chantier où je travaillais. Le couvercle du coffre est à environ soixante centimètres sous la terre. Ça remonte à neuf ans, alors le terrain est recouvert de végétation. Ce sera très difficile à repérer. Mais je pense que je peux réussir à m'en approcher. Tout ça c'est mon boulot, maintenant que je suis ici.

Ils discutèrent logistique et décidèrent que Carlos, Martha Handler, Day et Buck et l'un des vigiles (armés) resteraient sur le terrain de camping. Le reste s'entasserait dans le pick-up de Fred et attaquerait la colline, en s'armant aussi d'une caméra vidéo.

— Une dernière chose, fit l'ancien détenu. Il y a des années, ce coin s'appelait Roop's Mountain, il appartenait à la famille Roop, des gens assez durs. Les intrus, les chasseurs, ils les voyaient d'un assez mauvais œil, et ils étaient connus pour donner la chasse aux campeurs. C'est une des raisons pour lesquelles j'ai choisi cet endroit. Je savais qu'il n'y aurait pas trop de passage. – Un temps de silence, il grimaça, se massa les tempes. – En tout cas, les Roop, il y en avait toute une bande, donc j'imagine que le terrain est resté dans la famille. Si on croise quelqu'un, on a intérêt à se préparer aux ennuis.

— Où habitent-ils ? s'enquit Robbie, un peu tendu.

L'autre leva sa canne dans une direction opposée.

— Assez loin d'ici. Je pense pas qu'ils nous entendront ou qu'ils nous verront.

— Allons-y, fit Flak.

Ce qui avait débuté le lundi matin par un entretien pastoral de routine l'avait conduit à ceci : Schroeder était juché sur le plateau d'un pick-up, secoué à flanc de coteau, sur cette Roop's Mountain qui n'était rien de plus qu'une colline de moyenne importance où régnaient le kudzu et le sumac vénéneux, au milieu de bois épais, exposé à un risque réel de confrontation armée avec des propriétaires terriens ombrageux sans nul doute défoncés à la méthadone, et le tout dans une ultime tentative pour déterminer si Travis Boyette disait réellement la vérité. S'ils ne retrouvaient pas les restes de Nicole, ce serait un imposteur, Keith un imbécile et le Texas, selon toute vraisemblance, aurait exécuté le bon condamné.

En revanche, s'ils découvraient un corps, alors, là, il était incapable d'appréhender ce qui arriverait ensuite. La notion de certitude était devenue brumeuse, mais il était relativement convaincu qu'il serait de retour chez lui plus tard dans la soirée. Il n'osait imaginer ce qui se produirait au Texas, mais ce dont il était sûr, c'était qu'il n'y serait pas. Il regarderait tout cela à la télévision, à distance respectueuse. Il était à peu près certain que les événements, par ici, seraient de l'ordre du sensationnel, et sans doute d'une portée historique.

Boyette était installé à l'avant, il se massait le crâne et s'efforçait de repérer quelque chose de familier. Il pointa le doigt sur sa droite – il était persuadé que la sépulture se situait à droite de la piste.

— J'ai l'impression que ça me dit quelque chose.

L'endroit était encombré d'épaisses touffes d'herbes et d'arbrisseaux. Ils s'arrêtèrent, descendirent, et s'armèrent de deux détecteurs de métaux. Pendant un quart d'heure, ils passèrent au crible ce sous-bois très dense, en quête d'indices, en attendant que les détecteurs déclenchent leur signal sonore. Boyette leur emboîta le pas en claudiquant, fouettant de hautes herbes avec sa canne, suivi de Schroeder et sous les regards de tous.

— Faut chercher un vieux pneu, un pneu de tracteur, répéta-t-il plus d'une fois.

Mais il n'y avait pas de pneu, et aucun signal en provenance des détecteurs. Ils remontèrent dans le pick-up, chacun à sa place, et reprirent leur lente progression en gravissant la pente au pas, le long d'un chemin forestier qui, selon toute apparence, n'avait plus été emprunté depuis des décennies. Premier acte.

La piste disparut et Fred Pryor fraya petit à petit un passage au véhicule à travers la végétation, en tressaillant aux griffures des branches et des plantes grimpantes contre la carrosserie. À l'arrière du pick-up, les passagers se baissèrent pour éviter les coups de fouet des basses branches. Juste au moment où Fred allait marquer un arrêt, la piste ressurgit, vaguement.

— Continuez, fit Boyette.

Plus loin, elle bifurquait. Pryor s'arrêta, Boyette étudia cette fourche et secoua la tête. Il est paumé, se dit Fred. À l'extérieur, Robbie lança un regard à Keith et secoua aussi la tête.

— Par là, reprit Travis, avec un geste vers la droite, et Fred obéit.

Les bois épaississaient encore, les arbres étaient plus

jeunes, plus étroitement serrés les uns contre les autres. Tel un chien d'arrêt, leur guide leva la main, pointa le doigt, Fred Pryor coupa le contact. L'équipe de recherche se déploya, en quête d'un vieux pneu de tracteur, ou d'autre chose. Une boîte de bière réveilla l'un des détecteurs et, l'espace de quelques secondes, la tension monta en flèche. Un petit avion les survola à basse altitude, et tout le monde se figea, comme si quelqu'un les surveillait.

— Boyette, vous souvenez-vous si la tombe se trouve sous les arbres ou à un endroit plutôt dégagé ? fit Robbie.

La question paraissait sensée.

— Je crois que c'était plutôt dans un endroit dégagé, mais les arbres ont poussé, en neuf ans.

— Super, marmonna l'avocat, puis il continua d'arpenter les lieux, en écrasant des touffes d'herbe sous ses pas, fixant bêtement le sol d'un air déconcerté, comme si l'indice parfait se trouvait sous ses yeux.

Au bout d'une demi-heure, Travis se ravisa.

— C'est pas ici. Continuons.

Deuxième acte.

Schroeder s'accroupit à l'arrière du pick-up, échangea des regards avec Flak. Tous deux semblaient vouloir dire « On aurait dû le savoir ». Mais ni l'un ni l'autre ne prononça un mot. Personne ne dit rien car il n'y avait rien à dire. En revanche, les pensées, elles, étaient bien présentes, et par milliers.

Le chemin décrivit un virage puis repartit en ligne droite et Boyette pointa alors de nouveau le doigt.

— C'est ça, fit-il, et il ouvrit la portière d'un coup sec avant même que le moteur ne s'éteigne.

Il se lança dans une clairière semée de touffes d'herbes, hautes jusqu'à la taille, et le reste de la troupe se précipita dans son sillage. Keith s'avança de quelques pas, trébucha sur quelque chose et s'écroula au sol. Il se redressa non sans mal, frottant ses vêtements pour enlever les broussailles et les bestioles, quand il comprit sur quoi il avait buté. Les restes d'un pneu de tracteur, pratiquement enfouis dans la végétation.

— Ici, un pneu, annonça-t-il, et les autres s'immobilisèrent.

Boyette n'était qu'à quelques pas.

— Apportez les détecteurs de métaux, fit-il.

Fred Pryor en avait un dans les mains et, en l'espace de quelques secondes, l'appareil cliquetait et sonnait, donnant tous les signes d'une forte présence métallique. Aaron Rey sortit deux pelles.

Le terrain était semé de cailloux, mais le sol était meuble et humide. Au bout de dix minutes d'excavations vigoureuses, la pelle de Pryor heurta un objet qui rendit clairement une sonorité métallique.

— On arrête tout une seconde, fit Flak. – Fred et Aaron avaient tous les deux besoin d'une pause. – Très bien, Boyette, Dites-nous ce que nous sommes sur le point de déterrer.

Le tic, le silence.

— C'est un coffre en métal, on s'en servait pour les outils hydrauliques, ça pèse un poids d'enfer, me suis quasiment foutu le dos en l'air à traîner ce maudit machin jusqu'ici. Il est de couleur orange avec le nom de la compagnie peint sur le devant. R. S. McGuire and Sons, Fort Smith, Arkansas. Il s'ouvre par le dessus.

— Et à l'intérieur ?

— Rien que des ossements, maintenant. Ça fait neuf ans. – Il s'exprimait avec autorité, comme s'il n'en était pas à son premier cadavre dissimulé. – Ses vêtements sont fourrés dedans en boule, placés à côté de la tête. Elle a une ceinture autour du cou. Devrait être intacte. – Sa phrase resta en suspens, comme si c'était douloureux pour lui. Il y eut un silence, les autres échangèrent quelques rapides coups d'œil, et puis Travis se racla la gorge et continua. – Dans ses vêtements, on devrait aussi retrouver son permis de conduire et une carte de crédit. Je voulais pas me faire prendre avec.

— Décrivez-nous cette ceinture, exigea Flak.

Le vigile lui tendit une caméra vidéo.

— Noire, cinq centimètres de large, avec une boucle ronde en métal argenté. C'est l'arme du meurtre.

Le travail de fouille reprit, et Robbie commença à filmer.

— La caisse, elle mesure à peu près un mètre cinquante, précisa Boyette en désignant l'un des bords du coffre.

Une fois les contours de l'objet distincts, chaque pelletée de terre en révéla davantage. C'était bien orange. Et, en creusant plus profond, le nom – R. S. McGuire and Sons, Fort Smith, Arkansas – devint tout à fait visible.

— Ça suffit, dit l'avocat, et le travail cessa. – Aaron Rey et Fred Pryor transpiraient, respiraient fort. – On ne va pas le déplacer.

Ce coffre à outils constituait un défi incontestable qui s'imposait avec une évidence croissante. Le couvercle était cadenassé, et le cadenas, un de ces modèles bon marché que l'on se procure dans toutes les quincailleries, était fermé par une serrure à combinaison. Fred ne disposait pas des outils appropriés pour le couper, mais il ne faisait aucun doute qu'ils arriveraient à le faire sauter. Après être venus de si loin, ils n'allaient pas se priver d'inspecter son contenu. Les six hommes se regroupèrent autour du trou, interdits, devant ce coffre orange et cette serrure à combinaison.

— Alors, Travis, fit Robbie, quelle est la combinaison ?

Boyette avait le sourire, comme si, enfin, on était sur le point de lui donner raison. Il se baissa au bord de la sépulture, toucha la caisse comme si c'était un autel, prit délicatement le cadenas, en secoua la terre. Il en fit pivoter la roue plusieurs fois pour réinitialiser le code, puis la tourna lentement vers la droite, sur dix-sept, revint vers la gauche, à cinquante, puis de nouveau la droite, sur quatre, et enfin retour à gauche, sur cinquante-cinq. Il hésita, baissa la tête comme pour écouter quelque chose, puis tira brusquement. Il y eut un déclic assourdi, et le cadenas s'ouvrit.

Flak filmait à un mètre cinquante de distance. Et, Schroeder ne put s'empêcher de sourire, en dépit du lieu où il se trouvait et de ce qu'il y faisait.

— Ne l'ouvrez pas, ordonna l'avocat.

Pryor fonça vers le pick-up et en revint avec un paquet. Il distribua des gants et des masques sanitaires et, quand tout le monde les eut enfilés, Robbie lui tendit la caméra et le pria de commencer à filmer. Il donna pour instruction à Aaron de descendre dans la fosse et de lentement ouvrir le coffre.

Ce qu'il fit. Il n'y avait pas de cadavre, rien que des ossements, les restes d'un squelette, celui de Nicole, supposèrent-ils. Ses mains et ses doigts étaient entrelacés au-dessous des côtes, mais les pieds étaient remontés près des genoux, comme si Boyette l'avait forcée à se plier pour qu'elle rentre dans la boîte. Son crâne était intact mais une molaire manquait. Elle avait des dents parfaites ; ils le savaient, d'après les photographies. Autour du crâne, il subsistait quelques mèches de cheveux longs et blonds. Entre le crâne et l'épaule, il y avait une lanière de cuir noir, la ceinture, en conclurent-ils. Et, près de la tête, dans l'angle du coffre, c'étaient apparemment des vêtements.

Keith ferma les yeux et récita une prière.

Robbie ferma les yeux et maudit le monde.

Boyette recula et s'assit sur le bord du pneu, dans les touffes d'herbe, et se mit à se masser la tête.

Sans que Fred ne cessât de filmer, Robbie indiqua à Aaron de délicatement retirer les vêtements en boule. Chacune des pièces était intacte, mais toutes effilochées aux ourlets et tachées par endroits. Un chemisier, bleu et jaune avec une sorte de galon, affligé d'un vilain gros trou sans doute dû à des insectes ou à la chair en décomposition. Une jupe blanche courte, maculée de souillures. Des sandales marron. Un soutien-gorge et une culotte assortis, bleu foncé. Et deux cartes en plastique, l'une étant son permis de conduire et l'autre une MasterCard. Les affaires de Nicole furent soigneusement disposées sur le flanc de la fosse.

Boyette retourna au pick-up à l'avant duquel il s'assit et se massa encore la tête. Pendant dix minutes, Robbie donna des ordres et organisa la suite. On prit des dizaines de photos, mais on ne toucha à rien d'autre. C'était devenu une scène de crime, que les autorités locales allaient prendre en charge.

Aaron et le vigile restèrent sur place, pendant que les autres redescendaient en bas de Roop's Mountain.

31.

À dix heures du matin, le parking de Lamb & Son Funeral Home était plein et, dans la rue, les files de voitures occupaient les deux trottoirs. Les proches du défunt, vêtus de leurs plus beaux habits du dimanche, formaient une file qui commençait à la porte d'entrée et se prolongeait dans la rue et jusqu'à l'angle, avec trois ou quatre personnes de front sur la petite pelouse. Ils étaient tristes et en colère, fatigués et anxieux, ne comprenant pas trop ce qui leur arrivait, à eux et à leur petite ville si tranquille. Les sirènes, les pétards, les coups de feu et les éclats de voix qui montaient de la rue s'étaient finalement calmés peu avant le lever du soleil, leur laissant quelques heures de repos. Mais personne ne s'attendait à un retour à la normale dans les rues, ni le vendredi ni pendant tout le week-end.

Ils avaient vu le visage sinistre de Travis Boyette à la télévision, et ils avaient entendu ses aveux empoisonnés. Ils le croyaient, parce qu'ils avaient toujours cru en Donté. Il restait encore beaucoup à dire sur cette histoire, et si Boyette avait réellement tué cette jeune fille, alors quelqu'un devrait payer le prix fort.

Les services de police de Slone comptaient huit officiers noirs, et tous les huit s'étaient portés volontaires pour cette mission. Même si aucun d'eux ou presque n'avait dormi depuis des heures, ils étaient déterminés à rendre cet hommage à Donté. Ils avaient barré la rue devant le salon funéraire, détourné la circulation, et, le plus important, ils avaient tenu en respect les journalistes dont toute une meute avait été refoulée et cantonnée à une rue de là.

Quand Hubert Lamb déverrouilla la porte d'entrée, il accueillit d'abord la première vague de ces visiteurs endeuillés et leur suggéra de signer le registre. La foule commença d'avancer lentement, sans se presser. Cela prendrait une semaine d'enterrer Donté, et ils auraient tout le temps de lui témoigner leur respect comme il convenait.

Il était exposé dans le salon principal, cercueil ouvert et couvert de fleurs. On avait fait tirer un agrandissement de la photo de sa classe de terminale, exposée sur un chevalet au pied de la bière – un jeune homme de dix-huit ans en veste et cravate, un beau visage. Ce portrait avait été pris un mois avant son arrestation. Il était souriant, il rêvait de jouer au football. Ses yeux étaient remplis d'attentes et d'ambitions.

Sa famille se tenait près du cercueil, où elle était depuis une heure, à le toucher, à le pleurer, en s'efforçant de rester forte, pour les invités.

Une fois redescendu à l'ancien terrain de camping, Robbie décrivit la scène à Carlos et aux autres. Bryan Day voulut tout de suite se rendre sur la sépulture et tout filmer avant l'arrivée de la police, mais Flak, lui, n'était pas trop sûr que ce soit une bonne idée. Ils discutèrent, sachant fort bien que la décision incombait à l'avocat. Fred Pryor était au téléphone, il essayait de contacter le shérif du comté de Newton. Martha Handler appelait Aaron avec son portable et prenait des notes. Subitement, il y eut un cri perçant, un hurlement angoissé tandis que Boyette s'écroulait au sol et se mettait à trembler violemment. Keith s'agenouilla auprès de lui, et les autres s'approchèrent pour regarder, impuissants. On échangea des coups d'œil perplexes. Au bout d'à peu près une minute, la crise sembla passer, et les tremblements, les gestes réflexes, se calmèrent. Travis se prit la tête à deux mains et geignit de douleur. Et puis il donna l'impression de mourir. Son corps se relâcha et demeura parfaitement immobile. Keith attendit, puis il lui posa la main sur l'épaule.

— Hé, Travis, vous m'entendez?

À l'évidence, il était incapable de rien entendre. Il n'y eut pas de réaction.

Le pasteur se releva.

— En général, quand il perd connaissance, cela dure quelques minutes.

— Abrégeons son supplice, proposa l'avocat. Un coup vite fait sur la tête. Il y a une tombe pas loin d'ici qui va se libérer.

— Allons, Robbie, fit Keith.

Les autres parurent apprécier l'idée de Flak. Ils s'éloignèrent et furent vite occupés à autre chose. Cinq minutes s'écoulèrent. Boyette n'avait pas bougé. Le révérend s'agenouilla et lui prit le pouls. Il était régulier, mais faible.

— Robbie, je crois que c'est sérieux, dit-il au bout de quelques instants. Il est inconscient.

— Je ne suis pas chirurgien du cerveau. Que voulez-vous que je fasse?

— Il a besoin de soins.

— Il a besoin d'un enterrement. Pourquoi ne le ramenez-vous pas dans le Kansas, et puis vous l'enterrez?

Schroeder se releva et fit quelques pas pour s'approcher de Robbie.

— C'est un peu rude, vous ne pensez pas?

— Je suis navré, Keith. Il se produit pas mal de choses actuellement, au cas où vous ne l'auriez pas remarqué. La santé de Boyette ne figure pas parmi mes priorités.

— Nous ne pouvons pas nous contenter de le laisser mourir ici.

— Et pourquoi pas? De toute manière, il est pratiquement mort, non?

Travis lâcha un grognement, il trembla de la tête aux pieds, comme s'il était victime d'un choc en retour. Et puis il redevint immobile.

Schroeder eut du mal à déglutir.

— Il lui faut un médecin.

— Parfait. Allez en chercher un.

Les minutes s'écoulèrent avec lenteur et Boyette demeurait sans réaction. Les autres ne s'en souciaient pas, et Keith fut à deux doigts de monter dans sa voiture et de s'en aller, seul. Mais il ne put se résoudre à ignorer un mourant. Les deux vigiles l'aidèrent à charger le malade sur la banquette arrière de la Subaru. Fred Pryor remonta de la rivière dans leur direction.

— C'était le shérif. Je l'ai finalement eu, je l'ai finalement convaincu que nous étions bien réels, et que nous avions trouvé un cadavre dans sa juridiction. Il est en route.

Schroeder ouvrait sa portière quand Robbie vint à lui.

— Appelez-moi dès que vous serez à l'hôpital, et ouvrez l'œil sur lui. Je suis certain que les autorités, par ici, souhaiteront l'entendre. Aucune enquête n'est ouverte à ce stade, mais cela pourrait vite changer, surtout s'il admet avoir tué la fille dans cet État.

— Son pouls est quasi inexistant, les informa le vigile depuis la banquette arrière.

— Je ne prévois pas de monter la garde, Robbie, répliqua le révérend. J'en ai assez. Je m'en vais d'ici. Je le dépose dans un hôpital, Dieu sait où, et ensuite je rentre très vite dans le Kansas.

— Vous avez nos numéros de portable. Tenez-nous au courant, c'est tout. Dès que le shérif avisera cette tombe, je suis certain qu'il enverra quelqu'un s'occuper de notre ami.

Les deux hommes se serrèrent la main, sans savoir s'ils se reverraient jamais. La mort lie les gens d'étrange manière, et ils avaient le sentiment de se connaître depuis des années.

Alors que la Subaru disparaissait dans les bois, l'avocat consulta sa montre. Il leur avait fallu à peu près six heures pour effectuer le trajet depuis Slone et découvrir ce squelette. Si Travis Boyette n'avait pas tardé, Donté Drumm serait en vie et s'acheminerait vers une disculpation rapide. Il cracha par terre et souhaita silencieusement à Boyette une mort lente et douloureuse.

En quarante-cinq minutes de route, avec au moins quatre arrêts pour se renseigner sur l'itinéraire depuis qu'ils avaient quitté l'ancien terrain de camping, Boyette n'avait pas bougé, pas proféré un son. Il semblait toujours aussi mort. À l'entrée de la salle des urgences, le pasteur évoqua la tumeur à un médecin, mais pas le reste. Le docteur était curieux de savoir pourquoi un prêtre originaire du Kansas traversait Joplin avec un homme gravement malade qui n'était ni un parent ni un membre de sa congrégation. Keith lui assura que c'était une très longue histoire, qu'il lui raconterait volontiers dès qu'ils en auraient le temps. Ils savaient tous deux qu'ils n'en auraient jamais le temps et que cette histoire ne serait jamais relatée. Ils allongèrent le patient sur un brancard, avec sa canne, et le poussèrent jusqu'au bout du couloir pour examen. Schroeder le regarda disparaître derrière des portes battantes et repéra un siège dans la salle d'attente. Il appela Dana pour lui donner des nouvelles. Son épouse avait reçu chacune de ses informations successives avec une incrédulité croissante, un choc après l'autre, et elle paraissait être devenue insensible à toute information nouvelle. Très bien, Keith. Oui, Keith. Bien sûr, Keith. S'il te plaît, rentre, Keith.

Il téléphona à Flak et lui signala où ils se trouvaient en ce moment. Boyette était vivant et subissait des examens. Robbie attendait encore le shérif sur place. Il était impatient de confier la scène du crime à des professionnels, même s'il savait que cela prendrait du temps.

Keith appela ensuite Matthew Burns et, dès que ce dernier décrocha, il commença par un joyeux :

— Eh bien, bonjour, Matt. Je suis maintenant dans le Missouri où, il y a une heure, nous avons ouvert la tombe et découvert les restes de Nicole Yarber. Essaie un peu de faire mieux, pour un vendredi matin.

— Et à part ça, quoi de neuf ? De quoi avait-elle l'air ?

— Rien que des ossements. Identification formelle, quand même. Boyette nous dit la vérité. Ils ont exécuté le mauvais coupable. C'est invraisemblable, Matt.

— Quand rentres-tu ?

— Je serai là pour le dîner. Dana est à cran, donc je ne vais pas tarder.

— Il faut que l'on se voie demain à la première heure. J'ai suivi les reportages sans interruption, et il n'y a pas eu un mot sur toi. Tu as peut-être réussi à ne pas te faire repérer. On doit se parler. Où est Boyette ?

— Dans un hôpital, à Joplin, agonisant, je crois. Je suis avec lui.

— Laisse-le, Keith. Il se peut qu'il meure, soit. Laisse quelqu'un d'autre se soucier de lui. Monte dans ta voiture et déguerpis.

— C'est mon intention. Je vais traîner ici jusqu'à ce qu'on m'informe de son état, ensuite je prends la route. Le Kansas est à deux pas d'ici, hein...

Une heure s'écoula. Robbie l'avait rappelé pour lui annoncer que le shérif était arrivé et que Roop's Mountain grouillait de policiers. Deux officiers de police de l'État étaient en route vers l'hôpital pour s'assurer de la personne de M. Boyette. Le pasteur accepta de les attendre, et ensuite il s'en irait.

— Merci, Keith, merci pour tout.

— Cela n'a pas suffi.

— Non, mais ce que vous avez tenté réclamait du courage. Vous avez essayé. C'est tout ce que vous pouviez faire.

— Restons en contact.

Les policiers d'État, Weshler et Giles, étaient deux sergents et, après des présentations tendues, ils prièrent Schroeder de bien vouloir les éclairer sur certaines zones d'ombre. Bien sûr, pourquoi pas, à quoi d'autre pouvait-il s'occuper dans une salle d'attente des urgences? Il était presque treize heures, ils s'achetèrent des sandwiches à un distributeur et s'assirent autour d'une table. Giles prenait des notes, et Weshler se chargea de l'essentiel des questions. Le révérend commença par son lundi matin et relata les faits saillants de cette semaine assez peu ordinaire. Tout en écoutant son récit, ils parurent parfois dubitatifs. Ils n'avaient pas suivi l'affaire Drumm, mais quand l'intéressé avait rendu publique sa proclamation de culpabilité, et mentionné le corps enseveli non loin de Joplin, les téléphones s'étaient mis à sonner. Ils avaient allumé leur télévision et ils avaient vu le visage et la prestation de ce type à plusieurs reprises. Maintenant qu'un corps avait été découvert, ils se retrouvaient au beau milieu d'un fait divers qui ne cessait d'enfler.

Un médecin les interrompit. Il leur expliqua que le patient était stable et qu'il se reposait. Ses signes vitaux étaient voisins de la normale. Ils avaient effectué une radio du crâne et confirmaient la présence d'une tumeur de la taille d'un œuf. L'hôpital devait contacter un membre de la famille, et Schroeder s'efforça de mentionner le peu qu'il savait des parents du malade.

— Il y a un frère, il est en prison dans l'Illinois, c'est tout ce que je sais.

— Bon, fit le médecin, en se grattant le maxillaire, combien de temps souhaitez-vous que nous le gardions ?

— Combien de temps faut-il le garder ?

— Jusqu'à demain, mais au-delà, je ne suis pas certain de savoir ce que nous pouvons faire pour lui.

— Il ne m'appartient pas, docteur, le prévint Keith. Moi, je lui sers juste de chauffeur.

— Et cela fait partie de cette très longue histoire ?

Giles et Weshler acquiescèrent. Schroeder suggéra au médecin de contacter ses confrères de l'hôpital St Francis, à Topeka, et peut-être réussiraient-ils, à eux tous, à s'entendre sur un moyen de traiter le cas de Travis Boyette.

— Où est-il, à présent ? demanda Weshler.

— Il est dans une petite salle au troisième étage, lui répondit le docteur.

— Pourrions-nous le voir ?

— Pas tout de suite, il lui faut du repos.

— Alors pourrions-nous nous poster devant cette salle, suggéra Giles. Nous nous attendons à ce que cet homme soit inculpé de meurtre, et nous avons ordre de nous assurer de sa personne.

— Il n'ira nulle part.

Cette réponse eut le don de hérisser Weshler, et le médecin comprit qu'il était vain d'argumenter.

— Suivez-moi, fit-il.

Ils s'éloignèrent.

— Hé, les gars, je suis libre de m'en aller, non ? leur lança Keith.

Weshler interrogea Giles du regard, Giles scruta Weshler, puis ils se tournèrent tous les deux vers le docteur.

— Bien sûr, pourquoi pas ?

— Alors il est à vous, s'exclama le révérend, qui se repliait déjà. Il sortit par l'accès des urgences et rejoignit sa voiture au petit trot, dans un parking voisin. Il piocha six dollars dans ses réserves d'espèces qui s'amenuisaient, paya l'employé et fonça dans la rue au volant de sa Subaru. Enfin libre, se dit-il. Il était exaltant de jeter un œil sur la banquette arrière et de savoir qu'avec un peu de chance, il ne recroiserait jamais plus Travis Boyette.

On apporta des chaises pliantes à Weshler et Giles et ils se postèrent dans le couloir près de la porte de la salle numéro 8. Ils appelèrent leur supérieur et firent leur rapport sur la situation de Boyette. Ils trouvèrent quelques magazines et commencèrent à tuer le temps. À travers la porte vitrée, on pouvait voir six lits, séparés par de minces rideaux, tous occupés par des patients souffrant d'affections graves. Tout au fond, il y avait une grande fenêtre qui donnait sur un terrain à vendre et, à côté de cette fenêtre, une porte que le personnel de gardiennage utilisait parfois.

Le médecin fut de retour, s'entretint avec les policiers, puis entra pour jeter un bref coup d'œil au patient. Quand il tira le rideau du lit numéro 4, il se figea d'incrédulité.

La perfusion pendait. Le lit était impeccablement bordé, avec une canne de marche couchée dessus. Le malade avait disparu.

32.

Robbie Flak et sa petite équipe restèrent deux heures sur place à observer tout le cirque. Peu après que le shérif fut arrivé et eut constaté la présence d'une sépulture, Roop's Mountain attira tous les flics de la région dans un rayon de quatre-vingts kilomètres. Adjoints du shérif local, policiers de l'État, le coroner du comté, des enquêteurs de la Missouri State Highway Patrol et, enfin, un expert de scène de crime. Les radios couinaient, les hommes hurlaient, un hélicoptère rôdait au-dessus d'eux. Quand la nouvelle de la disparition de Boyette tomba, les flics le maudirent comme s'ils le connaissaient depuis toujours. Schroeder expliqua ce qui s'était produit à l'hôpital. Il ne pouvait s'imaginer le tueur physiquement apte à aller bien loin. Ils s'accordèrent à penser qu'on le capturerait bientôt.

À deux heures, Robbie en avait assez de tout ce bazar. Il avait raconté sa version et répondu à des milliers de questions des enquêteurs, il n'y avait plus rien à faire. Ils avaient exhumé Nicole Yarber, et ils étaient prêts à rentrer à Slone pour faire face à une multitude de problèmes. Bryan Day disposait d'assez d'images pour une minisérie, mais il serait forcé de maintenir l'embargo quelques heures. Flak informa le shérif de leur départ. Le convoi, sans la Subaru, se fraya un passage dans le va-et-vient des véhicules jusqu'à l'autoroute et ils se dirigèrent vers le sud. Carlos envoya par e-mail des dizaines de photographies au bureau, ainsi que la vidéo. On prépara une présentation.

— On peut se parler? lui demanda Martha Handler au bout de quelques minutes de route.

— Non, lui répondit-il.

— Tu as discuté avec la police. Et ensuite?

— Ils vont conserver le squelette dans cette caisse et déménager le tout dans une antenne de leur labo criminel, à Joplin. Ils vont faire ce qu'ils ont à faire, et nous verrons.

— Que vont-ils chercher?

— Eh bien, d'abord, ils vont tenter d'identifier le corps en consultant les dossiers dentaires. Cela devrait être facile, ça va prendre quelques heures. On en saura éventuellement davantage ce soir.

— Ils possèdent son dossier dentaire?

— Je leur en ai remis un exemplaire. Avant le procès de Donté, l'accusation nous a balancé plusieurs boîtes de pièces à conviction, une semaine avant que le jury ne soit sélectionné. L'accusation s'est emmêlée les pinceaux, ce qui n'est guère surprenant et, dans l'un de ces dossiers, il y avait des radios dentaires de Nicole. Au cours des premières journées de recherches, plusieurs jeux ont circulé et Koffee en détenait un qu'il nous a communiqué par inadvertance. Ça n'avait guère d'importance, car ces dossiers dentaires étaient sans rapport avec le procès. Comme chacun sait, il n'y avait pas de cadavre. Un an plus tard, j'ai renvoyé le dossier à Koffee, mais je m'en suis fait une copie. Qui sait de quoi on peut avoir besoin, un jour ou l'autre?

— Savait-il que tu en avais conservé une copie?

— Je ne me souviens pas, mais j'en doute. Ce n'était pas si déterminant.

— Il n'y a pas violation de la vie privée, là?

— Bien sûr que non. Vie privée de qui? De Nicole?

Elle griffonna quelques notes, tandis que son dictaphone tournait. Il ferma les yeux et tâcha de ne pas avoir l'air trop renfrogné.

— Que vont-ils chercher d'autre? insista-t-elle.

Il se renfrogna, mais ne rouvrit pas les yeux.

— Dans un cas de strangulation, au bout de neuf ans, la cause de la mort est impossible à déterminer. Ils vont rechercher des éléments d'ADN, peut-être du sang séché ou des cheveux. Rien d'autre... sperme, peau, salive, cérumen, sueur... rien de tout ceci ne résiste aussi longtemps, dans un corps en décomposition.

— L'ADN, ça compte? Je veux dire, nous savons qui l'a tuée?

— Nous le savons, mais j'aimerais en recueillir la preuve par l'ADN. Si nous l'obtenons, alors ce sera le premier cas dans l'histoire des États-Unis où nous saurons, sur la base d'éléments d'ADN, que l'on n'a pas exécuté l'homme qu'il fallait. Il y a des dizaines d'affaires où nous soupçonnons fortement que l'État a mis à mort le mauvais type, mais sans jamais en détenir de preuve biologique claire. Tu ne veux pas boire un verre? J'ai besoin d'un verre.

— Non.

— Un verre, Carlos?

— Bien sûr. Je prendrai une bière.

— Aaron?

— Je conduis, chef.

— Je plaisantais.

Robbie sortit deux bières du frigo et en tendit une à Carlos. Après une longue gorgée au goulot, il ferma de nouveau les yeux.

— À quoi penses-tu? lui demanda-t-elle.

— À Boyette, Travis Boyette. On est passés tellement près, et s'il nous avait accordé vingt-quatre heures de plus, nous aurions pu sauver Donté. Maintenant, il ne nous reste plus qu'à traiter les retombées.

— Que va-t-il lui arriver?

— Ils vont l'inculper du meurtre, ici, dans le Missouri. S'il vit assez longtemps, ils le traduiront en justice.

— Il sera poursuivi au Texas?

— Bien sûr que non. Ils n'admettront jamais au grand jamais qu'ils se sont trompés de type. Koffee, Kerber, la juge Vivian Grale, les jurés, les juges de cours d'appel, le gouverneur – aucun des responsables de cette parodie de justice ne reconnaîtra sa faute. Ils vont se défiler, ils vont montrer les autres du doigt. Ils ne nieront peut-être pas leurs erreurs, mais il est certain qu'ils n'avoueront rien. Je pense qu'ils vont tout simplement se taire, faire le gros dos, esquiver la tempête.

— Ils peuvent?

Une autre gorgée de bière. Il sourit à sa bouteille et se pourlécha les babines.

— Aucun flic n'a jamais été inculpé pour une condamnation à tort. Kerber devrait aller en prison. Koffee aussi. Ils sont directement responsables de la condamnation de ·Drumm, mais Koffee contrôle le jury de mise en accusation. Il est à la tête du système. En conséquence, des poursuites pénales sont peu probables, à moins, bien sûr, que l'on ne réussisse à convaincre le département fédéral de la Justice d'ouvrir une enquête. Et je vais certainement m'y employer. Et nous avons encore des tribunaux civils.

— Des poursuites?

— Ah ça, oui, et un paquet. Je vais attaquer tout le monde. Je suis impatient.

— Je croyais que tu partais t'installer dans le Vermont.

— Je vais sans doute devoir remettre à plus tard. Je n'ai pas tout à fait terminé, ici.

Le comité des établissements scolaires de la municipalité de Slone se réunit en session extraordinaire le vendredi après-midi à deux heures. Le match était le seul élément à l'ordre du jour. L'arrivée de l'équipe de Longview était programmée à cinq heures, pour un coup d'envoi à sept heures et demie. Les responsables du lycée et les entraîneurs de Longview craignaient pour la sécurité de leurs joueurs et de leurs supporters, non sans raison. Les troubles, à Slone, étaient maintenant régulièrement évoqués comme des «émeutes raciales», une formule à sensation, à la fois inexacte et accrocheuse.

Les services de police de Slone et le lycée avaient été noyés sous un flot constant de coups de téléphone de menaces. S'ils essayaient de jouer le match, il y aurait des troubles, et ce ne serait pas dans la demi-mesure. Le chef de la police, Joe Radford, plaida auprès du comité d'établissement pour une annulation, ou un report. Une foule de cinq mille personnes, presque tous des Blancs, offrirait une cible trop tentante pour ceux qui cherchaient à créer des ennuis. Et la perspective de tous ces domiciles de supporters, vides et sans protection, était tout aussi gênante. L'entraîneur admit qu'il n'avait en réalité aucune envie de jouer non plus. Les gars étaient trop perturbés, sans parler de ses meilleurs joueurs, les vingt-huit Noirs, qui boycottaient la rencontre. Son tailback vedette, Trey Glover, était encore derrière les barreaux. Les deux équipes avaient six victoires et deux défaites à leur actif, et elles pouvaient participer à la phase finale au niveau fédéral. L'entraîneur savait qu'avec une équipe entièrement blanche, il n'avait aucune chance. Mais déclarer forfait, ce serait une perte sèche, et cela lui donnait à réfléchir, à lui et à tout le monde dans la salle.

Le directeur décrivit le stand de la presse carbonisé, la tension des deux derniers jours, les cours annulés, et les coups de fil de menaces que son bureau avait reçus tout au long de la journée. Il était épuisé, sur les nerfs, et supplia pratiquement le conseil d'annuler.

Une huile de la garde nationale participait à la réunion – bien à contrecœur. Cet officier croyait possible de sécuriser le quartier du stade et de jouer la rencontrer sans incident. Mais il partageait les préoccupations du chef Radford sur ce qui risquait d'arriver dans le reste de la ville pendant ces trois heures. Poussé dans ses retranchements, il finit par admettre que l'annulation serait la voie la plus sûre.

Les membres du conseil se tortillaient nerveusement sur leurs chaises et se passaient des petits mots. S'ils se colletaient d'ordinaire avec des questions de budgets, de programmes scolaires, de discipline et des dizaines d'autres sujets importants, ils n'avaient jamais été confrontés à une décision aussi capitale que l'annulation d'un match de football du lycée. Ils se présentaient au suffrage tous les quatre ans, et la perspective de s'aliéner leurs électeurs pesait fortement. S'ils votaient pour l'annulation et si Slone était contraint de déclarer forfait, ils seraient perçus comme ayant cédé aux boycotteurs et aux fauteurs de troubles. S'ils votaient pour le match et que de vilains incidents fassent des blessés, leurs adversaires leur en imputeraient la responsabilité.

Un compromis fut suggéré, tout le monde s'en empara et l'idée s'imposa vite. On passa une série de coups de fil et ce compromis devint réalité. La rencontre, ce soir-là, n'aurait pas lieu à Slone; au lieu de quoi, on jouerait le match le lendemain, sur un site non divulgué, dans une ville voisine. Longview accepta. Leur entraîneur était au courant du boycott et flairait l'odeur du sang. Le lieu de ce terrain neutre serait tenu secret jusqu'à deux heures avant le coup d'envoi. Les deux équipes effectueraient un trajet d'environ une heure, et le spectacle aurait lieu. Ce compromis convenait à tout le monde, sauf à l'entraîneur principal mais il serra courageusement les dents et prédit une victoire. Que pouvait-il faire d'autre?

Tout au long de la matinée et pendant l'après-midi, l'ancienne gare avait attiré les journalistes à la manière d'un aimant. C'était le dernier endroit où l'on avait aperçu Boyette, et il était très demandé. Ses aveux effrayants étaient diffusés en boucle sur le câble depuis toute une journée déjà, mais son passé l'avait rattrapé. Son parcours judiciaire haut en couleur était mis sur le tapis, et sa crédibilité, fortement remise en question. Des experts de tout poil intervenaient sur les ondes, proférant leur avis sur son milieu, son profil, ses mobiles. L'un de ces bavards le traita carrément de menteur et poursuivit sur «ces salauds» qui veulent se payer leur quart d'heure de célébrité et se plaisent à tourmenter les familles des victimes. Un ancien procureur texan s'étendit sur l'équité du procès Drumm et des procédures d'appel, et affirma à ceux qui l'écoutaient que tout allait pour le mieux dans le système. Boyette était à l'évidence un cinglé.

À mesure que la saga se poursuivait, sa dimension sensationnelle se perdait un peu. Boyette n'était plus là pour l'alimenter de détails, ou pour se défendre. Et Robbie Flak non plus. Les journalistes savaient que sa voiture n'était pas au bureau. Où était-il?

À l'intérieur du bâtiment, Sammie Thomas, Bonnie et Fanta adoptèrent une mentalité d'état de siège et tâchèrent de travailler. C'était impossible. Les téléphones sonnaient sans relâche et, toutes les heures ou presque, un journaliste plus culotté que les autres parvenait presque à franchir la porte d'entrée avant d'être accosté par l'un des deux vigiles. Le temps passant, la foule finit par comprendre que Boyette n'était pas là, et Robbie non plus.

Par lassitude, les journalistes s'en allèrent et sillonnèrent Slone en voiture, en quête d'un feu ou d'une bagarre. Pour aller au fond des choses, ils interrogèrent des soldats de la garde nationale qui déambulaient dans les rues, filmèrent jusqu'à plus soif les églises et les bâtiments calcinés. Ils s'entretinrent avec de jeunes Noirs devant les clubs de billard et les dancings, et ils pointèrent leurs micros vers les cabines des pick-up pour recueillir de précieux commentaires des membres de groupes d'autodéfense blancs. De nouveau gagnés par l'ennui, ils retournèrent à l'ancienne gare et attendirent des nouvelles de Boyette. Où était-il, nom de Dieu ?

En fin d'après-midi, un attroupement commença à prendre de l'ampleur dans Washington Park. L'information sur ce nouvel épisode se propagea dans les médias, et les voilà à pied d'œuvre. Leur présence attira d'autres jeunes Noirs, le rap se déchaîna sans tarder et les pétards se mirent à éclater. On était vendredi soir – jour de paie, jour de bière, début de week-end, l'heure de relâcher un peu la pression.

La tension montait.

Quelque quarante heures après avoir quitté sa paroisse avec un passager indésirable, Keith Schroeder y rentrait, seul. Quand il coupa le contact, il resta un moment assis dans sa voiture, le temps de reprendre ses esprits. Dana l'attendait à la porte de la cuisine, avec une étreinte et un baiser, et un très prévenant « Tu as l'air fatigué ».

— Je vais bien, fit-il. Juste besoin d'une bonne nuit de sommeil. Où sont les garçons ?

Les garçons étaient à table en train de manger leurs raviolis. Ils sautèrent sur leur père comme s'il s'était absenté un mois. Clay, l'aîné, était en uniforme de football, prêt pour un match. Après une longue étreinte, la famille s'assit et acheva de dîner.

Dans la chambre, après une douche rapide, il s'habilla, sous le regard de son épouse assise sur le lit.

— Aucune nouvelle de personne, par ici, fit-elle. J'ai parlé une ou deux fois à Matthew. On regarde les infos et on passe des heures en ligne. Ton nom n'a été mentionné nulle part. Un millier de photos, mais aucun signe de toi. L'église se figure que tu as été appelé pour une affaire urgente, donc aucun soupçon de ce côté-là. On aura peut-être de la chance.

— Et les dernières nouvelles de Slone ?

— Pas grand-chose. Ils ont repoussé le match de football de ce soir, et l'info a été annoncée en boucle, ils ont autant insisté dessus que si c'était un crash aérien.

— Aucun écho du Missouri ?

— Pas un mot.

— La nouvelle va éclater assez vite. Je n'ose imaginer l'onde de choc quand ils annonceront qu'ils ont trouvé le corps de Nicole Yarber. La ville va exploser.

— Ce sera quand ?

— Je n'en sais rien. Je ne suis pas sûr de connaître les projets de Robbie.

— Robbie ? Tu en parles comme si vous étiez de vieux amis ?

— Nous le sommes. Je l'ai rencontré hier, mais nous avons accompli un long voyage ensemble.

— Je suis fier de toi, Keith. Ce que tu as fait était une folie, mais c'était aussi courageux.

— Je n'ai pas l'impression d'être un brave. Je ne sais pas trop ce que je ressens, au juste. Je suis plus sous le choc qu'autre chose. Je crois que je suis encore abasourdi. C'était une aventure assez unique, mais nous avons échoué.

— Vous avez essayé.

Il enfila un pull, rentra les pans de sa chemise.

— J'espère juste qu'ils rattraperont Boyette. Et s'il trouve une autre victime ?

— Allons, Keith, cet homme est mourant.

— Mais il a laissé sa canne derrière lui, Dana. Comment expliquer ça ? J'ai circulé avec ce type pendant cinq jours – ça m'a paru une année – et il avait du mal à marcher avec sa canne. Pourquoi l'aurait-il abandonnée ?

— Il a peut-être considéré qu'il risquait d'être plus repérable avec?

Il ajusta sa ceinture et la boucla.

— Il faisait une fixation sur toi, Dana. Il t'a évoquée à plusieurs reprises, du style «votre mignonne petite femme».

— Je ne m'inquiète pas pour Travis Boyette. Il serait bien bête de revenir à Topeka.

— Il a commis de bien pires bêtises. Regarde toutes ces arrestations.

— Il faut y aller. Le match est à six heures et demie.

— Je suis impatient. J'ai besoin de distraction. Nous avons une bouteille de vin de messe par ici?

— Je crois.

— Bon. Il me faut un verre. Allons voir un peu de foot, et ensuite nous consacrerons le reste de la soirée à faire le point sur tout ça.

— Je veux tout entendre.

33.

La réunion fut organisée par le juge Elias Henry qui, sans détenir l'autorité de convoquer les gens un vendredi soir, possédait une force de persuasion plus que suffisante. Paul Koffee et Drew Kerber arrivèrent au cabinet du juge à huit heures pile. Joe Radford les y rejoignit, et les trois hommes prirent place sur un des côtés de la table de travail du magistrat. Robbie était là depuis trente minutes, avec Carlos, et l'atmosphère était déjà délétère. Il n'y eut pas de salutations, pas de poignées de main, pas de plaisanteries. Un instant plus tard, le maire Rooney arriva et prit place tout seul, loin de la table.

Le juge Henry, comme toujours en costume foncé, chemise blanche et cravate orange, commença avec solennité.

— Tout le monde est là. M. Flak possède quelques informations.

L'avocat était assis en face de Kerber, Koffee et Radford, tous les trois immobiles et sombres, comme s'ils s'attendaient à une sentence de mort. Il prit la parole.

— Nous avons quitté Slone ce matin vers cinq heures et nous avons pris la route du comté de Newton, dans le Missouri. Travis Boyette était avec nous. Le trajet nous a demandé un peu moins de six heures. Suivant les indications de Boyette, nous nous sommes dirigés vers une partie reculée du comté, en empruntant des routes secondaires, puis des chemins de terre, jusqu'à un endroit que les gens du coin appellent Roop's Mountain. À l'écart, isolé, envahi de végétation. Il a eu du mal à se souvenir, par moments, mais il a fini par nous guider vers l'emplacement où il prétendait avoir enterré Nicole Yarber. – Flak eut un signe de tête vers Carlos, qui appuya sur la touche de son ordinateur portable. À l'autre bout de la pièce, une photo de la clairière envahie de mauvaises herbes et de broussailles apparut au milieu d'un écran blanc. – Nous avons donc découvert ce site et nous avons commencé à creuser. – Le cliché suivant montrait Aaron Rey et Fred Pryor armés de pelles. – Quand Boyette était ici, à Slone, à l'automne 1998, il travaillait pour une entreprise, R. S. McGuire and Sons, de Fort Smith. Il conservait dans le fond de son pick-up une grande caisse en métal, qui avait servi à ranger des outils hydrauliques, et il s'en est servi pour l'ensevelir. – Photo suivante : le couvercle de la malle orange. – Le sol n'était pas dur et, en l'espace de dix, peut-être quinze minutes, nous avons trouvé ceci. – Photo suivante : la partie supérieure du coffre, avec l'inscription « R. S. McGuire and Sons » au pochoir. – Comme vous voyez, ce coffre à outils s'ouvrait par le dessus, avec un cadenas attaché sur le côté. Ce cadenas était fermé par une serrure à combinaison ; Boyette dit l'avoir acheté dans une quincaillerie de Springdale, Arkansas. Il n'avait pas oublié cette combinaison et il a déverrouillé le cadenas. – Photo suivante : l'ancien détenu agenouillé devant la tombe, manipulant la serrure. Koffee blêmit, et le front de Kerber devint moite. – Quand nous avons ouvert ce coffre, voilà ce que nous avons trouvé. – Photo suivante : le squelette. – Avant que l'on ouvre le coffre, Boyette nous a expliqué qu'il y aurait un ballot de vêtements à côté de sa tête. – Photo suivante : les vêtements à côté du crâne. – Il nous a aussi expliqué que nous trouverions, enveloppés dans ces vêtements, le permis de conduire de Nicole et une carte de crédit. Il avait raison. – Photo suivante : un gros plan de la MasterCard, également souillée, mais avec le nom facilement lisible. – Il nous a dit l'avoir tuée en l'étranglant avec sa ceinture de cuir noir montée d'une boucle en métal argenté. – Photo suivante : une lanière de cuir noir, partiellement décomposée, mais avec la boucle métallique. – Je tiens à votre disposition un jeu complet de ces photos, jeunes gens, vous pourrez les remporter à la maison et les regarder à loisir toute la soirée. À ce stade, nous avons contacté le shérif du comté de Newton et lui avons confié le site. – Photo suivante : le shérif et trois de ses adjoints, bouche bée devant les restes du squelette. – Le site a vite grouillé de policiers et d'enquêteurs, et la décision a été prise de laisser les restes de Nicole dans le coffre et de l'acheminer vers l'antenne du labo criminel de Joplin. C'est là qu'il est en ce moment. J'ai remis aux autorités une copie des radios dentaires de Nicole, un exemplaire de ce même jeu de radios que vous m'aviez transmis par inadvertance, les gars, quand vous avez joué à vos petits jeux de communication de pièces, avant le procès. Je me suis entretenu avec le labo criminel, et l'affaire est traitée en priorité. Ils comptent avoir terminé l'identification préliminaire ce soir. Nous attendons un coup de fil d'un moment à l'autre. Ils vont examiner tout le contenu du coffre et, avec un peu d'espoir, ils en tireront des éléments pour un test ADN. Ce n'est pas gagné, quoi qu'il en soit l'ADN n'est pas essentiel. L'identité de celle qui a été enterrée là est assez claire, et l'auteur du meurtre ne soulève aucun doute. Boyette souffre d'une tumeur au cerveau en phase terminale – c'est l'une des raisons qui l'ont poussé à se dénoncer – et il est sujet à des crises violentes. Il s'est écroulé sur les lieux et il a été conduit dans un hôpital à Joplin. On ne sait pas comment il a fait, mais il s'est débrouillé pour quitter l'hôpital sans se faire repérer, et pour l'heure, personne ne sait où il est. Il est considéré comme suspect, mais il ne se trouvait pas en état d'arrestation quand il s'est esquivé.

Robbie fit son récit en dévisageant Koffee et Kerber, mais ils furent incapables de soutenir son regard. Koffee se pinçait l'arête du nez, Kerber se rongeait les cuticules. Il y avait trois classeurs à anneaux identiques posés au centre de la table, et Flak les fit doucement glisser, un pour Koffee, un pour Kerber, un pour Radford. Et il continua.

— Là-dedans, vous disposez d'un jeu de photos complet chacun, ainsi que de quelques autres bonus : le procès-verbal d'arrestation de Boyette ici, à Slone, prouvant qu'il vivait ici à la période du meurtre. En fait, les gars, vous l'aviez sous les verrous en même temps que Donté Drumm. Il existe aussi une copie intégrale de son dossier criminel et de l'historique de ses incarcérations. Sa déclaration sous serment est incluse, mais en réalité, vous n'avez pas vraiment besoin de la lire. C'est un compte rendu détaillé de l'enlèvement, des agressions sexuelles, du meurtre et de l'enterrement. Le récit que vous avez sans doute déjà vu une dizaine de fois maintenant à la télévision. Il y a aussi une déposition signée hier par Joey Gamble, dans laquelle il reconnaît avoir menti au procès. Des questions ? – Silence. – J'ai choisi de procéder de cette manière par respect pour la famille de Nicole. Je doute que l'un de vous ait le cran d'aller voir Reeva ce soir et de lui révéler la vérité, mais au moins, vous avez cette option. Ce serait une honte qu'elle l'apprenne indirectement. Il faut que quelqu'un aille le lui annoncer ce soir. Des commentaires ? Rien ?

Silence.

Le maire se racla la gorge et posa une question à voix basse.

— Quand cela sera-t-il rendu public ?

— J'ai prié les autorités du Missouri de maintenir l'embargo jusqu'à demain. À neuf heures demain matin, je tiens une conférence de presse.

— Seigneur, Robbie, est-ce vraiment indispensable ? laissa échapper le maire.

— Appelez-moi M. Flak, monsieur le maire. Et oui, c'est tout à fait indispensable. La vérité doit être dite. Elle a été enterrée neuf ans par la police et le procureur, donc, oui, il est temps de dire la vérité. Les mensonges vont enfin être mis à nu. Au bout de neuf ans, après l'exécution d'un innocent, le monde va enfin savoir que les aveux de Donté étaient bidon, et je vais exposer les méthodes brutales employées par l'inspecteur Kerber pour les obtenir. Je prévois d'entrer dans les détails en décrivant les mensonges invoqués au tribunal – ceux de Joey Gamble et du mouchard enrôlé par Kerber et Koffee, et le marché conclu avec lui – et je vais décrire toutes les tactiques répugnantes employées au procès. J'aurai sans doute l'occasion de rappeler à tout le monde que M. Koffee couchait avec la juge pendant la procédure, juste au cas où quelqu'un l'aurait oublié. Je regrette que le chien, ce fin limier, ne soit plus en vie... quel était son nom ?

— Yogi, fit Carlos.

— Comment pourrais-je l'oublier ? J'aimerais que le vieux Yogi soit encore en vie pour le montrer à tout le monde et le traiter encore une fois de sale fils de pute. J'imagine que ce sera une longue conférence de presse. Vous êtes invités, les gars. Des questions ? Des commentaires ?

Paul Koffee ouvrit légèrement la bouche, comme s'il allait former des mots, mais les mots lui manquèrent. Robbie était loin d'en avoir terminé.

— Et juste pour que vous sachiez ce qui va suivre ces prochains jours, messieurs, je vais introduire au moins deux procédures, dès lundi matin, l'une ici, devant le tribunal d'État, qui vous assignera, ainsi que la ville, le comté et la moitié de l'État. Une autre sera déposée devant une cour fédérale, une action civile, avec une longue liste d'attendus. Et là aussi, vous serez assignés. Je pourrais intenter une ou deux autres actions, si je trouve de quoi les motiver. Je prévois de contacter le département de la Justice et de réclamer une enquête. Pour vous, Koffee, je prévois de déposer une plainte auprès de l'association du barreau de cet État pour violations des règles éthiques, non que j'attende du barreau de l'État qu'il y apporte grand intérêt, mais au passage, vous vous ferez quand même laminer. Vous pourriez commencer à réfléchir à une démission, le cas échéant. Pour vous, Kerber, une retraite anticipée constitue une éventualité bien réelle. Vous devriez vous faire virer, mais je doute que le maire et le conseil municipal aient assez de culot. Chef, vous étiez chef adjoint quand cette enquête a déraillé. Vous serez également cité parmi les accusés. Mais ne le prenez pas mal, je poursuis tout le monde.

Le chef de la police se leva lentement et se dirigea vers la porte.

— Vous partez, monsieur Radford, s'étonna le juge, d'un ton qui ne laissait guère de doute sur la désapprobation que susciterait une telle sortie précipitée.

— Mon métier ne m'oblige pas à écouter des enfoirés imbus de leur personne comme ce Robbie Flak, rétorqua le chef.

— La réunion n'est pas terminée, observa sévèrement le juge.

— Si j'étais vous, je resterais, ajouta le maire, et le chef de la police décida de rester. Il reprit sa place près de la porte.

Flak fixa Koffee et Kerber du regard.

— Donc hier soir vous aviez une petite sauterie près du lac pour fêter ça. Mais maintenant, à mon avis, la fête est finie.

— Nous avons toujours pensé que Drumm avait un complice, réussit à bredouiller Koffee, mais ses mots se perdirent sous le poids de leur propre absurdité.

Kerber opina du bonnet aussitôt, tout prêt à se précipiter sur la première théorie venue susceptible de les sauver.

— Bon Dieu, Paul, rugit le juge Henry, sous le coup de l'incrédulité.

Robbie rit. Choqué, le maire en resta bouche bée.

— Formidable ! s'exclama Robbie. Merveilleux, brillant. Subitement une nouvelle théorie, qui n'a encore jamais été mentionnée auparavant. Et sans rapport aucun avec la réalité. Que les mensonges commencent ! Nous avons un site Internet, Koffee, et mon acolyte Carlos, ici présent, va tenir le décompte des mensonges. Des mensonges de votre part à tous les deux, ceux du gouverneur, des tribunaux, peut-être même ceux de cette chère vieille juge Vivian Grale, si nous mettons la main sur elle. Vous avez menti pendant neuf ans, afin de tuer un innocent, et maintenant que nous connaissons la vérité, maintenant que vos mensonges ont été révélés, vous insistez pour continuer de faire précisément ce que vous avez toujours fait. Mentir ! Vous me faites gerber, Koffee.

— Juge, pouvons-nous partir, maintenant ? demanda ce dernier.

— Juste un instant.

Un téléphone portable sonna et Carlos le saisit.

— C'est le labo criminel, Robbie.

Flak lui prit l'appareil. La conversation fut brève, et il n'y eut pas de surprises.

— Identification confirmée, c'est Nicole.

La pièce demeura silencieuse, ils songeaient à la jeune fille. Le juge Henry fut le premier à reprendre la parole.

— Je me fais du souci pour la famille, messieurs. Comment allons-nous lui apprendre la nouvelle ?

Drew Kerber transpirait et paraissait sur le point de succomber à une attaque quelconque. Il ne songeait pas à la famille de Nicole. Il avait une épouse, une maison pleine de gosses, un tas de dettes et une réputation. Paul Koffee n'osait même pas imaginer avoir avec Reeva une conversation relative au tour que prenait leur histoire. Non, il s'en abstiendrait. Il préférait se sauver comme un lâche plutôt que d'aborder cette femme. Admettre qu'ils avaient poursuivi et exécuté le mauvais individu, à cette minute, cela dépassait largement les bornes de son imagination.

Il n'y avait pas de volontaire.

— À l'évidence, juge, je ne suis pas l'homme de la situation. J'ai ma propre petite visite à effectuer, au domicile des Drumm, pour leur apprendre la nouvelle, dit Robbie.

— Monsieur Kerber ? s'enquit le magistrat.

L'inspecteur secoua la tête, en signe de dénégation.

— Très bien. Je vais appeler sa mère moi-même et lui apprendre la nouvelle.

— Jusqu'à quand pouvez-vous patienter, juge ? demanda le maire. Si cette nouvelle se répand dans la rue à l'heure qu'il est, Dieu sait ce qui arrivera.

— Qui est au courant, Robbie ? fit le juge.

— Mon cabinet, les sept personnes de cette pièce, les autorités du Missouri. Nous avons aussi emmené une équipe de télévision avec nous, mais ils ne diront rien tant que je ne leur en donnerai pas l'autorisation. Pour le moment, c'est limité.

— J'attendrai deux heures, proposa Elias Henry. La séance est levée.

Roberta Drumm était chez elle avec Andréa et quelques amis. La table et les comptoirs de la cuisine étaient chargés de nourriture – ragoûts, plats de poulet grillé, gâteau et tartes, assez pour nourrir cent personnes. Robbie avait oublié de dîner, et donc il grignota, tandis qu'ils attendaient avec

Martha que les amis soient partis. Roberta était complète-ment vidée. Après une journée consacrée à recevoir les invi-tés au salon funéraire et à pleurer avec presque tous, elle était émotionnellement et physiquement épuisée.

Et Robbie n'améliora pas les choses en lui annonçant la nouvelle. Il n'avait pas le choix. Il commença par le voyage dans le Missouri et acheva avec la réunion dans le bureau du juge Henry. Martha et lui aidèrent Andréa à coucher Roberta. C'est tout juste si elle était consciente. Savoir que Donté allait être innocenté, avant même d'être inhumé, pour elle, c'était tout simplement trop.

Les sirènes demeurèrent silencieuses jusqu'à vingt-trois heures passées de dix minutes. Ce furent trois appels au 911, des appels très rapprochés, qui les réveillèrent. Le premier signalait un incendie dans un centre commercial au nord de la ville. Manifestement, quelqu'un avait lancé un cocktail Molotov à travers la vitrine d'un magasin de vêtements, et un automobiliste avait aperçu les flammes en passant. Le deuxième appel, anonyme, évoquait un bus scolaire incen-dié, garé derrière le bâtiment du collège. Et le troisième, plus inquiétant, émanait d'un système d'alarme incendie d'un magasin d'aliments pour animaux. Son propriétaire était Wallis Pike, le mari de Reeva. La police et les soldats de la garde, déjà en alerte, bondirent dans leurs véhicules de patrouille et de surveillance et, pour la troisième nuit d'affi-lée, Slone dut endurer les sirènes et la fumée.

Longtemps après que les garçons se furent endormis, Keith et Dana, étaient encore assis dans leur petit coin salon, dans le noir, en train de boire leur vin à petites gorgées dans des tasses à café. Au fur et à mesure qu'il lui racontait son histoire, avec un flot de détails, il se remémorait les faits, les bruits et les odeurs pour la première fois. De petites choses le surprenaient – les gargouillements de Boyette saisi de haut-le-cœur au bord de l'interstate, l'indolence du policier de la route qui remplit sa contravention, les piles de pape-rasses sur la longue table de la salle de conférence, au cabi-net Flak, l'expression de frayeur sur le visage des membres de son équipe, l'odeur d'antiseptique dans la petite cellule de détention du pavillon des exécutions, le bourdonnement dans ses oreilles quand il avait regardé Donté mourir, les embardées de l'avion quand ils survolaient le Texas, et ainsi de suite. Dana l'assaillait de questions, au gré de son inspiration, des questions toujours perspicaces. Elle était aussi intriguée par toute cette aventure que Keith, et parfois incrédule.

Quand la bouteille fut vide, il s'allongea dans le canapé et sombra dans un profond sommeil.

34.

Avec l'aval du juge Henry, la conférence de presse se tint dans la salle d'audience principale du palais de justice du comté de Chester, sur Main Street, dans le centre de Slone. Flak avait prévu de la tenir dans ses locaux, mais quand il devint évident qu'il y aurait foule, il changea d'avis. Il voulait s'assurer que tous les journalistes pressentis pourraient trouver place, mais il n'avait pas non plus envie qu'une bande de curieux vienne fourrer son nez dans sa gare.

À neuf heures et quart, il monta sur l'estrade face au banc des juges, présidé par Elias Henry, et scruta le parterre. Les caméras tournaient et les micros étaient ouverts, prêts à capter le moindre mot. Robbie portait un costume trois pièces foncé, son plus beau, et, bien qu'épuisé, il était aussi tendu. Il perdit très peu de temps et en vint au fait.

— Bonjour et merci d'être venus, fit-il. Le squelette de Nicole Yarber a été retrouvé hier matin dans un endroit reculé du comté de Newton, dans le Missouri, juste au sud de la ville de Joplin. J'étais présent, avec des membres de mon cabinet, et nous y avons accompagné un dénommé Travis Boyette. Il nous a conduits sur ce site où il a enterré Nicole il y a presque neuf ans, deux jours après l'avoir enlevée ici, à Slone. En consultant le dossier dentaire, le laboratoire de la police scientifique de Joplin a pu confirmer l'identification des restes, dès hier soir. Ce laboratoire travaille sans relâche à l'examen de ces ossements qui devrait être terminé dans deux jours. – Il s'interrompit, but une gorgée d'eau et balaya l'auditoire du regard. Pas un bruit. – Je ne suis pas pressé, mesdames et messieurs. Je prévois d'entrer dans les moindres détails, et ensuite je répondrai à toutes vos questions.

Il fit un signe de tête à Carlos, qui était assis à proximité avec son ordinateur portable. Sur un grand écran installé derrière l'estrade, une photo du site d'inhumation s'afficha. Flak se livra à une description méthodique de ce qu'ils avaient trouvé, illustrée par une succession de photos. Conformément à un accord avec les autorités du Missouri, il ne montra pas les ossements, le site étant traité comme une scène de crime. En revanche, il montra bien les clichés de son permis de conduire, de sa carte de crédit et de la ceinture qui avait servi à l'étrangler. Il évoqua le meurtrier et fournit une brève explication de sa disparition. Aucun mandat d'arrestation n'avait encore été émis, et cet homme n'était donc pas recherché.

Robbie Flak savourait visiblement cet instant. Son intervention était diffusée en direct. Son auditoire était captivé, subjugué, avide des plus petits détails. Personne ne pouvait l'interrompre ou remettre en cause ses propos, à aucun titre. C'était sa conférence de presse, et il avait enfin le dernier mot. C'est le moment dont rêve tout avocat.

Au cours de cette matinée, Robbie s'échauffa à plusieurs reprises quand il aborda certains sujets, notamment lors de ses digressions sur Donté Drumm que l'on sentait venir du fond du cœur. Le public, cependant, ne s'ennuya pas un seul instant. Il en vint finalement au crime, faisant apparaître sur l'écran une photo de Nicole, une lycéenne, très jolie et très saine.

Reeva regardait. Des coups de téléphone l'y avaient incitée. Ils étaient restés toute la nuit éveillés, à combattre l'incendie au magasin pour animaux, un feu vite circonscrit mais qui aurait pu s'avérer bien plus grave. Il était certainement d'origine criminelle, un acte manifestement perpétré par des voyous noirs cherchant à se venger de la famille de Nicole Yarber. Wallis se trouvait encore sur place, et Reeva était seule à la maison.

Quand elle découvrit le visage de sa fille, publiquement

exposé par un homme qu'elle détestait, elle pleura. Elle était désorientée, tourmentée, totalement abasourdie. Le coup de téléphone du juge Henry, la veille au soir, lui avait provoqué un pic de tension et elle avait fini aux urgences. Ajoutez à cela cet incendie, et elle était au bord du délire.

Elle avait posé quantité de questions au magistrat – la tombe de Nicole? Les restes du squelette? Ses vêtements et son permis de conduire, sa ceinture et sa carte de crédit, et tout cela là-bas, dans le Missouri? On ne l'avait pas jetée dans la rivière Rouge, près de Rush Point? Et, pire que tout, Drumm n'était pas le tueur?

— C'est vrai, madame Pike, lui avait patiemment répondu le juge. Tout cela est vrai. Je suis désolé. Je sais que c'est un choc.

Un choc? Elle n'arrivait pas à y croire et, pendant des heures, elle refusa d'y ajouter foi. Elle avait peu dormi, rien mangé, et cherchait à se raccrocher à des réponses quand elle alluma la télévision et vit Flak, ce paon, en direct sur CNN, parler de sa fille.

Il y avait des journalistes à l'extérieur, dans son allée, mais sa maison était fermée à clef, les rideaux tirés, les stores baissés, et l'un des cousins de Wallis était posté sous la véranda, armé d'un fusil de calibre douze. Reeva en avait assez des médias. Elle n'avait pas de commentaires. Sean Fordyce était terré dans un motel au sud de la ville, à fulminer parce qu'elle refusait de dialoguer avec lui en direct devant la caméra. Il l'avait déjà ridiculisée. Il lui rappela leur accord, leur contrat signé, ce à quoi elle répondit :

— Attaquez-moi en justice, Fordyce, un point c'est tout.

En regardant Robbie Flak, elle se laissa pour la première fois aller à penser l'impensable. Drumm était-il innocent? Avait-elle passé ces neuf dernières années à haïr le mauvais individu? Avait-elle regardé le mauvais homme mourir?

Et l'enterrement? Maintenant que son bébé avait été retrouvé, elle allait devoir l'inhumer convenablement. Où allaient-ils l'organiser, cet enterrement? Elle sécha ses larmes avec un chiffon humide et continua de soliloquer à voix basse.

Ensuite, Flak aborda les aveux. Et là, consumé par une rage maîtrisée, il fit monter la pression. Ce fut très efficace. La salle d'audience était plongée dans le silence. Carlos projeta une photo de l'inspecteur Drew Kerber, et Robbie annonça, sur un ton dramatique :

— Et voici le principal artisan de cette condamnation abusive.

Drew Kerber regardait, depuis son bureau. Il avait passé une nuit horrible chez lui. Après avoir quitté le cabinet du juge, il était parti faire un long tour en voiture en tâchant d'imaginer une fin plus heureuse à ce cauchemar. Il n'en entrevoyait aucune. Vers minuit, il était avec son épouse à la table de leur cuisine et mettait son âme à nu : la tombe, les ossements, la carte d'identité, l'idée indicible qu'« à l'évidence » ils avaient épinglé le mauvais client, Flak et ses procédures juridiques, ses menaces de poursuites du style groupe d'autodéfense qui suivraient Kerber jusque dans la tombe, la forte probabilité du chômage qui se profilait à l'horizon, et celle des frais juridiques et des jugements. Il se déchargea d'une montagne de tracas sur sa pauvre épouse, mais sans lui révéler toute la vérité. L'inspecteur Kerber n'avait jamais admis et n'admettrait jamais qu'il avait soutiré des aveux forcés à Donté.

En tant qu'inspecteur chef avec seize années d'ancienneté, il gagnait cinquante-six mille dollars par an. Il avait quatre enfants, trois ados et un de neuf ans, un prêt immobilier, deux prêts pour des véhicules, un compte d'épargne retraite avec à peu près dix mille dollars, et un compte avec huit cents dollars d'économies dessus. S'il était révoqué, ou mis à la retraite, il aurait éventuellement droit à une petite pension, mais serait incapable de survivre financièrement. Et ses jours en tant qu'officier de police judiciaire seraient comptés.

— Drew Kerber est un policier qui agit en franc-tireur, avec de nombreux antécédents concernant de faux aveux, continua Flak d'une voix forte, et l'inspecteur tressaillit.

Il était à son bureau, dans une pièce exiguë fermée à clef, seul. Il avait prié sa femme d'éteindre la télévision, chez eux, comme s'ils avaient pu dissimuler cette histoire à ses enfants.

Il maudit cet avocat, puis regarda avec horreur cette vermine expliquer au monde exactement de quelle manière il avait obtenu ces aveux, lui, Drew Kerber.

Sa vie était finie. Et il risquait d'orchestrer cette fin lui-même.

Ensuite, Robbie Flak aborda le procès. Il présenta d'autres personnages – Paul Koffee et la juge Vivian Grale. Photos, s'il vous plaît. Sur le grand écran, Carlos projeta leurs deux images côte à côte, comme s'ils étaient encore liés par leur attachement réciproque, et il les attaqua sur leur liaison. Il ironisa sur « cette décision lumineuse consistant à déplacer le procès jusqu'à Paris, Texas, à soixante-dix-huit kilomètres d'ici ». Il ne se priva pas de souligner le fait qu'il avait essayé vaillamment de récuser ces aveux, de faire en sorte qu'on ne les présente pas au jury, alors que Koffee, lui, luttait tout aussi ardemment pour leur conserver leur statut de preuves. La juge Grale s'était rangée du côté de l'accusation et de « son amant, le très honorable Paul Koffee ».

Paul Koffee suivait cet exposé, et il était hors de lui. À l'intérieur de son bungalow, sur le lac, tout à fait seul, il regardait sur la chaîne locale ce « reportage exclusif en direct », le petit numéro de Robbie Flak, quand il découvrit son visage à côté de celui de Vivian. L'avocat vitupérait contre ce jury aussi blanc qu'un rassemblement du Ku Klux Klan, parce que Paul Koffee avait systématiquement eu recours à ses pouvoirs de récusation des jurés pour en éliminer les Noirs et, comme de juste, sa petite amie au banc des juges avait abondé dans son sens. « La justice dans le style texan », déplorait Flak, une formule qu'il ne se lassait pas d'assener.

Il finit par laisser de côté les aspects les plus sordides de la relation entre le juge et le procureur et trouva le rythme juste en multipliant les invectives contre l'absence de preuve. Le visage de la juge Grale disparut de l'écran, et celui de Koffee s'agrandit aussitôt. Aucune preuve matérielle, pas de cadavre, rien que des aveux truqués, un mouchard en prison, un chien limier et un témoin mensonger du nom de Joey Gamble. Pendant ce temps, Travis Boyette était libre, et n'avait certainement pas à s'inquiéter de se faire prendre, pas par ces clowns.

Toute la nuit, Koffee avait essayé d'échafauder une théorie de rechange qui lierait d'une manière ou d'une autre Donté Drumm à Travis Boyette, mais il était à court d'imagination. Il se sentait minable. Sa tête lui faisait mal d'avoir bu trop de vodka, et, son cœur battait la breloque tandis qu'il tâchait tant bien que mal de respirer, écrasé sous le poids d'une carrière ruinée. Il était fini, et cela l'ennuyait beaucoup plus que l'idée d'avoir contribué à tuer un jeune homme innocent.

Quand il eut terminé avec le mouchard et le chien limier, Robbie s'attaqua à Joey Gamble et à son témoignage frauduleux. Avec un timing parfait, Carlos afficha la déclaration sous serment de Gamble, celle qu'il avait signée le jeudi à Houston, une heure avant l'exécution. Les déclarations de Joey admettant qu'il avait menti au procès et qu'il avait été le premier à suggérer que Donté Drumm était le tueur avaient été surlignées.

Joey Gamble regardait, lui aussi. Il était chez sa mère, à Slone. Son père était parti ; sa mère avait besoin de lui. Il lui avait révélé la vérité, et la vérité n'avait pas été bien reçue. Et maintenant, de voir et d'entendre ainsi ses fautes diffusées en direct, et de manière aussi saisissante, il était sous le choc. Il avait supposé qu'en se mettant en règle avec sa conscience, il en éprouverait un certain embarras, sans rien imaginer de cet ordre.

— Joey Gamble a menti, à plusieurs reprises, annonça Flak, désormais lancé à fond, et Joey avait failli tendre la main vers la télécommande. Et maintenant, il l'admet !

Sa mère était à l'étage, dans sa chambre, trop bouleversée pour rester dans la même pièce que son fils.

« Tu as aidé à tuer ce garçon », lui avait-elle répété plus d'une fois, comme s'il avait besoin qu'on le lui rappelle.

Flak continua.

— Après avoir évoqué une enquête menée dans l'incompétence, une parodie de procès, et une condamnation abusive, j'aimerais maintenant discuter du rôle de la cour criminelle d'appel du Texas. Cette cour a statué sur le premier appel de Donté en février 2001. Le corps de Nicole Yarber était toujours porté disparu. La cour a relevé qu'il n'existait aucune preuve matérielle, dans ce procès. Elle paraissait un peu ennuyée par les mensonges du mouchard du pénitencier. Elle avait remis en question quelques aspects mineurs des aveux de Donté mais elle s'est refusée à critiquer la juge Grale pour avoir autorisé le jury à en tenir compte. Elle a commenté le recours au témoignage du chien, estimant que ce n'était peut-être pas la « meilleure preuve » à employer dans un procès dont l'enjeu était aussi important. Mais au bout du compte, la cour ne l'a pas trouvé répréhensible. Elle a voté la confirmation de la peine par neuf voix pour, et aucune contre.

Le président de la cour, Milton Prudlowe, regardait, lui aussi. Un coup de fil survolté de son assistant juridique l'avait alerté sur cette conférence de presse, et il était avec son épouse dans leur petit appartement d'Austin, tous deux rivés à CNN. Si le Texas avait bel et bien exécuté un innocent, il savait que sa cour d'appel s'exposait à une avalanche de critiques cinglantes. Et M. Flak semblait disposé à mener la meute.

— Jeudi dernier, expliqua ce dernier, à exactement quinze heures trente-cinq, les avocats de Donté Drumm ont déposé une requête de report, et nous y avons inclus une vidéo que nous venions de filmer de Travis Boyette avouant le viol et le meurtre. C'était deux heures et demie avant l'exécution. Je présume que la cour s'est penchée sur la question et n'a guère été impressionnée par cette vidéo, ou par cette déclaration sous serment, car une heure plus tard elle refusait tout report et toute suspension de l'exécution. Là encore, le scrutin a été de neuf voix contre aucune. – Au signal, Carlos fit défiler la chronologie et les décisions de la cour. Robbie enfonça le clou. – La cour ferme ses portes tous les jours à cinq heures, même en cas d'exécution imminente. Notre ultime requête se composait de cette déclaration sous serment de dernière minute et de la rétractation de Joey Gamble. À Austin, les avocats de Donté ont appelé le greffier

408

de la cour, un certain M. Emerson Pugh, et l'ont informé qu'ils étaient en route pour déposer cette requête. Il leur a répondu que la cour fermerait à cinq heures. Et il avait raison. À l'arrivée des avocats devant l'entrée du bâtiment, ils ont trouvé porte close. La requête n'a pu être déposée.

L'épouse de Prudlowe lui lança un regard furieux.

— J'espère qu'il ment, lui lâcha-t-elle.

Prudlowe voulut lui assurer qu'évidemment cette grande gueule d'avocat mentait, mais il hésita. Flak était trop habile pour proférer des déclarations aussi accablantes sans disposer d'éléments pour les étayer.

— Milton, dis-moi que ce type ment.

— Eh bien, ma chérie, à la minute, je ne sais plus trop.

— Tu ne sais plus trop ? Pourquoi la cour aurait-elle fermé si les avocats souhaitaient déposer une requête ?

— Eh bien, euh, je...

— Tu bredouilles, là, Milton, et ça signifie que tu essaies de m'inventer une réponse qui n'est pas forcément tout à fait exacte. As-tu vu la vidéo de ce Boyette deux heures avant l'exécution ?

— Oui, elle nous a été transmise...

— Oh mon Dieu, Milton ! Alors pourquoi n'as-tu pas tout suspendu pour quelques jours. Tu es le président de la cour, Milton, tu as la latitude de faire tout ce que tu veux. Des exécutions retardées, il y en a tout le temps. Pourquoi ne pas avoir accordé un délai de trente jours, ou d'une année, en l'occurrence ?

— Nous pensions que c'était un imposteur. Ce type est un violeur en série sans aucune crédibilité.

— Eh bien, à l'heure actuelle, il est sacrément plus crédible que la cour criminelle d'appel du Texas. Le meurtrier avoue, personne ne le croit, donc il leur montre exactement où est enterré le corps. Ça me paraît assez crédible, à moi.

Robbie marqua une pause et but une gorgée d'eau.

— Quant au gouverneur, son cabinet a reçu une copie de la vidéo de Boyette à quinze heures onze jeudi après-midi. Je ne sais pas de manière certaine si le gouverneur a visionné cette vidéo. Nous savons en revanche qu'à seize heures trente, il s'est adressé à une foule de manifestants et qu'il a publiquement refusé tout sursis à Donté.

Le gouverneur regardait, lui aussi. Il se tenait debout dans le bureau de sa résidence officielle, vêtu pour une partie de golf qui ne serait jamais disputée, flanqué de Wayne Wallcott d'un côté et de Barry Ringfield de l'autre. Quand Robbie marqua de nouveau un silence, il voulut savoir.

— C'est vrai? À quinze heures onze, nous avions cette vidéo?

Wayne fut le premier à mentir.

— Sais pas. Il se passait tant de trucs. Ils nous fourguaient des conneries à la pelle.

Barry proféra le deuxième mensonge.

— C'est la première fois que j'en entends parler.

— Quelqu'un a-t-il vu cette vidéo quand elle est arrivée au cabinet? insista-t-il, de plus en plus irrité, à chaque seconde qui s'écoulait.

— Je sais pas, patron, mais nous le saurons, lui affirma Barry.

Le gouverneur fixa l'écran du regard, réfléchissant à toute vitesse, tâchant d'appréhender la gravité de ce qu'il entendait. Robbie Flak reprit.

— Même après avoir refusé toute clémence, le gouverneur avait le droit de reconsidérer sa décision et de suspendre l'exécution. Il a refusé de le faire.

— L'enfoiré, siffla le gouverneur avant d'hurler, tirez-moi cette histoire au clair, et tout de suite!

Carlos referma son ordinateur, et l'écran se vida. Robbie feuilleta son bloc-notes, afin de s'assurer de n'avoir rien omis. Changeant de ton, d'une voix empreinte de gravité, il acheva.

— En conclusion, il est désormais évident que nous avons fini par commettre l'irréparable. Ceux qui étudient la peine de mort, et ceux d'entre nous qui la combattent, ont depuis longtemps redouté ce jour, où nous nous réveillerions face à cet acte sans appel. Nous avons exécuté un innocent, et cela peut être prouvé au moyen d'éléments clairs et convaincants. Des hommes innocents ont déjà été exécutés, mais les preuves n'étaient pas aussi évidentes. Avec Donté, cela ne fait aucun doute. – Une pause. La salle d'audience demeurait immobile et silencieuse. – Au cours des jours à venir, vous allez assister à un jeu pathétique de défausse, de mensonge et de déni des responsabilités. Je viens de vous livrer les noms et certains des visages des responsables. Traquez-les, écoutez-les mentir. Cette tragédie n'avait rien d'inéluctable. Cette erreur n'avait rien d'inévitable. Tout ceci s'est fait au mépris des droits de Donté Drumm. Puisse-t-il reposer en paix. Je vous remercie.

Avant l'assaut des questions, il se dirigea vers la barre et prit la main de Roberta Drumm. Elle se leva et marcha d'un pas raide vers l'estrade, à ses côtés. Elle descendit le micro, pour le mettre à sa hauteur.

— Je m'appelle Roberta Drumm. Donté était mon fils. J'ai peu de chose à dire pour le moment. Ma famille est en deuil. Nous sommes sous le choc. Mais je vous en supplie – j'implore les gens de cette ville –, renoncez à toute violence. Cessez ces incendies et ces jets de pierre, ces bagarres, ces menaces. Je vous en prie, arrêtez. Cela n'apporte rien de bien. Oui, nous sommes en colère. Oui, nous sommes blessés. Mais la violence ne sert à rien. J'appelle les membres de notre communauté à déposer les armes, à respecter les autres et à rentrer chez eux. La violence ne fait rien d'autre que porter atteinte à l'honneur de mon fils.

Robbie la prit par le bras, pour la reconduire à son siège, puis il sourit à la foule.

— Et maintenant, quelqu'un a-t-il des questions ?

35.

Matthew Burns se joignit à la famille Schroeder pour un petit déjeuner sur le tard, avec crêpes et saucisses au menu. Les garçons mangèrent vite et retournèrent à leurs jeux vidéo. Dana refit du café et commença à débarrasser la table. Ils discutèrent de la conférence de presse, de la brillante présentation de l'affaire par Robbie Flak et des propos poignants de Roberta. Matthew était avide de précisions sur Slone, ces incendies et cette violence, mais Keith n'avait rien vu ou presque. Il avait ressenti la tension, senti la fumée, entendu tourner l'hélicoptère de la police au-dessus de leurs têtes, mais il n'avait pas vu grand-chose de la ville.

Assis tous trois autour de la table, avec du café fraîchement passé, ils discutèrent du périple invraisemblable de Schroeder et de l'endroit où Travis Boyette pouvait se trouver. Cependant, Keith commençait à se lasser de fournir tous ces détails. Il avait d'autres soucis, que Matthew était disposé à aborder avec lui.

— Alors, monsieur le conseiller juridique, quelle serait l'étendue de mes ennuis ?

— La loi n'est pas vraiment claire. Il n'existe pas de texte spécifique interdisant d'aider un criminel, un condamné, à enfreindre les obligations de sa liberté conditionnelle. Mais cela n'en est pas moins illégal. La section applicable du code traite de l'obstruction à la bonne marche de la justice, ce qui constitue un fourre-tout pour toute une série de comportements qu'il serait sans cela difficile de cataloguer. En conduisant Boyette hors de cette juridiction à bord d'un véhicule, et en sachant pertinemment que cela constituait une infraction à sa liberté conditionnelle, tu as violé la loi.

— C'est grave?

Burns haussa les épaules, grimaça, remua son café avec sa cuiller.

— C'est un délit pénal, mais sans grande gravité. Et ce n'est pas le genre d'infraction sur lesquelles nous nous acharnons.

— Nous? fit Dana.

— Nous, en tant que procureurs. Cela relève de la compétence du procureur de district, mais d'un autre bureau. Moi, je suis rattaché à la ville.

— Et c'est un délit pénal? insista le pasteur.

— Oui, sans doute. Il semble que ton escapade au Texas soit passée inaperçue, ici, à Topeka. Tu as réussi à éviter les caméras, et je n'ai encore pas vu ton nom imprimé.

— Mais tu es au courant, Matthew, observa Dana.

— En effet, et je suppose qu'en théorie, je suis censé informer la police, et te livrer. Mais cela ne fonctionne pas ainsi. Nous ne pouvons traiter qu'un volume limité d'activités criminelles. Nous sommes obligés de choisir et de trier. Ce n'est pas le style d'infractions sur lesquelles tous les procureurs ont envie de se précipiter.

— Mais Boyette est un type connu, maintenant, nuança Dana. Ce n'est plus qu'une question de temps avant qu'un journaliste d'ici ne s'empare de l'histoire. Il a enfreint sa conditionnelle, il est parti au Texas, et voilà trois jours que nous voyons son visage partout.

— Oui, mais qui peut le relier à Keith Schroeder?

— Plusieurs personnes au Texas, fit le révérend.

— Exact, mais je doute qu'ils s'en préoccupent. Et ces gens-là sont de ton côté, non? J'imagine.

— Alors, qui peut établir ce lien? Quelqu'un t'a vu avec Boyette?

— Et le type au centre de réinsertion dans tout ça? se souvint Dana.

— C'est possible. Je suis allé plusieurs fois le chercher. J'ai signé le registre, et il y avait ce type, ce Rudy, je crois, qui connaît mon nom.

— Mais il ne t'a pas vu partir avec Boyette en voiture mercredi soir ?

— Personne ne nous a vus. Il était plus de minuit.

Matthew haussa les épaules, satisfait. Ils s'occupèrent tous les trois un moment de leur café.

— Je peux établir le lien, Matthew. Je savais que j'enfreignais la loi quand je suis parti avec Boyette parce que tu m'avais clairement exposé les choses. J'ai fait un choix. Sur le moment, je savais que j'agissais au plus juste. Je n'ai aucun regret, tant que l'on retrouve Boyette avant qu'il ne cause du mal à quelqu'un d'autre. Mais si on ne le retrouve pas, et s'il fait du mal à quelqu'un, alors je serai écrasé par le remords. Je ne vais pas vivre avec une éventuelle infraction criminelle pesant au-dessus de ma tête. Nous avons résolu de régler la question, et tout de suite.

Dana et Keith avaient tous les deux les yeux fixés sur Burns.

— C'est plus ou moins ce que j'avais pensé, fit ce dernier.

— Je ne vais pas me défiler, reprit Schroeder. Et nous refusons de vivre avec la peur qu'un officier de police frappe à notre porte. Finissons-en.

Matthew secoua la tête.

— D'accord, mais il te faut un avocat.

— Et pourquoi pas toi ? suggéra Dana.

— Un avocat pénaliste spécialisé, un avocat de la défense. Moi ? Désormais, je suis dans le camp d'en face et, franchement, je vous serai d'une plus grande aide là où je suis.

— Keith pourrait-il aller en prison ?

— Tu vas droit au but, hein ? observa son mari, avec un sourire.

Elle ne souriait pas. Elle avait les yeux humides. Matthew étira les bras au-dessus de sa tête, puis il se pencha en avant, les coudes sur la table.

— Voici mon scénario le plus pessimiste. Ce n'est pas une prédiction, c'est juste l'hypothèse la pire. Si tu admets avoir joué un rôle en le conduisant au Texas, attends-toi à ce que l'on s'intéresse à ta personne. Ensuite, si Boyette viole une autre femme, ça va être une pagaille monstre. Je verrais assez le procureur de district te malmener, mais je ne te vois pas aller en prison, en aucun cas. Tu auras peut-être à plaider coupable, tu écoperas d'une mise à l'épreuve, d'une petite amende, mais j'en doute.

— Je devrais comparaître devant un tribunal, devant un juge, et plaider coupable?

— C'est en général ce qui arrive.

Keith prit la main de Dana, sur la table. Il y eut un long moment de réflexion.

— Que ferais-tu, toi, Matthew?

— J'engagerais un avocat, et je prierais pour que Boyette soit mort ou trop malade pour agresser quelqu'un.

À midi, les quarante et un membres blancs de l'équipe de football du lycée de Slone se rassemblèrent sur le parking d'une petite école élémentaire en périphérie de la ville. Là, ils embarquèrent rapidement à bord d'un autocar affrété et quittèrent la ville. Leur équipement se trouvait dans un fourgon de location qui suivit l'autocar. Une heure plus tard, ils arrivèrent à Mount Pleasant (population : cinquante mille habitants). De là, le car fut guidé par une voiture de police jusqu'au terrain de football du lycée. Les joueurs enfilèrent vite leur tenue et coururent vers le terrain pour leurs échauffements d'avant-match. C'était curieux, de s'échauffer sans lumières, sans supporters. La sécurité était stricte ; des voitures de police barraient toutes les routes d'accès au terrain. Les Lobos de Longview High l'investirent à leur tour, quelques minutes plus tard. Il n'y eut pas de pom-pom girls, pas de fanfare, pas d'hymne national, pas de prière d'avant-match, ou de discours d'un présentateur. Quand on tira à pile ou face, l'entraîneur de Slone regarda l'équipe des Lobos à l'autre bout du terrain, et se demanda quelle allait être l'étendue du massacre. Ils avaient quatre-vingts joueurs sur une feuille de match, dont au moins soixante-dix pour cent de Noirs. Slone n'avait plus battu Longview depuis l'époque de Donté Drumm, et aujourd'hui, les Warriors n'avaient aucune chance.

Ce qui se déroulait à Slone se ressentait dans tout l'est du Texas, si ce n'est même plus loin.

Les Warriors remportèrent le tirage au sort et choisirent

de recevoir. Cela avait peu d'importance, mais l'entraîneur de Slone voulait éviter un long retour de kickoff et sept points trop vite encaissés. Son équipe spéciale investit le terrain pour se placer à la réception et les Lobos s'alignèrent pour le coup de pied d'engagement. Dix jeunes Noirs et un kicker blanc. Au coup de sifflet, le joueur le plus proche du ballon s'avança subitement et l'empoigna. Ce fut un geste comme on n'en avait encore jamais vu auparavant et, l'espace d'une seconde, tout le monde resta interloqué. Les dix joueurs noirs de l'équipe qui allaient taper l'engagement arrachèrent alors leur casque et le posèrent sur la pelouse. Les arbitres sifflèrent, les entraîneurs braillèrent et, durant quelques secondes, ce fut la confusion totale. Sur un signal, les autres joueurs noirs de Longview entrèrent sur le terrain en se défaisant de leur casque et de leur maillot. Les footballeurs de Slone déjà sur la pelouse reculèrent, incrédules. Le match était terminé avant d'avoir commencé.

Les joueurs noirs formèrent le cercle et s'assirent sur la ligne médiane, une variante des temps modernes de la grève sur le tas. Les arbitres, quatre Blancs et deux Noirs, se réunirent brièvement, et conservèrent leur calme. Aucun des six ne proposa d'aller reprendre le ballon. L'entraîneur de Longview se rendit au milieu du terrain.

— Nom de Dieu, qu'est-ce qui se passe ici ?

— Hé, coach, le match est terminé, lui annonça le numéro 71, un plaqueur de près de cent quarante kilos, qui était aussi le cocapitaine de l'équipe.

— On ne joue pas, fit le numéro deux, l'autre cocapitaine.

— Et pourquoi ?

— On proteste, reprit le numéro 71. On est solidaire avec nos amis de Slone.

L'entraîneur flanqua un coup de pied dans le gazon et réfléchit aux choix qui s'offraient à lui. Il était clair que cette situation n'allait pas changer, en tout cas pas dans un avenir proche.

— Bon, juste pour que vous saisissiez bien la portée de vos actes, nous allons devoir déclarer forfait, ce qui nous éjectera des qualifications, et ils vont sans doute nous imposer une forme ou une autre de mise à l'épreuve. C'est ce que vous voulez, les gars?

Les soixante garçons lui répondirent comme un seul homme.

— Oui!

Le coach leva les bras en l'air, sortit du terrain et s'assit sur le banc. L'entraîneur de Slone appela ses joueurs hors de la pelouse. Dans les deux camps, les footballeurs blancs fixaient leurs homologues noirs du regard. L'herbe était jonchée de maillots verts et de casques au sigle des Lobos. Les arbitres se retirèrent vers l'une des deux zones de but et surveillèrent la scène; ils avaient terminé leur journée.

Quelques minutes s'écoulèrent, le temps que chacun prenne la mesure de l'événement. Puis, le numéro 35, un arrière remplaçant blanc pénétra sur le terrain depuis la ligne de touche côté Longview, retira son casque et son maillot, et prit place près de la ligne des quarante yards avec ses équipiers noirs. Un par un, les autres joueurs suivirent, jusqu'à ce qu'il ne reste plus que les entraîneurs le long de la ligne de touche.

Le coach de Slone ne savait pas trop quoi décider. Il calculait peut-être qu'on venait de lui offrir la victoire sur un plateau, et que, par miracle, il avait échappé à une défaite certaine. Il était sur le point de prier ses joueurs de quitter la pelouse quand le numéro 88, Denny Weeks, l'ailier débutant, fils d'un officier de police de Slone, entra sur la pelouse, laissa tomber son casque et retira son maillot. Il s'assit sur le terrain avec les joueurs de Longview, et l'un d'eux lui tendit la main, qu'il lui serra. Un par un, les Warriors suivirent, jusqu'à ce que les quarante et un garçons aient quitté la touche.

À quinze heures, le bureau du gouverneur publiait un communiqué diffusé à la presse. Ébauché par Barry Ringfield et réécrit par Wayne Wallcott et Gill Newton en personne, sa version finale était rédigée en ces termes.

Le gouverneur Gill Newton est profondément concerné par les événements récents relatifs à l'affaire Donté Drumm. Les allégations

417

selon lesquelles son cabinet aurait reçu un enregistrement vidéo des aveux d'un prétendu assassin, juste avant l'exécution, sont tout simplement fausses. Le gouverneur n'a vu cette vidéo pour la première fois qu'hier vendredi, approximativement seize heures après l'exécution. Le gouverneur sera disponible lundi pour d'autres commentaires.

L'ancienne gare finit par fermer, le samedi après-midi. Aaron Rey avait placé deux gardes armés sur la plate-forme, avec ordre d'éloigner quiconque s'approcherait. Le cabinet Flak se réunit au domicile de son patron pour une petite fête improvisée. Tout le monde était là, avec les épouses. DeeDee avait fait appel à un traiteur spécialisé dans le barbecue, et l'odeur capiteuse des travers de porc cuisant sur le grill flottait dans le patio. Fred Pryor opérait au bar et les boissons coulaient à flot. Tout le monde se prélassait autour de la piscine et s'efforçait de se détendre. Les Longhorn jouaient leur rencontre et l'écran de télévision attirait un peu de monde. Robbie essaya d'interdire toute discussion à propos de l'affaire Drumm, mais les conversations y revenaient quand même. Ils ne pouvaient pas s'en empêcher. Ils étaient épuisés, vidés, frustrés, mais ils parvinrent à décompresser. L'alcool y contribua beaucoup.

L'histoire du match de Longview fit vite le tour, et ils levèrent leur verre en l'honneur de ce sit-in.

Tout en s'occupant du bar, Fred Pryor surveillait les échanges policiers sur sa radio. Les rues de Slone étaient d'un calme remarquable, qu'ils attribuaient à l'appel très émouvant de Roberta. Ils avaient aussi entendu dire que Roberta, Marvin, Cédric et Andréa s'étaient rendus à Washington Park pour implorer les gens de rentrer chez eux, de cesser toute violence.

Flak avait beau avoir donné l'ordre d'éteindre tous les téléphones portables, l'appel leur parvint quand même. Ce fut Carlos qui le reçut, et il transmit la nouvelle à un auditoire qui retenait son souffle. Les autorités, à Joplin, avaient accéléré leurs examens et détenaient des informations intéressantes. Sur les dessous de Nicole, ils avaient relevé un échantillon de sperme assez conséquent. Le test ADN l'attri-

418

buait à Travis Boyette. Son échantillon d'ADN était stocké dans la base de données du Missouri, suite à de précédentes condamnations dans cet État.

Il y avait matière à fêter cela, et matière à pleurer. Tiraillés par leurs émotions, ils décidèrent de boire un autre verre.

36.

Dimanche. Ce qui était probable le jeudi, encore plus vraisemblable le vendredi, et pratiquement certain le samedi, se transforma au cours de la soirée en vérité sidérante, de sorte que le dimanche matin les États-Unis tout entiers se réveillèrent avec cette réalité dramatique : on avait exécuté un innocent. Le *New York Times* et le *Washington Post* en tête, les grands quotidiens se répandirent en invectives et tous parvinrent à la même conclusion – il est temps d'arrêter ces exécutions capitales. La nouvelle faisait la une de ces deux journaux, et celle de dizaines d'autres, de Boston à San Francisco. Des papiers interminables livraient le récit de l'affaire, et les personnages étaient bien mis en lumière, Robbie Flak attirant autant l'attention que Donté. Des éditoriaux cinglants appelaient à un moratoire des exécutions. Parurent d'innombrables tribunes rédigées par des intervenants extérieurs – experts juridiques, avocats, partisans de l'abolition de la peine de mort, professeurs, militants, prêtres et même deux détenus du couloir de la mort – et tous parvenaient à la même conclusion : maintenant que l'on détient la preuve irréfutable d'une condamnation abusive, la seule ligne de conduite juste et sensée est d'arrêter définitivement les exécutions ou, si c'est impossible, d'au moins les suspendre jusqu'à ce que la question de la peine de mort puisse être réexaminée et révisée.

Au Texas, le *Houston Chronicle,* un journal qui s'était peu à peu lassé de soutenir la peine de mort sans aller jusqu'à prôner son abolition, faisait, sans retenue aucune, toute sa une

420

sur le compte rendu de cette histoire. C'était une version condensée de la conférence de presse de Robbie, avec des photos grand format de Donté Drumm, de Nicole, de Flak en première page, et une dizaine d'autres en page cinq. Les six articles sans exception insistaient lourdement sur les erreurs commises et faisaient la peau à Drew Kerber, Paul Koffee et à la juge Vivian Grale. Les identités des scélérats étaient clairement établies ; la faute inéluctable. Un journaliste remontait la piste de la cour criminelle d'appel du Texas, et il était évident que ses membres ne trouveraient aucune échappatoire. Le président Milton Prudlowe était indisponible pour le moment, tout comme les huit autres juges. Le greffier de la cour, M. Emerson Pugh, se refusait à tout commentaire. En revanche, Cicely Avis, l'avocate du Defender Group qui avait essayé d'entrer dans le bureau de Pugh à cinq heures sept le jeudi après-midi, avait quantité de choses à déclarer. Les détails faisaient surface, et il y en aurait certainement d'autres à venir. Un autre journaliste du *Chronicle* traquait le gouverneur et son entourage, tous visiblement en pleine débandade.

Au Texas, les réactions étaient variables. Des titres connus pour être généralement modérés dans leurs orientations politiques – ceux d'Austin et de San Antonio – appelaient directement à abolir la peine de mort. Le quotidien de Dallas lança un appel à un moratoire. Des journaux fermement ancrés à droite restèrent mesurés dans leurs éditoriaux, mais ne se privèrent pas de traiter les événements de Slone de façon exhaustive.

À la télévision, les talk-shows du dimanche matin ménagèrent tous une place à cette affaire, même si la campagne présidentielle en vue de l'élection de 2008 restait le sujet principal. Sur le câble, Donté Drumm occupait la première place depuis la conférence de presse de Robbie Flak, vingt-quatre heures plus tôt, et rien ne laissait entrevoir qu'il allait se trouver refoulé en deuxième position. L'une des intrigues secondaires de cette histoire avait été jugée suffisamment digne d'intérêt pour avoir droit à son propre titre : « La traque de Travis Boyette ». Et le sujet repassait toutes les trente minutes. Sur Internet, l'événement faisait fureur, enregistrant cinq fois plus de clics que tout le reste. Les blog-geurs hostiles à la peine de mort se déchaînaient avec une fureur incontrôlable.

Si tragique soit-elle, cette histoire représentait un immense cadeau pour toute la frange gauche de l'échiquier politique. À droite, les réactions demeurèrent assez discrètes, comme il était à prévoir. Ceux qui étaient favorables à la peine de mort ne risquaient guère de changer, en tout cas pas du jour au lendemain, mais le sentiment général semblait être qu'il valait mieux ne rien dire. Quant aux émissions de la droite dure sur le réseau câblé et aux commentateurs des chaînes de radio grandes ondes, ils ignorèrent tout bonnement l'af-faire.

À Slone, dimanche était encore un jour de culte. À l'Église méthodiste africaine de Bethel, une foule bien plus nom-breuse que la normale se réunit à l'appel de l'office de huit heures, qui serait suivi de l'école du dimanche, d'un petit déjeuner de prière réservé aux hommes, de répétitions du chœur, de leçons bibliques, de café et beignets, puis de l'heure de l'office, qui durerait bien plus longtemps que soixante minutes. Certains étaient là dans l'espoir de voir les Drumm, et de préférence Roberta, afin peut-être de lui adresser quelques paroles discrètes de condoléances. Cepen-dant, la famille Drumm avait besoin de repos, et elle resta chez elle. Mais certains étaient là parce qu'ils éprouvaient le besoin de parler, d'entendre les dernières rumeurs, d'appor-ter leur soutien ou d'en recevoir.

Quelle que soit leur motivation, lorsque le révérend Johnny Canty monta en chaire et salua la foule, le sanctuaire était plein à craquer. Il ne tarda pas à aborder la question Donté Drumm. Il eût été facile d'échauffer ses ouailles, de jeter de l'huile sur le feu, de tirer sur toutes les cibles à sa portée, mais le révérend Canty n'était pas enclin à aller en ce sens. Il parla de Roberta et de son élégance face à l'adversité, de sa souffrance atroce devant le spectacle de la mort de son fils, de sa force, de son amour envers ses enfants. Il parla du besoin impérieux de revanche, et de Jésus qui tendit la joue gauche. Il pria pour que des hommes bons fassent preuve de patience, de tolérance et de sagesse face à ce qui arrivait là. Il parla de Martin Luther King et du courage avec lequel il apporta le changement en s'abstenant de toute violence. Il est dans la nature humaine de rendre coup pour coup, mais le deuxième coup mène au troisième, et le troisième au quatrième. Il remercia ses ouailles d'avoir déposé les armes et d'avoir su rentrer chez eux.

Chose remarquable, la nuit avait été calme, à Slone. Canty rappela à ses fidèles que le nom de Donté Drumm était désormais connu ; il était un symbole qui apporterait le changement.

— Ne le souillons pas avec un surcroît de sang, un surcroît de violence.

Après cette mise en train d'une demi-heure, les fidèles se dispersèrent dans l'église pour vaquer à leurs activités habituelles du dimanche matin.

Un kilomètre plus loin, des membres de la Première Église baptiste arrivaient pour vivre une expérience religieuse unique. Les décombres de leur sanctuaire étaient encore clôturés par les rubalises jaunes de la police, l'endroit restait une scène de crime, dans le cadre d'une enquête encore ouverte. Sur un parking, une grande tente blanche avait été dressée. Sous cette tente, des rangées de chaises et de tables pliantes étaient couvertes de victuailles. La tenue était décontractée, l'humeur généralement enjouée. Après un rapide petit déjeuner, ils chantèrent des psaumes, de vieux airs de gospels dont ils connaissaient le rythme et les paroles par cœur. Le président du conseil des diacres évoqua l'incendie et, surtout, la nouvelle église qu'ils allaient reconstruire. Ils avaient une assurance contre l'incendie, ils avaient la foi, ils emprunteraient si nécessaire, mais un nouveau lieu de culte magnifique surgirait de ces cendres, tout à la gloire du Seigneur.

Reeva n'assistait pas à la cérémonie. Elle n'était pas sortie de chez elle. À vrai dire, rares furent ceux qui regrettèrent son absence. Ses amis partageaient sa souffrance, maintenant que l'on avait retrouvé sa fille, mais avec Reeva, la souffrance n'avait jamais connu de cesse, depuis ces neuf années. Ses amis ne pouvaient s'empêcher de se rappeler les veillées sur la rivière Rouge, les séances de prière marathon, les tirades interminables dans la presse, son adhésion enthousiaste à son statut de victime, tout cela afin de se venger de ce « monstre » de Donté Drumm. Maintenant qu'ils avaient exécuté le mauvais monstre, et qu'elle l'avait regardé mourir avec bonheur, rares étaient les fidèles de l'Église, ses semblables, encore disposés à la côtoyer. Heureusement, elle n'en avait aucune envie non plus.

Frère Ronnie était une âme troublée. Il avait regardé son église brûler, ce qui n'était de pas sa faute, mais il avait aussi vu Donté mourir, et non sans une satisfaction certaine. Il y avait là un péché quelque part. Il était baptiste, une espèce de croyants connus pour leur créativité dans la découverte de nouvelles formes de péchés, et il avait besoin d'être pardonné. Il partagea cela avec l'assistance. Il mit son âme à nu, il admit ses torts et demanda que l'on prie pour lui. Il semblait sincèrement plein d'humilité et de détresse.

Les dispositions prises pour l'enterrement de Nicole n'étaient pas encore fixées. Frère Ronnie expliqua qu'il s'en était entretenu avec Reeva au téléphone – elle refusait de recevoir des visites – et le site de l'église publierait les informations en ligne dès que la famille aurait pris sa décision. Nicole était encore dans le Missouri, et les autorités n'avaient pas encore précisé quand elles restitueraient les restes du corps.

La tente était sous étroite surveillance. De l'autre côté de la rue, sur un terrain qui n'appartenait pas à l'église, une vingtaine de journalistes rôdaient, presque tous armés d'appareils photo. Si plusieurs officiers de police sur les dents n'avaient pas été présents, ces journalistes se seraient introduits sous la tente, auraient enregistré chaque mot, auraient importuné tout le monde.

Slone n'avait jamais été plus divisée qu'en ce dimanche matin-là, et pourtant, même en cette heure sombre, tout le monde faisait bloc. Le nombre de journalistes et de téléobjectifs n'avait cessé d'augmenter depuis le jeudi, et chacun, en ville, se sentait en état de siège. L'homme de la rue avait arrêté d'adresser la parole à la presse. Les responsables de la ville ne faisaient que répéter cette formule : « Sans commentaire. » Au palais de justice, on ne réussit à soutirer aucune déclaration à personne. Et, en certains endroits, la police accrut sa présence et durcit son attitude. Tout journaliste tentant de s'approcher de la maison des Drumm risquait sans nul doute de se faire rudoyer. Le salon funéraire où Donté reposait était strictement interdit d'accès. La maison de Reeva était gardée par des cousins et des amis, mais la police demeurait à proximité, guettant le premier énergumène qui oserait une intrusion, appareil au poing. Robbie Flak savait se défendre tout seul, et se débrouillait fort bien, mais son domicile et son bureau étaient surveillés toutes les heures par une patrouille. Et, en ce dimanche matin, les chrétiens fidèles qui assistèrent au service de l'Église méthodiste africaine de Bethel et à celui de la Première Église baptiste purent le faire sans être dérangés. Les services de police de Slone y veillèrent.

À l'église luthérienne St Mark, le révérend Keith Schroeder monta en chaire et stupéfia sa congrégation en entamant son sermon de façon saisissante et totalement inédite.

— Jeudi dernier, l'État du Texas a exécuté un innocent. Si cette nouvelle vous a échappé, alors j'ignore sur quelle planète vous étiez. La majorité d'entre vous connaît les faits, mais ce que vous ignorez, c'est que le véritable tueur était ici dimanche dernier, assis là-bas. Il s'appelle Travis Boyette, c'est un criminel condamné, libéré voici quelques semaines de la prison de Lansing et consigné dans une maison de réinsertion dans la Dix-Septième Rue, ici, à Topeka.

Parmi les deux cents membres de l'auditoire, tout le monde semblait avoir cessé de respirer. Ceux qui avaient prévu de s'accorder une petite sieste étaient subitement tout à fait réveillés. Le pasteur Schroeder s'amusa des regards curieux qu'il suscita. Il poursuivit.

— Non, je ne plaisante pas. Et j'aimerais pouvoir vous affirmer que M. Boyette était attiré par notre petite église en raison de la réputation de ses prêches, mais en vérité, il est venu ici parce que c'était une âme troublée. Lundi matin à la première heure, il était dans mon bureau pour m'évoquer ses problèmes. Ensuite, il a pris la route du Texas et il a tenté

425

d'arrêter l'exécution de Donté Drumm. Il n'y est pas parvenu. Et, je ne sais comment, il a pris la fuite.

Son intention initiale était de décrire ses aventures au Texas, et d'en faire la matière du sermon le plus captivant qu'il ait jamais prononcé. Il n'avait pas peur de la vérité ; il voulait qu'elle soit dite. Il supposait que son Église la découvrirait, tôt ou tard, et il était déterminé à aborder la question de front. Toutefois, Dana lui avait soutenu que le plus sage serait encore d'attendre de consulter un avocat. Admettre un crime, surtout dans un contexte aussi public, sans l'avis d'un juriste, paraissait risqué. Elle l'avait convaincu, et il avait opté pour un message quelque peu différent.

En tant que ministre du culte, il refusait catégoriquement de mêler la politique et la religion. En chaire, il s'était toujours tenu à l'écart de questions comme les droits des homosexuels, l'avortement et la guerre, préférant enseigner ce qu'enseignait Jésus – l'amour du voisin, le soutien aux défavorisés, le pardon des autres parce que vous avez vous-même été pardonné, et le respect des lois de Dieu.

Toutefois, après avoir assisté à cette exécution, il n'était plus le même homme, ou du moins plus le même pasteur. Subitement, se confronter à l'injustice sociale revêtait beaucoup plus d'importance que de donner bonne conscience à ses ouailles tous les dimanches. Il commencerait à aborder ces questions, toujours du point du vue du chrétien et jamais du point de vue du politicien, et tant pis si cela en hérissait quelques-uns. Il était fatigué de ne prendre aucun risque.

— Jésus aurait-il été témoin d'une exécution sans tenter de l'empêcher ? demanda-t-il. Jésus aurait-il approuvé des lois qui nous permettent de tuer ceux qui ont tué ?

La réponse à ces deux questions était négative et, pendant une heure entière, dans le plus long sermon de sa carrière, il expliqua pourquoi.

Avant le crépuscule, le dimanche après-midi, Roberta Drumm, ses trois enfants, leurs épouses et ses cinq petits-enfants, marchèrent jusqu'à Washington Park, à quelques pâtés de maison de chez eux. Ils avaient effectué ce même trajet à pied la veille, et dans le même but. Ils allèrent à la rencontre des jeunes gens rassemblés là et, en tête-à-tête, ils leur parlèrent de la mort de Donté et de l'effet qu'elle leur faisait à tous. Ils coupèrent leur rap. La petite foule se fit silencieuse et respectueuse. À un certain moment, plusieurs dizaines de ces jeunes firent cercle autour de Roberta et l'écoutèrent plaider pour davantage de civilité. D'une voix forte, éloquente, haussant parfois le ton pour plus d'emphase, elle leur dit :

— Je vous en prie, ne profanez pas la mémoire de mon fils en répandant davantage de sang. Je ne veux pas que le nom de Donté reste dans les esprits, à Slone, synonyme d'émeutes raciales. Rien de ce que vous ferez ici, dans les rues, n'aidera la communauté noire. La violence engendre plus de violence et, au bout du compte, nous serons perdants. Je vous en prie, rentrez chez vous, et serrez votre mère dans vos bras.

Pour la communauté noire, Donté était déjà une légende. Le courage de sa mère les incita à regagner leur toit.

37.

Le lundi matin, le lycée de Slone n'ouvrit pas ses portes. La tension semblait se relâcher, mais la direction de l'établissement et la police restaient sur les nerfs. Les rues pouvaient être la proie d'une nouvelle série de bagarres et de lancers de bombes fumigènes qui perturberaient une trêve fragile. Les élèves blancs étaient prêts à retourner en classe, pour reprendre le rythme scolaire et leurs activités normales. Dans leur majorité, ils restaient sous le choc, ils étaient même atterrés de ce qui s'était produit au cours du week-end. Ils étaient tout aussi abasourdis par l'exécution de Drumm que leurs camarades noirs, et tout aussi désireux d'y faire face, d'en discuter et d'essayer de surmonter le problème. Les footballeurs blancs de l'équipe se joignant au sit-in lors du match contre Longview étaient au cœur de conversations sans fin dans toute la ville, et cette simple manifestation de solidarité était considérée comme un geste énorme pour présenter des excuses. Une erreur monumentale avait été commise, mais la responsabilité ne leur en incombait pas. Réunissons-nous, serrons-nous la main et traitons du problème. La plupart des élèves noirs n'étaient nullement séduits par l'idée d'une violence durable. Ils avaient les mêmes habitudes, les mêmes activités que leurs amis blancs, et ils voulaient renouer avec une vie normale, eux aussi.

Le conseil d'établissement se réunit de nouveau, avec le maire et la police. Le terme de « poudrière » fut souvent employé pour décrire l'atmosphère à Slone. Il y avait assez de têtes brûlées dans les deux camps pour créer des troubles.

On recevait encore des coups de téléphone anonymes. Dès la réouverture du lycée, il y eut des menaces de violences. Au bout du compte, il fut décidé que le plus sûr serait d'attendre après l'enterrement de Donté Drumm.

À neuf heures, l'équipe de football se réunit avec ses entraîneurs dans les vestiaires du stade. Cette réunion se tint à huis clos. Les vingt-huit joueurs noirs étaient là, ainsi que leurs équipiers blancs, quarante et un garçons au total. Cette rencontre avait été suggérée par Cédric et Marvin Drumm, qui avaient joué tous les deux au sein des Warriors, mais à un niveau très inférieur à celui de leur frère. Côte à côte, ils s'adressèrent à l'équipe. Ils remercièrent les joueurs blancs pour leur courage, de s'être joints à leurs camarades de Longview, en signe de protestation. Ils évoquèrent leur frère avec tendresse, et même avec émotion et leur rappelèrent que Donté n'aurait jamais approuvé de telles dissensions. L'équipe de football faisait la fierté de la ville, et si elle réussissait à panser ses plaies, alors l'espoir renaîtrait pour tous. Ils en appelèrent à l'unité.

— Quand nous enterrerons Donté, fit Cédric, je vous demande à tous d'être là. Cela signifiera tellement de choses pour la famille, et pour le reste de notre communauté.

Denny Weeks, fils d'un policier de Slone, et premier joueur à avoir retiré son casque et son maillot pour aller s'asseoir avec les joueurs de Longview, demanda s'il pouvait prendre la parole. Il se campa face à l'équipe et commença par leur expliquer à quel point il était écœuré par l'exécution et ses suites. Comme la majorité des Blancs qu'il fréquentait, il avait toujours eu la conviction, toujours eu le sentiment que Donté était coupable et qu'il avait eu ce qu'il méritait. Il se trompait et il se trompait à un point tel, c'était à peine croyable, et il garderait toujours cette culpabilité en lui. Il s'excusait d'avoir cru cela, d'avoir été favorable à cette exécution. Très ému, tâchant de ne pas perdre contenance, il acheva en disant qu'il espérait que Cédric et Marvin, le reste de la famille et ses coéquipiers noirs, finiraient par puiser dans leur cœur la force de lui pardonner. D'autres confessions suivirent, et la réunion se prolongea en tentative fructueuse de réconciliation. C'était une équipe, avec toutes les menues rancunes et les rivalités féroces qui y sont inhérentes, mais la plupart de ces garçons jouaient au football ensemble depuis le premier cycle du secondaire et se connaissaient fort bien. Ils n'avaient rien à gagner à laisser l'amertume couver.

Les officiels de l'État s'efforçaient encore de résoudre les problèmes épineux que soulevait la situation d'impasse résultant du match avorté contre Longview. On pensait généralement que les deux équipes écoperaient d'un forfait, mais que la saison suivrait son cours normal. Il restait une rencontre au tableau. L'entraîneur leur annonça que c'était tout ou rien – s'ils étaient incapables de former une équipe, alors le dernier match serait déclaré perdu par forfait. Avec Cédric et Martin en face d'eux, les joueurs n'avaient pas le choix. Il leur était impossible de répondre non aux frères de Donté Drumm. Deux heures après, ils se serraient la main et décidèrent de se retrouver l'après-midi même pour un long entraînement.

L'esprit de réconciliation n'avait pas atteint le cabinet Flak, et ne l'atteindrait sans doute pas. Les batteries rechargées par un dimanche tranquille et prêt à attaquer la montagne de travail qui l'attendait, Robbie poussa ses troupes à préparer un assaut sur plusieurs fronts. La priorité principale, c'était la procédure civile. Il était déterminé à introduire une action ce jour-là, à la fois devant un tribunal d'État et devant une cour fédérale. La procédure devant une juridiction d'État, pour exécution injustifiée, tirerait à boulets rouges sur la municipalité de Slone, ses services de police, le comté et son procureur de district, l'État et ses juges, les responsables de la prison et les juges des cours d'appel. Les membres du personnel judiciaire bénéficiaient d'une immunité au plan de la responsabilité civile, mais Robbie prévoyait de les attaquer quand même. Il poursuivrait aussi le gouverneur, qui jouissait d'une immunité absolue. Sur l'essentiel, la procédure serait vaine et ils finiraient par être déboutés, mais cela lui était égal. Il voulait une revanche, et il se délectait à l'idée de gêner ces figures publiques, de les forcer à engager des avocats. Il aimait les procès où l'on se battait à mains nues, surtout quand c'était lui qui cognait, et en présence de la presse. Ses clients, les Drumm, étaient sincèrement opposés à un regain de violence dans les rues, comme l'était Robbie, mais il s'y entendait pour créer de la violence dans les prétoires. Ce litige se prolongerait des années, cela le dévorerait, mais il était confiant, il finirait par l'emporter.

Le procès devant une cour fédérale serait une action fondée sur les droits civils, et concernerait plus ou moins les mêmes accusés. Là, il ne perdrait pas de temps à attaquer les magistrats de première instance, les juges d'appel et le gouverneur, mais il frapperait à coups redoublés sur la ville de Slone, sa police et Paul Koffee. À la lumière de ce qui était devenu désormais évident, il prévoyait un règlement lucratif de cette affaire, mais dans un futur un peu plus lointain. La ville et le comté et, plus important, leurs compagnies d'assurance, ne courraient jamais le risque de voir leur linge sale exposé devant un jury dans une affaire aussi retentissante. Une fois révélées au grand jour, les exactions de Drew Kerber et Paul Koffee tétaniseraient les avocats grassement rémunérés des compagnies d'assurance professionnelles. Flak était obsédé par cette idée de vengeance, mais il flairait aussi l'odeur de l'argent.

Parmi les autres stratégies envisagées, il envisageait une plainte au plan éthique contre Paul Koffee. Une victoire entraînerait sa radiation du barreau et d'autres humiliations ultérieures, mais, là-dessus, il n'était pas d'un optimisme démesuré. Il avait aussi échafaudé quelques projets de plainte contre le président de la cour d'appel, Milton Prudlowe, auprès de la commission de déontologie judiciaire de l'État, mais cela réclamerait plus de temps. On disposait de si peu de chose sur les faits entourant le dépôt avorté de cette requête. Et pourtant, il semblait que l'on puisse bientôt avoir accès à ces éléments. Un véritable essaim de journalistes prenait déjà d'assaut la cour criminelle d'appel du Texas. Robbie était content de voir la presse faire jaillir la vérité.

Il contacta le département de la Justice, à Washington. Il prit des appels téléphoniques d'opposants à la peine de mort émanant de tout le pays. Il bavarda avec des journalistes. Son bureau était plongé dans le chaos, et cela lui réussissait.

Le cabinet d'avocats où Dana et Keith entrèrent le lundi matin était très différent de celui que ce dernier avait fréquenté peu de temps auparavant. Le cabinet Flak débordait de monde, de tension et d'activité. Les bureaux d'Elmo Laird étaient petits et silencieux. Matthew Burns, qui avait rédigé le rapport initial, avait dressé à Schroeder le portrait d'Elmo Laird en praticien du droit isolé, la soixantaine, un vieux briscard des cours pénales qui dispensait des conseils sensés en allant rarement jusqu'au procès. Matthew et lui étaient amis et, surtout, Laird jouait au golf avec le procureur de district.

— Je n'ai jamais eu à plaider d'affaire pareille, admit-il après avoir écouté le pasteur quelques minutes.

Il avait potassé le sujet et, comme tous les gens qui aiment lire le journal du matin, il connaissait dans ses grandes lignes le gâchis de l'affaire Drumm, là-bas au Texas.

— Eh bien, c'est aussi une nouveauté pour moi, admit Schroeder.

— Il n'existe pas de texte de loi clair traitant du sujet. Vous avez porté assistance à un homme qui, de toute manière, était déterminé à enfreindre son contrôle judiciaire en sortant de cette juridiction. Ce n'est pas précisément un crime majeur, mais vous pourriez être poursuivi pour obstruction à la justice.

— Nous avons lu les textes, fit Dana. Matthew nous les a communiqués, ainsi que quelques exemples d'affaires puisés dans d'autres États. Rien n'est clair.

— Je n'ai pas été en mesure de trouver un cas similaire dans le Kansas, confirma Elmo. Ce qui ne signifie pas grand-chose. Si le procureur de district choisit d'engager des poursuites, alors je dirais qu'il dispose d'un dossier assez solide. Vous reconnaissez la totalité des faits, n'est-ce pas ?

— Bien sûr.

— Eh bien, je suggère d'explorer la possibilité d'un accord amiable avec le procureur, et le plus tôt sera le mieux. Boyette est en cavale. Il risque de frapper à nouveau.

Ou peut-être pas. Peut-être cette semaine, peut-être jamais. Il est tout à votre avantage de conclure un accord, avant qu'il ne crée d'autres tracas. S'il faisait du mal à quelqu'un, vous deviendriez d'autant plus coupable, et un dossier simple risquerait de se compliquer.

— Un accord amiable ? De quoi s'agirait-il ?

— Vous ne faites pas de prison mais on vous tape un petit peu sur les doigts, lui annonça l'avocat avec un haussement d'épaules.

— Ce qui signifie ?

— Pas grand-chose. Une brève comparution, une sorte de petite amende, et certainement pas de peine de prison.

— J'espérais que vous nous répondriez cela, fit Dana.

— Et à brève échéance, je réussirais sans doute à obtenir que l'on efface cela de votre casier, ajouta Laird.

— Mais cette condamnation figurerait dans un dossier accessible au public, non ? insista Keith.

— Oui, et c'est ennuyeux. Boyette a fait la une des journaux ce matin, ici, à Topeka, et je crains qu'il ne paraisse davantage d'articles sur son compte ces prochains jours. C'est notre lien principal avec tout cet épisode à sensation. Si un journaliste vient fouiner, il risque de tomber sur cette condamnation. Cela lui fournirait la matière d'un assez bon papier, si vous y réfléchissez. Un prêtre de la région prête assistance à un authentique tueur, et ainsi de suite. Je vois d'ici les gros titres dans le journal, mais pas de dégâts irréversibles. Le papier le plus retentissant paraîtra s'il commet un autre crime, et quand il le commettra. Alors le procureur se fera remonter les bretelles et il pourrait se montrer plus délicat à manier.

Keith et Dana échangèrent des regards perplexes. C'était leur première visite à un cabinet juridique ensemble, et leur dernière, avec un peu de chance.

— Écoutez, monsieur Laird, je n'ai vraiment pas envie de rester avec cette épée de Damoclès au-dessus de ma tête. Je suis coupable des actes que j'ai commis. Si j'ai commis un crime, j'assumerai ma punition. Notre question est simple : que se passe-t-il maintenant ?

— Accordez-moi quelques heures, le temps d'en discuter

avec le procureur de district. S'il est d'accord, alors nous conclurons rapidement un accord et nous en finirons. Avec un peu de chance, vous pourriez passer entre les gouttes.

— Et cet accord se fera d'ici combien de temps?

De nouveau, un haussement d'épaules.

— Cette semaine.

— Et vous me promettez qu'il n'ira pas en prison? s'enquit Dana, le suppliant presque.

— Je ne promets rien, mais c'est très peu probable. Nous en reparlerons demain matin à la première heure.

Schroeder et son épouse prirent place dans leur voiture, devant les bureaux d'Elmo Laird, et regardèrent fixement le flanc du bâtiment.

— Je n'arrive pas à croire que nous soyons ici, à nous charger de ça, à plaider coupable, à redouter de finir en prison, dit-elle.

— Ce n'est pas super? J'adore.

— Tu quoi?

— Il faut que je te dise, Dana, notre voyage de noces mis à part, cette dernière semaine a été la semaine la plus formidable de ma vie.

— Tu es malade. Tu as passé trop de temps avec ton Boyette.

— En un sens, Travis me manque.

— Roule, Keith. Tu dérailles.

Officiellement, le gouverneur était en plein travail, aux prises avec le budget de l'État. Il était trop occupé pour commenter l'affaire Drumm – un dossier classé, en ce qui le concernait.

Officieusement, il était enfermé dans son bureau avec Wayne Wallcott et Barry Ringfield, et tous les trois étaient hébétés, abattus, gavés d'ibuprofène et se chamaillaient à propos de ce qu'ils allaient décider. Les journalistes campaient devant le bâtiment – ils avaient même filmé Newton à son départ de sa résidence, le matin même, à sept heures et demie, avec son détachement de sécurité, un trajet qu'il effectuait cinq jours par semaine, comme si un tel déplacement était maintenant une info en soi. Le cabinet était noyé sous les appels, les télécopies, les e-mails, les lettres, les gens et même les colis.

— C'est un vrai merdier, décréta Barry, et ça s'aggrave de minute en minute. Trente et un éditoriaux hier, de la côte est à la côte ouest, et dix-sept de plus aujourd'hui. Parlotes non-stop sur les chaînes câblées, des experts qui se pointent par dizaines avec toutes sortes de conseils sur ce qu'il va falloir faire.

— Et que faut-il que nous fassions ? demanda Gill Newton.

— Moratoire, moratoire. Renoncer à la peine capitale, ou au moins étudier la question à mort.

— Des sondages ?

— Les sondages diront qu'on a merdé, mais il est trop tôt pour ça. Laissez passer quelques jours, laissons l'onde de choc se calmer, et ensuite on reviendra en douce sur le marché. À mon avis, on perdra quelques points, mais j'ose affirmer qu'au moins soixante-cinq pour cent de nos administrés sont encore en faveur de la seringue. Wayne ?

Ringfield était absorbé par son ordinateur portable, mais sans perdre un mot de la conversation.

— Soixante-neuf. Ça reste mon chiffre fétiche.

— Je couperais la poire en deux, fit le gouverneur. Soixante-sept. On prend les paris ?

Barry et Wayne approuvèrent, pouce en l'air. Leur pari habituel sur les sondages était ouvert – chacun des trois hommes misait cent dollars.

Newton marcha jusqu'à sa fenêtre préférée, pour la centième fois, mais ne vit rien au-dehors.

— Faut que je m'adresse à quelqu'un. Rester ici et ignorer la presse donne l'impression que je me cache.

— Vous vous cachez, en effet, souligna Wallcott.

— Trouvez-moi une interview avec quelqu'un en qui l'on puisse avoir confiance.

— Il y a toujours Fox News. J'ai discuté avec Chuck Monahand il y a deux heures, et il adorerait avoir un entretien avec vous. Il est inoffensif et ses chiffres d'audience sont en forte hausse.

— Il nous communiquera les questions à l'avance ?

— Bien sûr. Il fera tout ce qu'on voudra.

— Ça me plaît. Wayne ?

Wayne fit craquer ses phalanges avec assez de force pour se les briser.

— Pas si vite. Où est l'urgence ? Bien sûr que vous êtes coincé, mais laissez passer un peu de temps. Réfléchissons au stade où nous en serons dans une semaine.

— D'après moi, nous serons ici même, lâcha Barry. Derrière cette porte fermée à clef, à nous arracher les cheveux et à tâcher de décider quoi faire ensuite.

— Mais le moment est tout de même décisif, reprit Newton. Laisser filer, ça me déplaît souverainement.

— Laissez filer, insista Wayne. Pour l'heure, gouverneur, vous êtes mal en point, et il n'y aucun moyen d'y remédier. Ce qu'il nous faut, c'est du temps, beaucoup de temps. Je dirais que nous aurions intérêt à faire profil bas, à éviter les coups, à laisser la presse se payer Koffee, les flics et la cour d'appel. Attendez un mois. Ça ne sera pas agréable, mais la pendule ne s'arrêtera pas de tourner.

— Et moi je soutiens que nous devrions jouer la carte Fox News, reprit Barry.

— Et moi je soutiens que non, riposta Wayne. Je soutiens que nous devrions échafauder une mission commerciale en Chine et nous éloigner dix jours. Explorer les marchés étrangers, récolter davantage de débouchés pour les produits du Texas, des emplois pour nos concitoyens.

— J'ai déjà fait ça il y a trois mois, objecta le gouverneur. Je déteste la cuisine chinoise.

— Ce serait un aveu de faiblesse, prévint Ringfield. S'enfuir au beau milieu de la plus grosse affaire depuis le dernier ouragan. Une mauvaise idée.

— Je suis d'accord. Je ne pars pas.

— Alors puis-je aller en Chine, moi ? lança Wallcott.

— Non. Quelle heure est-il ?

Newton portait une montre, et il y avait au moins trois pendules dans sa pièce de travail. Quand il posait cette question en fin d'après-midi, cela ne pouvait signifier qu'une seule chose. Barry s'approcha du meuble aux alcools et sortit une bouteille de bourbon Knob Creek.

Le gouverneur s'assit à son imposant bureau et en but une gorgée.

— Quand a lieu la prochaine exécution? demanda-t-il à Wayne.

Son conseiller juridique tapa sur son clavier, fixa son portable.

— Dans seize jours.

— Oh, vacherie! soupira Barry.

— Qui est-ce? fit Newton.

— Drifty Tucker, lui précisa Wayne. Un homme blanc, cinquante et un ans, comté de Panola, a tué sa femme après l'avoir surprise au lit avec son voisin. Il a aussi abattu le voisin, huit balles. Il a dû recharger son arme.

— C'est un crime, ça? ironisa Barry.

— D'après moi, non, rétorqua Newton. Aucune protestation d'innocence?

— Nan. Il a plaidé l'aliénation mentale, mais apparemment le fait qu'il ait rechargé son fusil lui a causé un peu de tort.

— Peut-on obtenir d'une cour quelque part qu'elle rende un arrêt de report? suggéra Newton. Je préférerais ne pas avoir à m'en charger.

— Je vais travailler là-dessus.

Le gouverneur but une autre gorgée de bourbon, secoua la tête, et marmonna.

— Une nouvelle exécution. Comme si on avait besoin de ça, maintenant.

Tout à coup, Wayne réagit comme si on venait de le gifler.

— Écoutez un peu ça. Robbie Flak vient d'introduire une plainte devant un tribunal d'État dans le comté de Chester, et il cite une kyrielle d'accusés. L'un d'eux est M. Gill Newton, gouverneur de l'État du Texas. Cinquante millions de dollars de dommages et intérêts pour la mise à mort abusive de Donté Drumm.

— Il ne peut pas faire ça, s'indigna l'intéressé.

— Et si, pourtant, ça vient de sortir. Apparemment, il en a transmis une copie par e-mail à tous les défendeurs, ainsi qu'à tous les journaux de l'État.

— Je dispose de l'immunité.

— Bien sûr que vous en disposez, mais vous êtes quand même sous le coup d'une plainte.

Barry s'assit et se gratta les cheveux. Le gouverneur ferma les yeux et grommela tout seul dans son coin. Wayne resta médusé devant son ordinateur, bouche bée. Une sombre journée qui s'annonçait maintenant encore plus noire.

38.

Keith Schroeder était assis à son bureau, à l'église, déchaussé, les pieds sur son bureau, les mains croisées derrière la tête, les yeux fixés au plafond, les idées encore quelque peu embrouillées, après tous ces événements. À une ou deux reprises, ces derniers jours, il avait repensé à sa famille et aux affaires de son église, mais ces diversions agréables étaient toujours gâchées par la pensée d'un Travis Boyette en cavale, déambulant dans les rues. Il s'était maintes fois rappelé qu'il ne l'avait pas aidé à s'échapper – l'homme rôdait déjà dans les rues de Topeka, en condamné qui avait purgé sa peine et se réinsérait dans la société en toute légalité. C'était lui, Boyette, qui avait pris la décision de quitter Anchor House et d'enfreindre sa conditionnelle avant de convaincre Keith de devenir son chauffeur. Mais ce dernier vivait à présent avec un nœud à l'estomac, constamment obsédé par l'idée qu'il avait mal agi.

Pour ne plus penser à Boyette, il retira ses pieds du bureau et se retourna face à son ordinateur. L'écran affichait le site Internet de l'antenne du Kansas de l'AADP, Americans Against the Death Penalty, l'Association des Américains contre la peine de mort, et il décida d'y adhérer. En se servant de sa carte de crédit, il paya sa cotisation annuelle de vingt-cinq dollars, ce qui fit de lui l'un des trois mille membres de l'organisation et lui vaudrait de recevoir leur lettre d'information en ligne, un magazine mensuel avec toutes les dernières nouvelles ainsi que d'autres mises à jour périodiques de l'équipe. Le groupe se réunissait une fois l'an à Wichita, les renseignements suivraient. En dehors de l'Église, c'était la première organisation à laquelle il avait jamais adhéré.

Par curiosité, il consulta les sites des groupes hostiles à la peine de mort au Texas, et il en découvrit une flopée. Il remarqua les noms de plusieurs associations qu'il avait vus défiler dans les reportages, ces deux derniers jours ; les abolitionnistes, dans le Sud, tiraient le plus grand parti possible de l'exécution de Drumm, et ils avaient amplement de quoi faire. Execution Watch, Students Against the Death Penalty, Texas Network Moratorium, TALK (Texans Against Legalized Killing), Texans for Alternatives to the Death Penalty. Un nom lui était familier, celui de Death Penalty Focus. Il se connecta sur leur site et fut impressionné. L'adhésion ne coûtait que dix dollars. Il sortit sa carte de crédit et s'inscrivit. Cela lui plaisait, cela lui permettait de cesser de penser à Boyette.

Au Texas, le plus ancien et le plus important de ces groupes s'appelait ATeXX, l'acronyme d'Abolish Texas Executions. Non seulement le site publiait des documents très exhaustifs sur la peine capitale, mais l'organisation faisait aussi avancer sa cause auprès de l'assemblée de l'État, formait des groupes de soutien pour les hommes et les femmes détenus dans le couloir de la mort, levait des fonds pour défendre les accusés de crimes capitaux, nouait des réseaux de relations avec des dizaines d'autres groupements dans tous les États-Unis et, autre aspect, le plus impressionnant à ses yeux, elle tendait la main aux familles des deux bords – celles des victimes et celles des condamnés. ATeXX comptait quinze mille membres, annonçait un budget annuel de deux millions de dollars et proposait l'adhésion à quiconque voulait bien en débourser vingt-cinq. Keith se trouvait être d'humeur à les débourser, et il devint membre de sa troisième association en quelques instants.

Soixante dollars plus tard, il se sentit une âme d'abolitionniste authentique.

Son interphone sonna, rompant le silence.

— J'ai une journaliste au téléphone, lui annonça Charlotte Junger. Je pense que vous devriez lui parler.

— D'où vient-elle ?

— De Houston, et elle s'incruste.

— Merci. – Il prit la ligne. – Révérend Keith Schroeder à l'appareil.

— Révérend Schroeder, je m'appelle Eliza Keene. Je travaille au *Houston Chronicle.* – Elle avait une voix douce, une élocution posée, ce même accent traînant qu'il avait entendu à Slone. – J'ai quelques questions au sujet de Travis Boyette.

En un éclair, sa vie défila devant lui. Gros titres, polémique, menottes, prison.

Il resta muet, suffisamment longtemps pour convaincre Mme Keene qu'elle était sur la bonne piste.

— Bien sûr, fit-il.

Qu'était-il censé dire ? Il n'allait pas mentir et nier connaître Boyette. Pendant une fraction de seconde, il songea à refuser de lui parler, mais cela ne ferait que l'alerter davantage.

— Cela vous ennuie si j'enregistre notre conversation ? lui demanda-t-elle sur un ton enjoué.

Oui. Non. Il n'en savait rien.

— Eh bien, non, fit-il.

— Bon. Cela me permet d'être certaine de respecter l'exactitude des faits. Juste une seconde. – Un temps de silence. – Voilà, le dictaphone est allumé.

— D'accord, fit-il, uniquement parce qu'il fallait bien répondre. – Il décida de tergiverser un peu, le temps de rassembler ses esprits. – Dites-moi, euh, madame Keene, je n'ai pas souvent l'habitude de parler aux journalistes. Ai-je un moyen de vérifier que vous êtes bien employée au *Houston Chronicle ?*

— Votre ordinateur est allumé ?

— Il l'est.

— Alors je vous envoie tout de suite mon CV. Je vous joins aussi une photo prise devant le cabinet juridique de Robbie Flak. C'était jeudi dernier, au moment du départ de M. Flak et de son équipe. Il y a quatre personnes sur la photo, l'une d'elles porte une veste noire et un col blanc. Je parierais que c'est vous.

Il ouvrit l'e-mail, consulta la pièce jointe. C'était lui. Il parcourut le CV de Mme Keene, mais il savait que ce n'était pas nécessaire.

— Beau garçon, dit-il.

— C'est ce que nous avons pensé. C'est vous?

— Eh oui.

— Avez-vous assisté à l'exécution de Donté Drumm? fit-elle, et Schroeder eut tout à coup la bouche sèche.

Il marmonna quelque chose, se racla la gorge.

— Qu'est-ce qui vous fait croire que j'aurais été présent à cette exécution?

— Nous nous sommes procuré le rapport de la prison. Vous figurez sur la liste des témoins du détenu. De plus, l'un des hommes qui se trouvait debout derrière vous dans la salle des témoins était un journaliste, pas chez nous, mais dans un autre journal. Il n'a pas retenu votre nom. C'est moi qui l'ai trouvé.

Que lui conseillerait Elmo Laird, à ce stade? De se taire, peut-être. Il n'en était pas sûr, mais il n'en était pas moins impressionné. Si elle détenait le dossier de la prison et une photo, qu'avait-elle découvert d'autre? Sa curiosité prit le dessus.

— Alors j'imagine que oui, j'ai assisté à cette exécution, admit-il.

— Pourquoi un pasteur luthérien de Topeka irait-il assister à une exécution au Texas? poursuivit-elle.

C'était cette même question qu'il s'était posée au moins un millier de fois. Il eut un petit rire forcé.

— C'est une longue histoire, fit-il.

— Vous êtes un ami de Donté Drumm?

— Non.

— Travis Boyette habitait dans la maison de réinsertion de Topeka, et ensuite il débarque à Slone, au Texas. Une idée de la manière dont il est arrivé là-bas?

— Possible.

— Conduisez-vous une Subaru marron, immatriculée dans le Kansas, LLZ787?

— Je suppose que vous avez une copie du certificat d'immatriculation.

— En effet, et l'un de nos journalistes a remarqué cette

voiture à Slone. Il n'y a pas grand monde du Kansas qui s'arrête à Slone. Serait-il possible que Boyette soit monté avec vous ?

Encore un petit rire, moins artificiel celui-là.

— Très bien, madame Keene, que voulez-vous de moi ?

— Je veux l'histoire, révérend Schroeder, toute l'histoire.

— Cela prendrait des heures, et je ne suis pas disposé à passer du temps à vous la raconter, pas dans l'immédiat.

— Alors quand avez-vous fait la connaissance de Travis Boyette ?

— Il y a une semaine jour pour jour. Lundi dernier.

— Et à ce moment-là, avait-il reconnu le meurtre de Nicole Yarber ?

Finie la confidentialité, visiblement. Boyette avait diffusé ses aveux devant le monde entier ; il ne subsistait plus beaucoup de secrets. Certaines choses, toutefois, devaient rester confidentielles. Il n'était pas obligé de répondre à sa dernière question, pas plus qu'à d'autres, d'ailleurs. Il n'avait pas peur de la vérité ; en fait, il était déterminé à ne pas la cacher. Si sa piste était si facile à suivre, d'autres journalistes ne tarderaient pas à le contacter. Autant en finir.

— Voici ce que je veux bien vous déclarer, madame Keene. Travis Boyette s'est présenté en notre église dimanche de la semaine passée. Il voulait me parler, donc il est revenu le lendemain. Il s'est confié à moi, et nous avons fini par nous diriger vers Slone, au Texas, où nous sommes arrivés jeudi vers midi. Il était déterminé à empêcher cette exécution, parce que Donté Drumm était innocent. Boyette est intervenu sur les ondes, il a admis être le tueur, et il a fait la déclaration que nous avons tous vue à la télévision. M. Flak m'a demandé d'effectuer le voyage avec lui jusqu'à Huntsville. J'ai dit oui, à contrecœur, et les événements se sont enchaînés. J'ai fait la connaissance de Donté et, de manière tout à fait imprévue, j'ai assisté à l'exécution. Le lendemain matin, Boyette a conduit M. Flak et les autres, moi compris, à cet endroit, dans le Missouri, où il avait enterré la jeune fille. Après quoi, Boyette a été saisi d'une crise. Je l'ai conduit à l'hôpital, à Joplin, et de là il a réussi à s'esquiver. Je suis rentré chez moi, en voiture. Je n'ai plus eu aucun contact avec Boyette depuis lors.

Il y eut un silence à l'autre bout de la ligne, le temps pour elle de digérer tout cela.

— Révérend Schroeder, j'ai à peu près un millier de questions à vous poser.

— Et moi je suis en retard pour l'entraînement de foot de mes garçons. Bonne journée, madame.

Et il raccrocha, puis sortit de son bureau rapidement.

«Fordyce – Frappe Fort!» avait programmé une émission d'une heure en début de soirée le lundi. Tout au long du week-end, l'événement avait fait l'objet d'une publicité frisant l'indécence et Sean Fordyce s'adressa au public en direct de Slone, Texas, où il était encore à s'agiter en tous sens, en quête d'un autre incendie ou, avec un peu d'espoir, d'un cadavre ou d'une explosion. La première demi-heure fut consacrée au numéro de Reeva avant l'exécution, avec les larmes coulant à flots et toute l'émotion de l'attente. Furent diffusées des images de Nicole petite fille dansant lors d'un récital, et d'autres encore où elle bondissait en l'air sur la ligne de touche en acclamant les Warriors. Il y eut aussi un court extrait d'un match où l'on voyait Donté Drumm malmener un running back. Et toute une série d'images de Reeva, le clou du spectacle étant l'interview postérieure à l'exécution. Face à l'évidence, elle avait l'air idiote, presque pathétique, et Fordyce l'avait manifestement piégée pour l'achever. Il y eut des gros plans sur elle braillant sans retenue, puis restant muette devant la cassette de Boyette visionnée pour la première fois. Lorsqu'il avait exhibé la bague du lycée de sa fille, elle avait été visiblement secouée. Après quoi, plus de Reeva. Au cours de la seconde partie, il diffusa un montage d'images et d'interviews, sans rien révéler qui ne soit déjà connu. L'ensemble donnait une impression brouillonne. Il y avait une certaine ironie à entendre un défenseur et un porte-parole si fervent de la peine de mort produire en exclusivité une émission sur une exécution abusive, mais cette ironie échappait à Sean Fordyce. Il ne s'intéressait à rien d'autre qu'à ses taux d'audience.

Keith et Dana regardèrent ces images. Durant ces heures chaotiques qu'il avait vécues à Slone, et l'agitation du voyage jusque là-bas, il n'avait rien vu de la famille de Nicole. Il avait lu des choses sur Reeva sur Internet, mais ne l'avait jamais entendue parler. Au moins, l'émission de Fordyce aurait servi à quelque chose. N'ayant pas eu affaire à elle, il pouvait aisément compatir.

Depuis plusieurs heures, il retardait le moment de passer un certain coup de téléphone. Pendant que Dana préparait les enfants pour le coucher, il se retira dans la chambre et appela Elmo Laird. Il s'excusa de le déranger chez lui, mais les choses évoluant rapidement, il jugeait important de l'appeler. Elmo lui répondit qu'il ne fallait pas s'inquiéter. Après qu'il lui eut rapporté sa conversation avec Eliza Keene, l'avocat suggéra qu'il faudrait peut-être s'inquiéter.

— Sans doute pas une bonne idée.

Telle fut sa première réaction.

— Mais elle connaissait déjà l'histoire, monsieur Laird, les faits, les papiers, les photos. Elle savait tout. J'aurais eu l'air idiot, à nier les choses.

— Vous n'êtes pas obligé de parler aux journalistes, vous savez?

— Je sais, mais je ne fuis personne. J'ai fait ce que j'ai fait. La vérité est là, au vu et au su de tous.

— C'est tout à votre honneur, monsieur le pasteur, mais vous avez fait appel à moi pour que je vous conseille. Le lieu, le moment auraient pu être plus adaptés pour raconter votre histoire, un cadre que nous aurions choisi.

— Je suis désolé. Les subtilités juridiques m'échappent. Pour l'heure, je me sens écrasé par la justice et par ses procédures interminables.

— Bien sûr, comme le sont généralement mes clients. C'est pour cela qu'ils font appel à mes services.

— Alors j'ai commis une bourde?

— Pas nécessairement. Pardonnez mon langage, monsieur le pasteur, mais préparez-vous à ce que le ciel vous tombe sur la tête. Je m'attends à ce que cela fasse pas mal de bruit. Je ne suis pas sûr qu'on puisse encore noircir beaucoup de papier avec l'affaire Drumm, mais votre histoire va sans doute y apporter un nouveau rebondissement.

— Je suis perdu, monsieur Laird. Aidez-moi. Quelle influence la presse peut-elle avoir sur mon affaire ?

— Allons, Keith, en réalité, vous n'avez aucune affaire en cours. Il n'existe pas de charges contre vous actuellement, et il n'y en aura peut-être jamais. J'ai discuté avec le procureur de district cet après-midi – nous sommes amis, lui et moi – et bien qu'il ait été captivé par votre histoire, il n'était pas enthousiaste à l'idée d'aller tout droit vers un acte d'accusation. Il ne l'a pas exclu, mais encore une fois, je crains que Boyette ne soit la clef. Désormais, c'est sûrement le plus connu de tous les condamnés en liberté. Il a été inculpé de meurtre, aujourd'hui même, dans le Missouri, vous avez vu...

— J'ai vu ça, il y a deux heures, oui.

— Son visage est partout. Alors il finira peut-être par se faire arrêter. Je doute qu'il revienne au Kansas. Laissons le Missouri se charger de lui. D'après moi, s'ils le bouclent avant qu'il ne cause du mal à quelqu'un, le procureur de district pourrait fort bien fermer le dossier.

— Et la publicité autour de mon implication ?

— Nous verrons. Beaucoup de gens, par ici, vous admireront pour ce que vous avez fait. Je ne vois pas trop l'opportunité de vous critiquer pour avoir tenté de sauver Donté Drumm, surtout à la lumière de ce que nous savons maintenant. Nous nous en sortirons, mais je vous en prie, plus d'interviews.

— Entendu, monsieur Laird.

39.

Keith Schroeder dormit plus ou moins quatre heures avant de finalement sortir de son lit et de se rendre à la cuisine. Il regarda CNN, ne vit rien de neuf, puis ouvrit son ordinateur portable et vérifia du côté de Houston. Sur Chron.com, plusieurs articles étaient parus, et Robbie Flak et ses procédures judiciaires y occupaient les premières places. Il y avait une photo de lui brandissant des documents sur les marches du palais de justice du comté de Chester. Il était longuement cité, avec des propos prévisibles sur la nécessité de traquer jusqu'à la tombe les responsables de la mort abusive de Donté Drumm. Aucune des personnalités accusées, y compris le gouverneur, ne formulait de commentaire.

L'article suivant concernait les réactions des divers groupements hostiles à la peine de mort au Texas, et il fut fier de voir que l'ATeXX figurait en tête. Certains exigeaient des réponses drastiques – l'habituel moratoire sur les exécutions : que l'on mène des investigations sur les services de police de Slone, sur la cour criminelle d'appel du Texas, sur la façon dont le gouverneur avait ou non traité une éventuelle décision de clémence, le procès en lui-même, Paul Koffee et son bureau, et ainsi de suite. Des manifestations étaient prévues le mardi à midi devant le Capitole de l'État, à Austin, à l'université d'État Sam Houston, à Huntsville, à l'université du Texas-Sud et dans une dizaine d'autres établissements.

Le membre le plus ancien du Sénat de l'État était un avocat noir de Houston au tempérament fougueux, Rodger

Ebbs, et il avait beaucoup à dire. Il exigeait que le gouverneur convoque une session extraordinaire de l'assemblée afin qu'une enquête spéciale puisse être lancée pour examiner tous les aspects de la débâcle Donté Drumm. Ebbs était vice-président de la commission des finances du Sénat du Texas et, en tant que tel, avait une influence considérable sur toutes les décisions concernant le budget de l'État. Si cette session extraordinaire ne se tenait pas, il promettait de bloquer la marche du gouvernement. Aucun commentaire du gouverneur.

Drifty Tucker, le condamné à mort suivant dont l'exécution était programmée, était soudain propulsé à la une de l'actualité. La date était fixée au 28 novembre, un peu moins de deux semaines après, et son affaire, demeurée en sommeil pendant dix ans, attirait beaucoup l'attention.

Sur la page du site, le papier d'Eliza Keene était en quatrième position. Il cliqua et vit cette photo de Robbie, Aaron, Martha Handler, et lui, tous l'air très grave, sortant de l'ancienne gare avant leur départ pour Huntsville. L'article était intitulé « Un pasteur du Kansas assiste à l'exécution de Drumm ». La journaliste couvrait les aspects élémentaires de l'affaire et attribuait à Keith plusieurs propos. Ayant aussi été témoin d'une exécution, quelques années plus tôt, elle était intriguée par le fait qu'un individu ait pu obtenir ce statut de témoin de dernière minute. À la prison, personne ne souhaitait commenter. À l'évidence, elle avait contacté le cabinet Flak pour recueillir leurs propos, sans trouver personne qui souhaitât s'exprimer à ce sujet. Un travailleur social d'Anchor House avait déclaré que le révérend Schroeder s'était présenté au moins à deux reprises la semaine précédente pour voir Boyette. Il avait signé le registre. Le contrôleur judiciaire du prévenu restait muet. La moitié de l'article évoquait Keith et Boyette et leur folle équipée dans le Texas pour empêcher l'exécution. Il y avait une autre photo plus petite de Boyette, prise quand il s'adressait aux journalistes, le jeudi précédent. Cette deuxième moitié de l'article adoptait un ton différent et s'attardait sur les éventuels problèmes juridiques de Keith. Le pasteur risquait-il d'être poursuivi pour avoir sciemment aidé un criminel à s'enfuir et à enfreindre sa liberté conditionnelle? Pour aller au fond du problème, Mme Keene avait consulté quelques experts. Un professeur de droit de l'université de Houston était cité : «C'était un acte honorable, mais cela constitue clairement une violation de la loi. Maintenant que Boyette est en fuite, j'imagine que ce pasteur aurait intérêt à consulter un avocat. »

Merci, pauvre bavard, se dit-il. Et pourtant cette violation est tout sauf claire, d'après mon avocat. Vous auriez peut-être intérêt à effectuer quelques recherches avant de vous répandre dans la presse.

Un avocat de Houston, spécialiste des affaires criminelles, déclarait : «Il y a peut-être violation, mais si l'on considère le tableau dans son ensemble, je considère ce type comme un héros. J'adorerais le défendre devant un jury. »

Un jury? En acceptant de plaider coupable, vite et discrètement, Elmo Laird espérait que l'on se borne à une petite tape sur les doigts. En tout cas, c'était ce qu'il avait retenu de leurs entretiens. Et, pour être exhaustive, Mme Keene avait consulté un ancien procureur du Texas qu'elle citait. «Un crime est un crime, quelles que soient les circonstances. Je n'aurais pas tendance à lui faciliter les choses. Le fait qu'il soit pasteur n'a aucun poids. »

Le cinquième article était la suite d'un travail d'investigation acharné sur ce qui s'était produit au cabinet du gouverneur au cours des heures ultimes précédant l'exécution. Jusqu'à présent, l'équipe de journalistes avait été incapable de débusquer quiconque du bureau du gouverneur qui aurait admis avoir vu la vidéo de Boyette prononçant ses aveux. L'e-mail avait été envoyé du cabinet Flak à quinze heures onze, et Robbie avait certainement mis à disposition les relevés de connexion de son serveur. Ce dont le bureau du gouverneur s'était bien gardé. Rien n'était disponible. Ses proches conseillers, et des dizaines d'autres qui n'étaient pas si proches, se tenaient à carreau et se taisaient. Ce qui finirait sans doute par changer. Une fois que les investigations débuteraient, et que les citations à comparaître commenceraient à pleuvoir, certains individus seraient montrés du doigt.

À six heures deux, le téléphone sonna. L'identité de l'appelant s'afficha comme «inconnue». Keith s'empara du combiné avant que cela ne réveille Dana et les garçons. Un homme à l'accent marqué, peut-être français, dit chercher le révérend Keith Schroeder.

— Et qui êtes-vous?

— Je m'appelle Antoine Didier. Je travaille pour le journal *Le Monde*, un quotidien, à Paris. J'aimerais parler de l'affaire Drumm.

— Je suis navré, je n'ai aucun commentaire.

Il raccrocha et attendit que cela sonne à nouveau. Et cela sonna, en effet, il décrocha et lâcha avec brusquerie «Sans commentaire, monsieur», puis il raccrocha. Il y avait quatre appareils dans la maison, et il se dépêcha d'aller tous les régler en mode silencieux. Dans la chambre, Dana se réveillait lentement.

— Qui est-ce qui appelait? lui demanda-t-elle, en se frottant les yeux.

— Les Français.

— Les qui?

— Debout. La journée risque d'être longue.

Lazarus Flint fut le premier ranger noir affecté aux parcs nationaux dans l'est du Texas. Depuis plus de trente ans, il avait supervisé l'entretien de Rush Point le long de la rivière Rouge et, ces neuf dernières années, avec ses deux équipiers, il avait patiemment veillé sur la terre sacrée où la famille et les amis de Nicole Yarber effectuaient leur pèlerinage et organisaient leurs veillées. Il les avait regardés faire, depuis des années : ils se montraient, de temps à autre et s'asseyaient non loin de la croix de fortune érigée là. Ils s'installaient et allumaient des bougies, en contemplant la rivière, comme si le flot l'avait emportée très loin. Comme s'ils savaient avec certitude que c'était sa dernière demeure. Et, une fois l'an, le jour de l'anniversaire de sa disparition, sa mère accomplissait son pèlerinage annuel à Rush Point, toujours entourée d'une nuée de caméras, toujours en pleurs et toujours à créer des histoires. Et ils brûlaient des chandelles, et ils déposaient des bouquets de fleurs autour de la croix, et ils apportaient des souvenirs et des objets artisanaux rudimentaires, ou des écriteaux porteurs de messages. Ils restaient jusqu'à la nuit tombée, et ne repartaient jamais sans une prière à la croix.

Lazarus était de Slone, et n'avait jamais cru Donté coupable. L'un de ses neveux avait été écroué pour un cambriolage auquel il n'avait pas pris part et Lazarus, comme la majorité des Noirs de Slone, n'avait jamais fait confiance à la police. Ils avaient arrêté le mauvais coupable, il l'avait répété maintes fois, en gardant ses distances, tout en observant les allées et venues de la famille et des amis de Nicole.

Tôt le mardi, longtemps avant que quiconque n'arrive à Rush Point, il gara son pick-up non loin du sanctuaire et lentement, méthodiquement, commença à faire table rase de tout le fatras qui se trouvait là. Il arracha la croix du sol – il y en avait eu plusieurs, de ces croix, tout au long des années, chacune plus grande que la précédente. Il souleva le bloc de granit recouvert de cire sur lequel ils posaient leurs bougies. Il y avait quatre photos de Nicole, deux plastifiées et deux dans leur cadre de verre. Une très jolie fille, songea Lazarus en rangeant les photos dans son camion. Une mort terrible, mais tout autant que celle de Donté. Il rassembla les minuscules figurines de pom-pom girls en porcelaine, des tablettes d'argile avec des messages gravés, des objets en bronze sans signification compréhensible, des peintures à l'huile déconcertantes et des bouquets de fleurs flétries.

À ses yeux, tout cela n'était qu'un monceau de détritus.

Quel gâchis, se dit Lazarus en redémarrant. Que d'efforts, de temps, de larmes, d'émotions, de haine, d'espoir, de prières en vain. Cette jeune fille était à cinq heures de là, ensevelie dans les collines du Missouri, et par un autre. Elle n'avait jamais été aux abords de Rush Point.

Paul Koffee pénétra dans le cabinet du juge Henry le mardi à midi et quart. C'était l'heure du repas, mais il n'y avait pas trace de déjeuner. Le juge était resté à son bureau, et Koffee s'assit dans un profond fauteuil en cuir qu'il connaissait bien.

Il n'avait plus quitté son bungalow depuis le vendredi soir. Le lundi, il n'avait pas appelé son bureau, et son équipe ignorait tout de l'endroit où il se trouvait. Ses deux apparitions au tribunal, chaque fois devant le juge Henry, avaient été reportées. Il avait les traits tirés, fatigués, pâles, les yeux encore plus cernés que d'habitude. Son habituelle vantardise de procureur avait disparu.

— Comment allez-vous, ces temps-ci, Paul ? commença plaisamment le magistrat.

— J'ai connu des jours meilleurs.

— J'en suis convaincu. Travaillez-vous toujours sur la théorie que Drumm et Boyette étaient de mèche, vous et votre équipe ?

— Nous y réfléchissons, fit l'autre, en regardant fixement par la fenêtre située sur sa gauche.

Il avait du mal à soutenir le regard de son interlocuteur, contrairement à ce dernier.

— Je pourrais peut-être vous aider, Paul. Vous et moi, et le reste du monde à l'heure qu'il est, savons parfaitement que cette théorie ridicule n'est qu'une tentative minable, vaseuse, désespérée de sauver votre peau. Écoutez-moi, Paul, vous ne sauverez pas votre peau. Rien ne peut vous sauver. Et si vous soutenez cette théorie d'un coaccusé, la ville vous chassera d'ici, sous les quolibets. Pire, cela ne fera que créer un surcroît de tension. Ça ne marchera pas, Paul. Ne continuez pas dans cette voie. Ne déposez rien en ce sens, car si vous le faites, je classe immédiatement le dossier. Oubliez, Paul. Oubliez tout ce qui concerne votre bureau. Et tout de suite.

— Vous m'ordonnez de démissionner ?

— Oui. Immédiatement. Votre carrière s'achèvera dans la disgrâce. Finissez-en, Koffee. Tant que vous ne vous serez pas démis de vos fonctions, les Noirs descendront dans la rue.

— Supposons que je ne veuille pas démissionner ?

— Je ne peux pas vous y contraindre, mais je peux vous le faire regretter. Je suis votre juge de tutelle, Paul, je régis toutes les requêtes dans tous les dossiers. Je préside à tous les procès. Tant que vous resterez procureur de district, votre bureau n'obtiendra rien de moi. Abstenez-vous de déposer la moindre requête, car je ne l'examinerai pas. N'inculpez personne, je rejetterai toute inculpation. Ne me demandez pas d'ouvrir un procès, cette semaine-là, je serai trop chargé.

Rien, Paul, rien, votre équipe et vous-même, vous ne serez plus en mesure de rien faire.

Koffee respirait par la bouche, considérant le magistrat d'un air sombre, tâchant de digérer ce qu'il venait d'entendre.

— C'est assez sévère, monsieur le juge.

— S'il faut en passer par là pour vous éjecter de ce bureau...

— Je pourrais déposer plainte.

Le juge éclata de rire.

— J'ai quatre-vingt-un ans et je me retire bientôt. Je m'en moque.

Koffee se leva lentement et se rendit à une fenêtre. Il s'adressa au magistrat en lui tournant le dos.

— Pour être franc, je m'en moque, moi aussi, Elias. J'ai envie de m'en aller d'ici, de me changer les idées, de partir loin. Je n'ai que cinquante-six ans, je suis encore assez jeune pour me lancer dans autre chose. – Un long silence, et il frotta un carreau du bout du doigt. – Bon Dieu, je n'arrive pas à y croire. Comment a-t-on pu en arriver là ?

— Tout le monde a été négligent. Un travail policier lamentable. Quand il n'y a pas de preuve, le moyen le plus simple de résoudre un crime, c'est de soutirer des aveux.

Le procureur se retourna et s'avança de quelques pas, jusqu'au bureau. Il avait les yeux mouillés, ses mains tremblaient.

— Je ne peux pas vous mentir, juge. Je me sens pourri jusqu'à la moelle.

— Je comprends. Je suis sûr que je me sentirais comme vous, en pareilles circonstances.

Le procureur observa longuement le bout de ses chaussures.

— Si c'est nécessaire, Elias, je vais démissionner, déclara-t-il enfin. J'imagine que cela suppose d'organiser l'élection de mon successeur. Une élection anticipée.

— Ultérieurement, oui, mais pour l'heure, j'ai une suggestion. Quand vous démissionnerez, confiez plutôt votre poste à Grimshaw, c'est le meilleur de vos adjoints. Convoquez le jury de mise en accusation et inculpez Boyette de ce crime. Le plus tôt sera le mieux. Ce serait un geste merveilleux, d'un point de vue symbolique... Nous, le système judiciaire, dans les faits, nous admettons notre erreur, et nous essayons maintenant de la rectifier en poursuivant le véritable tueur. Notre aveu contribuera grandement à apaiser les esprits, à Slone.

Koffee opina du chef et serra la main du juge.

Le bureau du pasteur à St Mark reçut de nombreux appels, tout au long de la journée. Charlotte Junger les traita tous, en expliquant que le révérend était indisponible pour le moment. Il finit par arriver, tard dans l'après-midi. Il s'était caché toute la journée à l'hôpital, à rendre visite aux malades, loin des téléphones et de ces fouineurs de journalistes.

Sur sa demande, Charlotte avait tenu un cahier des appels, et il le consulta dans son bureau, porte fermée à clef, téléphone débranché. Ces journalistes étaient de partout, de San Diego à Boston, de Miami à Portland. Dix des trente-neuf appels émanaient de journaux européens, onze du Texas. Un journaliste disait être du Chili, mais Charlotte n'était pas trop sûre, à cause de l'accent. Trois membres de St Mark avaient appelé pour se plaindre. Ils n'appréciaient pas le fait que leur pasteur soit accusé d'avoir violé la loi, surtout qu'il semblait avoir tout reconnu. Deux autres membres avaient exprimé leur admiration et leur soutien. Cette histoire n'avait cependant pas encore atteint les colonnes du journal du matin de Topeka. Ce serait pour le lendemain, et il s'attendait à voir la même photo s'étaler un peu partout dans sa ville.

Luc, son cadet, âgé de six ans, avait un match de foot à la lumière des projecteurs et, comme on était mardi, la famille Schroeder sortit dîner dans sa pizzeria préférée. Les garçons furent au lit à neuf heures et demie, leurs parents à vingt-deux heures. Ils discutèrent de savoir s'il fallait mettre les sonneries de téléphone en mode silencieux, mais s'accordèrent finalement pour désactiver cette fonction, en espérant ne pas avoir à le regretter. En cas d'appel d'un journaliste, ils réactiveraient la touche. À vingt-trois heures douze, le téléphone sonna. Toujours éveillé, Keith décrocha.

— Allô.

— Pasteur, pasteur, alors, comment allons-nous ?

C'était Travis Boyette. Dans l'attente de cet événement assez hypothétique, Schroeder avait fixé un petit dictaphone à son téléphone. Il appuya sur « record » et répondit.

— Bonsoir, Travis.

Dana sortit de son sommeil. Elle se leva précipitamment, alluma un interrupteur, attrapa son téléphone portable et tapa le numéro de l'inspecteur Lang, qu'ils avaient rencontré deux fois.

— Que fabriquiez-vous, Travis, ces derniers jours ? demanda Schroeder comme s'ils étaient deux vieux amis.

Lang lui avait conseillé de garder Boyette en ligne le plus longtemps possible.

— Je circule, j'arrive jamais à rester en place trop longtemps.

Il avait la langue pâteuse, l'élocution lente.

— Toujours dans le Missouri ?

— Nan, j'suis parti du Missouri avant vous, pasteur. Je suis par-ci, par-là.

— Vous avez oublié votre canne, Travis. Vous l'avez laissée sur le lit. Pourquoi avez-vous fait ça ?

— J'en ai pas besoin, j'en ai jamais eu besoin. J'ai un peu exagéré, pasteur, pardonnez-moi, s'il vous plaît. J'ai une tumeur, mais elle est là depuis longtemps. Un méningiome, pas un glioblastome. Stade un. Un petit machin bénin. Il fait des siennes de temps à autre, mais je doute qu'il me tue. La canne, c'était une arme, pasteur, un truc dont je me sers en autodéfense. Quand on vit au contact d'une bande de voyous dans une maison de réinsertion, on ne sait jamais quand on risque d'avoir besoin d'une arme.

De la musique country était audible à l'arrière-plan. Il se trouvait sans doute dans un bar miteux.

— Mais vous boitiez.

— Enfin, allez, pasteur, si on se sert d'une canne, il faut bien boiter un peu, vous ne pensez pas ?

— Je n'en sais rien, Travis. Vous avez des gens qui vous cherchent.

— Ça, c'est l'histoire de toute ma vie. Ils me trouveront jamais. Tout comme ils ont jamais trouvé Nicole. Ils l'ont déjà enterrée, pasteur?

— Non. Son enterrement a lieu jeudi. Celui de Donté, c'est demain.

— Je risque de venir en douce suivre celui de Nicole. Qu'est-ce que vous en dites, pasteur?

Merveilleuse idée. Non seulement ils l'arrêteraient mais en plus ils le roueraient de coups.

— Je pense que vous devriez, Travis. C'est vous qui êtes la cause de ces deux enterrements. Cela me paraît justifié.

— Et comment va votre mignonne petite femme, pasteur? Je parie que vous vous en êtes payé, les jeunes, hein? Elle est vraiment super.

— Bouclez-la, Travis. – Le maintenir en ligne. – Vous avez beaucoup réfléchi à l'affaire Donté Drumm?

— Pas vraiment. On aurait dû le savoir, que ces gens nous écouteraient pas.

— Ils nous auraient écoutés, Travis, si vous vous étiez dénoncé plus tôt. Si nous avions déterré le corps en premier, l'exécution n'aurait pas eu lieu.

— Vous m'en voulez encore, hein?

— Et à qui d'autre en voudrais-je, Travis? J'imagine que vous allez encore vous présenter comme la victime, c'est ça?

— Je ne sais pas trop qui je suis. Je vais vous faire une confidence, pasteur, faut que je me trouve une femme, vous voyez ce que je veux dire?

— Écoutez-moi, Travis. Dites-moi où vous êtes, je viens vous chercher et je vous ramène à Topeka. Je pars tout de suite. On s'offre un autre voyage, rien que nous deux. Peu importe où vous êtes. Ici, on vous enfermera, et ensuite on vous extradera dans le Missouri. Pour une fois, Travis, agissez correctement, et personne n'en souffrira. Allons-y, mon vieux.

— J'aime pas la prison, pasteur. J'en ai assez vu pour le savoir.

— Mais vous êtes fatigué de faire du mal aux autres, Travis. Je le sais. Vous me l'avez dit.

— J'imagine. Faut que j'y aille, pasteur.

— Appelez-moi, Travis, n'importe quand. Je ne cherche pas à détecter l'origine de ces appels. Je veux juste vous parler.

La communication était déjà coupée.

Une heure plus tard, l'inspecteur Lang était chez eux, il écoutait l'enregistrement. Ils avaient été en mesure de pister l'appel, qui émanait du téléphone portable d'un homme habitant à Lincoln, dans le Nebraska.

40.

Le service funéraire à la mémoire de Donté Drumm devait avoir lieu dans le sanctuaire de l'Église africaine méthodiste de Bethel, d'une capacité ordinaire de deux cent cinquante personnes. Mais en logeant des chaises pliantes dans tous les recoins possibles, si l'on s'entassait dans la tribune du chœur et si les hommes, tant les aînés que les plus jeunes, restaient debout sur deux rangs le long des murs, cette capacité pouvait atteindre trois cent cinquante personnes. Le mardi soir tard, quand il fut annoncé que les cours ne reprendraient pas au lycée, on passa des coups de fil et on modifia le programme. Le service fut déplacé vers le gymnase de l'établissement, d'une capacité de deux mille personnes. On fixa l'horaire à treize heures, et l'enterrement suivrait aussitôt après, au cimetière de Greenwood, où Donté serait inhumé à côté de son père.

À midi, il y avait au moins deux mille personnes à l'intérieur du gymnase et d'autres encore qui attendaient patiemment d'y entrer. Le cercueil de Donté était exposé à une extrémité, sous un panneau de basket et une cage de but, et il était entouré d'un océan très dense de magnifiques compositions florales. Sur un écran, au-dessus de son cercueil, son beau visage souriant saluait ceux qui étaient venus lui dire au revoir. Sa famille était assise au premier rang, dans des chaises pliantes et, quand la foule s'approcha, ils tinrent bon, bravement, accueillant les amis, étreignant les inconnus, tâchant de faire bonne figure, envers et contre tout. Un chœur de l'église se tenait debout près des fleurs et chantait et fredonnait des cantiques d'une douceur réconfortante. Miss Daphné Dellmore, une vieille fille angélique qui avait jadis tenté – sans aucun succès – d'enseigner à Donté les rudiments du piano, accompagnait le chœur sur un vieux piano droit Baldwin. À la droite du cercueil, il y avait une petite scène surélevée, avec un podium et un micro et, devant, sur plusieurs rangées de chaises pliantes, les Slone Warriors étaient assis tous ensemble, sans qu'il en manque aucun, avec leurs entraîneurs et leurs soigneurs. Ils portaient fièrement leur maillot bleu. Hormis les footballeurs, seuls quelques visages blancs étaient disséminés çà et là, mais en très petit nombre.

Les médias avaient été parqués, littéralement. Selon les instructions très strictes de Marvin Drumm, les journalistes et leurs appareils photo étaient regroupés en rangs serrés à l'autre extrémité du bâtiment, sous le panneau de basket opposé, et ils étaient relégués derrière une rangée de chaises entrelacée de rubalises jaunes de la police. De solides jeunes Noirs en costume sombre étaient postés devant ces rubalises, et surveillaient la presse, qui avait été priée de ne pas faire un seul bruit. Toute violation de cette règle entraînerait l'expulsion, avec très probablement une jambe cassée à la clef, dehors, sur le parking. La famille en avait assez des journalistes, comme la quasi-totalité de la ville.

Roberta avait sagement décidé de fermer le cercueil. Elle ne voulait pas que la dernière image de Donté soit celle d'un corps sans vie. Elle comprenait que beaucoup de gens viendraient le voir, et elle préférait un Donté souriant.

Vingt minutes après, le gymnase était complètement bondé. Les portes étaient closes. Le chœur s'interrompit et le révérend Johnny Canty monta sur l'estrade.

— Nous sommes ici pour fêter la vie, commença-t-il, et non pour pleurer la mort.

Cela sonnait bien, et il y eut de nombreux *amen*, mais l'humeur n'était guère à la fête. L'air était chargé de tristesse, mais pas de la tristesse qui émane de la perte. C'était une tristesse née de la colère et de l'injustice.

La première prière fut présentée par le révérend Wilbur Woods, le pasteur blanc de la Première Église méthodiste de

Slone. Cédric Drumm l'avait appelé pour l'inviter à cette cérémonie, et il avait volontiers accepté. Il proposa une belle prière, où il s'étendit sur les notions d'amour et de pardon et, plus importante encore, sur celle de justice. Les opprimés ne resteront pas des opprimés. Les responsables de l'injustice seront un jour eux-mêmes confrontés à la justice. La voix du révérend Wood était douce, mais forte, et ses paroles apaisèrent la foule. La vision d'un pasteur blanc debout sur cette estrade, les yeux fermés, les bras levés, mettant son cœur à nu devant tout le monde, calma beaucoup de sentiments à vif, fût-ce momentanément.

Donté n'avait jamais évoqué ses funérailles. C'est pourquoi c'était sa mère qui avait choisi les musiques, les orateurs et l'ordonnancement de la cérémonie, qui refléterait la profonde foi chrétienne de la famille. Donté prétendait avoir renoncé à la sienne, mais sa mère n'y avait jamais cru.

Le chœur chanta «Just a Closer Walk with Thee», et les larmes coulèrent. Il y eut des crises de nerf, des élans d'émotion très vibrants suivis de sanglots et de pleurs. Quand les choses se furent calmées, deux éloges funèbres suivirent. Le premier fut prononcé par l'un des équipiers de Donté, un jeune homme qui était devenu médecin, à Dallas. Le second fut de Robbie Flak. Quand il monta sur l'estrade, la foule, instantanément, se leva et il y eut des applaudissements feutrés. C'était un service religieux, applaudir et acclamer n'étaient pas de mise, mais certaines réactions sont irrépressibles. Il demeura là, debout, un long moment, à la tribune, saluant l'auditoire d'un petit signe de tête, essuyant ses larmes, recevant ce témoignage d'admiration, et pourtant, il aurait préféré n'avoir jamais eu à être là.

Pour un homme qui avait consacré les quelques jours précédents à se déchaîner contre le monde et à poursuivre en justice tous ceux qui croisaient son chemin, ses réflexions furent d'une remarquable modération. Il n'avait jamais compris la rengaine de l'amour et du pardon ; le goût des représailles, voilà ce qui le poussait. Mais il sentait qu'en cet instant, il lui fallait mettre ses instincts combatifs en sourdine et s'efforcer simplement d'être gentil. C'était difficile. Il évoqua Donté en prison, leurs nombreuses visites, et réussit même à provoquer les rires en mentionnant la description que le jeune homme lui avait faite de la nourriture dans le couloir de la mort. Il lut deux de ses lettres, et là encore sut y puiser un certain humour. Il acheva en racontant ses derniers moments avec lui. Il dit :

— Le dernier souhait de Donté, c'était qu'un jour, quand la vérité serait connue, quand le tueur de Nicole aurait été identifié, un jour, quand il serait disculpé et quand son nom serait lavé à jamais de tout soupçon, sa famille et ses amis se retrouveraient devant sa tombe, au cimetière, organiseraient une fête et proclameraient à la face du monde que Donté Drumm est un homme innocent. Donté, cette fête, nous la préparons déjà !

Le fils de Cédric, Emmitt, qui avait quatorze ans, lut une lettre de la famille, un long adieu déchirant, et le fit avec une telle maîtrise de soi que c'en fut saisissant. Il y eut encore un cantique, et le révérend Canty prêcha pendant une heure.

Keith et Dana suivirent l'enterrement en direct sur le câble, depuis la maison de sa mère à elle, à Lawrence, dans le Kansas, sa ville quand elle était jeune. Le père de Dana était décédé, et sa mère, une ancienne professeure de comptabilité de l'université du Kansas, était désormais à la retraite. Après avoir déposé leurs enfants à l'école, Keith et Dana avaient décidé de prendre la route, de faire un voyage d'une journée, de sortir de la ville. Des journalistes débarquaient à l'église. Les téléphones sonnaient. Ce matin-là, sa photo, avec Robbie, Martha et Aaron figurait en première page du journal de Topeka, et Keith était las d'attirer à ce point l'attention et les questions. En plus, Boyette était quelque part en train de fantasmer sur sa femme, et Keith tenait à la garder près de lui.

Billie, sa belle-mère, proposa d'organiser le déjeuner, et cette proposition fut immédiatement acceptée. Ils suivaient donc ces funérailles, et Billie ne cessait de répéter :

— Je n'arrive pas à croire que tu aies été là-bas, Keith.

— Et moi non plus. Moi non plus.

C'était si loin dans l'espace et dans le temps, et pourtant, il pouvait fermer les yeux et sentir l'odeur du désinfectant utilisé pour nettoyer la cellule de détention où Donté attendit, et il entendait encore les exclamations, à la seconde où les rideaux s'étaient ouverts, où la famille l'avait vu sur ce lit à roulette, avec ces tubes déjà plantés dans ses veines.

En suivant cette cérémonie, il sentit ses yeux s'emplir de larmes quand il vit Robbie recevoir un accueil aussi chaleureux, et il pleura quand le neveu de Donté fit ses adieux à Donté. Pour la première fois depuis son retour du Texas, il éprouva la nécessité d'y retourner.

Donté fut inhumé au flanc d'une longue colline en pente douce, dans le cimetière de Greenwood où la plupart des Noirs de Slone étaient enterrés. Le ciel d'après-midi s'était couvert, la température avait fraîchi, et tandis que les porteurs peinaient sur les cinquante derniers mètres, un ensemble de percussions précédait pas à pas le cercueil, et son rythme d'une parfaite régularité se répercutait dans l'air humide. La famille suivit le cercueil jusqu'à ce qu'on le dépose avec précaution au-dessus de la tombe, puis chacun s'installa dans des chaises tapissées de velours, à quelques centimètres de la terre fraîchement remuée. Le cortège funèbre se regroupa en rangs serrés autour de la tente funéraire de couleur violette. Le révérend Canty prononça quelques mots, lut un passage des Écritures, puis adressa son ultime adieu à leur frère défunt. Donté fut descendu en terre à côté de son père.

Une heure s'écoula et la foule se dispersa lentement. Roberta et la famille s'attardèrent sous la tente, le regard figé sur le cercueil au fond de la fosse et la terre que l'on déversait dessus. Robbie resta avec eux, seule personne présente à ne pas être un membre de la famille.

À sept heures du soir, le mercredi, le conseil municipal de Slone se réunit à huis clos pour discuter de l'avenir de l'inspecteur Drew Kerber, qui avait été averti de cette séance, sans y avoir été invité. La porte était fermée; seuls six conseillers municipaux, le maire, l'avocat de la ville et un greffier étaient présents. L'unique conseiller noir, M. Varner, commença par exiger la révocation immédiate de l'inspecteur et l'adoption unanime par la ville d'une résolution se condamnant elle-même pour la manière dont elle avait traité l'affaire Drumm. Il s'avéra très vite que rien ne serait unanime. Non sans difficulté, le conseil décida de repousser, fût-ce à brève échéance, l'adoption de quelque résolution que ce soit. Ils traiteraient chacun de ces points délicats un par un.

L'avocat de la ville mit en garde contre l'immédiate révocation de Kerber. Comme tout le monde le savait, Flak avait intenté une procédure monumentale contre la ville, et ce licenciement équivaudrait à une reconnaissance de responsabilité.

— Pouvons-nous lui proposer une retraite anticipée ?

— Il n'est là que depuis seize ans. Il n'y a pas droit.

— Nous pouvons le conserver au sein des forces de police.

— Pourrions-nous le transférer un an ou deux au service des parcs et loisirs ?

— Ce serait ignorer ce qu'il a fait dans l'affaire Drumm.

— Oui, en effet. Il faut le mettre à la porte.

— Et donc j'en conclus que nous, la ville, nous prévoyons de contester les attendus de cette procédure. Allons-nous sérieusement prétendre que nous n'avons aucune part de responsabilité ?

— C'est la position initiale des avocats de nos assureurs.

— Alors virez-les et trouvons des avocats qui aient du bon sens.

— De notre côté, toute la question, c'est d'admettre que nos policiers se sont trompés et de régler cette affaire. Le plus tôt sera le mieux.

— Pourquoi êtes-vous si sûr que nos policiers se sont trompés ?

— Vous lisez les journaux ? Vous avez la télévision ?

— Je ne pense pas que ce soit si clair.

— C'est parce que vous n'avez jamais su voir l'évidence.

— Je proteste.

— Protestez tout ce que vous voulez. Si vous estimez que nous devrions défendre la ville contre la famille Drumm, c'est que vous êtes un incompétent et vous seriez bien inspiré de démissionner.

— Je pourrais bien démissionner, en effet.

— Parfait, et emmenez donc Drew Kerber avec vous.

— Kerber a de longs antécédents de mauvaise conduite. On n'aurait jamais dû l'engager, et on aurait dû le virer depuis des années. S'il est encore dans les parages, c'est la faute de la ville, et je suis convaincu que tout cela finira au tribunal. Non ?

— Oh si.

— Au tribunal ? Y a-t-il quelqu'un ici qui veuille aller devant les tribunaux dans cette affaire ? Si oui, alors c'est que vous avez besoin de faire tester votre QI.

Deux heures durant, le débat fit rage, échappant à tout contrôle. Par moment, on eût dit que les six parlaient tous en même temps. Il y eut des menaces, des insultes, on se traita de tous les noms, on fit volte-face, on n'aboutit à aucun consensus, mais le sentiment général restait que la ville devait éviter à tout prix d'aller jusqu'au procès.

Ils finirent par voter – trois pour limoger Kerber, trois pour attendre. Le maire trancha et vota pour qu'on se débarrassât de lui. Les inspecteurs Jim Morrissey et Nick Needham avaient pris part à l'interrogatoire marathon qui avait entraîné ces aveux fatidiques, mais ils avaient tous deux quitté Slone et intégré les services de police de plus grandes villes. Neuf ans plus tôt, le chef Joe Radford était l'adjoint du chef de la police et, en tant que tel, n'avait quasiment pas été impliqué dans l'enquête Yarber. Une motion fut adoptée pour le révoquer lui aussi, mais elle n'aboutit pas, faute de soutien.

M. Varner souleva ensuite le problème de l'assaut lancé à Civitan Park à coups de grenades lacrymogènes, le jeudi soir précédent, et exigea que la ville condamne leur emploi. Après une autre heure de débats très vifs, ils décidèrent de repousser toute discussion à plus tard.

En cette nuit du mercredi, les rues étaient tranquilles et dégagées. Après une semaine de rassemblements, de protestations, de festivités et, dans certains cas, de délits, les manifestants, les protestataires, les guérilleros, les combattants – quel que soit le nom qu'ils se donnèrent – étaient fatigués. Ils pouvaient brûler la ville entière et perturber la vie

des gens pendant un an, Donté resterait inhumé au cimetière de Greenwood. Ils furent quelques-uns à se retrouver à
Washington Park pour y boire de la bière et écouter de la
musique, mais ils avaient perdu, eux aussi, toute envie de lancer des cailloux et d'insulter la police.

À minuit, des ordres furent donnés, et les gardes nationaux sortirent rapidement et discrètement de Slone.

41.

La convocation de l'évêque lui parvint par e-mail tôt le jeudi matin, avant de lui être confirmée par une brève conversation téléphonique où rien ne fut abordé sur le fond. À neuf heures, Keith et Dana étaient de nouveau sur la route, cette fois en direction du sud-ouest, sur l'interstate 35, vers Wichita. En roulant, il se remémora le même voyage, une petite semaine plus tôt, la même voiture, la même station de radio, mais avec un passager très différent. Il avait finalement convaincu sa femme que Boyette était assez fou pour la traquer. Cet homme avait été arrêté à d'innombrables reprises, et n'était donc pas le criminel en cavale le plus futé qui soit. Jusqu'à ce qu'on le capture, Keith refusait de laisser sa femme sans surveillance.

Il délaissa son bureau et son église. Le travail associatif de Dana et les agendas pleins à craquer avaient été mis provisoirement de côté. Seule la famille comptait, pour le moment. S'ils avaient eu suffisamment de marge de manœuvre et de l'argent, ils auraient mis les garçons dans la voiture et seraient partis pour un long voyage. Elle s'inquiétait pour son mari. Il avait assisté à un événement singulier, perturbant, une tragédie qui le hanterait à jamais, et bien qu'il n'eût été absolument pas en mesure de l'empêcher ou d'intervenir en quoi que ce fût, l'idée de n'avoir rien pu faire lui pesait. Keith lui avait confié à plusieurs reprises combien il s'était senti sale, après l'exécution, combien il avait souhaité être ailleurs, prendre une douche, se laver de cette transpiration, de cette saleté, de cette fatigue, de cette complicité. Il ne dormait pas, il ne mangeait pas et, en présence des garçons, il faisait de gros efforts pour continuer les jeux et les plaisanteries, mais tout cela était forcé. Il était détaché de tout et, les jours passant, elle s'aperçut qu'il ne s'en sortait pas. Il semblait avoir oublié son église. Il n'avait fait aucune mention d'un sermon ou de quoi que ce soit à propos du dimanche suivant. Il y avait une pile de messages sur son bureau, tous en attente de réponses. Invoquant une migraine, il avait enrôlé le prêtre assistant pour présider le dîner du mercredi soir. Il n'avait jamais la migraine, il ne feignait jamais d'être malade, et ne demandait jamais à personne de le remplacer au pied levé, sous aucun prétexte. Quand il ne lisait pas des documents sur l'affaire Donté, ou n'effectuait pas de recherches sur la peine de mort, il regardait les chaînes du câble, en se repassant quelquefois certains reportages en boucle. Quelque chose couvait.

L'évêque s'appelait Simon Priester, c'était un personnage énorme, tout en rondeurs, marié avec l'Église et qui n'avait absolument rien d'autre à faire que de gérer ceux qui étaient sous son autorité, jusque dans les moindres détails. Bien qu'il n'eût qu'un peu plus de cinquante ans, il paraissait bien plus vieux – le crâne dégarni, hormis deux touffes blanches au-dessus des oreilles, un abdomen grotesque qui dépassait devant et débordait largement de chaque côté des hanches – et se comportait comme tel. Il n'avait jamais eu d'épouse pour le réprimander sur son embonpoint, s'assurer que ses chaussettes soient assorties ou faire quelque chose pour les taches sur sa chemise. Il s'exprimait avec lenteur, d'une voix feutrée, les mains généralement croisées devant lui, comme s'il attendait que toutes ses paroles lui viennent d'en haut. Dans son dos, on l'appelait le Moine, en général sur un ton affectueux, mais fréquemment aussi sur un ton qui l'était moins. Deux fois par an, le deuxième dimanche de mars et le troisième de septembre, le Moine insistait pour venir prêcher à St Mark, à Topeka. Il était totalement soporifique. Les rares fidèles qui venaient l'entendre étaient aussi les plus courageux mais même ceux-là, Keith, Dana et le reste de l'équipe devaient les cajoler pour les convaincre de venir.

Devant cet auditoire réduit, le Moine s'inquiétait toujours de la santé de St Mark. Si seulement vous saviez, songeait Schroeder, qui n'imaginait guère de publics plus nourris se pressant dans les autres églises de la tournée du Moine.

Ce rendez-vous n'avait rien d'urgent, même si le premier e-mail commençait en ces termes : « Cher Keith : je suis profondément inquiet... » Simon avait suggéré la possibilité d'un déjeuner, son passe-temps favori, au cours de la semaine suivante, mais Schroeder n'avait pas grand-chose à faire. À la vérité, un rapide voyage à Wichita lui fournissait une excuse pour quitter la ville et passer la journée avec Dana.

— Je suis sûr que vous avez vu ceci, lui dit Simon quand ils furent convenablement installés à une petite table devant un café et des croissants congelés.

C'était la copie d'un éditorial paru dans l'édition du matin du journal de Topeka, que Keith avait lu trois fois avant le lever du soleil.

— En effet, fit-il.

Avec le Moine, il valait toujours mieux prononcer le moins de mots possible. Il avait le chic pour relever les propos qui vous échappaient, les amalgamer et vous les ficeler autour du cou. Les mains croisées, après une bouchée de croissant qui n'était pas encore entièrement terminée, car une grosse miette restait collée à sa lèvre inférieure, l'évêque poursuivit.

— Ne vous méprenez pas, Keith, nous sommes très fiers de vous. Quel courage ! Vous avez fait fi de toute prudence et vous vous êtes précipité vers le champ de bataille pour sauver la vie d'un homme. Sidérant, franchement.

— Merci, Simon, mais je n'ai aucun souvenir de m'être senti si courageux que ça. J'ai juste réagi.

— D'accord, d'accord. Mais vous deviez être terrorisé. Comment était-ce, Keith ? La violence, le couloir de la mort, côtoyer ce Boyette ? Ce devait être horrible.

S'il y avait bien une chose dont Schroeder n'avait aucune envie, c'était de raconter son histoire, mais le Moine avait l'air si désireux de l'entendre.

— Allons, Simon, vous avez lu les journaux, fit-il, en essayant de se défendre. Vous savez ce qui s'est passé.

— Keith, faites-moi plaisir. Que s'est-il réellement passé ?

Et donc Schroeder dut prendre sur lui pour faire plaisir au Moine qui, toutes les quinze secondes, ponctuait son récit de réflexions de stupéfaction – « Incroyable ! » – avec un claquement de langue – « Ça par exemple ! ». À un moment, alors qu'il secouait la tête, ce geste délogea la miette qui plongea dans son café, mais le Moine ne remarqua rien. Dans cette version, Keith choisit de clore sur le coup de fil glaçant de Boyette, pour en faire son chapitre final.

— Ça par exemple.

Ils avaient commencé par le plus désagréable – l'éditorial – avant d'aborder le plus agréable – ce périple courageux de Keith dans le Sud – et, c'était typique du Moine, il en revint subitement au véritable objet du rendez-vous. Les deux premiers paragraphes de l'éditorial louaient Schroeder pour son courage, mais c'était pour s'échauffer. Le reste du papier le réprimandait pour avoir violé la loi, en toute connaissance de cause. Toutefois, les rédacteurs, comme les juristes, avaient du mal à clairement établir le contenu de cette infraction.

— Je suppose que vous disposez de conseils juridiques de premier ordre, reprit le Moine, manifestement désireux de lui dispenser ses propres conseils, si seulement Keith voulait bien les lui demander.

— J'ai un bon avocat.

— Et ensuite ?

— Allons, Simon. Vous comprendrez la nature confidentielle de ces relations.

Le Moine réussit à courber son échine surchargée. Réprimandé, il insista malgré tout.

— Bien sûr. Je ne voulais pas me montrer indiscret, mais tout ceci a retenu notre attention, Keith. Il est question d'une enquête criminelle, vous pourriez être dans la panade, si j'ose dire, et ce qui s'ensuit. Ce n'est pas franchement une affaire privée.

— Je suis coupable de quelque chose, Simon. J'ai commis tous ces actes, c'est clair comme de l'eau de roche. Mon avocat considère que je risque un jour d'avoir à plaider coupable pour une vague tentative d'obstruction à la justice. Pas de prison. Une petite amende. Un casier qui finira par être expurgé, plus tard. Et voilà.

Le Moine mangea le reste de son croissant d'une bouchée impitoyable, mâcha et remâcha tout ceci un moment. Il fit couler l'ensemble avec une gorgée de café. Il s'essuya la bouche avec une serviette en papier et, quand tout fut passé, il reprit.

— À supposer que vous plaidiez coupable de quelque chose, Keith, qu'attendriez-vous de l'Église ?

— Rien.

— Rien ?

— J'avais deux choix, Simon. Jouer la prudence, rester au Kansas, en espérant que tout se passe au mieux. Ou je pouvais agir comme je l'ai fait. Imaginez un instant, Simon, si je m'étais conduit autrement, si j'avais su la vérité à propos du meurtrier de cette jeune fille, et que j'avais craint d'agir. Ils exécutent le mauvais coupable, ils trouvent le corps et, pour le restant de mes jours, je vis avec ce sentiment de culpabilité de ne pas être intervenu. Qu'auriez-vous fait, Simon ?

— Nous vous admirons tous, Keith, sincèrement, lui répondit le Moine à voix basse, esquivant complètement la question. Ce qui nous inquiète, cependant, c'est la perspective d'une inculpation : l'un de nos pasteurs accusé d'un crime, et de manière tout à fait publique.

Le Moine usait souvent de ce terme – « nous » – pour insister sur un point, comme si tous les prélats de la chrétienté étaient concentrés sur l'affaire pressante que le Moine avait inscrite à son ordre du jour.

— Et si je plaide coupable ?

— Il faudrait éviter, dans toute la mesure du possible.

— Et si j'y suis obligé ?

Le Moine pencha son imposante charpente, tirailla sur le lobe pendant de son oreille gauche, puis recroisa les mains, comme s'il s'apprêtait à prier.

— La politique du synode nous imposerait d'engager une procédure disciplinaire. N'importe quelle condamnation pénale nous y contraindrait, Keith, vous le comprendrez, j'en suis sûr. Nous ne pouvons pas avoir des prêtres cités devant un tribunal, avec un avocat, comparaissant devant des juges, plaidant coupable, se faisant condamner, avec des médias

470

qui se bousculent au portillon. Surtout dans une affaire comme celle-ci. Pensez à l'église, Keith.

— Quelle serait la sanction ?

— Tout cela est prématuré, Keith. Nous nous en soucierons plus tard. Je voulais juste avoir cette première conversation, c'est tout.

— Je souhaite tirer cela au clair, Simon. Je risque fortement d'être sanctionné – soit d'être suspendu, soit d'être mis en congé, peut-être même d'être défroqué – pour avoir commis un acte que vous jugez admirable et dont l'église est très fière. Exact ?

— Exact, Keith, mais n'allons pas trop vite en besogne. Si vous pouvez éviter des poursuites, le problème ne se pose pas.

— Et ils vécurent heureux et sans histoire...

— Quelque chose de cet ordre. Tenez-nous au courant. Nous préférons que ce soit vous qui nous donniez de vos nouvelles, plutôt que les journaux.

Schroeder hocha la tête, l'esprit déjà ailleurs.

Le mardi matin, au lycée, les cours reprirent sans incident. À leur arrivée, les élèves furent accueillis par l'équipe de football, et les joueurs, une fois encore, avaient enfilé leur maillot. Les entraîneurs et les pom-pom girls étaient là, eux aussi, à l'entrée principale, tout sourire, serrant les mains, tâchant d'instaurer un climat de réconciliation. À l'intérieur, dans le hall d'entrée, Roberta, Cédric, Marvin et Andréa bavardaient avec les étudiants et les professeurs.

Nicole Yarber fut inhumée lors d'une cérémonie privée, à quatre heures, le jeudi après-midi, presque exactement une semaine après l'exécution de Donté Drumm. Il n'y eut pas d'enterrement ou de service funéraire officiel. Reeva s'en était sentie tout simplement incapable. Deux amis proches lui avaient soufflé qu'une vaste cérémonie pleine d'ostentation n'attirerait pas grand monde, sauf si la presse était conviée. En outre, la Première Église baptiste était privée de lieu de culte, et l'idée d'emprunter un local à une autre congrégation n'était guère séduisante.

Une forte présence policière tint les objectifs des appareils photo à l'écart. Reeva en avait assez de ces gens. Pour la première fois en neuf ans, elle fuyait la publicité. Wallis et elle invitèrent près d'une centaine de personnes, des membres de la famille et des amis, et presque tout le monde s'y rendit. Il y eut des absents notoires. Le père de Nicole fut exclu, car il n'avait pas pris la peine d'assister à l'exécution, et pourtant, comme Reeva avait été obligée de l'admettre rétrospectivement, elle-même regrettait d'y avoir assisté. Les choses s'étaient singulièrement compliquées dans l'univers de cette femme et, en pareille circonstance, il lui semblait préférable de s'abstenir d'inviter Cliff Yarber. Plus tard, elle le regretterait. Elle ne regretterait pas d'en avoir aussi exclu Drew Kerber et Paul Koffee, deux hommes qu'elle détestait, désormais. Ils l'avaient induite en erreur, trahie, et blessée si profondément qu'elle ne s'en remettrait jamais.

Artisans de l'erreur judiciaire, Kerber et Koffee avaient fait des victimes dont la liste s'allongeait. Reeva et sa famille comptaient désormais parmi elles.

Frère Ronnie, qui s'était autant lassé d'elle que des médias, présida la cérémonie avec une dignité et une réserve à la hauteur de l'événement. Il parla et lut les Écritures et, ce faisant, il remarqua ces visages perplexes, interdits, dans l'assistance. Ils étaient tous blancs, ils avaient tous été convaincus, sans l'ombre d'un doute, que les restes enfermés dans ce cercueil de bronze devant eux avaient été emportés par la rivière Rouge, des années plus tôt. Si certains d'entre eux avaient jamais éprouvé la plus infime compassion envers Donté Drumm et sa famille, ils l'avaient caché à leur pasteur. Ils s'étaient délectés à l'idée de cette vengeance, de cette exécution, tout comme lui. Frère Ronnie essaya de faire la paix avec Dieu et de trouver la voie du pardon. Il se demanda combien ils seraient, parmi ceux qui étaient présents, à faire de même. Toutefois, comme il ne souhaitait offenser personne, surtout pas Reeva, il évita de rendre son message trop accablant. Il n'avait jamais connu Nicole, mais il réussit à évoquer sa vie grâce à des anecdotes que ses amis partageaient. Il assura tout le monde qu'elle était depuis toutes ces années au paradis. Au ciel, le chagrin n'existe pas, donc elle avait pu oublier toute la souffrance des êtres aimés qu'elle avait laissés derrière elle.

Un cantique, un solo, une dernière lecture des Écritures, et le service s'acheva en moins d'une heure. Nicole Yarber reçut enfin une sépulture décente.

Paul Koffee attendit la nuit tombée pour se glisser dans son bureau. Il tapa une lettre de démission, une missive laconique, et l'envoya par e-mail au juge Henry, avec copie au greffier de la cour. Il tapa une explication un peu plus étoffée à son équipe et la transmit par e-mail sans se donner la peine de relire ses fautes de frappe. Il fourra en vitesse le contenu du tiroir central de son bureau dans un carton, puis récupéra les quelques objets de valeur qu'il pouvait emporter avec lui. Une heure plus tard, il sortait de son bureau pour la dernière fois.

Sa voiture était pleine et il se dirigeait vers l'ouest, une longue route, avec probablement l'Alaska pour destination. Il n'avait pas d'itinéraire, pas de véritables projets, aucun désir de retourner à Slone dans un avenir proche. Idéalement, il n'y reviendrait jamais, mais avec Flak qui était toujours sur son dos, il savait que c'était impossible. On l'y ramènerait de gré ou de force pour faire face à toutes sortes d'insultes, une déposition difficile qui se prolongerait sur plusieurs jours, une date d'audience devant une commission disciplinaire du barreau de l'État, et peut-être même l'épreuve exténuante d'une enquête fédérale. Son avenir n'allait pas être rose. Il était à peu près sûr de ne pas supporter la perspective de la prison, mais il savait avec certitude aussi que sur un plan financier et professionnel, sa survie était compromise.

Paul Koffee était ruiné, et il le savait.

42.

Toutes les boutiques de la galerie marchande fermaient à neuf heures et, à neuf heures trente-cinq, Lilly Reed avait coupé les compteurs, inséré sa carte de pointage, activé le système d'alarme et verrouillé les deux portes de ce magasin pour dames où elle travaillait comme gérante adjointe. Elle quitta la galerie par une porte de service et rejoignit en vitesse sa voiture, une Coccinelle, garée sur un emplacement réservé aux employés. Elle était pressée, son petit ami l'attendait dans un bar de sportifs à huit cents mètres de là. Quand elle ouvrit sa portière, elle sentit quelque chose bouger derrière elle et entendit des pas. Ensuite, une voix masculine étrange lui fit « Salut, Lilly » et, en une fraction de seconde, elle comprit qu'elle avait un problème. Elle se retourna, entrevit le pistolet, tout noir, découvrit un visage qu'elle n'oublierait jamais, et voulut crier. Avec une vitesse saisissante, il lui plaqua une main sur la bouche.

— Monte dans la voiture, fit-il, et il la poussa à l'intérieur. – Il claqua la portière côté conducteur, la gifla violemment au visage, puis lui fourra le canon de son arme dans l'oreille gauche. – Pas un bruit, siffla-t-il. Et baisse la tête.

Presque trop terrifiée pour bouger, elle obéit. Il démarra le moteur.

Enrico Munez somnolait depuis une demi-heure en attendant que son épouse achève son service dans un restaurant familial, du côté alimentation de la galerie. Il était garé entre deux autres voitures, une rangée de véhicules inoccupés. Il était à moitié endormi, et il était enfoncé dans son siège quand il assista à l'agression. L'homme avait surgi de nulle part et savait ce qu'il faisait. Il avait exhibé son pistolet, mais sans l'agiter en tous sens. Cette apparition avait suffi à pétrifier la fille, trop abasourdie pour réagir. Dès que la Coccinelle fonça en avant, avec l'agresseur au volant, Enrico réagit d'instinct. Il démarra le moteur de son pick-up, enclencha la marche arrière, recula puis accéléra en marche avant. Il rattrapa la Volkswagen au moment où elle tournait au bout de l'allée et, comprenant la gravité de la situation, il n'hésita pas à la percuter. Il réussit à éviter la portière de la passagère, là où se trouvait la fille, et l'emboutit à hauteur de la roue avant droite. Ce ne fut qu'immédiatement après l'impact qu'il pensa au pistolet et se rendit compte qu'il l'avait laissé à la maison. Il tendit la main sous son siège, attrapa une batte de base-ball sciée qu'il gardait là juste au cas où, sauta sur le toit de la Coccinelle et, quand l'homme en sortit, il lui abattit son arme sur l'arrière du crâne lisse et luisant. Plus tard, il raconterait à ses amis que c'était comme de frapper sur un œuf.

L'homme tomba sur l'asphalte en fouettant l'air de ses bras, et Enrico Munez le frappa de nouveau, pour que l'autre ait son compte. Le pistolet n'était qu'un jouet, mais il avait l'air authentique. Lilly était au bord de la crise de nerfs. Tout l'épisode avait duré moins d'une minute, mais elle se préparait déjà au pire. Elle se précipita hors du véhicule et se mit à courir. Le vacarme attira du monde. Les agents de sécurité de la galerie marchande furent sur les lieux en quelques minutes, suivis de la police et d'une ambulance. Enrico leur abandonna son prisonnier, qui gisait sur le sol, et leur expliqua ce qui s'était passé.

L'agresseur n'avait pas de portefeuille, rien d'autre dans ses poches que deux cent cinquante dollars. Il refusa de donner son nom. À l'hôpital, les radios révélèrent un crâne fendu à la naissance des cheveux, grâce à Enrico, et une tumeur cérébrale de la taille d'un œuf. On le soigna, puis on l'installa dans une chambre sécurisée. Les officiers de police chargés de l'enquête relevèrent ses empreintes digitales, et des inspecteurs tentèrent de l'interroger. Il était blessé, sous médication, et ne leur céda rien. Plusieurs policiers et ins-

475

pecteurs multiplièrent les allées et venues dans la pièce, et l'un d'eux finit par établir le lien.

— Je crois qu'il s'agit de ce type, là, ce Boyette, chuchota-t-il, et subitement, tout le monde fut de son avis.

Mais l'homme nia. Deux heures plus tard, on compara les empreintes digitales et son identité fut confirmée.

Dix heures plus tard, à l'autre bout du monde, deux hélicoptères Black Hawk entraient en collision au-dessus du désert, non loin de Fallujah, dans le centre de l'Irak, tuant dix-neuf membres d'une unité de la garde nationale du Texas. Cette tragédie était justement ce qu'il fallait au gouverneur Newton. Avec l'accord quasi euphorique de Barry Wallcott et Wayne Ringfield, ils décidèrent tous les trois que Newton devrait se précipiter en Irak et faire preuve d'un authentique sens de l'État dans la guerre contre le terrorisme. Ce voyage le propulserait aussi sur une scène de plus grande envergure et leur fournirait des images impeccables pour un usage futur. Et, plus important, il pourrait aller poser ses fesses ailleurs qu'au Texas.

Son équipe travailla avec acharnement à la réorganisation de l'agenda, à obtenir les laissez-passer militaires, à s'assurer que la presse soit dûment alertée et s'échina à planifier le reste des détails du voyage. Le vendredi matin tôt, le gouverneur, Wayne et Barry se réunirent.

— Ils ont capturé Boyette, hier soir, annonça Wallcott, en consultant son ordinateur portable. Il a sauté sur une fille à la sortie d'une galerie marchande à Overland Park, dans le Kansas. Pas d'agression sexuelle. Il est en détention.

— Il était au Kansas ? s'étonna le gouverneur.

— Eh oui. Brillant garçon.

Le gouverneur secoua la tête avec incrédulité.

— Ce pays compte cinquante États, et il faut qu'il reste au Kansas. L'abruti. Et les dernières nouvelles de Slone ?

— Toute la garde est repartie, lui répondit Ringfield. Le procureur de district a démissionné hier soir. Les deux cadavres sont enterrés. Les rues sont tranquilles, pas d'incendies. Les cours ont repris hier sans incident et l'équipe de football joue à l'extérieur ce soir, contre Lufkin. Allez, les Warriors.

Le gouverneur attrapa un rapport. L'ordinateur de Barry était en surchauffe. Les trois hommes étaient hagards, épuisés, irritables, avec une légère gueule de bois. Ils engloutirent du café en se rongeant les ongles et n'auraient jamais cru qu'un voyage en Irak les transporterait à ce point de joie

— Nous avons une exécution dans douze jours, messieurs, fit Newton. Quel est notre plan?

Wayne répondit fièrement.

— Nous avons tout réglé. J'ai pris un verre avec un premier commis juridique, à la cour d'appel. À l'évidence, ils préféreraient repousser un peu la prochaine. Je lui ai dit que nous n'étions pas pressés non plus. On a fait savoir à l'avocat de Drifty Tucker qu'il devrait formuler une requête, n'importe quoi, inventer un motif de sursis et déposer sa demande. Avant dix-sept heures, de préférence. La cour réservera un intérêt particulier au dossier de M. Tucker et rendra un arrêt, sans y associer d'avis particulier, mais elle reportera l'exécution à une date indéterminée. Ils enterreront le dossier Tucker. Un jour, c'est lui qui lira nos notices nécrologiques.

— Ça me plaît, fit le gouverneur, tout sourire. Et la suivante serait pour quand?

— Pas avant juillet, dans huit mois.

— Huit mois. Hé hé.

— Eh oui. On a du pot.

Le gouverneur se tourna vers Barry.

— Comment vont les choses, ce matin?

— Ici, ou au plan national?

— Les deux.

— Ici, l'info principale, évidemment, ce sont ces Black Hawk en Irak, mais Drumm fait toujours la une. Ils ont inhumé la fille hier. La première page d'une dizaine de quotidiens. Encore des éditoriaux, et tout le monde veut un moratoire. Ces types qui déblatèrent contre la peine de mort sont des cinglés. Ils attendent vingt-cinq mille personnes à une manifestation, ici, dimanche.

— Où?

— Au Capitole, de l'autre côté de la rue. Ça va être un de ces bazars.

— Et nous, nous serons dans la jolie ville de Fallujah, s'amusa le gouverneur.

— J'ai hâte, fit Wayne.

Barry continua.

— Sur le front national, c'est du pareil au même. Les divagations de la gauche, pas grand-chose à droite. Les gouverneurs de l'Ohio et de Pennsylvanie parlent ouvertement de moratoire jusqu'à ce que la peine de mort puisse être étudiée plus à fond.

— Ça me paraît juste, grommela Newton.

— Beaucoup de bruit de la part des abolitionnistes, mais tout ça commence à se ressembler. Ils en font tellement trop que leurs braillements commencent à être monotones.

— Et les sondages ?

Barry se leva et s'étira les jambes.

— J'ai parlé à Wilson tôt ce matin. Nous avons perdu dix points sur cette question, avec soixante et un pour cent des électeurs recensés au Texas qui y sont toujours favorables. Apparemment, c'est moi qui gagne notre pari, messieurs. Veuillez passer à la caisse. Les chiffres les plus surprenants concernent la question du moratoire. Soixante et un pour cent veulent la peine de mort, mais ils sont presque cinquante pour cent en faveur d'une sorte de pause.

— Ce chiffre baissera, décréta Wayne avec autorité. Laissons passer l'onde de choc. Attendons une autre effraction chez une famille innocente qui se fera assassiner, et les gens oublieront Drumm. Ils oublieront le moratoire et se rappelleront pourquoi ils sont en faveur de la peine de mort.

Le gouverneur se leva et se rendit à sa fenêtre préférée. Il y avait des manifestants en bas dans la rue qui brandissaient des pancartes et défilaient en allant et venant sur le trottoir. Ils étaient partout, à ce qu'il semblait. Devant la résidence du gouverneur, sur toutes les pelouses du Capitole, et devant l'entrée de la cour d'appel, avec des pancartes proclamant : «NOUS FERMONS À CINQ HEURES. ALLEZ VOUS FAIRE VOIR.» Depuis les hippies vieillissants jusqu'aux étudiants contre la peine de mort, ces manifestants faisaient tomber toutes les barrières ethniques et sociales. Il les détestait ; ces gens n'étaient pas de son bord.

— Messieurs, j'ai pris une décision, annonça gravement Newton. Je ne suis pas favorable à un moratoire, et je ne convoquerai pas de session extraordinaire de l'assemblée pour aborder le sujet. Ce serait encore créer du spectacle. Nous n'avons aucune envie de voir l'assemblée devenir partie prenante de ce cirque.

— Il faut informer les médias, fit Barry Ringfield.

— Préparez un communiqué. Publiez-le après notre décollage pour l'Irak.

Le vendredi après-midi, Keith Schroeder se rendit au cabinet d'Elmo Laird pour un bref rendez-vous. Dana s'occupait de véhiculer les enfants et ne pouvait l'accompagner, ce dont elle n'avait de toute façon pas vraiment envie. Boyette étant sous les verrous, Keith avait accepté de lui laisser les coudées franches, et elle avait besoin de quelques heures loin de son mari.

La dernière agression de Boyette et son arrestation avaient suscité une abondante couverture médiatique, et Schroeder était visé. Les déclarations du père de Lilly étaient citées : « Ce pasteur luthérien de Topeka est en partie responsable », et cet aspect de l'affaire avait plutôt le vent en poupe. Au vu du casier de Boyette, la famille de Lilly Reed était soulagée que l'agression ne soit pas allée plus loin, mais elle restait très en colère que pareil violeur de carrière ait été libre et qu'il ait pu traumatiser leur fille de la sorte. Les premiers articles déformèrent la vérité, en laissant entendre que Schroeder aurait aidé Boyette à sortir de prison et se serait enfui avec lui au Texas.

Elmo Laird lui expliqua qu'il s'était entretenu avec le procureur et que, s'il n'y avait aucun projet immédiat de poursuivre le pasteur, la situation restait susceptible de changer. Aucune décision n'avait été prise. Le procureur de district, qui recevait des appels de journalistes, se retrouvait sur la sellette.

— Quelle est votre hypothèse ? lui demanda Keith.

— Programme inchangé, pasteur. Je vais continuer de

causer avec le procureur et, s'il va de l'avant, nous travaille-rons à une négociation de peine, une amende, mais pas de prison.

— Si je plaide coupable, je serai sans doute confronté à une sanction disciplinaire de l'église.

— Une sanction grave ?

— Rien n'est clair pour le moment.

Ils convinrent de se revoir quelques jours plus tard. Schroeder rentra en voiture à St Mark et s'enferma dans son bureau. Il n'avait aucune idée du contenu de son sermon du dimanche et n'était pas d'humeur à y travailler. Il y avait une pile de messages sur son bureau, émanant pour la plupart de journalistes. Le Moine avait appelé une heure auparavant, et Keith se sentit obligé de voir ce qu'il voulait. Ils s'entre-tinrent quelques minutes, assez longtemps pour que Keith saisisse le message. L'Église était profondément inquiète de toute cette publicité et de la probable inculpation d'un de ses prêtres. La conversation fut brève et s'acheva sur une décision : Keith acceptait de se rendre à Wichita le mardi sui-vant, pour un nouveau rendez-vous avec le Moine.

Plus tard, alors qu'il rangeait son bureau et s'apprêtait à partir pour le week-end, sa secrétaire l'appela et lui annonça qu'un homme, membre de l'association Abolish Texas Executions, était en ligne. Il se rassit et décrocha. L'homme s'appelait Terry Mueller, il était directeur exécutif d'ATeXX, et il commença par le remercier de son adhésion à cet orga-nisme. Ils étaient ravis de le compter parmi eux, surtout à la lumière de son engagement dans l'affaire Drumm.

— Alors vous étiez sur place quand il est mort ? fit Mueller, manifestement intrigué et en quête de quelques informations.

Schroeder lui résuma rapidement les points saillants de l'affaire et, pour changer de sujet, le questionna sur ATeXX et leurs activités du moment. La conversation se prolongea, et Mueller lui apprit qu'il était membre de l'Église unitaire luthérienne à Austin.

— C'est une église indépendante, sortie du synode du Missouri depuis une dizaine d'années, lui expliqua-t-il. Dans le centre-ville, près du capitole, une congrégation très active.

Nous aimerions beaucoup vous avoir pour orateur, à l'occasion.

— C'est très aimable, lui répondit Keith.

L'idée que l'on puisse le réclamer comme intervenant le prenait de court.

Après qu'ils eurent raccroché, il consulta le site Internet de cette église, ce qui lui permit de tuer une heure de son temps. L'église unitaire luthérienne était bien établie, avec plus de quatre cents membres, et son imposante chapelle était construite en granit rouge du Texas, la même pierre que celle du capitole. Elle était active au plan politique et social, avec des ateliers et des conférences sur des sujets comme «Réussir à ne plus avoir de SDF à Austin» ou «Combattre la persécution des chrétiens en Indonésie».

Son pasteur principal était à la veille de la retraite.

43.

Les Schroeder fêtèrent Thanksgiving à Lawrence, avec la mère de Dana. Tôt le lendemain matin, ils laissèrent les garçons à leur grand-mère et s'envolèrent de Kansas City à Dallas, où ils louèrent une voiture et roulèrent trois heures, jusqu'à Slone. Ils tournèrent en ville, cherchant les endroits intéressants – l'église baptiste, le terrain de football avec une nouvelle tribune de la presse en construction, les vestiges calcinés de quelques bâtiments vides, le tribunal, et le cabinet de Robbie à l'ancienne gare. Slone semblait tout à fait en paix, avec des employés municipaux qui accrochaient des décorations de Noël d'un bout à l'autre de Main Street.

Suite à sa première visite, deux semaines plus tôt, Keith avait retenu peu de chose de la ville proprement dite. Il décrivit à sa femme la présence constante de la fumée et la plainte sempiternelle des sirènes, mais en y repensant, il se trouvait dans un tel état de choc qu'il avait tout perçu dans un brouillard. À l'époque, l'idée de revenir sur les lieux ne l'avait pas effleuré. Il avait la responsabilité de Boyette ; il y avait une exécution imminente, un cadavre à localiser, des journalistes partout. C'était le chaos, la frénésie, et ses facultés d'absorption avaient des limites. Maintenant, en sillonnant les rues ombragées du centre-ville en voiture, il avait du mal à croire que Slone eût récemment été occupée par la garde nationale.

Le banquet débuta à cinq heures et, comme la température avoisinait les vingt degrés, ils se regroupèrent autour de la piscine, où Robbie avait loué des tables et des chaises, pour l'occasion. Tout son cabinet était là, avec épouses et associés. Le juge Henry et madame arrivèrent tôt. Le clan Drumm au complet, au moins vingt personnes en comptant les jeunes enfants, arriva en une seule vague.

Keith prit place à côté de Roberta. Ils avaient beau avoir été dans la même salle des témoins à la mort de Donté, ils n'avaient en réalité pas fait connaissance. Incroyable, non? Au début, la conversation fut malaisée, mais ils ne tardèrent pas à aborder le sujet de ses petits-enfants. Elle souriait souvent, mais à l'évidence, ses pensées étaient ailleurs. Deux semaines après la perte de son fils, la famille était encore en deuil, mais ils se donnaient du mal pour profiter du moment présent. Robbie proposa un toast, un long hommage à l'amitié, et une brève évocation de la mémoire de Donté. Il était si reconnaissant à Keith et Dana de s'être joints à eux, d'avoir fait toute cette route, depuis le Kansas, ce qui leur attira quelques applaudissements discrets. Au sein de la famille Drumm, la course folle du pasteur Schroeder pour tenter de stopper l'exécution appartenait déjà à la légende. Quand Flak finit par se rasseoir, le juge Henry se leva et tapota contre son verre de vin. Son toast alla au courage de Roberta et de sa famille, et il termina en déclarant que toute tragédie a aussi des conséquences bénéfiques. Quand les discours furent terminés, les traiteurs commencèrent à servir des tranches d'aloyau baignant dans une sauce aux champignons, si nombreuses qu'elles débordaient des assiettes. Ils prolongèrent ces agapes jusque tard dans la nuit, et si Roberta ne but que du thé, le reste des adultes apprécia le très bon vin que Robbie avait fait livrer pour l'occasion.

Keith et Dana dormirent dans la chambre d'amis et partirent tôt le lendemain matin pour s'offrir un petit déjeuner dans un café de Main Street réputé pour ses gaufres aux noix de pécan. Ensuite, ils reprirent la voiture. En suivant les indications de Flak, ils trouvèrent le cimetière de Greenwood, derrière une église en bordure de la ville. «La tombe sera facile à trouver, leur avait-il assuré. Suivez juste l'allée jusqu'à ce que vous voyiez de la terre encore fraîchement retournée.» L'allée était tapissée d'un gazon un peu pelé. Devant eux, autour de la tombe, un groupe d'une dizaine de pèlerins se tenait par la main et priait. Keith et Dana firent semblant de chercher d'autres pierres tombales jusqu'à ce qu'ils se soient éloignés.

La tombe du jeune homme formait un tas de terre rouge bien net cerné de dizaines de bouquets de fleurs. Sa grande pierre tombale portait cette inscription : « Donté Lamar Drumm, né le 2 septembre 1980. Exécuté à tort par l'État du Texas le 8 novembre 2007. Ci-gît un HOMME INNOCENT. » Au centre, se dressait une photo gravée en couleur de Donté, au format dix-huit vingt-quatre, avec ses épaulières et son maillot bleu, habillé de pied en cap et prêt à jouer. Keith s'agenouilla près de la pierre tombale, ferma les yeux et lui offrit une longue prière. Dana l'observa. Ses émotions étaient un mélange de chagrin devant cette perte tragique, de compassion pour son mari et de confusion persistante quant à ce qu'ils faisaient là, en cet instant.

Avant de repartir, il prit une rapide photo de la tombe. Il voulait en garder un souvenir, qu'il puisse conserver sur son bureau.

La salle de conférence de l'ancienne gare n'avait pas changé. En ce samedi matin, Robbie et Carlos s'affairaient à des dossiers et des piles de papiers éparpillés au milieu des tasses de café en plastique et des emballages vides de pâtisserie. Robbie fit faire à Mme Schroeder une visite exhaustive agrémentée d'un commentaire ampoulé que le pasteur avait pu éviter lors de sa première visite.

Leur premier adieu avait eu lieu au fin fond des bois de Roop's Mountain et, sur le moment, ils n'étaient pas sûrs de se revoir un jour. Et là, deux semaines plus tard, quand ils s'étreignirent, ils surent que ce ne serait pas la dernière fois. L'avocat remercia encore une fois le pasteur de sa tentative héroïque. Le pasteur se défendit, car il considérait que c'était Flak le vrai héros. Ils s'accordèrent tous les deux pour penser qu'ils n'en avaient pas fait assez, sachant qu'ils avaient fait tout leur possible.

La route pour Austin leur prit sept heures.

Le dimanche, l'église unitaire luthérienne était pleine à craquer quand Keith y prit la parole. Il raconta l'histoire de son voyage invraisemblable jusqu'à Slone, puis vers Huntsville, jusqu'à la salle d'exécution. Il s'attarda sur la peine de mort, l'attaqua sur tous les fronts, et il eut la nette impression de prêcher un auditoire convaincu.

Comme c'était un sermon ayant valeur de test officiel, l'église couvrit tous leurs frais de déplacement. Après le service religieux, ils déjeunèrent avec le comité de recherche pastoral et le révérend Marcus Collins, un ministre du culte bientôt à la retraite, un homme d'influence, et très estimé. Au cours de ce déjeuner, il devint évident que l'église s'était éprise des Schroeder. Par la suite, alors qu'avaient commencé d'interminables adieux, le révérend Collins chuchota à l'oreille de Keith.

— Vous trouverez un merveilleux foyer, ici.

Épilogue

Le 22 décembre, le jury de mise en accusation du comté de Chester, convoqué en session pour une réunion inusitée le samedi matin, inculpa Travis Boyette pour l'enlèvement, l'agression sexuelle et le meurtre de Nicole Yarber. Le procureur de district par intérim, Mike Grimshaw, avait endossé ces responsabilités avec pour ordre strict du juge Elias Henry d'obtenir cette inculpation.

Cette journée avait été choisie avec soin par le juge, afin qu'elle coïncide avec le neuvième anniversaire de l'arrestation de Donté Drumm. À treize heures, la foule se pressa dans sa salle d'audience, pour assister à une séance inhabituelle. Robbie avait déposé une requête visant à déclarer Donté non coupable et à le disculper, et l'État, agissant par l'intermédiaire de Grimshaw, ne contestait pas cette requête. Le juge Henry voulait que l'événement bénéficie d'une large couverture de presse et d'une vaste publicité, mais il détestait l'idée d'avoir des appareils photo dans sa salle d'audience. Plusieurs journalistes étaient présents, mais aucun avec un appareil.

On assista à un nouveau numéro signé Robbie Flak. Pendant une heure, il passa les faits en revue, tels qu'ils étaient désormais connus, et releva les erreurs, les mensonges, la volonté d'étouffer la vérité, et ainsi de suite. L'issue de l'audience étant certaine, il n'en rajouta sur aucun point. Quand il eut terminé, Mike Grimshaw prit la parole.

— Votre honneur, annonça-t-il, l'État du Texas ne conteste rien de ce qu'avance M. Flak.

Le juge Henry lut un bref arrêt qu'il avait manifestement préparé avant l'audition. Sa dernière phrase était libellée comme suit : «Par la présente, ce tribunal considère, sur la foi de preuves claires et convaincantes, que le prévenu, Donté L. Drumm, n'est coupable d'aucune des charges retenues contre lui, qu'il est innocent de toutes ces charges, et qu'il est donc pleinement et complètement innocenté. Par la présente, sa condamnation est annulée et son casier judiciaire effacé. Au nom de la cour, et de l'État du Texas, j'offre mes excuses, à la fois sincères et totalement insuffisantes, à la famille Drumm.»

Très théâtral, le juge Henry signa son arrêt, puis le tendit à Robbie Flak. Comme cela était convenu d'avance, l'avocat se rendit à la barre et remit ce document à Roberta Drumm, assise au premier rang.

La cour criminelle d'appel du Texas était encore retranchée dans son bunker. Une taupe avait commencé à murmurer des révélations et, quand la nouvelle éclata concernant le «juge de permanence», l'article s'étala à la une des journaux. Si la cour fermait bien à dix-sept heures, même les jours d'exécution, le président Milton Prudlowe assignait à l'un des neufs magistrats une permanence : ce dernier restait en fait dans les locaux et il était censé surveiller les appels de dernière minute. En théorie, un avocat pouvait toujours, à la toute dernière extrémité, contacter ce juge de garde et obtenir une réponse de la cour, sous une forme ou une autre. C'était un principe raisonnable, et plutôt logique s'agissant de cours statuant dans des affaires de vie ou de mort. Quoi qu'il en soit, l'histoire éclata quand on apprit que les avocats chargés de la défense des condamnés à mort au Texas ignoraient tout de cet usage de la cour concernant un juge de garde. Sur leur existence, la cour elle-même restait très discrète. Aussi, à l'arrivée de Cicely Avis à la cour d'appel, à dix-sept heures sept, le jour de l'exécution – une boîte de documents dans une main tandis que de l'autre elle frappait à la porte close –, il y avait en réalité un juge à l'étage, dans son bureau, soi-disant de permanence.

La cour annonça qu'elle adoptait le dépôt électronique de

toutes les requêtes et conclusions, mais nia que ce changement de procédure fût une conséquence de l'affaire Drumm.

Une plainte contre Prudlowe fut déposée par la commission de déontologie judiciaire de l'État. Deux ans s'écouleraient avant que cette commission ne décide si cette conduite était professionnellement répréhensible, ou si, n'ayant commis aucun manquement grave, Prudlowe devait conserver son poste.

La requête qui n'avait pu être déposée comprenait la déclaration sous serment signée par Joey Gamble, le seul prétendu témoin oculaire qui ait été cité à l'audience. Les experts juridiques débattirent de la signification de cette rétractation de dernière minute, de ce que la cour aurait dû en faire et de ce qu'elle en aurait pu en faire.

Joey quitta Slone, puis le Texas. Il s'en voulait de ce qui était arrivé à Donté, et ne trouva de consolation que dans l'alcool.

Le 28 décembre, le dernier vendredi de l'année 2007, Keith et Dana pénétrèrent dans une salle d'audience déserte, à Topeka, à quatre heures et demie, et furent accueillis par Elmo Laird. Matthew Burns se joignit à eux pour leur apporter son soutien moral, mais le pasteur Schroeder n'en avait pas besoin. Un juge fit son apparition, puis un adjoint du procureur. En moins de dix minutes, accusé d'obstruction à la justice, Keith plaida coupable. Il écopa d'une amende de mille dollars, d'un an de mise à l'épreuve et d'une année de liberté conditionnelle sans contrôle judiciaire. Elmo Laird était convaincu de pouvoir rendre sa virginité à son casier avant trois ans.

Quand le juge lui demanda s'il avait quelque chose à déclarer, il répondit.

— Oui, votre honneur. Si l'occasion s'en présentait, je recommencerais.

À quoi le juge eut cette réponse.

— Dieu vous bénisse.

Comme c'était à prévoir, le Moine informa Keith qu'il était immédiatement mis en congé de l'église. Il lui répondit de s'épargner cette peine – il démissionnait. Le dimanche, il annonça à sa congrégation de St Mark qu'il partait à Austin, Texas, où il deviendrait le pasteur attitré de l'église luthérienne unitaire.

Travis Boyette se retrouvait maintenant condamné à une peine de perpétuité au Kansas, et à la peine capitale dans le Missouri et au Texas. Pendant un an, les trois États se querellèrent, souvent publiquement, pour savoir quoi faire de lui. Quand il déclara à un juge du Kansas qu'il avait étranglé Nicole dans le Missouri, le magistrat ordonna son transfert vers le comté de Newton. Comme il était plusieurs fois passé aux aveux, il n'avait aucune envie de se défendre dans le cadre d'un procès. Seize mois après son périple à Slone, il fut condamné à mort par injection létale et transféré dans l'établissement pénitentiaire de Potosi.

Paul Koffee fut finalement radié du barreau par un comité d'éthique de l'État. Il ne revint plus à Slone et devint garant des condamnés en liberté sous caution à Waco, dans le Texas. Drew Kerber se déclara en faillite personnelle et partit s'installer avec sa famille à Texas City, sur le golfe, où il trouva un emploi sur une plate-forme pétrolière.

Martha Handler fut la plus rapide dans la course éditoriale et publia le premier livre sur l'affaire Drumm qui promettait de susciter un flot d'ouvrages. Le sien campa sur la liste des best-sellers presque un an. Ses rapports avec Robbie Flak et la famille Drumm s'envenimèrent quand elle ne put se résoudre à partager les droits d'auteur.

La mise en accusation de Travis Boyette et la disculpation de Donté Drumm fit peser encore un surcroît de pression sur le gouverneur Gill Newton, l'obligeant à convoquer l'assemblée de l'État à Austin pour traiter des retombées de l'exécution. Le gouverneur et ses conseillers avaient espéré que le temps émousserait l'intérêt que suscitait l'affaire, mais ce ne fut pas le cas. Les opposants à la peine de mort redoublaient leurs efforts et affûtaient leurs tactiques, sous les acclamations de presque toute la presse nationale. Le comité électoral noir, conduit par le sénateur Rodgers Ebbs, s'était seulement fait mieux entendre. Leur serment de geler le gouvernement de l'État tant que l'on ne tiendrait pas une session extraordinaire paraissait de plus en plus crédible. Et les chiffres des sondages n'allaient pas dans le sens du gouverneur. Une nette majorité de Texans voulait que l'État examine de près la mécanique de ces exécutions. Ils voulaient encore de la peine de mort, et par une large majorité, mais ils voulaient avoir aussi l'assurance que son emploi serait limité aux vrais coupables. L'idée d'un moratoire était si largement débattue qu'elle gagnait des soutiens.

Finalement, les chiffres des sondages eurent raison de Gill Newton, et il convoqua les trente et un sénateurs et les cent cinquante élus de la chambre au capitole de l'État. Comme c'était lui qui dictait les limites de ce que l'on pouvait aborder, furent inscrits à l'ordre du jour (1) une résolution sur Drumm, (2) un moratoire des exécutions et (3) la création d'une «Commission innocence» chargée d'étudier les problèmes. Il fallut trois jours pour voter la résolution qui, après adoption finale, lavait Donté Drumm de toute culpabilité et accordait un million de dollars à sa famille. Lors du dépôt de la requête – et chacun des membres du comité électoral noir en était cosignataire –, le texte prévoyait une indemnité de vingt millions de dollars, mais le processus législatif avait sérieusement tronqué la somme, la réduisant tout juste à un million. Le gouverneur, d'une rigueur fiscale confinant à la pingrerie, tout au moins quand il était en campagne, exprima son inquiétude habituelle sur les «dépenses gouvernementales excessives». Quand le *Houston Chronicle* publia l'affaire en première page, il mentionna le fait que Newton et son cabinet avaient dépensé quatre cent mille dollars lors de leur récent voyage de lutte contre le terrorisme, à Fallujah.

Le texte de loi sur le moratoire déclencha une guerre politique. Dans sa formulation première, il réclamait un arrêt des exécutions pendant deux ans, durant lesquels la peine de mort ferait l'objet d'une étude sous tous les angles, menée par toutes sortes de comités et d'experts. Les audiences de la commission étaient télévisées. On comptait parmi les témoins des juges à la retraite, des militants radicaux, des chercheurs réputés, et même trois hommes qui avaient vécu des années dans le couloir de la mort avant d'être innocentés. Devant le Capitole, de bruyantes manifestations avaient lieu pratiquement tous les jours. La violence éclata en plusieurs occasions, quand les partisans de la peine de mort s'approchèrent d'un peu trop près de ses opposants. Le cirque qu'avait tant redouté le gouverneur avait investi la ville.

Puisque la bataille du moratoire émanait du Sénat du Texas, la chambre de l'État entama ses travaux sur ce que l'on avait initialement baptisé la « Commission innocence Donté Drumm ». Telle qu'elle était conçue, ce serait une commission permanente composée de neuf membres qui étudieraient les causes fondamentales des condamnations abusives et travailleraient à corriger le problème. À cette date, le Texas avait prononcé trente-trois disculpations, essentiellement sur la base de tests ADN, dont un nombre inquiétant dans le seul comté de Dallas. On organisa une autre série d'auditions de la commission, qui ne manquèrent pas de témoins passionnés par le sujet.

Après s'être installés dans leur nouvelle maison fin janvier, Keith et Dana se rendirent souvent au Capitole pour suivre ces débats. Ils se retrouvèrent dans l'assistance lors de plusieurs manifestations, et ils virent le corps législatif aux prises avec ce processus tortueux relatif à un problème majeur. Ils eurent assez vite l'impression que rien ne changerait, sentiment que partageaient de nombreux observateurs.

Alors que la session extraordinaire traînait en longueur, le nom d'Adam Flores commença d'être mentionné dans les médias. Après vingt-sept années dans le couloir de la mort, Flores devait être exécuté le 1ᵉʳ juillet. Dans une autre vie, il avait été petit trafiquant de drogue et il avait tué un autre petit trafiquant, lors d'une soirée mal inspirée. Ses recours en appel étaient de l'histoire ancienne. Il n'avait pas d'avocat.

Fin mars, l'assemblée fut en vacances parlementaires, avant de reprendre ses travaux en mai. Après des mois d'âpres luttes intestines, ce qui était évident le devint encore davantage. Il était temps d'oublier cette petite guerre et de regagner ses pénates. En dernière lecture, le moratoire fut repoussé au sénat par douze voix de majorité contre neuf, un vote dépassant les clivages entre les partis. Deux heures plus tard, la chambre vota par soixante-sept voix contre soixante-treize contre la création de la Commission innocence.

Le 1er juillet, Adam Flores fut escorté à Huntsville, où il fut accueilli par le directeur, Ben Jeter. Il fut placé en cellule de détention et accompagné dans l'épreuve par l'aumônier de la prison. Il prit son ultime repas – du poisson-chat frit – et récita sa dernière prière. À dix-huit heures précises, il effectua les quelques pas qui le séparaient de la salle d'exécution et, vingt minutes plus tard, il était déclaré mort. Il n'avait pas de témoins, et il n'y en avait aucun non plus pour le compte de la victime. Il n'y eut personne pour réclamer le corps, et Adam Flores fut inhumé dans le cimetière de la prison, aux côtés de dizaines d'autres détenus du couloir de la mort dont personne n'avait jamais souhaité récupérer la dépouille.

Un mot de l'auteur

Mes remerciements les plus chaleureux à David Dow, du Texas Defender Service, pour le temps qu'il m'a consacré, pour ses conseils, sa perspicacité et l'empressement qu'il a mis à examiner mon manuscrit pour me proposer des suggestions. David est un juriste réputé, spécialiste de la peine capitale, mais aussi un professeur de droit et un auteur unanimement reconnu. Sans son aide, j'aurais été forcé de mener mes propres recherches, une perspective qui m'effraie encore, et qui aurait de quoi effrayer tous mes lecteurs.

Le directeur du « Quartier des Murs » – la Walls Unit de Huntsville –, M. C.T. O'Reilly, est un Texan haut en couleur qui m'a montré sa prison et a répondu à toutes les questions que j'ai pu lui poser. Je les remercie, sa fidèle assistante, Michelle Lyons, et lui, pour leur hospitalité et leur ouverture d'esprit.

Mes remerciements vont aussi à Neal Kassell, Tom Leland, Renee, Ty et Gail.

Certains lecteurs particulièrement observateurs tomberont peut-être sur un ou deux faits qui leur paraissent erronés. Ils envisageront peut-être de m'écrire pour relever ces défauts. Je leur suggère d'économiser le papier. Il y a des erreurs dans ce livre, comme toujours, et tant que je continuerai de rechigner à l'idée de me plonger dans de longues recherches, tout en me satisfaisant fort bien de parfois enjoliver les faits, je crains fort que ces accrocs ne soient inévitables. J'espère simplement que ces erreurs resteront toujours insignifiantes.

TABLE

La photocomposition de cet ouvrage
a été réalisée par
GRAPHIC HAINAUT
59163 Condé-sur-l'Escaut

Dépôt légal : mai 2011

Imprimé au Canada par
Transcontinental Gagné